Ritalaura Del Conte

IL FILO ROSSO DEL DESTINO

Algra Editore

In copertina
Progetto grafico di Michela Vaccaro

Impaginazione e grafica
Rossella Grasso

ISBN 978-88-9341-478-4

www.algraeditore.it
algraeditore@gmail.com

A nonna Ida,
senza la quale non sarei quella che sono.
Tutto l'amore possibile, è per te.

Non guardare il volto
fanciulla, guarda il cuore.
Il cuore di un bel giovane è spesso deforme.
Ci sono cuori in cui l'amore non si conserva.

Fanciulla, l'abete non è bello,
non è bello come il pioppo,
ma d'inverno mantiene le foglie.

Ahimè! A che serve dir questo?
Chi non è bello ha il torto di esistere;
la bellezza ama solo la bellezza.
Aprile volge le spalle a Gennaio.

La bellezza è perfetta.
La bellezza può tutto.
La bellezza è la sola cosa che non esiste a metà.

Il corvo vola solo di giorno.
Il gufo vola solo di notte.
Il cigno vola notte e giorno.

V. Hugo, *Notre-Dame de Paris*

Prefazione

L'amore, quello vero, è un sentimento che non conosce ostacoli, non ci sono muri che non possa superare, venti contrari a cui non possa resistere, mari in tempesta che non riesca ad attraversare, portandosi in salvo.

L'amore, quello vero, impara a lottare e a resistere già dal primo momento, a passare dentro al dolore, non teme i contrasti, non teme la distanza, le differenze, le incomprensioni, non accetta condizioni, non conosce tempo, vive nell'eternità. Quello fra Rachele e Samuele è un amore vero, un amore destinato a esistere già dal primo sguardo, dal primo istintivo gesto di protezione, dal primo slancio di gentilezza e gratitudine. È un amore che nasce già difficile ma ciò non impedisce che cresca, nel quotidiano, in maniera smisurata.

Rachele e Samuele appartengono a due classi sociali diverse, all'apparenza nulla li unisce ed entrambi sembrano, almeno razionalmente, consci della distanza che esiste fra loro e che la società impone in maniera implacabile. Sono entrambi consapevoli del fatto che le rispettive strade non sono destinate a incontrarsi, come invece desidererebbero; in particolare, la famiglia di Samuele non accetta l'idea che il figlio, destinato a ereditare ricchezza e potere, possa unirsi a una donna di umili origini che nulla può aggiungere alla sua già prestigiosa posizione. Per tale ragione cercherà in ogni modo di allontanare Samuele dalla donna che ama, imponendo nella sua vita un'altra presenza. Tuttavia, il sentimento che Samuele e Rachele provano reciprocamente li condurrà, sorprendendoli, al di là di ogni piano e di ogni scelta razionale, a percorrere insieme il cammino, spesso impervio, verso quel destino che non possono cambiare proprio perché è scritto per loro dall'eternità e per l'eternità.

Ritalaura Del Conte racconta una storia d'amore che emoziona dalla prima pagina all'ultima, permettendo al lettore di guardare davvero dentro ai cuori di Rachele e Samuele, descrivendo in maniera impeccabile pensieri, conflitti e sentimenti, non solo dei due protagonisti ma anche dei vari personaggi secondari, tratteggiati con grande capacità, che animano questo meraviglioso romanzo, ambientato nei primi anni del '900.

Si intrecciano storie affascinanti e vari colpi di scena lungo un viaggio sentimentale ed emozionante durante il quale il lettore non potrà fare a meno di chiedersi, fino all'ultima pagina, che ne sarà dell'amore travagliato e coraggioso dei due giovani innamorati, se riuscirà a vincere superando ogni ostacolo, sconfiggendo persino la morte.

Laura Messina
Autrice del romanzo *Le parole che non mi hai detto*,
creatrice e curatrice dell'omonima pagina Facebook

Presente, mercoledì 7 settembre 1920

L'eternità è nell'amore che resta.

Il marmo era gelido, le dita seguivano il contorno delle lettere scolpite in un corsivo lineare.

Un battito di cuore più profondo.

Sei stata il mio grande amore.

Un ghirigoro curvo sottolineava quella frase, l'indice si curvò insieme alla linea.

Ho potuto solo sfiorarti.

Una rosa in boccio intervallava l'ultima frase.

E poi ti ho persa.

Quella conclusione riusciva sempre a mozzarle il respiro.

Era così dolcemente tragica, inafferrabile.

Poi l'epitaffio finale.

In memoria di Rachele Ravelli, nata il 14 novembre 1891.

Il filo rosso del destino non ci ha riuniti.

Ti amerò per sempre.

Samuele.

Si era chiesta innumerevoli volte cosa fosse quel filo rosso, che cosa volesse significare.

Si era domandata chi fosse Rachele, quella donna per la quale avevano eretto un memoriale di marmo nella piazza del paese.

E perché non vi fosse segnalata alcuna data di morte.

Probabilmente quella donna non era morta affatto, forse quel simbolo era solo un modo per tener vivo il ricordo.

Non è per questo che portiamo fiori nei cimiteri o conserviamo oggetti appartenuti a coloro che non sono più al nostro fianco?

Serve a noi.

Per mantenere viva la ferita che sanguina dell'assenza di qualcuno che abbiamo amato.

Forse questo qualcuno è nel mondo, anche se non al nostro fianco.

O potrebbe essere scomparso per sempre.

Era per quel motivo che quell'uomo vestito di nero portava, ogni mercoledì mattina, un giacinto viola davanti a quella statua?

I.

"Che cosa ci fai qui?".

La voce era un sussurro.

La bambina si voltò d'improvviso, guardandolo impaurita.

Si trovò di fronte un ragazzo che a prima vista, si disse, le pareva più grande di lei e anche molto più elegante.

Era alto e di corporatura snella, i capelli color dell'ambra ben pettinati, gli abiti da vero signore.

"Scusami io non volevo disturbare, io...".

La voce le si fermò in gola e le parole, che avrebbe voluto dire, le rimasero sospese a fior di labbra.

Un uomo grosso e dal passo pesante irruppe nella stanza tenendo le mani nascoste dietro la schiena. Osservò i due bambini con fare austero, mentre si faceva sempre più vicino. Samuele con un gesto fluido e perspicace, nascose Rachele dietro di sé.

"Devo dedurre che alla tua età non hai ancora imparato a rispettare le regole, non è così?".

"Padre vi chiedo scusa, io avevo solo bisogno...".

"Tu non hai il diritto di prendere iniziative, è chiaro? – tuonò prepotente – Se hai bisogno di un libro devi chiedere a Patrizio, lo sai bene".

Samuele arrancò qualche parola, ma ciò che venne fuori furono solo sillabe strozzate, prima che il padre tornasse nuovamente a parlare:

"E lei, questa signorina cosa ci fa qui?".

Lei strinse forte gli occhi, affondando la testa nella schiena del bambino.

"Lei... Lei l'ho incontrata... In giardino, sì, in giardino e le ho chiesto di aiutarmi, l'avrei fatta salire sulle mie spalle per arrivare più in alto" mentì tutto d'un fiato.

Rachele, nel frattempo, era ancora ferma dietro di lui, immobilizzata dalla paura.

Il conte guardò suo figlio prima di sottecchi, poi più intensamente.

"Sai bene cosa ti aspetta, tira fuori le mani!".

Rachele si fece avanti gridando:

"No, vi prego...".

Ma Samuele la tirò nuovamente dietro di sé.

"Tu bambina, faresti meglio a non immischiarti e a ritenerti molto fortunata" sentenziò seccamente.

Samuele, da ragazzo fiero e orgoglioso qual era, mostrò le mani a suo padre tenendole ben tese. Trascorsero meno di cinque secondi, la bacchetta colpì fredda e veloce, fu un lampo.

Rachele strinse le braccia attorno alla sua pancia e lo sentì sussultare silenzioso, mentre ingoiava un grido di dolore.

Il cuore della piccola sembrò frantumarsi in mille pezzi, non poté resistere a lungo a quel triste tormento e dopo poco, scoppiò in lacrime correndo via con tutte le forze possibili. Scese le scale in un soffio, percorse il lungo corridoio illuminato, scese altrettante scale ancora una volta e aprendo il grosso portone si precipitò in giardino.

Quello era un po' il suo regno, lì era solita rifugiarsi ogni qual volta la vita le desse pensiero o sentisse la necessità di essere realmente se stessa. Ogni pianta che quello scrigno verde racchiudeva, possedeva un segreto, una storia taciuta, ogni fiore era un'emozione vecchia e nuova allo stesso tempo.

Aveva imparato a riconoscerle quasi tutte grazie al sapiente aiuto di Dimitri, il giardiniere, e sapeva che ognuna di loro nascondeva in sé un significato e una proprietà ben precise. Troppo segnata nel suo cuore sensibile da quella tremenda ingiustizia, e sentendosi più che mai colpevole del dolore che aveva causato al suo giovane amico, cercò tra quelle immense nuvole di foglie e fiori il prezioso giacinto viola.

Quando lo trovò, ne prese un esemplare e lo portò con sé.

Cercò Beatrice in lungo e in largo, quando poi l'ebbe finalmente trovata, la implorò di confessarle dove si trovasse la camera di Samuele. La donna l'ammonì con fare dolce, spiegandole che non sarebbe potuta andare da lui, in quanto non le era assolutamente concesso girovagare nei corridoi dei piani alti, men che meno entrare nelle camere personali di alcun membro della famiglia. Ma lei la implorò con veemenza e, con le lacrime agli occhi, le raccontò l'accaduto. Beatrice l'ascoltò attenta, la guardò di sottecchi e alla fine acconsentì, promettendole però una bella ramanzina; la condusse in maniera discreta nei pressi della camera del giovane conte e prima di andarsene, l'ammonì un ultima volta sottovoce:

"Rachele, per l'amor di Dio sii prudente!".

Lei annuì composta e dirigendosi a passo svelto verso la porta indicatagli, sentì il cuore battere all'impazzata dalla paura; per qualche secondo rimase ferma un po' titubante, ma dopo qualche istante prese coraggio e bussò piano.

Udì una timida risposta dopo una lieve attesa, seguita da un rumore di passi, fino a quando trovò il viso di Samuele a pochi centimetri di distanza dal suo.

Lui la guardò incredulo e appena intimidito:

"A cosa devo l'onore..." cominciò, impacciato.

"Posso entrare per favore? Restare qui fuori troppo a lungo può essere pericoloso per me".

"Entrate pure ma, pericoloso per quale motivo?" le chiese facendola accomodare con tutte le cure e il riserbo di un vero gentiluomo, tanto che Rachele si sentì enormemente imbarazzata per quel garbo, visto che a lei non erano mai state riservate tante gentilezze.

"Oh, giovane conte, a me non è permesso salire oltre il pian terreno".

Mentre parlava, Rachele non poté far a meno di osservare la regalità di quella stanza, le pareti color dell'oro, un sontuoso letto a baldacchino, una scrivania in legno pregiato. Le volte erano colme di affreschi che ricordavano le antiche regge di cui aveva tanto sentito parlare da Patrizio.

La voce del giovane interruppe il suo vagare incantato.

"Signorina come vi chiamate? E soprattutto, perché non vi ho mai vista prima d'oggi?".

Lei percepì un lieve rossore impossessarsi del candore delle sue guance, e guardando il suo abito consumato e sporco di cenere percepì un senso di inadeguatezza e vergogna.

"Il mio nome è Rachele, sono la figlia del signor Ravelli, il fattore che lavora per vostro padre. Vivo qui, nel vostro palazzo dall'età di tre anni. Penso che non mi abbiate mai vista perché a me è concesso solo stare in cucina, nella mia camera e in giardino".

Samuele la osservò attento e prima che potesse chiederle le motivazioni di tali privazioni, si ricordò delle regole che la loro società imponeva, e di quanto la differenza di rango fosse elemento di vitale importanza, soprattutto per una famiglia nobile come la loro.

"Spero che vi troviate bene in egual modo signorina Rachele e che la mia famiglia abbia reso sempre ottimi servigi a voi e ai vostri cari".

Lei annuì frettolosamente, come a voler escludere qualunque dubbio su quell'affermazione.

"Ma certo, noi saremo sempre grati alla vostra famiglia".

Si guardarono per alcuni momenti senza dir nulla, fino a quando lei ruppe il silenzio e, portando gli occhi alla sua stessa mano, si ricordò di quel fiore che stringeva da così tanto tempo, che quasi aveva dimenticato di averlo con sé.

"Tenete, questo è per voi… – sussurrò insicura, mostrandogli la mano cinta in quel dono prezioso – Vi ringrazio e chiedo il vostro perdono, sono piena di angoscia per ciò che è accaduto e il mio cuore colmo di dispiacere".

Samuele percepì il cuore perso in un battito profondo, i suoi occhi erano fissi in quelli della bambina che lo osservava speranzosa, per qualche secondo le parole gli si fermarono in gola.

Fu forse la freschezza spontanea di quel gesto, o la luminosa dolcezza che si librava dal suo sguardo, a farlo sentire impacciato. In quel momento non seppe spiegarselo chiaramente.

"Prendetelo, è un fiore molto profumato" continuò lei, senza capire le reali motivazioni di quel silenzio.

Lui tese la mano e prese il giacinto, lo osservò minuzioso e poi riportò lo sguardo su di lei.

"Vi ringrazio, ma non dovevate".

Rachele gli sorrise e portò gli occhi verso il pavimento.

"Posso domandarvi come mai avete scelto proprio questo fiore, se c'è un motivo ovviamente...".

"Oh certo, speravo me l'avreste chiesto. Il giacinto viola è il fiore che esprime il dispiacere, chi lo dona chiede perdono a chi lo riceve. Sapete è un fiore molto prezioso, è uno dei pochi colori che il giardino ci regala spontaneamente in inverno".

Samuele, se non fosse già stato colpito in precedenza dal suo comportamento, in quel momento avrebbe potuto dirsi stupefatto, ma da quando quella piccola bambina aveva varcato la soglia della sua camera, gli sembrò che ogni parola o movimento che ella si accingesse a compiere, fosse un ammirevole e fulgido incanto.

"E perché proprio il giacinto viola esprime cordoglio? Vi è una ragione precisa?" domandò curioso.

"La leggenda narra che il fiore prese nome da Giacinto, un bel giovane di cui Apollo era innamorato. Durante una gara di lancio del disco, il Dio colpì accidentalmente il giovane sulla fronte e questi cadde a terra, ferito a morte. Le gocce del suo sangue furono trasformate in giacinti, i cui fiori penduli facevano eco alla sua testa china, piegata dall'agonia. Si racconta che fossero di colore viola, e per questo il significato del giacinto viola, ricorderà per sempre il tragico errore di Apollo".

Lui spostò gli occhi da quel meraviglioso fiore e li portò in quelli di lei, sicuro che nessuno mai prima di allora avesse pensato a un gesto tanto grazioso e colmo di significato, per ripagare poi un qualcosa che lui aveva compiuto senza neanche averci posto troppa attenzione o attribuito un valore eroico o coraggioso.

"Siete molto istruita signorina Rachele, andate a scuola?".

Lei dissentì in una smorfia amara.

"No signore, mio padre non può pagarmi la retta, quindi ho imparato a leggere e a scrivere grazie al signor Patrizio. Lui mi insegna anche un po' di storia dell'arte e di geografia, quando ha svolto le sue mansioni ovviamente. E poi il signor Dimitri mi ha insegnato molte nozioni sulle piante e sui fiori, oltre che alcune cose di letteratura italiana" rispose fiera, orgogliosa del piccolo fardello di sapere che era riuscita a conservare.

"Ci tenevo inoltre a dirvi che ero entrata nella biblioteca di vostro padre solamente per prendere un libro da leggere, e ne ho visti così tanti che non ho ritenuto sbagliato prenderne in prestito uno soltanto. L'avrei rimesso al suo posto non appena terminato di leggere".

Samuele rimase tristemente colpito da quelle parole, tutte, nessuna esclusa.

"Di quale testo avete bisogno?".

"Di nessuno in particolare, volevo un libro qualunque da poter leggere, visto che quello che possiedo l'ho quasi imparato a memoria".

Sul volto del giovanotto si fece largo un'aria accigliata.

"Intendete dire che possedete un solo libro?".

"Sì signore, un libro di poesie appartenuto alla mia cara mamma".

Nella sua mente, in pochi secondi, tutto si fece chiaro, si diresse immediatamente verso la sua libreria e prese alcuni volumi.

Romeo e Giulietta di William Shakespeare e *Via dalla Pazza Folla* di Thomas Hardy. Pensò che le storie d'amore avrebbero di certo incontrato i suoi giusti.

"Sono per voi, ve li regalo, così potrete leggere qualcosa di nuovo".

Lei guardò quei libri con fare sognante.

"Che gesto incantevole, ma non posso accettare dei doni da voi…".

"Se da oggi in poi saremo amici, come spero, cara Rachele, allora dovrete farlo" sussurrò in un sorriso, sperando che lei accettasse.

La bambina sorrise a sua volta e prese il suo regalo tra le mani.

"Grazie Samuele, amico mio. Da oggi saremo amici, te lo prometto".

Lui, in un impeto di allegria, le prese le mani e alzandosi la trascinò con sé, stringendole più forte.

"Rachele, mi hai reso felice. Davvero felice".

"Anche tu a me, immensamente".

I loro sguardi restarono intrecciati per una manciata di secondi, poi Samuele fece per allontanarsi, l'ora della cena era vicina e sarebbe dovuto salire nuovamente per il cambio d'abito.

"Domani sera c'è la festa di compleanno di mia madre, chiederò a mio padre se potrai partecipare anche tu, ci sono anche altri bambini, magari ti divertirai".

"Una festa? Che bello, io non sono mai andata a una festa!".

Lui continuò a tenere stretta la mano in quella di lei.

"Domani la vedrai, sarà bellissimo".

"Pensi che potrebbero venire insieme a me le mie due amiche?".

"Credo che sarà possibile. Ti avviserò presto. Aspetta mie notizie".

Lei annuì con l'animo colmo di speranza.

"Aspetterò. Buonanotte. E grazie infinite per i libri. Li leggerò presto e poi te li restituirò".

"Arrivederci Rachele. Grazie di tutto. E i libri puoi tenerli…".

Si guardarono un'ultima volta, poi l'immagine della porta chiusa si sostituì ai loro visi inondati da una sensazione nuova, troppo simile alla felicità.

Presente, mercoledì 14 settembre 1920

"Ti ricordi quell'anno tesoro? Quando volevi che lei venisse alla mia festa?".

La donna che aveva parlato era ferma davanti alla statua. Indossava un cappotto leggero blu e i capelli biondi erano raccolti all'altezza della nuca.

"Sì, me lo ricordo bene".

La sua voce era atonica.

L'uomo che teneva il braccio sotto quello della donna mimò un amaro sorriso.

"Quanti anni sono passati?".

Lui fece spallucce.

Si sfilò dalla presa e tirò fuori dalla tasca il fiore.

Quella volta era appassito. Tentò di ridargli vita toccandolo con frenesia, ma peggiorò solo la situazione.

Sospirò. Poi lo pose ai piedi del memoriale che era di un bianco accecante.

Quel fiore viola spiccava come una lacrima su di un volto arrossato.

"Diciotto…" le parole crepitarono tra le sue labbra.

"Sono passati diciotto anni…" ripetè laconico, tornando a mettersi sottobraccio alla donna.

Lei sorrise tra sé.

"Siete venuti lo stesso, non è così?".

"Siamo rimasti fuori, le ho insegnato a ballare…".

"Ti pestava i piedi?".

"Oh sì…" il volto, simile a una statua senza sentimenti, si contorse in una risata appena accennata.

"A me fu tuo padre a insegnare a ballare il valzer…".

Era sua madre.

La sconosciuta si nascose dietro la colonna per paura di essere vista.

Fece capolino per alcuni istanti e si rassicurò.

Vide l'uomo appoggiare il palmo della mano contro l'incisione che riportava il nome di quella fanciulla.

Da lì non riusciva più a udire distintamente le loro parole.

Però ciò che uscì dalle labbra di quell'uomo così bello e lontano, lo sentì alla perfezione.

"È stata quella sera che ho capito quanto sarebbe stata importante nella mia vita…".

Lei tornò con la schiena contro la colonna.

Attese qualche istante, poi raggiunse il posto occupato da loro fino a poco tempo prima.

Pose il palmo striato della sua mano sul nome *Rachele*.

Tremò appena.

Nonostante il gelo, ponendo attenzione, si poteva ancora avvertire il calore della sua mano.

II.

"Mamma non ho voglia di parlare, vai via" sentenziò secco.

La madre emise un sospiro paziente e si sedette accanto a lui.

"Tesoro mio, devi ascoltarmi, non puoi mettere su il broncio ogni volta che ti viene detto di no".

Samuele sbarrando gli occhi si sporse in avanti.

"Ogni volta che mi viene detto no... A me viene sempre dato il diniego come risposta, qualunque sia la mia domanda, qualunque siano le motivazioni, voi dite sempre no!".

"Samuele sai bene che certe cose non possiamo concedertele!" rispose la madre guardandolo con fermezza.

"Voi non potete concedermi delle cose assolutamente normali, vivete di formalità e questo fa solo in modo che voi vi circondiate di persone false e ipocrite come voi".

La contessa Amalia, nonostante i buoni propositi con i quali era partita, incominciava a spazientirsi.

"Non ti permetto di parlare così dei tuoi genitori, tu ci hai chiesto di far venire alla mia festa una bambina che non è nulla più che...".

Samuele la guardò insistente, quasi volesse spingerla a continuare la frase, anche se sapeva che gli avrebbe fatto male.

"Continua, di' ciò che pensi, avanti!".

La madre non tardò a rispondere.

"Una stracciona, una povera bambina sfortunata che però non può figurare in mezzo a tutte le famiglie nobili della nostra contea!".

Il ragazzo respirò più forte, osservò la madre con fare deluso.

"Parli proprio come papà, tu sei come lui. Non avete un cuore. Non ce l'avete!" urlò estenuato, alzandosi e dirigendosi verso la finestra.

Osservò il panorama plumbeo ferito dai rami spogli degli alberi e per qualche istante si sentì proprio così, ferito e lacerato, solo e abbandonato a un destino che non era il suo.

La madre lo raggiunse a piccoli passi, gli appoggiò una mano sulla spalla provando a calmarlo, ma invano. Samuele si voltò verso di lei con gli occhi lucidi.

"Non voglio che parli in questo modo di lei, è una mia amica. Così tenera e comprensiva da non meritare le tue parole cattive".

"Perdonami, hai ragione tesoro. Io vorrei solo che capissi che ci sono delle regole e che queste vanno rispettate" sussurrò lei, mentre gli accarezzava mesta una guancia.

"Io non rispetterò mai queste regole, non esistono regole sul rispetto e sul bene che si devono alle persone".

"Io non ti ho detto che non possa volerle bene o che non debba rispettarla, semplicemente non puoi farla partecipare alla nostra vita. Lei non potrà mai farne parte".

Samuele si allontanò con il cuore in subbuglio, la rabbia lo stava quasi accecando.

"Non capisci, anche tu non capirai mai. Giuro che stasera non verrò, non ho intenzione di stare con voi né con nessuna di quelle persone, se lei non può far parte della nostra vita, allora io ne uscirò e farà parte della mia".

Pronunciata l'ultima parola, lasciò la stanza a testa bassa tenendo strette le mani in due pugni nervosi e inquietati.

La contessa sprofondò nella sedia emettendo un grosso sospiro, come ogni madre amava profondamente suo figlio e comprendeva il suo disappunto, anche se non riusciva a capire il motivo della difficoltà che mostrava nel vivere come il suo rango permetteva.

Poteva avere tutto, ma lui desiderava sempre quel qualcosa che il tutto non comprendeva. Forse con il tempo avrebbe imparato a mediare, a calmare quella sua ostinazione, si disse tra sé per rassicurarsi, ma nello stesso istante in cui si ripeteva quelle parole, la consapevolezza che non sarebbe stato così prese vivida forma nella sua mente.

"Cara dov'è Samuele?".

La voce di suo marito la fece svegliare da tutti quei pensieri e ricomponendosi, si tirò su provando a celare la preoccupazione che le invadeva il cuore.

"Amore, è andato via... Abbiamo avuto un piccolo diverbio ma nulla di grave".

Il conte varcò la soglia e le si avvicinò.

"Ancora non si è convinto sulla storia della bambina?".

Lei fece segno di no con la testa.

"Le vuole bene, non riesce a capire le difficoltà che possono esserci, è talmente ostinato...".

Lui le accarezzò piano il viso.

"Non essere preoccupata, vedrai che con il tempo imparerà a rispettare le regole".

"È la sua indole, opporsi, andare contro le convezioni. Si vede, non sopporta la vita che conduciamo né le nostre idee. Vorrebbe non dover rispettare delle regole che non riesce a capire".

"Cara stai tranquilla, anche se certe cose non vuole comprenderle dovrà farlo. – le disse baciandole piano la fronte – Adesso andiamo a riposare, ci aspetta una serata impegnativa".

Quella stessa sera, lontano dal gran salone illuminato e addobbato magnificamente, lontano dalle luci e dalla musica, Rachele se ne stava triste e infreddolita davanti al camino quasi spento. Era andata nella cascina per stare insieme a suo padre che purtroppo riusciva a vedere poco per via del lavoro, era solito infatti svegliarsi prima dell'alba e andare a dormire presto. Quel giorno, per la grande festa, un po' tutte le mansioni erano state sospese o rallentate quindi Rachele, con sua grande gioia, aveva potuto cenare insieme al suo papà e passare del tempo con lui.

Dopo le parole del suo amico, aveva aspettato notizie con fervente impazienza, aveva sperato in ogni momento e con tutta se stessa il suo arrivo con un responso. Ma ciò non era avvenuto, lei non aveva ricevuto alcuna risposta, né positiva, né negativa. Era rimasta sospesa a mezz'aria con il cuore colmo di delusione e si era detta che forse non avrebbe potuto aspettarsi nulla di diverso. Lei era pur sempre una povera bambina senza dote che viveva nel suo palazzo per pietà di qualche cuore tenero, e lui era e sarebbe stato per sempre il futuro conte di quella tenuta, un grande erede colto e ben vestito che avrebbe vissuto senza dover ringraziare persona alcuna.

Tutto quello che aveva gli era concesso senza sforzo o difficoltà.

E tutto questo contava, sarebbe contato sempre.

"Bambina mia, perché non vieni qui?" chiese Elia facendole spazio sulla piccola poltrona.

Rachele annuì facendosi più vicina, si sedette sulle gambe del padre e lo guardò sorridendo sommessa.

"Papà sono tanto triste..." confessò stringendo tra le sue le grosse mani del padre.

"Cosa ti rende triste?".

"Papà tu quando hai conosciuto la mamma... Insomma lei ti voleva bene anche se eri povero?".

Elia strinse le mani di sua figlia più forte tra le sue.

"L'amore va al di là della ricchezza o della povertà, l'amore tutto comprende, tutto perdona, l'amore è sempre gentile, mai egoista, è fedele e continua a brillare anche sopra un mare in tempesta come una stella fissa, ferma e sempiterna. L'amore piccola mia non perde mai. Anche se alle volte sembra che ci possa deludere, non riesce mai a farlo".

La bambina sorrise tra le lacrime.

"Papà Samuele non mi vorrà mai bene, io ho già perso, lui è come i principi delle fiabe, soltanto che io non sono una principessa, io sono solo una povera bambina...".

La porta emise un cigolio sinistro che interruppe quel groviglio di emozioni, davanti a loro apparve una figura snella e alta avvolta in un frac dalla regale manifattura. I capelli biondo scuro erano tirati indietro dalla brillantina e lasciavano scoperti i suoi luminosi occhi celesti. Rachele balzò in piedi piena di vergogna provando ad asciugare il volto rigato dalle lacrime, il signor Ravelli nel frattempo si ricompose e, alzandosi dalla poltrona, si diresse verso il loro ospite con fare onorevole.

"Che piacere avervi qui Signoria, come state?".

Samuele non riuscì a togliere lo sguardo dagli occhi gonfi di pianto della sua amica, una fredda sensazione di colpa travolse i suoi pensieri annodati di rabbia. Provò ad allontanare quei sentimenti spiacevoli e a comportarsi in maniera educata.

"Signore sto bene, vi ringrazio e voi state bene?" domandò, facendosi più vicino.

"Adesso che vi abbiamo qui siamo molto più felici, prego sedete con noi, gradite una cioccolata calda? La mia Rachele è molto brava a prepararla".

Samuele storse le labbra compostamente.

"È molto gentile da parte vostra signore, io rimarrei volentieri ma sono venuto per portare vostra figlia a palazzo, c'è la festa di compleanno di mia madre e mi piacerebbe farle ascoltare il valzer, anche se purtroppo non potremo entrare nella sala da ballo. Con il vostro permesso s'intende" mormorò con fare dispiaciuto, abbassando di poco lo sguardo.

Elia sorrise compiaciuto.

"Ci mancherebbe Signoria, andate e divertitevi, sono sicuro che sarete un perfetto cavaliere per la mia principessa".

Il giovane disegnò sul suo volto un'espressione d'onore e porgendo la mano verso Rachele la trovò ferma, immobile nello stesso posto in cui l'aveva trovata al suo arrivo, con la medesima aria sorpresa e intimidita.

La bambina guardò prima il padre cercando approvazione, dopo aver trovato i suoi occhi che la invitavano caldamente ad avere fiducia, allungò il braccio e appoggiò tremante la mano in quella di lui che la osservava speranzoso.

Si allontanarono nella buia e nebbiosa campagna, continuando a tenere le mani dell'uno strette in quelle dell'altra.

Un silenzio grave si interpose tra loro per alcuni minuti fino a quando, giunti davanti alle immense vetrate illuminate a festa, si fermarono e dopo essersi guardati per una manciata di secondi uno dei due ruppe gli indugi e parlò:

"È già sufficientemente bello da qui, ti ringrazio dal profondo del cuore".

Samuele percepì il cuore dilatarsi a quelle parole inaspettate, credeva che lei fosse in collera per quella promessa negata e il suo animo sembrava essere affaticato già dalla pena per averle provocato un dolore.

"Come sono felice Rachele, amica mia. Non immagini il dispiacere che ho provato in questi giorni, non volevo deluderti, volevo realizzare il tuo desiderio, ho litigato con i miei genitori, ma loro non hanno voluto capire!".

La bambina lo osservò con fare comprensivo.

"Mi rattrista molto che tu abbia dovuto discutere con i tuoi genitori, non dovevi. Io sono già felice, ho trovato un amico ed è molto più di quanto credevo mi potesse essere concesso. – confessò dolcemente – La cosa che mi ha dato più dolore è stata l'idea che ti fossi già dimenticato di me…".

Il giovane le prese le mani in un impeto di paura.

"No, non mi fraintendere, io non sapevo come dirtelo, avevo troppo timore di procurarti un dispiacere. Non potrei mai dimenticarmi di te, amica mia".

Rachele sorrise intimidita, provando a nascondere gli occhi sotto quelli di lui che l'osservavano attenti.

"Sembri un principe delle fiabe stasera" sussurrò in un soffio.

Samuele rise leggermente.

"Grazie, a me non piace molto vestirmi così ma alle volte devo. Tu sei davvero molto graziosa nel tuo abito".

Lei si osservò velocemente dalla testa ai piedi e sospirò mestamente, la lusingò moltissimo il complimento del suo amico, a maggior ragione perché capiva benissimo che il vestito che indossava era sempre lo stesso, logoro e troppo distante dall'eleganza di lui e di tutte le dame alle quali il suo sguardo era abituato.

"Ti ringrazio, – sussurrò sommessa – sei gentile".

"Sono certo che la grazia che ti contraddistingue tu l'abbia ricevuta in dono da tua madre…".

La fanciulla respirò profondamente e un sorriso tenero le illuminò il viso.

"Papà mi racconta sempre di lei, era una ragazza bella e sorridente e, come dice sempre, aveva l'eleganza di una rosa ancora troppo bella per poter sbocciare. Aveva gli occhi neri e i capelli ramati, come i miei".

Il ragazzo abbassò lo sguardo, certo di aver toccato un tasto troppo dolente in maniera inconsapevole.

"Non sapevo… non credevo che non fosse più con noi".

"Non preoccuparti, io parlo di lei con piacere, non ho ricordi sulla sua persona se non quelli che mio padre ha di lei, di lei e noi... Per quel poco tempo che ci è stato possibile".

"Capisco, devi soffrirne molto. Vivere senza la propria madre dev'essere triste".

"Mi manca molto infatti" confessò timidamente, tenendo il volto basso.

Da lì il cielo sembrava un manto incantato, milioni di stelle rilucevano in quel pezzo d'infinito come pietre preziose, tutt'intorno si librava silenzioso il suono di una dolce melodia, quasi una eco lontana di violini e sospiri.

"Credo che la notte in cui Romeo e Giulietta si incontrarono, dovesse essere molto simile a questa" gli sussurrò piano con gli occhi fissi verso il cielo.

Lui la guardò appena e sorrise tra sé.

"Forse suonavano questo valzer, e il vento soffiava leggero muovendo le balze del vestito d'oro di Giulietta mentre Romeo l'invitava a danzare".

Rachele rise leggera e, mentre quell'immagine fantasiosa prese vita nella sua mente, la mano di Samuele sfiorò la sua, provocandole un dolce sussulto.

"Vuoi ballare con me?" le domandò con garbo, in un inchino.

Lei sentì il cuore perdersi in un battito, annuì silenziosamente, appoggiò delicata la mano sulla spalla mentre lui la cinse teneramente, quasi in un abbraccio.

"Non credo di essere una degna dama, non sono capace di ballare..." confessò timidamente.

"Ti insegno io" le propose, iniziando a muoversi leggero.

Rachele lo seguì e lasciò che fosse lui a guidarla, tutto sembrava volteggiare come su di una giostra, gli archi in lontananza, le stelle, il vento, gli alberi, ogni cosa girava insieme a loro. Solo gli occhi erano fermi, l'uno in quelli dell'altra, persi nella fiabesca illusione che quel frammento di sogno potesse modellare, un giorno, la loro realtà.

Presente, mercoledì 20 ottobre 1920

La vetrina della sartoria del signor Vallesi era incantevole.

Un abito regale e lucente troneggiava su di un manichino snello.

Era rosso.

Un singhiozzo si fermò all'altezza della sua gola, beffardo e inaspettato.

I sogni restano solo sogni, d'altronde.

Ci illudiamo che con tenacia e forza di volontà, essi potranno trasformarsi in realtà un giorno, magari.

Forse.

Il suo era rimasto solo un desiderio sussurrato durante una notte di luna piena, annegata nel caldo dell'aria magica e afosa di una sera d'estate piena di stelle, timide ingannatrici, spie di un infinito cui ci è concesso solo guardare, da lontano.

Era stata sua la colpa?

Sua la colpa per quei sogni disattesi?

Eternamente disattesi?

Avrebbe dato tutto, qualunque cosa in suo possesso per riaverla, per farle indossare quel vestito, poi vederla danzare e sorridere, vederla finalmente felice.

Ma quello non era neanche un desiderio, solo un'utopia.

E sarebbe rimasta tale, per sempre.

La statua era sempre lì, gelida e morta.

Il fiore che porse ai suoi piedi invece era vivo e brillante. Ma in verità morto anch'esso.

"Perdonami" sussurrò coprendosi le labbra con le dita tremanti.

Poi scappò via lontano.

III.

Era la notte di San Lorenzo.

"Avanti, conte Falesi, devi esprimere un desiderio!" lo incitò, tirandolo per un braccio mentre si dirigevano in giardino.

Samuele sbuffò divertito.

"Sono assurdità Rachele, per l'amor di Dio, lo sai che i desideri non si avverano se li esprimi ad alta voce".

Rachele si fermò e lo guardò seriamente.

"I desideri non si avverano se li dici in silenzio. – lo contraddisse sorridendogli – È scientificamente dimostrato che siamo frutto di una generazione che non ha mai espresso i desideri a voce alta e via a ritroso fino all'origine dell'umanità, è per questo che siamo infelici!".

Samuele rise e si sedette sconfitto sull'erba.

"D'accordo, avanti, comincia tu!".

Rachele lo raggiunse, guardò il cielo rapita.

"Vorrei danzare il valzer dei fiori, insieme a te ovviamente, nella sala da ballo di Villa Orchidea. – lo scrutò con gli occhi luminosi – Insieme a tutte le nostre famiglie felici e me che indosso un magnifico abito rosso" terminò con le lacrime che le premevano sulle iridi grandi e luminose.

Samuele le afferrò la mano, poi se la portò alle labbra.

"Non puoi promettermi che si avvererà, non è così?".

La sua domanda risuonò nello stomaco in subbuglio di lui.

Tacque.

No, non poteva.

Rachele si asciugò le guance velocemente.

"E il tuo di desiderio, qual è?".

Samuele si morse il labbro nervosamente.

"Quello che si realizzino i tuoi" rispose lapidario.

Rachele sorrise, commossa. Poi, dopo essersi fatta più vicina, appoggiò la testa sulla sua spalla.

"Bene stelle cadenti, ascoltateci, almeno questa volta…".

Presente, mercoledì 9 dicembre 1920

La neve turbinava veloce insieme al vento gelido.

La statua ormai era quasi tutta imbiancata, il fiore l'aveva preso lei prima che morisse al gelo.

Aveva pensato solo dopo che i fiori recisi sono già morti.

Ma lei aveva voluto tenerlo al sicuro lo stesso. O forse voleva solo tener cura del gesto di quell'uomo.

Non voleva che il pensiero d'amore per quella donna restasse sepolto dalla neve.

Le strade erano deserte, si udiva solo una musica allegra provenire dalla libreria di fronte alla piazza.

La sconosciuta si incamminò fino all'entrata, poi tenendo ben ferma la sciarpa davanti al viso, aprì la porta con timore.

All'interno vi era una donna che spolverava gli scaffali canticchiando sorridente.

"Prego, accomodatevi" gridò per provare a farsi udire dalla cliente nonostante la musica.

La donna raggiunse il bancone titubante, tenendo la stoffa ben ferma con la mano.

La libraia si presentò:

"Sono Juliet, piacere di conoscervi, siete nuova del posto?".

La donna assentì senza proferir parola.

Juliet stava per dirle di liberarsi dalla sciarpa, visto che nel negozio la temperatura era più che confortevole, ma gli occhi le caddero sulla mano che la donna teneva ferma sulla bocca, sopra la stoffa consunta che le copriva il capo e il resto del viso, e si accorse che era piena di cicatrici.

Solcò l'unica parte lasciata scoperta e si imbatté nei suoi occhi. Lontani e dolcissimi.

Probabilmente le cicatrici ricoprivano anche il suo viso.

Così non disse nulla.

"Avrei bisogno di sapere se conoscete il significato del *filo rosso del destino*" tentò titubante.

La sua voce era tentennante, ma tradì una sfumatura dolce e intimidita.

Juliet la scrutò curiosa.

"È una legenda, orientale se non ricordo male…".

"Avete dei libri di legende orientali?".

Lei assentì:

"Oh certo, uno soltanto, ma non è in vendita, purtroppo la copertina è rovinata e una pagina è strappata..." glielo mostrò immediatamente, tirandolo fuori da un cassetto.

La sconosciuta lo osservò senza toccarlo.

"Ma io non potrei mai pagarlo, scusatemi signorina per il tempo che vi ho fatto perdere...".

"Fermatevi. – Juliet uscì dal bancone – Io non potrei mai venderlo, guardate, è strappato. – disse mostrandogli la pagina recisa – Se vi interessa sapere qualcosa su quella leggenda è qui che troverete spiegazioni, scorgendo l'indice ho visto che si trova proprio in questo volume...".

La sconosciuta afferrò il libro timidamente.

"Ve ne sono grata signorina, siete molto gentile".

Juliet sorrise dolcemente.

"Prego cara, è un piacere essere utile ai miei clienti".

Lei uscì a passi lenti senza voltarsi indietro.

Si mosse di poco e aprì il libro all'indice, *Il filo rosso del destino*, pagina 163.

Le mani erano intirizzite dal freddo ma ciò non le impedì di trovare la pagina.

Cominciò a leggere con avidità:

Wei era un giovane uomo rimasto sin dalla tenera età orfano di entrambi i genitori. Proprio in virtù di questo costante isolamento, il giovane aveva sempre dovuto badare a se stesso e accettare la voragine di solitudine che abitava la sua vita. Non nascondeva a nessuno che il suo grande desiderio era quello di sposarsi, avere una famiglia e trovare quindi il grande amore della sua vita. Nonostante la sua buona volontà, sino a età adulta però non era riuscito a trovare una donna che volesse diventare sua moglie o di cui lui si fosse innamorato. – il cuore sembrava palpitarle alla gola – *Durante uno dei suoi viaggi Wei incontrò nei pressi di un tempio un anziano signore che se ne stava pacificamente seduto a consultare un libro. Il giovane fu colto da estrema curiosità e si iniziò a chiedere chi mai potesse essere quell'uomo e cosa stesse leggendo con così tanta attenzione.*

Questi, in realtà, non era altro che il Dio dei Matrimoni e il suo libro, ciò su cui lui leggeva riguardo le unioni volute dal destino. Dopo essersi presentato e aver guardato il libro, rivelò a Wei, senza che lui avesse proferito parola, che il motivo per cui non aveva trovato moglie era che la donna a lui destinata, colei che era legata a lui tramite il filo rosso era ancora una bambina di 3 anni e che avrebbe dovuto aspettare ancora quattordici anni prima di poterla conoscere e quindi sposarla.

Wei rimase un po' perplesso dalla rivelazione e, in un qualche modo anche deluso; chiese dunque incuriosito cosa contenesse il sacco su cui l'anziano signore era appog-

giato e si domandò cosa fosse il filo rosso di cui gli aveva parlato. Quest'ultimo sospirò tra sé e confessò che all'interno della bisaccia c'era il filo rosso del destino.

Mancavano poche righe, poi la pagina recava uno strappo, quasi avesse seguito una linea perfettamente perpendicolare alle frasi che lo precedevano.

Quella storia non aveva finale.

Qualcuno l'aveva deliberatamente voluto eliminare.

Era stato fatto per rabbia?

Per gioco?

O forse dietro vi si celava qualcosa di straordinariamente importante?

Magari una promessa, o forse la paura?

IV.

"Smettila Rachele per l'amor di Dio!" Samuele era furioso.

"Cosa c'è?".

"Chiudi quel dannato libro!" l'ammonì avvicinandosi a lei che stava distesa sul prato.

Rachele chiuse il libro tenendo il segno con il dito.

"O mi dici la ragione oppure dovrai passare sul mio cadavere!".

"Non mi piace!" dissimulò con la lingua arsa.

"A me piace, quindi continuo. Se non vuoi ascoltare, vai a casa!".

Questo legava donne e uomini destinati a stare insieme; si trattava di un filo indivisibile e impossibile da tagliare e il legame che creava era indissolubile: le persone dunque legate dal filo erano destinate a incontrarsi prima o poi e a sposarsi, indipendentemente dai loro comportamenti, da quelli degli altri, da eventi vissuti o da qualsiasi altra influenza esterna.

Wei, già perplesso e deluso dalla prima rivelazione non volle credere nemmeno a quest'ultima risposta e per rivalsa, volendo sentirsi libero di scegliere la donna da sposare, ordinò a un servo di uccidere la bambina che, secondo l'anziano signore del tempio, sarebbe dovuta diventare sua moglie in futuro.

Samuele non poté udire oltre, la raggiunse, le sfilò il libro dalle mani con una mossa fluida e strappò la pagina contenente la fine della leggenda.

Lei l'osservò inorridita.

"Sei impazzito? Cosa fai?" domandò portandosi una mano sulla bocca.

Lui non rispose, la guardò ancora una volta, poi divise il foglio in due parti, uno lo tenne per sé, l'altro lo diede alla fanciulla.

"Non dobbiamo sapere la fine della storia, tu nascondi la tua parte del racconto e io la mia, se siamo anche noi destinati l'uno all'altra, un giorno ritroveremo le parti e insieme daremo forma al finale. Ciò potrà realizzarsi soltanto se entrambi le ritroveremo...".

"Tu sei impazzito, giuro di non averti mai visto così!".

Samuele aveva il cuore che gli batteva furioso contro il petto, così tanto che ebbe paura che si potesse udire il rumore.

"È solo un gioco, ascoltami per una volta!".

Rachele sorrise compita.

"D'accordo... E se uno dei due ritrovasse un pezzo e l'altro no?".

Samuele mostrò una smorfia delusa.

"Vorrà dire che non siamo destinati a stare insieme".

Rachele rise tra sé per quell'idea così stramba e romantica.

Le pareva una frivolezza, ma in cuor suo le piacque moltissimo, così piegò la sua parte e la ripose nella tasca della gonna, promettendo a se stessa che l'avrebbe nascosta appena il sole fosse tramontato.

"Un giorno te ne pentirai conte Falesi di aver sfidato il destino" lo canzonò amabilmente, sorridendogli.

Samuele scosse il capo, non le diede retta e men che meno la diede a quelle ultime parole.

Sentiva solo la voce di quella negromante risuonargli nello stomaco.

Non aveva mai creduto nella magia, tantomeno alle donne che di tanto in tanto si travestivano da zingare e facevano credere ai passanti di saper predire il futuro.

Non ci aveva mai creduto.

Fino a quel giorno.

Camminava tranquillo per le vie del paese, si era fermato a sbirciare distrattamente tra alcune bancarelle di libri.

Ogni mese infatti un uomo panciuto con l'accento siciliano vendeva migliaia di vecchi libri per poche lire. Dopo aver rovistato tra la polvere e l'odore di muffa, aveva trovato un volume dalla copertina consunta, *Leggende orientali*. L'aveva sfogliato velocemente e aveva deciso di comprarlo.

Rachele amava le leggende e dato che renderla felice era una delle poche cose che riuscivano a far sorridere il suo cuore, sperò che quel dono potesse essere gradito.

Si diresse verso la strada che conduceva alla porta est, deciso a tornare a casa velocemente prima che iniziasse a piovere. Ma non appena ebbe oltrepassato la cattedrale, udì una voce roca perdersi nel vociare confuso della gente.

Non ci badò.

Poi sentì che lo chiamava per nome.

Allora si voltò.
Adagiata su una sedia sgangherata davanti a un tavolino con delle carte e un grosso libro, un fazzoletto viola e dorato a coprire il capo, una donna lo guardava in attesa di una risposta.
Lui ingoiò il timore che l'aveva colto improvvisamente e si avvicinò.
"Come sapete il mio nome?".
La donna sorrise sbilenca.
Ma non rispose.
Samuele scosse il capo spazientito e fece per andar via.
"È lei l'altro capo del filo...".
Si arrestò improvvisamente, poi tornò a guardarla.
I suoi occhi color dell'ambra contornati da un pesante trucco scuro lo guardavano come se volessero denudarlo.
"Di cosa state parlando?".
Lei tirò fuori da sotto il tavolo la mano braccialata che tintinnò imperiosa e assordante.
Indicò il libro che lui teneva sotto il braccio.
Samuele guardò prima il libro, poi lei.
Si diede dello stupido. Non avrebbe dovuto fermarsi, né cadere in quello stupido tranello.
Si girò di nuovo, pronto ad andar via, ma lei, puntualmente, parlò ancora:
"Il filo rosso del destino... Ami qualcuno non è vero?".
"Tu cosa ne sai della donna che amo?" tuonò, avvicinandosi pericolosamente.
"Se l'amerai... La perderai".
"Ascolta: tu non sai nulla di me, né del destino, sei solo una donna che cerca di prendere qualche soldo impressionando i passanti, ma io non ci casco!".
"Solo quando sarà morta potrai amarla".
Il cuore di Samuele perse un battito. Poi gli salì alla gola.
"Tu sei pazza, lasciami in pace".
"Non opporti, è la verità, non sfidare il destino o te ne pentirai!" lo ammonì lei.
"Ho perso fin troppo tempo con te, buona giornata!" sentenziò prima di alzare i tacchi e andar via.
"Leggi la fine della leggenda e capirai quale sarà il vostro epilogo".
Samuele udì l'ultima frase. Si fermò ma continuò a darle le spalle.
Una parte di lui avrebbe voluto tornare indietro e chiederle cosa volesse dire, domandarle tutto.
Ma l'altra, quella che infine prevalse, lo spinse a scappare e a dimenticare quel dialogo sibillino.

La magia non esisteva e tantomeno esistevano persone capaci di leggere il futuro.

Provò a sorridere.

Erano tutte suggestioni.

Ne era sicuro.

Così tornò a casa da Rachele.

Avrebbe voluto dimenticare tutto ma quella leggenda, quelle parole.

La negromante sapeva troppe cose.

Non scoprì mai che potevano sembrare una crudele maledizione.

Iniziò a pensare a un luogo sicuro dove nascondere la sua parte di possibilità affidata alle sorti.

E sperò con ogni fibra del suo cuore che fossero tutte suggestioni.

Lui era destinato a Rachele.

E lei era destinata a lui.

Se non avesse potuto scegliere allora avrebbe lottato con le unghie e con i denti contro il destino.

E avrebbe vinto lui.

Ne era certo.

Prima Parte

Come avrebbero voluto controllare il destino

1908

I.

Il cielo splendeva alto nel cielo azzurro di una fredda mattina di novembre.

La piazza del piccolo paese di provincia risuonava di un dolce brusio lontano; le bancarelle riempivano e coloravano l'atmosfera ancora sopita, alcuni bambini si rincorrevano tra le cassette colme di frutta e verdura e le numerose distese di tessuti e passamanerie.

Più in là, in un angolo dello spiazzo, se ne stava adagiata una piccola panca, sulla quale erano appoggiate una gran quantità di fiori recisi e ai piedi una mezza dozzina di piante in vaso. Su una sedia, minuta e sgangherata, era seduta una giovane intenta con gli occhi fissi su di un piccolo volume leggermente invecchiato.

I capelli folti e lunghi, screziati di rosso rame, stavano ben composti in una morbida treccia che ricadeva sulla spalla lasciata scoperta dal grosso scialle di lana.

Gli occhi grandi, color caramello, quella mattina erano appesantiti da una stanchezza appena visibile che oscurava il suo sguardo solitamente vispo e profondo.

Una voce irruppe improvvisamente nell'atmosfera e la ragazza, alzandosi di scatto, lasciò cadere sbadatamente il libro che stringeva tra le mani, facendolo precipitare a terra.

"Buongiorno signorina Rachele, come state?".

Lei sorrise appena, portando gli occhi sulla figura che si trovava di fronte a lei, poi parlò:

"Buongiorno a voi signore, sto bene, vi ringrazio. In cosa posso esservi utile oggi?".

L'uomo tirò fuori dalla tasca della giacca un foglio spiegazzato e incominciò a leggerne il contenuto ad alta voce:

"Fiori di campo, ortensie e garofani, poi le solite rose centifoglie".

Rachele incominciò a preparare i fiori che il signor Giorgi gli aveva chiesto e li avvolse accuratamente nella carta. Lui era uno dei suoi clienti abituali, lavorava a servizio di un'anziana vedova di origini nobili che abitava in paese; ella richiedeva di avere ogni giorno i fiori freschi in casa per clorare e profumare le stanze della sua antica dimora.

"Ecco a voi signore, è tutto pronto" sussurrò porgendogli il tutto.

"Grazie signorina, cosa leggevate posso chiedere?".

Lei raccolse il libro che aveva dimenticato ancora adagiato sul pavimento, vi passò una mano sulla copertina per togliere i residui di polvere e glielo mostrò.

"*Tristano e Isotta*, lo conoscerà sicuramente".

L'uomo annuì sicuro.

"Certamente, un vero dramma romantico".

Rachele assentì cordialmente e congedò il suo cliente in un sorriso. Lo seguì con lo sguardo per qualche istante, fino a quando la figura paffuta e appena barcollante si confuse tra la folla frettolosa.

La campana rintoccò mezzogiorno.

La fanciulla strofinò le mani tra loro per riscaldarsi e si strinse nello scialle cercando un leggero tempore. Pensò che forse sarebbe dovuta rincasare, in modo da poter aiutare Beatrice con il pranzo della servitù e forse riuscire a incontrare suo padre.

Ripose i pochi fiori invenduti in un panno di cotone che portava sempre con sé, fece un nodo per tenerli ben fermi e se lì portò lungo la schiena, infine strinse i lembi rimasti fuori sul petto ben stretti e, dopo aver riposto i vasi nel cestino di vimini, lasciò la sua postazione.

Salutò come era solita fare tutti gli altri venditori e riprese la strada di casa. Il tragitto era più lungo di quello che ci si potesse aspettare, ma la ragazza amava particolarmente camminare e finché le giornate si mantenevano serene in tal modo, seppur accompagnate dalla brezza fresca dell'autunno, la strada pareva essere meno stancante o pesante di quanto poi, in realtà, fosse.

Dopo aver attraversato tutto il paese a passo svelto, oltrepassò il ponte che si dispiegava ai piedi dell'antica porta che segnava la fine del grazioso borgo tardo medioevale.

Imboccò la strada scoscesa che tagliava dolce la campagna toscana già addormentata da un naturale letargo. Da lì, poi, avrebbe dovuto percorrere poche miglia prima di veder spuntare l'immensa tenuta dei conti Falesi troneggiare tra gli alberi e i regali giardini.

Mentre percorreva quel romito sentiero, la fanciulla era persa nei suoi pensieri, alle volte troppo grandi per i suoi diciassette anni, pensieri che le rubavano, di tanto in tanto, la spensieratezza della sua effimera giovinezza. Un rumore udito in lontananza la distolse dalle sue riflessioni e la spinse a voltarsi per carpirne la provenienza. Vide un'auto, allora si fece più vicina al margine della strada e continuò a camminare tranquilla senza porci troppa attenzione.

Poco distante da lei, più in là, una lussuosa automobile percorreva a ritmo sostenuto la medesima strada della fanciulla. L'autista, perfettamente vestito in maniera elegante, fischiettava un allegro motivetto. Seduto comodamente sul sedile posteriore, un giovane uomo se ne stava intento alla lettura di vari fogli riguardanti la letteratura francese. I capelli biondi erano ben sistemati dalla brillantina, il viso dalle forme regolari metteva in bella mostra gli occhi grandi color del cielo, il corpo snello e giovane era vestito da un completo elegante, sui toni del blu, di una pregiata manifattura.

"Come vi sentite signore per la prova di ammissione della settimana prossima? Siete in agitazione?".

La domanda improvvisa del signor Saverio distolse il giovane dalla lettura.

Sorrise e scosse la testa divertito.

"Saverio, amico mio, mio padre mi sta facendo seguire così tante lezioni dal professor Palazzi che non riesco più a distinguere il giorno dalla notte... Sono abbastanza preparato".

L'autista rise tra sé alla risposta del giovane. Lo conosceva da molti anni e quel ragazzo gli aveva suscitato da sempre una gran simpatia.

Il giovane chiuse i fogli e li ripose nella cartellina, girò lo sguardo verso la strada e volò a immaginare la sua esistenza che stava per mutare, di lì a poco ogni cosa avrebbe assunto una piega inevitabilmente differente... Una stretta molto simile alla nostalgia gli attanagliò la gola e nello stesso istante in cui percepì quelle sensazioni addoloragli il cuore, scorse lungo la strada, in lontananza, una figura più che familiare. Allora sorrise tra sé e parlò a Saverio con entusiasmo:

"C'è la signorina Rachele, accostate non appena l'avremmo raggiunta".

L'auto si faceva sempre più vicina, fino a quando a un tratto, si accostò alla ragazza che camminava distratta e iniziò a rallentare, poi si fermò. La fanciulla si voltò appena, quel poco che le permise di riconoscere l'autista e capire quale sarebbe stata la voce che di lì a poco avrebbe rotto il silenzio.

"Sali con me?" chiese la persona nascosta nel vano passeggeri.

Lei si voltò e dissentì sicura, nascondendo la gioia per averlo incontrato.

"No, ti ringrazio, preferisco camminare".

Lui fece spallucce e prendendo con sé il cappello sussurrò all'autista di lasciarlo scendere. Saverio annuì e dopo averlo salutato, poi si allontanò disperdendosi tra le colline.

Il ragazzo si riassettò gli abiti leggermente sgualciti dal lungo tragitto e fermò gli occhi in quelli della ragazza che l'osservava attenta. Un leggero ciuffo gli ricadeva curvo lungo la fronte spaziosa, gli occhi di un azzurro chiaro, quasi cristallino, brillavano come il cielo limpido quando si specchia nell'oceano. La bocca sottile e disegnata assunse le pieghe tenere di un sorriso che Rachele ricambiò dolcemente.

"Hai guadagnato bene oggi?" domandò, togliendole dalle mani il cesto che stringeva affaticata.

"Meno del solito, ma si sa che di questi periodi il mercato è difficile" rispose abbassando lo sguardo.

Samuele annuì comprensivo.

"Lo so e me ne rammarico moltissimo. – disse, poi continuò con aria sognante – Stamattina a Firenze ho visto un abito molto grazioso, mi piacerebbe fartene confezionare uno simile, così potrai cambiare quello che indossi".

Rachele dissentì immediatamente.

"Samuele, lo sai che non mi piace indossare degli abiti che non si addicono alla mia posizione…".

Lui si fermò di scatto lasciando il cesto sull'erba, l'invitò a voltarsi stringendole la mano.

"Sarà semplice, rosso come lo desideravi da piccola per il tuo compleanno. Te ne prego!".

Lei scostò la testa nascondendo un sorriso e mosse gli occhi verso un punto lontano del paesaggio. Samuele le prese il mento tra il pollice e l'indice della mano e l'invitò a guardarlo, Rachele cedette alla sua richiesta provando a far scomparire il fulgore di timidezza che le aveva colorato il viso.

"Domani pomeriggio andremo a prendere le misure, che ne dici?".

Rachele annuì silenziosa e tornò a camminare a passi svelti.

"Facciamo un patto, accetterò il tuo regalo solo se il giorno del mio compleanno mi farai ballare il valzer in giardino, sotto le stelle…" la voce le si fermò d'improvviso, persa nel dolce ricordo di quella sera di molti anni prima.

Lui continuò la frase al suo posto, come se avesse letto tra i suoi ricordi, ricordi che in fondo erano anche i suoi.

"Come quella notte magica di tanti anni fa…".

Rachele lo guardò di sbieco dolcemente, poi tornò a stringersi nel suo scialle di lana, travolta da un brivido pungente di una qualsivoglia emozione. Samuele l'abbracciò stringendola caldamente con un braccio e le fermò un bacio sulla tempia.

"Ballerai il tuo valzer, vedrai…" le sussurrò a fior di labbra.

Lei sospirò leggera, assaporando le sensazioni benefiche che si impossessavano di lei ogni qual volta l'aveva vicino. Provò a fermarle nella memoria, sicura che presto, suo malgrado, quei momenti sarebbero stati soltanto un amaro e lontano ricordo, una fulgida e sempiterna utopia.

Ripresero a camminare rimanendo abbracciati, Samuele la stringeva a sé con presa ferma e presente, premendo forte i polpastrelli della mano contro la lana, quasi a volerla tenere, per quel poco tempo che era loro concesso, ancorata al suo cuore.

La più dura ragione da dover accettare si sa, è la certezza che nulla, nessuno mai, potrà cancellare un sentimento eterno, quando questo è destinato a rimanere per sempre in silenzio.

Quando il sole tramontò quella stessa sera, la cena era stata servita alla famiglia da un bel po' di tempo e ai pian inferiori tutti gli inservienti erano intenti a cenare scambiandosi opinioni sul governo del Paese. Beatrice consumava la sua zuppa con voracità insieme a sua figlia Lidia, Rachele invece era seduta accanto a suo padre e girava il cucchiaio nel brodo in maniera meccanica, lo sguardo perso in un punto lontano della cucina.

Lidia lanciò un'occhiata alla madre che recepì immediatamente e a sua volta, dopo aver cercato lo sguardo di Elia, gli indicò con il mento la figlia, ancora persa nel suo mondo lontano.

"Tesoro tra poco la zuppa si raffredderà, ti conviene sbrigarti" la voce squillante di Beatrice cancellò i suoi pensieri aggrovigliati, riportandola nel mondo reale. Si guardò attorno assopita accorgendosi che gli occhi dei presenti erano quasi tutti fissi su di lei, intenti a osservarla con fare sorpreso e interrogativo.

Di pronta risposta emise un leggero colpo di tosse, abbassando lo sguardo intimidita.

"Beatrice, ti dispiace se non la finisco, ho lo stomaco chiuso".

L'altra fece spallucce senza rispondere ma Elia parlò per lei:

"Figlia mia, ma cosa ti succede? Hai sempre mangiato molto volentieri e invece nell'ultimo periodo non sei riuscita a toccar cibo…".

"Nulla papà, è solo che non ho appetito, tutto qui…" rispose allontanando il piatto da sé.

Lidia l'osservò con attenzione, provando a carpire qualcosa da quell'animo che si tormentava in silenzio, trincerandone i moti dietro una falsa allegria, senza però riuscirvi.

L'unica sfumatura che le risultava coglibile era che stesse soffrendo e sì, in cuor suo ne conosceva anche la ragione. Guardò l'amica con comprensione e, dopo aver incontrato i suoi occhi, le sussurrò in silenzio che lei la capiva, davvero. Rachele le sorrise, sicura che Lidia fosse davvero una compagna preziosa.

Lei e Juliet erano le sue migliori compagne e amiche, ma una l'aveva persa, purtroppo.

E non avrebbe potuto rivederla, almeno per i pochi anni a venire.

Trascorsero alcuni minuti di silenzio, fin quando Rachele si alzò e, dopo aver dato un bacio al padre e preso la mantella, corse in giardino senza guardarsi indietro.

Qualche piano più sopra, il salotto nel quale veniva abitualmente servita la cena era semivuoto e in penombra. Attorno all'imponente tavolo ancora da rassettare, erano seduti gli uomini, compiti nei loro smoking e concentrati su una conversazione d'affari, fumavano i loro sigari sorseggiando del whiskey.

Il conte Guglielmo parlava tranquillamente con suo fratello e suo nipote quando, a un tratto, dopo aver chiesto espressamente al figlio se avesse letto alcuni bilanci che gli aveva affidato il giorno precedente, si era reso conto che girava il bicchiere su se stesso in maniera laconica, senza aver posto la minima attenzione alle sue parole.

Lo guardò attentamente, mentre gli altri due presenti si scambiarono uno sguardo interdetto.

"Samuele, hai sentito cosa ti ho chiesto?".

Il ragazzo tornò in se stesso e quasi fece cadere il bicchiere a terra per lo spavento, scosse la testa e tentò di cercare una scusa plausibile alla sua palese disattenzione:

"Padre, scusami sono preoccupato per le prove di ammissione, ho la testa da un'altra parte".

Il conte l'osservò di sottecchi senza capire, suo nipote Andrea, invece, colse nell'atteggiamento del cugino un qualcosa che lo preoccupò parecchio. Era sempre stato un giovane gaio e fin troppo vitale e quella sera, vederlo torvo e smarrito nei meandri di se stesso, lo rendeva ai suoi occhi quasi una copia troppo distorta per essere reale.

I loro sguardi si incontrarono per caso e fu a quel punto che Andrea udì risuonare nel suo animo l'interiorità in tempesta di quella del cugino e ne percepì il motivo. Allora gli sorrise e Samuele, dopo aver ricambiato quel gesto d'affetto, si allontanò dalla sala fingendo una fortissima emicrania.

In guardino l'atmosfera aveva tutta l'aria di essere magica e fiabesca, la luna piena colorava e assopiva il paesaggio, dissipandone l'ombra che trafiggeva l'oscurità della notte, un lieve vento fresco si increspava tra le foglie dei cipressi, emettendo un leggero fruscio.

Samuele camminava assorto in quel rigoglioso paradiso di verde, pensava e ripensava, sospirava e si rattristava. Alzò gli occhi al cielo e osservò la luna, così lontana e luminosa, così bella e irraggiungibile, il suo cuore sussultò quando udì un rumore provenire dalla sua destra. Si voltò, mentre il petto che non smetteva di seguire il ritmo agitato del suo cuore.

Rachele gli sorrise in maniera quasi incontrollata e girò la testa intimidita verso il prato.

"Anche tu qui stanotte..." le sussurrò, facendosi più vicino.

Lei assentì e si voltò verso di lui che le era a pochissima distanza.

"Com'è andata la cena?".

"Come ogni sera, mia madre e mia zia insieme alle cugine discutevano del matrimonio di Rosa con un Lord inglese e il fronte opposto di investimenti sul capitale, ora sono concentrati su dei terreni in Garfagnana che pare possano fruttare parecchio per la produzione di castagne... – mosse la mano sminuendo le sue parole – Nulla di interessante in definitiva" concluse annoiato.

"Chi è questo Lord inglese? Le cameriere al piano di sotto sembrano essere in fibrillazione".

Samuele rise garbatamente.

"Thomas Ford, nipote di un conte dello Hampshire, gravemente malato. – storse la testa di poco cercando il suo sguardo – Non ha mai avuto figli, per questo il suo giovane e viziato nipote erediterà milioni di sterline, oltre al titolo e alla contea. – ammiccò con fare polemico – Quello che si dice un matrimonio di convenienza".

Rachele lo ascoltava concentrata.

"Lei non lo ama?" domandò, quasi preoccupata.

Lui si intenerì, ma fu attento a non darlo a vedere. Nonostante non fosse più solamente una ragazzina, Rachele era ancora persuasa, o forse illusa, che nel suo mondo ci si sposasse per amore.

Ma, era la più abietta e crudele menzogna.

Si sporse di qualche millimetro per poterla guardare meglio, poi quando fu soddisfatto della visuale del suo volto in attesa di una risposta, avvicinò le labbra al suo orecchio, cominciando a sussurrare:

"Mio zio e mia zia hanno combinato il matrimonio con la famiglia Ford, in verità lui e Rosa non si sono nemmeno mai visti, si consoceranno al debutto in società di sua sorella, venerdì prossimo a Londra".

Rachele si allontanò e scrutò furtivamente il cielo con gli occhi disillusi, emise un fragoroso sospiro colmo di malinconia. Samuele l'osservò attento, sicuro che si fosse persa in qualche pensiero che presto avrebbe esternato, e approfittò per godere della sua beltà, così unica che il pallore lunare la rendeva quasi irreale, contornata da una linea di fragile incanto.

Arricciò le labbra e le dischiuse.

"Dev'essere così bello, così facile per quelli come voi... – la sua voce era tenue, delicata – Voi amate solamente chi potete amare... – lo guardò di sbieco, tagliente, quasi provocatoria – Avete imparato da Tristano e Isotta, da Tancredi e Clorinda, da Paolo e Francesca...".

Un silenzio greve si interpose tra loro.

Rachele tirò su un po' il naso stringendosi nello scialle.

"Voi, Samuele, avete compreso che si può amare solo il possibile, che si deve amare solo ciò che ci è concesso, se non vogliamo trafiggerci il cuore con il sempiterno ricordo di un'utopia mai nemmeno sfiorata. Voi avete imparato, noi comuni mortali invece no".

"Soltanto perché crediamo impossibili cose possibili... – fece lui mordendosi le labbra – Siamo esseri umani e ci è concesso amare chi vogliamo, solo che crediamo ci sia proibito, così ci accontentiamo e facciamo finta di amare chi possiamo amare, senza sapere che potevamo scegliere, che potevamo essere felici, – la girò verso di sé con un fluido gesto della mano, poi le sfiorò la guancia con le dita infreddolite – che ci sarebbe bastato scegliere quell'amore impossibile per capire che non lo era".

Lei socchiuse gli occhi respirando più forte, poi gli afferrò la mano ancora ferma sul viso e la strinse piano nella sua. Si guardarono ancora, stavolta più intensamente, percepirono il loro cuore perso nella consapevolezza di quel disperato e ridicolo destino che li teneva prigionieri.

"Domani allora andremo a scegliere il tuo vestito" affermò lui entusiasta.

Rachele annuì, nascondendo un sorriso.

"Sono piuttosto imbarazzata ma non ho scelta, giusto?" chiese dolcemente.

"Esattamente signorina, il tuo compleanno è vicino".

Un sospiro nostalgico spense il sorriso di Rachele.

"Vorrei che questo compleanno non arrivasse mai...".

Samuele abbassò lo sguardo.

"Non è detto che debba sposarla per forza...".

Lei scosse la testa e, dopo una breve pausa, parlò fermamente:

"Sai perfettamente che sarà così, ma questa bugia riesce ancora a illudermi che per qualche miracolo io diventi degna di te".

Si strinse nuovamente nello scialle e fece per andar via, ma lui la bloccò prontamente, prendendola dal polso.

"Rachele... – sussurrò piano, quasi tra sé – Vorrei tanto che questo mondo fosse diverso".

Lei sciolse la presa mostrandogli una smorfia amara e si allontanò nel buio del giardino, guidata dalla luna alta nel cielo che brillava solitaria e nel suo cuore risuonò un pensiero, *era tutto vano.*

Più in là, Samuele era rimasto immobile a guardarla, seguendola con lo sguardo fino a quando non l'aveva vista confondersi nel buio di quella notte gelida. Scosse la testa, tentando di azzittire le parole del padre che gli risuonavano in testa da troppi giorni ormai, come il rintocco impertinente di un orologio: *Tu andrai via, sposerai la marchesa e nulla potrà farmi cambiare idea.*

E lui non poteva fare alcunché per cambiare le cose.

Solo accettare.

Resistere, sopperire.

Doveva farlo per lei.

II.

Un timido sole offuscato lievemente dalla nebbia fece capolino nell'umile stanza di Rachele che quella mattina, era già sveglia, nonostante fossero ancora lontane le sette del mattino.

Se ne stava pensierosa davanti al minuscolo specchio della toletta a sistemare i suoi lunghi capelli in una acconciatura composta. Non appena ebbe finito, come al suo solito, baciò la foto della madre che la guardava sorridente e sparì chiudendo la porta dietro di sé.

Salì le scale saltellando e arrivò in cucina per la colazione.

Trovò quasi tutta la servitù in piedi, compreso suo padre che l'aspettava seduto in un angolo della stanza.

"Sei molto bella, stamattina, figlia mia. – le disse mentre lei gli andò incontro per baciargli la fronte – Hai qualche incontro importante oggi?" continuò curioso, osservandola meglio.

Rachele scosse la testa, provando a nascondere il rossore che le aveva improvvisamente colorato le guance, stava per dissimulare, ma alle sue spalle comparve Beatrice che, tutta trafelata, appoggiò il pane appena sfornato sul tavolo.

"Nel pomeriggio andrà in paese con Sua Signoria dal sarto, lui vuole regalarle un abito per il suo compleanno" confessò divertita.

Rachele le lanciò un'occhiata furiosa alla quale lei rispose con ironia:

"Quanto credi che avresti potuto nascondere quello che sta succedendo tra voi?".

"Quello che succede da sempre, vorrai dire" Lidia si sedette accanto a Rachele sorridendo.

Elia, nel frattempo, si guardava intorno sperando che nessuno avesse ascoltato quella conversazione.

Rachele si alzò.

"Quando avrete terminato la vostra riserva di commenti, fuori luogo, avvisatemi e tornerò a condividere i miei pasti con voi!".

Detto ciò, prese una fetta di pane con la marmellata e uscì dalla cucina senza voltarsi.

Lidia guardò sua madre con fare sconvolto.

"Ma cosa le è preso?".

La donna fece spallucce e si versò il tè.

"Forse abbiamo esagerato, non ha voglia di scherzare…".

"Il momento si sta avvicinando…" sussurrò Elia.

Beatrice sospirò.

"Proprio così…".

Elia sentì un grosso peso premergli sul cuore, respirò forte e lasciò a sua volta la stanza, deciso a trovare Rachele per parlarle, ma non fu facile, sembrava sparita.

Quando poi udì dei rumori provenire dalla serra, tirò un sospiro di sollievo, entrò piano e la vide recidere alcune ortensie, accanto il suo solito cesto pronto ad accompagnarla in un'altra giornata di lavoro. Emise un leggero colpo di tosse per annunciarsi.

"Padre..." sussurrò guardandolo con la coda dell'occhio.

"Figlia mia, io non so come dirtelo, le parole mi sfuggono".

"Cosa vuoi dirmi?" chiese preoccupata, avvicinandosi a lui.

"Mi dispiace che tu stia soffrendo, mi dispiace che soffrirai".

Lei capì immediatamente e provò a fermarlo.

"Padre, io...".

"So cosa si agita dentro il tuo cuore, ma devo dirtelo. – le accarezzò la guancia con le dita rugose – Non sarà mai possibile, noi siamo poveri e tali rimarremo, noi possiamo amare solo chi ci è concesso amare...".

Gli occhi della fanciulla si riempirono di lacrime, ma non caddero, rimasero ferme nell'incavo delle palpebre, ferme e scolpite in ciò che rimaneva del suo orgoglio.

"Io non sono innamorata di lui, non lo sono mai stata e non potrei mai permettere a me stessa neppure il sogno di essere amata da un conte... – prese fiato – E poi lui non potrebbe mai amare me, mai. – pronunciò quelle parole tutte d'un fiato, quasi per paura che suo padre capisse gli sforzi che stava compiendo per mentire, disperatamente – Ora devo andare papà, buona giornata" mormorò baciandogli la guancia, poi prese il cesto e silenziosa se ne andò.

Nessuno avrebbe mai saputo che piangeva a ogni passo, soffocando i singhiozzi in un angolo muto e profondo del suo cuore.

Qualche piano più in su, quella stessa mattina, la famiglia Falesi era in sala per la colazione. La luce trapelava irriverente dalle immense vetrate lucidate a specchio, la tavola sapientemente apparecchiata, Patrizio fermo nella sua posa statuaria, se ne stava in un angolo della stanza pronto a qualunque richiesta.

Quando Samuele varcò la soglia rimase stupito alla vista della madre che, come noto, essendo sposata era solita essere servita in camera.

"Madre, come mai sei qui?" chiese curioso, versandosi il caffè.

La contessa l'osservò compita.

"Devo andare da Lucrezia per darle alcuni consigli sul suo abito. – appoggiò la tazza sul piattino di maiolica e riprese – Il matrimonio si avvicina...".

Il figlio l'ascoltava distrattamente, perso com'era nei suoi pensieri aggrovigliati.

"Samuele nel pomeriggio vorrei che mi accompagnassi dal marchese Monteverdi".

Lui alzò gli occhi.

"Dobbiamo discutere di alcune questioni e sarei felice che tu incontrassi sua figlia Clara, è appena rientrata da Parigi".

"Oggi pomeriggio ho un impegno in paese, non credo che potrò liberarmi per tempo".

La contessa Amalia guardò il marito di sottecchi sperando con tutta se stessa che non incominciasse a discutere, come al suo solito, ma notò che stava già guardando il figlio con aria infastidita.

Samuele prese coraggio:

"Vado dal sarto con Rachele, voglio farle confezionare un abito per il suo compleanno".

Uno strano silenzio piombò tra loro, Patrizio guardò Samuele a mo' di rimprovero e si domandò come gli fosse passato per la mente di dir loro la verità con quella sfacciataggine.

Guglielmo posò gli occhi sul figlio e lo scrutò con un'espressione imperturbabile.

"Non ho alcuna intenzione di ripetermi, né di ostacolarti, fai confezionare per lei un abito da sogno completamente al di sotto delle sue possibilità...".

La contessa tentò di arginare l'imminente tempesta che implacabile, udiva tuonare in lontananza.

"Guglielmo controllati, potresti dire cose che non pensi" ma il suo tentativo fu pressoché vano.

Samuele infatti si alzò di scatto.

"Sei sempre il solito, non ti permetto di offenderla...".

"Tra meno di due settimane sarai migliaia di chilometri distante da qui, dimenticherai ogni cosa, ogni stupido sentimento da ragazzino quale sei!".

"Io non provo alcun sentimento. – strinse i pugni e forzò i nervi per evitare di confessare ciò che avrebbe voluto, ma non gli fu possibile – Nessun sentimento che tu e la tua maledetta Londra riuscireste a farmi mai dimenticare, neanche la figlia di un marchese...".

Guglielmo si alzò e si avvicinò al figlio pericolosamente.

"Tu sposerai una donna degna della tua stirpe, mi darai degli eredi e dimenticherai quella stupida contadina arrivista".

La contessa abbassò lo sguardo tristemente, come se non riuscisse a guardare quella scena né ad ascoltare quelle gelide osservazioni, Samuele ingoiò il nodo che gli fece riempire gli occhi di lacrime e provò a parlare, ma gli sembrava impossibile.

"Tu non sai nulla di lei, della sua anima, tu l'hai tenuta per tredici anni chiusa in uno scantinato, non sai nemmeno com'è fatta... – prese fiato – potrò andare a Londra, sposare chi tu vorrai, ma nulla, nessuno potrà mai riuscire a farmela dimenticare, nemmeno i tuoi giudizi cinici e colmi di cattiveria".

Detto ciò accartocciò il tovagliolo di stoffa, lo lanciò contro la tazza di tè ancora colma e dopo averne rovesciato il contenuto sul candido tessuto, scappò dalla stanza come una furia.

Amalia e Guglielmo incominciarono a discutere animatamente, senza porre la minima attenzione alla presenza di Patrizio e dei due camerieri, gridavano talmente forte che persino dalla lavanderia Lidia riusciva a udire l'eco delle loro voci concitate.

Patrizio corse a chiamare le cameriere per rassettare il resto di quella battaglia; percorse il corridoio, girò l'angolo e prima di scendere le ripide scale che l'avrebbero condotto in sala domestici, venne bloccato da un'immagine che lo addolorò profondamente.

Samuele se ne stava fermo con l'avambraccio contro il muro a coprirgli gli occhi.

Sussultava a ogni respiro, ingoiando a fatica l'aria che mancava al suo cuore.

Il maggiordomo tornò dietro l'angolo per non farsi notare, respirò forte e si chiese a chi giovasse tutta quella sofferenza, ma prima che potesse darsi una risposta, udì il conte che lo chiamava a gran voce, allora percorse nuovamente il corridoio senza guardarsi indietro.

Più tardi, lungo il viale antistante Villa Orchidea, Saverio attendeva nell'auto i suoi giovani passeggieri, sapeva bene che la compagnia della signorina Rachele non era gradita al conte Falesi, ma lui non avrebbe mai potuto dissentire alla richiesta del giovane Samuele, gli era troppo affezionato, allora lo accontentava ogni volta, sicuro che se mai un giorno fosse arrivato il momento di essere licenziato, sarebbe stato di certo per quel motivo.

Samuele se ne stava fermo davanti allo sportello dell'auto con gli occhi fissi verso l'uscita secondaria, l'aspettava con ansia e impazienza, quasi come una necessità. Dopo la discussione, ennesima, con suo padre, gli si era aperta una voragine di buio nel cuore e sperava con tutto se stesso che averla al suo fianco per qualche ora, avrebbe ridato un lieve colore a quel grigiore interiore.

Le sue aspettative non tardarono ad essere colmate, dopo pochi istanti infatti la vide farsi largo a passi svelti, gli sorrise e accorciò la distanza che li separava accrescendo sempre più l'ampiezza delle sue labbra.

Samuele spostò gli occhi da lei imbarazzato, lei scosse il capo evidentemente divertita.

"Conte Falesi, siete per caso imbarazzato dalla presenza di una contadina?".

Lui rise sommesso.

"Signorina, siete più graziosa voi di tutte le nobildonne che ho incontrato fin d'ora...".

"Dovrete averne conosciute molto poche allora" rispose lei, teneramente.

Si guardarono per alcuni flebili istanti, poi il giovane avvicinò delicatamente la mano alla sua fronte e, con un gesto quasi impercettibile, le nascose un ribelle ricciolo di capelli dietro l'orecchio.

Lei chiuse gli occhi appena, poi li riportò nei suoi e gli parlò senza dire nulla.

Rimasero così per alcuni secondi, i loro respiri erano irregolari e gli occhi, fissi e immobili, cominciarono a diventare caldi, poi umidi, infine più nulla.

Più in alto, lo sguardo della contessa era attento, aveva seguito ogni singolo movimento, una grossa preoccupazione l'addolorava e trafisse improvvisa il suo cuore quando li vide allontanarsi con l'auto, forse, si disse laconica, se quei due giovani fossero stati davvero destinati l'uno all'altra, se davvero si fossero amati con tanta tenacia, le loro mani umane, avrebbero mai potuto qualcosa?

Il viaggio durò poco, il paese non era distante, ma avevano ugualmente scelto di non andare in auto a causa del cielo colmo di nuvole cinerine che non preannunciava nulla di buono.

Scesi dall'auto, si guardarono entrambi intorno, poi Samuele le porse il braccio.

Rachele restò immobile.

"Non è il caso..." sussurrò.

Ma lui insisté:

"Avanti..." le prese la mano e la infilò sotto la stoffa liscia del suo abito, lei lo lasciò fare ed emise un grosso sospiro cercando i suoi occhi.

"Se qualcuno ci vedesse, cosa penserebbe?".

"Che siamo due giovani ragazzi che camminano per le strade del paese..." fece lui, cominciando a camminare.

Rachele si lasciò andare, sicura che non avrebbe avuto speranze di fargli cambiare idea, ma vide in fondo alla strada un uomo ben vestito che alzava la mano a mo' di saluto e si dirigeva verso di loro. "Mio cugino" disse Samuele tra sé.

Lei sussultò e voltandosi imbarazzata verso di lui gli parlò terrorizzata:

"Mio Dio e ora cosa facciamo?".

Lui si allontanò quel poco che gli fosse sufficiente per riuscire a guardarla, poi le parlò con sicurezza:

"Ora lo salutiamo".

Rachele fece per sfilare il braccio dal suo ma non le fu possibile perché Samuele la bloccò.

"Non allontanarti..." le sussurrò ormai di fronte al giovane che sorrideva loro curioso.

"Cugino mio, buon pomeriggio".

La voce squillante di Andrea irruppe d'improvviso, il suo sorriso largo e compiaciuto mostrò una dentatura perfetta, gli occhi grandi e verdi nascondevano una innata dolcezza e i capelli ramati ben sistemati gli donavano un'aurea infantile, anche se, Rachele ne era sicura, non era giovane come il suo Samuele.

Samuele gli strinse la mano calorosamente.

"Andrea, cosa ci fai qui?".

"Sono appena andato dal notaio, questioni noiose, voi invece?" domandò soffermandosi con gli occhi sulla fanciulla.

Rachele, visibilmente imbarazzata, lo guardava a malapena, mentre lui la osserva spesso anche mentre il cugino gli parlava cercando la sua attenzione. Notò la particolare bellezza della ragazza, era di certo ancora acerba, ma gli occhi grandi e intensi, le labbra carnose, i capelli folti, la rendevano molto affascinante.

"Noi stiamo andando dal sarto e, a tal proposito, – fece guardando la sua accompagnatrice dolcemente – lei è Rachele…".

Lei sorrise e accennò un inchino.

"Buon pomeriggio Vostra Signoria, è un piacere fare la vostra conoscenza".

Andrea, da vero galantuomo qual era, si sfilò il cappello e le baciò la mano.

"Finalmente vi conosco, mio cugino mi ha parlato molto di voi".

Rachele sussultò, il suo cuore perse un battito ma si impegnò nel cercare di non darlo a vedere.

"Mi spiace di non esserci incontrati prima…" fece lei sorridendo.

Andrea ricambiò il sorriso.

"Ora che sono tornato da Roma, credo che rimarrò qui definitivamente, avremo più occasioni di stare insieme, vero Samuele?" domandò facendo l'occhiolino a suo cugino che l'osservava visibilmente allegro.

Samuele annuì rassicurandolo.

"Domani pomeriggio ad esempio, vieni da noi così Rachele ti farà fare un giro in giardino, poi resterai a cena…".

Andrea accettò e dopo averli ringraziati e salutati, sparì in fondo alla strada che conduceva alla dimora del fratello del conte Guglielmo.

Samuele lo osservò compiaciuto, voleva molto bene a suo cugino e, pensare che fosse tornato definitivamente per restare, lo faceva sentire meno solo, anche se, suo malgrado, sapeva benissimo che presto, molto presto, ad andar via sarebbe stato lui e l'avrebbe dovuto fare senza possibilità di remissione.

Camminarono stranamente silenziosi fino alla piazza principale, poi, prima che Samuele potesse aprire la porta della sartoria, Rachele lo tirò da un braccio spingendolo a voltarsi.

Lui si arrestò e si girò a osservarla contrariato.

"Cosa c'è? – lei tacque – Rachele… – lei continuò a tacere – Cos'hai?".

Lo tirò ancora per il braccio, stavolta più forte. Samuele la lasciò fare e la seguì, fino a quando non furono lontani di pochi passi dalla porta d'entrata.

Dall'espressione del suo volto, Samuele capì che c'era qualcosa che non andava, ma allo stesso tempo, non riusciva a capire cosa fosse.

Lei lo guardava colma di paura, di preghiere senza parole, sperava che lui capisse.

"Dimmi cosa ti sta succedendo…" la implorò lui.

"Non voglio quel vestito" la sua voce era un soffio, quasi impercettibile.

"Perché?".

"Perché non posso indossarlo, non come lo desidererei io…".

"Ma…".

"Non adesso Samuele, lo sai anche tu".

Lui respirò fragorosamente.

"Era il tuo sogno da bambina… volevi ballare il valzer dei fiori nella sala da ballo, con l'orchestra che suonava e le gonne delle dame che si intrecciavano con la tua…".

Lei rise amaramente.

"Ballare quel valzer, con il mio abito rosso, farlo con te".

Le loro fronti si unirono.

"Ed è ancora il tuo sogno?".

Rachele abbassò lo sguardo, poi si allontanò, cominciando a camminare.

Samuele la raggiunse tirandola per la mano.

"Rachele…".

"Il nostro tempo insieme sta per finire Samuele, lasciami andare".

Lui mollò la presa senza nemmeno accorgersene e abbassò lo sguardo per alcuni secondi e prima che potesse dire parola alcuna, voltandosi, si accorse che lei era già sparita.

Rachele correva a perdifiato, scappava, sperava inutilmente che non sarebbe riuscito a raggiungerla, sperava che non l'avrebbe trovata.

Mai più.

Che stupida ingenua.

Lui l'avrebbe seguita, cercata e poi ritrovata.

Presa tra le braccia e scossa dalle spalle, guardata con quei maledetti occhi e afferrata con la facilità disarmante che lo contraddistingueva, e lei non avrebbe resistito quella volta, non voleva.

Il cielo tuonava prepotente, la valle si illuminava intermittente di viola e rosso, la terra tremava, o forse erano le sue gambe.

Crollò sulla strada brecciata che conduceva a Villa Orchidea, senza capire come ci fosse arrivata e dopo quanto tempo. Poi si inginocchiò e, nascondendosi il volto tra le mani, respirò forte provando a non piangere.

Dopo alcuni secondi, sentì le ruote di un'auto frenare bruscamente e la portiera aprire e chiudersi, poi i suoi passi, infine le sue braccia cingerle la schiena il suo viso tra i capelli.

"Non farlo mai più…" sussurrò con il fiato corto e la gola in fiamme.

Rachele incrociò le braccia attorno al collo e lo strinse a sua volta cercando la guancia con la sua.

"Non te ne andare…" sussurrò quasi a se stessa.

Samuele la tirò su stringendola a sé dolcemente, era così fragile e piccola in quel momento che avrebbe potuto stringerla in un pugno, era abbandonata, totalmente, a lui e alla disperazione.

"Guardami… Io non ti dimenticherò mai, neanche se dovessi andare in capo al mondo".

Rachele gli sorrise.

"Mi mancherai, ecco tutto, e non voglio avere quel vestito se tu non ci sei, se non ci sarai…".

La sua voce era talmente tenera che il cuore di Samuele parve sciogliersi.

"Mi mancherai anche tu".

Si guardarono a lungo come chi sa di essere inevitabilmente legato all'altro.

Ma le loro volontà non potevano nulla di fronte all'inesorabile sorte che il destino aveva in serbo per loro.

La pioggia cominciò a cadere feroce, l'aria gelida prese a turbinare tra le fronde dei cipressi.

Samuele si sfilò la giacca e la appoggiò sulle spalle di Rachele.

Lei si alzò sulle punte dei piedi e gli lasciò un bacio sull'angolo delle labbra.

Lui rimase immobile, atterrito, sconvolto.

La osservò allontanarsi, era già così lontana.

Sarebbe mai riuscito a dirle la verità?

III.

Qualcuno dice che l'amore implicito sia la più alta forma d'amore.

Quello che si cura di te quando non te ne accorgi, che ti guarda dormire da lontano, che lavora instancabile per realizzare i tuoi sogni senza confessarlo mai.

L'amore nascosto.

Quello che morirebbe, pur di vedere la pace nei suoi occhi.

Quello che brama la felicità dell'altro a costo di accettare di non farne parte, a costo di essere nascosto.

E di restarlo per sempre.

Ciò che legava le loro anime era molto simile a questo tipo di sentimento, non c'era infatti ora, giorno o momento in cui non pensassero l'uno all'altra, in cui senza posa controllassero le pieghe dei loro sorrisi per scoprire se fossero reali o in cui guardassero dalla finestra fino a quando l'uno o l'altro non solcava la soglia di casa.

Si amavano in silenzio.

Con ogni fibra del loro cuore.

Ma sapevano benissimo che il loro mondo, il loro maledetto tempo, non avrebbe mai potuto concedere loro la divina opportunità di confessare tutto ciò.

Si amavano, sì.

Ma non potevano amarsi.

E non avrebbero mai potuto.

Ma si sa, il cuore non ce la fa ad amare chi deve.

Lui ama e basta.

Il cuore può tutto.

Il cuore sa perdonare.

Scusa ogni ritardo, ogni impazienza, cura ogni ferita, dimentica il dolore subìto, lo trasforma, gli ridà la vita che aveva smarrito.

E allora forse, chissà, avrebbero lottato, si sarebbero amati pazzamente un giorno, in un mondo diverso, in una vita che esisteva solo nei loro sogni, intrappolata nelle utopie delle strane storie d'amore che leggevano nei libri quando erano soltanto dei bambini.

Quelle in cui gli amanti scoprono di amarsi solo alla fine del racconto, quando la storia sembra finita.

Ma alle volte si amano quando è troppo tardi.

Il tempo non può niente.

Il tempo non sa perdonare.

Deferentibus non relaxat temporis

Il tempo non perdona.

Samuele accarezzava con le dita quell'antica incisione, troneggiava lievemente sbiadita sull'angolo sinistro del suo pianoforte a coda, probabilmente era stato suo nonno a volerla, anche se si domandava ogni volta perché avesse scelto proprio quella frase.

Il tempo non perdona.

Aveva ragione.

Il tempo non perdonava quasi mai.

Dalla finestra a ovest della sala da ballo, stava per iniziare lo spettacolo del tramonto, le tende erano ancora chiuse, il mondo pareva essere ovattato e distante.

Amava guardare il cielo in quelle ore della sera, lo calmava.

Ma ancor di più, amava guardare lei mentre curava i roseti.

Perché lo faceva sempre al tramonto, e i roseti erano ben visibili da una sola finestra della casa. Quella a ovest del salone delle feste.

Innumerevoli volte la sua parte razionale lo aveva spronato a cercare una valida motivazione a quel comportamento, che in fondo aveva preso la piega di una piacevole abitudine, ma a ogni martellante domanda rispondeva solamente il suo cuore che, indomabile, gli ordinava con prepotenza di tacere.

Amava vederla persa nella dedizione, nella cura e nella pazienza.

Quelle virtù erano il suo sigillo, riuscivano a farle trasformare ogni cosa in un piccolo e unico miracolo.

Erano quei particolari a renderla tanto rara quanto inafferrabile, lei si dedicava.

Agli affetti, alla lettura, ai sentimenti e alle persone.

E le salvava.

Osservarla con tanto ardore, alle volte, gli pareva che lo facesse sconfinare nell'avidità, nella contorta paura di non poter conservare quelle immagini in uno scrigno, così da poterle contemplare ogni qual volta la sua anima ne fosse stata assetata.

Quando era solito nascondersi in quella sala, dietro quei vetri, si sentiva come un bambino che metteva gli occhi su qualcosa che non poteva avere.

Il rumore della porta che si apriva lo fece sussultare e cancellò improvvisamente tutto quel turbinio di pensieri che lo rendevano malinconico.

Chiunque fosse stato, lo aveva scoperto con le mani nel sacco.

Rimase immobile per alcuni interminabili istanti, sperando intensamente di poter udire di lì a poco, una voce amica.

"Signoria, non pensavo di trovarvi qui... Sono soltanto venuta a portare un po' di legna...".

Samuele si voltò con riguardo e non appena si palesò alla sua vista la figura di Lidia, il respiro tornò a seguire a poco a poco il suo ritmo naturale.

"Stai tranquilla, stavo andando via...".

La fanciulla colse al volo la sensazione inviatagli dalla sua perspicacia, ma decise di non dargli immediatamente ascolto. Provò a credere che avesse viaggiato troppo con l'immaginazione.

"Vi apro le tende, non sta bene che ve ne stiate qui in penombra, il sole è magnifico a quest'ora" sentenziò in un guizzo di allegria, mentre si apprestava a tirar giù il pesante velo che offuscava loro la vista del mondo.

Il ragazzo abbassò lo sguardo mentre con la mano bloccò la tenda.

"Non farlo..." l'implorò tra i denti.

Lidia l'osservò con reticenza, stava per domandargli spiegazioni per quel diniego ma poi, l'idea che le era balzata in mente qualche istante prima, tornò a farsi largo, colmando quella parte di incertezza che era rimasta.

Gli si fece più vicina sorridendo sommessa, passò una mano sul grembiule per pulire i residui di cenere, delicatamente scostò un lembo del tendaggio e tuffò gli occhi nel riflesso che quello spiraglio mostrò ai suoi occhi.

Ciò che le apparve fu esattamente ciò che si aspettava.

Immersa nel suo lavoro, dolcemente baciata dai raggi del sole rossastro, Rachele riponeva delle rose bianche nel suo cesto intrecciato di vimini.

Samuele era rimasto immobile, la mano sulla fronte, gli occhi serrati e bassi.

Lidia sorrise flebile tra sé e lasciò la tenda.

"Vi mancherà molto, non è così?" domandò con timore.

Lui non seppe se essere confortato o meno da quelle parole.

Era come un ladro, rubava una parte di lei a sua insaputa e in fondo non avrebbe potuto farlo.

Pensò che, a quel punto, mentire sarebbe risultato solo ridicolo. Allora sospirando fragorosamente confessò il suo peccato:

"Più di ogni altri al mondo…".

Lidia accusò il colpo.

Tutte le persone che li circondavano avevano avuto questa sensazione, era evidente che tra loro ci fosse qualcosa, ma sentirlo confessare dalle sue labbra, assunse per lei tutto un altro significato.

Samuele cominciò a camminare nervosamente da una parte all'altra delle vetrate, poi si fermò, passò una mano tra i capelli scuotendo la testa addolorato.

"Oh Lidia, vorrei tanto regalarle un mondo differente".

La giovane lo raggiunse a piccoli passi, percepì un peso simile a un macigno gravarle sul petto e tentò di arrancare qualche parola che potesse donargli conforto:

"Voi dovete per forza andare via? Lei non sopporterebbe la vostra assenza così a lungo".

Samuele la scrutò con garbo, mentre una smorfia amara si fece largo tra le sue labbra.

"Se restassi, cambierebbe qualcosa?".

"Perché non restate allora?" gli domandò estenuata.

"Perché non posso, non posso…" gridò, in preda a una rabbia inaudita.

Lidia si allontanò di poco sgranando gli occhi, non riusciva a comprendere.

"È per lei che lo fate, non è così? Andate via per proteggerla…".

Quelle parole suonarono a entrambi come un tuono sordo. A lei aprirono gli occhi sulla realtà più triste che avesse mai potuto immaginare, a lui invece sulla verità più bruciante che avesse mai dovuto accettare.

Tacque implacabile ingoiando l'emozione che gli tagliava il respiro.

Lidia, consapevole di aver colpito nel segno, fece per andarsene, poi si ricordò dell'infanzia che avevano trascorso insieme, dell'amicizia che li univa a discapito delle loro lontane posizioni sociali e gli parlò nel modo più sincero che poté.

"La sola e unica speranza che ho è che un giorno, guardandoci indietro, capiremo che tutta questa sofferenza sia valsa a qualcosa".

Pronunciò quelle parole tutte d'un fiato e, senza attendere che lui rispondesse, sparì mesta dietro la grossa porta.

Appena mezzo respiro più in là, quando il sole era ormai tramontato e se ne stava eclissato dietro l'orizzonte, nascosta e accovacciata dietro una grossa fila di ortensie blu, Rachele era seduta con gli occhi persi verso il cielo, intenta ad ascoltare la più dolce melodia che esistesse.

Suonava sempre a quell'ora della sera, faceva dissolvere come una magia le note nell'aria, volteggiavano, danzavano.

A lei pareva di vederlo come se fosse lì, chino con gli occhi socchiusi sulla tastiera, le dita leggiadre ad accarezzare i tasti bianchi e neri, la testa che saliva e scendeva con la musica, un ciuffo di capelli color dell'oro che gli si intrecciava capriccioso tra le ciglia.

Quell'immagine la rapì, profonda e intensa.

Tanto che lo stomaco le si contorse in una fitta di tenera emozione.

Ciò che più amava di quei momenti erano i ricordi che le affioravano alla mente, come d'incanto.

Vedeva lui che le si sedeva accanto sullo sgabello e con le dita sulle sue le insegnava a suonare.

Paziente e gentile.

Le sue risa leggere, il modo in cui le dava un colpetto sul braccio con la spalla per non farla demoralizzare: *Sei bravissima Rachele, credimi.*

Lei scuoteva la testa divertita, sapeva che mentiva, ma non glielo faceva notare.

Fammi ascoltare il notturno di Chopin, gli chiedeva ogni volta.

E lui cominciava a suonare, sorridendole.

Una mattina d'estate, Rachele lo ricordava come fosse ieri, le aveva detto: *Ogni volta che sentirai questa canzone, io e te saremo insieme, sempre.*

E lei non l'aveva dimenticato.

Tutte le volte in cui sentiva la sua mancanza e udiva quelle note, lo percepiva dentro di sé, lo avvertiva respirare in lei, mentre i ricordi della loro infanzia trascorsa insieme cominciavano a occupare tutti gli spazi della sua consapevolezza.

La canzone che stava suonando era quella.

Una lacrima le rigò il viso, l'asciugò prontamente e si alzò, in preda a un impaziente dolore.

Stava per andar via, quando una voce la bloccò.

"Signorina, come mai eravate nascosta qui?".

Rachele si voltò e il viso le si colorò di vergogna, abbassò lo sguardo e, chinatasi per riprendere il cesto di fiori che aveva con sé, cominciò a camminare a passi svelti, rimanendo coperta dalle ortensie in boccio.

Una mano però la bloccò dal polso, facendola sussultare.

"Signorina Rachele, io vi sono amico, non scappate..." il suo tono era pacato e quando avvertì il suo passo arrestarsi, allentò poco a poco la presa.

Rachele respirò più forte, sistemò la fascia scarlatta che portava tra i capelli e si fermò respirando a fatica. Evitava volutamente il suo sguardo.

Andrea la scrutò minuzioso e capì ogni cosa, senza bisogno che lei si spiegasse.

"Suona divinamente, non è così?" domandò in un sorriso.

Lei annuì silenziosa, tenendo gli occhi rivolti verso terra, colmi d'imbarazzo e timidezza.

"Io riconosco il vostro valore, e non soltanto attraverso gli occhi di mio cugino".

Rachele mimò una riverenza e parlò piano:

"Vi ringrazio signore...".

"Non sentitevi in difetto verso di me per il mio rango, desidero sinceramente la vostra benevolenza e la vostra amicizia...".

Lei dissentì immediatamente.

"Oh signore io non ne dubito, sono soltanto a disagio per quello che avete appena visto".

Andrea la guadava attento.

"Non datevi pensiero per quello, l'amore ci spinge sempre controvento, soprattutto quando si vorrebbe afferrare qualcosa che presto scomparirà".

La ragazza fu stupita dalla sua perspicacia e continuò ad ascoltarlo con interesse.

"Conosco bene ciò che si agita dentro di voi. – asserì, cercando il suo sguardo – Lo sapete perché?".

Prese il cestino dall'erba e con un cenno del capo la invitò a camminare.

"Un tempo, anche io ho amato qualcuno, follemente... – un battito profondo del cuore lo invitò a fermarsi, poi riprese – la figlia di un ricco medico bolognese. Lei però era promessa sposa a un duca. Quattro settimane prima del suo matrimonio venne a Siena per conoscere la famiglia del futuro marito e il caso volle che ci incontrammo...".

Rachele lo seguiva a piccoli passi e l'ascoltava attentamente.

"Le nostre famiglie erano amiche, così quelle settimane trascorrevamo molto tempo insieme, ci innamorammo quasi subito entrambi".

Gli sorrise sommessa mentre lui la guardava con malinconia.

"Ho compiuto le più grandi follie della mia vita per vederla, di notte, di nascosto nel bosco, per caso al mercato…".

Rachele si morse il labbro emozionata.

"La cosa che amavo più di ogni altra era vederla mentre si spazzolava capelli prima di addormentarsi, mi nascondevo alla bene e meglio in strada per vedere la sua ombra riflessa sulle tende della sua camera…".

"Che ne è di lei ora?" domandò esitante.

Lui rispose in un sospiro:

"È sposata da quattro anni ormai, l'ho rivista qualche giorno fa in paese, così bella eppure tanto infelice… – Sapete cos'è che mi da speranza? – riprese poco dopo – Che un giorno ci potremo amare di nuovo, un giorno lontano, chissà…".

Rachele accolse quella confidenza riverente e sorridendo mostrò la sua comprensione. Camminarono in silenzio fino all'entrata secondaria della servitù, lui colmo di ricordi, lei di tristezza.

Quando Andrea stava per salutarla, lei decise di parlare.

Tirò su un po' il naso e provò a cacciar via le lacrime che incombevano da sotto le palpebre.

"Quando ero solo una bambina, lo sentivo sempre suonare dal giardino. Non sapevo chi fosse. Udivo quella melodia così soave e fiabesca e pensavo felice che tra queste mura si nascondesse un principe azzurro dolce e gentile che prima o poi sarebbe sceso nella mia lugubre stanza per venirmi a salvare".

Andrea sentì il cuore accelerare.

"Quando poi lo incontrai per la prima volta, il mio sogno diventò realtà… Come posso… – un singhiozzo le bloccò la voce – Come potrei mai lasciarlo andare?" terminò quasi in un soffio di voce.

"Forse esisterà anche per voi, un giorno, un tempo giusto per amarvi…" rispose sperando di aver detto la cosa giusta.

In realtà quelle parole l'avevano tramortito e in cuor suo avvertì la tragicità di quell'amore impossibile, di quella strenua lotta di due giovani che volevano solo amarsi.

Ma non potevano.

"Possono mai toccarsi il sole e la luna?" domandò lei, quasi a se stessa.

Andrea si fermò un istante a pensare.

"Esistono le eclissi…" affermò insicuro.

Rachele sorrise tra sé e cominciò a parlare:

"Narra una leggenda cinese di due amanti che non riescono mai a unirsi. Si chiamano Notte e Giorno. Nelle magiche ore del tramonto e dell'alba gli amanti si sfiorano e sono sul punto di incontrarsi, ma non succede mai. Dicono che se fai attenzione puoi ascoltare i lamenti e vedere il cielo tingersi del rosso del loro dolore. La leggenda afferma che gli Dei abbiano voluto concedere loro qualche attimo di felicità; per questo hanno creato le eclissi, nel corso delle quali gli amanti riescono a unirsi e ad amarsi, a fondersi l'un l'altra…".

Andrea era estasiato.

"Non la conoscevo…".

"Quando ho scoperto questa leggenda ho capito…".

"Cosa?".

"Che io e lui siamo condannati a rincorrerci per l'eternità, che siamo destinati a vivere separati, che siamo la Notte e il Giorno…".

Andrea le prese la mano.

"Però esistono i miracoli, e chiunque abbia mai amato ripone sempre una piccola speranza in essi".

Rachele gli sorrise dolcemente.

"Arrivederci signore, grazie della vostra amicizia".

Lui si inchinò goffamente e le baciò la mano.

"Arrivederci Rachele, mia cara amica".

Quella stessa sera, dopo aver preparato un'abbondante cena per la famiglia e i loro numerosi ospiti, Beatrice se ne stava seduta in sala domestici a borbottare contro il signor Patrizio riguardo alla preparazione del suo piatto forte, la crema al limone.

"Preparo questo dessert da più di trent'anni, volete che non sappia quale sia la giusta consistenza?" sentenziò seccamente.

Patrizio sbuffò spazientito.

"No signora cuoca saputella, semplicemente vi sto comunicando con garbo che quando i nostri padroni e i loro ospiti hanno versato la crema sul semifreddo, sembrava una limonata!".

Beatrice si alzò di scatto, era su tutte le furie. Non riusciva a sopportare le critiche, men che meno sulla cucina, quello era il suo Regno e nessuno poteva erigersi a maestro con lei, figurarsi un maggiordomo.

"Quando imparerete per lo meno a preparare un uovo al tegamino, allora potrò prendere in considerazione l'idea di porgere orecchio alle vostre critiche!".

Stava per sparire dietro la porta, quando la vista di una figura ferma a due passi da lei la fece arrestare in men che non si dica.

Emise un leggero colpo di tosse, provando a sistemare i capelli sotto la cuffia di cotone.

"Buonasera Vostra Signoria… – sussurrò impacciata – In cosa possiamo esservi utili? Non sarete venuto anche voi a criticare la mia crema al limone, vero?" domandò, cercando pietà negli occhi del suo interlocutore.

Samuele dissentì, scuotendo la testa allegro.

"La crema era prelibata e gustosa, non datevi pensiero signora Beatrice".

La donna si voltò verso Patrizio, mimando una smorfia soddisfatta.

Lui provò a ignorarla, spostando l'attenzione sul conte che li osservava divertito.

"Signoria non fate caso ai nostri futili battibecchi. Dite, come possiamo aiutarvi?".

Il ragazzo scosse la testa ridendo appena.

"Oh voi in nessun modo, sono passato per un saluto e per vedere la signorina Rachele, sapete dove posso trovarla?".

Patrizio scrutò il giovane con fare altero, sapeva bene che quella situazione camminava in bilico su di un sottile precipizio, ma più volte si era convinto del fatto che non avrebbe potuto far nulla contro i flussi inesorabili del cuore. Il tempo, forse, sarebbe stato maestro per loro, malgrado tutto, nel bene o nel male.

Beatrice notò il silenzio e la reticenza che Patrizio assunse prima di rispondere, così prese la parola spazientita:

"È in cucina Vostra Signoria, sta lavorando a maglia".

Samuele ringraziò cordialmente e dopo aver salutato e augurato la buonanotte ai presenti, si diresse verso la cucina a passo svelto.

Nel frattempo, appena il ragazzo sparì dalla vista dei due litiganti e l'eco del suo passo risultò loro sufficientemente lontana, Beatrice non tardò a prendere parola:

"Di certo anche se non gli aveste risposto, l'avrebbe trovata ugualmente..." Patrizio stava per controbattere ma lei scomparve lungo il corridoio senza guardarsi indietro, felice e impaziente del desiderio di un vicino sonno ristoratore.

Samuele accennò un lieve rumore sulla porta per annunciarsi.

Rachele si voltò e sorrise a fior di labbra.

Lasciò i ferri sulle gambe e nascose il lavoro ancora da ultimare sotto il grembiule.

"Cosa stai facendo?" domandò lui facendosi più vicino.

Lei scosse la testa.

"Nulla di importante..." mentì provando a dissimulare.

Lui prese una sedia e si sistemò davanti al fuoco scoppiettante, proprio accanto a lei.

"Fammi vedere..." sussurrò curioso.

Lei lo guardò divertita.

"Assolutamente no" asserì appoggiando le mani sul grembiule per evitare che lui vedesse ciò che vi nascondeva.

Samuele provò a far forza sulle mani ridendo.

"Ti prego sono curioso...".
Rachele si ritrasse e provò a bloccarlo dai polsi.
"Non osare ragazzo pestifero e impertinente" lo rimproverò ridendo.
Si guardarono per alcuni secondi con attenzione restando immobili, mani nelle mani.
Sulle pieghe dei loro volti brillava ancora la luce di quei mille sorrisi.
"Vieni a sederti sulle mie gambe?" domandò lui, dolcemente.
"Qualcuno potrebbe vederci, devo rifiutare conte Falesi...".
"Sono andati tutti a dormire, non essere capricciosa principessa".
Lei gli sorrise.
"Va bene, ma prima chiudi gli occhi".
Lui obbedì e lei in pochi secondi ripose il suo lavoro nel cestino del cucito. Sistemò l'abito e si adagiò delicata sulle sue gambe.
"Posso aprirli ora?" domandò cingendola con le sue braccia.
"Ora potete, conte Falesi...".
Detto ciò appoggiò la fronte contro la sua e, sospirando, godette del preciso istante in cui le sue palpebre chiuse lasciarono spazio a quei meravigliosi occhi color del cielo.
Lo guardò con ammirazione, tacque implacabile per numerosi istanti.
Lui ricambiò lo sguardo emozionato e le sfiorò la punta del naso con il suo procurandole un leggero solletico.
"Com'è andata la tua giornata?" gli sussurrò delicata.
Samuele la guardò più intensamente, restando immobile.
"È andata bene, va bene adesso...".
"E lo studio per l'esame?".
Lui annuì silenzioso, spostò il volto e lo fermò sul collo di lei.
Respirò più forte scuotendo la testa.
"È da quando ho memoria di conoscerti che profumi di biscotti...".
Lei rise teneramente.
"Nessuno mi ha mai detto una cosa simile...".
Le labbra semichiuse le sfiorarono la pelle.
Rachele tremò.
"Hai freddo?" domandò flebile.
Lei annuì, mentendo a se stessa e a lui.
"Vieni qui" le sussurrò facendole spazio tra le sue braccia.
Lei vi si adagiò sfinita e chiuse gli occhi. Lui la cullò piano come gli suggeriva il suo cuore.
In quel momento un magone gli contorse lo stomaco, quanto gli sarebbe mancata?
Rimasero così per molto tempo, stretti l'uno all'altra, in silenzio.

Quando Samuele avvertì il respiro di lei farsi flebile e ritmato, si accorse che si era addormentata. Allora se la strinse forte al petto e la portò a letto.

Le sfilò le scarpe e la coprì con la grossa coperta di lana che stava sul baule.

Prima di andar via le baciò la fronte.

Poi la guardò.

Il cuore prese a battere veloce.

Sì.

Per salvarla sarebbe valsa la pena sacrificarsi.

La sua sicurezza per la loro lontananza.

Per lei avrebbe potuto farlo, per lei avrebbe potuto fare ogni cosa.

Con tutto il cuore.

Sempre.

IV.

La mattina seguente il cielo plumbeo e cupo adombrava ogni cosa d'intorno.

L'atmosfera sembrava ferma, in attesa di un glorioso e funesto temporale.

In giardino, Rachele stava raccogliendo le peonie, presto avrebbe dovuto incamminarsi verso il paese per cominciare una nuova giornata di lavoro.

Lidia se ne stava accanto a lei, quella mattina era stranamente taciturna, la stava aiutando a riporre i fiori recisi nel cestino a mano a mano che lei gliene passava uno.

Nella mente le rimbombavano le parole udite dal conte il giorno prima, erano come il rintocco di un martello, non la lasciavano respirare.

L'ultima cosa che voleva era arrecare un dispiacere all'amica più cara che aveva.

Ma sua madre le aveva insegnato che è meglio una verità che ferisce piuttosto che una bugia che assopisce.

Allora, a malincuore, parlò nel modo più sincero che conoscesse:

"Rachele, ieri ho parlato con Samuele…" asserì flebilmente.

L'amica la guardò con la coda dell'occhio:

"Bene" rispose distratta.

"E credo che ci sia qualcosa che tu debba sapere…" confessò con la gola arsa.

Rachele lasciò le tronchesi e la guardò con l'espressione che si faceva via via più preoccupata.

"Ti ascolto".

"Credo che abbia accettato di andare via per proteggerti" confessò tutto d'un fiato, col cuore che perse un battito.

Rachele scosse la testa incredula.

"Cosa stai dicendo? – domandò quasi a se stessa – Come è possibile? Proteggermi da cosa? Da chi?" chiese sconvolta.

"Non ne ho idea, ma so che è così".

Rachele non riuscì a trattenersi, intuì che dietro quella minaccia avrebbe potuto nascondersi il conte, lui non sopportava l'idea del loro rapporto e pur di riuscire a porvi fine avrebbe fatto qualunque cosa, sarebbe sceso a qualunque compromesso.

E lei doveva sapere, voleva avere una spiegazione.

Cominciò a camminare piano.

"Rachele fermati, dove stai andando?".

L'amica la raggiunse, bloccandola per un braccio.

"Dal conte, c'è lui dietro questa storia…".

"Sei impazzita? Vuoi rischiare che ti mandi via? Non complicare la situazione Rachele, rifletti…".

Lei sfilò il polso dalle mani dell'amica.

"Se ha minacciato Samuele e lui per proteggermi ha deciso di andar via, allora posso convincerlo a far andar via me…".

Lidia inorridì.

"Sei diventata pazza, Rachele se tu andassi via, se lui decidesse di mandar via te al suo posto…".

Respirò più forte.

"Tu non lo rivedresti mai più…".

Rachele restò immobile. Lidia aveva ragione. Ma lei doveva tentare.

"Io non posso permettere che lui sacrifichi la sua vita per me, io posso farlo invece…".

"Il conte non ti farebbe tornare mai più".

Rachele abbassò lo sguardo ingoiando le lacrime che le premevano contro la gola.

"Lui invece tornerebbe".

"Devo provare… Io…".

Una lacrima le rigò la guancia.

Lidia la guardò con il cuore gonfio di dolore.

"Io lo amo… E non posso permettere che sacrifichi la sua giovinezza per colpa mia…".

Detto ciò lasciò la mano dell'amica e si diresse veloce verso l'entrata di Villa Orchidea.

Varcò la soglia e percorse a grandi passi il corridoio e si fermò davanti alla porta della biblioteca.

Bussò leggera, poi senza attendere alcuna risposta, entrò con coraggio.

Il conte era in piedi, fermo, davanti a un'ala della libreria.

La osservò altero, senza mostrare alcun segno di sdegno né di sorpresa.

Aveva intuito chi fosse quella ragazza, anche se da quel giorno di parecchi anni prima non era sicuro di averla vista più di una mezza dozzina di volte. Gli sembrava che non avesse più di sedici anni, il viso era smunto e magro, gli abiti di pesante manifattura e consunti.

Gli occhi grandi e vispi nascondevano una precoce maturità, quasi una strana malinconia.

Rachele era rimasta immobile davanti a lui, colta dai ricordi, dall'imbarazzo, dal senso di inferiorità. Parlò sicura e diretta, provando a nascondere l'esitazione che, inevitabilmente, le mozzava il fiato.

"Perché mi odiate così tanto? Cosa vi ho fatto?" domandò decisa.

Il conte finse di non capire.

"Non capisco a cosa vi stiate riferendo".

Lei lo guardò indispettita.

"Vi prego risparmiatemi la messa in scena, perché l'avete minacciato, perché?".

Lui provò a trattenersi dal dare in escandescenze, ma l'ultima frase da lei pronunciata dissolse ogni resto di quiete dal suo animo.

"Non riuscirete a spegnere alcun sentimento se è quello che sperate..." continuò Rachele, attendendo una sua risposta.

"Lo spero invece, con ogni fibra del mio corpo e della mia anima..." tuonò come una furia.

Rachele ebbe paura, si pentì di essersi spinta così tanto, aveva voglia di scappare, ma il conte l'afferrò per un braccio, strattonandola.

"Tu ragazzina, non rovinerai la mia famiglia, il mio rango, il mio onore. Mio figlio non sposerà mai una contadina povera, senza dote ne virtù. Fosse l'ultima cosa che faccio, vi allontanerò con tutte le mie forze, smuoverò le ire del cielo se sarà necessario...".

Rachele aveva gli occhi pieni di lacrime.

"E ritieniti fortunata che non prenda provvedimenti per la tua sfrontatezza, per la tua mancanza di rispetto. – la strinse più forte strattonandola verso di lui – Sei fortunata, ragazza, che mio figlio abbia scelto di andar via piuttosto che buttare te e tuo padre in mezzo a una strada e, credimi, l'avrei preferito di gran lunga...".

Rachele non si era mai sentita così piccola e umiliata, piangeva da troppo tempo senza nemmeno accorgersene.

"Voi siete senza cuore, siete l'uomo più crudele che io abbia mai conosciuto" sibilò a denti stretti.

Il conte l'afferrò per i capelli, con gli occhi pieni di rabbia, la spinse contro il muro, le dita le tiravano la coda costringendola a guardarlo negli occhi con forza.

"Non osare sfidarmi ragazzina, non osare…".

Lei, con il cuore in pezzi e la gola arsa di lacrime e disperazione, tentò un'ultima ancora di salvezza.

"Lasciate che sia io ad andare via, andrò via e non tornerò mai più… – gli occhi di Rachele erano imploranti, colmi di amore, di speranza, di dolore – Fate restare lui e lasciate che sia io ad andar via…".

Guglielmo ebbe un tuffo al cuore.

Dei lontani e dolorosi ricordi lo trafissero come un pugnale affilato.

Padre, prenditela con me, lascia che lui sia felice.

Io posso morire se so che lui vivrà e sarà felice.

No, Diana non farlo.

Per te posso farlo, per te farei qualunque cosa.

La porta della biblioteca si aprì.

Amalia restò di sasso.

Guglielmo sentì il cuore sprofondare in un battito sordo e lontano. Allentò la presa.

"Tu resterai qui al sicuro, lui andrà via…" detto ciò, la spinse lontana.

Samuele varcò la soglia, urtando sua madre ferma a pochi passi dall'entrata.

Rachele, sfinita, avvertì un forte capogiro, si accasciò lievemente verso terra.

"Che cosa le hai fatto?" gridò, cercando suo padre.

Le urla risuonarono a vuoto nella grossa stanza, di Guglielmo ormai non c'era ombra.

Rachele si mosse lievemente, massaggiò le tempie e se ne andò.

Samuele si precipitò verso di lei, la tirò per le braccia.

"Lasciami…" sussurrò lei.

"Rachele, cosa ti ha fatto?".

"Lasciami andare, io ti odio, ti odio con tutto il mio cuore… – Samuele era sgomento – Tu mi hai mentito, io avrei voluto non incontrarti mai, mai…".

Detto ciò, corse via senza guardarsi indietro.

Samuele provò a raggiungerla, le gridava di fermarsi, ma lei correva troppo veloce e lui aveva gli occhi troppo pieni di lacrime per poter vedere, aveva il cuore troppo addolorato anche per riuscire a respirare.

"So per certo che non partirà per il debutto della signorina Rosa, ho sentito Sua Signoria che ne parlava con Federica…".

Beatrice fece segno alla figlia di abbassare la voce. Lidia si guardò intorno guardinga e bastò poco per accorgersi che il signor Patrizio stava per raggiungerle.

Il suo sguardo era stanco quella sera, quasi come se si portasse sulle spalle dieci anni in più di quelli che effettivamente aveva. Beatrice lo osservò preoccupata.

"Che vi prende signor Patrizio? Avete il volto pallido come un lenzuolo!".

L'uomo si sedette accanto a loro, si versò una tazza di cioccolata e respirò con foga.

"Sono stanco, signora Beatrice, sono stanco e addolorato...".

Lidia gli passò dei biscotti al burro che accettò senza esitazione.

"Ha cenato?" domandò, indicando la sedia che stava immobile davanti al camino quasi spento.

Beatrice fece segno di no con la testa e Lidia parlò a fior di labbra:

"Sta ferma lì da questo pomeriggio, non vuole parlare con nessuno".

"Lui non è sceso per la cena e non ha voluto nemmeno che gliela portassi in camera".

Beatrice scosse la testa malinconica.

"Elia è preoccupato, non vuole parlare nemmeno con lui...".

Patrizio sciolse il papillon e prese aria.

"Passerà a entrambi, ora sono giovani".

"Ci sono amori che durano tutta una vita, nonostante tutto" puntualizzò Beatrice con aria affranta.

Lidia si voltò verso l'amica sospirando. Stava immobile, lo scialle di lana sulle spalle, la mano a sorreggere il volto, perso tra gli scoppiettii flebili del camino.

Un rumore di passi distolse i presenti dai loro discorsi, si voltarono all'unisono e rimasero stupiti nel vedere Samuele che varcava la soglia con lo sguardo perso, gli occhi cerchiati da pesanti occhiaie violacee, i capelli scomposti.

"Buonasera... – sussurrò distratto – Rachele dov'è?" domandò con la voce quasi rotta.

Lidia mosse il capo verso di lei per indicargliela, ma non parlò.

Samuele cominciò a camminare, raggiunse la sedia e appoggiò una mano sullo schienale.

"Rachele, posso parlarti? – lei sussultò. Ma non rispose – Ho bisogno di sapere come stai e cosa ti ha fatto mio padre...".

Lei continuava a tacere.

Lui la raggiunse e la guardò in volto.

Aveva gli occhi vuoti e lontani, due grosse lacrime colavano lungo le guance appena rosse.

"Ti prego parlami..." la implorò lui chinandosi verso di lei.

Lei chiuse gli occhi e spostò il viso dal lato opposto.

"Rachele...".

Le prese le mani.

A quel tocco lei scattò come una molla impazzita, si alzò dalla sedia e si allontanò verso la finestra.

"Cosa ti ho fatto?".

"Va' via. – gridò tra i denti – Lasciami in pace Samuele, non voglio più vederti".

"Io ho deciso di andare via per salvarti, come fai a non capire?".

"Io capisco, ho capito tutto, è illogico, irragionevole che qualcuno ti minacci per causa mia, che tu debba scegliere tra la tua vita e la mia sicurezza… – parlava piano ma aveva la voce rotta di dolore – È la cosa più stupida che io abbia mai sentito, che qualcuno minacci suo figlio per colpa di uno stupido… – si massaggiò le tempie che battevano come una furia – di uno stupido sentimento, di un amore impossibile".

Quelle due parole tuonarono nell'aria come un fendente, affilato e assassino.

Samuele la guardò con gli occhi pietrificati.

Dare parola a qualcosa la rende reale. E da lì non si torna più indietro.

"Noi non potremo mai stare insieme Samuele, mai e poi mai…".

"Averti incontrata è stata la cosa migliore che mi sia capitata…".

"Io avrei voluto che non ci fossimo mai incontrati invece… Finisce qui".

Detto ciò, si allontanò verso la sua camera senza voltarsi, corse fino all'imbocco delle scale, le scese in fretta e, raggiunta la porta, si accasciò a terra. Si nascose il viso tra le mani maledicendo se stessa e le sue parole.

Aveva mentito.

Lei lo amava con tutto il cuore.

Ma era troppo addolorata per ammetterlo.

Era troppo addolorata anche per riuscire a guardarlo negli occhi.

Occhi che non avrebbe mai potuto dimenticare.

Li avrebbe ricordati sempre, anche dopo mille anni.

Quegli occhi erano casa sua.

E nulla sarebbe mai potuto cambiare.

Fece per aprire la porta della sua camera e, senza nemmeno accorgersene, prima che potesse prendere la chiave dalla tasca del grembiule, vide qualcosa che giaceva ai suoi piedi.

Si chinò per vedere meglio di cosa si trattasse.

Era una rosa rossa e accanto ad essa giaceva un biglietto ripiegato due volte su se stesso.

Rachele sospirò flebile, persa nei ricordi.

La leggenda di Adone e Afrodite.

Raccontamela ti prego.

Secondo la leggenda, quando Adone venne mortalmente ferito dall'attacco di un cinghiale, Afrodite, che era innamorata di lui, corse in suo soccorso ma nel farlo si ferì a causa di alcuni rovi. Dal sangue, fuoriuscito dalle sue ferite, nacquero delle rose rosse. La dea non poté far nulla per salvare il giovane ma Zeus, impietosito dal suo dolore, permise ad Adone di passare solo quattro mesi l'anno nel regno dei morti, altri quattro li avrebbe potuti passare nel regno dei vivi e gli ultimi mesi in un luogo a sua scelta.

Dalla leggenda si capisce perché alle rose rosse fu attribuito sin dall'antichità il significato di amore profondo, capace di sconfiggere ogni avversità.

Capace di sconfiggere persino la morte.

La rosa era meravigliosa.

Di un rosso vivo e profondo, il suo profumo forte e inebriante.

Scartò il biglietto con le mani che tremavano.

Il suo cuore perse un battito, poi prese a correre all'impazzata.

La grafia era scomposta.

La fretta, in cui erano state scritte, non tradì il loro contenuto.

C'erano soltanto due parole: *Ti amo.*

V.

Il sole era alto nel cielo quella mattina, Samuele si era appena svegliato e si rammaricò con se stesso per aver dormito così a lungo. Aveva delle commissioni urgenti da sbrigare in paese e doveva assolutamente definire gli ultimi dettagli prima della partenza che, suo malgrado, si faceva sempre più vicina.

Mancava solo una mezza dozzina di giorni.

Patrizio varcò la soglia con aria composta, era ancora piuttosto scosso dagli avvenimenti del giorno precedente, aveva ascoltato le numerose discussioni del conte e della contessa prima di decidere di partire per Londra senza Samuele e si era reso conto che la loro situazione era tesa e in bilico.

Samuele aveva ragione, era spinto da ideali nobili e apprezzabili.

Ma stava giocando con il fuoco.

Sua Signoria era un uomo affabile, buono, ma nessuno sapeva quale fosse il passato che nascondeva dietro quegli occhi inespressivi e gelidi, nessuno aveva mai capito perché fosse così accanito verso suo figlio e Rachele, nessuno mai era riuscito a far sciogliere quel muro di rabbia, tantomeno a capire chi fosse quella donna che era ritratta nella foto che teneva nascosta nel suo romanzo preferito.

Patrizio era certo di una cosa.

Chiunque fosse, non era la contessa Amalia.

"Buongiorno Patrizio, i miei genitori sono partiti?" domandò Samuele, massaggiandosi le tempie doloranti.

"Sì, sono appena andati via, vostra madre vi ha lasciato questa" disse tendendogli la mano che stringeva un biglietto senza busta.

L'afferrò e sorrise riconoscente.

"Puoi dire a Saverio che tra mezz'ora possiamo partire, devo andare in paese e poi a Siena, rientrerò in serata. Non aspettatemi per pranzo".

Patrizio inchinò la testa a mo' di assenso.

"Sarà fatto, avverto subito la signora Beatrice".

Detto ciò uscì e lasciò solo Samuele.

Aprì il foglio ben ripiegato su se stesso e lesse lentamente:

Caro Samuele,

mi dispiace molto per quello che è accaduto ieri. Io non sono tua nemica, vorrei che tu fossi felice, ma il nostro mondo ce lo impedisce, non puoi amare chi vuoi, puoi amare solo chi devi amare.

Spero che la decisione di non portarti con noi possa lasciarti libero di trascorrere con lei gli ultimi giorni che vi sono concessi.

È poco, ma è tutto ciò che vi è rimasto.

Ti voglio bene,
Mamma.

Sospirò sommesso, passando una mano tra i capelli arruffati, lanciò il foglio a terra e si alzò dal letto lentamente. Girato lo sguardo verso il comodino, qualcosa rubò la sua attenzione, costringendolo a tener fermi gli occhi su di esso come per incanto.

Era un ramo di ciliegio, ben conservato dalla precedente primavera.

Piccolo e delicato.

E, accanto ad esso, un biglietto.

Lo prese tra le mani e riconobbe immediatamente la calligrafia.

Un tenero sorriso si disegnò sul suo volto, schiudendo quel demone di malinconia che si nascondeva nel suo cuore dal giorno precedente.

Ne lesse il contenuto tutto d'un fiato.

C'erano una volta due ciliegi, innamorati, nati distanti, si guardavano senza potersi mai toccare. Li vide una nuvola, che mossa a compassione pianse di dolore e agitò le loro foglie... Ma non fu sufficiente, perché i ciliegi non si toccarono. Li vide una tempesta, che mossa a compassione, urlò dal dolore e agitò i loro rami... ma non fu sufficiente, i ciliegi non si toccarono. Li vide una montagna, che mossa a compassione tremò dal dolore e agitò i loro tronchi... ma non fu sufficiente, i due ciliegi non si toccarono. Nuvola, tempesta e montagna, ignoravano che sotto terra, le radici dei ciliegi erano intrecciate in un abbraccio senza tempo.

Samuele si commosse, baciò il biglietto sorridendo tra sé.

Lo chiuse e notò con meraviglia che c'era scritto ancora qualcosa.

Scusami per tutto quello che ti ho detto.
Non lo penso.
Ti amo.
Samuele ripose il biglietto nel libro che stava sul comodino.
Chiamò il valletto e si ripromise che quella sera l'avrebbe trovata.
Le avrebbe parlato e finalmente stretta nuovamente a sé.
Doveva farlo finché gli rimaneva ancora del tempo.
Amare chi devi amare.
Come poteva?
Come avrebbe mai potuto?

In una lussuosa residenza inglese, un migliaio di chilometri lontano da Villa Orchidea, i conti Falesi se ne stavano nell'anticamera di Silver House in attesa dell'auto che li avrebbe condotti a Palazzo dal Re d'Inghilterra.

Quella sera infatti si sarebbe tenuto il debutto in società di Lady Sabìne Ford, sorella di Lord Thomas Ford, promesso sposo della giovane Rosa Albinoni, la loro nipote più giovane e bella.

Gli abiti che indossavano erano a dir poco magnifici, lo sfarzo più assoluto trapelava da quei tessuti e i gioielli della contessa avrebbero fatto invidia anche alla Regina.

In tali occasioni i Falesi non si risparmiavano, volevano mostrare quanto più potevano a tutti i nobili, di rango superiore o inferiore, la loro ricchezza e nobiltà.

All'apparenza tutto riluceva di perfezione, ma i loro animi erano tetri e cupi, non avevano infatti avuto alcun tipo di chiarimento dopo le numerose discussioni del giorno precedente e il conte, ancora infuriato e parecchio nervoso, non aveva intenzione alcuna di far cadere il discorso, anzi, più si guardava intorno e più l'assenza di Samuele gli pesava tremendamente come un affronto imperdonabile.

"Mi domando ancora chi mai crederà alla storia dell'influenza... Mio fratello l'ha visto ieri ed era sano come un pesce, per non parlare di tua sorella..." asserì seccato.

Amalia si voltò verso di lui e, portando gli occhi al cielo, gli rispose spazientita:

"Nessuno dubiterà, stanne certo, una malattia non chiede di certo il permesso prima di arrivare".

Il conte la guardò, intenzionato a proseguire la discussione.

"Tu hai deciso di contraddirmi proprio nel momento meno opportuno, altrimenti ora sarebbe qui con noi e avrebbe visto con i suoi occhi a quali tipologie di pretendenti il suo rango gli permetterebbe di ambire!".

"Taci Guglielmo! – tuonò lei vicinissima al suo viso – Dopo ciò che hai fatto e detto ieri, mi sembra alquanto fuori luogo questo discorso".

Il marito la guardò offeso, scorse nella sua volontà il tentativo di tacere, ma l'orgoglio parlò più forte:

"Io ho soltanto detto la verità, deve e devono togliere dalla loro testa l'idea falsa e sciocca di potersi amare…".

La contessa Amalia lo guardò con rabbia.

"Amore… Cosa ne sai tu di questo sentimento?".

Guglielmo rimase di sasso per alcuni istanti, senza sapere cosa dirle.

Lei colse al volo l'occasione e affondò il pugnale, non tanto per difendere la situazione di suo figlio, quanto per ricordargli che ciò che criticava e non voleva comprendere aveva teso una trappola, un tempo, anche a lui.

"Tu che mi hai sposata soltanto per volere di tua madre?".

Lui accusò il colpo e provò a difendersi.

"Tesoro, sai bene quanto io ti ami e ti rispetti, sei la donna che ho sposato e la madre di mio figlio…".

Lei lo interruppe estenuata.

"La madre di tuo figlio… Risparmiami queste parole stucchevoli, sappiamo entrambi che è stato il tempo a rendermi rispettabile ai tuoi occhi, tu amavi qualcun altro, tu ami ancora qualcun altro…".

Guglielmo sentì il petto diventare improvvisamente pesante.

"Vuoi costringere anche tuo figlio ad andare contro i suoi sentimenti e a vivere per il resto dei suoi giorni con una donna che non amerà mai come Rachele?".

Quelle parole lo confusero, era smarrito, cominciò a sudare.

"Voglio solo che impari a capire che l'onore, il rispetto e la riconoscenza che deve alla sua famiglia sono più importanti dell'amore. L'ho fatto io, può esserne capace anche lui".

Amalia gli si fece più vicina, lo osservò cauta con un velo di amarezza e delusione.

"So cosa vuol dire amare qualcuno e sapere che egli ha il cuore perso altrove, non vorrei mai che la moglie del mio unico figlio passi quel travaglio, tantomeno desidero offrire a lui un destino infelice come il tuo".

"Togliti dalla testa questi pensieri Amalia, sei stanca e provata" sussurrò provando a calmarla, mentre gli accarezzò il viso.

La contessa si allontanò di scatto.

"Sei solo un vigliacco, hai minacciato tuo figlio, sapevi che mettendo in pericolo quella ragazza lui avrebbe ceduto, tu hai giocato con i suoi sentimenti per raggiungere i tuoi obiettivi… Tu, Guglielmo, vuoi controllare il destino con mani d'uomo, ma non ci riuscirai. – si asciugò una lacrima che le aveva rigato la guancia – Spero solo che se un domani loro due dovessero guardarsi indietro e il male che tu gli avrai inflitto sarà troppo grande, avranno il coraggio di perdonarti, perché avrai bisogno del loro perdono, un giorno…".

"Amalia…".

"No, non voglio ascoltarti… E spero che quel giorno tu sarai sufficientemente consapevole di aver rovinato loro la vita e riuscirai a convivere con quest'idea, con la tua coscienza…".

Detto ciò si allontanò e uscì dall'anticamera colma di disprezzo.

Aveva amato moltissimo suo marito, forse lo amava ancora, ma stava assistendo al suo decadimento, vedeva crescere in lui un esasperato rancore, percepiva il tragico potere che aveva sulle vite di quei due giovani, poteva infliggere dolore, distruggere, allontanare.

E ciò la addolorava profondamente, la feriva tristemente, ancor più di quel tragico giorno di troppi anni prima, quel dannato giorno in cui suo marito le aveva sussurrato: *Io non potrò mai amarti Amalia, non potrò mai…*

Mentre Beatrice si apprestava a rassettare la sala domestici dopo la cena appena trascorsa, Patrizio se ne stava seduto tranquillo davanti al camino a sorseggiare un ottimo bicchiere di Porto.

Francesco, uno dei camerieri, osservava interessato da dietro il giornale aperto il bel viso di Lidia chino sulle pentole di rame che dovevano essere asciugate.

"Rachele ha cenato?" domandò Beatrice, a voce alta, per evitare che il fragorio dell'acqua aperta rendesse incomprensibile al signor Patrizio la sua richiesta.

Lui la guardò sornione.

"Non ne ho idea, non sono mica io la cuoca…".

Beatrice gli rifece il verso, attenta a non farsi notare e tornò alle sue mansioni.

"Le ho chiesto io se voleva mangiare ma mi ha detto che sarebbe passata a prendere una tazza di latte caldo più tardi…".

Francesco la guardò sorridendo.

"Sta poco bene?" le chiese gentilmente.

"No, ha solo poco appetito ultimamente, ma può capitare" lo rassicurò lei, ricambiando il sorriso.

Il giovane stava per risponderle quando, tutto d'un tratto, scorse una donna ben vestita farsi avanti con fare titubante.

Essendo l'unico ad essere rimasto seduto con gli occhi verso la porta, nessuno dei presenti riuscì a comprendere il motivo della smorfia sorpresa che apparve sul suo viso.

Quando la donna raggiunse l'uscio, Francesco si alzò con reverenza e le si fece vicino.

"Buonasera signorina, posso aiutarvi?".

Quella frase fece sobbalzare tutti, colti da un impeto di stupore e curiosità.

Il primo a muoversi fu Patrizio che la raggiunse e la osservò compito: gli abiti pregiati, il cappello e l'acconciatura elegante, era di certo una nobildonna. Il viso armonico e ben truccato le conferiva un'aura fresca seppur contenuta e impacciata. I capelli color del fuoco, gli occhi verde smeraldo e la pelle diafana la rendevano di certo una delle donne più belle che lui avesse mai visto.

"Signorina, chi siete? – le chiese provando a nascondere l'imbarazzo in cui era miseramente incappato – E, soprattutto, come siete entrata?".

La giovane abbassò il viso intimidita.

"Chiedo scusa per l'intrusione, ho trovato la porta secondaria aperta. Sono Clara Monteverdi, la figlia del marchese Ugo Monteverdi, amico fraterno del conte Falesi. Sono qui per vedere suo figlio...".

I presenti rimasero a metà tra l'incerto e il perplesso, non sapevano se dirle la verità o seguire anche in quel caso le precise indicazioni della contessa.

"Lui vi sta aspettando?" chiese Patrizio, attenendosi puntualmente all'etichetta.

Lei scosse la testa, quasi come se si sentisse colpevole.

"Oh no, in verità lui non sa neanche chi io sia, ma poco importa visto che io so perfettamente chi sia lui".

Lidia la guardò attentamente, capì dopo poche parole con chiarezza, quali fossero le intenzioni di quella giovane donna ed essendo troppo coinvolta nella storia della controparte, non potè far altro che schedarla, ai suoi occhi, come una rivale. Né per beltà, tantomeno per grazia, quanto unicamente per il suo rango, ben superiore persino a quello della famiglia stessa.

"Il conte è indisposto. Non ha potuto per giunta seguire la sua famiglia a Londra ed è rimasto qui" sentenziò Patrizio laconico.

Lei, visibilmente delusa da quella confessione, aprì la borsetta e da lì vi estrasse un piccolo pacchetto. Fece per mostrarlo al maggiordomo, ma qualcosa la spinse a fermarsi, allora se lo nascose bene tra le mani e si congedò cordialmente. Nessuno aveva conferito troppa importanza a quel gesto, eccezion fatta per Lidia, che sperò di poter sfruttare quell'intuizione a suo favore.

"A ogni modo riferirò al conte che siete passata. – la rassicurò Patrizio – Vi accompagno".

Lidia lo interruppe in maniera brusca.

"Posso accompagnarvi io, devo passare in sala lavanderia, sono di strada" propose lei, tentando di risultare il più credibile possibile.

La marchesa assentì con piacere e salutò compostamente i presenti.

Mentre Lidia era quasi arrivata alla porta, sperò con tutta se stessa che la sua intuizione si trasformasse in realtà. E infatti, quella soddisfazione non tardò ad arrivare.

"Signorina, posso consegnare a voi un dono per il conte? Mi dareste la vostra parola che glielo consegnerete con discrezione?".

Lidia sorrise appagata e, prima di voltarsi verso di lei, sussurrò tra sé: *Come immaginavo.*

Trovò la nobildonna con quello stesso pacchetto tra le mani, intenta a mostrarglielo colma di speranza.

"Certo Signoria, non mancherò, potete fidarvi di me, sarò cauta" le disse prendendo il dono e nascondendolo nella tasca della gonna.

Lidia non era mai stata una fanciulla sfrontata, tantomeno sarebbe mai voluta apparire tale, ma quella circostanza richiedeva un piccolo sforzo, per riuscire a gestire quella novità nel modo migliore, lei doveva capire. Una dose di coraggio era più che necessaria.

"È molto affascinante, non è vero?" chiese leggera.

La marchesa arrossì e spostò lo sguardo verso il pavimento.

"Moltissimo, mio padre mi parla di lui da moltissimo tempo, soltanto che io non l'avevo mai visto, sapete ho trascorso gli ultimi quattro anni a Parigi da mia cugina per imparare il francese...".

Lidia annuiva interessata, sicura che prima o poi la visibile ingenuità della fanciulla sarebbe arrivata in suo favore.

E così accadde.

"L'ho visto una settimana fa a Firenze e ne sono rimasta folgorata. È così bello, elegante...".

"Indubbiamente" l'appoggiò lei.

"La cosa che più mi da dispiacere è che andrà via... Lunedì partirà per Londra... Ma voi questo lo sapete già...".

Lidia annuì.

"Quello è un regalo per augurargli buona fortuna per il suo percorso di studi, ditegli che al suo ritorno sarò felice di conoscerlo, se lui vorrà".

"Certo Vostra Signoria, lo farò. Vi auguro una buonanotte".

"Grazie, buonanotte anche a voi" disse dolcemente, scomparendo dietro il grosso portone.

Lidia sbuffò tra sé spazientita, adesso sì che avevano un bel problema da risolvere.

La marchesa era affascinante, graziosa, ricca e ben sicura dei suoi sentimenti. Tutto di lei era un pericolo. Samuele, forse, avrebbe potuto cedere a quell'insieme di fattori che giocavano in suo favore. Convenne con dispiacere che lei rappresentasse la certezza di un incombente e incerto futuro per il loro amore.

E lei, di fronte a tutto ciò, era ancor più che impotente.

Tornata in sala domestici, prese il lucido da scarpe che aveva dimenticato e udì le voci di Patrizio e Beatrice intrecciarsi confusamente.

"Noi non diremo nulla alla nostra Rachele, nessun particolare...".

Patrizio la interruppe:

"Verrà a saperlo comunque prima o poi e come credete che si sentirà quando si renderà conto che ne eravamo al corrente e abbiamo taciuto deliberatamente?".

Beatrice gli si avvicinò pericolosamente.

"Non mi convincerete stavolta, la mia bambina è oggetto di troppa sofferenza, non saremo di certo noi a fornire particolari sui quali concentrarsi per acuire il suo dolore. Sono stata chiara?" domandò sagace, passando in rassegna i presenti con sguardo indagatore.

Tutti tacquero composti, Beatrice si allontanò e fece segno a sua figlia di seguirla. Lei obbedì e si fermò di fronte a sua madre lungo il corridoio.

"Lei ne è innamorata...".

"Cosa ti ha dato?".

"Un regalo per lui".

Beatrice sospirò:

"Devi darglielo".

Lidia annuì:

"Lo so...".

"È un bel guaio" disse la madre.

"Sono d'accordo con te..." rispose la figlia.

Si guardarono a lungo.

Poi, dopo aver preso un bel respiro per farsi coraggio, si incamminarono silenziose verso la sala lavanderia.

Quella stessa sera, quando le calde luci del sole avevano lasciato spazio a una sera blu opaco, Rachele se ne stava nascosta nella cascina di Elia a sistemare la cucina. Aveva trascorso lì tutto il pomeriggio, inventando la scusa per se stessa e per gli altri che avrebbe voluto preparare una torta a suo padre e con l'occasione sistemare la camera per l'imminente arrivo dell'inverno.

La verità però era ben diversa, lei ne era consapevole.

Si era nascosta lì per non incontrare Samuele.

Essersi confessati a vicenda il loro amore era stato qualcosa di straordinario e inquietante allo stesso tempo.

Entrambi avevano sempre saputo dare un nome a ciò che abitava i loro cuori.

Ma, confessarlo, era stato un gesto di enorme portata.

E rivedersi, guardarsi negli occhi, dopo tutto ciò era complicato, soprattutto per Rachele.

Perché lei aveva lottato strenuamente per celare i suoi sentimenti, sia a Samuele che al mondo intero.

E non soltanto aveva miseramente fallito, ma non aveva potuto che cedere a quel sentimento che le travolgeva l'anima come una tempesta. E così aveva scritto, due parole, così semplici eppure tanto fragili: *Ti amo.*

La mano aveva tremato un po', il cuore sussultato.

Fermati, – si diceva – *cancellala, non dirglielo, non dire niente.*

Ma alla fine aveva vinto il suo cuore.

Lei l'aveva lasciato vincere.

La vecchia porta cigolò, emettendo un rumore sinistro.

Rachele effuse un leggero grido e, voltandosi, lasciò cadere il piatto che teneva in mano, facendolo rotolare rovinosamente verso terra.

I pezzi di ceramica schizzarono sul pavimento e prima che lei potesse dire parola alcuna, Samuele era già chino intento a raccoglierne i resti.

"Non preoccuparti, faccio io" sussurrò, chinandosi accanto a lui.

"Mi ha detto tuo padre che ti avrei trovata qui" le disse cercando il suo sguardo.

Rachele gli sorrise, ripose i cocci nel lembo del grembiule e se ne liberò.

"Possiamo parlare?" le chiese tirandola per un braccio.

Lei si voltò e incontrò i suoi occhi.

Si guardarono a lungo, profondamente, con un'intensità tale che i loro cuori cominciarono a battere con maggior frequenza.

"Certo che possiamo…".

Samuele si schiarì la voce, sperando con tutto se stesso di riuscire a spiegarle per filo e per segno tutto ciò che era accaduto, senza recargli ancora ulteriore dolore.

"Voglio che tu mi ascolti, voglio spiegarti come sono andate realmente le cose, perché meriti di saperlo, perché è giusto che tu sappia la verità".

Rachele gli prese la mano delicatamente e lo invitò a parlare.

Samuele sorrise appena.

"Qualche mese fa, dopo una delle tante discussioni con mio padre riguardo alla donna che avrei dovuto sposare, lui ha avuto la tetra idea di mandarti via, perché sa benissimo quanto tu sia importante per me e ha ben pensato che, non potendoti cancellare dal mio cuore, portarti via dai miei occhi mi avrebbe spinto a dimenticarti".

Rachele respirò più forte.

"Così, mi ha assicurato che in inverno avrebbe mandato via tuo padre e te, senza referenze né paga, così io ti avrei dimenticata".

Lei spostò il viso verso il basso per nascondergli gli occhi che erano già invasi dalle lacrime.

"Ma io non potevo lasciare che tu fossi abbandonata al tuo destino, non avrei mai potuto continuare a vivere sapendo che tu eri in mezzo a una strada, senza lavoro, senza una casa, lontana da me, lontana da qualcuno che potesse vegliare su di te. Non potevo permetterlo… – la voce di Samuele si incrinò – Così ho proposto a mio padre di mandare via me, di farmi frequentare l'università a Bologna, così da potermi allontanare e dimenticarti, lasciando te al sicuro".

"Tu non dovevi…" sussurrò lei tra i denti.

"Fammi finire. – si fece più vicino e le afferrò entrambe le mani – Lui sulle prime rimase stupito, forse non si aspettava che avrei potuto rinunciare a tanto per te, successivamente pensò di rendere più dura la mia proposta. Mi avrebbe mandato via, sì, avrebbe lasciato vivere te e tuo padre qui ancora, ma io sarei dovuto andare più lontano, così da poter tornare rare volte, così da essere più lontano da te".

"Così ha deciso per Londra…" asserì lei.

"Così ha deciso per Londra…".

"Tu non dovevi, non dovevi sacrificarti per me…".

"Non mi sono sacrificato, ho solo rinunciato a una piccola cosa in virtù di una più grande…".

Rachele lo osservò commossa, Samuele le asciugò le lacrime.

"Se avessi lasciato andare via te, non ti avrei rivista mai più, lui non ti avrebbe fatta più tornare… Mentre io tornerò, potrò rivederti, ti saprò al sicuro qui, con la tua famiglia, a casa tua. E questo vale più di ogni altra cosa".

"Quindi andrai via e mi dimenticherai… Tornerai una volta l'anno e sposerai la donna che loro sceglieranno per te".

"Io non ti dimenticherò mai, io sposerò te, te lo prometto…".

Lei sfilò le mani dalle sue e si alzò dirigendosi verso la finestra soffocando i singhiozzi come poteva, Samuele la raggiunse abbracciandola dai dietro.

"Devi credermi…".

Lei si voltò a guardarlo.

"Io non posso crederti, Samuele, sai bene che non potremo mai sposarci, se il tempo mi trasformasse in una nobildonna forse potresti farlo, ma sappiamo bene entrambi che le regole alle quali siamo sottoposti non ci permetteranno mai di farlo…".

"A me non importa nulla delle regole, della volontà di mio padre, della donna che dovrò sposare, se esiste una sola possibilità al mondo per stare con te io la troverò…".

"Un giorno ci pentiremo di tutta questa ostinazione, delle liti, del dolore che ci siamo causati, delle scelte che ci siamo inflitti nostro malgrado sperando che avrebbero potuto salvarci, un giorno capiremo che eravamo solo due ragazzini stupidi e innamorati…".

"Sentirti parlare alle volte mi fa credere che non te ne importi nulla di me".

Rachele infilò la mano tra i suoi capelli e, accarezzandogli la nuca, lo spinse vicinissima al suo viso.

"Se tu andrai via io ne morirò…".

Samuele attaccò la fronte alla sua, chiuse gli occhi e avvicinò le labbra alle sue.

Aveva infinita voglia di baciarla, di stringerla forte a sé, ma le sue parole lo bloccarono.

"Ci sarà un giorno, un giorno in cui balleremo il nostro valzer, lo faremo nella sala da ballo mentre i violini e le gonne delle dame si intrecceranno, come nelle favole che leggevamo da bambini… – provò a sorridere accarezzandogli la nuca con i polpastrelli gelidi – Un momento in cui non dovremo far violenza sui nostri sentimenti, ci sarà un giorno in cui io sarò degna agli occhi del mondo di essere tua… Ma non è adesso. È finito per ora il nostro tempo insieme, ora dobbiamo essere pronti a lasciarci…".

Sussurrò tali parole quasi fuori di sé, imprigionata da un fato malevolo che aveva deciso di non lasciarli andare.

Samuele l'aveva ascoltata addolorato, senza parlare, sicuro che quell'inevitabile finale stesse già iniziando a ferire entrambi.

Rachele avvertì il suo respiro incresparsi sulle labbra. Il suo corpo si irrigidì inspiegabilmente.

Samuele serrò la mascella chiudendo gli occhi, si scostò di pochi millimetri, la guardò con dolcezza.

"Buonanotte Rachele…".

Detto ciò si allontanò e sparì dietro la porta.

Rachele aveva il cuore che le martellava fino alle orecchie, le mani tremavano, lo stomaco le lanciava dei brividi incontrollabili.

Respirò profondamente, infuocandosi la gola di paura.

Poi non avvertì più nulla.

Aprì la porta.

Corse tra le ombre della campagna già piombata nell'oscurità.

Gridò con tutto il fiato che le restava.

Si guardò attorno, ma non vide nessuno.

Poi, tra gli alberi, scorse una figura che la guardava immobile.

La raggiunse a passo svelto.

"Tanto non soffrirò di meno, non è così?" chiese quasi a se stessa, con un filo di voce.

Salì sulle punte dei piedi e, stringendogli le braccia attorno al collo, lo baciò.

Samuele rimase di sasso.

Avvertì solo le lacrime inondargli il viso, improvvise, come una pioggia estiva.

Respirò tra le sue labbra che si muovevano intimorite, la afferrò dalla vita e, spingendola contro il suo corpo, cominciò a baciarla con tutte le forze che aveva.

Si persero in quell'abbraccio, caldo, bagnato di lacrime e impazienza.

"Resta con me stanotte… Non te ne andare…" sibilò lei tra le sue labbra.

"Resto con te… – rispose con la voce incrinata – Amore mio…".

Le afferrò il viso e affondando le dita tra i suoi riccioli morbidi e riprese a baciarla.

Provò a farle capire quanto l'amasse, così profondamente e totalmente.

Rimasero così per tanto tempo, stretti tra i sogni di quei bambini che erano diventati grandi e non erano riusciti a rassegnarsi a dare un nome falso a ciò che li legava.

Si sarebbero amati per sempre, così, in quel momento e da lì all'infinito, nella loro promessa di un per sempre impregnato di lacrime e sempiterno, immutabile, imperituro amore.

VI.

Il cielo splendeva alto nel cielo quel giorno.

L'autunno stava per lasciare spazio all'inverno e la natura, tutta intorno, stava per spogliarsi dei suoi colori arrugginiti e vermigli.

Presto la neve avrebbe cominciato a coprire i colori, il freddo pungente avrebbe imprigionato il fulgore delle foglie arrossite, per trascinarle implacabili in balia di un lontano vento gelido.

Dalla piccola finestra appena aperta, una brezza pungente gonfiava le tende, cullandole in una sinuosa danza ondeggiante.

Rachele se ne stava seduta davanti al suo scrittoio con una grossa coperta di lana sulle spalle.

Osservava attonita una vecchia fotografia di sua madre mentre la stringeva dolcemente a sé, quand'era poco più che neonata.

Più l'osservava, più si rendeva conto di somigliarle moltissimo.

Mille volte aveva sentito nostalgia di lei, di quelle radici così presenti e tenaci che non aveva mai potuto vivere tanto da poterle ricordare, se non attraverso i racconti di suo padre, che ancora si commuoveva ogni qual volta si ritrovava a parlare di lei.

La prova che il vero amore non si dimentica.

Un lieve tocco sulla porta cancellò i suoi pensieri che vagavano senza meta.

"Avanti" sussurrò, con la voce rauca.

La porta si aprì dietro una mano titubante e le mostrò uno degli spettacoli più inattesi, era la contessa Amalia.

Lei si alzò di scatto lasciando cadere la coperta, provò a rassettare l'abito con le mani e cominciò a guardarsi intorno in maniera confusa e imbarazzata.

"Signoria sono desolata… chiedo scusa per la confusione…".

La donna l'azzittì con garbo:

"Non preoccuparti, la stanza è in ordine…".

Rachele sorrise tirata, provando a osservarla meglio, l'aveva vista così poche volte che il viso le risultava pressoché estraneo.

Si rese conto che i suoi occhi azzurri erano gli stessi di Samuele.

I capelli biondi e ondulati incorniciavano il viso dalle forme decise, seppur affascinanti, il suo sguardo era altero e distaccato, ma qualcosa nel suo modo di fare lasciava trapelare che quella fosse solo una maschera che era stata costretta a indossare per proteggersi.

Amalia si avvicinò alla giovane con sicurezza, le prese il mento con il pollice e l'indice della mano e girò lentamente il viso da destra verso sinistra.

Rachele era interdetta, arrossì, ma non si ritrasse.

La donna la scrutò con dovizia e attenzione, osservò la fronte alta e spaziosa, gli occhi dorati erano velati di un'innata dolcezza, mentre le labbra carnose e rosse tradivano la sua giovane età colma di ingenua timidezza. I capelli castani, legati in una treccia, rilucevano di color rame e le lentiggini, sparse sulla pelle candida, le donavano un'aura molto particolare.

Non la si poteva di certo accostare ai canoni di bellezza consueti, il viso non era regolare, gli occhi erano grandi e la bocca molto pronunciata, il sorriso troppo marcato, i capelli troppo folti e ribelli.

Ma non potè esimersi dall'ammettere che fosse davvero graziosissima.

"Sei molto graziosa…" asserì la contessa dopo aver lasciato il suo viso.

"Grazie Signoria".

"È il tuo compleanno oggi, non è vero?".

Rachele annuì sbarrando gli occhi stupita.

"Oggi sì, avete detto bene…".

"Quanti anni compi?".

"Diciotto".

La contessa tirò fuori dal cappotto un panno di seta che avvolgeva un oggetto di forma quadrata. Lo guardò per qualche istante, poi glielo porse provando a sorridere.

"Spero che tu voglia accettarlo, è un piccolo dono per te".

La fanciulla ringraziò, chiedendosi quali potessero essere le intenzioni celate dietro quel gesto così inconsueto, lo scartò con cautela e vi trovò un graziosissimo fermaglio per capelli, corredato di fiori e perle dai colori delicati.

Portò gli occhi in quelli della donna che aspettava una sua reazione.

"Contessa vi ringrazio dal profondo del cuore, è un dono bellissimo ma non dovevate incomodarvi per me…".

La contessa Amalia scosse la testa.

"Io non sono tua nemica, voglio soltanto il bene di mio figlio…".

Rachele provò a interromperla, ma lei non le fece proferir parola.

"Ti prego fammi finire, so quanto ti sia affezionato Samuele e vedo quanto anche tu gli voglia bene. Ma ragazza mia, tutto ciò sta portando solo tanta sofferenza, voi siete giovani e i moti dell'anima così fugaci e mutevoli… Non vorrei mai che tu passassi la vita qui a vederlo sposato per renderti conto giorno dopo giorno del fatto che non potrai essere felice senza di lui… Pensa a un futuro lontano da qui, da' valore al tuo tempo…".

Rachele la guardò con dovizia.

Voleva capire lo scopo del suo discorso.

Le apparve sincera, ma un minimo di reticenza pareva aver la meglio sulla sua solita buona fede.

"Signoria, sono povera, senza dote né istruzione, che aspettative potrei mai avere?".

Amalia sospirò sommessa.

"Sei molto brava in giardino, la serra è magnifica e anche le rose lo sono, continua a imparare, potresti andare via tra qualche anno, cercare fortuna altrove, Dimitri ha una sorella in Bretagna, è una famosissima giardiniera, potresti andare da lei, imparare, vedere il mondo…".

"Ci penserò, grazie…".

La contessa annuì e, prima di sparire dietro la porta, parlò un'ultima volta:

"Non ho dubbi sui tuoi sentimenti verso di lui, tantomeno su quelli che lui nutre per te, così forti da spingerlo a mettersi contro la sua famiglia… Ma è ora di dirvi addio, non potrete lottare a lungo contro un destino che non è in vostro potere mutare".

Detto ciò, chiuse la porta ed emise un grosso sospiro di sollievo, sperando con tutto il cuore di aver fatto la cosa giusta.

Rachele, dall'altra parte però, aveva recepito quelle parole come un'ennesima triste antifona alla fine imminente.

Nonostante la speranza, la tenacia, la forza…

Nonostante l'amore.

Non avrebbero mai potuto vincere.

Mai.

Qualche ora più tardi, mentre Samuele stava ultimando di incartare il regalo che avrebbe dovuto consegnare a Rachele quella stessa sera, qualcuno piombò nella sua camera senza bussare né annunciarsi.

Si voltò di scatto incuriosito e notò Lidia che sgattaiolava dentro la stanza come una ladra con il cuore in gola, colta dal timore di esser stata vista da qualcuno.

Samuele la interrogò con gli occhi rimanendo seduto, lei tirò un grosso sospiro di sollievo e si spiegò immediatamente.

"Perdonate l'invadenza, Signoria, ma dovevo vedervi di persona e Patrizio mi ha detto che eravate a Siena, poi però ho notato la luce filtrare da sotto la porta allora ho tentato…".

Samuele annuì sorridendo.

"Non sono andato in città, avevo delle cose da sbrigare in paese e sono appena rientrato, ma dimmi, che succede?".

La ragazza si fece più vicina e incarnò un'aria malinconica.

Samuele percepì immediatamente che si trattasse di qualcosa di serio, allora le fece cenno di sedersi accanto a lui. Lidia obbedì e pregò con tutta se stessa che quel gesto non le sarebbe stato imputato come un errore da quella parte di sé che le imponeva la più totale fedeltà nei confronti di Rachele.

"Ieri sera, mentre eravamo in sala domestici a riassettare, è arrivata una giovane donna che chiedeva di voi… Noi ci siamo attenuti alle direttive di vostra madre e le abbiamo riferito che eravate indisposto".

Samuele l'ascoltava incuriosito, sicuro che quella storia nascondesse, in qualche punto, una pericolosa insidia.

"Mentre l'ho accompagnata alla porta, mi ha consegnato un dono per voi…".

A quel punto gli porse la scatola e il biglietto. Samuele li prese e scartò entrambi velocemente, senza badare al fatto che Lidia potesse carpirne il contenuto. Si fidava ciecamente di lei e quel gesto gli dimostrava ancor di più quanto gli fosse fedele.

La scatola nascondeva una penna di grande valore e il biglietto, scritto in una perfetta e rotondeggiante calligrafia, recitava così:

Per augurarvi un buon inizio della vostra carriera universitaria, con la speranza di potervi incontrare al vostro primo ritorno a casa e con altrettanto desiderio che portiate questo dono con voi, come mio ricordo, vi abbraccio.

Vostra,
Clara Monteverdi.

Lesse il contenuto a voce fioca, quasi tra sé, ripetendo sconcertato per due volte il saluto finale.

Guardò Lidia con fare interrogativo.

"Ti divertirebbe se ti dicessi che non ho la minima idea di come sia fatta?" le confidò ridendo.

Lidia sorrise, ma dovette rispondere più sinceramente possibile:

"È una delle donne più belle che io abbia mai visto…".

Lui la guardò di sottecchi.

"Perché mi dici queste cose?".

"Perché presto la vedrete con i vostri occhi e preferirei che lasciaste Rachele con la consapevolezza che una nobildonna incantevole è innamorata di voi Signoria... Non vorrei mai che le donaste l'illusione di avere il primo posto, se poi un giorno il podio verrà occupato da lei...".

"Cosa te lo fa pensare?" le domandò, confuso da quelle parole.

"Siete troppo intelligente per pretendere che io vi dica ciò che da solo comprendete perfettamente...".

"Hai ragione, è la donna che i miei genitori vogliono che diventi mia moglie in futuro. Ma questo non mi impedisce di amare Rachele con ogni singola parte della mia anima...".

"E a cosa varrà quest'amore se un giorno verrete messo di fronte al fatto che dovrete condividere la vostra vita con un'altra donna? Con una donna che non sia lei? Dove lo nasconderete quell'amore quando le pressioni saranno troppo forti e i nervi tesi a resistere cederanno?".

"Non lo so Lidia, non so cosa dirti adesso... Io farò di tutto per donarle la felicità che merita, se non dovessi riuscirci me ne andrò anche in capo al mondo pur di farla respirare, farei di tutto per lei... – asserì sicuro con la gola in fiamme – Io ammiro la tua lealtà verso di lei, la tua preoccupazione, ma io non so cosa fare, non ho potere alcuno..." le confessò con dolcezza, accarezzandole una spalla.

"Io vorrei solo che voi due foste felici, non amo vedervi soffrire, non lo vorrei mai...".

Il quel preciso istante un'altra persona entrò senza permesso nella stanza. Era Francesco, il cameriere, che stava portando il tè al conte, convinto che non fosse ancora rientrato. Il giovane, impettito nella sua livrea, guardò entrambi stupito e imbarazzato.

Samuele provò a tranquillizzarlo:

"Vieni, sono rientrato prima, accomodati".

Il ragazzo tacque, portando gli occhi con fare indagatorio su Lidia che nel frattempo si era alzata e stava per raggiungere la porta. Mentre Francesco sistemava la teiera e la tazzina sul piccolo tavolo antistante la libreria, i due ragazzi si scambiarono un'occhiata complice.

"Grazie Lidia per i vostri consigli di cucina, mi saranno molto utili quando sarò a Londra".

La ragazza rise tra sé e uscì dalla stanza, seguita da Francesco che la rincorse per chiedergli spiegazioni:

"Che cosa stavi facendo?".

Lei rispose sagace:

"Che t'importa?".

"Passi più tempo con lui che con me...".

"Sei per caso geloso?" chiese sorniona.

Lui si riassettò la giacca e la guardò distaccato.

"La gelosia è un vizio che non mi appartiene".

Lidia rise e gli mise la mano sotto il braccio.

"Andiamo bel cameriere, ci aspetta del lavoro in lavanderia…".

Quella sera Rachele entrò nella sua camera e si diresse verso il letto.

Samuele era passato in sala domestici per salutarla e farle gli auguri, ma era andato via poco dopo, deciso a mantenere la promessa che le aveva fatto, nessun addio straziante, solo un saluto come se si fossero potuti rivedere il giorno successivo.

Stava per distendersi, con il cuore colmo di dolore, ma qualcosa rubò la sua attenzione.

Un piccolo pacchetto regalo era adagiato sul suo comodino. Lo scartò con cura e curiosità. Aprì la scatola e vide uno scrigno dorato dalla forma rotonda; notò una rotellina su di un lato e pensò immediatamente che si trattasse di un carillon. Caricò il meccanismo e lo scrigno si aprì, cominciando a emettere le dolci note di un valzer.

A girare su se stessa una coppia abbracciata.

Notò con tenera sorpresa che la donna indossava un magnifico abito rosso. Sorrise tra sé con il cuore commosso e aprì anche il biglietto:

Non riesco a realizzare tutti i tuoi desideri, ma ogni volta che sentirai la nostalgia dei nostri sogni, questo carillon la placherà e ti ricorderai di me. In qualunque parte del mondo sarò, anche tra cento anni, sarò sempre accanto a te.

Con tutto l'amore possibile,
Samuele.

Due lacrime scesero implacabili lungo le sue guance.

Caricò ancora il carillon e si addormentò colma di dolore, cullata da quella triste ninna nanna…

Il loro tempo insieme era finito.

Nessuno dei due avrebbe potuto trarre l'altro in salvo.

Il destino cieco e beffardo aveva vinto sull'amore.

Era tutto finito.

Allora e per sempre.

L'amore può tutto.

L'amore sa perdonare.

Il tempo invece no.

Lui non lo sa fare.

Il tempo non perdona.
Mai.

VII.

L'auto era pronta per intraprendere il viaggio che l'avrebbe condotto in stazione.

Saverio, in piedi davanti alla portiera ancora chiusa, aspettava che il suo padrone salutasse la servitù schierata lungo il viale antistante la villa.

Samuele aveva gli occhi gonfi reduci da una notte insonne, aveva versato così tante lacrime che in cuor suo credeva che non ne avesse più a disposizione. Abbracciò caldamente Patrizio, sicuro che ne avrebbe sentito una profonda mancanza.

"Arrivederci ragazzo mio, guardati dai pericoli e sii coraggioso..." gli disse staccando la presa e muovendo un passo indietro.

Il ragazzo annuì e dopo aver salutato Beatrice, Francesco e Ottavio, il suo valletto, arrivò davanti a Lidia che già asciugava le lacrime con le dita, provando a passare inosservata. Samuele l'abbracciò calorosamente, incurante dello sguardo altero del conte Guglielmo che lo seguiva con gli occhi a ogni minimo movimento, e la ragazza fece altrettanto.

"Per l'amor di Dio, Signoria tornate presto...".

"Abbi cura di lei, Lidia".

"Certo, lo farò...".

"Non verrà, giusto?" chiese, ormai rassegnato.

Lei scosse la testa.

"No, non lo sopporterebbe".

Samuele si congedò anche da lei, dopo aver stretto la mano a suo padre e abbracciato la madre che lo guardava con tenera compassione, fece cenno a Saverio che sarebbero potuti partire.

Il valletto assentì e fece salire il conte con solennità.

Il ragazzo, appena fu seduto, si sfilò il cappello e appoggiò la testa tra le mani disperato.

Forse quel sacrificio sarebbe valso a qualcosa un giorno, si diceva laconico, ma nello stesso preciso istante in cui si ripeteva quella menzogna, capiva che stava solo provando a convincersi del fatto che fosse così.

Saverio prese posto e accese il motore dell'auto, pigiò l'acceleratore emettendo uno sbuffante rumore, ingranò la marcia e partì.

Samuele osservò il paesaggio e guardò la sua casa diventare sempre più piccola e lontana.

Stava per chiudere gli occhi, quando in fondo ai campi di girasole scorse una figura lontana, grande quasi quanto un puntino, correre verso l'entrata di Villa Orchidea.

"Saverio fermati! – gridò con fervore – Fammi scendere!".

L'autista obbedì e si arrestò d'improvviso.

Samuele aprì lo sportello e si precipitò fuori, iniziò a correre a perdifiato verso la porta d'ingresso e quel puntino diventò via via più consistente. Si incontrarono dopo pochissimo tempo e si persero in un abbraccio disperato di fronte agli occhi di Sua Signoria che era rimasto ancora fermo davanti alla porta.

Rachele gli si attaccò al collo, stringendolo forte, Samuele fece altrettanto.

"Hai il mio cuore Rachele, è sòlo tuo..." le confessò nell'orecchio a fior di labbra mentre l'accarezzava dolcemente.

"Portami via con te..." lo implorò lei stringendolo più forte.

"Dio solo sa quanto vorrei farlo...".

Rachele provò a sorridere e, scostando gli occhi inumiditi, gli porse il fagotto di lana che teneva stretto tra le mani. Lui la guardò interrogativo, toccò ciò che gli aveva porto e si rese conto che si trattava di una sciarpa tessuta da lei.

"Dicono che a Londra faccia sempre freddo".

Samuele sorrise.

"Abbi cura di te...".

Detto ciò le baciò la guancia e, prima che potesse allontanarsi definitivamente, la guardò con profonda commozione.

"Arrivederci Rachele".

Lei si sfilò dalla sua presa e alzò la mano a mo' di saluto.

Si guardarono un'ultima volta, finché Samuele non sparì dietro l'immenso cancello.

Guglielmo, che aveva assistito a tutta la scena, cominciò a tremare e, tenendosi con la mano alla colonna ionica che troneggiava antistante la porta d'entrata, pensò che stesse per cadere.

Ti penserò per sempre Guglielmo.

Tornerò a prenderti, vi porterò via con me, te lo prometto.

Non vinceranno loro, amore mio.

Si guardò la mano libera e gli parve di avvertire sulla pelle quel tocco lancinante che precedette il loro addio.

Ritrasse le dita sfiorandosi il palmo.

Proteggi nostro figlio a qualunque costo.

Gli occhi gli caddero a pochi metri di distanza da lui.

La ragazza giaceva in ginocchio, stringendosi il corpo con le braccia.

I capelli si muovevano con il vento che le screziava le lacrime brillanti.

Un lampo gli rapì lo sguardo.

Giaceva nella stessa posizione, gli abiti sporchi di farina, il ventre appena accennato, i capelli rossi tenuti fermi da un fazzoletto bianco di lino.

In ginocchio, nella piazza del paese, lo guardava allontanarsi con la carrozza.

La vide coprirsi il volto con le mani.

Poi udì un grido.

Torna da me Guglielmo, torna da me.

Il conte si voltò e provò a tenersi contro il muro.

Non riusciva a pensare, né a respirare.

Riuscì solo a sussurrare a se stesso e alla sua ostinazione.

Parole disperate.

Parole di fuoco.

"Che cosa ho fatto?".

Una triste malinconia lo invase, vide nel loro addio la pienezza e la verità di un sentimento dal destino inclemente.

Ed era stato lui a scegliere che finisse così.

Solo e soltanto lui.

Suo figlio si era sacrificato.

E lo aveva fatto per amore.

Samuele aveva dimenticato se stesso, pur di salvare la donna che amava.

Invece lui non ne era stato capace.

Prese la foto che teneva nel taschino della giacca da trent'anni, accarezzò l'immagine che ritraeva e poi la girò.

La distanza, usata come mezzo da coloro che anelano che si dimentichi, non vincerà. Il nostro amore si rinsalderà, si fortificherà. La lontananza non ci fa amare di meno, a volte, separati dai raggi del tempo, impariamo ad amare ancora di più.

Con tutta la mia anima,
Diana.

28 novembre 1908

Mia fidata amica,

vi scrivo con il cuore colmo d'angoscia e la preoccupazione che non mi da pace.

Ho inviato già due lettere a Rachele, ma non ho ricevuto risposta alcuna.

Cosa le è accaduto?

Mi ha già dimenticato?

Ti prego veglia su di lei. Falle compagnia nelle sere fredde quando se ne sta davanti al fuoco in silenzio, controlla dalla finestra i suoi passi, guardati che non trascuri il suo studio e che mangi a sufficienza.

La sua salute mi sembra così precaria, ultimamente, che mi mette pensiero persino il flusso del suo respiro.

Fa che le sia dolce questa nostalgia, che sia un modo in più per ricordarmi e farmi affiorare tra i suoi pensieri.

Donale un po' dell'allegria che ha perso e ricordale che nulla potrà mai ostacolarmi lungo la strada che sempre mi condurrà a lei. Abbi cura di ricordarle quanto brilli il suo animo.

Veglia su di lei, te ne prego.

Io da qui, più di questo immenso sacrificio non posso fare altro.

Aspetto tue notizie.

Samuele.

17 dicembre 1908

Amico mio,

non posso aiutarvi questa volta, l'amicizia che mi lega a Rachele non mi permette di parlare, ma trattandosi di voi, posso fare una piccolissima eccezione.

Vi dirò solo ciò che mi è concesso.

Rachele sta bene, ve lo assicuro.

Presto capirete e le risposte mancate avranno una motivazione.

Le parole di cura che avete verso di lei mi commuovono. Vi prometto che, per quel poco che mi sarà possibile, ascolterò le vostre richieste.

Sentiamo la vostra mancanza qui al piano di sotto. Tornate presto a farci ridere con la vostra allegria.

Con affetto,
Lidia.

18 dicembre 1908

Cara Rachele,

spero possiate perdonare questa missiva, sono ben consapevole che il rapporto che ci lega forse non lo concederebbe, ma sono sgomento e preoccupato e i miei familiari non sanno darmi alcuna spiegazione a riguardo.

Dove siete finita?

Mio cugino mi chiede vostre notizie, dice che non rispondete alle sue lettere e io non so cosa dirgli per consolarlo.

Vi prego signorina, rispondetemi, ho necessità di sapere cosa stia accadendo e, soprattutto, dove siate finita.

Il vostro fedele amico,
Andrea Falesi.

29 dicembre 1908

Caro amico,

vi prego di perdonare l'esiguo ritardo con il quale di certo riceverete la mia risposta, ma la distanza che ci separa ci obbliga a queste lunghe ed estenuanti attese.

So di essere sparita, di aver lasciato ben poche notizie di me tra la vostra nobile famiglia, ma le circostanze mi hanno obbligata a farlo.

Se avete bisogno di sapere qualcosa di me, non è di certo a loro che vi conviene domandare, bensì ai piani inferiori.

Non ho dubbi sulla vostra fedeltà, perciò vi racconto cosa è accaduto.

Il giorno successivo alla partenza di Samuele ero in giardino a curare le mie rose.

Ho udito per caso una conversazione che mi ha gettato nello sconforto più assoluto.

Vostro zio stava parlando con un certo marchese, Ugo Monteverdi, se la memoria non m'inganna.

Parlavano di un matrimonio, di una fanciulla incantevole di nome Clara che presto avrebbe conosciuto l'uomo che sarebbe diventato suo marito. Quell'uomo era Samuele.

Non ho avuto le forze di sopportare tale dolore, non l'avrei mai avuta e soprattutto, non avrei mai voluto assistere ai loro incontri, alla loro conoscenza, sapendo di essere totalmente impotente di fronte a tutto ciò.

La sua lontananza mi stava conducendo alla follia.

Sotto saggio consiglio di vostra zia, ho implorato Saverio di farmi andare in Bretagna da sua sorella.

Sto imparando moltissime nozioni sui fiori e la cura del giardino e tra qualche tempo andrò insieme alla mia maestra a Parigi, da alcuni maestri profumieri.

Ho il cuore in frantumi signore, ma non sopporterei mai la vista del mio unico amore tra le braccia di una donna mille volte più degna di me.

Non so se e quando tornerò.

Date a vostro cugino il mio indirizzo e spiegategli, se potete, che non ho mai ricevuto nulla.

Non pretendo che approviate la mia scelta, ma me l'avete detto voi un giorno, compiamo gesti folli per le persone che amiamo, spero che così facendo io gli possa rendere più facile il compito che l'aspetta.

Spero che possa imparare ad amarla, senza vedere ogni giorno il volto di una donna che un tempo ha amato e non ha potuto avere.

L'ho fatto solo per lui, Signoria.

Credetemi.

Vi abbraccio,
Rachele.

14 febbraio 1909

Carissima Rachele,

dopo infinite parole affidate ad altrettante lettere senza risposta, finalmente ora posso sperare che questa non la stia scrivendo invano.

Non ti nascondo che non appena io abbia ricevuto da Andrea le notizie che ti riguardavano, sia rimasto interdetto per un po' di tempo.

Sei andata via anche tu.

Il solo mettere nero su bianco queste parole, mi rende incredulo e malinconico.

Perché l'hai fatto?

Non era sufficiente il mio sacrificio?

Sei una persona così giudiziosa che stento a credere che tu abbia agito d'impulso o senza una valida motivazione.

Ma in questo momento non riesco a immaginare cosa ti abbia allontanato dalla tua famiglia.

Sento la tua mancanza, mia adorata Rachele, dei tuoi occhi dolci e del tuo sorriso rassicurante, del suono armonioso della tua voce, delle tue carezze delicate.

Ogni giorno che trascorre sei più lontana da me e la speranza di rivederti, ora che non sei più a Villa Orchidea, mi sembra solo una stupida utopia.

Amore mio, ma che cosa abbiamo fatto?

Perché ci siamo allontanati?

Perché non sei qui con me?

Rispondimi te ne prego.

Ho bisogno di te, e mi sei accessibile solo mediante carta e penna.

Maledetta distanza...

Stanotte la luna è bellissima, mi consola soltanto sapere che anche tu puoi guardarla e anche se solo per qualche istante, potremo farlo insieme.

Buonanotte mia adorata Rachele, ti penso in ogni istante che mi è possibile.

Con tutto l'amore che posso,
Samuele.

1 marzo 1909

Mio adorato Samuele,

sono così addolorata di aver disatteso le tue speranze così a lungo.

Dopo la mia partenza, nessuno ha mai voluto concedermi il tuo indirizzo e quando Lidia finalmente me l'ha fatto avere, avevo già ricevuto la tua lettera.

Da dove cominciare... Non posso dirti cosa mi ha spinto a partire, non è di certo da me che devi venire a saperlo.

Sono sicura che non appena farai ritorno a casa, capirai tutto e mi scriverai esprimendomi comprensione.

Ma una cosa posso dirtela ora, finché la consapevolezza di esserci persi ti sembrerà ancora reversibile: mi mancava il respiro a vivere lì dentro senza di te.

Eri, sei e sarai per sempre l'anima di quella casa.

Dove eri tu, lì c'era casa mia.

E ora mi sento sola e persa qui.

Ho paura che non potrò più rivederti né essere felice. Ho paura che continuerò ad amarti al di là del limite cui ci è concesso anelare. Sei un'eccezione per il mio cuore, tu travalichi la distanza, il tempo, la nostra evidente e incolmabile disparità sociale, la mia evidente inferiorità.

Sei la mia sempiterna eccezione.

Se mi guardo allo specchio, vedo ciò che sono diventata e tutto ciò che sono è stato con te, grazie a te.

Allora dimmi, come potrei dimenticarti?

Quando un giorno capirai che siamo destinati ad essere due folli amanti che rincorrono l'impossibile, allora saprai perché sono andata via.

Ti amo troppo per ostacolarti.

Tua,
Rachele.

7 marzo 1909

Mia amata Rachele,

è tuo padre che ti scrive a nome della tua famiglia dei piani inferiori.

Sentiamo la tua mancanza tesoro, ma siamo felici che tu stia vedendo il mondo, che tu stia diventando grande.

So che ora hai la certezza che il dolore che senti non passerà, ma ti posso assicurare che un giorno, riguardandoti indietro, tutto ti apparrà meno pesante.

Sei una fanciulla caparbia e appassionata e alle volte mi pento di averti insegnato che l'amore tutto spera e tutto sopporta. Ho paura che la tua ostinata e benedetta speranza non ti permetta di guardare avanti.

Ma ora basta occupare la pagina con le mie sole parole.

Beatrice mi chiede se mangi abbastanza e se rimpiangi mai il suo stufato di pollo che tanto odiavi. Mi dice di coprirti e di bere molto tè alla sera prima di addormentarti.

Patrizio ti abbraccia e dice che devi tornare presto perché senza di te la signora Beatrice è troppo rompiscatole.

Dimitri è triste in giardino e sente la tua mancanza, pensa figlia mia che si è messo a cantare al tuo posto e tra poco gli usignoli migreranno per quanto è stonato.

Lidia mi dice che sei nel suo cuore come sempre, la sua stella polare.

Tesoro, ti aspettiamo, raccontaci tutto e spendi qualche riga per ognuno di noi.

Ti vogliamo bene.

30 marzo 1909

Carissimo papà,

che gioia ricevere questa lettera, sento la vostra mancanza come dell'aria che respiro.

Moncontour è magnifica, l'atmosfera è magica, sembra il paese delle fate, quello di cui leggevo tra le righe delle leggende celtiche.

La signora Ofelia è molto gentile con me, anche se una strana malinconia le copre gli occhi. Sono sicura che sia la mancanza di suo marito, scomparso appena due anni fa a causa della tubercolosi.

Sto imparando moltissime nozioni sui fiori, sulle piante e sui profumi.

A maggio andrò con la mia insegnante da alcuni maestri profumieri a Parigi.

Sono felice qui, ma come immagini, la sua assenza mi provoca una piccola voragine al cuore che non si ferma, papà.

Ora che sa dove sono, ho così tanta paura che possa venire qui... Non potrei mai sopportarlo.

Vorrei non averlo mai incontrato quel dannato giorno di dieci anni fa.

Ma ora basta parlare di me.

Cura le tue vesciche, papà, con abbondante acqua di rose, come sempre, e non stancarti troppo.

Dì a Beatrice che rimpiango ogni giorno il suo stufato, soprattutto il tè che mi portava nelle sere fredde d'inverno nella mia amata cameretta.

Dì al signor Patrizio che rivolgo ogni giorno il pensiero a lui e che mi mancano i bisticci tra lui e Bea.

Quanto a Dimitri papà, fatelo cantare, chissà che al mio ritorno, avrà imparato più di me.

Abbraccia Lidia e dille che è la mia forza, la mia sempiterna stella.

Ogni mio sorriso è per tutti voi.

Con amore.

Vostra,
Rachele.

4 aprile 1909

Caro Samuele,

figlio mio, come stai?

Noi siamo tutti in salute, tuo padre è sempre impegnato con i suoi investitori per i terreni in Garfagnana, noi invece siamo ferventi per il matrimonio della nostra Rosa.

Ci sarai, non è così?

Ad aspettarti, troverai una bellissima sorpresa che spero con tutto il cuore possa renderti felice.

Auspico che questo esilio forzato non ti stia costando troppo, che in fondo tu stia cercando di trarre il meglio da questa esperienza. Anche se ora sei soltanto in collera, un giorno capirai il senso e le motivazioni di tutto questo e forse ci perdonerai.

Sono sicura del fatto che le lezioni ti stiano appassionando e che il tuo metodo di studio ti porterà a ottenere solo ottimi risultati.

Questa esperienza ti aiuterà a crescere e fonderà la tua personalità, oltre che il tuo carattere, sei un giovane intelligente e diventerai un grande uomo.

Sai, anche se ti risulterà difficile crederlo, ho amato anche io in passato e ho capito mio malgrado che il nostro cuore, nonostante tutto, alle volte debba farsi da parte per far posto all'onore che dobbiamo alla nostra famiglia.

Sarai capace un giorno, forse, di capire che lei non sarebbe stata l'unica a poterti rendere felice.

Aspetto con ansia il tuo ritorno, ti abbraccio nell'attesa.

La tua affezionata,
mamma.

27 aprile 1909

Cara mamma,

mi chiedi come sto, ti rispondo che la mia salute è buona e che la mia carriera universitaria procede a gonfie vele.

Mi tranquillizza sapervi bene.

Ci sarò al matrimonio e sono molto curioso della sorpresa che mi avete riservato.

Non sono così certo che quest'esperienza possa donarmi qualcosa di buono, men che meno che un giorno, guardandomi indietro, io possa riuscire a capire.

È davvero molto difficile comprendere tutto ciò...

Avete accettato di far allontanare vostro figlio dalla sua casa, dai suoi affetti e dai suoi familiari.

Avete ottenuto tutto ciò minacciando in maniera indiretta e subdola due persone prive di mezzi, tramite la scommessa ipocrita sui miei sentimenti.

Ed eravate sicuri che quelli avrebbero avuto la meglio, favorendo così i vostri interessi.

Sbagli a credere che queste siano parole di rabbia.

Sono solo la più cruda e lampante verità.

Stento a credere che tu abbia mai amato. Se l'avessi fatto capiresti che no, non si può amare due volte allo stesso modo. Nessuna prenderà mai il suo posto nel mio cuore.

Lei mi ha salvato con il suo amore.

E nessuno potrà mai sostituire lei dalla mia anima, lei mi ha reso migliore, lei guarda gli altri per ciò che sono realmente e riesce a vedere qualcosa di buono in tutti. Persino in voi.

Voi che l'avete ingannata, usata, ferita. Deliberatamente.

Lei è una donna di grande valore.

Mi spiace solo che voi, questo, non l'abbiate mai voluto vedere.

Ti abbraccio,
Samuele.

5 maggio 1909

Cara Rachele,

ho mantenuto il vostro segreto, non ho rivelato a Samuele ciò che avete, malauguratamente, scoperto.

Ma temo che a breve lui verrà a sapere ogni cosa. Ricorderete di certo nostra cugina Rosa e, sapete, convolerà a nozze il giorno trenta del mese corrente e mio cugino tornerà per assistere alla cerimonia.

Non so se i miei zii abbiano invitato o meno la famiglia Monteverdi, ma temo che abbiano potuto pensarci.

Allo stesso modo temo che lui, durante il viaggio di ritorno, possa passare da voi per rivedervi o addirittura portarvi qui a casa per qualche tempo.

Non so se in voi, in questo momento, prevalga più la voglia di riabbracciarlo o di tenerlo lontano dai vostri occhi per aiutare il cuore a guarire. Consideratemi a vostra disposizione per qualunque cosa, anche la più minima e insignificante.

Con affetto,
Andrea Falesi.

9 maggio 1909

Mia amata Rachele,

sono di nuovo io a scriverti, mi capita a volte di chiedermi perché tu non lo faccia mai.

Ho forse commesso qualche errore?

Il tempo passa e le speranze di poterti riabbracciare, ora, sono vane e fin troppo lontane.

Come sai, a fine mese ci sarà il matrimonio di Rosa e io tornerò a casa. Passerò da Moncontour, poi torneremo a casa insieme. Mi permetti di portarti via con me?

Non immagini quanto io desideri vederti, sentire nuovamente la tua voce.

Sei padrona di ogni mio sogno, ho trascorso così tanti anni con te che ora mi sembra di vivere un'esistenza diversa.

Tra poco arriverò da te, aspettami amore mio.

Tuo,
Samuele.

31 maggio 1909

Mio dolce amore,

scrivo questa missiva in doppia copia, a due differenti indirizzi, sperando che ti giunga presto, ovunque tu sia.

Ho ricevuto la tua ultima lettera solo da pochi giorni, insieme a tante altre.

Mi sono state recapitate a Parigi dal maggiordomo di casa Bianchi, la dimora della mia signora.

Mi è stato riferito che sei passato di lì sperando di trovarmi, ma i tempi di comunicazione hanno avuto la meglio sulla voglia che entrambi avevamo di rivederci.

Rimarrò a Parigi tutta l'estate, quindi fino alla fine del mese di settembre, puoi spedire qui la posta.

Spero che le nozze siano andate bene e che tu sia stato felice di rivedere tutta la tua famiglia.

A me mancano tutti disperatamente, ma il viaggio per l'Italia è costoso e credo che potrò permettermelo a malapena una volta all'anno.

Grazie di aver pensato a me, di aver sperato in un nostro nuovo incontro.

Stento a credere che per ora ce ne saranno.

Come recita quel vecchio proverbio in cui tu non hai mai creduto, lontano dagli occhi, lontano dal cuore.

Forse sto solo provando a convincermi che sia così.

Con amore,
Rachele.

2 giugno 1909

Mia adorata sorella,

quanto ti penso, non riusciresti mai a immaginare che silenzio regna qui senza di te.

La tua allegria e il tuo amore illuminavano ogni angolo, e ora che sei lontana tutto pare essersi ingrigito, persino le rose paiono meno in salute.

Posso solo lontanamente immaginare quanto stia soffrendo il tuo povero cuore, ma tu preservalo, consolalo.

Digli che ha sopportato tanto dolore e saprà sanare le sue ferite, un giorno.

Raccontami di te mia cara amica, ogni cosa che vorrai dirmi sarà un tesoro da custodire gelosamente.

Ma ti prego, bada a non domandarmi nulla, te ne prego, sai chi ho visto e non riuscirei a raccontarti nulla senza essere tormentata giorno e notte dall'idea di averti spezzato il cuore.

Perciò ti prego, taci. Non fare domande Rachele.

Ti voglio bene, Dio solo sa quanto, ma non sono capace di farti ancora del male.

Lidia.

16 giugno 1909

Carissimo Andrea,

scuserete, spero, l'esiguo ritardo, ma sono a Parigi e le lettere mi sono state recapitate a questo nuovo indirizzo solo da pochi giorni. Mi tratterrò qui fino a settembre.

Vi ringrazio dell'aiuto e della lealtà che mi state dimostrando, so bene che non è facile tacere la verità, ma temo che ormai questa si sia palesata ai suoi occhi, così come ai vostri e a quelli della famiglia Falesi.

Non sarebbe sconveniente se io vi chiedessi di dirmi tutto, non è così?

Sto impazzendo all'idea che lei possa sostituirmi.

Raccontatemi di loro due insieme, di lei e delle sensazioni che vi ha lasciato. So che il buonsenso vi esorterebbe a non farlo ma io ne ho bisogno.

Andrea, l'amore è così cieco. Illogico, irrazionale.

Vi prego, con tutto il cuore.

Parlate.

Vostra,
Rachele.

3 luglio 1909

Cara Rachele,

che compito mi date! Quanti fogli ho strappato e quante lettere ho ricominciato da capo sperando di trovare le giuste parole. Ancora adesso, mentre scrivo, non so se arriverò alla fine. Ma farò un ennesimo tentativo.

So che la ragione preme su di me per tacervi i particolari, ma il mio cuore sa bene quanto si possa essere assetati nei casi in cui siamo ciechi di fronte alla mera razionalità.

Perciò ecco la verità: come temevo la famiglia Monteverdi era presente alle nozze. Insieme al marchese e alla sua nuova moglie, c'era la signorina Clara. Non posso di certo tacervi la sua beltà, ha i capelli ramati e gli occhi verdi, un corpo esile ma aggraziato. I suoi modi paiono da vera nobildonna, ma una buona dose di ingenuità la rende fin troppo accomodante e sorridente, anche quando le circostanze non lo contemplerebbero.

Quanto a Samuele, l'ho visto sciupato e malinconico, poco socievole e ancor meno a suo agio in quel covo di nobili che non facevano altro che guardarli insieme e parlottare tra loro.

Si sono conosciuti solo quel giorno, la marchesa era amabile con lui, lo riempiva di domande e moine.

Lui rispondeva con garbo, pur sembrando poco propenso a darle fiducia.

Hanno danzato insieme tre volte, a vederli, esteticamente sono una coppia ben assortita, i loro ranghi si uniscono in un connubio ricco di consensi.

Se però volete sapere ciò che penso io, vi dico che mio cugino mi pare un uomo distrutto da un'assenza, tristemente rivolto verso qualcuno che sembrava cercare ovunque, pur avendo la certezza che non avrebbe potuto trovarlo affatto. Era presente con il corpo, ma una parte di lui era lontana.

La osservava scrupoloso con occhi indagatori, privi però di una qualsivoglia emozione.

Lei è giovane, sembra essere molto presa da lui, lo osservava incantata, cercando la sua vicinanza in ogni singolo momento. Non so se ne sia innamorata, è di certo attratta dalla sua beltà.

Io non ho la pretesa di poter dire di conoscervi bene, ma sono parecchio intuitivo sulle persone e voi siete rara mia cara Rachele, lasciate il segno ovunque posiate i vostri occhi teneri e appassionati.

Credo che gli abbiate lasciato dentro un solco profondo e indelebile, impossibile da dimenticare.

Voi colorate il suo mondo, date forma alla sua anima.

Quando mio cugino parla di voi, noto nei suoi occhi una luce che lo infiamma, darebbe tutto per voi, ma d'altronde questo lo sapete già.

E se volete sapere un'ultima cosa amica mia, no, non credo che lei potrà mai sostituirvi.

Neanche tra mille anni.

Spero di aver donato al vostro animo ciò di cui aveva bisogno.

Il vostro amico,
Andrea.

7 settembre 1909

Carissimo Samuele,

come state? Lo studio procede per il meglio?

Io sto molto bene e con me la mia famiglia che vi porge i più cari saluti.

Ci tengo a ringraziarvi per il dono che mi avete mandato per il mio compleanno, amo particolarmente le perle di fiume e vi confesso che non vedo l'ora che sia Natale per potervi finalmente rivedere e danzare con voi.

Ve l'hanno mai detto che siete un eccellente ballerino?

Con il cuore vi sussurro che non vedo l'ora che sia il giorno in cui, finiti i vostri studi, tornerete definitivamente a casa così da potervi frequentare con maggiore assiduità.

Sono grata alle nostre famiglie che, fortuitamente, ci hanno fatto incontrare.

Aspetto una vostra lettera.

Vostra, per sempre,
Clara Monteverdi.

12 ottobre 1909

Mio dolce e lontano tesoro,

mi sento un idiota ad averti fatto attendere mie notizie così a lungo, mi sono pentito e mi pento tutt'ora della mia codardia.

Ma ho avuto paura.

Paura che dopo queste mie parole si palesasse in te una qualsivoglia idea di fine, dettata dal tuo senso del dovere o chissà, dal desiderio che avrai certamente avuto di volermi lasciare andare per farmi essere finalmente felice.

E trovare le parole per farti capire che sbagli, per farti capire che non mi devi nulla, che la mia felicità non potrà mai corrispondere con la nostra lontananza, è davvero difficile. Per questo ho rimandato.

Ma ora la mancanza che sento di te mi fa travalicare persino la paura di perderti.

I miei genitori stanno impiegando tutte le vie possibili per compiacermi, l'hanno scelta affascinante e gentile, devota, se posso dire, a una sorta di persona che crede sia io, ma a me pare essere solo il riflesso di se stessa e dell'uomo che vorrebbe che fossi.

Vede in me qualcuno che non sono e non potrò mai essere.

Spera di poter ricevere da me le cure e le attenzioni di un uomo che desidera averla al proprio fianco e che quindi la corteggi in tutti i modi possibili e immaginabili.

Ma lei non sa nulla di me.

Ha la convinzione che dopo esserci visti a malapena due volte, io sia asservito alla dinamica delle stupide consuetudini cui siamo costretti a sottostare, che ci vorrebbero al più presto fidanzati.

Ti prego, non dirmi che un giorno imparerò ad amarla, che è giusto che io scelga lei.

Tu, Rachele, sei dentro di me. Abiti ogni angolo del mio cuore, della mia anima, della mia pelle.

Cerco il tuo profumo quando la sera il vento increspa le tende della mia stanza, provo a ricordare il modo in cui passavi le dita nel palmo della mia mano facendomi il solletico, ti rivedo come un sogno, con i capelli al vento tenuti fermi scompostamente da qualche stoffa colorata, provo a ricordare il tuo sorriso tenero e la tua bocca fresca e morbida, mi tormento e mi lacero ripensando al nostro ultimo bacio, alla maniera solo tua di accarezzarmi i capelli mentre intrecciavi quelle incantevoli labbra tra le mie.

Sei così bella Rachele, pagherei oro per rivederti, per annegare in quell'incantevole luce che emani.

E quanto ti cerco, non sai…

Nei sogni, nelle ragazze che incontro per strada e che per un mero istante mi fanno illudere che siano te.

Amore, amore mio, ma dove sei?

Neanche una nobildonna deliziosa come lei è riuscita a scalfirti, perché sei scolpita dentro di me, sacra effige di un impossibile che vorrei potesse tramutarsi in realtà.

Forse, chissà, un giorno impareremo a convivere con questa distanza, impareremo ad accettare questo maledetto mondo che coopera con la stoltezza dell'uomo a tessere l'ordito che continua ad allontanarci a ogni sospiro.

Ma io non mi sento ridicolo a credere che vinceremo noi, in un modo o nell'altro, tra cento, mille o infiniti anni ancora. Io credo in noi al di là dell'apparenza che ci tiene maledettamente separati, oltre le persone che forse un giorno ci sostituiranno l'un per l'altra per illuderci che sì, potremo dimenticarci, in fondo.

Ora so perché sei andata via, non ti biasimo, ma ti prego, ti imploro con ogni fibra del mio essere, torna.

Torna a casa tua, torna da noi.

Torna da me.

Ti amo,
Tuo Samuele.

30 ottobre 1909

Cara Clara,

mi fa piacere sapere che voi stiate bene, anche per me è lo stesso.

Vi porgo i miei più cari auguri di buon compleanno, ma credo che il dono che avete ricevuto sia stato da parte dei miei genitori e non da me.

Non credo di riuscire a tornare stabilmente prima della fine del prossimo anno o forse, anche del prossimo ancora.

Io apprezzo molto la vostra benevolenza verso di me, ma le mie condizioni non mi permettono di impegnarmi con voi. Spero che la mia amicizia possa bastarvi.

Siete una fanciulla graziosa, gentile, e meritate qualcuno che sappia amarvi e apprezzarvi e io non potrei mai riuscirci.

A presto,
Samuele Falesi.

18 novembre 1909

Caro cugino,

ti scrivo nonostante immagino che tra poche settimane sarai di ritorno a casa per le feste di Natale.

In alcuni momenti ho davvero la certezza che tu sia fin troppo ostinato, testardo più di quanto le circostanze lo permettano. Tuo padre è andato su tutte le furie quando il marchese gli ha portato la lettera di risposta che hai inviato a sua figlia.

Se credi di vincere in questo modo, opponendoti contro la tua famiglia, hai torto.

Più frapponi ostacoli alla loro sete di comandare i tuoi sentimenti, più ti troverai infilato in uno stagno paludoso che ti intrappolerà senza mai lasciarti andare.

Lascia inscritto nel tuo cuore il suo nome, ma rifletti sul fatto che avresti un solo e unico modo per tornare a casa e, poi, far tornare anche lei.

Pensaci. Ne vale il vostro sentimento, io tifo per voi.

Un abbraccio,
Andrea.

6 dicembre 1909

Caro Andrea,
tra una o due settimane farò ritorno a casa, ma questa volta resterò meno a lungo, credo infatti di ritornare a Londra per i primi dell'anno.

Hai ragione a dirmi che sono ostinato, ma non so cosa fare, non riuscirei a fingere di aver voglia di vederla, di passare del tempo con lei, non riuscirei a recitare una parte che non corrisponde minimamente a ciò che sento dentro di me. Dovrei acconsentire a una pantomima così da far calmare mio padre e illudere Clara che io possa, un giorno, riuscire ad amarla?

Lo so che se mai lo facessi, potrei essere di nuovo a casa, ma ciò non mi ridarebbe indietro Rachele. Lei non è lì e non tornerà, me lo sento e ciò mi risuona nell'anima come il più oscuro e veritiero dei presagi.

Il senso del dovere la governa così tanto che solo la certezza di non essere più di intralcio al fluire consueto della mia vita la spingerebbe a tornare. E ciò non è possibile, per quanto io desideri averla di nuovo con me.

Presto ne parleremo di persona. A presto cugino.

Tuo,
Samuele.

3 gennaio 1910

Mio dolce Samuele,
ho aspettato così tanto prima di risponderti perché il mio cuore era in pezzi, lacerato da ogni singola parola che hai scritto su quella lettera che tengo sul comodino come se fosse una parte di te.

Mi sono illusa che in qualche maniera, evitando di risponderti, avrei potuto alleviare il dolore provocato dalle ferite che sanguinano dal mio cuore da quando te ne sei andato, quel lontano giorno di due anni fa.

Ho versato infinite lacrime dopo la tua ultima missiva, quello che mi hai detto, ogni cosa, ogni singolo ricordo che hai di me, ogni minimo particolare che rammenti di noi due insieme, è stato così doloroso leggere quelle parole, poi sentirle sulla pelle nuovamente, come se fosse ieri, come se tu fossi ancora qui vicino a me.

Ma tu non ci sei.

E finalmente hai trovato una donna che con tempo e pazienza, potrai imparare ad amare. Potresti sanare i rapporti con la tua famiglia e donare tutto l'amore che conservi nel cuore a qualcuno di degno per il tuo rango, per la tua posizione.

Potrai portarla a ballare, a far visita alle famiglie nobili che conoscete, potrà presenziare alle cene con la tua parentela senza aver paura di essere giudicata come inadatta, come la stupida contadina arrivista che si è presa una cotta per il nobile bello e ricco.

Potrai far suonare un magnifico valzer per lei e farglielo ascoltare nella sala da ballo, mentre tutti vi guardano compiaciuti intrecciati, in una tenera danza senza tempo.

Perché vedi amore, io vorrei tanto donarti tutto ciò, ma sono nata povera, sono nata sbagliata per te.

Tra noi, amore mio, non è possibile, tra noi è tutto sbagliato.

Io non potrei mai tornare sapendo di continuare a opporre resistenza all'epilogo amoroso che la tua vita esige.

Io voglio che tu sia felice, libero dal mio fantasma, dai nostri sogni di bambini che credevano che l'amore avrebbe vinto su tutto, sempre e comunque.

Ma all'epoca non sapevamo, amore mio, che quella non era la verità.

Nessuno ci aveva insegnato che ci sono dei momenti nella vita in cui l'amore non può vincere, quelli in cui l'amore non può nulla.

Nessuno ci aveva detto che esistono dei momenti in cui il tempo, tiranno e assassino, separa così tenacemente le anime di coloro che si amano, tanto da arrivare a farle perdere. A volte anche per sempre.

Nostro malgrado, il tempo non perdona.

Se potessi dare qualcosa per cambiare questo mondo ingiusto, lo darei.

Ma tu devi dimenticarmi, dobbiamo provare a vivere secondo le nostre possibilità.

Ti ricordi quella sera in giardino di tanti anni fa? Tu mi dicesti che siamo noi a rendere impossibili degli amori possibili. All'epoca ti credevo, ora non più.

Ci sono cose contro cui dobbiamo cedere e arrenderci di fronte al fatto che ci sono amori irrealizzabili, come il nostro.

Non leggere attraverso queste parole la freddezza. Io ti amo.

Ma non posso permettere che sacrifichi la tua vita per noi.

Dobbiamo dirci addio.

Tua,
Rachele.

20 gennaio 1910

Mia tenera figlia,

come promesso, a un mese dal tuo ritorno che attendiamo tutti con ansia, ti do le notizie che aspetti.

Abbiamo chiesto a Patrizio di indagare e sappiamo che Sua Signoria non tornerà di certo prima del mese di maggio, forse addirittura in estate. Quindi figlia mia, ti aspettiamo, quanta gioia ci riempie l'idea di riabbracciarti.

Durante le feste è stato qui, ha passato molto tempo ai piani inferiori con noi e, anche se non dovrei dirtelo, ti confido, mia Rachele, che si nota talmente tanto la mancanza che ha di te che non posso affermare con certezza di averlo visto sorridere più di due o tre volte. Sua Signoria, il conte Falesi, ha assunto un nuovo bracciante per aiutarmi, spero che possiate diventare amici.

Ti aspettiamo, con l'amore di sempre,

Papà.

14 marzo 1910

Carissima Lidia,

come stai? Io sono in salute, qui il tempo è sempre uggioso, fa freddo e rimpiango il sole tiepido del mio bel paese, i suoi colori e profumi.

Sbaglio a pensare che tra te e Francesco ci sia del tenero?

Va bene, forse non sono affari miei e sono stato un po' troppo diretto, ma vi ho visto talmente affiatati la sera di San Silvestro, lui ti guarda in un modo così amorevole...

Devo confessarti che nel punto più profondo e nascosto di me vi ho invidiati un po'. Voi siete liberi, potete amarvi. E fidati, non è cosa da poco, è un miracolo cara Lidia. Rendetene grazia a Dio.

Ho saputo che Rachele è tornata e temo con tutta l'anima che qualcuno possa prendere, un giorno, il mio posto.

Mi sbaglio, amica mia?

Mio cugino mi ha fatto intendere che ci sarebbe un modo di fare ritorno a casa; quando e se prenderò una decisione, ti metterò subito al corrente.

Dimmi di lei, te ne prego, dimmi ogni cosa, tutti i particolari, raccontami di quest'uomo che si sta innamorando di lei, fallo o impazzirò.

Il tuo fidato e fedele amico,

Samuele.

5 aprile 1910

Mio adorato amico,

mi reca così tanta gioia avere vostre notizie, sento moltissimo la vostra mancanza, soprattutto del suono del vostro pianoforte.

Se il signor Andrea ha trovato un modo per farvi tornare, vi prego dategli ascolto! Forse col tempo anche la mia Rachele tornerà e voi potrete finalmente ritrovarvi.

Quanto alle vostre considerazioni su me e Francesco, devo darvi ragione, tra noi c'è molto affetto, lui è un bel giovane e riesce a farmi sentire così bella e ricca, nonostante io sia solo poco più che una sguattera.

Se potessi regalare a voi due, che mi siete cari come la mia anima, tutta la gioia che dona l'amore quando non è contrastato, oh Dio lo farei, ma non ho potere e voi lo sapete bene, voi soffrite e sapete bene ogni cosa.

Sembra che i vostri occhi siano qui, come fate a sapere che qualcuno sta riponendo il suo amore in lei?

Ma che domande, chi ama sa sempre ogni cosa.

Io non vorrei mai farvi del male, ma dal momento che me lo chiedete con così tanto ardore, vi risponderò.

Lei Signoria, è cambiata moltissimo.

È sempre stata bellissima, ma ora, se la vedeste, vi accorgereste che la sua beltà è sbocciata come le rose nel mese di maggio, il suo sorriso è più misurato e una grande malinconia l'accompagna a ogni passo.

Ha tagliato i lungi capelli che aveva e ora li porta all'altezza delle spalle, più sciolti, che raccolti come un tempo.

Vostro padre ha assunto da qualche mese, sotto direzione del signor Ravelli, un nuovo bracciante. È giovane ed è un gran lavoratore, si chiama Matteo e ha poco più di vent'anni.

Nonostante sia un ragazzo semplice, il suo aspetto è molto più che gradevole ed è molto tenero.

Non appena lui l'ha vista, non posso negarvi che ne sia rimasto quasi folgorato.

La corteggia in un modo molto appropriato, lo fa con discrezione.

Lei lo guarda con diffidenza, lo apprezza molto per l'aiuto che da a suo padre, ma risponde al suo interesse in maniera piuttosto neutra.

Sorride, ma gli nasconde il cuore.

Quello, mio affezionato amico, lo conoscete solamente voi, il solo e l'unico al mondo.

E, allora, di cosa avete timore?

Lei non vi dimenticherà in nessun caso, nessuno potrà mai sostituirvi.

Tornate a casa, tornate da lei.
Vi ama con tutta l'anima.

Vostra,
Lidia.

29 aprile 1910

Caro cugino,

scusami se ti rispondo soltanto ora, ho avuto il morale a terra durante questi mesi e mi sono trovato a riflettere lungamente sulle tue parole.

Tante sarebbero le ragioni che mi spingerebbero alla reticenza, come sai quel giovane le sta facendo la corte e io sono tormentato dall'idea che, qualora Rachele si convincesse della fine della nostra storia, possa lasciarsi amare da lui.

E forse, a quel punto, la perderei per sempre.

Odio l'dea di dover ingannare Clara, ma se decidessi di assecondarla, badando però a non prometterle nulla, se magari provassi ad essere accondiscendente e a lasciarmi corteggiare senza illuderla, mio padre potrebbe convincersi a farmi tornare, specialmente ora che un altro uomo è entrato così palesemente a far parte della vita e del cuore di Rachele.

Ci penserò su ancora per un po', in estate, al mio nuovo ritorno, deciderò il da farsi.

Grazie di tutto, sei un fratello per me.

Ti voglio bene,
Samuele.

12 maggio 1910

Mio adorato,

quanto tempo è trascorso dall'ultima volta che mi hai scritto?

Cosa è accaduto?

Sei in collera con me?

Mi sono pentita, sai, di averti scritto alle volte, senza lasciar trapelare dalle parole, tutto il tumulto che si agita nel mio cuore. Spesso mi sono vergognata dei miei sentimenti, li reputavo e li reputo indegni, quasi inappropriati.

In fondo, perché mi sarebbe stato possibile amare te?

Te che sei così lontano e diverso da me, tu il figlio di un conte, ricco, affascinante, nobile d'animo e d'aspetto.

A me non è concesso.

Io sono solo una ragazza che vende fiori al mercato del paese, sono povera e per nulla simile alle donne magnifiche alle quali il tuo ceto ti permetterebbe di ambire, io non ho neanche una casa, vivo a Villa Orchidea per la pietà di tuo padre e chissà ancora per quanto tempo sarà così.

Chi ero io per poterti amare?

Chi sono, per continuare a farlo?

Ma l'amore è così cieco. Così illogico e tenace.

Ti ho amato con tutta me stessa da sempre, sin da quando la parola amore era solo l'inizio della poesia a pagina venti di quella vecchia raccolta appartenuta a mia madre, non sapevo nulla di quel magnifico e struggente sentimento.

E poi ti ho incontrato, e tu coraggioso e spavaldo mi hai nascosta dietro la tua schiena per proteggermi da tuo padre. E lì è cambiato tutto, lì l'amore ha cominciato ad avere i tuoi occhi e la tua bocca, l'amore era udire la tua mano bussare sulla mia porta, la tua voce che leggeva i libri di leggende celtiche in giardino, era la tua sedia accanto alla mia davanti al caminetto nelle sere d'inverno, quando la pioggia batteva assordante contro le imposte chiuse.

L'amore era il tuo nome.

Eri tu.

L'amore sei tu, ancora e ancora e ancora.

Ancora e nonostante tutto.

Ci ho provato con tutta me stessa a dimenticarti, a cancellare te dalla mia anima, soffio del quale sei sogno e padrone, ho pregato Dio di aiutarmi a farlo.

Ma poi mi riappari negli occhi, cominci a martellare nel mio petto e un calore strano mi invade le vene, il cuore, la gola. E ti risento addosso, con le tue mani e la tua pelle sulla mia, ti percepisco dentro come se fossi un tutt'uno con me, come se lo fossi stato realmente.

Poi apro gli occhi e svanisci, non ci sei più.

E tutti quei sogni intricati e pieni di fumo svaniscono, c'è solo la mia stanza vuota e buia, ci sono le giornate che scorrono troppo lente quando non ho più nitidi ricordi del tuo viso, c'è il temporale che mi risuona nello stomaco come un turbinio impazzito e il vento che soffia e sussurra, che sibila nelle mie orecchie facendomi udire quasi come se fossi accanto a me, la tua voce che a tratti dimentico. A volte, la sera, quando sono nel mio letto poco prima di addormentarmi, mi accarezzo le braccia e il viso e respirando forte provo a far finta che tu sia lì con me, che le mie mani siano le tue, che io sia te.

Quello che sto scrivendo è sconveniente, una donna del tuo rango non l'avrebbe mai fatto.

Ma io stasera sto impazzendo, mentre scrivo sento un nodo che mi attanaglia la gola e vorrei che tu mi stringessi amore, nonostante tutto, nonostante io sappia che non possiamo, che non potremo mai…

Non mi basta saperti felice, non mi è sufficiente vederti con la donna che ti assicurerà la pace con la tua famiglia e il futuro che meriti, non mi basta per riuscire a sopportare i giorni che si susseguiranno e i mesi e gli anni.

Non mi basterà mai.

Ma devo mentirti, devo dire questa bugia perché è giusto così.

Devo dirti, mi basta che tu sia felice, anche se non sarai con me.

Te lo devo dire perché ti amo.

Ma non è la verità.

Tua,
Rachele.

3 giugno 1910

Cara Rachele,

come stai? Io mi sono ambientato ormai e i vostri amici dei piani inferiori sono stati molto cortesi con me. Devo ammettere che hanno tutti un gran cuore.

Spero che farai presto ritorno a casa, sei allegra e gioviale e la tua presenza ha rischiarato le nostre giornate, devo confessarti che mi piaci davvero tanto.

La tua amica Lidia mi ha messo in guardia nei tuoi confronti, dice che sei lontana e che ora non avresti mai la possibilità di essere totale nelle scelte o nelle cose che fai.

Cosa intende? Stai poco bene o qualcosa in particolare ti preoccupa? O forse è me che non vuoi accanto?

Spero che tu possa chiarirmi le idee.

Ti abbraccio.

Tuo,
Matteo.

17 luglio 1910

Mia fidata e carissima amica,

quanto tempo ancora pensate di farci stare privi della vostra presenza?

Il signor Dimitri mi ha messo al corrente della vostra idea riguardante la coltivazione di Iris, credo che sia altrettanto ottima come la prospettiva dell'esportazione in Francia per la creazione dei profumi.

Ne ho parlato con mio zio, che ha un grosso fiuto per gi affari, e per ora mi pare esserne molto entusiasta.

Ma, adesso, veniamo a noi e alla sincerità che dobbiamo l'uno all'altra: sono quasi tre anni che non lo vedete, perché non prendete in considerazione l'idea di fare ritorno a casa? Ormai dovete provare ad abituarvi nuovamente all'idea di vivere sotto lo stesso tetto, pur non potendo essere più che due amici. So che per quanto difficile, imparerete col tempo ad abituarvi a ciò.

Manchi a tutti noi, a tuo padre e a quel ragazzo biondo che avora con lui.

Dovete provare a ricominciare e vedere se dopo essere cresciuti, qualcosa in voi sia mutato.

Ormai vi considero una grande amica, tornate, fatelo per lui, ma anche per me.

Con affetto,
Andrea.

2 agosto 1910

Caro Matteo,

mi fa piacere che tu stia in salute, anche io sto piuttosto bene.

Alla fine dell'estate sarò di nuovo a Parigi e credo di poter fare ritorno a casa nel mese di marzo.

Sono felice che la mia famiglia ti abbia accolto per bene, ma d'altronde non avevo alcun dubbio sul loro buon cuore.

Mi lusingano molto i tuoi complimenti, non ho elementi sufficienti per poter dire se tu mi piaccia o meno, ti conosco così poco in fondo e tu conosci molto poco anche me.

Ciò che ti ha riferito Lidia, è la verità, sono piuttosto confusa in questo momento della mia vita, vengo fuori da un momento molto difficile e il mio cuore non è pronto affatto ad essere corteggiato. Spero che tu possa accettare la mia amicizia in cambio. Bada a non far stancare troppo mio padre.

A presto,
Rachele.

13 settembre 1910

Amore mio,

che stupido che sono, è quasi un anno che non ti scrivo più e forse penserai erroneamente che sia accaduto qualcosa, ma ti sbagli, davvero ti sbagli se pensi o hai pensato ciò.

Questi mesi sono stati molto complicati, tanti pensieri mi frullavano per la testa, troppe decisioni da dover prendere, altrettanta paura di non saper scegliere il meglio.

La tua ultima lettera ha donato al mio cuore un inaudito conforto, pur avendomi gettato in un vortice di emozioni che credevo ormai solo lontanissimi ricordi, appartenuti a un me che ho dimenticato di essere.

E tu hai riportato tutto alla luce, dolorosa e bellissima creatura che inebri ogni angolo di ciò che è rimasto del mio cuore.

È necessario che anche io ripercorra tutti i ricordi che ho di te per farti capire cosa rappresenti per me?

Tu sai già tutto tesoro mio, tu e io, noi sappiamo ogni cosa senza che ci sia necessità di parlare e Dio solo sa quanto io, nonostante tutto, non rimpianga nulla, nemmeno un attimo di quelli vissuti con te.

Vorrei poterti dire di preparare i bagagli e aspettarmi, vorrei portarti via con me, sposarti, stringerti forte al mio petto per riuscire a illudere la mia mente di poterti imprimere dentro di me indelebilmente e per sempre, ma non posso, non posso e lo sai.

L'unica via che posso percorrere è quella di provare ad assecondare la mia famiglia e i loro piani futuri per la mia vita, provare ad essere meno ostile con Clara e smetterla di credere che un mero sogno possa tramutarsi in realtà come per magia, come in quelle fiabe che tanto ti piacevano e che io ti leggevo bofonchiando.

In realtà piacevano tanto anche a me, ma non potevo dirtelo perché dovevo mantenere alto il mio onore di uomo.

Rido ancora ripensando a quei momenti, alla nostra infanzia, a quel fardello solo nostro di passato che non potrò condividere con nessuna donna al mondo.

Anche se la vita ci allontanerà, una parte di essa sarà sempre macchiata dai ricordi dell'altro, come l'inchiostro che cade sulle pagine di un libro, la storia non sarà mai più la stessa da quel momento in avanti.

E mi piace pensare che anche se la vita ci dividerà, in un qualche mondo diverso da questo, in qualche parte noi due siamo invecchiati insieme, in qualche parte continuiamo a leggere leggende strampalate mentre i nostri figli crescono intorno a noi.

Ho bisogno di tornare a casa, di avere di nuovo accanto le persone che amo e di capire se davvero, in qualche parte di me, esiste uno spazio sufficientemente grande dove incastrare quella vita che devo vivere, quella via che devo intraprendere, anche se non è mia.

Spero che tu capisca, spero che queste mie parole ti spingano a tornare.

Quel giovane che ti ama ti aspetta.

Io non lo so se ti merita, ma so come ci si sente al tuo cospetto, piccola e meravigliosa creatura, e sono certo che lui si senta come mi sentivo io quando ero solito guardarti dalla finestra intenta a curare le tue rose.

Si ha necessità di te per essere migliori.

Apri il tuo cuore, prova, tenta, impara ad amare di nuovo.

È arrivato per noi il momento di muovere il passo successivo e allontanarci davvero.

Spostare il bersaglio di poco, quel minimo sufficiente per tornare a respirare.

Dobbiamo crescere e vedere cosa possiamo fare delle nostre vite e scoprire cosa ne è stato di noi, cosa è rimasto di questo amore che macchia le pagine delle nostre lettere.

Ma non ti dimenticare mai di me, di noi.

Scrivimi, scrivimi di te, di quando ti addormenti, se dormi e se sogni e se sogni che sogni fai, se respiri di notte troppo forte a chi pensi, se cammini all'alba e se camminando cerchi qualcuno e se lo cerchi, chi stai cercando ancora…

Io posso solo dirti che non riuscirò mai a guardare un'altra donna come facevo con te, tu sei stato il mio piccolo miracolo e io ti amo, ti amo ancora, ancora e per sempre. Ma devo imparare, devo lasciarti andare amore mio. Perciò addio.

Tuo,
Samuele.

2 dicembre 1910

Mio caro amico,

mi scuso se ti ho fatto attendere così a lungo ma sono rientrata dal mio viaggio a Parigi soltanto da pochi giorni.

Ho ricevuto una lettera da Samuele un mese or sono, sai mi ha recato uno strano turbamento leggerla, era dolce, carica d'amore ma macchiata di rassegnazione.

Mi ha detto addio e credo che sia riuscito anche a convincere il suo cuore a farlo.

Sono tanto addolorata ma sollevata allo stesso tempo.

Spero di non rappresentare per lui un inciampo ulteriore, spero che un giorno potrà guardarmi come un'amica, anche se all'inizio sarà difficile, lo so. Perché sarà complicato anche per me.

Desidero solo il meglio per lui, che sia felice e so che quella donna potrebbe essere la chiave giusta per riordinare la sua vita confusa, sarebbe la più grande gioia anche per la sua famiglia.

A volte mi chiedo se sia sufficiente che il mondo sia soddisfatto delle nostre vite per renderle altrettanto godibili anche a noi.

Ma non ho una risposta.

Ora so soltanto che mi manca casa mia, e forse devo prendere in considerazione l'idea di far ritorno in Toscana, anche se non prima di un anno a questa parte. Ho promesso alla signora Ofelia il mio aiuto almeno fino al prossimo inverno.

Siete anche voi, per me, un prezioso amico e vi voglio un gran bene. Spero di trovarvi a Villa Orchidea in primavera, per il mio consueto ritorno.

Con affetto,
Rachele.

23 dicembre 1910

Carissima e adorata Rachele,

è tuo padre a cominciare, spero che tu sia serena, che tu possa trascorrere un Santo Natale.

Mi manchi infinitamente e non vedo l'ora di riabbracciarti.

Beatrice mi dice di mandarti un grosso bacio, di mangiare e coprirti bene.

Patrizio ha bisogno dei tuoi sorrisi e vuole assolutamente rivederti, così da poterti far vedere la nuova libreria che hanno aperto in paese.

Lidia e Franceso ti danno i loro auguri e ti aspettano, insieme.

Matteo ti manda il regalo nella scatola piccola e mi dice che attende con ansia il tuo ritorno, soprattutto per la tua torta cioccolato e pere che l'ha fatto innamorare della tua cucina, dice così, ma secondo me anche un po' di te.

Abbiamo addobbato l'albero qui in sala domestici ma le stelle di Natale non ci sono figlia mia, sono assenti come te e la tua spensieratezza, te e la tua gioia che sempre ti ha contraddistinta nel periodo natalizio. Torna da noi ti prego, io credo che questo ragazzo possa renderti felice, è così buono e umile, sarebbe un padre e un marito degno di te e della tua bellissima anima, mio splendido fiore.

Facci sapere se hai apprezzato i nostri doni e come sempre, spendi qualche parola per ognuno di noi.

Buon Natale,
la tua famiglia.

17 gennaio 1911

Carissimo papà,

ho ricevuto da poco la lettera e il pacco contenente i vostri doni.

Siete dei tesori, l'abito è magnifico e lo indosso spessissimo. Sto pensando molto a cosa fare della mia vita, a quale strada percorre per andare incontro al mio futuro, forse tornerò tra un anno, definitivamente, oppure potrei restare qui. È un paese bellissimo e la signora Ofelia è molto dolce, le sono profondamente affezionata.

So bene che desideri il meglio per me e te ne sono grata, ma non posso prometterti nulla caro papà. Matteo è un giovane di bell'aspetto, di buon cuore, ma io ora non me la sento di pensare a lui come qualcuno che possa oltrepassare il limite che ho posto al mio cuore.

Per adesso è invalicabile e, per quanto io me ne rammarichi, non posso e non voglio che qualcuno lo superi.

Dammi tempo, lasciami guarire. Il suo nome, il suo viso sono impressi in me e in questo pazzo e testardo cuore che non ce la fa a dimenticare.

Ma ti prometto che m'impegnerò, che prima o poi lascerò andare tutto questo dolore e farò in modo che Matteo possa avvicinarsi, ma ora non posso.

Desidero che tu sia sereno papà, io saprò cavarmela, vedrai. Non lavorare troppo e la sera copriti bene.

Manda mille baci a Beatrice e dille che ho bisogno delle sue coccole affettuose; fai gli auguri a Lidia e Francesco e di loro che sono una bellissima coppia; riferisci a Patrizio che sarò entusiasta di vedere la nuova libreria e non vedo l'ora di poterlo riabbracciare. Siete la mia stella fissa.

Vi voglio bene,
Rachele.

17 gennaio 1911

Carissimo Matteo,

ti scrivo questa lettera per ringraziarti personalmente del dono che mi hai mandato per Natale.

Non sono mai stata una ragazza attenta ai ninnoli ma questi orecchini sono molto belli, la pietra azzurra incastonata nel centro è luminosa e mi piacciono davvero molto. Li indosso sempre da quando me li hai mandati.

Devo confessarti che mi dispiace se nei mesi che hanno preceduto questa missiva tu mi abbia vista scostante o lontana, convincendoti magari che tu non mi piacessi.

Sei un ragazzo molto affascinante, apprezzo il tuo temperamento, sei taciturno ma sicuro di te e poi sai sempre come far ridere tutti, sono doti bellissime, davvero.

Io ho sofferto molto, ho amato un amore impossibile e lo amo ancora, forse non smetterò mai di farlo.

Ma la vita è fatta di cose possibili giusto? Per andare avanti è necessario seguire ciò che può essere reale.

E tu lo sei. E mi piace tanto parlare con te.

Spero che tu possa avere pazienza, guarirò ma ho necessità di un po' di tempo.

Sei nei miei pensieri.

Ti abbraccio,
Rachele.

15 febbraio 1911

Cara Rachele,

aver ricevuto la tua lettera mi ha reso molto felice. Ho scelto gli orecchini con molta cura e speravo che li potessi apprezzare. Il tuo comportamento nei miei riguardi mi ha spesso fatto credere che non t'importasse nulla di me, i tuoi occhi erano lontani e il tuo cuore sembrava esserlo altrettanto.

Mentirei se ti dicessi che ciò mi abbia fatto desistere dal corteggiarti. Forse sai bene che il cuore va dove vuole.

Sei una fanciulla meravigliosa, mi piace il modo in cui ti raccogli i capelli con quel nastro colorato e quello con cui prepari la colazione al mattino, il modo con cui tieni fermo il libro che stai leggendo tra le mani.

La verità è che sono innamorato di te, di ogni cosa, anche la più piccola.

Ma il tuo cuore non c'è, è distante. Tu non ci sei Rachele.

Amare le cose possibili è facile, ma la maggior parte delle volte non ne siamo capaci.

Spero che tu possa lasciarti andare con me un giorno, spero che tu possa guardarmi senza vedere il riflesso dell'uomo che ami, ma non ci credo.

Io ho pazienza, ti aspetto, ma credo che ciò non sarà sufficiente per far si che tu possa amarmi un giorno.

Ma la speranza rimarrà sempre viva in me.

Ti aspetto e ti abbraccio,
Matteo.

23 marzo 1911

Mio caro Samuele,

sono trascorsi appena tre giorni dalla tua partenza ma sento già nostalgia di te e del tempo che in questo breve periodo, abbiamo trascorso insieme. Sono felice di vederti maggiormente ben disposto verso di me, ho notato il tuo viso più sorridente e disteso. Hai forse dimenticato, finalmente, tutte le pene che ti rendevano scostante?

Ieri è tornata a casa tua una fanciulla che è stata accolta da tutti con infinito affetto, persino da tuo cugino.

Mi ha riferito tua madre che è una giardiniera che un tempo abitava con voi. Dice che ora lavora in Bretagna, tu la conosci? Sembra molto buona e graziosa. Dimmi qualcosa di lei.

Nell'attesa ti rivederti, ti abbraccio.

Tua,
Clara.

6 aprile 1911

Caro cugino,

spero con tutto me stesso di aver preso la decisione giusta, non immagini che peso ingente sento gravarmi sull'anima.

Sto rischiando di perderla, lo so perfettamente, nel mettere in scena questa farsa, mio padre potrebbe incastrarmi in un matrimonio senza neanche consultarmi.

Ma d'altronde, per rivederla e provare a farla tornare a casa, non ho altra scelta, non è così?

Ho ricevuto una lettera di Clara, ha notato il mio cambiamento e ne sembra soddisfatta, ma ha occupato praticamente metà del foglio a parlarmi di una certa fanciulla che sarebbe arrivata il giorno successivo alla mia partenza. Mi ha chiesto sue notizie.

Solo con te, Andrea, posso essere sincero. Qualcosa non mi quadra, cosa dovrebbe mai incuriosire una nobildonna riguardo a una ragazza della servitù?

Cosa faccio, le dico la verità o dissimulo?

Qualcosa in lei mi sembra oscuro, è troppo dolce e accomodante nei miei confronti, non so, è probabile che io stia impazzendo, per un solo maledettissimo giorno ho perso l'occasione di rivederla. Dio solo sa quanto bruci dalla voglia di sapere qualcosa di lei, di rivederla, sapere di quel ragazzo, ma allo stesso tempo mi terrorizza la possibilità che lei si stia innamorando di lui.

Ti sto tormentando, non è così?

Perdonami, cugino mio, sei prezioso per me, ti abbraccio forte.

Il tuo affezionato e fedele cugino.

17 aprile 1911

Cara Rachele,

so che potrà sembrarti strano ricevere questa lettera da me, erano molti anni che quest'idea mi veniva alla mente, ora ho deciso di darle un seguito, sperando che non ti dispiaccia.

Innanzitutto spero che il lavoro sia di tuo gradimento e che tu abbia imparato molte cose.

Vedere il mondo, vivere da soli, viaggiare, ci cambia per sempre e sarei felice se quest'esperienza ti avesse accresciuta.

Quando Patrizio mi ha dato il tuo indirizzo mi ha anche riferito che forse il prossimo anno farai ritorno a casa. Spero di poterti salutare e poter ascoltare le mille cose che di certo avrai da raccontare.

Sei stata una donna coraggiosa, posso solo immaginare quanto tu abbia sofferto, quanto dolore ti abbia appesantito il cuore e, forse, lo faccia tutt'ora... Ma cara ragazza, a volte per amore bisogna sacrificarsi.

Samuele e Clara sono una bella coppia e crediamo che anche lui adesso se ne stia convincendo.

Non dovrei dirtelo, lo so, ma sono molti anni che non vedo più sorridere mio figlio come un tempo, quel tempo in cui tu eri ancora qui.

Ma sono convinta che anche lui imparerà a convivere con quella nostalgia di te che l'addolorava e sempre l'addolorerà.

Credo profondamente nella forza dei sentimenti, ma ho provato sulla mia pelle che loro da soli non bastano Rachele, purtroppo non sono sufficienti. C'è bisogno di mantenere salde le proprie radici. Si vive molto male quando si viene privati dell'approvazione della propria famiglia.

Ti apprezzo molto, spero che tu un giorno possa essere felice, che tu possa trovare l'amore più giusto, quello che collimerà con le tue esigenze, con i tuoi bisogni. Mi spiace che Samuele, in questa vita, non possa esserlo per te.

Al tuo ritorno vieni a trovarmi.

A presto cara,
Amalia Falesi.

4 maggio 1911

Mio carissimo Samuele,

sono volati via molti mesi dall'ultima volta che ti ho scritto, sono stata a Parigi nuovamente e ti ho pensato moltissimo. Quanti riflessi quella città contiene dei nostri sogni di bambini, quel tempo in cui fantasticavamo sul voler andare a vivere su una casa mobile sulle rive della Senna.

Ho tanta nostalgia di te e di noi, delle risate, dei sorrisi, dei libri che eravamo soliti leggere insieme sul prato, dei nostri tè davanti al fuoco. Posso solo nominarti questi momenti, gli altri, quelli veri di cui avverto una lacerante nostalgia, devo tacerli, non mi è più concesso esternarli.

Spero che un giorno tu tornerai a casa e che potrò rivederti.

Il regalo che ti mando è il mio primo profumo, creato con l'aiuto del mio mastro profumiere, non è una fragranza maschile, ma puoi usarla per profumare gli ambienti o la biancheria.

Sei nel mio cuore mio lontano e sempiterno amore.

Tua per sempre,
Rachele.

1 giugno 1911

Caro cugino,

ho impiegato molto tempo a risponderti, ne sono consapevole, ma ho dovuto pensare bene a questa circostanza e mi sono occupato dell'analisi di alcuni aspetti che mi creavano incertezza.

Non ho raggiunto ancora i risultati che speravo, non chiedermi nulla però, se e quando le mie intuizioni avranno un seguito te ne parlerò, fidati di me.

Riguardo ai dubbi che nutri su Clara, posso dirti che anche io la osservo molto e mi pare accondiscendente oltre il limite. È troppo in ogni circostanza. Può essere il suo carattere o forse, come credi tu, sta nascondendo qualcosa.

Cosa ne penso io, ora non posso dirtelo, rischierei di esternare falsità.

Ciò che però posso affermare con certezza è he lei sa di Rachele. Sa chi è e sa di voi. Conosce i motivi delle rispettive partenze e forse chiedendolo vuol tastare, per interesse suo e dei tuoi genitori, quanto tu sia ancora immerso in questa situazione.

Sii sincero, ma non troppo. Di' ciò che non comprometterebbe mai la possibilità di farti tornare presto a casa.

Mi impegnerò ad aiutarti cugino. Te lo prometto.

Quanto al resto stai sereno, hai fatto la scelta giusta, l'unica percorribile per rivederla e finalmente capire, prendere una decisione, vederti sorridere di nuovo.

Ho la sensazione che sia diventata ancor più incantevole di come era un tempo.

Ora è una donna, una splendida donna che ti aspetta e guarda al di là dei vetri delle finestre sperando di vederti arrivare, pur sapendoti mille miglia distante da lei.

Io li ho visti insieme, lei sorride, lo apprezza, ma i suoi occhi Samuele, sono spenti, sono un diamante senza luce.

Più ti guardo, più la guardo, più continuo a pensare che nessuno mai potrà occupare il posto dell'altro nei vostri cuori.

Tieni duro, vinceremo noi e tu tornerai, continua a sperare, vincerete voi e ve ne andrete via insieme.

Torna presto.Ti aspetto.

Tuo,
Andrea.

28 giugno 1911

Cara contessa Falesi,

sono stata felice di aver ricevuto la vostra lettera, avete avuto un dolce riguardo nel farlo. La mia salute è buona, la città nella quale vivo è confortevole, molto affascinante, ho visitato molte città e vissuto a Parigi per qualche tempo.

Tutto ciò mi ha cambiata molto, mi sento diversa, forse più matura.

Con molta probabilità tornerò a febbraio, definitivamente. Ora che so della marchesa Monteverdi, sono tranquilla del fatto che non sarò d'ostacolo al raggiungimento della felicità di Samuele. Ed è questo che conta per me, saperlo libero, sereno e in pace con la sua famiglia. Credo e spero che quella donna saprà donargli l'amore che merita.

Non lo vedo da tantissimi anni ormai, non conosco più le pieghe del suo sorriso, dubito che smetterà di farlo.

Il cuore, dopo aver a lungo sofferto, sa sempre come riparare le sue ferite e sono sicura che lui saprà tornare ad amare.

Voi forse lo sapete, il nostro cuore può amare davvero una sola volta, tutte le altre possibilità, non eguaglieranno mai la forza e l'intensa dolcezza, la passione e la potenza di quel primigenio sentimento. Ma si impara.

Non vi nego che il mio cuore sarà sempre legato a quello di vostro figlio, lo amerò per sempre, in segreto, nella parte più profonda e nascosta del mio cuore, ma se lui ha deciso di lasciar spazio a un'altra fanciulla, io mi tiro indietro. La mia sofferenza in cambio della sua serenità. Posso farlo. Lui vale il mio sacrificio.

Al mio ritorno verrò a salutarvi.

Vi saluto con affetto,
Rachele.

27 luglio 1911

Cara Clara,

sono passati molti mesi, ne sono consapevole, ma gli studi mi hanno occupato molto tempo e ho preferito risponderti ora, a mente libera.

Sto bene, sono piuttosto sereno e posso confessarti che, rispetto ai mesi trascorsi, ho riacquistato un po' di serenità.

Mi sorprende che ti interessi a Rachele, ma ti darò qualche notizia come mi chiedi, sperando di aggiungere qualcosa rispetto a ciò che di certo mia madre ti avrà accennato.

È un'ottima giardiniera, amabile, con un gran cuore, per questo è amata da molte persone, siamo molto legati, ci conosciamo sin da quando eravamo dei bambini.

Perciò mia adorata, dovrai imparare a volerle bene se avrai voglia di starmi accanto come dici.

Ti abbraccio,
Samuele.

15 agosto 1911

Piccola sorella mia,

ma quando ti deciderai a tornare? Ci manchi terribilmente e io ho profondamente bisogno della mia più cara amica, dei suoi consigli e del suo adorabile sorriso.

Sei la prima persona a cui comunico questa magnifica notizia, Francesco mi ha chiesta in sposa. Io ho accettato con il cuore colmo di gioia e abbiamo deciso che sarà il prossimo settembre, con la profonda speranza che quel giorno sarete tornati a casa sia tu che Samuele. È qui a Villa Orchidea mentre ti scrivo, lo trovo sereno, molto dimagrito. Li ho visti insieme, sono molto belli, cara Rachele, ma nulla di più distante da ciò che siete voi. Voi eravate una perla rara, da piccola, quando vi guardavo desideravo poter amare ed essere amata in quel modo un giorno.

Confido con tutta me stessa che ce la farete, io sono con te tesoro.

Torna presto, ti aspettiamo.

Tua,
Lidia.

9 settembre 1911

Dolcissimo tesoro,

è un anno che non ti do più mie notizie, alle volte temo che tutto questo tempo che lascio trascorrere prima di scriverti, sia un modo di volermi illudere che il silenzio possa affievolire o alleviare il ricordo di te, ma è solo una mera utopia, una stupida messa in scena.

Il tuo profumo...

Dio Rachele, sei tu! È il tuo odore, è il mughetto, la rosa, la lavanda, l'odore del mare. È la tua freschezza, la tua dolce sinuosità, la morbidezza dei tuoi capelli appena lavati, il profumo della tua pelle in estate.

Se ci penso, mi pare di conoscere ogni minimo particolare di te, dai più buffi ai più affascinanti.

Ciò che più mi manca di te in questi momenti bui e solitari, è passare le mani tra i tuoi capelli, quel gesto segreto solo nostro.

Amore mio, mi manchi terribilmente. Troppo, tanto, infinitamente.

Con l'amore di sempre,
Samuele.

5 ottobre 1911

Carissimo Samuele,

è la prima volta che ti scrivo da quando sei andato via. Sai bene com'è il mio carattere, preferisco tacere piuttosto che parlare e finire per insinuare o addirittura risultare fuori luogo.

Ma adesso mi sembra di possedere le carte sufficienti per esprimerti il mio pensiero, sperando che tu capisca il mio intento.

Ti ho visto crescere, sei un po' come un figlio per me e lo sai bene, ti conosco abbastanza per poter dire che non ti vedo affatto felice.

Hai lo sguardo vuoto, il tuo sorriso è pieno di una falsa ilarità che paia tu voglia usare per nascondere un terribile dolore che ti lacera.

La cosa che più mi ha fatto comprendere il tuo malessere, è che non suoni più il tuo pianoforte.

Credo di averti sentito farlo l'ultima volta durante l'autunno di quattro anni fa.

La tua anima tace ragazzo mio, neanche i dolci occhi verdi di quella splendida fanciulla riescono a colmarla di un minimo colore.

A vedervi, contrariamente a ciò che tutti pensano, non mi sembrate per niente una bella coppia.

Vuoi realmente al tuo fianco una compagna che ti dia sempre ragione e che pensi solo ad abbigliarsi? Figliolo puoi ambire a tanto di meglio.

Vederti con lei alle volte mi fa credere che in una piccola parte di te tu le abbia riservato un posto, mi sembra che ti incominci a piacere. Ma, allo stesso tempo, so bene quanto tu sia estremamente coerente e fedele ai tuoi sentimenti, ai doveri che senti di avere verso il tuo cuore.

A chi stai dando ascolto adesso?

Accetta un solo consiglio, il vero amore è uno soltanto, non lasciarlo volare via.

Credo che la tua anima sia assetata di questo amore e io so bene dove si nasconde.

Ma dimmelo tu, dov'è? Tra le sale ricevimento di un palazzo nobiliare o nel nostro giardino? Ti voglio bene, ragazzo mio.

Con affetto,
Patrizio Bonagrazia.

2 novembre 1911

Mia cara Lidia,

sorella mia, che gioia che mi ha dato ricevere la notizia del vostro matrimonio. Appena i miei occhi l'hanno letta ho cominciato a piangere come una fontana. Francesco è un uomo buono, ligio al dovere, simpatico e poi ti adora, ti riempie di attenzioni e di complimenti.

Certo, sei giovane, ma sono sicura che tu abbia fatto la scelta giusta.

Non so ancora se e quando tornerò, ma dovessi pur essere in capo al mondo, quel giorno ci sarò amica mia, con tutto il cuore, te lo prometto.

Mi manchi Lidia, tu, mio padre, Beatrice, ognuno di voi. Prega che io possa avere la forza di decidermi a tornare e affrontare l'immagine di Samuele con lei. Ho così paura che il mio cuore si possa frantumare in mille pezzi.

Ti abbraccio forte, ci vedremo presto, fai tanti auguri anche al tuo fidanzato e dà un bacio a papà.

Ti voglio bene,
Rachele.

14 dicembre 1911

Caro Patrizio,

sono felice che tu mi abbia scritto, confido molto in te e nei tuoi pareri, perciò ti risponderò dopo aver riflettuto a lungo sulle tue parole. Non sono affatto felice, all'inizio, quando acconsentii a partire, speravo che col tempo mi sarei abituato, speravo che la tristezza sarebbe stata sostituita da una quieta rassegnazione. Invece mi sbagliavo.

Non esiste sacrificio peggiore dell'allontanarsi da chi si ama.

È come se una parte della tua linfa vitale scomparisse piano piano, lasciandoti sempre più debole a ogni respiro.

Ho trascorso i mesi a pensare a lei, a un modo per farmi tornare presto a casa, al fatto che quel Matteo avrebbe preso il mio posto.

Quando si pensa troppo a delle circostanze impossibili da comprendere o risolvere, si rischia di sfiorare la follia.

Quando il cuore necessita di ragioni per capire e la ragione stessa tace, in virtù dell'inesistenza di una sana motivazione, allora si è caduti nella trappola. E io ci sono dentro fino al collo.

Sto provando a farmela piacere, caro Patrizio, tento di ricordarmi quanto sia affascinante e che bei modi la contraddistinguano. Provo a pensare al suo rango, alla soddisfazione dei miei genitori.

Ma non ci riesco. È uno sforzo inutile.

Il cuore non ce la fa ad amare chi deve, lui ama e basta.

E io amo quella deliziosa fanciulla che dodici anni fa mi donò un giacinto viola per ringraziarmi di averla salvata. Amo la sua tenera malinconia e l'esplosione di vita che illumina il suo viso quando è felice, amo il suo strampalato modo di danzare e quello in cui gioca con le mie mani quando è nervosa.

Adoro il soffio flebile del suo respiro che mi sfiora il collo quando si addormenta tra le mie braccia e il bagliore che guizza nelle incantevoli iridi dei suoi occhi dorati quando mi guarda... E sembra che veda in me qualcosa di così bello che spesso mi ha fatto dimenticare la mia fallace natura mortale.

Tutto mi parla di lei, di noi, di questo amore impossibile, io non mi arrenderò, voglio sposarla e portarla via da Villa Orchidea, vivere con lei, per sempre. Sto tentando di accondiscendere con la marchesa Monteverdi per convincere mio padre a farmi tornare.

Un salto nel buio, non è così?

Pensi che io possa avere altre soluzioni? Rischio di essere incastrato da mio padre, che Rachele si innamori di quel giovane, rischio di perdere ogni cosa, ma devo tentare.

Spero con tutto il cuore che tu approverai questa mia decisione. Ti voglio bene e ci vediamo per Natale.

Tuo,
Samuele.

11 gennaio 1912

Caro Andrea,

come state? Ho saputo tramite la signora Ofelia che voi e Dimitri avete quasi convinto il conte a investire sulla coltivazione di Iris. Non saprò mai ringraziarvi abbastanza, la sorella del signor Dimitri è bravissima nel suo lavoro e purtroppo, avendo perso il marito, deve provvedere ai suoi figli da sola. Questa opportunità la aiuterà moltissimo.

Vi scrivo con la speranza di darvi una buona notizia, tornerò a casa in primavera, stavolta definitivamente.

Siete la prima persona alla quale comunico questa cosa. È stata frutto di una lunga riflessione, di tanta indecisione. Non vi nascondo che ho una profonda nostalgia di casa, soprattutto sono fermamente convinta che se non riuscissi a rivedere presto Samuele, rischierei di impazzire. Sono quattro anni che non incontro più i suoi occhi, riesci a immaginare che emozione sarà poter guardare di nuovo il suo viso?

Caro amico mio, vi do il compito di dirlo alla mia famiglia per me, vi andrebbe? Grazie e a prestissimo.

Vostra affezionatissima,
Rachele.

31 gennaio 1912

Cara Rachele,

stavolta sono io a scriverti a nome della tua famiglia. Siamo felici come non mai, finalmente tornerai a casa.

Il signor Andrea, il nipote del conte Falesi, è venuto a comunicarcelo proprio qualche ora fa. Tuo padre sembrava impazzito di gioia, Lidia altrettanto, mentre la signora Beatrice, per festeggiare, ha aperto una bottiglia di Vin Santo molto pregiata senza neanche chiedere il permesso al signor Patrizio che si è arrabbiato moltissimo, poi però quando gli abbiamo spiegato il motivo, ha fatto anche il bis.

Poi ci sono io che sono stato sollevato dal saperti in dirittura d'arrivo verso casa, sono felice che tornerai, felice che potrò vederti ogni giorno senza sentire la tristezza riempirmi il cuore ogni volta che ti vedo andar via.

Non vedo l'ora di rivederti, vorrei tanto trascorrere più tempo con te, quest'anno ti porterò alla festa d'autunno che fanno in paese in occasione del vino nuovo, si balla e ci si diverte, ti piacerà vedrai.

Spero che nel tuo cuore ci sia un po' di spazio per me, mi basta un cantuccio, quel tanto necessario per farti capire che sei una donna unica e che meriti di essere felice.

Faremo riassettare la tua camera e il signor Dimitri ti farà trovare i tuoi fiori preferiti. Ti aspettiamo.

Ti abbraccio,
Matteo.

6 febbraio 1912

Mia carissima amica,

sono entusiasta della vostra notizia e impaziente di rivedervi e poter comunicare con voi, finalmente guardandovi negli occhi.

Provo solo a immaginare la nostalgia che avete di casa, della vostra famiglia, del giardino, del vostro Samuele.

Lui non è ancora tornato, ma credo che in estate lo farà, spero definitivamente, ma non posso assicurarvelo.

Sarà indescrivibile la gioia che entrambi proverete nel vedervi nuovamente, anche se dovete essere preparata alla marchesa Monteverdi, lei lo segue ovunque quando è qui e non mostra alcuna reticenza né con le moine né con i sorrisi.

Io credo che ci sia molta falsità nei suoi modi, ma ormai si è insinuata nella famiglia. Sono certo che non appena Samuele vi rivedrà, la sua anima tornerà a vivere e voi riuscirete a respirare.

Amor vincit omnia, non è così? Fidatevi di me. Io vi aspetto, sarò ad accogliervi al vostro arrivo. Con affetto e impazienza vi saluto.

Vostro,
Andrea.

27 febbraio 1912

Carissimo Matteo,

sono rallegrata dal fatto che voi tutti abbiate accolto la notizia del mio ritorno con gioia.

Dopo tutti questi anni trascorsi lontana da casa, sento la necessità di fare ritorno, di rivedere il mio paese, riappropriarmi delle mie abitudini, riabbracciare tutte le persone che amo.

Sarò curiosa di venire con te alla festa in paese, non ci sono mai andata e la tua compagnia mi spingerà di certo a parteciparvi.

Ti ho pensato spesso negli ultimi mesi e non ti nego che ho molta voglia di rivederti, di capire se tra di noi può esserci spazio per qualcosa che oltrepassi la semplice amicizia.

Ma per far si che ciò avvenga è necessario che tu sappia tutta la verità su ciò che mi è accaduto, perciò, non appena sarò di ritorno ti racconterò la mia storia.

Abbraccia calorosamente tutti e dì loro che sarò a casa per la seconda settimana di marzo.

Con affetto,
Rachele.

21 marzo 1912

Mio adorato amico,

è con un sentimento contraddittorio nel cuore che vi scrivo stavolta.

Sono felice, ma allo stesso tempo temo che comunicandovi questa notizia così bella, voi possiate sprofondare nel dolore che porta con sé la vostra lontananza.

Ma devo dirvelo, lo meritate.

Due giorni fa, insieme al tramonto del sole, la nostra Rachele è tornata a casa. Ed è tornata per restarci.

Non appena l'abbiamo vista comparire dalla porta secondaria, eravamo talmente pieni di gioia che quasi piangevamo.

Lei abbracciava tutti con benevolenza e tenerezza, ma man mano che le persone arrivavano da lei per salutarla, cominciava a scurirsi e ad essere più triste, perché tra quella folla non vi avrebbe trovato.

Piangeva mentre scambiava quei gesti di tenero affetto con i presenti, sembravano lacrime di gioia, ma io temo che vi nascondesse il dolore per la vostra assenza, sorrideva sommessa, mentre gli occhi arrossati si spostavano, sbattendo contro ogni angolo della stanza che non le rimandava immagine alcuna di voi.

Quando la sera l'ho accompagnata nella sua stanza per aiutarla a disfare i bagagli, ho visto che da un sacchetto di seta uscivano un carillon e un pacchetto di lettere legate da un nastro blu notte.

Lei ha notato che io le avevo viste e, sorridendo, mi ha detto:

"L'eternità è nell'amore che resta, non è così?". Io ho annuito e l'ho accarezzata piano baciandole i capelli.

Amico mio, voi dovete tornare presto, la dovete stringere di nuovo tra le vostre braccia, ha necessità di voi, del vostro sorriso, di voi e di nessun altro.

Riesco a leggerlo nei suoi occhi malinconici. Fate di tutto, se ancora l'amate.

Con affetto,
Lidia.

5 aprile 1912

Caro Samuele,

per la prima volta dopo tanti anni ti scrivo da casa, dalla mia camera, quella che ci ha visti innumerevoli volte insieme. Sono tornata qualche settimana fa per restare. Ero stanca di dover vivere lontana da qui, era tutto fin troppo pesante. Ora però non posso far altro che domandarti quando sarai tu a tornare.

Vorrei rivederti, così tanto.

Non sarò d'intralcio al compimento della tua storia d'amore, spero che un giorno potrai farmi conoscere quella donna, colei che sarà così fortunata da poterti amare liberamente, per tutta la vita.

Io mi sono fatta da parte ormai e metterò a tacere tutti quei flussi che dilagano dentro di me.

Ed è proprio in virtù di questi sentimenti che l'ho fatto, non per indifferenza.

Questa casa è come un freddo bosco invernale senza di te, a me risulta difficilissimo vivere tra queste mura e saperti assente, impossibile da trovare e da raggiungere.

Mi basterebbe sapere che di notte stai dormendo qualche piano sopra di me e che al mattino apri gli occhi sul mio stesso cielo.

Sei nel mio cuore come un tempo e ci sarai sempre.

Con affetto,
Rachele.

30 aprile 1912

Amica mia,

è una splendida notizia quella che mi hai comunicato, ho ricevuto qualche settimana fa la medesima notizia da lei stessa. Sento dentro di me tante emozioni contrastanti, pur di tornare ho intrapreso una via pericolosa, ho un timore inaudito di essermi teso una trappola con le mie stesse mani.

Ma quando non si hanno alternative, anche la strada più rischiosa ci dona la speranza di poter riuscire a metterci in salvo, anche se in realtà la via è impervia e pericolosa.

Ho così tanta voglia di tornare a casa, di potermi svegliare e vederla recidere i fiori prima di andare al mercato, aspettare il suo ritorno la sera e poterle dare la buonanotte sapendo che dormirà a pochissimi passi da me.

Sento la bruciante e frettolosa necessità di lei, di ogni suo minimo particolare, tu mi chiedi se l'amo ancora, Dio se l'amo, nonostante tutto...

Lei dice che il nostro amore giace tra ciò che resta del nostro sentimento.

Ma ha dimenticato che di rimasugli non ce ne sono.

È tutto intatto dentro di me e diamine quanto odio tutto ciò, odio questo persistere, questo amore che resiste.

Sarebbe stato così facile dimenticare, dimenticarsi...

Ma nulla di tutto ciò è accaduto.

Spero di poter tornare per il tuo matrimonio e a ogni modo, se la mia folle strategia andrà in porto, presto tornerò per restare.

Bada che non si innamori di lui, te ne prego. Sei stata così preziosa per me, per noi, in questi mesi che non saprò mai ringraziarti abbastanza.

Ti voglio bene,
Samuele.

22 maggio 1912

Caro Samuele,

come stai? È passato tanto tempo dall'ultima volta che ci siamo visti e devo ammettere che sono cambiate molte cose.

Ormai sono cinque anni che sei lontano da casa, sono abbastanza. Credo che il tempo abbia fatto la sua parte, tu sei cresciuto, hai avuto modo di sottoporre i sentimenti al vaglio della distanza.

Io e tuo padre abbiamo osservato come guardi Clara, i modi dolci he le riservi, siete così teneri insieme e nonostante lei sia palesemente innamorata di te e tu sia stato spesso reticente, ora ti vediamo più disposto e pronto ad accogliere l'amore che quella perla rarissima piena di bellezza potrebbe donarti, se tu lo volessi.

Quando credevi di amare Rachele eri solo un ragazzino, ora sei un uomo e hai saputo indirizzare verso un punto corretto il tuo cuore.

Noi siamo fieri di te e speriamo che tu possa perdonarci per averti portato via da casa. Ma in fin dei conti è stato utile per farti ragionare e noi siamo orgogliosi di ciò.

A tal proposito, vorremmo che tu tornassi a casa, quando ti è più comodo per i tuoi studi. Desidereremmo che tu restassi definitivamente con noi. Crediamo che questo amore abbia bisogno di una più assidua frequentazione per sbocciare.

Ti aspettiamo.

Con affetto,
mamma e papà.

15 giugno 1912

Caro cugino,

stavolta devo comunicarti una notizia positiva, o per lo meno così dovrebbe essere.

Ho ricevuto una lettera da mia madre nella quale mi chiedeva di tornare a casa, definitivamente.

Avevi ragione tu, il nostro piano è andato in porto, ma adesso riesco a vedere soltanto i limiti e i pericoli di questa circostanza.

Ho combinato un grosso guaio.

Mia madre crede che il sentimento che provavo per Rachele sia dissolto, lo crede perituro e legato soltanto alle illusioni dell'infanzia. Ed è convinta che io stia dando realmente una possibilità a Clara. Spero vivamente di riuscire a fingere senza dar dispiacere a nessuno, ma l'amore ci rende folli e ci fa rischiare tutto pur di sfiorare la realizzazione dell'impossibile.

Rachele nell'ultima lettera è stata così distante, ha tramutato i dolci incipit in un'algida formula di saluto e il suo ti amo conclusivo è diventato un comune e affettuoso arrivederci.

Se io la dovessi perdere, diventerei matto.

Potrei colpevolizzarmi per sempre. Ho bisogno di rivederla per capire se in lei è rimasto qualcosa di quello che un tempo esisteva. Devo riafferrare i suoi occhi per scoprire se è ancora possibile che sia mia.

Penso che tornerò a settembre, non dirlo a nessuno però, tantomeno a Rachele, vorrei che fosse una sorpresa, soprattutto per lei.

Dimmi che stai bene, raccontami che il tuo cuore sta al caldo tra le cure di una donna che ti meriti.

Ti voglio un gran bene,
Samuele.

9 giugno 1912

Cara mamma,

sono felice della notizia che mi avete comunicato. Tornerò a settembre, le lezioni sono terminate e per il conseguimento degli esami credo che potrò tornare ad anno nuovo a Londra per terminarli.

Il tempo mi ha fatto crescere e ho capito molte cose. I sentimenti non passano, più semplicemente si fa l'abitudine alla distanza, si prova ad accettare ciò che non possiamo cambiare.

Rachele rimarrà sempre importante per me, ho capito però che devo imparare a frenare la mia ostinazione e quindi darvi ascolto.

Non sono in collera con voi, vi perdono, ma non mi è possibile dimenticare ciò che avete fatto, nonostante la vostra buona fede.

Sarete sempre i miei genitori e avrete in eterno il mio rispetto, ma ciò non significa che io sia d'accordo con le vostre scelte.

Ci vediamo presto,
Samuele.

20 luglio 1912

Caro Samuele,

leggo le tue lettere e l'unica cosa che trapela è la mancanza che ti dilania, ti ha pervaso l'ossessione di un amore che non puoi avere. Se non ti conoscessi, crederei che quest'ostinazione derivi dal proibito. Sai bene che più una cosa è inaccessibile, più l'amiamo.

Quando però riusciamo a ottenere quel premio tanto anelato, ci rendiamo conto che in realtà era tutto molto meno meraviglioso di quello che speravamo. Ma io so che per voi non è così.

Voi vi amate tanto e si evince da una cosa soltanto, dal vuoto che occupa il vostro sguardo al tramonto del sole.

A quell'ora cerchiamo ciò che ci manca per affrontare l'oblio della notte, quel momento sospeso tra la paura di non svegliarsi e la speranza di rivedere il sole.

Vi aspettate in silenzio entrambi.

E lo fate come si fa con le stelle cadenti nelle sere d'estate.

In silenzio e da lontano.

Perché nonostante foste consapevoli che quel giorno non vi sareste potuti rincontrare, vi aspettavate sempre, e comunque, con lo sguardo rivolto all'orizzonte e le mani intrecciate a colmare un abbraccio che non potevate scambiarvi.

Ci provate a innamorarvi di altri occhi, a incontrare altre anime da amare, ma a ogni tentativo, ingoiate il nodo che vi stringe la gola e ripetete laconici al vostro cuore che no, non potrete mai dimenticare. Non potrete mai dimenticarvi.

Perché sarete sempre e per sempre rivolti con lo sguardo a quel futuro che avreste voluto vivere insieme che per qualche stupido e insensato motivo avete lasciato volare via.

Quando penso al grande amore della vita, alla mente affiorate sempre voi, la vostra follia, l'irriverenza di questo sentimento cresciuto insieme con voi. Vi siete visti bambini, poi giovani e ora adulti. Eppure nulla mai è mutato. Portate con voi il segreto dell'eternità.

Perciò no cugino, come potrei mai accontentarmi di una donna qualunque o di un amore di convenienza dopo avervi visti insieme e poi anche distanti?

Ti aspetto con impazienza,
Andrea.

6 agosto 1912

Cara Rachele,

piccola mia. Sono felice che tu sia tornata a casa. A casa nostra. Immagino quanta gioia tu abbia portato insieme al tuo ritorno. È qualcosa di prezioso, un sentimento di cui io ancora non conosco né traccia né sembianza.

Mi chiedi quando tornerò, ora posso darti una risposta, anche se non precisa.

Presto. Presto ci rivedremo.

Sono curioso di vedere come sei diventata, quali mutamenti il tempo abbia portato al tuo splendido viso e alla tua anima rara. Voglio udire di nuovo i battiti profondi ed emozionati del mio cuore quando ti ho accanto.

Quel divenire lo travolge soltanto se ci sei tu nei paraggi.

Spero che nonostante ciò che vedrai e che in alcuni momenti crederai reale, sarai sempre capace di riconoscermi e di non cedere all'erronea convinzione che io ti abbia potuto sostituire o dimenticare.

Cerca nei miei occhi la certezza di appartenere, sempre e comunque, alla parte più vera e profonda di me.

È tutto nascosto negli occhi, si sa.

Loro sono capaci di parlare anche quando intorno a noi tutto tace.

Credi sempre a ciò che loro, tacitamente, ti confesseranno e mai e poi mai al resto. So che puoi farlo. Perché tu leggi ogni cosa nel profondo.

Allora ti dico, cara Rachele aspettami, presto ti stringerò forte al mio cuore come un tempo.

Tuo,
Samuele.

29 agosto 1912

Mio caro Samuele,

sono così impaziente di rivederti, non immagini quanto sia in attesa di scorgere la tua figura comparire in qualche angolo della casa. Non ti nascondo che ho un po' paura allo stesso tempo.

Sono trascorsi quasi quattro anni e temo che rivederti possa donare al mio animo tutt'altro che conforto.

In fondo dovrò abituarmi e rassegnarmi a vederti stringere altre mani, dovrò essere capace di accettare che lei abbia preso il posto che a me non è stato possibile nemmeno lontanamente sognare.

Credo di potercela fare adesso.

Sto provando a voler bene a Matteo, sai lui è così amabile, spero di poter imparare ad amarlo un giorno.

Anche se tutto in futuro ti farà credere che io me ne sia innamorata, tu non farlo.

Se dovessi vederci insieme, se avessi timore che io l'abbia accolto dentro di me, oh Dio, non crederci.

Se dovessi iniziare a farti credere che ti odio o cominciassi a evitarti accampando la scusa che mille impegni improrogabili mi occupano, se dovessi gridarti tra le lacrime che non ti amo più o che incontrati è stata la mia maledizione, non credermi.

Se dovessi implorarti di lasciarmi andare, di scordarti di me, tu non farlo.

Saranno solo tentativi ridicoli messi in scena da quel sentimento imperituro che mi abita il cuore, quel cuore psazzo e illogico che non vuole rassegnarsi.

Ti aspetto con tutto l'amore che posso,
Rachele.

SECONDA PARTE

COME SONO RIUSCITI A PERDERSI

1912

I.

La brezza fresca del pomeriggio di inizio settembre, muoveva le fronde dei tigli e dei frutteti d'intorno, il cielo terso e cristallino riluceva di un lontano ricordo dell'estate che ormai si apprestava a morire.

L'abito leggero e colorato di Rachele si muoveva al ritmo del vento, insieme a qualche ciocca di capelli che fuoriusciva birichina dal fazzoletto che li teneva raccolti. Era arrivato il tempo della vendemmia e vista la salute vacillante di Elia, la fanciulla dava una mano come poteva durante le ore libere.

Le vigne erano numerose e nonostante la manodopera fosse buona e piuttosto celere, lei voleva rendersi utile ugualmente. Poi tenersi occupata, la aiutava a non pensare.

Amava molto lavorare nei campi, soprattutto durante i mesi estivi, quando poteva starsene con i piedi nudi sull'erba e sentire l'odore dell'aria farsi pungente e pesante.

Il sole stava tramontando e quasi tutti i lavoranti iniziarono a prendere i cesti colmi d'uva e a incamminarsi verso casa.

Rachele, invece, era decisa a rimanere ancora un po', convinta del fatto che sarebbe potuta stare in solitudine a pensare per qualche tempo ancora. Ma il suo intento non fu lo stesso di quello di un giovane che era rimasto ancora a lavoro poco lontano da lei, quando infatti la vide spuntare da un filare, la raggiunse a passi svelti, sorridendo.

"Signorina, prima o poi ti verrà un raffreddore se continui a camminare così..." le disse, canzonandola amabilmente.

Rachele si voltò e gli sorrise compita.

"Spero di no...".

Matteo le si fece più vicino e le accarezzò delicatamente un angolo della fronte, scostando una ciocca di capelli.

"Vuoi che venga a farti compagnia stasera?".

Lei scosse la testa.

"Preferisco stare da sola, ho bisogno di riflettere un po'".

"Qualcosa ti preoccupa?" domandò, guardandola con maggiore intensità.

Rachele dissentì nuovamente.

"Sto bene, credimi".

Matteo sospirò e, dopo averle baciato la fronte, la salutò dandole appuntamento all'indomani.

Lungo la strada di ritorno, il giovane si pentì ancora di non aver avuto il coraggio di consegnarle l'anello che da tanti mesi teneva custodito nella tasca del gilet.

Più la osservava, più trascorreva le giornate accanto a lei, più si convinceva che fosse la donna della sua vita e anche se qualcosa dentro di lui lo intimoriva riguardo la sua reticenza, l'amore che sentiva di provare era più forte della paura di tentare.

Non gli importava del fatto che forse lei pensasse ancora a quell'uomo che un tempo l'aveva spinta a partire, lui sarebbe riuscito a farglielo dimenticare, a maggior ragione per il fatto che costui era promesso in matrimonio a un'altra donna.

Prima di prepararsi per la cena, guardò l'anello ancora una volta ed emise un fragoroso sospiro. Prima o poi sarebbero stati felici insieme, e gli bastava questo: la speranza di un amore che avrebbe avuto la meglio su tutto.

Dopo il tramonto del sole, quando il cielo si apprestava ad accogliere il fulgore delle stelle e il blu della notte, Rachele stava mettendo a letto suo padre con il cuore colmo di preoccupazione.

"Papà, domani mattina farò tornare il dottore, hai il volto troppo pallido..." asserì, accarezzandolo piano.

Elia sorrise sommesso.

"Figlia mia stai tranquilla, starò bene. Mi sento molto più in forza dei giorni precedenti".

"Io preferisco che il dottore ti visiti, non opporti, te ne prego".

Lui annuì, emettendo un grosso colpo di tosse che fece convincere ancor di più la fanciulla del fatto che la sua salute andasse scemando giorno dopo giorno.

Gli baciò la fronte e rimboccò le coperte, osservandolo trafelata.

"Buonanotte papà. Sono qui accanto, lo sai...".

Elia la fermò, tirandola per un braccio.

"Rachele, io ho bisogno che tu mi prometta una cosa... – la ragazza si arrestò e lo invitò con gli occhi a proseguire – Io sono vecchio e potrebbero rimanere pochi giorni alla mia vita...".

Rachele provò a fermarlo, ma il padre insisté:

"Ho bisogno di sapere che non ti lascerò sola, devi promettermi che prima di andarmene mi darai la gioia di saperti promessa in sposa. Ho la necessità di sapere che qualcuno si prenderà cura di te...".

"Te lo prometto papà" sussurrò, ingoiando le lacrime che bruciavano gli occhi. Gli sorrise ancora una volta e si allontanò mestamente chiudendo la porta dietro di sé.

Si avvicinò al camino e attizzò il fuoco, alcune lacrime cominciarono a scendere leggere e ad accarezzare le guance desiderose di carezze assenti da troppo tempo ormai.

Le asciugò con la manica del golfino, tirando su il naso. Respirando più forte provò a dar fiato al suo cuore che si gonfiava di nostalgia a ogni battito.

Il tocco delicato di una mano al di là della porta la svegliò da quel torpore malinconico.

"Avanti" sussurrò quasi a se stessa.

"Rachele, posso entrare?".

Lei riconobbe la voce del suo giovane amico e lo invitò a farsi avanti.

Andrea si accomodò e la raggiunse sorridendo allegro.

"Come sta tuo padre?".

Lei tentò di rispondere ma altre lacrime scesero implacabili, impedendole di parlare per alcuni istanti.

"Scusami, non volevo, ti chiedo di perdonarmi...".

Andrea la raggiunse e, dopo essersi seduto al suo fianco, le prese le mani per provare a consolarla.

"Rachele, ragazza mia, che succede?".

Lei si morse le labbra che non ne volevano sapere di smettere di tremare.

"Nulla, sono in pensiero per papà. È convinto che stia per morire, allora vorrebbe che io mi sposassi, così da poter morire in pace..." confessò a denti stretti cercando conforto nello sguardo del suo interlocutore che taceva senza sapere ancora come fare a consolarla.

"Io vorrei renderlo felice, ma non ce la faccio a sposare Matteo, è più forte di me, mi piace, davvero tanto, ma...".

"Ma non è lui...".

"Devo rivederlo, devo capire cosa è rimasto dentro di me di quel sentimento, devo capire se il mio cuore potrebbe mai riuscire a scegliere un altro senza lasciarsi morire".

Andrea le sorrise con comprensione.

"Dio solo sa, amico mio, quante volte io abbia pregato di avere la forza...".

Lui le accarezzò la mano compassionevole, senza parlare.

"Se solo fosse qui" continuò lei alzando gli occhi verso il soffitto, quasi avesse voluto implorare il cielo di realizzare il suo desiderio.

"Lo ami ancora, non è così?" osò domandare, riverente.

La ragazza lo osservò con maggiore intensità.

"Talmente tanto da pregare ogni notte per la sua felicità, anche se ciò significa non averlo con me".

Gli occhi del giovane si velarono di commozione.

"Vorrei fare qualcosa per te...".

Lei scosse la testa.

"Fai già tanto, davvero. Ma dimmi qualcosa di te, te ne prego".

Andrea annuì malinconico.

"In effetti ci sarebbe una cosa che vorrei dirti, oggi ho incontrato lei al mercato...".

Rachele l'osservò interrogativa per alcuni secondi, poi capì a chi si stesse riferendo l'amico e gli lanciò uno sguardo sorpreso.

"Vi siete parlati?".

Lui dissentì.

"No, l'ho osservata da lontano per tutto il tempo, stava scegliendo alcune stoffe, non saprei cosa dirle..." asserì abbassando lo sguardo.

"Sei ancora innamorato di lei?" domandò con timore.

"Non lo so, sono passati molti anni, lei è cambiata e anche io non sono più lo stesso ragazzo che avrebbe fatto pazzie pur di averla accanto anche solo per un minuto...".

"Come si chiama?".

Andrea la guardò di sottecchi, poi rispose:

"Celeste, Celeste Gibrani. La sua famiglia ha lontane origini libanesi".

Rachele gli sorrise compiaciuta e provò a fissare quel nome nella memoria, sperando di non dimenticarlo.

"Ha un bellissimo nome. E dimmi quanti anni ha?".

"Credo abbia qualche anno più di te, ventitré o ventiquattro".

"E com'è? Descrivimela..." fece lei con aria sognante.

Andrea stette al gioco e cominciò a riportare alla mente le immagini di quella donna che le era tanto cara.

"Ha una fisionomia molto particolare, gli occhi a mandorla, grigi, quasi verdi alle volte, il naso piccolo e la bocca carnosa, ma ben disegnata, la sua carnagione olivastra contrasta con i capelli biondi ondulati... – parlava come se fosse in preda a un sogno – Il suo sorriso poi, è così luminoso".

Rachele gli strinse la mano affettuosamente.

"Spero che tu possa rincontrarla un giorno, così da poterle parlare e capire cosa provi".

"E a cosa servirebbe? – chiese con aria disillusa – Lei ha scelto un altro uomo e ciò non potrà mai cambiare. – infine le sorrise malinconico – Ti lascio riposare ora, buonanotte Rachele".

Lei annuì e dopo aver ricambiato il saluto si adagiò sul divano provando a dormire. Avrebbe fatto qualunque cosa per farli rincontrare, per il suo amico poteva farlo, poteva fare ogni cosa. E così sarebbe stato, per sempre.

II.

La mattina seguente il vento ululava forte e il cielo non dava segno di volersi rasserenare, pesanti e scure nuvole minacciavano dall'orizzonte un'imminente tempesta. Le imposte delle finestre circostanti sbattevano rumorosamente e le stoffe della bancarella della signora Rosa non volevano saperne di star ferme. Rachele, per fortuna, sapeva come muoversi in quelle circostanze, quindi incurante delle conseguenze di quella minaccia, se ne stava beatamente a chiacchierare sotto il porticato antistante la piazza con una sua vecchia amica del paese.

"Credi che verrà abbastanza gente quest'anno?".

"Ma sì, ci sarà anche lo spettacolo, attirerà moltissime persone".

Nina le sorrise.

"Come sta tuo padre? È da tanto che non lo vediamo più al fiume...".

Rachele scosse il capo preoccupata.

"Va a giorni alterni, sono molto in pensiero per lui".

"E il conte è tornato?".

Quella domanda accelerò copiosamente i battiti del cuore della fanciulla che, però, provò a non dare a veder il suo evidente disagio.

"No, credo che farà ritorno per Natale, tra qualche mese".

Nina aprì il suo volto in un sorriso.

"In paese non si parla d'altro che del matrimonio con la bella marchesa...".

"Lo so, anche a Villa Orchidea si parla molto di loro, – asserì provando a tendere nervi e cuore e per non far trapelare tutta l'amarezza che le avvelenava l'anima, ancora, ancora e nonostante tutto – sarà una bellissima festa. Invece quando ci sarà la cerimonia tra Anna e tuo fratello?".

Nina stava per risponderle, ma la sua attenzione venne rubata da una giovane coppia, seguita da un'altra, che si aggirava nei pressi della bancarella dell'amica.

"Tesoro, credo che tu abbia dei clienti" asserì indicando la piazza con un cenno del capo.

Rachele si voltò ma non vide nessuno.

"Sono andati più avanti, ma ti conviene avvicinarti, potrebbero tornare".

"Hai ragione, ciao Nina, salutami i tuoi genitori".

Detto ciò tornò alla sua sedia respirando forte. Vide le due coppie che le davano le spalle cominciare a dirigere i loro passi verso di lei.

Ma d'improvviso udì Nina che la chiamava. Si voltò di scatto.

"Anna e Guido si sposano sabato, passate in chiesa tu e tuo padre!".

Il vento le alzò la gonna e le scombinò i capelli, udì una timida voce alle sue spalle:

"Signorina, vorrei uno di questi girasoli".

Nina le fece segno di voltarsi.

"Verremo, grazie Nina" alzò la mano a mo' di saluto e tornò con lo sguardo diretto ai clienti.

Quando i suoi occhi si posarono sugli interlocutori, il cuore di Rachele parve gonfiarsi e poi fermarsi per pochi e miseri istanti.

Il rumore del vento sparì e le persone d'intorno divennero sfocate.

Le gambe le cominciarono a tremare, gli occhi le si infiammarono di lacrime.

"Signorina, mi avete sentito?".

Il cuore di Rachele si svegliò da quell'apnea, precipitando in un tragico singhiozzo che quasi le mozzò il respiro.

La donna che le stava di fronte la guardava indispettita.

Era bellissima, i capelli ramati, gli occhi verdi profondi e vivaci. Teneva la mano avvolta in guanti di seta écru sotto il braccio dell'uomo che le stava accanto.

"Rachele..." quella voce la svegliò.

Fu un fendente, la tramortì.

Rivide i suoi occhi, blu, profondi come il mare, il suo sorriso posato, quella bocca, quelle mani.

Quella voce dolce e armoniosa, quello sguardo sperduto taceva un'emozione incontrollabile, malcelata da un'espressione della bocca che però pareva tremolare al ritmo del suo respiro.

"Samuele...".

La sua voce era un sussurro, la gola voleva piangere, ma una strana forza di volontà glielo impedì.

La donna li guardò entrambi stupita.

"Vi conoscete?".

Dietro di lei, la seconda coppia comparve d'improvviso.

"Oh Rachele, hai visto che bella sorpresa ti abbiamo fatto? Il tuo amico d'infanzia tornato dall'Inghilterra e la sua futura sposa".

Il conte Guglielmo era allegro, sorrideva in maniera scomposta.

Rachele assentì senza proferir parola.

La contessa Amalia provò a spezzare l'imbarazzo.

"Clara, lei è la nostra giardiniera".

"Un buon motivo per darmi quel girasole, allora" fece seccamente, cominciando a osservarla con dovizia.

"Sì, – Rachele provò a controllare i movimenti delle sue mani che erano evidentemente esitanti, prese il fiore e lo porse alla marchesa – un omaggio per voi Vostra Signoria".

Clara lo afferrò prontamente.

"Buon lavoro signorina, noi proseguiamo il nostro giro...".

Lei mimò una riverenza, si voltò mostrando loro le spalle prima che le buone maniere lo consentissero.

Samuele rimase fermo a guardarla per pochi miseri istanti, gli occhi, inumiditi di lacrime, gli bruciavano come fuoco.

Rachele percepì il suo sguardo fermo su di lei che gli dava le spalle e, con la coda dell'occhio, provò a incontrarlo. Era rimasto fermo a pochi metri da lei, mentre la sua compagnia si muoveva poco distante.

"Perdonami" le sussurrò a fior di labbra mentre la sua voce si perdeva nel vociare del mercato, poi sparì tra la folla senza guardarsi indietro.

Camminò per pochi metri finché una mano gli si fermò sul braccio riportandolo bruscamente alla realtà.

"Cugino eccoti, vi avevo persi di vista, dov'eravate?".

Bastò poco ad Andrea per capire cosa fosse accaduto. Il viso di Samuele era un muro di pietra.

"Non dirmi che…".

Lui annuì.

"Santo Dio".

"Va' da lei, ti prego".

Andrea cominciò a correre verso la piazza.

Vagò con gli occhi tra le bancarelle senza riuscire a trovarla.

Poi vide una fanciulla ferma con un cesto in mano che guardava un punto lontano come rapita.

La raggiunse e la afferrò per un braccio.

"Rachele…".

Lei non rispondeva.

Andrea le prese il volto tra le mani.

"Ci sono io con te".

Lei lo guardava sconvolta, sembrava presente con il corpo ma mille miglia distante con l'anima.

Appoggiò la mano alla sedia che le stava accanto, sembrava che stesse per perdere i sensi.

Andrea l'afferrò prontamente dalle braccia, Rachele lo strinse forte.

"Andrea…".

Lui l'abbracciò affettuosamente.

"Stai tranquilla, respira profondamente, va tutto bene".

"Aiutami".

"Ti porto a casa".

"Sì, portami via ti prego, portami via da qui".

Quella stessa sera, il vento non voleva saperne di smettere di ululare, la sua eco lontana si disperdeva nella campagna imbrunita dando vita a una nenia lugubre e assordante.

Samuele e Clara passeggiavano in giardino, nonostante fosse davvero difficile godere sia del panorama che della luna. Lui teneva le braccia conserte dietro la schiena mentre lei le teneva aggrappate all'altezza dei suoi gomiti.

"Sei felice di essere a casa?" gli domandò, cercando il suo sguardo.

Lui continuò a guardare dritto davanti a sé.

"Certo, è naturale…".

"Non immagini da quanto tempo ti aspettavo, mi sei mancato immensamente".

Samuele sorrise delicato senza rispondere, abbassò solo il capo verso l'erba, respirando più forte.

Clara dal canto suo, consapevole che le fosse vicino col corpo ma distante con la mente, sfilò le mani dal suo braccio e si fermò davanti a lui, afferrando finalmente i suoi occhi.

"Samuele, credi che potresti essere felice con me, magari in futuro?".

Lui restò in silenzio per alcuni secondi, poi rispose:

"Lo spero, davvero".

Lei gli afferrò le mani e le strinse tra le sue.

"So che ci conosciamo poco, ma io desidero diventare tua moglie dal primo momento in cui ti ho visto".

Samuele scosse la testa in maniera lieve.

"Cosa ti piace di me, Clara?".

Lei si fece più vicina, sfiorò il naso col suo.

"La tua bocca, i tuoi occhi, le tue mani".

Lui respirò forte provando a indietreggiare.

Ma lei lo strinse dalla nuca e lo attirò a sé baciandolo con passione.

Samuele deglutì chiudendo gli occhi, voleva tirarsi indietro, ma le sue labbra erano calde, esperte, seducenti, insieme al suo profumo inebriante di muschio.

Ma il cuore lo tradì.

Aprì gli occhi e l'immagine di Clara venne sostituita con quella di Rachele.

Avvertì una scossa e, allontanandole le mani dal corpo, si sfilò dalla sua presa.

Con il dorso della mano si asciugò le labbra ancora umide del suo bacio, come a voler cancellare qualunque traccia di quel momento.

Clara lo guardò ferita.

"Credi che questo sia abbastanza, che quest'attrazione sia sufficiente? Cosa sai di me, Clara?".

Lei afferrò nuovamente le sue mani.

"Raccontami tu qualcosa di te, dammi la possibilità di entrare nel tuo cuore".

Il suo cuore, come poteva, come avrebbe mai potuto dargli il suo cuore?

Samuele si allontanò piano, quel tanto sufficiente a dissolvere quell'idillio causato dall'attrazione fisica che, indubbiamente, li legava.

"Clara io ho bisogno di tempo, non posso e non voglio sposare una donna che non conosco, non basta che tu sia piacente e che io lo sia per te".

"Credi che non abbia nulla da offrirti, oltre la mia bellezza?".

"Lo spero... – confessò a denti stretti – Diamoci del tempo, è la cosa migliore per entrambi".

Lei non rispose, lasciò che lui le baciasse la mano e lo guardò allontanarsi a passo lento.

Lui non l'avrebbe mai amata, mai.

Mentre lui si dirigeva verso l'entrata di Villa Orchidea, si sfiorò le labbra con un dito, pregando con tutto il cuore che nessuno avesse scorto ciò che era accaduto.

Ma non aveva ancora idea che, nascosta dietro uno dei cipressi, Rachele aveva visto.

Le era bastato avvertire le loro voci interrompersi e udire dei sospiri soffocati per capire.

Poi era andata via con il cuore spezzato senza guardarsi indietro.

In sala domestici, nel frattempo, erano tutti riuniti per gustare la cioccolata calda della signora Beatrice.

Se ne stavano seduti attorno al grosso tavolo di legno ovoidale con aria allegra. Qualcuno leggeva il giornale, qualcun altro faceva un solitario con le carte, la maggior parte, invece, chiacchierava solerte tenendo in mano le tazze fumanti.

Lidia stava seduta accanto alla porta a ricamare e Rachele, vicina a Matteo che leggeva un libro di novelle, stava provando con tutta se stessa a sorridere e a nascondere il velo di tristezza che si era impadronito del suo sguardo. Era riuscita a celarlo quasi a tutti, tranne a Beatrice, che la guardava dalla parte opposta del tavolo con aria preoccupata. L'aveva vista allontanarsi senza dare troppe spiegazioni e poi ricomparire dopo appena qualche minuto, con un'ombra leggera diffusa sul volto.

Il ritorno di Sua Signoria l'aveva indubbiamente scossa, aveva mangiato poco quel giorno, i suoi movimenti erano rallentati e parlava con la voce soffusa, spostando quasi sempre gli occhi verso una via di fuga, quasi fosse incapace di sostenere a lungo lo sguardo dei suoi interlocutori per paura di essere scoperta. Lei conosceva bene la sua Rachele e quei comportamenti significavano soltanto una cosa, aver rivisto il conte l'aveva ferita profondamente e, dopo cinque lunghissimi anni, non riusciva ancora a far finta che fosse tutto dimenticato.

Matteo di tanto in tanto alzava gli occhi dalle pagine e le sorrideva tacitamente, lei ricambiava timida con un angolo della bocca per alcuni piccoli secondi.

Un rumore di passi destò i presenti, spingendoli a guardare quasi all'unisono verso la porta della sala domestici.

Con riguardo e riverenza, Samuele si fermò sull'uscio.

"Buonasera a tutti" sussurrò sorridente.

Patrizio si alzò.

"Entrate Signoria, prego".

"Non volevo disturbarvi, sono solo venuto a salutare".

Tutti, all'unisono, aprirono i loro visi in un'espressione gioiosa, infatti chiunque avesse conosciuto Samuele prima della partenza gli era molto affezionato e anche i nuovi arrivati, dopo aver sentito parlare molto di lui, erano curiosi di fare la sua conoscenza.

I presenti si alzarono e, a turno, strinsero la sua mano cordialmente, Lidia l'abbracciò composta, Rachele era rimasta ferma sulla sedia quasi impietrita. Quando arrivò il turno di Matteo, Samuele lo scrutò con maggior attenzione, insieme al cuore che cominciò a rallentare i suoi battiti: era un ragazzo alto, con delle spalle larghe e possenti, il viso dalle forme delicate incorniciato da ribelli capelli biondo scuro, gli occhi allungati verde chiaro, il sorriso largo e contagioso. La mano grande e callosa avvolse la sua in una stretta decisa.

"È un onore conoscervi Signoria, io sono Matteo, il nuovo bracciante".

Samuele deglutì rumorosamente, provando a inumidire la gola che era diventata arsa.

"Certo, mio padre mi aveva avvisato della tua presenza, spero che tu stia bene qui da noi".

Matteo annuì, infilando le mani nelle tasche dei pantaloni.

"È una dimora molto confortevole e lo sono anche le persone, grazie".

Samuele sentì la gelosia dilagare in ogni fibra dell'anima e del cuore.

Quel giovane, al di là della diversa posizione sociale che occupava rispetto a lui, non aveva proprio nulla da invidiargli. Era di bell'aspetto, i suoi modi erano gentili e gli sembrava davvero di buon cuore. Aveva ragione a temere che Rachele se ne sarebbe potuta innamorare.

La vide ferma al suo fianco, quasi troppo vicina al suo corpo, l'osservava confusamente, insieme a tutti i presenti che, ignari, non capivano il motivo di tanta reticenza.

Samuele spezzò l'imbarazzo.

"Ciao Rachele" asserì porgendole la mano.

Lei sentì il cuore pulsarle nelle orecchie, guardò Matteo che sembrava incitarla con gli occhi, erroneamente convinto che quell'esitazione fosse frutto della sua timidezza. Infine, prendendo coraggio, allungò il braccio e appoggiò il palmo nel suo, chiudendo la stretta con le dita infreddolite.

"Bentornato Signoria" sussurrò quasi tra i denti.

Lui abbassò il capo, leggermente scosso da quel tocco, dalla sensazione di sentire di nuovo la pelle di lei sfiorare la sua, poi quando la presa fu sciolta, salutò nuovamente tutti e augurando loro la buonanotte, uscì dalla sala a passo deciso.

Tutti tornarono ai loro posti, qualcuna delle cameriere si lasciò sfuggire un commento sottovoce:

"Certo che è un bell'uomo" fece una.

"Beata chi se lo sposa" rispose l'altra.

Il signor Patrizio stava per rimproverarle, ma Beatrice lo ammonì con lo sguardo, invitandolo a lasciar perdere. D'altronde erano ancora molto giovani.

Matteo stava per chiedere a Rachele se avesse voglia di passeggiare in giardino, ma non appena si voltò la vide alzarsi presa da una fretta inspiegata.

"Io… – si passò la mano sulla fronte esitante – Io vado a dormire, scusatemi, sono molto stanca".

Nessuno fece in tempo a rispondere al suo saluto, in meno di qualche secondo era già sparita lungo il corridoio. Matteo guardò Lidia con fare interrogativo, lei guardò a sua volta Beatrice che, colta alla sprovvista, provò a inventare una scusa credibile:

"Il suo solito mal di testa, sicuramente ha bisogno di riposare" arrancò provando ad apparire sicura.

Matteo annuì e tornò alla sua lettura, Lidia invece prima di riportare gli occhi sul fazzoletto di lino che stava ricamando, scambiò uno sguardo d'intesa con sua madre, per fortuna le avevano creduto tutti.

Rachele camminava svelta, la testa le batteva furiosamente e lo stomaco le lanciava delle fitte lancinanti, sapeva che prima o poi quel momento sarebbe arrivato, ma nessuno è realmente preparato al vero istante in cui ciò che ci aspettiamo si palesa e diventa realtà.

Doveva essere forte, doveva resistere, prima o poi si sarebbe abituata a quella condizione, prima o poi sarebbe riuscita a tenere a freno le emozioni, prima o poi l'avrebbe dimenticato.

Quando arrivò all'ultima rampa da scendere prima del corridoio che conduceva alla sua camera, vide una persona seduta sul penultimo scalino che le dava le spalle.

Le bastò poco per capire di chi si trattasse, aveva la testa tra le mani e respirava faticosamente.

Appena udì il rumore dei suoi passi si destò e, voltandosi, la guardò senza parlare.

Lei cominciò a scendere e, quando l'ebbe raggiunto, gli si sedette accanto, nascondendosi a sua volta il viso tra le mani.

Il cuore batteva forte, il respiro faceva fatica a seguire il suo naturale divenire.

"Avevo bisogno di vederti, – confessò a fior di labbra – di vederti da sola...".

Lei si girò a guardarlo.

Le scale erano larghe a sufficienza per entrambi, ma non abbastanza per tenere distanti i loro corpi, costretti a una vicinanza difficile da sopportare, insieme alla mancanza che avevano sentito l'uno dell'altra per così tanto tempo.

Appoggiò la mano sul suo ginocchio.

"Sono qui".

Si scrutavano minuziosi con gli occhi affamati, stavano provando a saziare le infinite notti trascorse a tentare di vedere nuovamente le linee dei loro volti, a immaginare le labbra, gli iridi luminosi, l'odore della pelle.

Rachele non poté far a meno di notare quanto fosse cambiato.

I suoi occhi erano diventati più chiari, meno ingenui, le guance contornate da una leggera barba color biondo scuro, come i capelli, meno brillanti d'un tempo.

Samuele era incantato.

La ragazza che aveva amato era diventata una donna bellissima.

I morbidi capelli ricci erano più corti di un tempo, all'altezza delle clavicole, gli occhi grandi e teneri non erano più gli stessi, né la bocca, né il sorriso. Tutto in lei era mutato, come se la sua beltà fosse sbocciata.

Il corpo d'un tempo, minuto e acerbo, era divenuto tornito, contornato da linee sinuose e femminili.

"Sei cambiata...".

"Anche tu...".

"Come stai Rachele?".

Lei scrollò le spalle.

"Tu?".

"Adesso bene".

Rachele sorrise sommessa.

Samuele afferrò la sua mano ferma sulle gambe e la strinse forte.

Poi da un lato della scala tirò fuori un pacchetto e glielo porse.

Lei l'afferrò titubante e lo scartò delicatamente lasciandogli la mano.

"Sei sempre il solito" lo canzonò lasciandosi sfuggire un sorriso.

Un'antichissima edizione di *Romeo and Juliet* di Shakespeare in lingua originale era ferma nelle sue mani.

"Sei pazzo, – disse ridendo – ma dove l'hai trovata?".

Lui le diede un colpetto con la spalla lungo il braccio.

"Non posso rivelarti tutti i miei segreti, signorina".

Rachele si voltò e gli avvolse il collo con le braccia.

Il libro rotolò lungo l'ultimo scalino per arrestarsi sul pavimento, ancora mezzo incartato.

Samuele accolse la sua stretta e si perse in lei.

Si tenevano talmente stretti che ebbero paura che potessero smettere di respirare da un momento all'altro.

"Mi sei mancata da morire" sussurrò lui afferrandole il viso tra le mani, mentre riportava gli occhi nei suoi.

Quelli di Rachele erano pieni di lacrime.

"Mi sei mancato anche tu" confessò timidamente.

Samuele avvicinò la bocca alle sue labbra avvertendo un'emozione dilagante che stava per farlo piangere, impossessarsi della sua consapevolezza.

Rachele stava per cedere, le loro bocche si sfiorarono appena, quel tanto necessario a far sì che lei girasse il viso, rifiutando quel contatto che però desiderava con tutta se stessa.

"Non cercare di cancellare il ricordo delle sue labbra con le mie" gli aveva detto con la voce spezzata.

Lui strinse forte le palpebre, si maledisse.

Le lacrime gli invasero le guance.

"Non è significato nulla, Rachele lei non significa nulla per me".

"Significa per me, Samuele…".

"Lei non è te, e non lo sarà mai".

"Lei diventerà tua moglie, ed è giusto così, ma io non voglio più essere la ragazza che amavi di nascosto, non voglio più sentirmi in colpa anche per il fatto che ti penso, che ti desidero, che ti amo. – gli accarezzò la guancia asciugandogli una lacrima – Lo devi capire Samuele, il nostro tempo è finito, noi siamo finiti".

"Perché mi dici queste cose?".

"Perché è la verità e noi dobbiamo accettarla. Io mi auguro davvero con tutto il cuore che lei possa renderti felice, che tu possa essere felice. – Samuele la guardava ferito – Io non voglio più essere quella parte della tua vita che devi nascondere, non me lo merito e tu dovresti capirlo, tu più di tutti".

"Hai ragione tu… – confessò lui, profondamente colpito dalle sue parole, fin troppo vere, così tanto da far tremendamente male – Non era mia intenzione farti sentire così, il tempo in cui potevamo giocare a fare i ragazzini è finito, non è così? Basta nasconderci in fondo a queste scale, basta scriverci improbabili lettere d'amore, basta rincorrere quei sogni che non si realizzeranno…" le parole gli morirono tra le labbra, sperò con tutto se stesso che lei smentisse ogni cosa, che lo costringesse a tacere tutte quelle menzogne, ma lei non lo fece.

"Basta credere che un giorno tutto questo sarà possibile, – sussurrò toccandogli il cuore e portandogli la mano sul suo – perché non lo sarà mai".

Si guardarono a lungo, non riuscivano più a leggere l'uno gli occhi dell'altra, non erano più capaci di capire se stessero mentendo, o recitando una parte.

Si convinsero del fatto che il tempo li aveva cambiati.

Irrimediabilmente.

Così le mani di entrambi ricaddero lungo i fianchi.

E i loro cuori accusarono il colpo di quelle bugie credendole vere.

Rachele si avvicinò al suo viso titubante e gli baciò la guancia tenendogli fermo il viso nel palmo della mano.

"Tu vivrai la tua vita e io la mia, ci diremo addio. – lo implorò restando ferma con le labbra sulla sua pelle morbida. Poi, allontanatasi, gli parlò un'ultima volta prima di oltrepassarlo e dirigersi verso la sua camera – Non costringermi ad andar via un'altra volta".

Detto ciò corse via e chiuse la porta, facendone risuonare il rumore per tutta la scalinata.

Samuele cominciò a salire le scale lentamente, le gambe non lo reggevano.

Nessuno seppe che in quel momento, entrambi, stavano piangendo tutte le ritrosie e le menzogne che avevano detto, insieme alle parole che non erano riuscite a venir fuori dalle loro labbra.

Il libro giaceva ai piedi delle scale inerte, illuminato solo da un fioco raggio di luna che filtrava dalla finestra del corridoio.

Sembrava essere finito tutto com'era cominciato.

Con un libro su un amore impossibile, una bambina che chiudeva la porta della sua camera e un giovane che saliva le scale per tornare ai piani alti.

Con la speranza che si sarebbero rivisti il giorno successivo e che niente e nessuno avrebbe mai potuto dividerli.

Ma il tempo era passato, i due bambini erano diventati grandi e le pagine di quella tragica storia d'amore risuonavano come l'eco di una maledizione: *Un amore nato sotto contrarie stelle.*

III.

Il cielo era immutato, grigio, vivido, l'aria pungente, il vento che sibilava imperterrita tra le fronde dei cipressi che ondeggiavano leggeri. Non aveva ancora piovuto, l'aria era carica di attesa, di elettricità, l'odore di pioggia penetrava in ogni cosa d'intorno.

Quel pomeriggio Rachele non doveva lavorare in giardino, il tempo sfavorevole le era andato in aiuto e Dimitri l'aveva dissuasa dallo stare all'aperto con quell'umidità.

Così lei aveva deciso di mettere in pratica il piano che le frullava in testa da qualche giorno.

Stava facendo merenda nella sala domestici in solitudine, tutti infatti stavano già svolgendo le loro mansioni pomeridiane da tempo.

Addentò l'ultimo pezzo di pane e marmellata e, alzandosi, si diresse verso l'uscita secondaria.

Si infilò la mantella di lana e inserì il cappuccio.

Una mano afferrò la sua prima che l'altra si apprestasse a far girare la maniglia.

Matteo la guardava divertito.

"Dove te ne vai con questo tempo?".

Rachele gli sorrise.

"Devo incontrare una persona, ma torno presto".

"Vuoi che ti accompagni?".

"Non serve, tu piuttosto non lavori?".

"Abbiamo finito di raccogliere l'uva, adesso devo sistemare le botti insieme a Silvio e Paolo, tuo padre l'ho fatto rimanere a casa".

Lei gli accarezzò la mano che era ancora stretta nella sua.

"Grazie, grazie davvero".

Lui alzò le spalle, poi la tirò a sé.

"Stasera vuoi stare un po' con me?" domandò, cercando i suoi occhi dolcemente.

Rachele annuì.

"Cosa vuoi fare? Ti va di uscire?".

"No, voglio stare insieme a te, noi due da soli".

"Certo, – assentì lei – staremo insieme, ora però devo andare via, ci vediamo per cena".

Matteo le baciò la fronte, le sue labbra erano calde, tenere, l'odore della sua pelle penetrante.

Si allontanarono delicatamente e lei uscì, respirò a pieni polmoni cominciando a camminare verso il sentiero che l'avrebbe condotta in paese.

Stava accadendo qualcosa di inspiegabile dentro di lei.

Matteo non l'infastidiva, non le dava dispiacere la sua presenza, né la sua voce.

Non era così difficile volergli bene, stava imparando.

Matteo le piaceva, forse più di quanto si sarebbe mai aspettata.

Ma l'amore c'entrava qualcosa?

Il cuore martellò nel suo petto d'improvviso quando incrociò da lontano due figure familiari che passeggiavano in giardino.

Alzò la mano, a mo' di saluto, ingoiando l'emozione che le esplose in gola quasi la volesse soffocare.

Dimenticare, chi voleva prendere in giro?

Pregò Dio di darle la forza di proseguire il cammino senza titubare nei passi o girarsi a guardarli, a guardarlo.

Respirò forte e riuscì a resistere, infine si allontanò.

Andrea e Samuele non fecero in tempo a rispondere al suo saluto che lei si era già voltata. Camminava spedita, avvolta in una mantella blu notte con un fiocco rosso sul davanti.

Sembrava che volesse scappare, che stesse tendendo i nervi per sparire dalla loro vista il prima possibile.

Andrea guardò il cugino e notò l'espressione che si dispiegò sul suo viso.

"Samuele, stai bene?".

"Oh sì, certo, non sono mai stato meglio, guarda come ci siamo ridotti…".

"Cosa ti aspettavi, che dopo cinque anni ti buttasse le braccia al collo e ti dicesse di essere disposta a tutto, nonostante ti abbia visto baciare Clara?".

Samuele tacque. Colpito.

"Ho sbagliato, mi sono lasciato prendere dal momento, non immaginavo che lei fosse in giardino".

"Il problema è perché l'hai fatto? Tu vuoi stare con Clara o vuoi sposare Rachele?".

"Non lo so, non sono più sicuro di nulla, quel giovane, Matteo… Lui…".

"Cosa?".

"È perfetto, è l'uomo per lei, potrebbe darle una vita dignitosa, felice, è così dannatamente gentile, di bell'aspetto, la guarda con degli occhi innamorati che Dio solo sa come mi si contorcesse lo stomaco mentre ce l'avevo davanti".

"Tu sei geloso e il tuo maledetto orgoglio ti sta annebbiando la vista ora!".

Andrea lo tirò per il bavero della giacca, costringendolo a guardarlo.

"Chiunque sia questo Matteo, per quanto lei possa apprezzarlo, o possa far finta di essere felice o non volerti più, sai bene che non è così. Lei ti ama, e tu la ami".

Samuele scosse la testa deluso.

"Falle ricordare come si sta insieme a te, cosa significa parlare con te, passeggiare con te, bere il tè davanti al fuoco con te, stare stretta tra le tue braccia, avere il tuo sguardo che veglia su di lei"

Il cuore di Samuele prese a battere più intensamente.

"Rammenta anche a te stesso tutto ciò, stalle vicino, anche se vi siete giurati che non vi sareste amati ancora, fa' di tutto perché questo giuramento venga infranto".

Andrea l'abbracciò non appena terminò di parlare.

"Grazie, ti voglio bene…".
Andrea si allontanò scuotendolo per le spalle.
"Anche io te ne voglio, ora andiamo a lavorare però" disse in un sorriso.
Samuele annuì e si diresse insieme al cugino verso l'auto che li aspettava per portarli in paese.

Il forte vento continuava ad aumentare d'intensità, il cielo sembrava volesse minacciare pioggia senza pietà, ma nonostante ciò la ferma volontà di Rachele non fu minata affatto. Era quasi arrivata in paese e si era ripromessa che non sarebbe rientrata a casa senza aver portato a termine il suo piano.
Aveva raccolto tutte le informazioni possibili dalle persone più disparate e alla fine era riuscita a trovare una via percorribile, qualche bugia qua e là, un po' di coraggio e una piccola spinta di fortuna e tutto sarebbe andato per il meglio.
Il destino alle volte andava aiutato e, anche se lei non vi credeva fermamente come un tempo, per il suo carissimo amico sarebbe valsa la pena tentare, lui e tutto l'aiuto che negli anni le aveva offerto gratuitamente ne valevano la pena.
Arrivata in piazza, svoltò a sinistra e imbocco una ripida discesa, poi giunta al belvedere che costeggiava le mura del paese, scorse il grande cancello verde che copriva l'immensa villa color rosa cipria, adornata di piccole finestre bianche, circondata da un modesto giardino all'italiana.
Suonò il campanello.
Dopo qualche minuto vide un uomo di mezza età dal volto arcigno e cupo farsi vicino e aprire il cancello, l'osservò diffidente.
Rachele sorrise dolcemente, sperando di far colpo su di lui, ma più il tempo passava, più la convinzione che entrare sarebbe stato molto difficile cresceva in lei.
"Voi siete?" domandò distaccato.
"Rachele Ravelli, mi hanno detto che la duchessa Estasiani dipinge su commissione, devo fare un regalo a mia sorella e vorrei che mi dipingesse un quadro da donarle".
"Vi sta aspettando?".
"No, vorrei parlare con lei se possibile".
L'uomo annuì laconico.
"Entrate, chiederò se ha tempo di ricevervi".
Rachele varcò l'entrata, seguì l'uomo lungo il sentiero di mattonelle che conduceva al portone principale, poi attese che il maggiordomo l'annunciasse a Sua Signoria.
Tornò dopo pochi minuti.
"Seguitemi, la signora vi aspetta nel suo studio".
Lui cominciò a camminare e le fece strada, dopo un lungo corridoio sali-

rono una rampa di scale, poi un'altra ancora, fino a quando giunsero a un piano molto luminoso e il maggiordomo le indicò la prima porta sulla destra.

Rachele annuì e dopo averlo ringraziato entrò titubante.

Una luce giallastra e calda la invase, insieme a un forte odore di vernice.

Il primo sguardo che le fu concesso si perse in un numero infinito di quadri, dipinti di paesaggi, fiori, ritratti...

Spostò gli occhi e trovò la duchessa seduta davanti al cavalletto, con il viso rivolto a lei.

Notò immediatamente che i suoi lineamenti corrispondevano alla descrizione di Andrea, era una donna molto affascinante, ciò che però la colpì più di tutto era la luce soffusa che le brillava negli occhi, sembrava malinconica, in perenne attesa di qualcosa che le cambiasse la vita.

"Signorina, chi vi ha detto che dipingo su commissione?".

Rachele esitò.

"In paese, sapete io...".

"Ditemi la verità, chi siete? Cosa volete da me?".

"Duchessa scusate, io non volevo mancarvi di rispetto, avevo bisogno di parlare con voi e questo era l'unico modo che avevo a disposizione..." confessò, appoggiando la borsa su un piccolo tavolino che le stava accanto.

La donna la scrutò dolcemente pulendo alcuni pennelli in un panno tutto colorato di tempere.

"Avevo intuito che fosse una scusa disperata, non datevi pensiero, sedete e raccontatemi tutto".

Rachele annuì con riconoscenza e si sdette accanto a lei intimidita e leggermente pentita, in cuor suo infatti temeva di aver compiuto un passo falso, ma ormai tornare indietro sarebbe stato impossibile, così decise di parlare:

"Il mio nome è Rachele Ravelli, lavoro come giardiniera e vendo fiori al mercato del paese, vivo a Villa Orchidea, dalla famiglia Falesi".

Quando la duchessa udì le ultime parole, sussultò visibilmente, Rachele fece finta di nulla e tacque, aspettando che la donna dicesse qualcosa.

La sua aspettativa fu presto colmata.

"Come posso aiutarvi, insomma immagino che abbiate organizzato tutto questo per un nobile motivo...".

Rachele annuì sicura.

"L'ho fatto per aiutare un amico, uno dei miei amici più cari, Andrea, il nipote del conte".

La duchessa si alzò d'improvviso e si diresse verso la finestra, come se fosse in preda a uno stato febbrile, cominciò a mutare il lento divenire del suo respiro in un alternarsi di inspirazioni rumorose, mentre le mani presero a muoversi scomposte, visibilmente nervose.

Rachele, inondata di preoccupazione e colma di sensi di colpa, la raggiunse per assicurarsi che stesse bene.

"Non volevo essere irriguardosa o farvi del male, scusate...".

"Non è colpa vostra, solo mia, mia e del mio cuore che non è molto bravo a dimenticare".

Rachele sorrise sommessa, lasciando che il silenzio calmasse per un po' le emozioni.

"So bene di cosa parlate, vi capisco" confessò scrutando al di là della finestra.

La duchessa tornò a guardare l'interno della stanza.

"Cara Rachele, cosa posso fare per il vostro amico?" domandò provando a nascondere le lacrime che coprivano i profondi occhi grigi.

"Lui vi pensa ancora, non ha amato nessuna donna come voi, sono sicura che vorrebbe rivedervi, potrei organizzare un incontro".

"Sapete che sono sposata?".

Rachele annuì silenziosa.

"Siamo vittime di un mondo che ci impone le sue regole, consegnandoci tra le mani di un destino che siamo costretti ad accettare, anche se non vorremmo...".

"Avete ragione".

"Dio solo sa quanto vorrei rivederlo, ma non posso... Voi non sapete com'è ora la mia vita, quanto è diversa da quella di un tempo, voi non potete sapere, e forse neanche lui..." confessò, abbassando la testa.

"Lui non sa che sono qui, non siete obbligata ad accettare, vorrei solo che sapeste che vi pensa e desidererebbe trascorrere qualche minuto con voi".

"Per soffrire ancora?" chiese quasi tra sé.

"Per dare sollievo al cuore... quando si ama è sufficiente anche solo un secondo, il tempo di uno sguardo e il nostro respiro tornerebbe pieno e vivo".

"Siete innamorata, non è così?".

Rachele annuì.

"Per questo vi capisco e per questo vi imploro di pensarci almeno, scrivetemi se volete. Grazie della fiducia e dell'ospitalità".

La donna chiamò il maggiordomo e si alzò per salutare la sua ospite

"Arrivederci Rachele, grazie, vi prometto che vi scriverò".

Si sorrisero entrambe dolcemente e poi si congedarono. Rachele lasciò la casa soddisfatta e speranzosa.

Se lei non poteva essere felice, le sarebbe bastato rendere felice lui.

Ripercorse la strada al contrario e, guardando il campanile, si rese conto che erano già le sei.

Di certo Beatrice e Lidia stavano incominciando a chiedersi dove si fosse cacciata.

Camminava a passo svelto, l'odore della pioggia le invase le narici, un temporale era vicinissimo.

Udì la valle risuonare in un tuono tetro.

Si arrestò osservando le colline circostanti, le nuvole provenivano da ovest e il vento del nord che le scompigliava i capelli la fecero convincere del fatto che in meno di mezz'ora sarebbe arrivata una tempesta.

Riprese il cammino, ma una voce la bloccò, chiamandola esitante:

"Rachele?".

Spostò la testa di lato e intravide una figura snella vestita con abiti scuri che la stava raggiungendo.

"Cosa ci fai qui?" Samuele era davanti a lei.

Lo sguardo sorpreso non nascose la curiosità incipiente.

Rachele mosse le mani nervosamente.

"Io... – spostò lo sguardo per paura di essere scoperta – Sono venuta a incontrare una persona".

"A Villa Estasiani?" domandò, sbarrando leggermente gli occhi.

Lei assentì silenziosa e lui non volle approfondire la questione, si ricordò solo le parole di Andrea.

"E stai tornando a casa?".

Lei annuì di nuovo, osservandolo con una timidezza mai vista prima di allora.

"Facciamo la strada insieme, ti va?".

"Non hai l'automobile?".

"No, Andrea ha sbadatamente congedato Saverio e ora lui è a Firenze da mio padre, ma non mi dispiace camminare un po'".

Rachele accennò un sorriso e riprese a camminare.

Samuele incrociò le braccia dietro la schiena e le si mise accanto.

"Ti manca Londra?" chiese lei, spezzando il silenzio.

"Londra è affascinante, ma il nostro Paese è imparagonabile".

"La Bretagna è magnifica, i piccoli paesi sembrano usciti dalle fiabe" confessò, lasciandosi sfuggire un'espressione sognante.

"Sei stata bene lì..." asserì consapevole dei suoi sogni di bambina.

"Era come...".

"Come i racconti che leggevamo da piccoli" terminò lui al suo posto.

Entrambi si lasciarono andare a un'espressione tenera.

"Sì, proprio così, ti sarebbe piaciuta molto. – l'appoggiò Rachele – Sai, avevo anche io un dono per te, avrei voluto dartelo al tuo ritorno ma... – cercò i suoi occhi – Non è andata proprio come mi sarei aspettata" terminò con la voce che esitava.

Samuele avvertì una strana sensazione bruciargli nel petto.

"Lo so, hai ragione, avrei voluto farti una sorpresa, ma le circostanze non me l'hanno permesso".

"Va bene così" fece lei per eludere il discorso.

Erano ormai fuori dalle mura del paese e il tragitto parve a entrambi essere infinito.

Stare insieme era una sensazione magnifica per entrambi, ma la promessa che avevano fatto a loro stessi e il sacrificio al quale stavano sottoponendo il loro cuore, malgrado tutto, aveva reso quasi soffocante quella vicinanza.

Camminarono per alcuni minuti restando in silenzio, ognuno perso nei fantomatici discorsi che avrebbero voluto intavolare, ma che poi reputavano troppo insulsi per poterli trasformare in parole.

Giunti a un tratto scosceso della strada, Samuele la precedette per aiutarla a scendere, ma lei si fermò e cominciò a parlare guardandolo in modo strano:

"Ho aspettato così tanto il momento in cui tu saresti tornato, l'ho immaginato spesso, l'istante esatto in cui ti avrei rivisto, quello preciso in cui i miei occhi si sarebbero finalmente posati di nuovo su di te. – Samuele l'ascoltava rapito – È stato così diverso da come me l'immaginavo, è stato qualcosa di più dell'emozione, è stata una rivelazione. Rivedere qualcuno che ci è tanto vicino dopo così tanti anni, fa capire ogni cosa".

"E tu cos'hai capito?" domandò, speranzoso in una qualche parola che lo confortasse dalla lancinante paura che aveva di averla quasi perduta.

"Che avrei dovuto concedere questa possibilità a una persona che mi è tanto cara".

Samuele la scrutò con un misto di curiosità e delusione.

"Andrea pensa ancora a Celeste, si tormenta, si strugge. Ha bisogno di rivederla, di capire cosa sia rimasto di quell'amore impetuoso di un tempo. Così ho dato una mano al destino".

Lui era colpito. Profondamente.

"Per questo sono andata a Villa Estasiani".

"Per parlare con la signora Gibrani e chiederle se avrebbe mai voluto rivedere Andrea" terminò lui, come se avesse visto ricomporsi i pezzi mancanti di un'immagine frammentaria.

Rachele lo scrutò inespressiva.

"E lei ha accettato?".

"Ha detto che ci penserà".

"Il gesto che hai fatto è molto nobile".

"Questo non lo so, lei è anche sposata. Però l'ho fatto per Andrea, spero di potergli restituire tutto l'aiuto che ci ha concesso in questi anni, spero di poterlo rendere felice".

Samuele esplose in un fremito di disperazione, buttò fuori l'aria dalla bocca rumorosamente, massaggiandosi le tempie.

"Sei sempre stata così dannatamente buona e gentile, tu arrivi dove gli altri non lasciano nemmeno l'ombra di un pensiero...".

Rachele sbarrò gli occhi incredula, non capiva dove volesse andare a parare con quelle parole e con quella reazione incontrollata.

Lui le si avvicinò pericolosamente.

"Se solo tu fossi stata diversa, non sarebbe stato così estenuante provare a dimenticarti...".

Rachele deglutì rumorosamente, percepì il suo respiro incresparsi sulla pelle e gli occhi talmente vicini che se ne potevano vedere le sfumature cineree.

"Dimenticare... – sussurrò in un sospiro, quasi sfiorandogli le labbra con le sue che si muovevano per dar voce alle parole – Chi potrebbe mai dimenticare...".

La sua voce aveva assunto una sonorità diversa, come spezzata, molto vicina alla tenerezza che un tempo usava per parlare con lui e che all'ora sembrava essere quasi del tutto dissolta.

Respirando con foga, Rachele si fece forza e si allontanò da lui, sicura che un istante in più sarebbe stato sufficiente per non rispondere più delle sue azioni. Guardò la strada e il rumore di un'auto troppo vicina la spinse a farsi stretta lungo il ciglio del sentiero. Quando questa si fermò, il finestrino aperto fece bella mostra di sé dell'unica donna che Rachele non avrebbe mai voluto incontrare di nuovo.

"Samuele, cosa fai qui? Sta per piovere, vieni con me...".

Lui la scrutò infastidito, ancora scosso dalle emozioni furiose che gli scorrevano nelle vene.

"Preferisco camminare Clara, ci vediamo a casa...".

"Accompagnami in paese, devo fare una commissione e poi andremo da te per la cena".

Samuele annuì.

"Vieni con noi, ti riaccompagneremo a casa, così rischieresti di bagnarti" mormorò sentendo delle piccole gocce di pioggia bagnargli i capelli.

Clara rispose per lei.

"Il suo posto non è qui, può andare a piedi, d'altronde è quasi arrivata".

Rachele avvertì il cuore sprofondare, umiliato.

"Vi auguro un buon proseguimento, arrivederci..." fece lei cominciando a camminare senza neanche aspettare che rispondessero.

Samuele disse qualcosa, ma Rachele era già troppo lontana per riuscire a capire, camminava veloce, sentendo la pioggia bagnare piano i suoi vestiti, poi crescere d'intensità, fino a inzupparle la pelle, le ossa, il cuore.

Continuare a farsi del male in quel modo era deleterio.
Lei aveva una strada davanti e poteva essere felice, bastava solo che scegliesse di dire sì.
Era stanca di soffrire, voleva finalmente essere apprezzata, amata, accudita.
Alla luce del sole, senza essere umiliata.
L'avrebbe fatto, se lo promise.
Samuele non era più affar suo, non doveva più esserlo e così sarebbe stato.
Quando arrivò a casa, corse a farsi un bagno senza passare dalla sala domestici e si riscaldò davanti al fuoco. Indossò degli abiti puliti e salì in cucina per aiutare Beatrice. Stranamente trovò solo le due aiutanti che la guardarono trafelate.
"Rachele, ma non sai niente?".
Lei scosse il capo preoccupata.
"Vai in camera di Lidia, presto…".
Rachele corse senza esitazione, impiegò pochissimi istanti a raggiungere il corridoio delle stanze della servitù, quando giunse davanti alla porta della camera della sua amica, entrò senza bussare.
Lidia era distesa sul letto singhiozzante mentre Beatrice provava a consolarla senza risultato.
"Ma cosa è successo?" domandò preoccupata.
Beatrice la guardò disperata.
"Francesco…".
"Cosa?".
"L'hanno trovato nei campi insieme a Laura, la nuova cameriera".
Lidia, dopo quelle parole, acuì il pianto soffocando il respiro nel cuscino.
Rachele stava per precipitarsi da lei, ma udì qualcuno bussare alla porta.
Passò una mano sulla sua fronte colma di tristezza e si accinse a uscire per vedere di chi si trattasse.
"Ci penso io" disse prima di girare la maniglia e scomparire.
Trovò davanti ai suoi occhi Samuele con lo sguardo accigliato.
"Cosa diamine sta succedendo?".
Lei lo respinse distaccata.
"Vattene via, Samuele…".
"Cosa è accaduto, devi dirmelo!" asserì deciso.
"Io non ti devo niente, devo stare con Lidia adesso, vai dai tuoi familiari e dalla tua fidanzata, non è questo il tuo posto…".
Il cuore di Samuele si perse in un singhiozzo.
"Non è il mio posto…" ripeté laconico tra sé.
Rachele si accorse solo dopo aver parlato, di aver usato le parole della marchesa di qualche ora prima.

"Hai ragione tu, non è il mio posto".

Il signor Patrizio comparve dai corridoi insieme a Matteo che, non appena vide Rachele, le corse incontro.

"Hai saputo?" le chiese prendendole la mano.

Lei annuì e gli sorrise, sembrava felice di vederlo.

E Samuele non poté far a meno di notare quel guizzo che si impossessò dei suoi occhi.

"Signoria, venite nel mio studio, vi spiegherò tutto".

"Certo" fece lui senza smettere di guardare la coppia ferma a pochi metri da lui.

"La servitù stasera si arrangerà per la cena, io e tuo padre abbiamo preparato qualcosa per te alla cascina, vieni, il dottore ha detto che Lidia deve dormire, passeremo da lei più tardi".

Rachele annuì e lasciò che lui la cingesse dalle spalle e la conducesse via.

"Buonasera Vostra Signoria..." disse oltrepassando il conte e il maggiordomo.

Samuele rimase immobile, sentiva solo il cuore martellargli nel petto senza sosta.

Patrizio lo richiamò alla realtà.

"Signoria, andiamo...".

Lui, come un automa, scosse la testa e cominciò a camminare.

Qualche ora più tardi, Elia guardava con serenità la giovane coppia che gli stava seduta di fronte, Rachele sembrava triste ma serena accanto a lui, gli sorrideva più del solito e cercava spesso il suo sguardo e la sua approvazione. Matteo l'accudiva dolcemente, la faceva ridere, sembrava farla sentire al sicuro.

Sperava con tutto il cuore che sua figlia fosse riuscita a dimenticare, ma conosceva fin troppo bene il vero amore, ed era sicuro che sua figlia e il conte ne fossero la prova, e sapeva ancor di più che quella felicità che mostrava di avere, era falsa.

Ma la vita insegna che non possiamo avere ciò che desideriamo, non sempre.

Quindi bisogna rassegnarsi. E saperlo fare è una delle migliori capacità che l'essere umano possa conquistare. Rachele c'era riuscita e, anche se sapeva bene che qualcosa le sarebbe sempre mancato, era soddisfatto della forza che aveva acquisito la sua splendida figlia.

Avevano cenato insieme, nulla di prelibato, una semplice zuppa di verdure che Matteo aveva imparato da sua madre, avevano parlato a lungo di quello che era accaduto a Lidia e un velo di malinconia si era impossessato dei loro visi, a soli tre giorni dal matrimonio quella giovane vita aveva visto infrangersi tutti i suoi sogni di felicità.

Stanco ma tranquillo, Elia decise di andare a dormire.

"Figlioli, vado a dormire, grazie della vostra compagnia".

"Buonanotte papà..." disse lei baciandogli la guancia.

"Restate ancora un po' in casa, io mi addormento più sereno se sento che ci siete ancora".

Matteo assentì sorridendo e augurò anch'egli la buonanotte a Elia.

Quando rimasero soli, si diressero verso la finestra per contemplare il cielo limpido e pulito che mostrava migliaia di stelle.

Rachele sentiva il pianto incipiente premerle sulla gola, provò a trattenersi, ma non vi riuscì.

Le lacrime presero a scivolare leggere e i singhiozzi sommessi a spezzare il silenzio.

Non aveva mai pianto di fronte a Matteo.

Lui si voltò appena.

"Ehi... – mormorò tirandola a sé – Rachele...".

Lei cadde tra le sue braccia priva di forze, lasciò che i polpastrelli ruvidi le asciugassero le lacrime, sentì il cuore batterle forte.

"Se piangi tu, tutte queste stelle si spegneranno..." asserì sorridendo.

Lei si lasciò andare a una risata leggera e incrociò i suoi occhi.

Verde opaco, grandi, dolcissimi. La scrutavano come se avessero davanti qualcosa di meraviglioso.

Per la prima volta da quando lo conosceva, ebbe l'impulso di accarezzarlo, gli sfiorò la guancia coperta da una barba appena accennata, poi lo fece di nuovo.

Matteo le prese il viso tra le mani, attaccò la fronte alla sua.

"Mi vuoi dire perché piangi?" chiese, mentre le lacrime continuavano a invaderle il viso.

Non poteva dirglielo.

"Baciami... – gli chiese lei a bassa voce. Lui la esaminò incredulo – Baciami, ti prego" implorò di nuovo.

In cuor suo, Rachele sapeva cosa stava facendo, a cosa stava andando incontro.

Ma non le importava.

Matteo si mosse di qualche centimetro, poi la baciò.

Le sue labbra erano carnose, calde, delicate.

Il cuore le precipitò verso lo stomaco.

Il suo sapore era buonissimo, il suo odore penetrante, la baciava in un modo appassionato ma delicato, Rachele era persa, inondata da migliaia di sensazioni e di ricordi.

Il sapore, l'odore, la sensazione delle labbra tra le sue, il corpo contro il suo, le mani nei suoi capelli.

Non rammentava nulla di tutto ciò di cui Samuele fosse protagonista, la sua pelle non aveva più il ricordo del suo unico amore.

"Me lo dici ora perché stavi piangendo?" domandò quando fu lontano dalle sue labbra.

Lei scosse la testa di nuovo.

Non poteva dirgli nulla.

Dalla campagna imbrunita, Samuele aveva visto ogni cosa.

Gli parve che un pugnale gli si fosse conficcato nel cuore.

Capì in quel momento cosa avesse provato Rachele quando l'aveva visto insieme a Clara e comprese il motivo delle sue parole di quella sera sulle scale.

Lei meritava un amore alla sua altezza.

E se quel Matteo l'amava e lei lo ricambiava, lui doveva farsi da parte, doveva farlo e basta.

Doveva farlo perché l'amava.

Quel giorno come il primo.

E l'avrebbe amata per sempre.

IV.

I giorni seguenti trascorsero lenti e silenziosi, tutta la servitù era addolorata e una tacita riverenza accompagnava i gesti che rivolgevano alla povera Lidia. Rachele le era stata vicina con pazienza, le aveva dato da mangiare, le aveva asciugato le lacrime, aveva parlato quel poco necessario che non la facesse sentire a disagio. Poi, quando lei si era sentita meglio, aveva ricominciato a uscire dalla sua stanza e a riprendere le mansioni, seppur con una strana lentezza nei movimenti, accompagnata da una profonda malinconia, malcelata dai sorrisi appena accennati che rivolgeva alle persone.

Sua Signoria, insieme al signor Patrizio, aveva deciso di mandar via Laura e Francesco con delle referenze moderate, senza paga né troppi giri di parole, lei alla fine era andata a lavorare in una famiglia vicino Arezzo, mentre Francesco aveva trovato posto come cameriere in una dimora in paese.

Un freddo lunedì mattina di ottobre, prima che Rachele si dirigesse in paese, venne bloccata sulla porta dal signor Patrizio che, nonostante fosse a servire la colazione ai piani superiori, era sceso in cortile tutto trafelato.

"Rachele, per fortuna sei ancora qui, ti ho cercato ovunque… – era affannato – Sua Signoria, il conte, ti vuole, ti sta aspettando in salotto…".

Rachele l'osservò impaurita, non era di certo una cosa consueta che il conte Guglielmo la volesse incontrare, tantomeno ai piani superiori e a quell'ora del giorno.

Lidia, che stava stendendo il bucato a pochi metri da lei, la guardò con fiducia.

"Vai, sei perfetta, non temere".

Lei sorrise, provando a calmare il suo cuore impazzito, ma non vi riuscì affatto.

Cominciò a camminare seguendo Patrizio passo dopo passo, lungo un tragitto che le sembrò infinito.

Quando giunsero finalmente davanti alla porta della sala da pranzo, Rachele prese un bel respiro e, riassettandosi l'abito, entrò. Una luce fortissima le invase il volto, dall'espressione dei commensali capì che per loro la sua presenza era totalmente inaspettata.

Patrizio l'annunciò:

"Conte, la signorina Rachele, come avete chiesto".

Guglielmo sorrise compiaciuto cercando la figura della fanciulla per guardarla meglio.

"Benissimo, vieni ragazza, fatti avanti..." asserì gesticolando con la mano tesa verso di lei.

Rachele si avvicinò con esitazione e guardò di sfuggita i presenti, c'erano la contessa Amalia, Andrea, Samuele e la sua fidanzata.

La tristezza era mischiata all'imbarazzo e al senso di inferiorità, tutto le sembrava essere troppo grande da sopportare.

Sperò con ogni fibra del suo essere che il momento di andar via sarebbe arrivato al più resto.

"Allora, la nostra carissima Clara non vede l'ora di esplorare i giardini, sappiamo che sei espertissima sia di fiori che del loro significato, vorresti accompagnarla, insieme a mio figlio, in una visita guidata?".

Rachele guardò entrambi senza pensare e si stupì nel trovarli persi a sorridersi.

"Come desiderate Vostra Signoria" asserì compita, con la voce emozionata.

"Mi aggiungerei anche io, se per voi va bene..." disse Andrea perspicace.

Rachele assentì sorridendogli, mentre Samuele lo guardò senza rispondere.

"Dalle quattro in poi mi trovate in giardino, vi aspetto...".

"Ah, Rachele, inutile che io ti specifichi che dovrai pensare all'addobbo della chiesa per il matrimonio e al bouquet della sposa, mancano pochi mesi e ci tengo che te ne occupi personalmente!" comandò il conte cercando il suo sguardo, ma Rachele l'abbassò prontamente, tentando di nascondere l'espressione di dolore che le si era disegnata in volto.

"Come chiedete, Signoria. – la sua voce tradì l'emozione che le abitava il cuore, incrinandosi quasi in un singhiozzo – Ora con il vostro permesso andrei al lavoro, buona giornata".

Patrizio le fece strada accompagnandola all'uscita, quando la porta fu chiusa dietro di loro, l'afferrò per la mano.

"Mi dispiace, non immaginavo…".

Rachele gli sorrise dolcemente.

"Non è colpa tua".

La ragazza aveva gli occhi pieni di lacrime, ma il suo orgoglio in quel momento aveva avuto la meglio, si ricompose massaggiando le palpebre con le dita infreddolite, respirò forte.

"Ciao Patrizio, ci vediamo a pranzo".

Detto ciò si incamminò a passi lenti verso l'uscita.

Nel frattempo, in sala colazioni, Clara stava parlando animatamente con la contessa dei preparativi delle nozze.

"Mi piacerebbe che l'abito lo confezionasse il mio sarto di Parigi, potremo farlo fare anche a Samuele da lui…".

"No, preferirei che ci pensasse il signor Vallesi, come sempre" rispose Samuele alquanto nervosamente.

"Ma tesoro la moda parigina è la migliore d'Europa, sarete bellissimi, poi verrà tutta la nobiltà toscana, gli amici di tuo padre da Roma, i tuoi zii da Londra insieme a Rosa e Thomas e i parenti francesi di Clara, dovrete essere impeccabili…".

Samuele strinse il tovagliolo in un pugno.

"Il signor Vallesi andrà benissimo, ora scusatemi ma Saverio mi aspetta, andiamo Andrea…".

Detto ciò si alzò, seguito dal cugino, e andò via dalla sala senza salutare persona alcuna. Guglielmo, osservando la giovane marchesa, notò la sua palpabile delusione.

"Stai tranquilla, è nervoso per il matrimonio, andrà tutto bene!" la rassicurò sorridendole.

Clara annuì.

"Certo, ne sono sicura".

Saliti in macchina, Andrea volle spezzare il silenzio:

"Tutto bene?" domandò esitante.

Samuele lo guardò distratto.

"No, però devo far finta che sia il contrario, quindi sì, va tutto bene".

"Hai visto l'anello che portava all'anulare?".

"Ho visto di peggio. – asserì laconico – Li ho visti che si baciavano…".

Andrea spalancò gli occhi.

"Quando?".

"Qualche settimana fa, stanno bene insieme, ho visto come lo guarda, come si stringono… – prese fiato, respirando forte – Tra i due sono io quello che non potrà mai amare qualcun altro, la verità è che Rachele se n'è innamorata…".

"Ne sei sicuro?" domandò Andrea sconsolato.

Samuele annuì.

"Io Clara l'ho allontanata subito quando ha provato a baciarmi, lei non l'ha fatto, erano molto… – si massaggiò le tempie nervosamente – Intimi…".

"Quanti anni sono che non la metti alla prova?".

"Che vuoi dire?".

"Voglio dire che metterei la mano sul fuoco sul fatto che se le facessi ricordare cosa il suo cuore sente quando ti è accanto, Matteo sarebbe solo un ricordo sbiadito…".

"Sono tutte illusioni! – inveì estenuato – La verità è che ho sbagliato, non sarei dovuto tornare, non mi sarei dovuto illudere che il nostro amore avrebbe resistito, tra qualche mese sposerò Clara e lei Matteo, fine della storia".

Andrea voleva provare a convincerlo che si sbagliava, ma comprese che quello non era il momento, così gli appoggiò una mano sulla gamba e gli sorrise.

Samuele ricambiò con poca convinzione e prese a guardare fuori dal finestrino il paesaggio che correva veloce.

Gli faceva tremendamente male la certezza di averla persa, più di quanto avrebbe mai potuto immaginare.

Poche ore più tardi, dopo il pranzo di entrambe le famiglie, Samuele camminava insieme a Clara in giardino, seguiti da Andrea e, inaspettatamente, dal conte Guglielmo che li aveva voluti accompagnare. Clara non smetteva di parlare, era un fiume in piena di allegria e impazienza, Samuele l'ascoltava anche se rispondeva di rado e a monosillabi, Guglielmo invece chiacchierava tranquillamente con Andrea di alcuni affari, sembrava stranamente sereno.

Giunsero al roseto dopo pochi minuti e la videro mentre curava i fiori con la solita dedizione e pazienza. Samuele però, che l'aveva osservata svolgere quel lavoro infinite volte, notò un insolito tremore nei gesti delle sue mani e s'intenerì profondamente. Quando l'ebbero raggiunta, fu Andrea a parlare per primo, spezzando il silenzio imbarazzante che si era interposto tra loro, tra gli sguardi dei due ragazzi che faticavano visibilmente a non incontrarsi, spostandosi disperatamente in ogni angolo del giardino, facendo finta che nulla di ciò che aleggiava nei loro cuori corrispondesse a verità.

"Ciao Rachele, siamo prontissimi per la visita guidata…!" asserì allegro, lei sorrise garbata, era invasa da un incredibile timore di non essere all'altezza, temeva di risultare troppo fredda, troppo finta.

"Bene, la marchesa vuole cominciare dalle rose?".

Clara annuì entusiasta.

"Certo, ditemi, quali varietà avete?".

Andrea e Guglielmo si avvicinarono seguiti dai due promessi sposi.

"La nostra varietà più rigogliosa, la rosa centifoglia, o mucosa... – continuò avanzando lungo il roseto – E questa è la rosa damascata...".

Clara osservò con dovizia e si rese conto che Samuele era stranamente distratto.

"Amore, non sei curioso anche tu?" domandò, cercando la sua attenzione.

Lui guardò prima Rachele, poi Clara.

"Io conosco a memoria ogni fiore... – la sua voce era incrinata – Proprio come lei, li abbiamo imparati a riconoscere insieme da bambini".

Rachele avvertì il cuore perdersi in un battito veloce, spostò immediatamente gli occhi per evitare che qualcuno notasse la sua visibile emozione.

Guglielmo osservò per alcuni istanti il modo in cui suo figlio e quella ragazza si scrutavano e una particolare sensazione gli si aggrappò all'altezza dello stomaco, ma provò a non dargli troppo peso.

Clara annuì, visibilmente infastidita alla risposta del fidanzato, poi continuò a parlare mentre Andrea lanciò un sorriso di incoraggiamento a Rachele che gli era poco distante.

"Come mai la rosa è da sempre attribuita al sentimento dell'amore?".

"È un qualcosa che risale alla notte dei tempi, da sempre l'uomo pensando al più nobile dei sentimenti vi ha accostato la rosa, basta notare la sua forma. È un segreto, un mistero che si svela pian piano fino a quando, prima di arrivare a scoprire cosa nasconde, essa appassisce e muore. È il medesimo percorso che compiamo quando amiamo qualcuno, non credete?".

La marchesa annuì interdetta, Andrea sorrise tra sé, fiero della bellissima descrizione che Rachele aveva dato, Samuele dovette farsi appena più lontano, ebbe timore che il cuore gli salisse fino agli occhi e lo tradisse, il conte Guglielmo invece, incurante dei presenti, continuava a osservare Rachele colmo di stupore, senza proferire parola alcuna, sentendosi scoperto e colpevole al cospetto di quella strana ragazza.

Si spostarono ancora silenziosi, oltrepassarono il roseto e raggiunsero le camelie.

"Eccoci alle camelie, per volere di Sua Signoria la contessa Amalia le coltiviamo solo rosse...".

Andrea la interruppe perspicace:

"Il loro significato ha qualche implicazione con il famoso romanzo?".

Lei scosse la testa divertita.

"Diciamo non direttamente, essa è detta anche imperatrice dell'inverno, nella sua tradizione parla di un amore forte e completo, di destini indissolubilmente legati, regalare una camelia significa dire...".

"Il mio destino è nelle tue mani" continuò Samuele interrompendola e riuscendo finalmente ad afferrare il suo sguardo, lei annuì lasciando che per qualche istante lui la guardasse.

"Esattamente, erano anche molto usate dalle dame per abbigliare le acconciature, bianche tra le trecce nere e rosse tra quelle bionde".

La marchesa l'ascoltava con passione e interesse, notò con una punta di gelosia, che quella ragazza era molto più che una semplice giardiniera, era colta e gentile e più osservava il mutamento che si impadroniva del fidanzato in sua presenza, più il timore che provasse ancora qualcosa per lei cresceva incontrollato. Ma provò a far finta di nulla, camminando ancora lungo il giardino.

"Cosa sono questi?" chiese indicando dei piccoli fiori color vinaccia che rubarono la sua attenzione.

Rachele si fermò al loro cospetto e guardò con garbo il conte Guglielmo.

"Questo è l'elitropio, lo coltiviamo per volere del conte, da tantissimi anni, è un fiore che segue la direzione del sole...".

"Ci siete affezionato, Guglielmo?" domandò Clara stupita.

Lui si schiarì la voce, provando a far smettere il cuore di martellare nel petto.

"Sì, mi ricorda una persona della mia gioventù...".

Rachele notò che aveva gli occhi lucidi.

"Il loro significato è legato alla leggenda di Clizia che si innamorò di Apollo, soltanto che lui era già legato a un altro amore, lei si disperò passando i giorni sulla terra, a seguire il sole con gli occhi lungo tutto il percorso che compiva con il suo carro. Il Dio allora, mosso a compassione, la trasformò in elitropio, così che avrebbe potuto seguire in eterno, con immutato amore, il suo Apollo".

"Magnifica..." asserì Andrea sognante, la marchesa annuì sorridendo e cercò lo sguardo di Samuele con amore, lui ricambiò il sorriso ma spostò gli occhi verso la campagna lontana.

"Io sarò come Clizia, ti seguirò sempre con lo sguardo, anche tra mille anni, non ti dimenticherò mai...".

"Un giorno vedrai, staremo insieme amore mio...".

"No, sai anche tu che non sarà così, però per ricordarti di me riempirai il tuo giardino di elitropi, così ogni volta che li guarderai penserai a noi...".

Guglielmo allentò il nodo della cravatta, respirò con foga avvertendo delle leggere goccioline di sudore rigargli le tempie.

Rachele proseguì:

"Thomas Moore in una sua poesia scrisse:

No, il cuore che ha amato davvero non dimentica mai, il suo amore resta sincero fino alla fine. Come il fior del sole guarda il suo Dio al tramonto lo stesso sguardo che gli rivolse all'alba.

Tutti tacquero implacabili, l'atmosfera stessa parve vibrare dell'intensità di quelle parole.

Il conte sembrava visibilmente provato, muoveva gli occhi verso le direzioni più disparate, senza posa.

"Dove l'avete trovata questa poesia?" domandò con voce rauca.

Rachele guardò Samuele che, prontamente, rispose al suo posto.

"In una vecchia raccolta appartenuta alla madre di Rachele, la signora Anna, dovresti ricordartene papà...".

Lui assentì distrattamente.

"Ti giuro che ho trovato una poesia che parla degli elitropi, ma non mi ricordo in quale libro io l'abbia letta, sicuramente in uno di quelli che Anna raccatta alle bancarelle del mercatino delle pulci".

"Come vi siete conosciuti tu e il mio Samuele?" domandò la marchesa, riportando l'attenzione su di lei con una lieve sfumatura di disappunto.

Rachele guardò un punto lontano e incominciò a ricordare.

"Io ero solo una bambina, tanti anni fa ero entrata in biblioteca per prendere un libro da leggere...".

Samuele la fissava con lo sguardo commosso, non gli importava se Clara se ne sarebbe accorta, non riusciva a smettere di osservarla mentre parlava di loro, cercava a tutti i costi di scorgere uno sprazzo di nostalgia nelle sue espressioni, qualcosa, anche la più minima, che lo dissuadesse dall'idea che lei l'avesse dimenticato per sempre.

"Lui mi ha salvata, se così si può dire, dalla punizione del conte Guglielmo prendendo la colpa su di sé, da quel momento non ci siamo più separati, tutto ciò che potevamo fare insieme, l'abbiamo fatto".

Clara la guardò con maggiore intensità.

"E com'era da bambino?".

Rachele sospirò emozionata, lasciando per un istante che il suo cuore la tradisse.

"Come ora, sapete, con lui tutto sembrava possibile, anche i sogni più lontani" confessò abbassando la testa malinconica.

Guglielmo avvertì un leggero senso di colpa premere sulla sua coscienza, quasi gli parve di soffocare.

"Tu non capisci papà, io e Diana ci amiamo...".

"Voi non potete amarvi, punto e basta".

"Perché non ci chiedi come ci siamo conosciuti, quello che abbiamo imparato insieme, quello che siamo quando stiamo insieme... Tu giudichi soltanto senza conoscere!".

"Io sono tuo padre e decido della tua vita, il resto non mi riguarda".

"Grazie signorina delle vostre spiegazioni, vi saluto..." asserì, sparendo senza guardarsi indietro.

Clara lo seguì a ruota insieme a Samuele.

"Arrivederci Rachele, è stato un piacere" disse asettica.

Invece Andrea, prima di andar via, guardò la sua amica dolcemente facendole l'occhiolino.

Rachele gli sorrise e con il cuore in pezzi, sparì a sua volta entrando nella serra senza esitare.

Guglielmo camminava lentamente nel giardino buio e umido di quella sera di ottobre, l'autunno era ormai nel pieno e in quelle ore del giorno, il freddo sembrava penetrare nelle ossa dolorosamente.

L'incontro di qualche ora prima con quella ragazza, l'aveva catapultato nuovamente nel passato, come se non fosse trascorso nemmeno un secondo da quel periodo di trent'anni prima.

Ogni volta che gli accadeva di ricordare, le sue difese crollavano, gli pareva di aver sbagliato ogni cosa, si vedeva per quello che realmente era, un uomo non più giovane con un passato oscuro, che aveva fatto soffrire tante persone, che non sapeva comprendere, egoista e cinico, un uomo che aveva scordato cosa significasse amare. Nei momenti come quelli, temeva moltissimo le sue azioni, poteva essere tanto perfido quanto accomodante, tutto dipendeva da quanto si odiasse, da quanto si maledicesse o da quanto una forza a lui estranea lo facesse sentire perdonato, anche solo per alcuni secondi.

Distrattamente posò lo sguardo sulla serra, le cui vetrate splendevano alla luce delle candele.

Ripensò a Rachele, era la prima volta che la ascoltava parlare da quando abitava in casa loro, la prima volta che gli capitava di osservarla lungamente. E gli bastò poco per riconoscere in lei gli stessi occhi della madre, la stessa tenerezza, quell'ingenuità che la rendeva bambina, nonostante la spiccata femminilità. La sua era una bellezza inconsapevole, come quella di Anna.

Un rumore sordo e un grido disperato lo svegliarono da quel torpore datogli dai troppi pensieri.

Gli parve che provenisse dalla serra, così senza pensarci troppo corse verso l'entrata.

Spalancò la porta e rimase molto colpito dalla visione che si palesò ai suoi occhi.

Rachele se ne stava rannicchiata davanti al tavolo da lavoro, i cocci di un vaso appena rotto la circondavano, il polso ferito sanguinava leggermente e i suoi occhi rossi e gonfi tradirono implacabili gli impeti del suo cuore.

Lei si alzò, provando a ricomporsi.

"Signoria, scusate, è stato un incidente…".

"Tranquilla, cosa stavi facendo?" domandò, chiudendo la porta dietro di sé.

"Dovevo preparare una composizione regalo da portare domani in paese, ma non riesco a far smettere le mani di tremare. – confessò guardandosi il polso – E ora ho combinato un disastro ancora peggiore".

Dei leggeri rivoli di sangue scendevano dall'incavo del polso destro, la ferita le bruciava pulsando all'impazzata. Rachele prese un panno di cotone e se lo legò stretto per fermare l'emorragia.

"Scusate se ho fatto rumore Signoria, non accadrà più".

Lui si accomodò sulla vecchia sedia di paglia che stava accanto al tavolo da lavoro e l'osservò serenamente.

"Vuoi parlare un po'?".

Rachele rimase di sasso, ma tentò di non darlo a vedere per non risultare scortese al conte che stava evidentemente compiendo un grande sforzo.

"Volentieri, se vi fa piacere. – asserì sedendosi di fronte a lui, dopo essersi stretta nello scialle di lana – Anche se temo che morirete di freddo qui, io ci sono abituata" terminò sorridendo leggera.

Guglielmo scosse la testa.

"Non importa... – rispose sbrigativo – Piuttosto, è stato molto bello ascoltarti oggi, onestamente non credevo tu fossi così preparata...".

Rachele rise tra sé.

"Voleva essere un complimento?".

Il conte si lasciò andare a una risata leggera.

"Sì, mal riuscito, probabilmente ho fatto bene a far finta di nulla quando tu e Samuele vi intrufolavate in biblioteca a rubacchiare libri!".

"Oh mio Dio, temevo che ci vedeste, infatti".

Guglielmo rise di nuovo.

"Chiudevo un occhio...".

Un greve silenzio si interpose tra loro.

Rachele non sapeva cosa dire.

"Ti manca molto tua madre?" domandò a fior di labbra.

La ragazza respirò più forte, visibilmente malinconica.

"Mi manca, sì, ma non ho alcun ricordo di lei, mi manca avere una madre, credo...".

Guglielmo strinse le labbra in un'espressione contrita.

"Le somigli molto, te l'hanno mai detto?".

Lei lo guardò, prima con disappunto, poi colma di stupore.

"Voi... Voi la conoscevate?".

"Eravamo amici, se così si può dire".

"Santi numi! – esclamò Rachele coprendosi la bocca con la mano buona – È per questo che sin da piccola mi avete accolta in casa vostra?".

Lui strinse le labbra.

"Sì, in verità... Poi rispettavo molto tuo padre. È sempre stato un lavoratore onesto".

"E potreste raccontarmi qualcosa di lei, della mamma?" domandò timorosa.

Lui annuì.

"Conoscevo la loro famiglia, i miei genitori si rifornivano dai tuoi nonni per il legname e tua madre aveva la mia stessa età, era una ragazza molto bella, i capelli simili ai tuoi, sempre in disordine... – rise leggermente mentre Rachele passò una mano tra i riccioli ribelli senza accorgersene – Amava moltissimo leggere e voleva fare la maestra, poi conobbe tuo padre, che lavorava per la mia famiglia, e si innamorarono, fu tutto molto veloce, si sposarono tre o quattro mesi dopo e poi nascesti tu... Ma questo probabilmente lo sai già...".

"E com'era, Signoria? Potreste dirmi qualche ricordo che avete di lei?".

Guglielmo deglutì rumorosamente.

"Era una delle mie amiche più care, mi aiutava in ogni occasione, era sempre presente quando qualcuno aveva bisogno di lei, sapeva sempre cosa dire per far sentire meglio qualcuno, era riflessiva, calma, ma molto tenera... Il contrario di sua sorella...".

Rachele balzò sulla sedia.

"Conoscete anche lei? Io non l'ho mai potuta vedere, so che è in convento da tantissimi anni, ma non ne conosco il motivo".

Guglielmo tossì leggermente avvertendo le mani formicolargli, mentre il cuore avanzava in un su e giù impazzito.

"Io sì, conoscevo anche lei".

Rachele notò immediatamente il volto del suo interlocutore divenire pallido come un lenzuolo, così immaginò di aver toccato un tasto dolente e decise consapevolmente di non approfondire la questione, anche se onestamente motiva dalla curiosità.

"Posso farti una domanda?" domandò il conte, tenendo il tono di voce fin troppo basso.

Lei annuì, in attesa.

"Hai sentito molto la mancanza di mio figlio quando era a Londra?".

Quella volta fu il viso di Rachele a diventare pallido, sentì uno strano calore invadergli il corpo, mentre le guance le diventarono rosse, inevitabilmente.

Assentì mentre cercava di trovare le parole giuste per rispondere.

"In un primo momento pensavo che non sarei sopravvissuta, poi è subentrata l'abitudine, il cuore a un certo punto impara ad andare avanti, tutto sembra seguire le medesime vie di un tempo, ma è solo illusione, illusione che ci basti così, ma in realtà non è vero".

Guglielmo abbassò lo sguardo, colpevole.

"E se fosse stato lui ad abbandonarti consapevolmente, non costretto, l'avresti mai perdonato?".

Rachele lo guardò intensamente per alcuni secondi.

"L'amore tutto spera e copre, tutto crede e perdona, lo diceva sempre la mamma a papà, credo che questa sia la risposta più sincera alla vostra domanda…".

Il conte sorrise amaramente mordendosi le labbra. Il cuore non smetteva di martellare.

"Sei ancora innamorata di lui?".

Rachele abbassò lo sguardo.

"Non siete di certo la persona con cui poter essere sincera riguardo a questo…".

"Hai ragione, scusami…".

"No, va bene, – lo interruppe lei bonariamente – voglio essere sincera con voi. – si schiarì la voce massaggiando il polso che ancora pulsava dolorante – Sì, lo amo, nonostante tutto, anche se non potrò mai averlo per me…".

Guglielmo respirò forte, rapito da un ricordo.

"La ami ancora Guglielmo? Perché se la ami devi riprendertela, devi fare ogni cosa possibile".

"Io la amo ma non posso perdere tutto quello che ho, la posta in gioco è troppo alta, devi capirlo Anna!".

"Il vostro amore è troppo grande!".

"Non potrò mai averla, mai…".

"Tu puoi avere tutto quello che vuoi, Guglielmo…".

"Tu puoi avere tutto quello che vuoi… – sussurrò per poi alzarsi tremolante. Infine, prima di sparire, si voltò verso di lei guardandola un'ultima volta – So che Anna sarebbe stata fiera di vederti per come sei".

Rachele era sconvolta. Non capiva se erano state le ultime parole a farla tentennare o la situazione in generale, ma era straniata, provò comunque a rispondere per evitar di essere scortese:

"Grazie, Vostra Signoria, per avermi parlato della mamma…".

Lui la guardò un'ultima volta, sorrise leggero.

"Vai a medicarti il polso" disse indicando il suo braccio con il mento, poi andò via.

Alcune lacrime gli solcarono le guance, ma lui le nascose prontamente sotto un veloce gesto della mano, poi si domandò a cosa valesse tutto quell'odio che aveva seminato, tutta quella distanza che aveva creato, aveva soltanto ferito, umiliato, offeso, allontanato. Compiuto del male verso suo figlio e quella giovane ragazza che era la figlia della sua più cara amica, poi inferto dolore all'unica donna che avesse mai amato. Aveva pensato solo a sé, dimenticando tutto il resto.

Si convinse del fatto che nulla fosse più possibile per lui, che non sarebbe mai potuto cambiare e che non avrebbe mai potuto mutare il passato, non si torna indietro, il tempo non perdona, quella frase impressa su quel vecchio pianoforte era la sua stella fissa, e non poteva fare a meno di credere che fosse vero, che non ci fosse soluzione allo scorrere inesorabile del tempo, che nostro malgrado, non è capace di perdonare.

Sapeva bene a quale sacrificio avesse sottoposto tutte le persone che avevano avuto la sventura di incontrarlo, ma in quel momento non avrebbe potuto fare nulla per cambiare le cose, però quella sera, volle far finta che esistesse una possibilità di remissione, una sorta di luce fioca in fondo al tunnel in cui si era imprigionato.

Quando vide Samuele incamminarsi mestamente verso le scale che l'avrebbero condotto ai piani superiori, lo fermò tirandolo per un braccio.

"Samuele…".

Il ragazzo si voltò osservandolo compostamente.

"Dimmi papà".

"In cucina c'è la tua amica, credo si sia fatta male al polso, vai ad aiutarla a medicarsi…".

Samuele tacque. Osservò suo padre per cercare di capire dove volesse andare a parare, cosa nascondesse dietro quel gesto, ma dai suoi occhi lucidi scorse una strana malinconia, così per una volta nella sua vita da quando aveva memoria, ebbe la sensazione che non avesse intenzioni malevole, sembrava diverso.

Annuì.

"Grazie… Vado subito da lei" rispose timoroso.

Guglielmo abbassò il capo come per ringraziarlo e sparì nel corridoio in penombra.

Samuele si incamminò stranamente allegro e confuso al medesimo tempo verso la cucina, vi giunse in pochissimo tempo, girò l'angolo e vide una luce fioca illuminare il camino, seduta in un cantuccio c'era Rachele che tentava di togliere una fasciatura dal polso sospirando rumorosamente.

"Posso aiutarti?" la sua voce irruppe nel silenzio che aleggiava nella stanza.

Lei si voltò a guardarlo e gli sorrise.

"Ciao…".

Samuele ricambiò il sorriso sorpreso, gli sembrava che fosse felice di vederlo.

"Se mi aiutassi te ne sarei molto grata".

Lui le si fece vicino e, dopo aver preso una sedia, si posizionò accanto a lei.

"Fa vedere…" disse prendendole il polso delicatamente.

"Fa male. – si lamentò stringendo i denti – La stoffa si è attaccata alla ferita".

"Aspetta, – prese il disinfettante – così andrà meglio. – versò alcune gocce sulla parte che non voleva saperne di venir via e, in men che non si dica, riuscì a toglierla – Ecco fatto! Come te la sei procurata?”.

Rachele respirava faticosamente, un po' per il dolore, un po' per le fitte che lanciava il suo stomaco a causa del tocco delle sue mani di cui aveva avvertito la mancanza come aria.

“Stavo preparando una composizione regalo per domani e le mani mi tremavano, così per il nervoso ho rotto il vaso e mi sono ferita” rispose tutto d'un fiato, guardandolo sbrigativa.

Samuele prese un batuffolo di cotone e cominciò a medicarla, lo faceva con disinvoltura.

“Eri nervosa?”.

Lei annuì.

“Un po', sono due notti che non riesco a chiudere occhio, avevo freddo e poi ecco...”.

Samuele chiuse la fasciatura con una spilla e le appoggiò la mano sulle gambe.

“Ecco fatto. – disse respirando forte – Perché non riesci a dormire?”.

“Non lo so” rispose avvicinando la mano alla sua, poi con le dita tremanti cercò le sue, Samuele le intrecciò prima ancora che fosse lei a farlo. Si strinsero forte, talmente forte che quasi fece male.

Si guardarono intensamente.

Samuele in un gesto fluido e veloce, l'afferrò e la spinse a sedersi sulle sue gambe, Rachele l'abbracciò forte, intrecciò le braccia attorno al suo collo e tornò a guardarlo, rimise al suo posto un ciuffo ribelle di capelli che gli ricadeva davanti agli occhi e gli accarezzò un angolo della fronte.

Lui la strinse più intensamente, muovendo la mano lungo la sua schiena.

“Vuoi che ti racconti una storia, come quando eravamo piccoli, per farti dormire?”.

Rachele rise restandogli vicina.

“Magari conte Falesi, sarebbe bellissimo!”.

Samuele rise a sua volta, attaccò la fronte alla sua.

“Lo sai che sei diventata ancora più bella?”.

“Bugiardo...” lo canzonò lei amabilmente, provando a nascondere il rossore delle sue guance.

“Non fare la modesta, signorina”.

Lei gli accarezzò uno zigomo.

“Tu sei sempre stato bellissimo, adesso poi con questa barba sei ancora più affascinante...”.

Samuele cominciò a farle il solletico.

“Smettila di prendermi in giro...”.

"Nessuna donna ti resisterà" continuò lei tra le risa.
"Ora ti faccio vedere io!".
Detto ciò la fece alzare e l'afferrò dalle gambe, poi fu un istante, la tirò su e cominciò a camminare tenendola ferma dai polpacci e con busto e braccia penzoloni sopra di sé.
"Sei impazzito?" gridò lei tentando di reggersi come poteva.
"Silenzio, o sveglierai tutto il palazzo!".
Camminava lentamente dirigendosi verso la camera di Rachele, divertito mentre ascoltava le sue lamentele, felice di averla con sé, immersi nella loro complicità, quella che li aveva da sempre contraddistinti, anche se per poco tempo.
Quando arrivarono davanti alla porta, lui l'aprì fluidamente facendosi largo con il piede, poi la lanciò sul letto e si adagiò sopra di lei.
L'allegria che in un primo momento li aveva invasi, si dissolse, lasciando spazio solo ai loro occhi che si scrutavano emozionati.
Rachele guardò quell'uomo bellissimo che le stava di fronte, la camicia celeste appena sbottonata lasciava intravedere la sua pelle leggermente ambrata, i suoi occhi blu intensi e luminosi, il suo odore, il suono della sua voce. Respirò forte. Come avrebbe mai potuto sostituire quella creatura con qualcun'altra? Lui era metà della sua anima, e lo sarebbe stata sempre, per sempre.
Lo accarezzò dolcemente sfiorandogli la nuca, lui sorrise malinconico.
Fu chiaro a entrambi quanto ancora si amassero, ma fu altrettanto chiaro che ancora e maledettamente, non potevano aversi.
Samuele scosse la testa chiudendo gli occhi.
Rachele gli passò un dito sulle labbra.
"Non dire nulla, va bene?".
Lui assentì mordendosi le labbra, volevano piangere entrambi, ma riuscirono a trattenersi.
Muovendosi di poco, prese il libro di leggende irlandesi che teneva sul comodino.
"Ti va?" gli chiese cercando una lieve approvazione nel suo sguardo.
Lui si stropicciò gli occhi e provò a sorridere.
"Certo…".
Detto ciò le fece spazio tra le sue braccia e mentre lei si adagiò sul suo petto come avevano sempre fatto sin da bambini, la strinse forte come se fosse l'ultima volta, cominciò a leggere delicatamente.
Rachele chiuse gli occhi e sentì il suo animo finalmente in pace, lì con lui, si sentiva completa.
Quando la storia fu terminata, Samuele si accorse che lei si era addormen-

tata. Le sfilò le scarpe, poi tolse anche le sue, prese la grossa coperta di lana che giaceva ai piedi del letto e coprì entrambi. Tenendosi la testa con la mano, cominciò a guardarla.

Gli parve, per alcuni istanti, che gli passassero davanti agli occhi tutte le volte in cui l'aveva vista così, sin da quando quel viso meraviglioso era ancora invaso dalla tenerezza che la contraddistingueva da bambina, ora era diversa, magnificamente bella pur nella sua solita ingenuità.

Si chiese in quel preciso istante come avrebbe potuto starle lontano per tutta la vita, come avrebbe potuto sopportare l'idea di non vederla più dormire, di non udire più le sue risa, di non sentire più il suono del suo respiro. Non averla sarebbe stata la sua condanna, il suo eterno dolore.

Ripose il libro, ma prima che potesse appoggiarlo sul comodino, cadde qualcosa.

Lo raccolse facendo attenzione a non svegliarla.

Il cuore prese a palpitare.

Era di certo molto più giovane di allora, forse risaliva al suo primo giorno di Liceo.

Sul dorso, con una grafia ordinata, Rachele aveva copiato qualcosa, recitava così:

L'amore è paziente, è benigno l'amore, non è invidioso, non si vanta, non si gonfia, non manca di rispetto, non cerca il suo interesse, non si adira, non tiene conto del male ricevuto, non gode dell'ingiustizia, ma si compiace della verità. Tutto crede, tutto spera, tutto sopporta. L'amore non avrà mai fine.

Samuele non fu capace di fermare le lacrime, appoggiò la vecchia fotografia sul libro e si strinse a lei, inerme, addolorato.

"No, non avrà mai fine amore mio…".

V.

Una fioca luce obliqua solcò gli occhi di Rachele costringendola a svegliarsi.

Avvertì immediatamente le ossa doloranti, forse aveva dormito in una posizione scomoda, si disse mentre, stropicciandosi gli occhi, provava a capire perché avesse i vestiti addosso.

Si tirò su e guardò la stanza.

Un attimo di esitazione la lasciò confusa, poi la mano incontrò la parte di materasso al suo fianco, le coperte stropicciate, le dita strinsero forte la stoffa colorata. Un respiro le rubò i pensieri.

Ricordò ogni cosa.

Sorrise malinconica, chiedendosi per quanto tempo fosse rimasto accanto a lei, sicuramente per poco, quel tanto che le era bastato per riuscire finalmente a dormire.

Si alzò e, dopo essersi tolta i vestiti e aver messo su la vestaglia, si diresse a fare un bagno.

Quando rientrò in camera, indossò degli abiti puliti, raccolse i capelli in una treccia morbida e uscì dalla stanza.

"Rachele, eccoti finalmente, è arrivata questa per te, con la posta della mattina!" Patrizio era trafelato e sembrava aver corso recentemente.

"Grazie, ma cosa succede?" domandò prendendo la lettera.

"Una cena di venti persone per stasera, Sua Signoria la contessa ha deciso adesso!".

Rachele rise leggera.

"Pazienza, loro sono i padroni e noi dobbiamo obbedire" cantilenò sorridendo, usando le stesse parole che lui rivolgeva a tutti coloro che si lamentavano degli ordini della famiglia.

"Non sei simpatica tesoro!" asserì quando ormai era già lontano, perso nella fretta di dover fare troppe cose già a quell'ora della mattina.

Rachele cominciò a camminare aprendo la lettera, osservandola si rese conto di non conoscere la grafia, ma cominciò a leggere:

Cara Rachele,

ho pensato a lungo alla tua visita e alle parole che ci siamo scambiate e dopo aver riflettuto a lungo ti dico che accetto il tuo aiuto. Vorrei rivedere Andrea, con molto piacere, ma non voglio coinvolgerti in incontri combinati che potrebbero crearti problemi, perciò ti chiedo solo di fare in modo, se puoi, di venire alla festa d'autunno, domani sera in paese. Potresti portare anche lui insieme a te. Io sarò lì.

Con affetto e gratitudine,
Celeste Gibrani.

Rachele rilesse più volte il biglietto e cominciò a sorridere con impaziente allegria, lo ripiegò con cura, riponendolo nella tasca del vestito, e si diresse a cercare Patrizio.

Corse veloce lungo le scale, poi non vedendolo in sala domestici, andò nel suo ufficio.

"Patrizio, Samuele è già sceso per la colazione?".

L'uomo si voltò a guardarla con disappunto.

"Non sono tenuto a risponderti".

"Ti prego, è urgente, devo dirgli una cosa importante, ti prego!".

Lui la guardò mascherando un sorriso.

"Tu dovrai smetterla di avere questi occhi dolci, non riesco mai a dirti di no!".

Rachele rise e si avvicinò felice baciandogli la guancia.

"Va bene, va bene, ora basta, è nelle sue stanze, si è fatto portare la colazione in camera, puoi andare, sono usciti tutti".

"Grazie Patrizio" disse quando ormai la voce era già lontana e lei già diretta verso i piani superiori.

Corse veloce e si ritrovò in men che non si dica davanti alla camera di Samuele, bussò.

"Avanti…" mormorò una voce ovattata.

"Buongiorno, hai un minuto?".

Samuele la guardò sorpreso.

"Certo, vieni, entra pure…".

Rachele si fece avanti, chiuse la porta, ma si accorse che Samuele indossava gli stessi abiti della sera prima, i capelli arruffati e gli occhi cerchiati, facevano sembrare che non avesse chiuso occhio.

"Non sei ancora pronto?" domandò confusa.

Lui si sfilò le bretelle e massaggiò le tempie.

"No" rispose evasivo.

Lei osservò il letto perfettamente riassettato, ma visto che le cameriere non entrano nelle stanze prima che i signori siano usciti, ciò significava che lui non aveva dormito nel suo letto, o meglio, non aveva dormito affatto.

"Sei tornato in stanza da poco?" chiese con la voce incrinata.

"Mezz'ora" asserì sbrigativo.

Rachele sorrise appena. Era tutto chiaro.

"Vuoi fare colazione con me?" domandò indicando il tavolo con un vassoio pieno di prelibatezze.

Lei esitò, poi si fece coraggio. Allora annuì con fierezza.

"Volentieri, grazie".

Samuele la fece accomodare, poi le versò il caffè insieme a un po' di latte.

"Grazie" asserì lei cercando i suoi occhi.

Lui le sorrise guardandola dolcemente.

"Dovevi dirmi qualcosa?".

"Certo, ho ricevuto una lettera dalla signora Gibrani. – disse porgendogliela – Credi di poter fare in modo che domani sera Andrea venga alla festa d'autunno?".

Samuele guardò il foglio velocemente, poi portò gli occhi su di lei.

"Sei incredibile!".

"Perché?" domandò curiosa.

"Domani saremo alla festa d'autunno" promise, sorridendo compito.

"Perfetto, grazie mille, vedrai quanto saranno felici! – esclamò alzandosi dalla sedia – Ora devo andare, stamattina devo consegnare degli ordini importanti".

Samuele si alzò a sua volta e prima che lei lo oltrepassasse, la fermò tirandola per un braccio.

Rachele si voltò.

"Copriti, fa molto freddo oggi" si raccomandò teneramente.

Si guardarono intensamente.

"Sì, lo farò".

Le loro mani erano ancora unite, come se non fossero capaci di allontanarsi.

Lui avrebbe voluto prenderla tra le sue braccia e baciarla fino a non avere più respiro, sentiva l'esigenza di averla per sé, dopo tutti quegli anni passati ad averla lontana, avvertiva la necessità, il bisogno quasi vitale si sentirla di nuovo sotto le sue labbra. Ma le sue dita sfiorarono inavvertitamente l'anello che troneggiava sul suo anulare. Così, ingoiando il dolore, la lasciò andare.

Rachele lo guardò ancora per qualche istante, poi uscì chiudendo la porta dietro di sé.

Dio solo seppe quanto avrebbe voluto consolarlo, fugare i dubbi che lo stavano torturando e che apparivano chiari nelle iridi dei suoi occhi sempre lucidi, sempre in procinto di cedere alla disperazione.

Lei non poteva fare nulla.

Avrebbe peggiorato solo le cose.

Si cullava nel dolore in silenzio, sicura che prima o poi non sarebbe riuscita a trattenersi, perché mentirgli le faceva troppo male e far finta che non volesse averlo accanto era la più cruda delle bugie. Presto avrebbe ceduto a lui, a quel desiderio rimasto per sempre inappagato di essere una cosa sola, lei aveva bisogno di sentirlo dentro, di imprimersi qualcosa di lui da poter ricordare nelle notti buie, quelle in cui avrebbe dovuto convincersi che le andava bene così, che quell'uomo che giaceva al suo fianco la rendeva felice, anche se sapeva, e avrebbe sempre saputo, che non era così.

Che non era e non sarebbe mai stata la verità.

Perché senza di lui la felicità sarebbe stata solo un'utopia.

Passò dalla serra e dopo aver riempito i cesti si diresse al paese, oltrepassando i campi udì una voce che la chiamava. Strinse le palpebre e si fermò.

Matteo le corse incontro.

"Buongiorno amore" le disse baciandola con passione.

Lei ricambiò il suo gesto, anche se con meno convinzione.

"Tutto bene?" domandò, cercando una risposta nei suoi occhi.

"Sì, sono solo in ritardo!" mentì provando a sorridere.

"Stasera vieni da me dopo aver messo a letto tuo padre?".

Lei esitò.

"Se non sono troppo stanca passo, sai che sono alcune notti che non dormo".

"Sì infatti, magari se ci fossi io riusciresti ad addormentarti, non saresti sola".

Rachele ingoiò i battiti che le martellavano alla gola.

"Certo, grazie, buona giornata!" disse baciandogli leggera una guancia.

Matteo la guardò allontanarsi, qualcosa in lei era mutato, era diversa, se ne accorse, ma non seppe dare una spiegazione a quel cambiamento. Così, tornò al lavoro senza dare a quei pensieri troppa importanza, le avrebbe parlato la sera a venire.

La cena era stata servita da poco, erano solo alla seconda portata. I numerosi ospiti conversavano fittamente tra di loro e Clara ascoltava sorridente Amalia che le parlava dell'abito da sposa.

Guglielmo cercò l'attenzione di suo figlio che era seduto al suo fianco.

"Hai pensato a una data?".

Andrea, udendo quelle parole, si voltò verso di loro per udire la conversazione.

"No, ancora non ne abbiamo parlato" rispose evasivo Samuele.

"Ugo e sua moglie sarebbero intenzionati a celebrarle a febbraio e io sono d'accordo".

"Ma mancano solo tre mesi…".

"Sarà a febbraio, parla con Clara e fissate il giorno, così è deciso".

"Zio, non credi che sia meglio la primavera? Febbraio è un mese così cupo".

Guglielmo guardò il nipote con sdegno.

"Non c'è possibilità di cambiare".

Samuele guardò il cugino con aria affranta, prima o poi quel momento sarebbe dovuto arrivare, non poteva esserne troppo sorpreso.

Clara, dall'altra parte del tavolo, gli sorrise felice, lui ricambiò con un cenno.

"Dammi qualche giorno ancora, poi ti darò una notizia che ti svincolerà da tutto questo" sussurrò Andrea all'orecchio del cugino.

"Cosa intendi?" chiese contrariato.

"Fidati di me, d'accordo?".

Il suo sguardo era serio, sicuro. Samuele annuì, riconoscente.

"Pensa solo a consolare Rachele, suo padre sta molto male e oggi l'ho vista discutere con Matteo…".

"Racconta".

"Non ho potuto ascoltare tutta la conversazione, ma lui voleva che andasse a casa sua stasera, ma Rachele non ha voluto, ha detto che preferiva stare sola in questo momento di dolore".

Samuele sospirò.

"Lui l'ha chiesta in sposa, devo assicurarmi che la renderà felice, al di là di qualunque scelta faccia lei".

"Lei sceglierebbe te in ogni caso".

"Non ne sono certo, come tu non sei certo della notizia che devi darmi, nulla è sicuro e io devo assicurarmi che qualunque cosa accada, lui si prenderà cura di lei".

"E cosa vorresti fare?".

"Ti spiegherò con calma, piuttosto domani sera andremo alla festa d'autunno!".

"E perché di grazia, se posso chiedere?" domandò, ridendo allegramente.

"Così, voglio svagarmi per qualche ora, non hai nulla in contrario, giusto?".

Andrea lo guardò esterrefatto.

"Non me la racconti giusta, ma accetto!".

Samuele sorrise soddisfatto, poi tornò a conversare con il conte Cappelli, presto avrebbe fatto la cosa giusta per la sua felicità, ne era sicuro.

Non appena la cena fu terminata, Samuele salutò tutti i presenti e nonostante Clara avesse insistito per seguirlo, lui non cedette alle sue preghiere e andò via affidandola alle cure di Andrea che accettò, ben consapevole che il cugino avesse in mente qualcosa e che dovesse realizzarla in quel preciso momento.

L'idea che dalla sera precedente gli frullava in testa si era impressa ancora di più nella sua mente, avrebbe dovuto fare qualcosa a ogni costo, anche se ciò avrebbe comportato dei rischi.

Prese il cappotto e uscì, diretto alle case dei lavoranti. Sapeva che avrebbe dovuto cercare la casina a mattoncini rossi appartenuta un tempo al fattore Galanti, infatti dopo poco tempo la trovò senza difficoltà. Non ebbe paura, bussò immediatamente.

La porta si aprì.

"Signoria, che sorpresa! – Matteo si asciugò le mani sui pantaloni e rinfilò le bretelle – Accomodatevi, scusate ma non aspettavo visite".

"Stai tranquillo, sono io che dovrei scusarmi per essere piombato qui senza preavviso".

Varcata la soglia notò con piacere come quell'ambiente fosse confortevole, seppur fin troppo semplice e modesto. Il lavello era ancora colmo di stoviglie e il rubinetto gocciolante diede prova che stesse lavando i piatti poco prima del suo arrivo.

Matteo riassettò il tavolo, prese due bicchieri e vi versò del Vin Santo.

"Ho solo questo, spero vi aggradi" asserì facendogli segno di accomodarsi.

Samuele si sedette di fronte a lui.

"Andrà benissimo, sei gentile" lo guardò meglio, il viso era corrugato, forse stanco o rattristato.

"A cosa devo l'onore?".

"Io volevo parlare un po' con te, sei arrivato quando ero in Inghilterra e non ti conosco affatto, da dove vieni?".

Matteo lo scrutò curioso, era molto strano che il conte fosse da lui per conoscerlo, ma d'istinto volle fidarsi, in fondo gli sembrava un uomo sincero.

"La mia famiglia era di San Quirico, facevano i contadini, ora sono morti, la tisi sapete, ha ucciso entrambi i miei genitori, ci siamo salvati solo io e mia sorella Silvia, io ho cominciato a lavorare a dodici anni, lei ha vissuto da mia zia a Carrara, ora sta studiando per diventare ostetrica e io provvedo al pagamento della scuola".

Samuele lo guardò ammirato, con il cuore sinceramente commosso per la sua storia così colma di dedizione e sofferenza.

"È un bellissimo gesto, spero che il salario ti sia sufficiente…".

"Lo è, vostro padre ci paga bene e mi avanza anche qualcosa per me".

"Prendi un permesso ogni volta che vuoi per andare a trovare tua sorella, mi raccomando".

"Grazie, siete gentile…".

I due uomini si guardarono a lungo, entrambi capirono che la conversazione avrebbe presto preso una piega differente.

"So che tu e Rachele presto vi sposerete – disse con la voce leggermente esitante – e vorrei offrirvi una sistemazione migliore, oltre che la posizione di capo fattore, in prospettiva della famiglia che avrete" le ultime parole gli morirono quasi sulle labbra, sperò con tutto se stesso che lui non se ne fosse accorto.

Matteo, colmo di stupore, l'osservò interrogativo.

"Conte, io non credo che…".

"Accetta, te ne prego, sei uno dei migliori lavoratori, giovane e di buon cuore, meriti le condizioni migliori per realizzare il tuo futuro!".

Matteo tacque.

Non conosceva affatto bene il conte, né poteva vantarsi di essere un profondo conoscitore dell'animo umano o esperto dei rapporti tra le persone, ma la sua voce tradiva sempre di più un magone che gli premeva sulla gola, che tentava di celare con scarsi risultati.

"Perché lo fate?" domandò sicuro.

"Perché ti apprezzo molto – asserì sbrigativo – e perché voglio molto bene a Rachele".

La testa gli pulsava come impazzita.

"Come mai le siete così affezionato?".

"Noi siamo cresciuti insieme" rispose evasivo.

Matteo notò una patina che copriva i profondi occhi celesti del conte e gli bastò poco per riordinare tutte le notizie frammentarie, tutti i comportamenti inconsueti, tutte le volte in cui gli occhi della donna che amava incontravano i suoi, si accendevano di una strana luce che non era mai riuscito a decifrare, ora invece gli sembrava tutto fin troppo chiaro.

"Siete voi, non è così?" domandò con un filo di voce.

Samuele avvertì il cuore accelerare.

"È a causa vostra che è andata via, siete voi l'uomo che amava..." quelle ultime parole, ormai, non formavano più delle domande.

Samuele massaggiò le tempie nervosamente.

"Siete voi quello spettro che non le permette di dimenticare..." la voce di Matteo era diventata un soffio flebile, colmo di dolore.

"È passato tanto tempo..." fece Samuele provando a discolparsi.

Matteo lo scrutò deluso.

"Il tempo... Come se il tempo significasse qualcosa" scosse la testa, visibilmente amareggiato.

"Ora lei ama te, devi fidarti!".

"Ne siete così sicuro?".

"Non avrebbe mai accettato di sposarti".

Matteo scosse la testa.

"Non state per sposarvi anche voi?".

Samuele assentì. Matteo girò il viso verso la finestra tradendo un sorriso amaro.

"Voi l'amate ancora..." neanche quella volta era una domanda.

Samuele non rispose. L'atmosfera era tesa come una corda di violino.

"Come hai detto anche tu, sto per sposarmi, non dubitare, se eri certo dei suoi sentimenti fino a qualche ora fa, adesso che quei racconti hanno assunto un volto, cosa è cambiato?".

Matteo lo scrutò sdegnato.

"Credete che per il fatto che io sia un contadino e non abbia studiato, non capisca certe cose? Mi credete uno stupido?".

Samuele stava per rispondere, ma Matteo lo precedette:

"Conosco la vostra storia, la sua sofferenza, l'amore folle che le toglieva il sonno, la fame, voi non l'avete vista durante quegli anni, io sì, ogni volta che tornava a casa sembrava cercare qualcuno che non riusciva a trovare, sembrava che le mancasse il cuore...".

Samuele sentiva la gola ardergli come fuoco.

"Se quell'uomo fosse stato uno qualunque, le cose sarebbero state diverse, ma siete voi e questo conta...".

"Perché?".

"Basterebbe che voi poteste guardarvi ora per capire".

Samuele si alzò trafelato, confuso, pentito.

"Non sarei dovuto venire, grazie dell'ospitalità e scusami per il disturbo. – si rinfilò il cappotto e dirigendosi verso la porta salutò Matteo porgendogli la mano – Posso prometterti che non sarò d'intralcio, ma non che potrò mai smettere di amarla...".

Matteo sorrise malinconico.

"È proprio questa la risposta alla vostra domanda".

Samuele gli lasciò la mano impietrito e sconvolto dalla perspicacia di quell'uomo e dalla verità che lo smascherò così impunemente, facendolo con le sue stesse, ingenue e stupide parole.

Corse via dalla campagna umida maledicendosi a ogni passo, colpevole e infelice per aver rovinato la gioia a quel povero ragazzo che in due parole l'aveva messo a tacere implacabile.

Quando fu rientrato, oltrepassò il corridoio velocemente, notò che le luci erano tutte spente e nell'udire il silenzio riempire ogni angolo della casa si sentì rassicurato, tutti erano già andati a dormire.

Non voleva vedere nessuno.

Salì le scale rivestite di velluto e voltato l'angolo camminò finalmente verso la sua stanza. La finestra in fondo al corridoio illuminava appena il pavimento riflettendovi la luce pallida della luna calante. Catturato com'era da quella visione quasi spettrale, non si accorse che ai piedi della porta c'era qualcosa. Urtò un ostacolo con i piedi, lo udì gemere, poi respirare e infine mormorare qualcosa di indistinto.

"Rachele... – sussurrò stupefatto – Cosa ci fai qui?".

Lei si alzò, riassettandosi la camicia da notte.

"Scusami, avevo voglia di parlare un po' con te e di darti il regalo di cui ti parlavo...".

Samuele notò nella sua voce una sbavatura incontrovertibile, aveva pianto da poco.

La poca luce non gli consentiva di guardarle gli occhi per averne conferma, ma non fu necessario. La conosceva fin troppo bene per esserne più che sicuro.

"Vieni, entriamo" disse facendole largo, dopo aver acceso le luci.

Lei parve esitare.

"Andiamo" la esortò sorridendo appena.

Lei ubbidì anche se fece fatica a riabituare gli occhi che le bruciavano alla luce.

Samuele chiuse la porta e riuscì finalmente a guardarla: i capelli arricciati erano legati all'altezza della nuca da un fermaglio, gli occhi, grandi ed espressivi erano gonfi, corredati da minuscole vene rosse, le gote diafane macchiate di scarlatto, le labbra purpuree tradivano il suo solito modo di morderle ogni qual volta piangesse.

Provò a restare calmo e a controllare le sue emozioni, la fece sedere sul letto perfettamente riassettato e si sfilò la giacca, poi allentò il nodo alla cravatta e quando le fu di fronte la guardò sorridendole di sbieco.

"Sono felice di vederti..." confessò tra i denti.

Lei ricambiò il sorriso abbassando gli occhi intimidita.

"Papà sta male, Samuele, e io ho tanta paura. – mormorò con il pianto che minacciava di dilagarle da un momento all'altro – E io non voglio rimanere sola, prima la mamma, poi tu e adesso papà... – si coprì le labbra con il dorso della mano – Tra poco non mi resterà più persona alcuna".

Samuele percepì il pianto che qualche ora prima era riuscito a mandare indietro coprirgli nuovamente gli occhi, avrebbe voluto prenderla a sé, stringerla, baciarle le lacrime e ogni singola parte del corpo fino a farle calmare quel respiro addolorato, avrebbe voluto dirle che l'amava e che non aveva mai smesso, non avrebbe mai smesso di amarla. Ma non poteva. Tese nervi e cuore e rimase immobile.

"Mi dispiace..." fu l'unica cosa che riuscì a dire, sentendo l'odio verso se stesso dilagargli come un mare in tempesta.

Lei fece per alzarsi.

"Tieni" sussurrò porgendogli il libro che aveva portato con sé.

"Non andartene..." sussurrò afferrandola per il polso. Lei tornò a sedersi.

Il libro dalla copertina giallo ocra conteneva una cornice oro con il titolo *Fiabe Bretoni*.

"Così potrai leggerle ai tuoi figli. – bisbigliò cercando il suo sguardo – Ricordandoti di quella ragazza strampalata che amava tanto le leggende... – un sorriso addolorato si disegnò sul suo volto inondato di pianto – Parlerai ai tuoi figli di noi?" domandò disperata cercando nei suoi occhi una qualche rassicurante risposta.

Samuele abbassò la testa, con una mano teneva il libro, con l'altra si sorreggeva la fronte. Dopo tutti quei giorni in cui aveva provato a nascondersi dietro freddezza e ritrosie, dopo le bugie e la distanza, quella sera era totalmente priva di difese.

Era lei.

Era la Rachele di un tempo e ora riusciva finalmente, dopo infiniti anni, a leggere i suoi occhi.

A leggere di nuovo il suo cuore.

Rachele notò due gocce precipitare sulla copertina del libro.

"Ma come ci siamo arrivati a farci così male?".

Lui la guardò.

"Non lo so...".

I suoi occhi erano lucidi, magnifici come un tempo, ma più profondi, più intensi.

Le loro mani erano intrecciate, l'avevano fatto senza nemmeno accorgersene.

"Perché mi guardi così?" domandò lui.

"I tuoi occhi... – confessò – Me li ricordavo più chiari" terminò con un filo di voce mentre le lacrime continuavano a invadergli le gote.

Samuele respirò con foga, si alzò di scatto sfilando le dita dalle sue, violentò il suo corpo e il suo cuore, poi le parlò provando a non tradirsi

"Ora tu te ne andrai in pochissimi secondi, perché se restassi anche solo un istante in più, io non risponderei delle mie azioni, non roviniamo tutti gli sforzi che abbiamo fatto fino a ora...".

Rachele si alzò dal letto e fece per allontanarsi.

"Non sarei dovuta venire...".

Samuele, però, l'afferrò per un braccio.

"Ricordati una cosa, se puoi, non mi hai perso, avrei voluto far vedere la loro splendida mamma ai nostri figli mentre lavorava in giardino, non raccontare loro di te come il vero amore che non dovranno mai lasciarsi sfuggire, vorrei sfilarti quell'anello maledetto e toglierti questo vestito... – la voce gli si incrinò – E fare l'amore con te tutta la notte, tutte le notti per colmare questo vuoto che mi lasci ogni volta che te ne vai...".

Rachele tremava, non sapeva cosa fare.

"Ma meriti che ciò avvenga con qualcuno che possa sposarti – convenne scuotendo la testa – Vai da lui a farti consolare, non dovresti essere qui".

Rachele sfilò la mano dalla sua in uno scatto.

"Se sono qui ci sarà una ragione, se non sono andata da Matteo e sono stata al buio ad aspettarti per ore, Dio davvero non lo capisci?" le sue grida erano estenuate e soffocate.

"Lui ti ama! – esclamò Samuele tremendamente in collera – Spera in te, nel vostro futuro, potresti essere felice con lui, diventerà tuo marito" terminò cercando al suo anulare l'anello che le aveva regalato Matteo.

Ma la sua ricerca fu vana.

Afferrandole la mano notò che non c'era più.

La scrutò interrogativo.

"Non sacrificare la tua vita per me, non lo meriti, va' da lui Rachele, vai via da questa stanza e diciamoci addio per sempre".

"Ma come ci riesci? – chiese estenuata ingoiando le lacrime – Davvero non provi nulla, non mi ami più, non è così?".

Samuele la osservò tacendo.

"È così?".

"Vai via Rachele" disse di nuovo, sperando con tutto se stesso di riuscire a mandarla via.

Rachele stava per uscire, il cuore le martellava nel petto, non sapeva cosa fare. Poi si ricordò dell'ultima lettera che le aveva mandato prima di tornare da Londra, le parole si presentarono nella sua mente chiare e nitide: *Spero che nonostante ciò che vedrai e che in alcuni momenti crederai reale, sarai sempre capace di riconoscermi e di non cedere all'erronea convinzione che io ti abbia potuto sostituire o dimenticare.*

Cerca sempre nei miei occhi la certezza di appartenere, sempre e comunque, alla parte più vera e profonda di me.

Si girò a guardarlo, camminando piano arrivò di nuovo a pochi passi da lui. I suoi occhi teneri e addolorati la scrutavano chiedendole quasi perdono, tradivano un sentimento che era riuscito a nascondere ma che era in bilico, Rachele sentì che sarebbe bastato un passo perché lui cedesse, un sospiro perché smettessero di mentire. A uno dei due spettava il compito di arrendersi per primo.

Rachele lo guardò ancora, poi si allontanò.

Samuele non riuscì a sopportare la fitta di dolore che si dispiegò sul suo cuore, così smise di pensare.

"Basta così" sussurrò tra sé.

Prima che la mano di lei toccasse la maniglia la prese lui e spingendola contro il suo petto le afferrò il viso travolgendola in un bacio disperato.

Rachele gemette tra le sue labbra, poi si perse in lui.

Respiravano affannati, la fame che avevano l'uno dell'altra li travolse, insinuandosi subdolamente nella loro consapevolezza. Non avevano tempo neanche per respirare, tanto forte era la voglia e il desiderio di placare quel bisogno, di dare forma a quei sogni che avevano tormentato le loro notti insonni.

Le labbra di Rachele formicolavano, dovette allontanarsi, ma di poco, lui aveva ancora gli occhi chiusi, le mani la tenevano ancora stretta contro il suo corpo.

"Come potrei non amarti più? – le domandò attaccando la fronte alla sua – Dimmelo, come potrei?".

Rachele sorrise, con il cuore gonfio di gioia.

"Non immagini neanche quanto mi manchi…".

"Mi manchi anche tu".

"Sono stanca di convincerti che io possa stare senza di te, io non ce la faccio a vivere così…".

"Resta con me stanotte, amore mio".

"Resto".

Qualche ora più tardi, nel buio di quella stanza silenziosa, si udivano solo sospiri, sussurri, lievi parole e attimi di emozione pura. Abbracciati stretti sulle coperte, con le mani intrecciate, i corpi incollati, le labbra vicine, così tanto che ogni parola era un bacio e ogni bacio una parola.

Si scrutavano attenti, il loro sguardo trasognato lasciava intravedere una gioia pura, un'emozione intensa e profonda, si guardavano come se avessero raggiunto la pace dopo aver vagato al buio per troppo tempo. Loro malgrado non era cambiato nulla, l'amore che provavano era solo cresciuto, si era fortificato diventando qualcosa di incrollabile e sempiterno, qualcosa che difficilmente poteva essere celato o messo da parte, qualcosa che portava con sé la sola esigenza di essere vissuto.

Samuele la strinse più forte.

"È quasi giorno..." sussurrò osservando le tende che diventavano sempre più chiare.

"Devo andare..." fece lei.

"Resta ancora qualche minuto".

Lei annuì, sorridendogli.

"Ti ricordi quel giorno, quando abbiamo nascosto quei pezzi della legenda?" domandò, ridendo leggera.

Samuele annuì.

"Era solo un gioco".

"Sì, d'accordo, ma hai mai pensato al fatto che nessuno dei due abbia ritrovato le parti?".

"Salteranno fuori un giorno" rispose massaggiandole la nuca mentre provava a soffocare i ricordi delle parole funeste di quella megera.

"Spero che Andrea sarà felice stasera" continuò Rachele.

"Lo sarà, vedrai...".

"E tu, sei felice?" gli domandò attaccando la fronte alla sua.

Lui annuì baciandola delicatamente.

"Sarei molto più felice se restassi qui con me tutto il giorno...".

Rachele rise e fece per alzarsi.

"Buona giornata conte Falesi, ci vediamo stasera".

Samuele si alzò e la tirò a sé, facendole perdere l'equilibrio.

"Buona giornata amore mio" le sussurrò guardandola intensamente.

Lei l'abbraccio forte, poi dopo avergli lasciato un bacio sul collo, scivolò dalla sua stretta e corse via, sospirò felice chiudendo la porta dietro di sé. Finalmente, dopo lunghissimi anni, le parve di riuscire di nuovo a respirare.

VI.

Samuele quella mattina scese in sala colazioni molto presto, non aveva infatti chiuso occhio e non ebbe alcuna voglia di restare a letto, sebbene il sonno fosse pressoché inesistente.

Nonostante l'imposizione che dettò rigidamente a se stesso per non far trapelare la gioia profonda che splendeva nel suo cuore, gli occhi non riuscivano a mentire, rilucevano, a loro insaputa, di un qualche scintillio simile all'impazienza, all'irrefrenabile voglia di vivere, dopo tutti quegli anni trascorsi a far finta di nulla, quel magnifico sentimento.

I suoi genitori infatti, quando lo videro entrare di buon'ora e sorridente, si convinsero del fatto che probabilmente la vicinanza di Clara stesse plasmando il suo umore e ne furono sollevati e felici.

Il padre lo guardò a lungo.

"Figliolo, vedo che stamattina sei felice..." asserì sorridente.

Samuele si accomodò a tavola e ricambiò compostamente il suo sorriso.

"Diciamo che questo sole mi fa essere ottimista" rispose provando a fuggire l'argomento.

La madre però, non contenta di quella risposta, incalzò:

"Nessuno di noi crede al fatto che tu sia felice per il tempo... L'amore, caro, ti sta cambiando, non è così?" domandò fiduciosa.

Lui sorrise tra sé, convinto che avrebbe potuto rispondere sinceramente, vista la domanda molto generica della madre.

"Moltissimo..." asserì sicuro.

"Che ne dici di andare a parlare con il Monsignore stamattina? Credo che il Duomo di Siena sia il posto più adatto per le vostre nozze...".

"Vorrei che fossero celebrate in paese".

"Siena sarebbe un punto di mezzo anche per la famiglia di Clara, tesoro, cerca di comprendere!" gli disse Amalia dolcemente, cercando la sua approvazione.

Samuele appoggiò la tazza di caffè sospirando, da un lato si era voluto illudere che il momento dei preparativi non dovesse mai arrivare, ma il mese di dicembre era giunto e le nozze erano fin troppo vicine, così provò ad essere conciliante, sperando che presto Andrea gli avrebbe dato quelle notizie tanto anelate o che per miracolo gli si palesasse in mente una brillante idea per mandare tutto a monte e sposare l'unica donna che amava.

"Va bene padre, possiamo partire anche subito".

Guglielmo lo osservò soddisfatto.

"Bene figliolo, appena dopo colazione. – disse compito – Patrizio, dì a Saverio di preparare l'auto".

Patrizio assentì e uscì dalla stanza.

Samuele addentò un ultimo biscotto e si alzò, preso da una fretta improvvisa.

"Ti aspetto all'auto papà" proferì quando ormai era già lontano.

Arrivò all'ingresso e, dopo aver infilato cappotto e sciarpa, uscì.

Come immaginava incontrò Andrea che scendeva sorridente dall'auto.

"Cugino mio, buongiorno!".

Samuele lo raggiunse.

"Buongiorno Andrea!" rispose ridanciano.

Andrea si fermò a pochi centimetri da lui e lo guardò contrariato, nascondendo un sorriso sotto l'espressione seria.

"Aspetta un attimo, il conte Falesi sorridente, pronto alle nove di mattina, con gli occhi vispi e gioiosi, c'è stato uno scambio di persona?".

Samuele rise stringendogli la spalla.

"Smettila e non gridare…" lo ammonì bonariamente.

"Cosa ti è successo, sputa il rospo!".

"Nulla, sto aspettando mio padre per andare a Siena, prenoteremo il Duomo per le nozze".

"Certo, tu sei felice per questo, una bellissima bugia, cugino".

Samuele stava per rispondere, ma vide spuntare dall'uscita secondaria Rachele che, sorridendo, sembrava brillare di luce propria, avvolta in un mantello rosso bordeaux con i capelli al vento, si stava dirigendo verso di loro.

Andrea, notando lo sguardo di suo cugino perso oltre le spalle, si voltò.

"Bene bene, vedo che stamattina c'è una malattia nell'aria".

Rachele si illuminò in una risata fresca e spontanea.

"Buongiorno cugini Falesi" disse quando ormai li aveva raggiunti.

"Non te la caverai anche tu con una scusa, qualcuno dei due mi dica perché siete così felici…".

Samuele e Rachele si osservarono intensamente.

"Andrea, carissimo amico, devi imparare a non fare troppe domande. – fece Rachele prendendolo sottobraccio – Siamo già in ritardo, lo sai?".

Samuele li osservò incuriosito.

"Dove andate?".

"Stasera c'è la festa d'autunno e il mercato non ci sarà…".

"Così mi sono offerto di accompagnarla a fare delle commissioni e poi dobbiamo andare in libreria, finalmente hanno trovato il libro di poesie che cercavo!" terminò Andrea impaziente.

"Divertitevi allora, buona mattinata" li salutò stringendosi nel cappotto infreddolito.

"Tu dove vai?" chiese Rachele sporgendo il capo verso di lui.

"A Siena, deve accompagnare mio zio dal commercialista!" mentì, cercando l'assenso del cugino con gli occhi.

"Esatto" fece lui guardandolo complice.

Si salutarono tutti, dandosi appuntamento alla sera stessa, Rachele, prima di scomparire con l'auto, si voltò e baciandosi la punta delle dita, soffio verso di lui.

Samuele sorrise, promise a se stesso che avrebbe trovato una soluzione, a ogni costo.

"Rachele, cosa hai in mente?".

Andrea l'osservava preoccupato, la loro situazione era fin troppo complicata e, vedere la sua amica così sicura di un piano e non conoscerne il contenuto, lo inquietava parecchio.

"Andrea, non preoccuparti, ho pensato a tutto!".

"Non vorrai mica...".

Rachele lo guardò tacendo, mentre il cuore prese a batterle forte.

"Entriamo, ne parleremo più tardi" asserì aprendo la porta della piccola libreria.

Andrea la fece entrare per prima sospirando tra sé, quando fu dentro anche lui, inspirò profondamente l'odore che si era librato nell'aria.

Aveva sempre amato l'odore dei vecchi libri.

Guardandosi intorno notò l'arredamento minimale, i fiori adagiati qua e là, montagne di libri in ogni angolo.

"Arrivo subito..." una voce sottile si udì in lontananza.

"Tranquilla ti aspetto" fece Rachele sfilandosi il cappello.

"Rachele tesoro, sei tu vero? Prendo il libro e mi catapulto da te!".

Qualche tonfo proveniente dal magazzino, un gridolino soffocato, poi una risata.

Infine un leggero rumore di tacchi precedette l'arrivo della libraia, Andrea si voltò, curioso.

"Buongiorno, miei cari amici".

I capelli bruni, leggermente abboccolati, erano raccolti in una crocchia tenuta ferma da una penna rossa con delle piume, il viso rotondo ornato da occhi grandi e scuri, gli zigomi alti e arrossati, la bocca scarlatta mostrava un sorriso ingenuo e divertito, la sua statura era bassa e il corpo aggraziato nascondeva le sinuosità in un abito di lana verde bottiglia.

Andrea batté le palpebre più volte, Rachele gli diede un leggero colpetto sul braccio per riportarlo alla realtà.

"Andrea..." sussurrò piano.

Lui si voltò verso di lei, Rachele gli fece un segno impercettibile.

"Tutto bene signore?" chiese lei, uscendo dal bancone preoccupata.

Andrea scosse la testa.

"Certo, buongiorno signorina, vogliate scusarmi ero sovrappensiero. – disse afferrando la sua mano per poi portarla alle labbra – Andrea Falesi, piacere di fare la vostra conoscenza".

Lei mimò un inchino.

"Che galantuomo per Bacco, piacere signore, sono Juliet Adler, onorata di conoscervi".

Andrea la guardò stupito.

"Siete inglese signorina?".

Lei rise leggera mettendosi una mano davanti alla bocca.

"Signora Cardarelli a dire il vero, mio padre era inglese, esattamente" rispose compita.

"Oh… – fece Andrea deluso – Cardarelli, siete la moglie del ragionier Cardarelli?".

"Esattamente, in persona, e a quanto vedo voi siete… – mimò con le mani un gesto di gioia – Rachele, che bello, finalmente posso rivederlo, è diventato molto affascinante" disse rivolgendosi a lei divertita.

"No, Juliet lui…".

"Oh, tesoro, tranquilla, sono una donna discreta, il tuoi segreti con me sono sempre stati al sicuro, lo sai!".

Andrea rise.

"Juliet lui non è Lui…" si spiegò ponendo un grosso accento sull'ultima parola.

La donna guardò l'amica, poi Andrea.

"Perdindirindina, che figuraccia!" sussurrò ridendo.

"Io sono il cugino di lui…" scherzò Andrea.

"In effetti avrei dovuto capirlo, me l'avevi sempre descritto come un principe azzurro e i principi azzurri sono biondi, alti, aitanti, con gli occhi azzurri peraltro e il signore…".

Rachele non sapeva come fermarla, stava combinando un pasticcio dopo l'altro.

"Juliet, stai tranquilla, è tutto apposto!".

"Non intendo dire che voi siate sgradevole, anzi, per l'amor di Dio siete bellissimo, ma non come un principe azzurro…".

"E come chi?" domandò lui, stando al gioco.

"Beh, considerando i prototipi letterari, direi che siete più simile a un cavaliere, un uomo di mondo!".

"Lo prenderò come un complimento".

Risero tutti e tre visibilmente felici dell'atmosfera che si era creata tra loro.

"Se non l'avessi capito, questa è Juliet la mia amica un po' folle…".

"Del gruppo io sono sempre stata l'amica pazza, lei quella sognatrice, Lidia la razionale. – rispose sorridendo teneramente – Ma il tempo ci ha tenute divise troppo a lungo, purtroppo".

"Non vi ho mai incontrata in paese signora…".

"Vi prego, chiamatemi Juliet, mi fa sentire tanto vecchia essere chiamata signora, in effetti sono tornata solo un anno fa, la mia storia è un po' complicata, un giorno magari ve ne parlerò…" il suo viso si colorò di malinconia, ma lei provò a non darlo a vedere.

"Siete qui per il libro immagino!".

"Esattamente, è per Andrea…".

"Allora siete voi la persona a cui devo i miei più cari complimenti, oltre che qualche ramanzina perché mi avete fatto chiedere a tutti i mercatini della provincia – asserì mostrandogli il volume un po' invecchiato, *Poema paradisiaco* e *Odi navali* di Gabriele d'Annunzio – per voi amico mio".

Andrea lo prese e sorrise felice.

"Non immaginate quanto vi sia grato Juliet, significa molto per me, grazie!".

"Mi perdonerete se ne ho lette alcune parti, lo apprezzo quanto voi".

Andrea la osservò riconoscente.

"Vi ho già perdonata".

Juliet gli sorrise, i suoi occhi grandi e verdi la scrutavano attenti e il suo sorriso largo e contagioso, le parve per un istante essere il più dolce che avesse mai visto. Distolse lo sguardo lievemente imbarazzata, anche se provò a rimanere composta.

"Verrai stasera alla festa?" domandò Rachele speranzosa.

"Certo, credi che Luigi e Marta mi lascerebbero in pace se non li portassi a vedere i mangiatori di fuoco?".

Andrea sorrise.

"Sono i vostri figli?".

"Sì, stasera li conoscerete, se ci sarete anche voi, s'intende!".

"Ci sarò. – rispose lui sfilandosi dalla tasca il portafogli – Quanto vi devo?".

Juliet gli porse il libro delicatamente.

"Un regalo per voi, mi basta sapere che diventerete mio cliente".

"No, ve ne prego, dopo tutto il tempo che avete perso per trovarlo…".

"Insisto, mi ripagherete tornando a trovarmi".

Andrea cedette, le baciò la mano.

"È una promessa".

Rachele baciò la guancia di Juliet e si allontanò insieme al suo amico sorridente.

"L'ho visto sai?" sussurrò ridendo divertita, mentre gli lasciò un colpetto sul braccio.

"Cosa c'è?" domandò lui facendo finta di nulla.

"Ti piace, non hai smesso nemmeno un istante di guardarla".

Andrea sorrise.
"È... insomma... strana" dichiarò esitando.
"In altre parole... Ti piace!".
"Stai dimenticando un piccolo particolare cara Rachele, è sposata!".
Rachele lo guardò diventando seria.
"Sì, hai ragione, ma la sua storia non è come si potrebbe immaginare".
"In che senso?" domandò confuso.
"Non spetta a me raccontartelo, è una questione delicata, forse sarà lei a parlartene, sono sicura che vi rincontrerete. – lo rassicurò prendendolo sottobraccio – È una donna molto istintiva, era palese che tu le piacessi, sono sicura che diventerete amici".
"Ma perché è appena tornata? Dov'è stata? Almeno questo puoi dirmelo!" la pregò speranzoso.
Rachele sospirò.
"È stata in Inghilterra, voleva riaprire la libreria dei suoi genitori ma è stato più complicato del previsto".
"Continua..." l'incalzò Andrea.
"I suoi genitori, prima di morire, l'avevano disconosciuta, lasciandola senza nulla... – Andrea tacque implacabile – Più di questo non posso dirti, se vorrà, sarà Juliet a condividere con te il resto".
"Certo, – asserì lui pensieroso – hai detto abbastanza" concluse con tono amaro.
"Ci rimane solo il pasticcere, Beatrice non riesce a prepararla quella stramba torta americana, pare che Sua Signoria la contessa l'abbia vista su una rivista e la pretenda per la cena di lunedì".
Andrea sorrise.
"Vedi Rachele? Quanto sono pretenziosi i nobili?".
Lei lo guardò di sottecchi.
"Certo, come se tu non fossi il nipote del conte Falesi, l'avvocato migliore della provincia?".
"Basta ora! – la canzonò rallegrato – Non potrai cambiare argomento a lungo, devi dirmi cosa hai in mente di fare".
Rachele sospirò, annuendo sconfitta.
"Devi promettermi che non dirai nulla a Samuele però, non voglio che lui condizioni ulteriormente la sua vita per me".
"Ma Rachele...".
"Devi giurarmelo!" esclamò, solennemente.
"D'accordo...".
"A febbraio tornerò a Moncontour" confessò senza guardarlo negli occhi.
Andrea quasi sobbalzò.

"Ma sei diventata matta? – il suo tono di voce era piuttosto alto – Cosa ti salta in mente?".

"Abbassa la voce. – lo ammonì lei – Ho già preso accordi con la signora Ofelia, partirò per la Candelora, prima del matrimonio ovviamente e stavolta non tornerò".

Il cuore di Andrea palpitava impaurito.

"Ma perché?".

"Perché non posso impedirgli di vivere la sua vita, perché sposerà Clara, indipendentemente dal nostro amore e perché io non potrei sopportare di vederli ogni giorno, di saperli sposati, non potrei concedermi l'errore di diventare la sua amante, perché so che lo diventerei, è troppo per la mia dignità, è troppo per il mio cuore…".

"Rachele tu non puoi andare via di nuovo", la implorò stringendole le mani infreddolite tra le sue.

"Io devo andare via, Andrea, il nostro amore non merita di essere vissuto così, clandestinamente, avrebbe meritato molto di più, ma non può averlo questo qualcosa in più, allora io devo andare via per riuscire a sopravvivere…".

"E Matteo? Voi dovete sposarvi".

"Io non lo sposerò, non posso dargli l'infelice destino di amare una donna che non lo ricambia, domani gli parlerò".

Andrea era preso dal panico, non sapeva cosa dire, né cosa fare.

"Esiste qualcosa che ti spingerebbe a restare?".

Rachele ci pensò su alcuni istanti, poi mimò una smorfia amara, "Se per magia lui potesse sposarmi, io resterei, io lo sposerei… – rispose in un soffio – Ma sappiamo entrambi che è impossibile".

Andrea strinse le labbra.

"Mi prenderò tutto quello che posso di lui, di noi, finché sarò ancora qui, almeno avrò qualcosa cui rivolgere i pensieri quando sarò lontana" i suoi occhi erano lucidi.

"E quando glielo dirai?".

"Non glielo dirò…".

"Rachele… Ti prego…".

"Pensi che mi lascerebbe mai andare, se glielo dicessi?".

Andrea strinse i pugni addolorato, la guardò attentamente, poi le sorrise.

"No, non lo farebbe…".

Rachele chiuse appena gli occhi, poi ricominciò a camminare.

"Andiamo, Nina ci aspetta…".

Mentre il sole si apprestava a tramontare, qualche ora più tardi, Beatrice camminava assorta tra i campi, il vento leggero le scompigliava i pochi ciuffi biondo cenere che fuoriuscivano dalla cuffia, in mano stringeva un piccolo cestino, sarebbe andata a trovare il signor Elia. Le sue condizioni di salute erano altalenanti, un giorno pareva essere migliorato e quello immediatamente successivo sembrava vicino alla fine. I medici speravano in un miglioramento, ma parlavano di polmoni troppo deboli, di salute cagionevole e condizioni di vita difficilmente conciliabili con una eventuale guarigione.

Beatrice aveva però notato nei suoi occhi una tacita sofferenza, qualcosa che non le lasciava presentire nulla di buono.

Arrivata davanti alla porta della vecchia cascina, bussò leggera riassettando la mantella di lana che le copriva l'abito da lavoro. L'uomo aprì dopo pochi istanti, sorridendo felice per quella sorpresa e invitò la sua cara amica a entrare.

"Sono felice di vedervi in piedi…!" asserì lei allegra.

Elia la fece accomodare.

"Sto meglio oggi, stavo giusto per prendere un tè" disse aggiungendo una tazza sul piccolo tavolo di legno.

Beatrice consegnò la torta di mele che gli aveva preparato.

"Ecco, nutriente e delicata, quello che ci vuole per tirarvi su!".

"Siete un angelo Beatrice, ve l'ho sempre detto".

Lei sorrise felice, nel suo cuore l'aveva sempre ammirato profondamente, forse anche a causa della loro storia di vita così simile. Come Elia, anche lei aveva perso il suo Carlo in gioventù e non aveva mai voluto risposarsi, l'aveva amato troppo per poter anche solo concedersi l'idea di divenire moglie di un altro uomo. Anche Anna per lui era stata così importante e quando si trovavano a parlare di loro, non era necessario spiegare le motivazioni della loro scelta di rimanere soli, si capivano senza bisogno di parole.

Parlarono a lungo della vita di Villa Orchidea, risero complici e sereni, fino a quando un'ondata di preoccupazione invase i suoi occhi dorati e le parole si bloccarono infide tra pieghe delle sue labbra sottili.

La donna smise di parlare, preoccupata.

"Cosa vi turba?" domandò, guardandolo con maggiore intensità.

Lui scosse la testa con malinconia e le afferrò la mano che teneva ferma sul tavolo.

"Beatrice, cara, devo confessare questo dolore a qualcuno" prese a dire mentre gli occhi gli si velarono di lacrime leggere.

Beatrice l'invitò con lo sguardo a proseguire.

"Io sto morendo…".

Lei soffocò un singhiozzo, strinse la sua mano più forte, guardandolo compassionevole.

"Perché? Cosa significa?" domandò disperata.

Lui passò una mano tra i capelli appena ingrigiti con fare sfinito.

"Ho parlato con il dottor Simoni, ho un male incurabile ai polmoni, mi resta poco più di un mese di vita ormai, o chissà forse anche meno".

La donna cominciò a piangere discreta.

"Non può essere, ma da quanto tempo ne siete a conoscenza?".

Elia sorrise amaramente.

"Dall'inizio dell'estate".

Un silenzio greve e teso prese piega tra loro. Si osservarono lungamente tra le lacrime, sicuri che quel momento avrebbe sugellato ancor di più il loro profondo e sincero legame.

"Non avete intenzione di farne parola con nessuno, non è così? – disse quasi senza domandare – Tantomeno a Rachele...".

L'uomo annuì.

"Come potrei darle questo dolore? Prima sua madre, poi il conte Falesi, ora io... – mormorò con tristezza – Preferisco che se ne accorga quando mi rimarrà poco più di un soffio, piuttosto che farla vivere ogni giorno con la paura che possa essere l'ultimo e crearle solo dolore per più tempo" terminò, cercando approvazione in lei.

La donna non rispose. Chi era lei, d'altronde, per giudicare la sua scelta?

Come avrebbe mai potuto biasimare la via d'amore intrapresa da un padre che ha a cuore solo la felicità della sua unica figlia?

Allora gli strinse dolcemente le mani tra le sue e gli parlò cauta.

"Io vi appoggio Elia, non ne farò parola con nessuno, ma vi prego, se posso fare qualcosa, qualsiasi cosa per voi ditemelo" lo implorò.

Elia la guardò sorridendo.

"Magari dopo trent'anni, puoi iniziare a darmi del tu e venire più spesso a farmi compagnia".

Beatrice si portò alle labbra la mano che era ancora stretta nella sua.

"Certo, Elia, verrò tutte le volte che vorrai".

"Poi c'è una cosa che mi preoccupa molto, Rachele...".

"Cosa?".

"Non voglio che resti sola, non potrò morire in pace senza saperla affidata alle cure di un marito che la ami e la protegga".

"Stai tranquillo, sposerà Matteo, lui le ha anche regalato l'anello" rispose, sperando di tranquillizzarlo.

Elia scosse la testa.

"Guarda il suo anulare, l'ha tolto... – le fece notare preoccupato – Non lo sposerà mai, è troppo integra verso se stessa".

"Tu pensi che accetterebbe solo...".

"Solo se fosse Samuele a chiederla in sposa" terminò lui al suo posto.

"Lui potrebbe anche osare tanto, ma suo padre lo diserederebbe".

"Lo so, ma sai Beatrice, ho sempre avuto fiducia in lui, magari troverà un modo… Poi io ho qualche soldo da parte, potrebbe bastare a entrambi per cominciare".

Beatrice lo guardò dolcemente.

"Pregherò ogni notte perché ciò avvenga, i miracoli esistono, non è vero?".

Elia assentì stringendo più forte la sua mano.

La porta della cascina si aprì. Entrambi sobbalzarono.

"Buonasera, che ci fate qui tutti soli voi due?" Rachele li raggiunse ridendo, baciò le guance di entrambi e non poté far a meno di notare le loro mani strette.

"Ricordavamo la nostra gioventù" mentì Beatrice, cercando assenso nello sguardo di Elia.

"Esattamente tesoro, alla nostra età è normale" l'accordò lui ridendo.

Beatrice la guardò attentamente e notò che quella sera era particolarmente bella.

"Stai andando alla festa?" domandò perspicace.

"Visto che papà sta bene, sì, sto andando. – rispose allegramente – Verranno anche Lidia, Matteo e le nuove cameriere".

"Ci sarà anche Sua Signoria?" chiese Elia sornione.

"Papà, smettila. – era visibilmente imbarazzata – Ci sarà anche lui sì, ma è un dettaglio".

Beatrice le pizzicò un fianco.

"Ma tu guarda che bugiarda che abbiamo qui…".

Rachele rise leggera.

"Devo andare adesso, Bea mi raccomando tienimelo d'occhio".

La salutarono entrambi e l'osservarono andar via impaziente, piena di speranza, di sogni, allegra.

Beatrice si alzò, dirigendosi verso la porta.

"Ti aspetto per cena…" gli disse senza voltarsi.

Elia non rispose.

Il cuore le batteva forte, non era stata di certo quella notizia a cambiare le cose, a renderla così stranamente emozionata dalla sua presenza, l'aveva sempre ammirato, in modo diverso e speciale da come gli capitava con le altre persone, e in quel momento, sapere di essere così vicina a perderlo per sempre, la spinse a fare qualcosa che mai avrebbe immaginato possibile. Ma, probabilmente, era una voce che da sempre provava a venir fuori e che lei aveva voluto mettere a tacere per pudore, per timidezza, per la stupida certezza che gli esseri umani hanno, di avere sempre tempo. Ma il tempo sfugge, non sempre ci aspetta.

Così si voltò e lo guardò intensamente. Lo trovò che la scrutava interrogativo.

Era sempre stato un uomo affascinante, quando arrivò a Villa Orchidea era solo un ragazzo, uno dei più belli tra i lavoratori, i suoi occhi grandi e buoni e il sorriso tenero sembravano discordanti con quel corpo possente e quelle mani ruvide. Guardandolo in quel momento sembrava che il tempo l'avesse fregiato, senza però aver affievolito nulla, i capelli castani erano diventati più radi, delle piccole rughe si dispiegavano agli angoli delle palpebre, la barba incolta gli donava un'aria matura, la malattia l'aveva fatto dimagrire molto, ma le forme dei muscoli erano ancora intatte.

Gli si fece vicino accarezzandogli il viso.

"Posso baciarti?" domandò leggera, sentendo il cuore batterle insopprimibile per tanta audacia.

Elia l'afferrò stringendola forte a sé, la spinse contro la parete infreddolita.

"Ti bacio io, va bene?" propose, sorridendole impercettibile.

Lei annuì, ma non fece in tempo a rendersi conto di aver risposto, che le sue labbra furono invase da un bacio caldo e appassionato, un bacio che parve durare all'infinito.

"Ti aspetto qui stasera, va bene?" disse, restando ancora vicinissimo alla sua bocca.

Lei gli sorrise, poi uscì di fretta sentendo ogni parte del corpo invasa da un calore che aveva dimenticato fosse possibile avvertire.

Camminando si rese conto di essere felice, ma la felicità si sa, è una luce fugace.

Il cuore era spezzato, contrastava con la gioia che l'aveva invasa, beffarda.

Era addolorata.

Aveva già perso il suo Carlo, ora avrebbe perso anche Elia.

Lei perdeva sempre le persone che amava.

Destino ridicolo, quello di colui che, suo malgrado, perde ogni cosa prima ancora di essere riuscito anche solo a sfiorarla.

Quella sera tutto il paese era in festa, l'aria era carica e gonfia di odori, le caldarroste, il vino nuovo, il fumo, il pane di granturco. Ogni angolo, anche il più piccolo e dimenticato, risuonava di musica, suoni, voci, tintinnii e risate.

Mille colori davano luce ai volti sorridenti dei presenti, c'era l'arancio delle foglie d'autunno, il rosso del fuoco che arrostiva le vivande, il giallo del pane e del mais, l'arcobaleno disegnato dalle gonne delle ragazze che si intrecciavano in un abbraccio festoso.

Tutta la servitù e i contadini di Villa Orchidea erano presenti in quella meravigliosa occasione di svago e divertimento, alcune cameriere civettavano con dei giovani ragazzi privi di timidezza e i valletti facevano altrettanto con le addette alla pesca di beneficienza. Patrizio e Dimitri conversavano con alcuni amici, insieme a Matteo che beveva distrattamente con altri contadini.

Lidia era ammalata da qualche giorno, quindi era rimasta a casa a cercare di far scendere la febbre che da giorni la tormentava, Rachele aveva insistito per restare con lei, ma l'amica non aveva voluto sentir ragioni, costringendola ad andare a ogni costo.

Rachele stava chiacchierando con alcune sue amiche del paese, quando a un tratto, vide farsi largo tra la folla la coppia di persone che aspettava da tempo. Sorrise felice e dopo essersi congedata dalle amiche, li raggiunse a piccoli passi.

Samuele non poté far a meno di osservare la sua Rachele, avvolta in un magnifico abito giallo ocra che risaltava il suo corpo snello e aggraziato, i capelli liberi al vento e il sorriso luminoso, le baciò la mano con eleganza.

Si salutarono entrambi tentando di rimanere lucidi, l'emozione che li attanagliava infatti ogni volta che si sfioravano, a tratti risultava essere incontrollabile.

"Ecco i miei amici!" una voce gaia irruppe tra loro.

Rachele si voltò e non fu affatto sorpresa nel trovarsi di fronte Juliet che li osservava curiosa.

Andrea le baciò la mano.

"Buonasera Juliet, un piacere immenso rivedervi".

Lei parlò all'amica facendo finta che fossero sole.

"Certo che il tuo amico è davvero un gentleman".

Risero complici, osservandosi allegramente.

"È un onore per me presentarvi Lui!" fece Andrea divertito.

Juliet si coprì la bocca emozionata.

"Quindi lui è Lui?" chiese a Rachele porgendo la mano a Samuele che li guardava senza capire.

"Sì Juliet, lui è Samuele".

Si strinsero la mano sorridenti.

"Piacere di conoscervi signora, Rachele mi ha parlato molto di voi".

"Davvero? Lei invece non parla mai di voi...".

Rachele gli diede un colpo con il gomito.

Juliet rise.

"Lasciatevelo dire, siete l'uomo più bello della festa. – asserì compita – Senza offesa signor Andrea, ma vostro cugino è davvero... – lo scrutò dalla testa ai piedi – Impeccabile..." terminò sorridendo.

Samuele e Rachele si guardarono complici, Andrea rispose alla sua provocazione:

"La bellezza sfiorisce Juliet...".

"Avete ragione, voi siete più interessante... – scherzò dandogli un leggero pugno sulla spalla – Marta... – gridò dirigendo l'attenzione verso la macchina dello zucchero filato – Stai ferma...".

“Vai pure Juliet, ci vediamo dopo” la rassicurò Rachele mentre Nina la tirò via per raccontarle un pettegolezzo.

“Sì, devo andare oppure i miei figli mangeranno più dolci stasera che in tutta la loro vita, a dopo” disse quando ormai era già lontana.

Samuele scosse il capo visibilmente divertito.

“È davvero una donna stramba…”.

“Non ho mai incontrato una donna come lei…”.

“Sai che è sposata con il ragionier Cardarelli?”.

“Ma solo io non sapevo nulla di lei?” domandò sconcertato.

“Sua suocera è amica d’infanzia della mamma… – si spiegò Samuele abbassando il tono della voce – Cardarelli la tradisce da anni, ha sempre avuto altre donne, sia quando lei era a Birmingham, sia da quando è tornata…”.

“E per quale ragione?”.

“L’ha sposata per pietà, non credo l’abbia mai amata”.

Andrea corrugò le sopracciglia.

“Eppure è così bella, allegra, buona…”.

“Sì, lo è, ma ha avuto la sfortuna che il destino tramasse contro di lei”.

Andrea disegnò sul suo volto una smorfia malinconica.

“Certo che questo destino è un vero farabutto…”.

“A volte va soltanto aiutato” confessò facendogli l’occhiolino, poi sorrise indicandogli col mento un punto dietro le sue spalle.

Andrea non capiva, vide soltanto Rachele che li raggiungeva con la medesima espressione gaia del cugino e, inaspettatamente, fissa con gli occhi anch’ella alle sue spalle.

Lui si voltò spazientito.

Il cuore sembrò smettere di pulsare per alcuni flebili e miseri istanti.

“Ciao Rachele, è bello vederti… – asserì lei accarezzandole la spalla, poi si rivolse a Samuele – Conte Falesi, piacere di fare la vostra conoscenza”.

Samuele le baciò la mano.

“Un onore duchessa Estasiani”.

Andrea era rimasto imbambolato a guardarla, gli sembrò di essere preda di un sogno, un magnifico sogno. Era bellissima quella sera, avvolta in un abito beige, i capelli biondi raccolti compostamente sulla nuca e gli occhi luminosi e vispi.

“Celeste, che… sorpresa!” esclamò ancora confuso.

“In effetti doveva essere una sorpresa. – disse rivolgendosi a Rachele con fare complice – E posso asserire che ci siamo riuscite”.

Rachele le fece l’occhiolino.

“Io e Samuele ora andiamo, vi lasciamo soli…” affermò invitandolo con gli occhi a seguirla.

Samuele li salutò e la accompagnò verso dei tavolini poco distanti.

Rachele aveva gli occhi che le brillavano.

"Hai visto quanto erano felici?" domandò sorridente.

"Sì, ed è merito tuo…".

"Nostro" lo corresse lei.

Il piccolo gruppo musicale che intratteneva la festa iniziò a suonare un valzer. Rachele fu rapita da un ricordo lontano.

"Quando ero a Moncontour c'era un locale, in piazza, in cui tutti i giovedì sera si ballava il valzer, io guardavo le coppie che danzavano allegre e innamorate dalla mia finestra e sognavo che tu venissi da me, all'improvviso e che mi portassi tra di loro, passavo ore a immaginare quel momento…".

Samuele avvertì la commozione premere dilagante contro la gola.

"Mi dispiace di aver disatteso quella speranza, e di doverla disattendere anche adesso…".

"Non preoccuparti, lo so che non potremo mai mostrarci senza vergogna, non in questo tempo, non in questo mondo" terminò sorridendogli con amarezza.

Samuele le afferrò la mano stringendola forte.

"Sei impazzito?" chiese lei, osservandolo intimorita.

"No, volevo farlo e l'ho fatto".

Lei ritrasse la mano.

"Non fare mosse azzardate, c'è tutto il paese stasera" lo ammonì guardandosi intorno.

Samuele scosse il capo.

"C'è una cosa che vorrei dirti".

Una leggera musica romantica, accompagnata da flauti e violini iniziò a suonare, guardò tra la folla e notò Juliet che le faceva segno di avvicinarsi.

"Andiamo, – gli propose indicando le persone radunate vicino al piccolo palcoscenico – me la dirai dopo, d'accordo?".

"Vai intanto, io arrivo" sussurrò dirigendosi verso un gruppo di persone che sembrava aspettarlo impaziente.

Rachele raggiunse la sua amica sorridendo leggera.

"Eccomi Juliet…".

"Perché hai questo faccino spento?" domandò prendendola sottobraccio.

"Lascia stare…" fece sbrigativa.

Juliet annuì stringendola più forte, Rachele le sorrise.

La melodia dolce e solenne, aveva incantato tutta la piazza, l'atmosfera parve essersi fermata per alcuni istanti, travolta dall'emozionante connubio di quegli strumenti che parvero rarefare i cuori di tutti i presenti.

Tra le tante persone ferme con gli occhi ai musicisti, Rachele non poté far a meno di notare che una di loro era immobile a guardarla con una tale intensità da farle venire le fitte allo stomaco. Tutt'intorno gli altri volti scomparvero, offuscati da una qualche strana magia, c'era solo lui, lui che con quegli occhi profondi e malinconici, l'osservava come se avesse visto qualcosa di divino, parlava anche senza parole. Quanto ancora avrebbero dovuto soffrire? Quanto ancora avrebbero dovuto sopportare per colpa di quel maledetto sentimento che si era impadronito di loro? Quell'amore aveva tolto loro ogni cosa, il sonno, la fame, aveva rubato loro la ragionevolezza e il buon senso, erano diventati l'uno i padroni del cuore dell'altra, prigionieri di un sentimento imperituro, vittime di un fato malevolo che non sarebbe potuto mutare.

"Va' da lui..." la esortò Juliet parlandole in un orecchio.

Rachele l'osservò di sbieco.

"No...".

"Ti sta guardando in un modo incredibile, Rachele... Vai da lui per l'amor di Dio!".

"Vado..." cedette infine, stringendo la mano dell'amica più forte prima di lasciarla.

Quell'idillio fu spezzato, Rachele cominciò a farsi largo tra la folla, Samuele la perse di vista.

Ma qualcuno, ebbro di gelosia e furore, ferito da ciò che aveva appena visto, non riuscì a controllare la sua rabbia, così afferrò il polso di Rachele e la tirò via trascinandola con la forza.

Rachele sussultò, bastò un secondo per capire che non fosse lucido e i suoi occhi infuocati di rabbia la tramortirono, per la prima volta da quando lo conosceva ebbe paura.

Juliet guardò di nuovo tra la folla, ma di Rachele nessuna traccia, Samuele di fronte a lei era solo.

Provò a pensare a dove potesse essere finita, ma sapeva perfettamente che non aveva altra intenzione se non quella di andare da lui. *Forse si è fermata a parlare con qualcuno*, pensò provando a rassicurarsi, ma più si guardava intorno, più le pareva che nessuno stesse chiacchierando, tutto il paese era immobile ad ascoltare quella meravigliosa composizione musicale.

Non ci pensò su più di un istante, cominciò a camminare.

"Conte Falesi...".

Samuele si voltò e fu stupito nel vedere Juliet che lo osservava con fare inquieto.

"Dov'è Rachele?".

"Non lo so, non era con voi?" chiese straniato.

"Era con me, ma poi stava venendo da voi e ora non la vedo più!".

Samuele si guardò intorno, in effetti di lei sembrava non ci fosse traccia alcuna.

"Venite, allontaniamoci" fece lui invitandola a seguirlo.

"Non avete notato nulla? Una persona che l'ha fermata o non so…".

"No…".

Juliet stava per andare nel panico, poi le riaffiorò alla mente un'immagine che le mozzò il respiro.

"Santi numi, ho visto quel ragazzo, come si chiama… – si toccava nervosamente la fronte – Quel ragazzo che l'ha chiesta in sposa…".

"Matteo" asserì lui sentendo il cuore accelerare.

"Matteo esatto, l'ho visto bere parecchio e prima mentre eravamo fermi ad ascoltare la musica vi guardava con sdegno, non so, non vorrei che…".

Samuele percepì la vista annebbiarsi.

"Venite con me, subito, dobbiamo trovarli".

Più in là, nascosti in un vicolo buio che dava sul belvedere, Andrea e Celeste se ne stavano abbracciati, stretti l'uno all'altra come se non potessero più separarsi, si parlavano piano, sussurrandosi le parole mai dette in tutti quegli anni trascorsi a stare lontani.

"Quando torna tuo marito?".

"Il prossimo sabato, ti prego vieni a trovarmi, qualunque giorno, a qualunque ora…" lo implorò lei attaccandosi al bavero della sua giacca.

"Certo, verrò… – la rassicurò lui – Sono così felice di averti tra le mie braccia di nuovo".

Lei lo baciò con passione, accarezzandogli la nuca e respirando tra le sue labbra come se non potesse far a meno della sua vicinanza.

Andrea la strinse forte, la voglia che aveva di lei era irrefrenabile.

"Sono tua…" gli sussurrò lei in un orecchio mentre con un movimento fluido della mano sbottonò la chiusura dei suoi pantaloni.

Andrea deglutì rumorosamente, voleva fermarsi, avrebbe voluto tanto riuscirvi, ma lei avvolse la gamba sulla sua vita e lui avvertì la ragione abbandonarlo senza via di scampo.

Sospirandosi tra le labbra, soffocando i singhiozzi che implacabili prendevano piega tra loro, si amarono come non mai, complice il tempo immemore che li aveva tenuti lontani e l'ebbrezza di quel posto nascosto che non li teneva al sicuro dagli occhi degli altri.

Il culmine della passione li avvolse dopo pochi minuti, lasciandoli sfiniti, col cuore impazzito e il respiro frettoloso.

Celeste si sistemò i capelli, riassettò il suo vestito e si sfilò dalla sua presa.

"Vieni domani… – lo implorò baciandogli dolcemente la guancia – Entra dalla porta della servitù".

Andrea non fece in tempo a risponderle che lei era già sparita.

Si ricompose, respirò forte. Aveva perso il controllo si sé per alcuni minuti e ora, anche se poteva sembrare che avesse avuto tutto quello che avrebbe sempre desiderato, percepì un senso di vuoto e di colpa premere infido sul suo cuore, che cosa aveva fatto?

"Andrea, per fortuna che sei qui! – Samuele gli corse incontro con fare angosciato – Devi aiutarci a trovare Rachele, pensiamo che Matteo l'abbia portata via, era ubriaco!".

"Come, non capisco…" era visibilmente confuso.

"Ma cosa ti è successo?" gli domandò il cugino, guardandolo con attenzione.

"Nulla, non è importante, andiamo, potrebbero essere usciti dalla porta est…".

Corsero tutti e tre a perdifiato fino alla discesa piuttosto ripida che conduceva a una delle porte che usciva dal paese, voltando a destra, un cantuccio buio conduceva alla pieve di San Vito, secondo Andrea era un'ipotesi da valutare.

Juliet li fermò.

"Ascoltate, si sente qualcosa… Viene da lì!" esclamò indicando proprio la pieve.

Bastò poco meno di un minuto per raggiungere il posto dal quale provenivano quelle voci concitate.

"Dimmi perché ti sei tolta l'anello, dimmelo…" le mani le serrarono il viso, premendo con forza.

"Matteo lasciami…" lo implorò.

"Adesso vedremo chi l'avrà vinta, vieni qui, ti sei concessa a lui, puoi concederti anche al tuo futuro marito…" con un gesto sgraziato le sfilò la biancheria e si insinuò prepotente sotto il vestito, con l'altra mano la teneva ferma dal collo così forte che quasi le mancava il respiro.

"Ti prego fermati Matteo…".

D'improvviso Rachele avvertì tutto il peso che l'opprimeva, svanire come per magia.

"Levati di mezzo o ti giuro che ti ammazzo!" Samuele era una furia, lo teneva fermo dalla maglia mentre l'osservava con gli occhi infiammati di rabbia.

Juliet raccolse da terra Rachele insieme ad Andrea che le mise la giacca sulle spalle.

"Stai bene?" chiese, visibilmente provato.

Rachele annuì provando a sistemare i capelli.

Matteo si sfilò prontamente dalla presa di Samuele.

"Bene ci siamo tutti, vedo… – asserì allargando le braccia – Che cosa volete, stavo solo prendendo quello che mi spetta di diritto. – disse avvicinandosi a Samuele con aria di sfida – Volevo soltanto godere anch'io di quello che vi siete preso di lei in gioventù…".

Rachele sussultò chiudendo gli occhi, Juliet la strinse forte a sé osservandola confusamente.

Andrea corse verso di loro, sapeva che suo cugino stava per dare in escandescenze, e in effetti era furioso.

"Non osare…" gridò tra i denti facendosi più vicino.

"Samuele fermati, ragiona per favore" lo implorò Andrea tirandolo per un braccio.

Ma lui si liberò dalla sua presa tornando a guardare il suo interlocutore.

"Stai per diventare suo marito e la umili così?".

"Voi non l'avete umiliata, profanata e usata prendendovi la sua verginità? Non pensate di averla rovinata?".

Gli occhi di Samuele si ridussero a una fessura.

"Quello che io e Rachele abbiamo fatto, il perché e il come, non ti riguarda!".

Rachele cominciò a singhiozzare per la vergogna, Juliet provava invano a consolarla, le pareva che la questione fosse piuttosto intricata, ma in fondo al suo cuore un'idea sulla verità delle cose le era balenata, ma non era di certo quello il momento per chiederne conferma.

Andrea si avvicinò a loro e strinse Rachele dalla parte opposta di Juliet baciandole la fronte, anche lui aveva capito il motivo di quella menzogna e ebbe una profonda pena per lei, per suo cugino e per quel cumulo di dolore che il loro amore stava seminando dietro di sé.

"Avete ragione, non mi riguarda perché lei non vuole più sposarmi, si sarà illusa che voi la chiederete in moglie, ma non ha capito che non sareste mai disposto a tanto per lei…".

Samuele lo spinse con il palmo della mano.

"Tu non hai idea di quello a cui ho rinunciato per lei…".

"Voi! – gridò lui spingendolo a sua volta – Voi a cosa avete rinunciato? L'avete vista piangere per voi? Avete assistito alle volte in cui rifiutava di mangiare o quelle in cui entrava in camera vostra come una ladra a cercare traccia del vostro odore sui vestititi, sulle lenzuola?".

Samuele sentì gli occhi bruciare.

Rachele si voltò coprendosi il viso con le mani.

"Avete assistito alle volte in cui nascondeva le vostre lettere tra i libri e le rileggeva fino a consumarle? O a quelle in cui preparava i bagagli di nuovo per partire e allontanarsi da voi anche se non c'eravate? Cosa ne sapete del dolore che si prova ad essere la seconda scelta? Nulla… Voi potete avere tutto, avete sempre tutto…".

"Lei non è di mia proprietà, amarla non significa che io debba possederla...".

"Non venitemi a dare lezioni sull'amore".

"Se lei volesse, potrebbe anche sposarti e io non muoverei un dito, lei è libera, lo siamo entrambi, la nostra unica colpa è quella di esserci innamorati quando eravamo solo dei bambini e di essere vittime delle regole di questo mondo che non ci rende liberi di sposarci...".

"Voi non volete sposarla... Se l'amaste veramente rinuncereste a tutto per lei, ma voi nobili non siete abituati a ciò...".

"Cosa potrei offrirle? Una vita da reietta con un uomo diseredato e senza un soldo? Merita di meglio, stupido io che credevo che questo meglio avresti potuto offrirglielo tu...".

Detto ciò si voltò dandogli le spalle.

Andrea e Juliet stavano con lo sguardo sconsolato a osservarli, mentre Rachele se ne stava seduta sul muretto con il volto perso tra i rami annodati degli alberi spogli soffocando il pianto sulla manica della giacca.

Matteo se ne andò scomparendo a passi lenti.

"Andiamo, venite a casa mia, prepariamo del tè e ci calmiamo tutti quanti..." propose Juliet tenendo Rachele per mano.

Samuele e Andrea camminavano silenziosi seguendo le due donne.

Quando giunsero davanti alla porta della piccola casa a mattoncini, Rachele implorò la sua amica:

"Posso restare qui con te stanotte?".

Juliet assentì accarezzandola.

"Ma certo tesoro, non devi neanche chiederlo...".

"Sarà meglio che noi torniamo a casa, non è vero Samuele?".

Il cugino annuì.

"Posso salutarti?" domandò a Rachele speranzoso.

Lei annuì.

"Andrea, mi aiutereste a preparare il letto, per cortesia?" domandò Juliet perspicace.

"Sì, ovviamente..." acconsentì sparendo dietro la porta socchiusa.

Rachele lo raggiunse, appoggiando le mani sulle sue spalle.

"Scusami per aver detto una bugia...".

"Perché l'hai fatto?".

Lei spostò lo sguardo intimidita.

"Perché almeno, se mai tu avessi avuto voglia di farlo, non avrei dovuto rinunciarvi..." rispose addolorata.

Lui le afferrò il viso accarezzandole la guancia.

"Amore mio... – sussurrò attaccando la fronte alla sua – Ti posso baciare?".

Rachele non rispose, si sporse di poco e soffocò le sue labbra colme di lacrime tra le sue, lo fece con delicatezza e reverenza, consapevole che sarebbe stata l'ultima volta.

Lui la strinse forte a sé, cullandola e assaporando ogni parte di lei, della sua bocca, degli zigomi, degli occhi, del suo collo liscio e meraviglioso.

"Domani devo andare a Londra... – confessò lui restandole vicino – Devo sistemare alcune cose con l'università, tornerò entro domenica!".

Rachele respirò forte, da un lato sollevata per quella notizia.

"Ti ricordi di quella stupida leggenda?" chiese cercando la sua attenzione.

"Sì..." fece lui sfiorandole le labbra con il pollice.

"Non ho ancora trovato l'altro pezzo, e se non fossi io ad essere destinata a te?" domandò tra le lacrime.

"Il destino non esiste amore, scegliamo noi, soltanto noi..." mentì addolorato.

Rachele intrecciò le dita tra i suoi capelli morbidi, lo guardò a lungo e intensamente, provando a raccogliere quanto più poteva di lui, per poter avere qualcosa a cui pensare quando sarebbero stati lontani.

"Qualunque cosa accada, in qualunque momento della vita, ricordati che ti amo e che non ho mai rimpianto nemmeno un secondo di averti incontrato quel giorno di tanti anni fa...".

Samuele non capiva.

"Me ne ricorderò, certo... Ma non andrò via per sempre Rachele, ci rivedremo tra qualche giorno!" asserì lui tranquillizzandola.

"Devi ascoltarmi! – esclamò con una punta di disperazione nella voce – Qualunque cosa accada, in qualunque modo andrà a finire, devi promettermi che non chiuderai mai il tuo cuore, che darai sempre seguito all'amore che ci siamo dati, che lo farai fiorire, sempre...".

Samuele annuì.

"Stai tranquilla, non accadrà nulla, noi staremo insieme...".

"Promettimelo, ti prego!".

Samuele la strinse più forte.

"Te lo prometto!".

Lei sorrise amaramente.

"Buonanotte e scusami per quello che è accaduto stasera..." gli lasciò la mano avvertendo il cuore frantumarsi in mille pezzi.

"Rachele..." la chiamò lui un'ultima volta.

"Sì..." disse attendendo una risposta.

"Ti amo...".

Si sorrisero entrambi, poi Rachele sparì dietro la porta asciugando i suoi occhi.

"Addio… – sussurrò flebile – Addio per sempre…".
Andrea e Juliet la guadarono di sfuggita, non fecero in tempo a chiedere alcunché, che lei si era già diretta verso la camera che solitamente la sua amica preparava per gli ospiti.
"Juliet…" la chiamò Andrea.
"Ditemi".
"Cos'è l'amore secondo voi?".
Lei lo scrutò stranamente profonda.
"Non lo so… Ma se c'è qualcosa che si avvicina molto al suo significato, sono questi due…".
Andrea le baciò la mano.
"Spero di rivedervi presto, davvero…".
Juliet sorrise, un velo di serietà si era impadronito del suo solito fare allegro.
"Vieni tutte le volte che vuoi a trovarmi, me lo prometti?" gli domandò stringendogli la mano.
Andrea la baciò di nuovo.
"Te lo prometto".
Detto ciò chiuse la porta dietro di sé senza guardarsi indietro.
Juliet raggiunse la sua amica, la trovò supina sul letto con le lacrime che colavano imperterrite, rigandole il volto arrossato. Le si sedette accanto, asciugando il suo pianto.
"Dove sono i bambini?" chiese tenendo lo sguardo fisso al soffitto.
"Li ha riaccompagnati Andreina, li ha messi a dormire già da un po'".
Annuì.
"Spero di sbagliarmi tesoro…".
"Non ti sbagli".
"Te ne vuoi andare…".
Annuì di nuovo.
"Quando?".
"Il prima possibile".
Juliet si morse le labbra.
"Sei sicura che sia la scelta giusta?".
Rachele finalmente la guardò.
"Non è la scelta giusta, è solo la scelta migliore…".
"Ma perché?".
"Perché una parte di me sente che non potremo mai essere felici, la conosci Juliet la sensazione che ti si attacca allo stomaco, quella che ti devasta perché ti spaventa, ma sai allo stesso tempo che si avvererà?".
Lei scosse il capo.
"Cosa ti affligge fiorellino?".

"Lui non è con me che troverà la pace, noi siamo destinati a separarci... E mi addolora infinitamente perché lo amo, mi uccide perché so che non è una suggestione, mi soffoca Juliet perché so che accadrà...".

VII.

La mattina seguente, Rachele si svegliò di buon'ora, aveva dormito pressoché tre ore, ma i pensieri vagavano nella sua mente a velocità inaudita e lo stomaco le faceva male ininterrottamente dalla sera prima. Rinfilò gli abiti che indossava, si sistemò i capelli alla bene e meglio e si diresse in cucina, la casa era vuota, Juliet infatti era da qualche tempo che per via della libreria che aveva riaperto i battenti da poche settimane, andava all'alba a sistemare i libri e a riassettare e i bambini andavano con lei finché non arrivava l'ora di andare a scuola.

Trovò un biglietto sul tavolo, vicino a un ciambellone e a del caffè ancora tiepido, la grafia scomposta recitava così:

Buongiorno piccolo fiore,
sono in libreria, spero che tu venga a salutarmi prima di andar via.
Ti voglio bene,
la tua Juliet.

Rachele sorrise, infilò la mantella e andò via.

Passò all'ufficio postale, infilò un gettone nel telefono e chiese all'operatrice di passarle casa Torriani, attese tenendo ferma la cornetta all'orecchio con le mani che tremavano.

"Casa Torriani...".

"Signor Federico, sono Rachele, Rachele Ravelli!".

"Rachele, cara, dimmi come posso aiutarti?".

"Dovrei parlare con la signora Ofelia".

"Non c'è, è a Roma da sua sorella, tornerà dopo le feste di Natale".

"Potete darmi il nominativo, per favore?".

L'uomo obbedì e Rachele le segnò al volo il nome su un pezzo di carta che trovò accanto a lei.

"Grazie Federico, a presto".

Attaccò la cornetta, reinserì il gettone e chiese di parlare con Casa Maurilio. Attese.

"Casa Maurilio".

"Buongiorno, dovrei parlare con la signora Ofelia Torriani, mi ha dato il vostro contatto il maggiordomo di casa Torriani, sono Rachele Ravelli".

"Attenda, vedo se la signora è in casa".

Rachele tamburellò le dita sul piccolo tavolo di legno, lo stomaco non la smetteva di lanciarle fitte tremendamente dolorose.

"Rachele, cara, cosa succede?".

La voce della signora Ofelia era preoccupata.

"Posso venire da voi? Devo partire, e devo farlo al più presto".

Silenzio.

"Per mia sorella non ci sarebbero problemi, vieni qui a Roma da noi, ci sono anche i miei nipoti, passiamo le feste insieme e poi torniamo a Moncontour".

"Grazie, grazie di cuore Ofelia".

"Quando faccio preparare la stanza?".

"Prenderò il treno delle sei".

"Allora a stasera".

Rachele attaccò.

Prese un bel respiro e si avviò verso casa.

La strada le parve infinitamente lunga, il freddo di dicembre iniziava a farsi sentire e il cielo quella mattina sembrava minacciare pioggia.

Stava provando a non pensare, a scacciare dalla mente tutti i dubbi che l'attanagliavano, tutte le paure che volevano intromettersi, era complicato, ma ci riuscì, a tratti.

Entrò passando per la porta secondaria, in sala domestici c'erano Lidia, Beatrice e suo padre.

Quando varcò la soglia, tutti e tre l'osservarono compiti, quasi fossero in attesa di capire il motivo della sua assenza della notte appena trascorsa.

Rachele si sfilò il mantello appoggiandolo sul dorso della sedia.

"Stasera parto, vado a Roma dalla signora Ofelia, poi torneremo insieme a Moncontour dopo il Natale" sentenziò senza dare diritto di replica.

Elia la scrutò attentamente.

"Perché?" osò chiedere.

"Perché se restassi ancora rischierei di soffocare".

Lidia la raggiunse prendendola per mano.

"Ci mancherai…".

Rachele sorrise amaramente.

"So che capirete, mi dispiace lasciarvi di nuovo, ma devo andare".

Beatrice assentì.

"Ti capiamo tesoro, devi provare a rifarti una vita, anche se ci dispiace vederti andar via di nuovo…".

"Vado a preparare i bagagli, scusatemi. – asserì facendo per uscire, poi si arrestò e tornò indietro – Papà, a proposito, il medico cosa ti ha detto, stai bene?".

Elia sorrise.

"Sono sano come un pesce figliola, stai tranquilla!".
Rachele lo guardò rincuorata, poi si allontanò nuovamente.
Non appena Beatrice la vide sufficientemente lontana, scrutò Elia con aria di rimprovero.
"Devi dirglielo, non può partire!".
L'uomo la bloccò.
"Non se ne parla, non discuto su ciò. – affermò, liquidandola con serietà – Vai in cucina, non perdere altro tempo qui con me".
Beatrice assentì guardandolo tristemente, Lidia la seguì a ruota e cominciarono a preparare l'occorrente per il pranzo.

Quando Rachele giunse alla porta della sua camera, fu stupita dalla visione che si presentò ai suoi occhi.
"Cosa ci fai qui?" domandò, osservandolo incredula.
Matteo si alzò da terra rimanendo sulle ginocchia, indossava i medesimi abiti della sera prima e aveva tutta l'aria di aver passato la notte davanti alla sua porta, senza dormire.
"Rachele… – disse attaccando la fronte sul suo ventre – Rachele perdonami…" le mani stringevano la stoffa del suo abito disperatamente.
"Alzati Matteo, per l'amor di Dio" l'implorò, cercando di tirarlo su.
"Perdonami Rachele, perdonami…" continuava a sussurrarle tra le lacrime.
Lei scivolò sul pavimento, si adagiò sulle gambe ponendosi di fronte a lui.
"Sei tu che devi perdonare me".
Matteo alzò gli occhi e la guardò disperato.
"Ti ho umiliata, davanti a tutti, ti ho toccata in quel modo" le lacrime continuavano a invadergli il viso.
Rachele passò una mano sulla guancia ruvida.
"Ci siamo fatti del male a vicenda, non è colpa tua".
Lui appoggiò il palmo sulla mano di lei portandosela alle labbra.
"Lui ti ama tanto, pensa che era venuto a casa da me a offrirmi un lavoro migliore e una sistemazione adeguata, solo per assicurarsi la tua felicità… – lei avvertì lo stomaco pulsare – Siete l'amore fatto persona, solo che io ero troppo geloso per capirlo".
"L'amore non basta, Matteo, non è sufficiente".
Lui la scrutò con serietà.
"Credimi, lo so bene".
Rachele l'osservò con scrupolosità, aveva degli occhi bellissimi.
"Se lui non fosse mai esistito, ti avrei amato, davvero".
Matteo sorrise attaccando la fronte alla sua.

"Sarà per un'altra vita allora" terminò socchiudendo gli occhi.
Poi si alzò e la tirò su tenendole le mani.
Rachele gliele strinse forte.
"Stasera partirò" sentenziò laconica.
Lui sorrise amaramente.
"Non tornerai, vero?".
Lei scosse il capo. Poi tirò via dalla tasca dell'abito l'anello che le aveva regalato.
"È giusto che te lo restituisca".
Matteo glielo posizionò sul palmo, chiudendole la mano.
"Tienilo, almeno ti ricorderai di me".
Rachele intrecciò le dita tra i suoi capelli accarezzandogli la nuca, Matteo attaccò la fronte alla sua sfiorandole la punta del naso con il suo.
"Posso?" domandò lei flebilmente.
Lui annuì, lasciandosi sfuggire due lacrime furtive.
Si unirono in pochissimi istanti, Matteo la stringeva forte a sé, Rachele avvertì il cuore accelerare leggermente, le labbra erano intrecciate con le sue delicatamente, respiravano leggeri allontanandosi di tanto in tanto, disperati per motivi differenti, uniti dal medesimo sentimento. Rachele fermò un ultimo bacio sulle sue labbra sorridendogli.
"Addio Matteo...".
Lui si distanziò, guardandola un'ultima volta.
"Addio Rachele, abbi cura di te".
Poi, scomparve lungo la scalinata.

I bagagli erano pronti, Patrizio li aveva fatti sistemare da Saverio nell'auto che l'avrebbe accompagnata alla stazione qualche ora più tardi. Tutta Villa Orchidea era costernata dalla sua partenza, le erano molto affezionati e sapere che sarebbe andata via definitivamente, gettò uno sconforto generale nella famiglia dei piani bassi.
Mancava però qualcosa da fare, prima che lei potesse partire in pace.
"Patrizio, Sua Signoria è dentro?" chiese indicando con il capo la porta della biblioteca.
"Sì, devo riferire qualcosa?".
"No, devo parlargli, non ti dispiacerà se non mi annunci, vero?".
Patrizio mimò un inchino e scomparve lungo il corridoio.
"Posso?" domandò fermandosi sull'uscio.
Guglielmo sussultò voltandosi verso la porta, sbarrò gli occhi.
"Prego, vieni pure...".

Rachele si fece avanti con sicurezza, indossava il cappotto e stringeva tra le mani che si muovevano nervosamente, un cappellino di lana blu, gli sembrava in procinto di uscire.

"Accomodati" le disse indicando la sedia in pelle di fronte alla sua scrivania.

"Preferisco restare in piedi, sono di fretta" si scusò sorridendo.

Il conte la scrutava in attesa di chiarimenti.

"Volevo avvisarvi che sto partendo, torno in Bretagna, stavolta in via definitiva".

Guglielmo era contrariato.

"Come mai? Se posso chiedere…".

"Perché non posso sopportare ancora tutto quello che è avvenuto in questi mesi, la sofferenza e il disagio che il nostro sentimento ha portato è sufficiente, ora è necessario che entrambi ricominciamo a vivere".

"È una scelta saggia, Samuele ne è al corrente?".

"No, lo scoprirà al suo rientro da Londra".

"Suppongo che dovrei ringraziarti, insomma hai preso una decisione guardando al bene altrui".

"Non sono venuta a dirvelo per ricevere ringraziamenti o gratifiche, sono passata a darvi questo. – asserì porgendogli un libro dalla copertina consunta – Se eravate così affezionato a mia madre vi farà piacere sfogliarlo".

Guglielmo avvertì un sussulto nascergli all'altezza dello stomaco, afferrò il libro e lo guardò di sfuggita.

"È lì che ho trovato la poesia sugli elitropi. – chiarì lei – Ho immaginato che vi avrebbe fatto piacere ricordare qualcosa del vostro passato".

Lui era profondamente emozionato, non sapeva cosa dirle.

"È un ricordo di tua madre, dovresti averlo tu".

"Io l'ho avuto con me per tanti anni, forse ora serve a voi".

Gli porse la mano.

"Arrivederci conte Falesi, grazie per l'ospitalità che mi avete riservato in questi anni".

Guglielmo osservò la sua mano tesa verso di lui.

"Fai buon viaggio e ti auguro di trovare la felicità" continuò ricambiando la stretta.

Rachele lo scrutò malinconica, poi, voltandosi, andò via.

Uscì dal grande portone principale e salì in auto, chiese a Saverio di lasciarla a casa di suo padre, per un ultimo saluto. Scese lentamente promettendo di fare in fretta.

"Papà… – sussurrò facendosi largo – Ci sei?".

Elia le fece segno di avvicinarsi, se ne stava davanti al camino con una coperta sulle gambe, Beatrice gli era seduta accanto.

Rachele prese una sedia e si pose di fronte a entrambi.

"Mi mancherete, tantissimo" sussurrò trattenendo le lacrime.

"Figlia mia, hai fatto la scelta giusta, noi ti appoggiamo e poi sei stata così bene a Moncontour…".

"Ha ragione tuo padre. – fece Beatrice prendendole la mano – Vedrai che starai meglio, col tempo tutto sembrerà meno difficile".

Lei annuì.

"So che non potrò mai amare nessuno come amo lui, ma stando qui nessuno dei due sarebbe riuscito a svincolarsi, lui dovrà sposare la marchesa, è il suo destino… – sentenziò asciugando le lacrime – Io non potevo ingannare Matteo, lui deve trovare una ragazza che lo ami e io non avrei mai potuto".

Entrambi sorrisero comprensivi.

"Te ne vai per liberarlo?" domandò Beatrice stringendole le mani più forte.

Lei soffocò un singhiozzo abbassando lo sguardo.

"Sì…" rispose disperata.

Elia la scrutò commosso.

"Tutti i sacrifici fatti per amore vengono ricompensati tesoro mio, abbi fiducia. – esclamò provando a consolarla – Anche se ora non ti sembra chiaro il senso, anche se non riesci a capire cosa sia l'amore, a cosa serva, a cosa valga, sappi che nessuno di noi lo sa… – sentenziò accarezzandole la guancia – L'amore è un lungo viaggio che dura una vita, noi ci affanniamo per anni a cercare di capire, a trovare risposte e invece e solo alla fine del viaggio capiamo davvero che cos'è…".

"Ti voglio bene papà" confessò lei per ringraziarlo di quelle parole.

"Anche io. – rispose lui sorridente – Sono fiero di te… – poi si corresse – Noi, siamo fieri di te".

Lei sorrise.

"Spero solo che con il tempo Samuele potrà perdonarmi" concluse alzandosi.

Elia le lanciò uno sguardo d'intesa.

"Ricordi? – domandò dolcemente – L'amore tutto copre e tutto spera…".

"Tutto perdona e sopporta. – terminò lei baciandolo e stringendolo forte – Arrivederci papà, ti scriverò e tornerò dopo il matrimonio".

Elia provò a trattenere la malinconia che dilagava nel suo cuore.

Beatrice l'abbracciò a sua volta.

"Mangia tesoro mio e mi raccomando, scrivici spesso".

Rachele annuì, poi li guardò un'ultima volta e sparì chiudendo la porta dietro di sé.

"Addio figlia mia" sussurrò tra sé Elia fermo a guardarla dalla finestra.

Beatrice lo raggiunse abbracciandolo da dietro.

"Perché l'hai lasciata andare?".

"Perché la amo. – rispose stringendola a sé – E perché alle volte il destino va aiutato…".

"Che vuoi dire?".

"Quando morirò, Samuele andrà a riprenderla e la chiederà in sposa".

"Come fai ad esserne certo?".

"Me lo sento…".

Lei lo baciò piano sul collo.

"Ora vai a riposare, prendi le medicine, ci vediamo dopo cena".

Elia annuì e guardando il cielo pregò che Dio gli desse la forza di resistere fino al rientro di Sua Signoria.

Qualche ora dopo, Juliet stava sistemando il bancone per la chiusura, era molto stanca e sarebbe dovuta andare a preparare la cena oltre che a riassettare la casa per il ritorno di suo marito, l'indomani mattina. Non aveva alcuna voglia di rivederlo, ma era stato a Milano fin troppo a lungo ed era arrivato il momento che tornasse a casa, se non per lei, almeno per Marta e Luigi che l'aspettavano impaziente.

La campanella posizionata sopra la porta tintinnò.

Un uomo canuto e alto, ben vestito, si avvicinò timoroso.

"Buonasera signora Cardarelli, sono Saverio Alberti, coiffeur della famiglia Falesi. – si presentò, sfilandosi il cappello – Lascio queste per voi, da parte della signorina Rachele" disse consegnandole due lettere.

"Grazie… – sussurrò lei timidamente – Lei è già partita?".

"Vi porge le sue scuse, non aveva il coraggio di salutare anche voi".

Juliet sorrise amaramente.

"Certo, grazie mille e scusate l'incomodo".

"Un piacere. – terminò dirigendosi verso l'uscita – Buonanotte".

"Notte" rispose lei quando l'uomo era già lontano.

La prima busta portava il suo nome sopra, la seconda quello di Andrea. Sulle prime non capì, allora decise di aprire la sua, ovviamente. La grafia composta e delicata, recitava così:

Carissima Juliet,

so he ora sarai arrabbiata con me per il fatto che sia partita senza salutarti, ma è stata una decisione improvvisa, qualcosa che ho dovuto fare senza riflettere troppo e soprattutto senza guardare le persone che avrei lasciato dietro di me, altrimenti avrei avuto la tentazione di restare.

Ma non sarebbe stata la scelta giusta. Hai visto quanto male ci siamo fatti e soprattutto quanto ne abbiamo fatto alle persone che ci circondano? Non potevo continuare egoisticamente a vivere per racimolare qualcosa di lui, qualunque cosa pur di averlo tutto per me, per quei pochi mesi che ci restavano da vivere, clandestinamente, insieme.

L'amore è libertà, allora ecco, perché sono andata via.

Lascio a te anche la lettera per Andrea, soprattutto perché spero che ora che io non sarò più lì, tu possa sostituirmi e magari diventare sua amica, sai è un ragazzo d'oro, aiuta sempre tutti ma si dimentica che avrebbe bisogno anche lui di aiuto ogni tanto. Perciò, anima rara e spumeggiante, aiutalo tu, stagli vicino, veglia su di lui. Sono sicura che vi divertirete insieme e ne combinerete delle belle.

Spero che il ritorno di Damiano stavolta non sia doloroso, che tu possa sopportare, ancora, quello a cui sei sottoposta pur non avendone colpa. Mi dispiace che proprio adesso che tu sei tornata, io sia dovuta andar via, ma si sa, il nostro cuore rimarrà sempre legato.

Ti voglio bene.

La tua amica,
Rachele.

Juliet ripiegò il foglio con cura e lo ripose nella busta. Osservò l'altra lettera che era rimasta ferma sul tavolo, immersa tra le pile dei libri da riordinare. Avrebbe dovuto consegnare lei la lettera ad Andrea e, nel silenzio del suo cuore, ammise che l'idea non le dispiacesse affatto. Avrebbe provato a consegnargliela l'indomani, quando Damiano sarebbe uscito per il suo solito impegno serale per poi far ritorno la mattina seguente, come ogni sera. Avrebbe preparato la cena da buona moglie quale era, poi dopo aver messo Luigi e Marta a letto avrebbe chiesto ad Andreina di vegliare su di loro e sarebbe uscita. Chiuse la porta del negozio a doppia mandata respirando l'aria pungente, l'indomani avrebbe avuto un piccolo motivo, forse, per essere felice.

VIII.

La sera stava cominciando a scendere, l'orizzonte imbrunito colorò il cielo di un blu opaco, le nuvole tutte d'intorno sembravano minacciare pioggia proveniente dai monti.

Il vento ululava forte e alcuni rami sbattevano contro i vetri coperti dalle tende di seta rosse.

Andrea si sedette sul letto e si rinfilò la camicia, cominciò a chiudere i bottoni meccanicamente, sospirando malinconico.

"Resta ancora un po'…" lo implorò lei, tirandolo per un braccio.

"Sai che è pericoloso e io voglio andare a casa" rispose lui svogliato.

Celeste si raccolse i capelli con un fermaglio che prese dal comodino e lasciò che il lenzuolo la scoprisse, l'abbracciò da dietro fermandogli un bacio sulla nuca.

Andrea avvertì il suo corpo nudo premergli sulla schiena e un brivido gli avvolse lo stomaco, quella donna lo stregava, si sentiva impotente di fronte a lei, chiuse gli occhi respirando forte e si liberò dalla sua presa.

"Quando ci rivedremo?" domandò, continuando a darle le spalle.

"Io... – la voce di Celeste parve esitare – Volevo dirtelo, ma non ho avuto il coraggio".

Andrea si voltò.

"Cosa?".

"Lunedì parto per l'Austria con Roberto, lui ha una missione diplomatica e io andrò con lui".

"Mi stai prendendo in giro? – domandò laconico – Tu sapevi che saresti andata via e mi hai fatto venire qui? – gli occhi si erano ridotti a una fessura – Cosa sono? Una distrazione dal tuo matrimonio fallimentare?".

Celeste si infilò la vestaglia e lo raggiunse provando a spiegarsi.

"Andrea, non è così...".

"Basta, è tutto chiaro. – sentenziò osservandola deluso – Addio...".

"Andrea, ascoltami ti prego, non è come credi" lo implorò lei raggiungendolo alla porta.

"Com'è?" chiese guardandola intensamente negli occhi.

"Tu sei fantastico, mi sei piaciuto sin da quando eravamo solo dei ragazzi, mi piaci ancora...".

"Ma?".

"Ma Roberto è mio marito, lui mi ama e mi ha dato la vita che desideravo, quella vita che tu...".

"Che io non avrei mai potuto darti e che non potrò mai darti" terminò lui, sentendo un nodo stringergli la gola.

"Io avevo bisogno di rivederti, dovevo capire...".

"Cosa? Se ti andavo bene come amante? Se avevi fatto bene a scegliere un duca al mio posto? – girò la maniglia della porta – Te lo dico io, hai fatto bene, tu non sei la donna che credevo di amare" confessò tutto d'un fiato.

"Andrea io ti ho amato e ti amo ancora, ma non abbastanza...".

"Non abbastanza... – ripeté lui laconico – L'amore si dà senza riserve, altrimenti significa che si tratta di qualcos'altro".

Celeste non fece in tempo a rispondere, Andrea era già andato via.

Le lacrime premevano tenaci contro i suoi occhi verdi, si era illuso come un ragazzino, eppure credeva che non avere più vent'anni lo preservasse da quelle stupide storie, da quei tranelli meschini e infidi, a lui il ruolo dell'amante non si addiceva, voleva una donna da amare totalmente, qualcuno che fosse disposto a tutto per lui, qualcuno che sapesse amare. Ma a quel punto si convinse che lui l'amore non l'aveva mai incontrato e il pensiero volò ai suoi amati cugini, perché anche se Rachele non era la moglie di Samuele, per lui era come se lo fosse, le era cara come una sorella e suo cugino come un fratello. Loro erano l'espressione più vera e sincera che conoscesse dell'amore, stupido lui che credeva che Celeste fosse la parte di cuore che sentiva mancante da quando aveva memoria, lei non l'avrebbe mai sposato quel giorno di tanti anni prima, semplicemente perché non l'aveva mai amato.

Aprì la porta di casa e Tito gli prese il cappello e il cappotto.

"Signore, cenate?".

"No, vi ringrazio, credo che prenderò un tè, servitemelo in camera per favore".

Tito annuì.

"Il signore e la signora Falesi sono a cena dai Bernardini".

"Lo sapevo, ma grazie per avermelo detto".

"C'è una signora che vi attende in salone".

Andrea lo scrutò attentamente.

"Sì, vado subito".

Quando entrò nella stanza il cuore perse un colpo.

"Sono di troppo in questa sera che minaccia pioggia?".

Juliet stava seduta su di un angolo del divano, tenendo tra le mani il cappello colorato.

"Ringrazio il Cielo che tu sia qui. – asserì sorridendo dolcemente – Tito portaci due tazze di tè e dei biscotti".

Il maggiordomo assentì uscendo dal salone.

"Non sono un'impicciona, l'indirizzo me l'ha dato la tua segretaria allo studio..." si discolpò, cercando approvazione nei suoi occhi stranamente spenti.

"Stai tranquilla, sono felice che tu sia venuta".

"Non stai bene... mi sbaglio?" domandò cercando il suo sguardo.

"È una di quelle sere che vorrei dimenticare".

"Vale anche per me" concluse stringendo più forte il cappellino di lana.

Nel frattempo il tè era arrivato e i due si sedettero l'uno accanto all'altra di fronte al grosso tavolo in mogano.

"Oggi è tornato mio marito da Bordeaux e come al solito è andato via...".

Andrea la scrutò interrogativo.

"Dove va di solito?".

"Dalla sua amante, o forse dovrei dire dalle sue amanti, in verità non so quante ne abbia..." rispose imbarazzata.

Andrea la scrutava attento, senza sapere cosa dire.

"Scusami, forse non dovrei parlartene...".

"No, assolutamente, io non vorrei essere indiscreto, ma avrei piacere di sapere qualcosa di te..." la rassicurò lui, versandole il tè fumante nella tazza.

Juliet sorrise appena.

"La mia storia non è affatto bella come quelle che si leggono nei libri, – mormorò delusa – ma se ti fa piacere te la posso raccontare" terminò cautamente.

Andrea tacque in attesa delle sue parole.

"Parto da lontano... – cominciò quasi divertita – Mio padre era di Birmingham, venne in Italia in vacanza e conobbe mia madre, dopo tre mesi si sposarono, fu un colpo di fulmine. – sorrise appena – Decisero di aprire una libreria, erano entrambi appassionati di teatro e poesia, così pensarono che quello sarebbe stato il lavoro perfetto per loro, dopo un anno nacque mio fratello, Liam, che ora vive a Stoccolma e l'anno successivo nacqui io" bevve un sorso di tè, le sue mani tradirono un impercettibile tremore, ma Andrea fece finta di non averlo notato, continuando ad ascoltarla attentamente.

"All'età di diciotto anni incontrai Damiano, dovevi vedere quant'era bello, spavaldo, pieno di corteggiatrici, sfuggente... Me ne innamorai a prima vista. – lo sguardo le volò lontano come se avesse di fronte ancora quell'immagine – Una sera, alla festa di primavera, presa dall'euforia e dal mio carattere esuberante, mi feci convincere da alcune ragazze più grandi a bere, credo fosse Vin Santo o sangria, non lo so, così ero talmente ubriaca che la testa mi batteva come impazzita, Damiano mi trascinò in un vicolo, forse durò qualche secondo, mi ricordo soltanto che mi fece un male cane e che mi lasciò accasciata a terra contro il muro... – il labbro inferiore si mosse come in preda a un dolore ancora vivo – Mi svegliai la mattina seguente nel mio letto, con un cerchio alla testa e lo stomaco sottosopra".

Andrea sentiva il suo cuore accelerare sempre di più, la scrutava intensamente.

"Qualche mese dopo scoprii di essere incinta, mio padre mi picchiò e decise di disconoscermi, convinse mia madre a tornare a Birmingham e da quel viaggio non fecero più ritorno, morirono durante la traversata della manica per un incidente" terminò lei sentendo due lacrime colarle lungo le guance – Oh Dio scusami, non volevo piangere...".

Andrea tirò fuori dalla tasca il suo fazzoletto si stoffa e le asciugò il pianto delicatamente.

"Ecco fatto" le sussurrò rassicurante.

Lei lo osservò stupefatta, sorrise leggera.

"Mi lasciarono sola, senza denaro, senza casa, allora Damiano decise di sposarmi, mi salvò dalla disgrazia, riconobbe Luigi e Marta, ma non ha mai fatto mistero di non aver mai provato nulla per me, così mi disse: *Io ti sposo, ti salverò la vita e vorrò bene ai nostri figli, ma non potrò mai amarti, perciò io farò la mia vita e tu la tua.*

Così sono nate le sue amanti, i lunghi periodi in cui viaggia con loro, le infinite notti in cui non rientra a casa, io sono sempre sola e nessuno mi ha mai più toccata, abbracciata, baciata, nemmeno sfiorata, da quella maledetta notte di inizio primavera…".

"Tu… – Andrea esitava per timore di ferirla – Non hai mai avuto altri uomini?".

Lei scosse il capo.

"No, ho fatto la madre, la brava donna di casa, ho lottato per poter riaprire la libreria e riavere il mio cognome, la mia dignità, ma rispetto troppo Damiano e me stessa per farmi un amante".

"Certo… – disse lui con sicurezza – ma immagino che tu ti senta sola…".

Lei sorrise con contrarietà.

"No, mi sentirei sola se avessi provato la gioia di essere amata, ma così non è stato, sono sempre stata sola…".

Andrea era profondamente colpito dalla sua storia di vita, avrebbe voluto consolarla in qualche modo, ma non voleva che pensasse che avesse pietà di lei.

"Magari adesso puoi avere un amico" propose allungando la mano verso di lei.

Juliet guardò prima lui, poi il suo palmo aperto.

"Ho trovato un amico… – ripeté laconica, adagiando le dita sulla sua mano – Adesso mi vedrai come una povera donna sfortunata, quando le persone mi conoscono, all'inizio, tendo a piacere, sono simpatica, divertente, poi svelato il mio passato, *puff* la magia sparisce e divento solo una donna dal destino sfortunato di cui avere misericordia" sentenziò ridendo amaramente.

Andrea strinse la sua mano piccola con dolcezza.

"È bastata la penna che tenevi nei capelli per tenerli fermi a conquistarmi… Senza tutto il resto…" confessò cercando il suo sguardo e rammentando quel giorno in cui una penna con le piume fuoriusciva dai suoi capelli.

Lei rise imbarazzata, lo scrutò ritrovando la solita allegria che la contraddistingueva.

"Ne hai tantissime… – asserì, sporgendosi dalla sedia per guardarlo meglio – Non le avevo notate…".

Andrea alzò un sopracciglio, non capì immediatamente a cosa si stesse riferendo, poi si indicò gli zigomi divertito.

"Oh, stai parlando delle lentiggini… Sì ne sono pieno su tutto il corpo, sai i capelli rossi, la carnagione chiara, gli occhi…".

"Verdi… – continuò lei facendosi sempre più vicina – Verde salvia" asserì mentre gli era arrivata a pochi millimetri di distanza come un'attenta osservatrice.

Andrea scoppiò a ridere, la sua asserzione lo divertì, ma in verità stava solo provando a nascondere la timidezza che si stava impadronendo di lui.

"Verde salvia, non l'avevo mai sentito…".

"Non prendermi in giro. – gli disse pizzicandogli un fianco – Sono del colore della salvia, verde intenso ma opaco, spento… – convenì con fermezza – Cosa ti turba?".

Lui scosse il capo minimizzando.

"La colpa è solo mia, sono uno stupido ingenuo, quindi mi sta bene…".

"Sei innamorato di una donna che non ti ricambia?" chiese lei perspicace.

"Diciamo che sono attratto da una donna alla quale piaccio, ma solo come diversivo, come uno svago".

"È sposata?".

"Sì, la conobbi molti anni fa quando era solo una ragazza, ci innamorammo, è stato simile a quel fuoco giovanile che divampa e non ti da tempo di ragionare, poi lei sposò il duca Estasiani, l'ho rivista qualche giorno fa e mi sono illuso che provasse ancora qualcosa per me, invece non era così…" concluse addolorato.

"Lei è bellissima, davvero una delle donne più belle del paese" disse mentre l'immagine della duchessa si presentò davanti agli occhi.

"Lo è, perdo il controllo quando sono con lei, ma in verità non sono neanche così sicuro di amarla, l'amore è un mistero talmente grande…".

"Io non lo so cosa sia l'amore, ma se c'è qualcuno che mi fa pensare che esista, è Rachele… – sussurrò porgendogli la lettera che teneva nella borsetta – È per te…".

Andrea l'afferrò contrariato.

"Cosa vuol dire?".

Lei alzò le spalle.

"Leggila, sono sicuro che ti sarà tutto più chiaro… – gli consigliò alzandosi – Devo andare, i miei bambini dormono di sicuro da tempo, ma…".

"Certo. – la rassicurò lui alzandosi a sua volta – Ti accompagno a casa, non è bello che tu torni da sola a quest'ora".

Juliet si fermò a guardarlo nascondendo un sorriso.

"Nessuno mi ha mai accompagnata a casa, so cavarmela, ma ti ringrazio per avermelo detto".

Andrea insistette.

"Facciamo un patto, aspetterò davanti alla porta finché non ti vedrò rientrare".

"Va bene avvocato, accetto la vostra proposta" rispose allegra.

Erano arrivati all'uscita, si osservarono per alcuni secondi colti da una strana timidezza, un'esitazione che non si addiceva a nessuno dei due. Juliet si mosse di pochi centimetri e gli strinse le braccia attorno al collo. Andrea ricambiò immediatamente.

"Sono felice di averti incontrato" affermò lei flebilmente.

Andrea acuì la stretta sorridendo.

"Anche io…".

"Vieni domani pomeriggio in libreria. – gli propose allontanandosi – C'è un gruppo di lettura, il libro del mese è *Grandi Speranze*, ti divertirai".

"Ci sarò, grazie dell'invito e buonanotte".

Juliet sorrise felice.

"Dormi bene" disse leggera, poi si voltò e cominciò a camminare a passi svelti.

Andrea scosse il capo mentre l'osservava farsi sempre più piccola, per la prima volta nella sua vita, aveva avvertito un'emozione strana in sua compagnia, qualcosa a cui non sapeva dare un nome e in quel preciso istante, mentre lei aveva alzato la mano per salutarlo prima di rientrare in casa, si era sentito felice.

Si massaggiò le tempie confuso, restando fermo a guardare il vicolo ormai vuoto, era stata una giornata davvero faticosa e la sua anima era scossa, emozioni contraddittorie si alternavano, facendogli avvertire uno strano malessere allo stomaco.

Rientrò in casa e tolse la lettera dalla busta che portava il suo nome, cominciò a leggere mentre si dirigeva nella sua camera:

Caro Andrea,

mio carissimo e amato amico, so che leggendo non capirai il motivo della mia lettera e men che meno la ragione per la quale sia stata Juliet a portartela. Ma ti prometto che mi spiegherò come posso.

Dopo quello che è accaduto ieri sera, le mie prospettive sono mutate profondamente e, mio malgrado, sono partita anticipatamente, con molta probabilità quando leggerai queste parole sarò già a Roma dalla signora Ofelia. Il sentimento che io e Samuele proviamo ha causato troppo dolore a tante persone, e non è affatto corretto che io continui a pensare egoisticamente soltanto alla gioia che si libra nel mio cuore ogni volta che lui mi è accanto. Amare significa lasciare liberi e io, continuando a stare a Villa Orchidea, l'avrei solo costretto a cedere a un sentimento imperituro verso cui nessuno di noi due ha potere, siamo prigionieri impotenti e non facciamo altro che rincorrerci, a discapito dei nostri doveri, delle persone che ci circondano.

Ma ci rincorriamo senza poterci mai avere.

Lui è già andato via una volta, ora tocca a me. Samuele ha la sua vita che l'aspetta, il lavoro da intraprendere, Clara da sposare, una famiglia da costruire e sono certa che col tempo saprà essere fedele ai suoi compiti e li porterà a termine con coscienza. Io non ho nulla, non posso sposare un uomo che non amo, non voglio continuare a vendere fiori al mercato, non voglio diventare l'amante del conte Falesi.

Preferisco rimanere sola, ma essere in pace con me stessa, preferisco il dolore della distanza alla rassegnazione di una vita che non mi avrebbe mai resa felice.

Perciò amico mio ti dico addio. Tornerò qualche volta, ma non abitualmente.

Spero che tu vorrai venire a trovarmi ogni tanto, il mio cuore conserverà in eterno un posto unico soltanto per te che sei stato un dono indimenticabile, un amico fedele, un fratello, quello che avrei sempre desiderato avere, non c'è persona al mondo della quale mi fidi tanto quanto te, esclusa Juliet. Ho lasciato a lei il compito di consegnarti le mie parole perché spero che possiate diventare amici, lei è una donna speciale, è diversa dalle altre persone, te ne accorgerai con il tempo, sin da quando eravamo bambine l'ho capito, ma poi la sua vita sfortunata ci ha separate. So che la lascerò in buone mani, tu sei un grande uomo, sei capace di guardare oltre le apparenze, d'altronde sei diventato amico di una povera giardiniera come me, senza preoccuparti del giudizio delle persone.

Spero di averti reso felice facendoti rincontrare Celeste, se è lei la donna che ami, lotta fino alla fine, finché avrai forza e cuore e vedrai che un epilogo ci sarà, spero felice, ma sai bene che non sempre ci è concessa questa divina possibilità. Ma almeno potrai dire di averci provato.

Sai, con il tempo ho capito una cosa, il lieto fine non è la felicità, ma la certezza di non avere rimpianti.

Ti voglio bene con tutto il mio cuore,
Rachele.

Andrea si asciugò una lacrima che furtiva gli aveva rigato la guancia.

"Amica mia… – sussurrò sorridendo con amarezza – Non può finire così. – ripiegò la lettera e respirò forte per farsi coraggio – Non lascerò che finisca così…".

IX.

La notte appena trascorsa aveva caricato il cielo, le nubi all'orizzonte parevano addensate e la montagna era coperta da una spessa coltre di nebbia. L'aria era pungente e sembrava arrivare dalla vallata un lieve odore di neve.

A Villa Orchidea erano già tutti a lavoro, nel grande salone, la contessa Amalia stava conversando con Clara che, appena rientrata da un lungo viaggio a Parigi, era costernata e nervosa per l'assenza del suo promesso sposo.

"Avrebbe potuto telefonarmi, lasciarmi un biglietto…".

Amalia la guardò comprensiva.

"Cara, è stata una partenza improvvisa, deve sbrigarsi a consegnare la modulistica per la laurea e c'erano delle incongruenze, non so, dei cavilli burocratici che doveva risolvere di persona, allora è partito…".

"Sì, d'accordo, non mi interessa perché è dovuto andare a Londra, mi stupisce la sua indifferenza, insomma tra due mesi diventeremo marito e moglie..." asserì, visibilmente sdegnata.

"Tu sei stata via per venti giorni, Clara, hai contribuito a creare distanza tra voi e sai bene che siete partiti svantaggiati rispetto alle tue aspettative".

"Certo, avete ragione, forse l'ho trascurato, ma è evidente che lui non sia interessato a me, né alla mia compagnia".

"Imparerà a volerti bene, con il tempo sarà più accondiscendente e si abituerà a te" la rassicurò come se stesse parlando di qualcosa che conosceva bene.

"Non è l'idea di matrimonio che desideravo, – sentenziò sbrigativa – affatto...".

"È il destino che aspetta tutti coloro che sposano qualcuno che non li ama. – disse con sincerità – Qualcuno che non potrà mai amarli davvero, perché il vero amore l'hanno già trovato, e non sei tu..." concluse malinconicamente guardando un punto lontano della stanza.

Clara sospirò con mestizia.

"Sì, quella giardiniera, mi chiedo cosa ci abbia trovato in lei, non è affatto bella, è povera, non ha carattere...".

Amalia la interruppe:

"Clara, è la tua gelosia che sta parlando, è una donna di grande valore, non è colpa sua se Samuele la ama e neanche tua...".

"Mi chiedo solo se sarà capace di dimenticarla e di amare me, magari un giorno" affermò con aria sognante.

"Vuoi che ti dica cosa penso, sinceramente?" chiese la contessa, cercando il suo sguardo.

Clara dopo qualche istante di esitazione, annuì.

"Sarà in grado di rispettarti, si affezionerà a te, magari sarai la madre dei suoi figli e per questo ti sarà riconoscente in eterno. – il suo respiro tradì un'esitazione – Ma avrà sempre un'ombra che gli oscurerà il cuore e quella sarà l'ostacolo che non ti permetterà mai di arrivare sino a lui" terminò sorridendo amaramente.

Clara la guardò attentamente.

"Ma siete sopravvissuta egregiamente a quanto vedo, quindi posso sperare di arrivare alla vostra età ed essere soddisfatta...".

La sua perspicacia e l'indelicatezza di quella frase colpì profondamente la contessa, che scusò quella leggerezza con la sua giovane età, così si alzò e, prima di salutarla, sussurrò piano:

"Niente di ciò che ci distrugge, davvero, si può vedere con gli occhi...".

Clara stava per dire qualcosa, ma Patrizio entrò nella stanza con la sua solita solennità.

"Patrizio, la marchesa sta andando via" asserì laconica, poi scomparve.

La marchesa si alzò a sua volta.

"Signor Patrizio, mi fareste la cortesia di avvisarmi non appena il conte Falesi sarà tornato?" chiese dirigendosi verso l'uscita.

Lui la scrutò attentamente.

"Non mancherò. – le disse rassicurandola – Buona giornata marchesa Monteverdi".

"Buona giornata" sorrise flebilmente, guardò un'ultima volta l'uomo canuto che le stava di fronte. Poi, voltandosi, si diresse verso l'auto e andò via.

"Dottore, ditemi qualcosa ve ne prego" Beatrice implorava l'uomo come se potesse darle una notizia miracolosa, ma il dottore, dopo averla osservata pietosamente, le prese la mano.

"Signora, non posso dirvi alcunché, il signor Ravelli è a uno stadio terminale, i giorni di miglioramento apparente non stanno a significare che gli resti più tempo".

Beatrice sospirò.

"A questo livello, è normale che l'andamento sia altalenante, significa che manca poco..." terminò sperando di essere stato chiaro e Beatrice, avvertendo una fitta lacerarle lo stomaco, convenne che il dottore fosse stato fin troppo chiaro.

"Capisco, posso fare qualcosa per alleviare i dolori?".

"Morfina, due volte al giorno, poi più nulla! – sentenziò chiudendo la borsa e rinfilando il cappello – Per qualsiasi evenienza non esitate a chiamare".

La donna annuì, poi fece segno a Lidia di accompagnare il dottore alla porta.

Elia stava riposando in quel momento, il volto era pallido e le labbra arrossate, stava perdendo appetito e le forze parevano abbandonarlo ogni minuto di più. Ripensò alla sera precedente, quando dopo aver mangiato a fatica un po' di minestra, le aveva domandato quanto tempo mancasse al rientro di Sua Signoria e lei rassicurandolo aveva mentito dicendogli che stava per tornare, così lui si era addormentato tranquillo, convinto che al suo risveglio Samuele sarebbe tornato.

Ma era volato via un ennesimo giorno, e lui non era ancora a Villa Orchidea.

Non trascorreva giorno in cui non chiedesse di lui e Beatrice non trascorreva notte senza pregare che tornasse in fretta. Forse non sarebbe cambiato nulla, ma Elia doveva vederlo, doveva provare a parlargli per avere anche solo la speranza che Rachele sarebbe stata felice, altrimenti non sarebbe andato via in pace.

"Mamma... – Lidia era dietro di lei – Samuele tornerà domani mattina...".

Beatrice sorrise flebilmente.

"Dio sia lodato, grazie figlia mia. – le sussurrò stringendole le mani tra le sue – Speriamo che stanotte vada tutto bene".

Lidia annuì rassicurandola.

"Vedrai, andrà tutto bene...".

"Sì" fece lei laconica guardando un punto lontano della stanza.

"Non sarebbe il caso che Rachele sapesse...".

"Assolutamente. – la interruppe subito la madre – Mi ha chiesto infinite volte di non disattendere questa sua volontà e per quanto possa essere giusto o sbagliato, noi lo accontenteremo".

Lidia assentì silenziosa.

"Torno in cucina".

Beatrice annuì, stava per andare in cucina a scaldare un po' di latte, quando notò che a terra giaceva una lettera, probabilmente caduta dalla tasca del grembiule di Lidia.

La raccolse e sulle prime decise di non guardarla, per essere discreta, poi però, una strana preoccupazione prese piega quando lesse il mittente riportato sul retro della busta, *Scuola di Cucina e Ristorazione Pellegrino Artusi, Mantova.* Un lieve senso di colpa la invase. Poi, respirando per darsi coraggio, la scartò e ne lesse il contenuto:

Gentile Sign.na Lidia Visentini,

dopo attenta e scrupolosa valutazione da parte dei nostri insegnanti, con immenso piacere siamo lieti di comunicarvi che siete stata ammessa al primo anno della Scuola di Cucina e Ristorazione Pellegrino Artusi.

La S.V. è invitata a presentarsi il giorno nove del mese di gennaio p.v. presso la nostra sede di Mantova alle ore otto per assegnazione stanza presso la sede convittuale della medesima struttura, seguirà la prima lezione alle ore nove e trenta.

Le lezioni si svolgeranno in forma teorica e pratica, tutti i giorni nelle ore mattutine e pomeridiane, a esclusione della giornata domenicale.

È richiesto abbigliamento adeguato.

Cordiali Saluti,
Gabriele Dazi.
Responsabile segreteria S.C&R Pellegrino Artusi.

Beatrice sorrise tra sé, da un lato le dispiacque profondamente che sua figlia avesse deciso di non parlargliene, ma era soddisfatta del traguardo che aveva raggiunto, evidentemente quello era il suo desiderio, ed era riuscita a realizzarlo.

O forse voleva soltanto andar via, staccare da quella vita che fino ad allora le aveva arrecato troppo dolore perché, anche se faceva finta di star bene, la ferita che le aveva lasciato dentro Francesco era profonda e lei non sarebbe mai riuscita a tornare a vivere come prima di quel momento.

Allora forse si era convinta che cambiare aria, le avrebbe fatto bene. Ma

Beatrice lo sapeva bene, quando si scappa da se stessi, quel fantasma che dilania le nostre notti insonni lo portiamo con noi ovunque, ci seguirà in eterno.

Sospirò sommessa.

Chiuse la busta e la mise nella tasca della gonna.

Glie l'avrebbe ridata e le avrebbe chiesto spiegazioni, molto presto.

La campanella, posta sopra la porta d'ingresso, tintinnò irrompendo nell'aria allegra che aleggiava in libreria. Juliet canticchiava una strana melodia mentre sistemava dei libri su uno scaffale piuttosto alto, tenendosi in equilibrio su una scala di legno.

Si voltò appena, guardando con la coda dell'occhio verso la porta.

"Buonasera…" disse intravedendo una figura ben vestita che si stringeva le mani velocemente per scaldarsi.

"Credo che stasera nevicherà, fa un freddo cane…" mormorò sfilandosi il cappello.

Juliet riconobbe la voce e si voltò di qualche grado in più rispetto a prima.

"Sì, nevicherà, stamattina ho visto un pettirosso. – sentenziò sorridente scendendo dalla scala – Sei mancato all'appuntamento però…" lo ammonì mettendo il broncio.

Andrea si avvicinò.

"Hai ragione, ma ero pieno di cose da fare in ufficio, c'è una questione che da anni mi sta togliendo il sonno e non riesco a venirne a capo e in questi giorni devo assolutamente risolverla…" si discolpò facendole un sorriso tenero.

Juliet si raccolse i capelli alla bene e meglio con una matita, poi dirigendosi verso la porta girò il cartellino con la scritta *Siamo aperti* dal lato opposto, *Ora siamo chiusi* e lo scrutò con fare allegro.

"Bene, le questioni intricate mi piacciono un sacco, raccontami tutto!".

Andrea annuì e si sfilò la sciarpa.

"Pensa che oggi non ho nemmeno pranzato…".

Juliet gli fece cenno di aspettare un secondo e sparì sul retro. Dopo pochi istanti riapparve con un fagottino avvolto da una tovaglia a quadrettini blu e bianca.

"Per te… – asserì porgendoglielo – Torta di mele, la mia preferita".

Lui sorrise mostrandole un'espressione stranamente luminosa.

"Ma l'avevi portata per te…".

"Io la porto per me e per chi ha fame. – lo canzonò ridendo – Dai, assaggiala, sono certa che ti piacerà, d'altronde Juliet è una cuoca d'eccezione e i dolci sono la sua specialità".

Andrea stava per rispondere, ma la porta si aprì, stranamente.

Juliet mimò un'espressione contrita mentre gli occhi le si rabbuiarono, Andrea si voltò.

Sulle prime non riuscì a collegare l'emozione che si impadronì di lei con l'uomo che era entrato, poi, dopo qualche istante di esitazione, capì.

Era di corporatura snella, molto alto, indossava un cappotto color sabbia, un cappello e una sciarpa di ottima manifattura, aveva l'aria serena e il suo sorriso era largo e rilassato, gli occhi vispi e neri erano coperti da degli occhiali da vista con una montatura color testa di moro.

"Buonasera Juliet e buonasera a voi..." fece rivolgendosi ad Andrea. La sua voce era leggermente nasale, la bocca scoprì dei denti bianchissimi.

"Salve, ingegner Cardarelli. – disse lui porgendogli la mano cordialmente – Sono Andrea Falesi".

Damiano accettò la sua mano gentilmente.

"Avvocato Falesi...?" chiese quasi a se stesso.

"Sì, esattamente".

"Nipote del grande conte Falesi...".

Andrea abbassò lo sguardo sorridendo composto.

"Siete amico di mia moglie?" domandò osservando Juliet che nel frattempo si era messa a sistemare alcuni volumi per bambini.

"Ci siamo conosciuti da poco grazie a un'amica comune, Rachele".

"Oh certo, la sua amica d'infanzia. – disse toccandosi la fronte – Sono felice che Juliet abbia degli amici, è sempre sola, sono sicuro che la vostra compagnia le farà bene, venite a casa ogni volta che volete, ne sarò felice".

Andrea era stupito, tristemente. Ma provò a non darlo a vedere.

"Grazie, non mancherò".

Damiano annuì soddisfatto e lo oltrepassò dirigendosi verso sua moglie.

"Juliet, io stasera non torno a casa e domani parto per Milano, tornerò dopo le feste".

Lei lo scrutò con indifferenza.

"Va bene".

"Non ci sono neanche i miei genitori, andranno da mia cugina".

"Stai tranquillo, io e i bambini ce la caveremo, anche nei giorni di festa!".

Andrea era sempre più costernato. Stava facendo finta di leggere con interesse un libro, senza nemmeno sapere di cosa si trattasse e, nell'attesa, ascoltava ogni parola con amarezza.

"Ora vado a preparare i bagagli, ci sentiamo per telefono" asserì baciandole la guancia leggero, Juliet annuì e lo salutò con un cenno del capo.

"Arrivederci avvocato, è stato un piacere!".

"Di nuovo, buonasera".

Damiano scomparve in pochi secondi.

Andrea guardò Juliet che gli dava ancora le spalle, si accorse che prese un bel respiro, per poi voltarsi verso di lui.

"Questa è la routine, vedi? È peggio di come te l'aspettavi?" il suo sorriso era tirato.

"A me spiace per te, non posso dare giudizi sul suo comportamento…".

"Perché no, se te lo chiedo io?".

"Non voglio risultare sgarbato".

Lei alzò le spalle.

"Come vuoi, vieni, ora chiudiamo a chiave così non ci disturberà nessuno. – disse facendosi vicina alla porta – Poi prendiamo due sedie, ci mettiamo sul retro e parliamo!".

Andrea sorrise delicato e, mentre la seguiva, si domandò da dove prendesse tutta quella forza, in cuor suo sentiva una profonda ammirazione verso di lei, un grande affetto.

Juliet si sedette, tirò fuori un altro fagottino contenente della torta e attese che Andrea la raggiungesse.

"Hai letto la lettera di Rachele?".

Lui si accomodò sulla sedia e sospirò.

"Sì, non immagini quanto mi dispiaccia, io li ho aiutati da sempre, sono il loro più grande sostenitore e non vorrei mai che finisse tutto così…".

"È triste in effetti, ci ho pensato a lungo anche io ma non so se c'è una soluzione, a meno che tuo cugino non si decida a sposarla, ma dovrebbe rinunciare alla sua famiglia, al suo titolo, al suo patrimonio… insomma le offrirebbe una vita difficile".

Andrea le sorrise addentando la torta, la assaporò a lungo, poi sorrise di nuovo.

"È buonissima".

Juliet alzò un sopracciglio.

"Avevi dubbi? Te l'ho detto che i dolci sono la mia specialità".

Risero entrambi scrutandosi dolcemente.

Lei osservò minuziosamente il suo viso, i lineamenti marcati e delicati allo stesso tempo, il sorriso largo disegnato dalle sue labbra carnose.

"Sei davvero bellissimo, lo sai?" gli confessò tutto d'un fiato.

Andrea sbarrò gli occhi e la guardò per capire se stesse scherzando, poi notando che stava nascondendo una risata sotto una finta espressione seria, rise delicatamente.

"Sei una delle pochissime donne che me l'ha detto, dopo mia madre s'intende…".

Juliet rise di cuore.

"Le donne che hai incontrato non avevano buon gusto evidentemente e nemmeno la bella duchessa…".

Andrea la scrutò con amarezza, ma non rispose.

"Oddio, scusami... – fece lei sporgendosi verso di lui – Vedi che sfacciata che sono? Ma non è colpa mia, sono fatta così, non penso prima di parlare, scusami... – gli prese le mani tra le sue – Perdonami Andrea, sono una mina vagante".

Lui le strinse le mani.

"Hai ragione e poi non sei tu a doversi scusare. – le disse rassicurandola – Tu sei perfetta così come sei... Lei mi ha salutato con un biglietto lasciato alla mia segretaria..." sentenziò deluso.

Juliet strinse le labbra.

"Dov'è andata?".

"In Austria, non sa se e quando tornerà...".

"Oh, mi dispiace per te... Ma forse è meglio così, non credi? – gli domandò cercando approvazione nel suo sguardo – Meriti una donna tutta per te, qualcuno che sia libero di amarti a tutto tondo, senza riserve".

"Sì, senza riserve... – le fece eco lui, tenendole ancora le mani strette tra le sue – A tal proposito, – riprese respirando profondamente – forse esiste un modo per dare, a Samuele e Rachele, il lieto fine che meritano...".

Juliet sbarrò gli occhi.

"Dimmi che non stai scherzando. – si coprì la bocca con la mano – Sono tutta orecchi...".

"La storia è più complicata di quello che sembra, due anni fa per caso ascoltai una conversazione tra mio zio e il padre di Clara, i toni erano concitati e parlavano di un accordo, un qualcosa che vincolava mio zio a dare al marchese qualcos'altro in cambio e mi parve di intendere che ci fosse sotto qualcosa di molto grosso".

"Continua" lo incitò lei che ormai gli era praticamente addosso, tanto si era sporta dalla sedia per ascoltarlo.

Andrea le sorrise.

"Continuo... Il marchese Monteverdi è un cliente del nostro studio, mio padre sta seguendo per lui delle cause per alcuni patrimoni di vecchi zii che abitano in Svizzera e una mattina venne insieme a lui anche il notaio Tassinari...".

Lei tossì.

"Il notaio Tassinari?" domandò sconvolta.

"Sì, perché lo conosci?".

"Diamine se lo conosco...".

Lui la scrutò di sottecchi chiedendole tacitamente che si spiegasse, allora lei lo accontentò.

"Lui è stato l'artefice dei miei problemi riguardo al disconoscimento dei miei genitori e alla questione della libreria... Ma questa è un'altra storia, so soltanto che non è uno di quei professionisti di cui ci si può fidare...".

"Ecco, appunto, ho ascoltato il notaio e il marchese che parlavano di una busta, contenete un grosso segreto che riguarda mio zio e dicevano di tenerla in cassaforte, almeno finché lui non avrebbe accettato" terminò massaggiandosi le tempie.

"Quindi c'è un accordo tra le loro famiglie e tu pensi che c'entri qualcosa Rachele?" domandò Juliet sempre più confusa.

"No, cioè non direttamente, quel giorno mi venne in mente che l'unica cosa che legava le loro famiglie era il matrimonio tra Clara e Samuele e allora ho pensato che forse il riscatto per quel segreto era la promessa di dare Clara in sposa a Samuele, e l'altro ieri ne ho avuto conferma!".

"Come? Oh mio Dio... – lei era sconvolta – Quindi tuo zio ha accettato questo matrimonio per salvarsi da uno scandalo?".

"Esattamente, ero a cena da loro e c'erano ovviamente anche Ugo, Viola e Clara e quando le donne sono andate a giocare a carte loro due sono rimasti in salone a fumare i sigari e io, fingendo un impegno, sono andato via, ma in realtà sono rimasto dietro la porta per un po', quel poco sufficiente ad ascoltare quello che si sono detti...".

"Cioè?".

"Più o meno è andata così" si allentò il nodo della cravatta e mimò la conversazione udita. "*Il tempo sta per scadere, Guglielmo, devono sposarsi.* – ha detto Ugo, poi mio zio ha risposto – *Febbraio è vicino, ho rispettato gli accordi, ma non credere che Samuele la possa amare.* – allora il marchese si è agitato – *Clara ne è innamorata, non ha chiesto altro se non averlo come marito e io l'accontenterò fosse l'ultima cosa che faccio, oppure ti rovino Guglielmo, quella lettera sarà la tua fine...*".

Juliet si era alzata e aveva iniziato a camminare nel retrobottega come una furia.

"Che piano losco e cattivo, come si può agire in questo modo? Comprare l'amore di un uomo per la propria figlia? Accettare di rendere il proprio figlio infelice in cambio del buon nome che non verrà infangato...".

"Tu hai ragione Juliet, ma le cose non sono sempre come le vorremmo, tu dovresti saperlo".

"Lo so, lo so e per questo mi arrabbio... Come possiamo fare?" chiese sedendosi di nuovo e afferrandogli le mani speranzosa.

"Noi dobbiamo dirlo a Samuele, sono convinto che non sposerà mai Clara, men che meno dopo questa notizia e poi... – sussurrò sorridendole sommessamente – Quando domani tornerà a casa e non troverà Rachele, credi che resisterà a lungo senza prendere il primo treno per riportarla a casa?".

Juliet lo guardò dolcemente.
"No... – si perse in un sorriso – Lei è l'amore della sua vita...".
"Sì... – fece lui, sorridendo a sua volta – L'andrà a riprendere e finalmente, la sposerà...".
"Certo, tu devi dirgli quello che sai...".
"Noi dobbiamo avere quella lettera, consegnarla a Samuele così che lui possa chiedere a mio zio la parte di patrimonio che gli spetta senza temere che lui lo diseredi e, consegnandogli la lettera, mio zio sarà libero da quel vincolo e lui potrà...".
"Sposare la nostra Rachele... – terminò lei commossa – Sposarla e darle la vita che merita...".
"Esatto, ma il problema è qui, non ho idea di come fare ad avere quella lettera".
Juliet si illuminò.
"Questo è l'ultimo dei problemi...".
Andrea era sconvolto.
"Cosa vuoi dire?".
"Voglio dire che il notaio Tassinari mi deve un grosso favore e che quindi potremo salvarli".
Andrea si alzò di scatto e cominciò a ridere incontrollato.
"Sei felice?" domandò lei tirandolo per un braccio.
Lui non rispose, l'abbracciò soltanto.
Lei sulle prime rimase immobile, poi respirò profondamente e ricambiò la sua stretta.
Non capivano cosa fosse a legarli, ma era talmente bello che nessuno dei due osò farsi troppe domande o sciogliere quell'abbraccio. Juliet si sentiva al sicuro quando era con lui, Andrea invece comprese cosa significasse essere felici. Sensazioni nuove, talmente nuove che parvero a entrambi irreali.
"Io devo andare dai bambini. – fece lei sciogliendosi dalla sua presa – Domani andrò dal notaio e ti porterò la lettera, tu nel frattempo preparati a parlare con tuo cugino...".
"Grazie Juliet, davvero. – le sussurrò allontanandosi a sua volta – Buona serata...".
"Ciao Andrea" lo salutò alzando la mano delicatamente.
"Comunque... – sussurrò prima di incamminarsi verso l'uscita – Se vuoi sapere cosa penso della sua situazione e se vuoi la verità, credo che tuo marito sia un vero pazzo, avere come moglie una donna come te potrebbe essere soltanto una benedizione...".
Juliet avvertì il cuore accelerare timidamente, si coprì le labbra con il dorso delle dita nascondendo un sorriso.

"E per informazione... – continuò lui – Il giorno dell'Immacolata sono libero..." terminò sagace.

"Allora puoi venire da me e i bambini, ci saranno tanti dolci e altrettanta confusione" rispose lei con gli occhi che le brillavano.

Andrea sorrise e accettò l'invito, poi, dopo averla salutata nuovamente, uscì dal negozio e alzando gli occhi al cielo rise come un bambino.

La neve era finalmente arrivata.

E lui era felice.

X.

La neve scendeva placida, ovattava ogni albero, e la collina sembrava incantata e addormentata sotto un manto appena accennato di candore.

L'auto parcheggiò davanti all'entrata principale di Villa Orchidea.

Samuele scese lentamente stringendosi nel cappotto, salutò Patrizio che, come sempre, l'aspettava sulla porta.

"Signoria, è un piacere immenso rivedervi".

"Ciao Patrizio, è stato un lunghissimo viaggio, ho rischiato di restare bloccato a Milano, anche lì nevica ininterrottamente da ore!".

Il maggiordomo mimò un assenso, poi lo invitò a entrare.

"I miei genitori dove sono?" domandò guardandosi intorno e notando che la casa era stranamente silenziosa.

"Sono a messa insieme alla famiglia Monteverdi, torneranno a breve".

"Bene, puoi farmi portare un tè in camera per favore?".

"Certo, mettetevi comodo, faccio preparare un bagno caldo?".

"Sì, ma tra una mezz'ora, ora devo andare da Rachele".

Patrizio sussultò, strinse gli occhi e respirò profondamente.

"Non è in casa, ma ha lasciato una cosa per voi nella vostra stanza" asserì in un fil di voce voltandosi verso di lui.

Samuele lo scrutò sconcertato.

"Dov'è andata?".

"Con permesso Signoria, devo andare..." sussurrò quando ormai era già lontano.

Il giovane mimò una smorfia contrariata, il cuore accelerò.

Corse lungo le scale, oltrepassò il corridoio, poi spalancò la porta. Si guardò intorno ma non trovò nulla. Poi gli occhi gli caddero sul suo cuscino. C'era un giacinto viola e accanto una busta da lettera che portava il suo nome.

Samuele scosse la testa stringendo le palpebre, massaggiò le tempie che avevano incominciato a battere furiosamente, il fiore faceva presentire che stesse scusandosi per qualcosa e con tutto se stesso sperò che non lo stesse facendo perché se ne fosse andata.

Vi si avvicinò tentennante, afferrò la busta e, dopo averla aperta, cominciò a leggere terrorizzato.

Carissimo Samuele,

è notte fonda e sto disperatamente cercando le parole giuste per spiegarti ciò che si agita dentro di me, ma le parole sviliscono, fanno morire il vero senso delle cose, dei sentimenti che ci abitano.

Allora ho pensato, chi meglio dei miti potrebbe svelarne il vero senso?

Quando eravamo piccoli tra quelle pagine abbiamo trovato la chiave che apriva ogni porta, la spiegazione a ogni dubbio, il disvelamento di tutte le curiosità, allora li userò di nuovo, per te, per noi.

Ricordi Aurora? La bellissima Dea che si innamorò di Titone? Un mortale?

Forse no, se la memoria non mi inganna infatti, quel mito non ti è mai piaciuto. Io invece l'ho sempre amato moltissimo, più degli altri perché basa il suo vero senso su di un errore tanto piccolo eppure così fondamentale. Quando amiamo facciamo lo stupido sbaglio di essere convinti di sapere per filo e per segno quale sia la scelta giusta, la via migliore e sembriamo esserne sicuri per entrambi. Così sicuri che non ci poniamo domande, che sfioriamo l'egoismo, che ci sta bene così, anche se in un recondito posto della nostra coscienza siamo consapevoli che stiamo sbagliando.

Aurora, infatti, implora Zeus che Titone possa diventare immortale, così da non doversene mai separare.

Ma capirà solo quando sarà troppo tardi che aveva deciso solo per se stessa.

Aveva chiesto qualcosa di sbagliato, nel modo sbagliato. Senza pensare.

L'immortalità infatti non preclude dall'invecchiare, così Titone non muore, ma si spegne giorno dopo giorno, riducendosi a un esserino piccolo e debole, così fragile da essere poco più che un respiro.

In tutti questi mesi, amore mio, sono stata capace di guardare solo al mio desiderio, tanto era grande la sete che avevo di saziarlo, io volevo averti, anche a breve scadenza, anche per poco tempo, non contavano le conseguenze e neanche se qualcuno soffrisse per la nostra ostinazione, per la nostra cieca obbedienza a quel sentimento pazzo e imperioso, quell'amore impossibile, figlio di un Dio sbagliato.

Non contava quell'inevitabilità che ci rendeva prigionieri l'uno dell'altra.

Ma desiderandoti con tanto ardore, io ho fatto lo stesso errore di Aurora. Ti ho legato a me, ti ho sottoposto alla necessità che sentiamo di averci e che ci travolge senza scampo, ti ho privato della libertà.

Insieme, io e te non siamo liberi.

Siamo schiavi, incatenati al nostro stesso cuore che spinge le nostre anime a rincorrersi in eterno senza potersi mai avere del tutto. Ci possiamo solo sfiorare.

Chi potrebbe mai dire di essere libero, se non ha scelta alcuna davanti a sé?

Abbiamo mai avuto scelta di fronte al nostro sentimento?

Se Aurora avesse accettato la mortalità di Titone, lui sarebbe stato libero, se lei avesse capito che amarlo non significava possederlo ma lasciarlo andare, allora avrebbe capito la lezione.

Amarti, mio adorato Samuele, significa gioire nel sapere che sei al mondo e che esisti.

Anche se non sei con me.

Andare via significa darti un'altra possibilità di scelta.

Andare via significa liberarti.

Immagina che Aurora si fosse accontentata di amarlo per la durata della sua fragile vita da umano.

Pensa se lei gli avesse chiesto se per caso avrebbe preferito non morire mai o lasciarla andare quando sarebbe arrivato il momento.

Tu, amore, preferiresti vivere la tua vita con me accanto come una spina nel fianco, sapendo di non potermi mai avere, costretto a cedere alla forza trascinante che ci tiene in gabbia e che ci fa amare e poi lasciare andare ogni maledetta volta, o vivere ringraziando il cielo per aver scoperto un amore così grande, ringraziare Dio per averci fatto incontrare e aver avuto il coraggio di accettare che è impossibile per noi stare insieme?

Aurora avrebbe potuto lasciarlo libero. Ma non l'ha fatto.

Io invece voglio farlo.

Ci siamo amati tanto, ti ho avuto per me e adesso devo lasciarti andare.

Non posso e non voglio condannarti a una vita infelice.

Segui il tuo destino, vivi la tua vita.

Ti ho avuto abbastanza per capire che il vero amore esige che io impari a lasciarti andare.

Stavolta per davvero.

Adesso, per sempre.

Ti amo e non smetterò mai di farlo. Grazie per tutto ciò che mi hai dato, insegnato, per ciò che sei.

Non ti dimenticherò mai, puoi esserne sicuro.

Addio,
Rachele.

Gli occhi di Samuele erano colmi di lacrime, le ultime parole era riuscito a leggerle a malapena, tanto le sue pupille erano offuscate dal pianto, dalla disperazione. Strinse il foglio in un pugno, poi si morse le nocche soffocando un singhiozzo. Provò a respirare, ma il petto si gonfiava e si abbassava talmente velocemente che gli sembrava che stesse per annegare.

Qualcuno bussò alla porta. Lui si voltò e non fece in tempo neanche a dire al suo cervello di rispondere che la porta si aprì.

Il cuore di Andrea perse un colpo nel vedere suo cugino in quello stato. Ed era ben consapevole che ciò che stava per dirgli, avrebbe soltanto peggiorato la situazione, ma doveva farlo. Il tempo stringeva e doveva muoversi velocemente.

Samuele guardò suo cugino disperato.

"Se n'è andata, Andrea, se n'è andata un'altra volta...".

Andrea si avvicinò, chiudendosi la porta dietro le spalle.

"Ti devo parlare Samuele, è una questione di vitale importanza".

Il tono preoccupato con cui disse quelle parole turbò Samuele che sentì l'onta di disperazione, che l'aveva invaso, placarsi lentamente. Si asciugò gli occhi con il dorso della mano.

"Cosa succede?".

Andrea lo abbracciò per le spalle, poi gli sorrise.

"Vieni, sediamoci".

Poi cominciò a raccontare.

"Patrizio fai preparare il pranzo anche per i nostri amici, restano con noi, spero che la signora Beatrice non me ne vorrà!".

Guglielmo era particolarmente di buon umore quella mattina e Patrizio, che li accolse sulla porta come di consueto, assentì con reverenza.

"Mio figlio è tornato?".

"Sì, sta riposando, scenderà per pranzo, ha chiesto di non essere disturbato, ha dormito poco per via del viaggio".

Clara sorrise compiaciuta stringendo la mano alla contessa che la ricambiò con uno sguardo d'intesa.

"Bene, bene, intanto ci accomodiamo in salone, vieni Ugo, ho un liquore nuovo di zecca proveniente dalla Provenza che ti farà impazzire".

Tutti si diressero tranquillamente verso il salone, gai e allegri per il Natale che oramai era alle porte, impazienti di rivedere il loro Samuele, felici per quell'imminente momento conviviale al quale ne sarebbero seguiti molti altri, non appena le loro famiglie sarebbero diventate unite in una sola. Mancava meno di un mese, infatti, al matrimonio di Samuele e Clara e i preparativi necessitavano di maggior cura e attenzione.

Un'onta di risa attraversò i volti dei presenti che sembravano essere perfettamente e irrimediabilmente sereni.

Ma qualcosa cambiò.

La porta del salone si aprì improvvisa, sbattendo contro il muro attiguo.

I presenti si voltarono impauriti e all'unisono sbarrarono gli occhi increduli.

Samuele era fermo sulla soglia, i capelli scomposti, gli occhi rossi e gonfi di pianto, il volto emaciato.

Li osservava con un sorriso sardonico. Dietro di lui, Andrea chiuse prontamente la porta.

Fu Clara ad alzarsi per prima, costernata gli corse incontro protendendo la mano tesa verso di lui.

"Caro, ma cosa è successo?".

Samuele la spinse via con un unico, breve, movimento del gomito.

Lei perse l'equilibrio, si appoggiò alla consolle che le stava sulla destra.

"Samuele cos'hai?".

"Stai zitta..." tuonò prepotente.

Ugo, infuriato, corse verso la figlia.

"Come osi trattare mia figlia in questo modo?".

Samuele avanzò.

"Non ho la minima intenzione di parlare con voi" lo liquidò oltrepassandolo.

Amalia cercava lo sguardo di suo marito per capire cosa stesse accadendo, ma lui guardava dritto negli occhi di suo figlio con serietà, non sembrava sconvolto, né incredulo.

Era come se fosse l'unico ad aver compreso il motivo di tale turbamento.

"Dimmi soltanto come hai potuto, come hai potuto fare questo a tuo figlio?".

La voce di Samuele era soffocata dalla rabbia che gli batteva furiosa alle tempie.

Guglielmo indietreggiò di qualche passo.

"Di cosa stai parlando, Samuele? Sei scosso, calmati".

"Risparmiami questa farsa, abbi almeno il coraggio di essere sincero adesso, ti do la possibilità di fare una figura meno pessima di quella che sto per farti fare io... Parla!" lo incitò raggiungendolo.

"Samuele ma di cosa stai parlando? – Amalia provò a stringergli la mano, ma lui si tirò indietro di scatto.

"Stanne fuori mamma..." l'ammonì duramente.

"Figliolo, sei stanco e provato dal viaggio, vieni andiamo nello studio e parliamo io e te" disse il padre prendendolo per le spalle.

"Non toccarmi! – gridò infuriato – Noi non andiamo da nessuna parte, noi resteremo qui e tu dirai qual è stato il tuo sporco gioco davanti a tutti i presenti, sempre se c'è qualcuno di voi che ne sia all'oscuro" passò in rassegna con lo sguardo le persone che lo osservavano impaurite, l'unica che gli sembrava veramente ignara era sua madre che stava iniziando a tremare, mentre osservava suo marito con sdegno.

"Adesso sono stanco di questo tuo tono, esci da questa stanza, Samuele, vattene!" Guglielmo lo spinse via con la mano, ma lui lo scansò con una mossa fluida ridendo amaramente.

"Sei un vile! – esclamò tra i denti – Adesso raccontiamo a tutti la storia di come tu e il signor Monteverdi vi siate accordati per far sposare me e Clara, visto che il grande marchese è venuto a conoscenza di un tuo segreto, uno di quelli che se fosse venuto fuori ti avrebbe rovinato per l'eternità, allora hai deciso di offrire me a sua figlia in cambio della lettera che lo conteneva, lettera che sarebbe tornata in tuo possesso solo all'atto del nostro matrimonio. Così tu saresti stato libero e io ingabbiato in un matrimonio ancor più abietto di uno combinato, un matrimonio che è una compravendita, una merce di scambio per coprire i tuoi sporchi errori...".

Guglielmo sbiancò, appoggiò la mano al bracciolo della poltrona.

"Samuele, tu stai sparlando, chi ti ha raccontato queste stupidaggini, è stato tuo cugino?" domandò indicando Andrea che era rimasto fermo in fondo alla stanza.

"Per grazia di Dio, sì, perché lui è davvero interessato al mio bene...".

Amalia si sedette nascondendosi il viso tra le mani.

"Non hai le prove per testimoniare quello che hai detto" asserì Ugo stringendo la mano di sua figlia che nel frattempo non si era allontanata di un millimetro da suo padre.

"Non ho le prove... – ripeté Samuele divertito – Ne siete così sicuri? Io se fossi in voi preferirei cominciare a scusarmi e darmi una buona spiegazione per giustificare questo lurido teatro, prima che finisca di rovinarvi...".

Ugo rise, sminuendolo.

"Sei solo un ragazzino presuntuoso e pieno di te, l'avevo detto a mia figlia che non ne sarebbe valsa la pena fare tutto questo gioco solo per sposarti...".

Andrea si precipitò verso il cugino, sicuro che avrebbe dato in escandescenze, infatti riuscì a fermarlo appena in tempo.

"Sapete cosa vi dico, spero che un giorno riuscirete a guardarvi allo specchio senza provare sdegno verso il vostro riflesso, lo spero per la vostra coscienza marchese Monteverdi, dopotutto hanno ragione le persone del paese che credono che voi siate un tiranno".

"Calmati Samuele" disse Andrea provando a quietarlo. Ma lui lo ignorò.

"Temevo che anche tu facessi parte del gioco, ma ho sperato fino all'ultimo che ne fossi ignara..." Clara lo guardò con gli occhi pieni di lacrime – Perché l'hai fatto?".

"Perché volevo che mi sposassi"

Samuele rise tra sé.

"E per farlo dovevi per forza usare una strategia, non è così? Conoscermi, conquistare la mia fiducia, farmi innamorare di te, questo non l'hai contemplato?".

"All'inizio sì, ma poi ho capito che nel tuo cuore non c'era spazio che per quella contadina insulsa e arrivista!".

Samuele strinse i pugni per trattenere la rabbia, le lanciò uno sguardo deluso.

"Credevo che tu fossi diversa da loro, invece mi sbagliavo. – poi si voltò verso i suoi genitori – Io mi ero quasi convinto ad adempiere ai miei doveri, perché credevo di dovervi la mia obbedienza, perché credevo di essere troppo ostinato, perché credevo che prima o poi avrei imparato a convivere con lei, anche se non l'avrei mai amata... E invece voi mi avete usato, per i vostri scopi... E io ho lasciato andare la donna che amo, l'unico essere umano che mi abbia mai amato davvero, l'unico che ha messo davanti il mio bene, anche a costo di morire di crepacuore, anche a costo di lasciarmi andare al mio destino... Destino che voi avevate architettato magistralmente...".

Amalia si scostò dal marito, nascondendo le lacrime che le avevano iniziato a rigarle il volto.

La porta si aprì di nuovo, stavolta a entrare fu una donna che nessuno dei presenti riconobbe. Tranne Andrea, che l'accolse sorridendo compostamente.

Lei gli si fermò accanto.

Samuele si voltò a guardarla e strinse le labbra, poi si rivolse a suo padre dandole le spalle.

"La lettera, siglata dal notaio Tassinari, eccola la prova".

Juliet avanzò.

"Buongiorno a tutti" disse educatamente, poi consegnò la busta a Samuele che la strinse tra le mani guardandola con amarezza.

"Voglio la parte del patrimonio che mi spetta e la tua parola che non mi disconoscerai, voglio sposare la donna che amo e rifarmi una vita, lontano da qui, lontano da voi...".

Stavolta fu Andrea ad avvicinarsi al cugino e a lasciare che gli consegnasse un foglio che, a sua volta, Samuele mostrò a suo padre.

"Firmalo, così avrò la certezza che stavolta non farai scherzi".

Guglielmo lo lesse velocemente, poi, sconfitto, sfilò la penna dal suo taschino e firmò appoggiandosi sul tavolino accanto a lui.

Gli porse di nuovo il foglio evitando il suo sguardo.

Samuele lanciò la lettera a terra.

"Tieniti i tuoi segreti, non voglio neanche sapere di cosa si tratta o rischierei di odiarti ancora di più".

"Samuele io..." tentò di dire qualcosa, ma lui lo raggiunse, lo guardò intensamente, poi parlò con un fil di voce.

"Mi vergogno di essere tuo figlio…".

Detto ciò, si voltò e uscì dalla stanza a passo svelto senza degnare persona alcuna del suo sguardo o saluto. Andrea e Juliet lo seguirono a ruota.

Non appena la porta fu chiusa, Samuele respirò forte, sentendosi sollevato.

Andrea lo abbracciò.

"È tutto finito cugino mio, ce l'abbiamo fatta…".

Lui ricambiò la stretta affettuosamente.

"Non so come avrei fatto senza di te, senza di voi, non potrò mai ringraziarvi abbastanza…".

Juliet li osservò sorridendo, era felice, felice di essere riuscita a procurare gioia alla sua cara amica e all'uomo che amava, era bello sentirsi utile al raggiungimento di un sogno di qualcuno.

"Signoria scusatemi…" una voce femminile li interruppe.

Samuele riconobbe immediatamente Lidia, che torturandosi le mani nervosamente, aveva gli occhi lucidi e sembrava imbarazzata.

"Cosa c'è Lidia?" domandò avvicinandosi.

"Ecco… Il signor Elia ha bisogno di voi".

"In che senso?".

"Nel senso che aspetta da tanti giorni che voi possiate fargli visita per parlarvi…".

Samuele non capiva, ma il tono di voce che aveva la sua amica gli fece sentire il cuore pesante, anche se non ne capiva il motivo.

"Di cosa?".

"Sta morendo Signoria…".

Andrea sbarrò gli occhi, Juliet si coprì la bocca con la mano.

"Cosa stai dicendo? – Samuele era incredulo – Ma come è possibile?".

"È molto malato, da tempo…".

"E Rachele lo sa?".

Lidia scosse il capo abbassando lo sguardo.

"Lui non ha voluto dirglielo, lui vuole parlare con voi, con voi e basta, dice che altrimenti non potrà morire in pace…".

"Santo Dio…" Andrea si passò la mano tra i capelli.

"Devi andare a prendere Rachele, devi riportarla qui, può essere che faccia in tempo a salutarlo…".

Samuele guardò prima Juliet, poi Lidia. Era senza parole.

"Prima parlate con lui, ve ne prego" lo implorò disperata.

"Sì, certo… Andrea puoi prestarmi la tua macchina?".

"Ovviamente, ma non puoi metterti in viaggio con questo tempo…".

Samuele lo scrutò con serietà.

"Io devo andarmela a riprendere, Andrea, lei deve tornare qui da suo padre, lei deve tornare da me… E non c'è bufera che tenga, io andrò da lei, altrimenti impazzirò…".

Juliet raggiunse Andrea stringendolo per un braccio.

"Ha ragione… Ma c'è una cosa che dovete sapere…".

Tutti fissarono gli occhi su di lei con bruciante attesa.

"Mi ha chiamata stamattina, è rimasta bloccata a Firenze per il maltempo e ha dormito in una locanda, visto che tutti i mezzi di trasporto sono bloccati ha trovato un passaggio e tornerà tra poco… Aspetterà che il tempo si rimetta per partire di nuovo…".

Samuele le sorrise, poi si scambiò uno sguardo complice con Andrea.

"Meglio così… Forse riuscirà a salutare suo padre…" sospirò fragorosamente fino a quando non seguì Lidia a grandi passi, scomparendo in un batti baleno lungo il corridoio.

XI.

"Papà, pensi che abbia freddo?".

Elia si avvicinò alla poltrona e accarezzò la piccola Rachele dalle spalle.

"No tesoro, gli abbiamo messo su una bella coperta!".

Lei rise e si sedette accanto a lui.

"Oggi si è stancato tanto, ma alla fine l'abbiamo ritrovato il mio libro…".

"E dov'era amore mio?".

"Indovina?".

Elia rise divertito.

"Proprio dove non avevate cercato".

"In giardino" asserirono all'unisono perdendosi in un sorriso allegro.

"Pensa che domani il professor Palazzi doveva interrogarlo su Cicerone e non ha studiato nulla…".

"Ti vuole molto bene, è evidente" le disse Elia cercando il suo sguardo.

"Io gliene voglio, papà, tantissimo, così tanto che se lui morisse io morirei con lui…".

Elia le prese il naso tra le dita.

"Non dire sciocchezze amore, lui non morirà".

"Neanche tu, vero, papà?".

"Quando sarà il momento, Rachele, come tutti, ma voi siete ancora giovani".

"Ma io non voglio stare senza di te" confessò lei, mostrando una smorfia rattristata.

"Quando avverrà, ci sarà lui insieme a te. – la rassicurò indicandole Samuele che dormiva di fronte a loro – Non ti lascerà sola e imparerai a sorridere di nuovo, anche senza di me".

La bambina lo abbracciò, nascondendo il viso nel suo maglione.

"E se mi lasciasse sola anche lui?".

Il padre la strinse a sé dolcemente.

"Ti dico un segreto piccola, chi ci ha amato non ci lascerà mai, anche quando non sarà più visibile ai nostri occhi, sarà sempre con noi".

"Davvero papà?".

"Sì, ricordalo sempre Rachele, l'eternità è nell'amore che resta...".

Il vento soffiava forte, la rosa che Rachele aveva appoggiato sulla nuda terra perse qualche petalo che si accasciò, distrutto, lasciando che la brezza fredda lo trasportasse via.

La croce semplice e scarna troneggiava a capo di un rettangolare pezzo di terra.

Anonimo, colmo di dolore e assenza.

Lì sotto c'era qualcosa, eppure Rachele avvertiva nel cuore un vuoto incolmabile, uno spazio scavato che sarebbe rimasto per sempre così, insaziato e inerme, in attesa del momento in cui avrebbe riavuto per sé suo padre. L'unica vera famiglia che avesse mai avuto. L'uomo più generoso che avesse mai conosciuto, colui che pur di cedere all'utopica convinzione che avrebbe potuto realizzare il sogno di sua figlia, aveva deciso di morire da solo, lasciandola partire per un paese lontano, dicendole arrivederci con la bocca e serbando nel cuore il più straziante degli addii.

Quello di colui che sa che sarà l'ultima volta.

Le persone stavano cominciando a mettersi in fila per salutarla, alle esequie ne erano accorse moltissime, più di quante Rachele si sarebbe mai aspettata, sapeva che suo padre era un uomo molto amato, ma non credeva che anche in paese avesse tanti amici.

Sorrise cordialmente ad almeno una ventina di persone che conosceva solo di vista, mentre ne incontrò per la prima volta almeno una decina. Alla fine, stranamente, rimasero le persone a lei più care che, con tenerezza reverenziale, si avvicinarono a lei titubanti e addolorati.

Iniziò Patrizio che la strinse forte, lo seguì Dimitri e Saverio.

Lidia arrivò insieme a Matteo.

"Tesoro mio, sono con te, sempre..." le disse dolcemente stringendole la mano.

Rachele le mostrò un sorriso stanco.

"Lo so, grazie...".

"Sono consapevole che non è il momento, ma domani partirò per Mantova, mi hanno preso all'accademia di cucina".

Lei provò a mostrarsi entusiasta, sforzandosi in modo inaudito.

"Sono felice per te Lidia, meriti di trovare la tua strada, mi scriverai, non è vero?".

L'amica l'abbracciò.

"Certo, ogni volta che potrò, abbi cura di te Rachele…".

Lei annuì lasciando la presa, Matteo le si pose di fronte, sfilandosi il cappello di lana.

"Io… Volevo molto bene a tuo padre, mi dispiace tanto che non sia più con noi" confessò a voce bassa.

"Anche lui teneva molto a te e io ti ringrazio per averlo aiutato in questi anni".

Matteo teneva il volto basso.

"L'ho fatto per te…".

Rachele gli prese la mano.

"Grazie di tutto Matteo".

Lui la scrutò emozionato.

"Avrai sempre un posto nel mio cuore, anche tra cento anni, ricordatelo".

Si sorrisero sommessi, fino a quando non si separarono con un grosso peso sul cuore, simile a quello che ci si lascia dietro quando si è consapevoli che nulla potrà mai cambiare il finale della propria storia.

Andrea le si pose accanto, abbracciandola senza parlare, la strinse forte, con un tale affetto che Rachele si sentì come tra le braccia di un fratello.

"Sei una delle persone a cui tengo di più al mondo Andrea" gli confessò nell'orecchio mentre erano ancora abbracciati.

Lui si allontanò per poterla guardare meglio.

"Vale lo stesso per me, davvero".

Juliet la raggiunse accarezzandole una guancia.

"Piccolo fiore, non sei rimasta sola, d'accordo? La tua Juliet ci sarà sempre per te, anche se te ne dovessi andare in capo al mondo, anche tra un milione di anni".

Rachele rise leggera.

"Riesci sempre a strapparmi un sorriso… – confessò baciandole la guancia – Grazie di essere venuta, grazie…".

Juliet la guardò un'ultima volta, poi si allontanò insieme ad Andrea che la stava aspettando con discrezione.

Stavano per andar via dal cimitero, decisi a recarsi a casa di Andrea per prendere un tè caldo, ma appena prima di uscire dal cancello principale, vennero bloccati da una visione alquanto strana. Una donna vestita con abiti religiosi si arrestò non appena gli fu di fronte.

Andrea, d'istinto, la salutò cordialmente.

"Buongiorno Madre…".

Lei ricambiò con un sorriso, ma oltrepassandolo gli urtò la spalla e qualcosa cadde a terra.

Andrea non se ne accorse, ma la donna portò gli occhi verso terra e avvertì il cuore pulsarle frettoloso. Si stropicciò gli occhi per paura di aver visto male, ma la visione era sempre la stessa.

"Ma sei impazzita, avrai speso una fortuna!" l'ammonì lui dolcemente.

Lei sorrise, stringendogli la mano.

"Almeno smetterai di mettertele dietro l'orecchio e ti comporterai come un uomo nobile quale sei!" lo canzonò amabilmente.

Lui lo aprì e notò che all'interno c'era un'incisione, nascosta su un angolo, DG.

"Così mi ricorderò di te giusto?" chiese lui baciandole la fronte.

"Esattamente, lascerò nella tua vita tante piccole cose così quando avrai la tua vita e io la mia, potrai sempre ricordarti di me".

"Non lo capirai mai, non è così? – le sussurrò stringendola forte a sé – Io non ti dimenticherei in nessun caso, mai...".

Si chinò e raccolse il portasigarette d'argento.

Passò un dito sul dorso per togliere la neve, avrebbe voluto aprirlo per disconfermare i suoi dubbi, ma le parve fin troppo fuori luogo, così si incamminò verso l'uscita e raggiunse a grandi passi il giovane che aveva incontrato poco prima.

"Signore..." gridò.

Andrea si voltò immediatamente e Juliet fece altrettanto.

"Vi è caduto questo..." mormorò porgendogli il portasigarette.

Andrea sorrise.

"Grazie mille, sono uno sbadato...".

La donna notò il volto grazioso di quel giovane, le lentiggini, gli occhi grandi e dolci di un verde intenso. Il cuore le batteva sempre più forte.

"Sapete, ci tengo moltissimo a questo portasigarette, me l'ha regalato mio zio per i miei diciotto anni".

La donna si torturava la mano sotto la tunica, respirava leggermente affannata, a provò a non darlo a vedere.

"Oh... e quando compiete gli anni?" domandò dolcemente.

"Il 21 febbraio, a fine inverno" rispose divertito da quella domanda.

Il cuore parve uscirle dal petto. *Respira, stai calma,* – si diceva ripetitiva – *è solo una coincidenza.*

Non era certa che quel giovane parlando dello zio si riferisse a *lui*, ma quel dubbio le distruggeva lo stomaco, *quella* data, *quell'*oggetto, *quegli* occhi.

Prese un bel respiro.

"Sto cercando Rachele, la figlia di Anna Luperini, sapete dirmi dove posso trovarla? So che suo padre è venuto a mancare...".

Andrea spalancò gli occhi.

"Ma certo che lo so, Rachele è una delle mie amiche più care, seguitemi vi porto da lei..." asserì facendole strada, dopo aver fatto ceno a Juliet di precederlo.

"Siete una parente?" domandò dandole le spalle.

La donna si morse le labbra.

"Sì, in effetti lo sono".

"Rachele non mi aveva mai parlato di una parente che aveva preso i voti".

"Non poteva saperlo, nessuno poteva" rispose con un fil di voce.

Andrea si voltò a guardarla e tacque implacabile notando che il viso della donna si era fatto scuro.

"Ecco, lei è Rachele" asserì mostrandogliela con un gesto della mano.

Rachele si voltò e osservò i due con stupore.

"Salve...".

"Rachele, questa signora voleva parlare con te...".

"Voi siete?" domandò porgendole la mano.

La donna rimase di sasso per alcuni secondi. Quella ragazza era identica ad Anna, gli parve di averla nuovamente davanti agli occhi.

Era molto emozionata.

"Per ora devo salutarvi. – fece Andrea porgendo la mano alla donna – Sono Andrea Falesi, il nipote del conte ed è stato un piacere conoscervi, soprattutto grazie per il mio portasigarette...".

Lei gli strinse la mano a sua volta tremando.

"Grazie a voi...".

Andrea Falesi. Era suo nipote, lo zio di cui parlava era *lui*.

Cercò in una qualche parte di sé la forza per mettere a tacere tutti quei pensieri.

Si voltò verso Rachele e si accorse che era in attesa di sapere qualcosa riguardo alla sua identità.

"Scusami, io sono suor Benedetta..." fece accarezzandole la spalla.

Rachele la scrutò interrogativa. Non l'aveva mai vista prima di allora e il fatto che si fosse presentata non le chiarì in nessun modo i dubbi che le si erano posti.

"Dovrei conoscervi?" chiese esitante.

"No, in effetti no... Io sono Diana, la sorella di tua madre".

Rachele sentì un fischio all'orecchio, poi il cuore rimbombarle sordo nel petto.

Samuele, che le stava accanto come un'ombra, nonostante fosse poco distante da lei, perso a parlare con uno dei fattori, all'udire di quella rivelazione si congedò da lui con un cenno della mano e raggiunse Rachele, le si affiancò appoggiandole la mano sulla spalla.

"Sei mia zia? – sussurrò commossa – Davvero?".

La donna annuì afferrandole le mani.

"Scusami se non mi sono mai fatta viva, ma sono scappata di qui trent'anni fa e nessuno ha più avuto mie notizie...".

"Neanche mia madre?" domandò confusa.

"Sì, lei era l'unica a sapere cosa ne avessi fatto della mia vita, ma è andata via troppo in fretta per potertelo raccontare...".

"Certo. – fece Rachele ricambiando finalmente la sua stretta – E mio papà lo conoscevate?".

"No... – fece lei abbassando gli occhi – Ma tua madre me ne ha sempre parlato come l'uomo della sua vita, allora conserverò una gran stima di lui, in eterno".

"Perché sei tornata proprio adesso?".

"Perché volevo conoscerti... e perché volevo rivedere l'uomo che mi ha rovinato la vita quando ero solo una ragazzina" ma questo non poté confessarglielo. Così si accontentò di dirle quella mezza verità.

"Sono felice, ma sto partendo purtroppo, noi magari potremo scriverci, che ne dici? In che monastero posso trovarti?".

"Sono al Monastero di Sant'Agnese...".

Samuele intervenne.

"È a Firenze non è così?".

Diana annuì sorridendogli.

"Una volta ci sono andato con mio padre, è molto suggestivo come luogo".

"Lo è, con chi ho il piacere?" domandò lei curiosa.

"Sono Samuele Falesi, piacere mio".

Diana avvampò.

"Il figlio di Guglielmo?".

Pronunciare quel nome le fece uno strano effetto.

"Esattamente, lo conoscete?".

Sua nipote era fidanzata con il figlio di Guglielmo? No, era impossibile, lui non l'avrebbe mai permesso.

Pensò poi a quanto fosse strana la vita, a quante coincidenze, a quante domande senza risposte, a quanti segreti le erano di certo stati celati, a quante bugie.

Lei scosse il capo, provando a tornare alla realtà.

"Di fama, chiunque fosse di queste parti conosce bene la vostra famiglia...".

Samuele assentì, stringendo Rachele più forte.

"Aspetto una tua lettera allora, condoglianze cara e spero che non sia troppo tardi per accogliermi come un pezzettino della tua famiglia".

Rachele l'abbracciò forte.

"È stato bello zia, grazie per essere venuta".

Diana ricambiò il suo affetto e, dopo averli salutati ancora una volta, si allontanò mestamente.

Samuele la guardò dolcemente. Non l'aveva abbandonata neanche un istante e si era comportato in modo davvero strano. Le teneva la mano, l'abbracciava, la guardava intensamente, impavido, incurante delle persone che li osservavano, come se non avesse nulla da nascondere, come se lei fosse la sua donna.

E lei si era data come giustificazione il fatto che in quell'occasione così dolorosa, lui avesse voluto dimostrarle la sua vicinanza, senza badare troppo a ciò che sarebbe arrivato dopo, senza tenere conto dei loro doveri o divieti.

A Rachele parve che avesse terminato di salutare tutti, ma Nina corse verso di lei insieme a suo fratello e a suo padre. Così si fece forza ancora per qualche minuto.

Nel frattempo, dal lato posteriore del cimitero, la contessa Amalia si fece largo a passo svelto, vide suo figlio in disparte e approfittò per parlargli.

"Samuele...".

Lui si voltò di scatto.

"Mamma... Cosa ci fai qui?" domandò osservandola perplesso.

"Sono venuta a salutare Rachele e per parlare con te".

"Dimmi...".

"Vorrei che tu prendessi dei soldi, qualcosa per poter cominciare, fanno parte della mia dote, è del denaro che avevo vincolato, ho già parlato con Andrea, può pensare a tutto lui, basta che tu accetti...".

"Sai bene come la penso mamma, non voglio nulla da voi".

"Ti prego... – lo implorò prendendogli le mani tra le sue – Io voglio aiutarti, voglio aiutarvi ad essere felici, vi basterà per la caparra della casa, per comprare dei mobili, ti supplico".

Samuele la scrutò incerto.

"Sono soldi tuoi, non è giusto e poi non voglio che questa decisione influenzi voi in nessun modo, diretto o indiretto".

"Tu sei mio figlio e dopo quello che ti hanno fatto, è il minimo che io possa fare, io ti voglio bene e sono sicura che lei ti renderà felice, concedimi di fare qualcosa per ripagarti del dolore, dell'umiliazione, del disonore".

Samuele sorrise, assentendo con un lieve cenno del capo.

"È una tua scelta, non ti ostacolerò, so che tu non c'entri nulla".

"Io, Samuele, amavo moltissimo tuo padre, ma è cambiato, mi fa paura la sua durezza di cuore, mi fa paura la sua capacità di mentire alle persone che ama con così tanta scaltrezza" sentenziò con gli occhi tristi e lontani.

Samuele le prese la mano.

"Mi dispiace mamma...".

Lei lo accarezzò sul viso.

"Sei un ragazzo coraggioso figlio mio, sono fiera di te, il tuo gesto è degno di onore, un tempo pensavo che il senso del dovere verso la propria famiglia corrispondesse ad assentire al loro volere, tu mi hai fatto capire che invece il dissenso alle volte, corrisponde con il senso dell'onore, corrisponde con l'amore...".

Lui le sorrise timorosamente.

"Verrai a trovarci, non è vero?".

Amalia annuì sicura.

"Dove andrete?".

"Andrea ha trovato un impiego in un giornale locale per me e uno come giardiniera per Rachele, tutti e due a Campo dei Fiori".

"Roma non è distante, ci vedremo spesso... – lo rassicurò la madre – Restate fino al matrimonio, tuo padre è andato a Londra da tua zia, tornerà poco prima di Natale...".

"Devo prima domandarle se vuole sposarmi, poi vedremo..." rispose sorridendo lieve.

"La renderai felice, sarete felici, ne sono sicura...".

Rachele si voltò e vide la contessa che l'attendeva con lo sguardo rivolto verso di lei. Allora li raggiunse.

"Buongiorno contessa..." asserì con reverenza.

Amalia le accarezzò un braccio.

"Ciao Rachele, sentite condoglianze per la tua perdita".

"Vi ringrazio" rispose sorridendo sommessa.

"Io ti volevo chiedere scusa. – esclamò cercando la sua attenzione – Scusa a nome della nostra famiglia per averti arrecato del dolore in questi anni, per averti sottoposta a della sofferenza immeritata e gratuita".

Rachele avvertì le tempie pulsare e nel medesimo istante in cui stava per rispondere alla contessa, sentì le sue spalle cinte dal braccio di Samuele.

Si voltò a guardarlo.

Lui le sorrise.

Rachele si irrigidì, stava per sfilarsi dalla sua presa, domandandosi come gli fosse passato per la testa di essere così sconsiderato, ma percepì la sua stretta acuirsi in modo rassicurante, quasi come se la stesse incitando con i gesti a tacere. Allora guardò la contessa.

Anche lei sorrideva osservandoli, come se fosse felice.

Rachele era incredula e sgomenta, non capì, ma provò a rispondere in egual modo, per evitare di apparire scortese:

"Non preoccupatevi contessa, non ho mai creduto che il mio dolore mi fosse stato inferto volontariamente".

Da dietro i cipressi la figura di Beatrice si fece largo cercando l'attenzione di Rachele.

Lei alzò la mano per salutarla.

"Scusatemi contessa, con permesso. – sussurrò allontanandosi da loro – Devo andare, grazie per essere venuta".

Detto ciò non attese neanche che lei le rispondesse, corse verso la sua amata Beatrice lasciandoli dietro di lei.

"Tesoro, eccoti, ti stavo cercando... – mormorò sorridendo appena – C'è una cosa che devo darti" disse prendendo dalla tasca del cappotto una busta da lettera spiegazzata.

Rachele la scrutò incerta.

"Questa è la cosa più importante, tuo padre ci lavorava da tanto e non ha domandato altro che tu potessi leggerla, tieni..." terminò porgendogliela con le mani che tremavano.

Lei la prese con altrettanta emozione.

"Bea... – la chiamò con un fil di voce – Chi c'era con lui quando se n'è andato?".

La donna, visibilmente addolorata, si perse in un sospiro.

"C'era Samuele con lui".

Il cuore di Rachele perse un colpo, lo stomaco si riempì di uno strano calore.

"Samuele?".

"Leggi la lettera, piccola mia...".

Detto ciò scomparve a grandi passi.

Rachele non capiva, gli parve che tutto ciò che era accaduto negli ultimi due giorni fosse una grande farsa di cui non capiva il senso, né il significato. Il suo cuore era stanco, voleva andare via, voleva ricominciare lontano da lì, lontano da tutto quel dolore, lontana da tutti quei sogni infranti, lontana dall'immagine di ciò che dannatamente continuava a restarle, inaccessibilmente e maledettamente lontano.

Aprì la lettera con le mani che non la smettevano di oscillare. Riconobbe immediatamente la grafia di suo padre, girò il foglio e si rese conto che l'ultima pagina era stata scritta da qualcun altro.

Bastò una rapida occhiata per capire che quella grafia spigolosa e drittissima, appartenesse alla mano di Samuele. Buttò fuori l'aria per farsi coraggio, poi iniziò a leggere:

Carissima figlia mia,

so già che ora sarai adirata con me per averti nascosto la mia malattia, per aver fatto finta di essere in salute, per averti fatta partire.

Forse, quando sarai madre anche tu, capirai cosa ho provato nel cuore quella mattina in cui sei arrivata a casa e con gli occhi gonfi gonfi mi hai detto che dovevi andare via, altrimenti saresti impazzita di dolore.

Cosa potrebbe mai fare un padre, se non pensare al cuore della propria figlia?

Allora, questo vecchietto pazzo e un po' sognatore, come diceva sempre tua madre, ha deciso di dare ascolto a una sua sensazione un po' folle, d'accordo, forse un po' azzardata, ma ho dovuto tentare.

Se ti avessi confessato la mia malattia, tu saresti rimasta a casa e probabilmente, l'uomo che ami non avrebbe mai potuto capire cosa significa realmente perdere la donna che ama, perderla per sempre.

Facendoti andare via, ho lasciato che lui sperimentasse la tua assenza, quella irrimediabile e definitiva.

Solo così avrei potuto spingerlo a scendere a patto con i suoi sentimenti, con i suoi doveri, solo così avrebbe potuto scegliere per davvero. Così, mi sono detto, dopo la mia morte, andrà a riprenderla e se la ama davvero, non la lascerà andare via ancora.

Sei sempre stata una persona speciale Rachele, da bambina eri dolcissima, aiutavi sempre tutti, eri generosa, sognatrice, credevi sempre nel buono che si nasconde nel cuore, anche in quelli più bui e arrabbiati.

Perciò, non perdere mai questo modo di scrutare gli altri, sii sempre buona, perdona, anche se a volte è difficile, ama senza riserve, ama totalmente. Sii felice amore mio.

La grafia cambiò.

Quando ho scoperto di avere pochi mesi da vivere, ho avuto paura che ti avrei potuto lasciar sola e ho sperato e pregato fino alla fine di poter vivere abbastanza a lungo da sapere che non sarebbe stato così.

Dio ha ascoltato le mie preghiere, tesoro mio.

Il destino, forse, ha giocato in vostro favore. Alle volte la stoltezza e la caparbietà umana, fanno commettere degli errori, ma non sempre questi vanno a svantaggio di chi li subisce. Il destino vi ha aiutati a vincere, stavolta. E il mio sacrificio di vederti andar via quella volta, senza che tu sapessi che sarebbe stata l'ultima, ha fatto sì che il mio sogno, il tuo sogno amore mio, si realizzasse.

Il tuo amico Andrea, ha deciso che meritavi di più, che tu e il tuo Samuele avreste meritato un finale diverso, così, anima e corpo, insieme alla tua amica Juliet, che ti vuol bene profondamente, ha deciso di confessare ciò che sapeva, ha smascherato l'inganno che pesava sulle vostre spalle senza che voi lo sapeste.

E finalmente, siete stati liberati, finalmente l'amore ha vinto.

Il vostro sentimento puro e privo di egoismi, quello pronto a sacrificarsi per il bene dell'altro, l'amore vero, come sempre d'altronde, ha vinto.

Ora che so che non ti lascerò sola, so che a prendersi cura di te ci sarà l'animo che hai amato sin da quando eri solo una bambina e lui saprà sempre come farti sorridere.

Ricordati, figlia mia, che ti amo profondamente e sempre ti amerò, l'eternità è nell'amore che resta, ricordi?

Noi saremo sempre insieme, legati da quel filo invisibile che collega i nostri cuori, non dimenticarti mai di quello che questa storia ti ha insegnato, non scordarti mai della forza di quell'amore che tutto spera e copre, che tutto perdona e sopporta, coltiva sempre questo miracolo e sarai salva e salverai chi ti è accanto.

Con amore infinito,
Papà.

Rachele era caduta in ginocchio sfinita, gli occhi le facevano male, la gola era graffiata dai singhiozzi, non capiva o forse aveva paura di ciò che aveva capito.

Vide Samuele che le si avvicinava dal viale alberato. Rimase immobile.

Lui le arrivò di fronte dopo pochi istanti.

Si inginocchiò di fronte a lei.

Rachele lo vedeva offuscato, le lacrime ingannavano la sua vista.

"Che vuol dire?" sussurrò mostrandogli il foglio stretto tra le dita.

Samuele le prese il viso tra le mani.

"Che siamo liberi…".

"Liberi. – ripeté laconica sbattendo le palpebre – Io e te…" le lacrime precipitarono dalle sue ciglia infrangendosi sulle dita di Samuele che le sorreggevano il viso.

Lui le asciugò con i pollici.

Attaccò la fronte alla sua.

"Vorresti rendermi felice?".

Lei lo scrutò mestamente trattenendo un singhiozzo.

Lui le baciò delicatamente le labbra.

"Vuoi?".

Lei si lasciò baciare, respirando tra i singulti, annuì.

"Vuoi sposarmi Rachele?" la voce gli uscì strozzata, lasciò che la commozione invadesse anche lui.

Lei scostò il volto stringendo le palpebre, si nascose tra le mani provando a respirare.

Infine lo guardò. Le parve che il cuore stesse per scoppiarle, non rispose, si sporse di qualche millimetro verso di lui e lo baciò.

Samuele sorrise tra le sue labbra stringendola forte.

L'amore aveva vinto.

L'amore può tutto.

Il tempo, in definitiva, ne esce sempre sconfitto.

Il tempo moriva, l'amore, invece, restava.

Terza Parte

Il finale che la vita ha riservato loro

1920

Presente, giovedì 17 dicembre 1920

I.

La neve scendeva placida, cadendo lungo le strade bagnate dei giorni che precedono il Natale.

L'aria, tesa dal gelo di un vento pungente, rarefaceva ogni cosa d'intorno.

Le luci festive provenienti dalle botteghe illuminavano gli angoli bui dei vicoli umidi, palpitavano di un'attesa, sembrava sperassero in qualcosa.

Nonostante il freddo penetrasse le ossa per la sua prepotenza, la povertà non aveva stagioni.

E neanche la disperazione.

Ai piedi della cattedrale, come da quattro mesi prima di allora, giaceva una mendicante.

Nessuno del paese aveva osato avvicinarvisi, portava il volto coperto, lasciava che le si vedessero soltanto gli occhi. Ma una volta il figlio del panettiere l'aveva scorta lavarsi le mani alla fontana della piazza e ne era rimasto sconvolto. Sembrava che anche le mani fossero mostruose.

"È piena di cicatrici. – aveva detto a sua madre quando era tornato in laboratorio – Avrà la lebbra".

Juliet non ci aveva creduto, ovviamente, la lebbra era stata debellata moltissimi anni prima e quel ragazzino l'aveva sempre considerato uno stupido.

Perciò si era convinta del fatto che fosse stata vittima di un incidente.

Aveva persino provato ad avvicinarsi a lei quella mattina, per parlarle dopo quel fugace incontro della sera precedente, ma la ragazza si era talmente spaventata che non appena l'aveva vista farsi vicina, era corsa via scappando terrorizzata.

Juliet era soltanto riuscita a vedere meglio i suoi occhi, dolcissimi e marroni.

Si commosse nel vedere quanta sofferenza nascondessero, quanta solitudine.

Allora si era ripromessa di riprovare, uno dei giorni successivi, per conoscerla e sapere qualcosa di lei.

La campanella della libreria tintinnò e lei si voltò di scatto verso l'entrata.

"Eccoti dolcezza, ho trovato quello che mi hai chiesto!".

Andrea si fece largo scrollandosi la neve dal cappotto.

"Ho girato tutte le mercerie di Siena" disse consegnandole dei bottoni rosso scarlatto di madreperla.

Juliet sorrise felice, finalmente aveva l'occorrente per terminare il suo regalo. Ma era un segreto, perciò continuò a recitare la sua parte.

"Grazie tesoro, sai quanto Marta tenga alla mantella che le ha regalato suo padre, sei un angelo!".

Andrea scosse il capo.

"Non serve che tu mi faccia tutti questi complimenti, lo so che mi usi per i tuoi scopi!".

Juliet gli tirò un pugno sul braccio.

"Non osare, non dire cattiverie!".

Lui rise, difendendosi per gioco come se avesse una spada.

"Basta così, tanto lo sai che ti batterei in ogni caso!".

Juliet sorrise, ma gli occhi le si fermarono al di là della piccola finestra che dava sulla piazza.

Allora si spense come una candela.

"Cosa c'è?" domandò Andrea, raggiungendola.

Lei indicò con il mento la figura che si muoveva a pochi metri da loro.

Andrea rimase immobile a osservare.

La donna coperta di stracci si era alzata dal suo giaciglio, traballava, sembrava che le gambe non la reggessero. Strinse le mani soffiandovi sopra, una nuvola di fumo uscì dalla stoffa che le copriva la bocca. Tossì. Ripetutamente. Cominciò a tremare.

La porta tintinnò di nuovo.

Ma nessuno dei due si voltò.

"Cosa diamine succede?".

Andrea riconobbe la voce e continuò a tenere gli occhi fissi al di là del vetro.

"Nulla, c'è quella donna…".

"Quale donna?!" domandò raggiungendoli.

"È malata, sicuramente…" asserì Juliet addolorata.

"Dobbiamo portarla da un medico" l'accordò Andrea preoccupato.

Lei cadde in ginocchio continuando a tossire.

Juliet non ci pensò per più di qualche secondo. Prese la sciarpa e si precipitò all'esterno.

Corse verso di lei, udì la porta della libreria aprirsi e chiudersi altre due volte. Forse l'avevano seguita.

Ma non si fermò ad aspettarli.

"Cara, stai male? Hai bisogno di aiuto?".

La donna si alzò di scatto e fece per scappare, ma Juliet le afferrò la mano.

Respirava a fatica, aveva gli occhi gonfi di pianto.

"Lasciatemi andare, ve ne prego…".

"Non devi avere paura di me, voglio solo aiutarti".

Lei provò ad allontanarsi di nuovo, ma Juliet non la lasciava.

Guardò di fronte a sé e vide due uomini fermi a pochi centimetri da lei che l'osservavano straniati, uno dei due aveva gli abiti neri, il volto arcigno e scuro, solo gli occhi, celesti e profondi, la scrutavano con un'espressione enigmatica.

"Chi sono loro?" domandò col fiato corto.

"Loro sono miei amici".

Andrea si fece vicino.

"Non temere, vogliamo darti una mano…".

La donna continuava a guardare l'altro uomo, era incantata e terrorizzata da lui, non capiva perché.

Senza forze com'era, non poté far altro che cedere alla sua paura, riuscì a divincolarsi.

Corse a perdifiato per qualche metro soltanto, poi si accasciò a terra perdendo i sensi.

Andrea e Juliet si precipitarono da lei ma arrivarono tardi, Samuele li aveva oltrepassati.

"Ehi, mi senti?" chiese, scuotendola dalle spalle.

Nessuna risposta.

La prese e la strinse a sé, la osservò per alcuni secondi, il cuore si perse, precipitandogli in un battito nodoso.

Lei aprì gli occhi. Le si mozzò il respiro.

"Voi, voi chi siete?" domandò con un filo di voce.

"Mi chiamo Samuele…".

La donna annuì senza parlare.

Juliet nel frattempo si era inginocchiata accanto a loro.

"Riesci a respirare?" sussurrò provando a sfilarle la stoffa che le copriva il viso.

Ma lei si ritrasse come una molla.

"Vi prego non sottoponetemi a una tale vergogna. – fece tenendo saldamente la sciarpa – Scusatemi per avervi fatto perdere tempo. – asserì alzandosi – Sto già meglio".

Traballò poco, poi parve cedere di nuovo, le gambe non la tenevano ferma, la testa le girava come impazzita.

Samuele la sorreggeva dall'avambraccio, lei non se n'era accorta.

"Sei debole, hai mangiato?".

La donna fermò gli occhi nei suoi. Tacque. Provò una grande vergogna.

"Scusatemi, devo andare…".

Detto ciò, sparì lungo il viale trascinandosi come poteva.

Trascorsero pochi istanti, poi nessuno dei tre riuscì più a vedere dove fosse andata.

"Dov'è finita? Deve essere visitata da un medico..." esclamò Andrea cercando approvazione in Juliet.

Lei annuì.

"Possiamo provare a cercarla...".

"Sarebbe inutile, si sarà nascosta. È molto spaventata. – fece Samuele dirigendosi verso la libreria – Ma qualcuno sa chi sia?".

Juliet scosse la testa.

"Sono un paio di mesi che la vedo, chiede l'elemosina, poi ogni sera prende quelle poche cose che ha e se ne va".

"Sarà una povera donna caduta in disgrazia, magari dopo un incidente. – rispose evasivo Samuele massaggiandosi le tempie – A ogni modo ero venuto per chiederti se avevi un libro di fiabe per Astrid...".

"Certo, ne cercavi qualcuno in particolare?" chiese Juliet chiudendo la porta dietro di sé.

Lui scosse la testa.

"Scegli tu, passo a ritirarlo domani mattina".

Andrea osservò suo cugino con ansia. Era davvero di cattivo umore quella sera.

"Tutto bene cugino? Vuoi cenare fuori?".

Juliet intervenne:

"Magari potreste venire da me, preparo la zuppa di lenticchie, porta anche Astrid...".

Samuele fece cenno con la mano di no.

"Grazie dell'invito, ma non ho voglia di stare in compagnia, voi divertitevi...".

Detto ciò, sparì chiudendosi la porta dietro le spalle.

Juliet rimase con gli occhi fermi verso l'uscita.

"Non guarirà mai, lo vedo ogni giorno più spento...".

Andrea la raggiunse sospirando.

"È ancora molto adirato, ha il cuore chiuso, sbarrato...".

"Mi fa tanta tenerezza, vorrei aiutarlo ma come potrei? Ciò che è stato non si può cambiare, Rachele ormai non c'è più...".

"E nessuno di noi può farla tornare indietro" sentenziò cercando la sua mano.

Juliet l'afferrò stringendola con dolcezza, poi gli sorrise.

"A te invece andrebbe un po' di zuppa di lenticchie?".

Andrea rise.

"Certo, lo sai che mi piace tantissimo la tua zuppa!".

La osservò con attenzione, quel giorno indossava un maglione verde e rosso, tra i capelli portava la sua solita penna con le piume. Nonostante suo marito fosse rimasto disperso in guerra e nessuno avesse più ricevuto notizie su di lui, lei aveva deciso di non indossare il lutto.

Così avranno qualcosa in più di cui sparlare, gli aveva detto un giorno mentre un gruppo di donne del paese la osservava con sdegno. E a lui piaceva tantissimo questo suo modo d'essere, era fiera, coraggiosa, e riusciva a infondere una tale forza negli altri, che nessun problema appariva insormontabile con lei al proprio fianco. Era questo quello che apprezzava maggiormente di lei, insieme alla sua innata tenerezza.

Juliet si avvicinò alla cassa decisa a chiudere e a fare di conto come ogni sera prima di rientrare a casa.

"Ci metto un attimo".

Detto ciò cominciò a scrivere i numeri sul registro degli incassi.

Chiunque abbia mai amato lo sa, lo sa che resta sulla pelle e nel cuore un ricordo doloroso.

Come la scia di un dardo, una stella che passa, riluce e poi, svanisce.

Ma l'eco di quel dolore, la sensazione lancinante di quella scia rimane eterna, inscritta sulla pelle, imperitura di fronte al divenire, al lento susseguirsi del giorno con la notte, e poi di un altro giorno e un'altra notte ancora. E così, all'infinito, seguendo il tragico divenire di una vita il cui senso si è perso dietro la morte della persona amata.

E tutto ciò non si può dimenticare.

È impossibile.

Si resta feriti per sempre.

Ed è proprio quando si pensa che la felicità sia giunta finalmente alla nostra porta, che il vento beffardo del destino la dirige altrove, lontano. E rimaniamo smarriti e senza direzione.

E crudele, si riesce a udire soltanto il sordo scorrere del tempo, che senza pietà dimentica, cancella.

E allora vorremmo essere più forti del tempo, vorremmo invertire le leggi della necessità della vita, tornare indietro. Smettere di soffrire, non avere paura di dimenticare.

Perché *chi potrebbe mai, dimenticare?*

Gli tornava spesso in mente quella frase, persino il momento esatto in cui Rachele gliel'aveva sussurrata. Erano fermi sul ciglio della strada, stavano parlando, allora lei si era sporta verso di lui, gli aveva quasi sfiorato le labbra. Ricordava quanto fosse magnificamente bella, forse per il fatto che dopo cinque anni, i suoi occhi erano troppo assetati di lei. Gli sembrava così vicino quel ricordo, così vicina lei, talmente tanto che gli parve di poterla toccare allungando la mano nel vuoto.

Ma lei non era lì. Non ci sarebbe stata mai più.

Né di fronte a lui, né sotto le sue labbra, né tra le sue braccia.

Erano passati cinque anni, ma a lui sembrava poco meno di un respiro.

Tutti gli dicevano che era cambiato, ma a lui non sembrava affatto.

Non era capace di essere che in quel modo. Un gelo sordido e inquieto si era appropriato di ogni singola parte di lui.

Il destino, crudele, gli aveva portato via la donna della sua vita. E la mano umana aveva aiutato il fato a compiere tutto ciò.

Lui non aveva più nulla se Rachele non era con lui.

Astrid era l'unica gioia della sua vita, amava profondamente sua figlia, rivedeva nel suo animo tutta la luce che brillava in sua moglie sin da quando era solo una fanciulla. La bellissima bambina che lui soleva osservare dalla finestra del suo studio mentre aspettava il signor Palazzi per le noiosissime lezioni di latino, lei che metteva sempre disordine tra i suoi libri, lei e la solita malinconia che l'invadeva nelle sere d'autunno, lei che raccontava delle strampalate filastrocche alla loro piccola bambina per farla addormentare.

Anima della sua anima, la sua amante, amica, sorella, il suo cuore, la sua carne, le sue ossa, il suo respiro.

Tu sei me e io sono te, gli aveva detto una notte, sospirando tra le sue labbra. Era stata l'ultima volta che l'aveva vista. Se solo avesse saputo che sarebbe stata l'ultima...

Se solo avesse potuto sapere...

Scosse il capo provando a mandar via quei pensieri che lo torturavano instancabili, l'emicrania lo stava tormentando, i ricordi si mischiavano alla rabbia, alla paura, alla dura realtà.

"Signoria, posso fare qualcosa per voi?".

Patrizio lo scrutò preoccupato, interrompendo quel vagare disperato e senza fine.

"Grazie, ho solo un fortissimo mal di testa, piuttosto, Astrid ha mangiato?".

"È in sala domestici con la signora Beatrice e le sta preparando la cena...".

Samuele sorrise rassicurato ed entrò nel salone, dopo aver congedato Patrizio.

I suoi genitori erano già seduti e l'attendevano insieme a sua cugina Rosa e a suo marito che erano appena arrivati da Londra.

Si accomodò scusandosi per il ritardo, sperò che nessuno lo interpellasse, aveva pochissima voglia di parlare.

"Tuo cugino non era con te?" domandò suo padre cercando la sua attenzione.

"È andato a cena da Juliet" fece evasivo.

"A me quella donna non piace per niente, non ha ancora seppellito suo marito e si intrattiene con altri uomini...".

Samuele lo scrutò.

"Non esagerare..." fece sperando di non dover proseguire.

"Dico solo la verità, sai bene cosa dicono in paese di lei".

Amalia sperò con tutta se stessa che Samuele non reagisse.

"Smettila per favore" sentenziò abbassando gli occhi.

"Tuo cugino farebbe bene a starne alla larga".

"Tu non hai diritto di esprimere opinioni riguardo a chi dobbiamo o meno frequentare, l'ultima volta che l'hai fatto hai ammazzato una donna".

Guglielmo percepì il cuore accelerare.

"Samuele, te ne prego, basta con questa storia..." Amalia provò a calmarlo.

"Mia moglie è morta, e lui l'ha lasciata andare chissà dove per colpa dei suoi pregiudizi, della sua rabbia e io non potrò mai perdonarlo...".

Detto ciò si alzò di fretta, la sedia si capovolse dietro di lui. Lanciò il tovagliolo di stoffa per terra, se ne andò dalla stanza e dopo aver preso il cappotto, uscì a grandi passi dirigendosi verso il buio senza una meta.

La neve continuava a scendere, implacabile vorticava nell'aria gelida, la notte con la sua oscurità stava inondando tutto il paese.

La mendicante si era riparata sotto dei portici, ma il vento tirava nella sua direzione, perciò i fiocchi di neve le stavano inzuppando gli stracci che provavano, senza riuscirvi, a coprirla.

Il senso di vuoto che le premeva sul petto, insopprimibile, dilagante, le faceva più male delle ferite che si portava sul corpo, bruciavano di più della gola in fiamme, degli occhi arrossati, erano più doloranti persino delle mani che stavano perdendo via via la loro forza, non le sentiva quasi più.

Appoggiò la testa contro le pietre gelide, provò a respirare, ma l'ossigeno che mancava ai suoi polmoni si perse in un feroce colpo di tosse.

La sera arrivava sempre in fretta, le luci che lasciano spazio all'oscurità, i rumori che si acquietano, le persone che corrono verso casa, a passo svelto, desiderose di incontrare qualcuno o qualcosa che li attende, il freddo che comincia a farsi doloroso e pungente, come sale su di una ferita aperta.

Non aveva mai avuto un posto fisso nel quale trovare rifugio, il suo volto coperto e sfigurato non faceva sì che gli altri si fidassero di lei, allora si era sempre nascosta, a volte nelle radure al confine del paese, altre nei vicoli bui e solitari.

Qualche tempo prima aveva trovato rifugio in un granaio; notando la porta aperta, si era convinta che nelle vicinanze non c'era nessuno, allora era entrata titubante, gli stracci ben fermi a coprire il volto, le mani intirizzite dal freddo, i piedi praticamente insensibili.

Non era di certo un posto confortevole, ma era pur sempre meglio della strada, almeno non le cadeva la pioggia addosso, quella intermittente, pesante, quella che scava la roccia, quella che prima o poi, ne era sicura, l'avrebbe fatta ammalare e infine morire, così come una cosa vecchia, abbandonata per strada e dimenticata.

Quel momento le parve essere troppo vicino, così tanto che riusciva a sentirlo addosso.

Nessuno avrebbe pianto per lei. Perché nessuno la amava.

Nessuno l'aveva cercata, nessuno l'avrebbe mai riconosciuta.

Eppure continuava a sperare, come una sciocca.

Sperare che un giorno avrebbe incontrato qualcuno, qualcuno che preso da pietà si sarebbe inginocchiato davanti a lei che, rannicchiata, chiedeva pietà davanti alla cattedrale e sentendo la sua voce, guardandola negli occhi, le avrebbe detto: *Sei tu, ti stavo cercando, vieni a casa con me, è tutto finito.*

Sognava che un giorno qualcuno non avrebbe avuto paura di lei, del suo viso, delle sue mani striate di cicatrici e dolore e tendendola con la sua avrebbe colmato il vuoto lacerante che le scava l'anima, e accarezzando le sue ferite, l'avrebbe stretta e sé e rassicurata.

Così come fa il crepitio del fuoco che scoppietta.

La testa le doleva enormemente, sentì il cuore rallentare, il respiro rilassarsi.

La sua mente cominciò a vagare.

Arriverà qualcuno che mi porterà in una casa con le luci accese, quelle che brillano e si vedono dalla strada, gialle e bollenti di conforto.

Credo che il dolore più grande sia vedere quelle luci, quelle finestre, sul far della sera.

Quelle che significano che qualcuno ti aspetta.

Qui fa freddo e non c'è odore di biscotti, nemmeno di bucato.

È tutto abbandonato, come me.

Pregherò ogni notte, prego ogni notte, ho pregato ogni notte.

Dio fa che qualcuno venga a salvarmi.

Ma lui non risponde. Tace.

Dio sento che morirò, manda qualcuno a prendersi cura di me.

Continua a stare in silenzio.

Ma aspetterò, le luci dell'alba sono vicine, forse stamani qualcuno arriverà, e allora non sarà stato vano aspettare così a lungo.

Dio fa che sia così.

Samuele si fermò, come accecato.

In mezzo alla neve, protesa con le mani verso la strada, il viso adagiato su di un lato, gli occhi semiaperti gonfi di lacrime. Era lei.

Quella donna che aveva stretto a sé qualche ora prima.

Gli sembrava morta.

Si inginocchiò senza neanche pensare.

La tirò su prendendola dalle braccia, provò a tenerla ferma ma sembrava senza forza, abbandonata.

Gli occhi ridotti a una fessura lo fissavano, ma temeva che fossero privi di vita.

Era gelida.

"Mi senti?" domandò tenendole la testa con la mano.

Lei serrò le palpebre e lasciò che la testa cadesse sulla sua spalla.

Il cuore di Samuele cominciò a palpitare. Sentì un dolore strano premere sul suo petto.

Si alzò in men che non si dica e la prese in braccio, si guardò intorno cercando un posto riparato, ma non vide nulla.

Poi si accorse di una bottega che aveva un anti-ingresso rimasto aperto.

Allora vi si precipitò.

Adagiò la donna a terra, si sfilò il cappotto, poi, dopo essersi seduto e averla appoggiata sopra di sé, la coprì come poteva.

"Ti prego rispondimi..." l'implorava parlandole all'orecchio.

La donna sembrava non respirare.

"Foza, svegliati... – sussurrò stringendola forte per scaldarla – Non puoi morire così...".

Trascorsero pochi istanti, poi lei aprì gli occhi, emettendo un respiro rumoroso.

Pensò di essere morta.

Samuele sorrise incontrollato.

"Eccoti, allora sei ancora qui..." disse piano tra sé, rassicurato.

"Cosa è successo?" domandò cominciando a sentire le forze abitarle piano il corpo.

"Stavi per morire di freddo e io ti ho trovata".

La donna stava per rispondergli, ma un rantolo le mozzò il respiro e cominciò a tossire incontrollabile.

Samuele la tirò leggermente su, gli occhi della donna si riempirono di lacrime e la mano che si era portata sulla bocca, di sangue.

"Così non riesci a respirare però..." fece lui cercando il capo di quella stoffa che le copriva il volto.

Lei serrò le mascelle e chiuse gli occhi.

Bastò poco meno di mezzo respiro e Samuele la scoprì.

I suoi occhi le solcarono il volto velocemente.

"Così va meglio?" domandò liberandole la fronte da alcune ciocche di capelli arricciate.

Lei prese un bel respiro e annuì.

Poi aprì gli occhi.

Lo trovò a pochi millimetri di distanza che la osservava colmo di tenerezza, con i suoi occhi cristallini, erano talmente belli. Lui era così bello.

"Che begli occhi hai..." sussurrò fuori di sé.

Samuele increspò le labbra in un timido sorriso.

La strinse più saldamente avvertendo le braccia e le mani che prima erano abbandonate, prendere via via più consistenza.

"Anche i tuoi occhi sono molto belli..." asserì sinceramente osservando le iridi marroni screziate di piccole venature verdi.

"Non hai paura del mio volto?" domandò ansimante.

Lui scosse la testa.

"No, non ne ho..." rispose osservandola con cautela, aveva moltissime cicatrici, segni indelebili che di certo non rendevano riconoscibile i connotati del volto che aveva un tempo, ma tutto quel dolore esprimeva una tale dolcezza che a Samuele risultò impossibile provare disgusto o addirittura esserne spaventato.

"Sto per morire, non è così?".

"No che non morirai, te lo prometto, devi solo dirmi se ce la fai a camminare...".

"Penso di sì" asserì lei con un filo di voce.

"Allora adesso ti porto al sicuro, tieniti a me".

Si alzarono entrambi, lei era molto debole, ma provò ugualmente a stare al suo passo.

Camminarono per pochi minuti, poi lui bussò con forza contro il portone di un edificio, a lei parve che fosse un convento, ma non ne era sicura.

Avvertì la porta aprirsi, vide una suora, percepì lui che mollava la presa, poi più nulla, solo il buio, un buio indelebile e pieno di dolore.

"Samuele, caro...".

Samuele si destò improvvisamente saltando dalla panca sulla quale probabilmente si era addormentato. Non seppe con certezza da quanto tempo fosse lì.

"Dimmi, come sta?".

La badessa sorrise, rassicurante.

"Ora meglio, ha una brutta tosse, un po' di febbre, ma con un po' di riposo e i farmaci che le ho dato, domani starà già meglio".

"Dio sia lodato, grazie suor Benedetta, potrebbe restare qui nell'attesa che guarisca? Nel frattempo mi impegnerò a trovarle un impiego".

Suor Benedetta annuì.

"Certo, non c'è alcun problema, ma per pochi giorni, sai bene che le regole non mi permettono di ospitare nessuno. – terminò seria – Sai qualcosa di lei?".

"No, ma credo sia una brava donna".

"D'accordo, se vuoi puoi entrare a salutarla, poi torna domani".

"Grazie mille per il tuo aiuto… Se tu non fossi stata qui, non so come avrei potuto fare".

Diana gli sorrise.

"Ogni tanto il destino ci viene in aiuto".

Detto ciò sparì lungo il corridoio con lo sguardo torvo e Samuele entrò varcando la soglia.

La stanza era in penombra, illuminata soltanto dal fuoco che scoppiettava.

Lei era sveglia, sembrava che lo stesse aspettando.

Samuele si avvicinò al letto titubante.

"Come ti senti?".

La donna annuì.

"Ora sto meglio, ti ringrazio".

"Posso sedermi?" domandò esitando.

"Sì, certo. – fece lei spostandosi di poco per fargli posto – Samuele, giusto?".

Lui assentì senza parlare.

"Credo di doverti la vita…".

"Sciocchezze…" rispose evasivo, spostando gli occhi verso terra.

"Non potrò mai sdebitarmi".

"Non devi".

La donna si morse le labbra intimidita.

"E il tuo nome qual è?" domandò lui curioso.

"Io non ho un nome, o meglio ce l'ho ma non ne ho memoria".

Il cuore di Samuele perse un battito.

"E come sei arrivata qui?".

"Ho vagato per l'Italia per molti anni, ho cercato in ogni paese un lavoro, ma nessuno ha mai voluto offrirmene uno, così ho vissuto della carità delle persone, ma non sempre questo ti garantisce la salute".

"Resterai qui fino a domani, nel frattempo ti troverò un impiego, così sarai libera di rifarti una vita, suor Benedetta è la zia di mia moglie, si prenderà cura lei di te".

La donna si illuminò.

"Oh, sei sposato…".

"Lo sono stato…".

"E adesso?".

"Sono vedovo, mia moglie è…" gli occhi gli si riempirono di disperazione, dovette bloccare le sue parole, stava per piangere.

"Scusami, non volevo ferirti con le mie domande, perdonami".

"Non è colpa tua, ma solo mia, mia e del mio cuore che non ce la fa a dimenticare".

"È normale, non farti una colpa per il dolore che provi".

Samuele la scrutò stupito. Nessuno gli aveva mai detto una cosa del genere. Tutti provavano a consolarlo, a fargli capire che doveva guarire. Doveva. Lei invece non l'aveva fatto.

"Se non si accetta un dolore, è impossibile superarlo, io ho dovuto accettare tutta la mia… – prese un respiro – Mostruosità, per sopravvivere".

Samuele le prese la mano che stava ferma sul grembo.

Passò il dito su una cicatrice che solcava tutto il dorso.

"Non sei un mostro… – sussurrò guardandola con fermezza – Gli unici mostri che ci abitano, sono quelli che si annidano dentro di noi".

Lei ricambiò la stretta, avvertì una sensazione strana aggrapparsi alla gola, era emozionata.

Samuele era turbato, il cuore gli batteva forte, troppo forte.

"Ora è meglio che tu dorma, tornerò domani da te con delle notizie, buonanotte".

"Grazie Samuele" sussurrò lei sorridendogli.

Lui non rispose. Ricambiò il sorriso, poi corse via.

Via da quelle emozioni che non doveva provare, che non erano normali.

Via dal suo dolore, dal passato che lo soffocava.

Via. Come se potesse andare via, via da se stesso, dalla sua vita.

No, non poteva.

E non avrebbe mai potuto.

Maledettamente.

Mai.

II.

La neve non aveva cessato di cadere dalla sera precedente e ormai aveva imbiancato quasi tutto il paese e le colline d'intorno.

A Juliet piaceva moltissimo il periodo di attesa del Natale, soprattutto quando cominciava anche a scendere qualche fiocco di neve e, quell'anno, si prospettavano delle bellissime festività Natalizie, anche se Marta e Luigi avevano deciso di andare nella residenza montana dei nonni, a Cervinia, per trascorrervi anche il giorno di San Silvestro.

Lei sarebbe rimasta sola, di certo non poteva confidare nella compagnia di Andrea, il quale sicuramente avrebbe dovuto trascorrere le feste con la sua famiglia, anche se suo padre non era più in vita, da quando aveva deciso di andare a vivere a Villa Orchidea era sempre più coinvolto in serate di gala, beneficienza e incontri di lavoro. Dalla morte di Rachele infatti, Samuele non si era più occupato degli affari, né delle tenute di famiglia o degli investimenti necessari, era rimasto chiuso nel suo dolore, lasciando ad Andrea il suo posto. Lui aveva accettato di buon grado, se non per fama o per convenienza, che proprio non rientravano nelle sue velleità, per amore verso suo cugino, cugino che vedeva sempre più spento, sempre più irrimediabilmente cambiato.

E allora Andrea passava sempre meno tempo con lei, non che glielo dovesse, s'intende, ma Juliet godeva molto della sua compagnia. Ella fingeva di saper stare bene da sola, ma in realtà era una bugia. Era una bugia perché era affezionatissima a lui.

Ormai si conoscevano da quasi dieci anni e non aveva mai incontrato una persona che la facesse sentire come lui. Ma tutte le volte che si fermava a pensare a ciò che li legava, nell'istante immediatamente successivo si ricordava di Damiano, che Dio solo sapeva dove fosse o se fosse ancora su questa terra, pensava a Celeste che dopo aver trascorso cinque anni in Francia, era da poco tornata in Paese. E lei sapeva bene quanto Andrea la amasse.

Lei sarebbe stata sempre Juliet Adler, la poco di buono che diciotto anni prima aveva sposato un uomo che aveva avuto pietà di lei.

E ora non era neanche vedova.

Non era nulla.

Non avrebbe mai potuto sposare nessun altro, né innamorarsi.

Era sola. E ciò non sarebbe mai potuto mutare.

"Buongiorno zia Juliet!" una vocina irruppe nel negozio facendola sobbalzare.

"Guarda, guarda chi è venuta stamattina dalla zia!" disse mimando una canzoncina e correndole incontro.

Astrid rise sfilandosi il cappello di lana e la abbracciò.

Samuele entrò dopo poco seguendola.

Juliet lo osservò di sfuggita e notò il viso spento e contrito.

"Ecco il libro che papà ti ha comprato tesoro" disse alla bambina prendendo un pacchettino appoggiato sul bancone appena dietro di lei.

Astrid l'afferrò con lo sguardo illuminato. I suoi occhi erano azzurri come quelli del padre, mentre il sorriso non poteva che essere identico a quello di Rachele. Era una gioia vederla, non solo perché sorrideva sempre, ma anche perché osservarla le ricordava la sua infanzia trascorsa con una bambina sempre allegra, con gli occhi vispi e curiosi. Le mancava da morire la sua Rachele, ma davanti a loro non lo dava a vedere, sarebbe stato come mettere una razione di paglia in un incendio già di per sé devastante.

"Zia posso vedere i libri di fotografie per favore?" domandò speranzosa unendo i palmi delle mani a mo' di preghiera.

Lei annuì sorridendo e rivolse la sua attenzione a Samuele.

"Mi ha detto Andrea per telefono che hai salvato la vita a quella povera donna...".

Lui annuì vago.

"Mi sono trovato solo nel posto giusto al momento giusto".

"E ora come sta?".

"Penso meglio, le ho trovato un impiego ad Arezzo, come mungitrice, potrà partire domani stesso".

Juliet assentì, notò però nei suoi occhi una strana incertezza.

"Qualcosa ti preoccupa a riguardo?".

Samuele la scrutò inespressivo.

"Dovrebbe?".

"No, certo, scusami, era un modo per parlare un po'...".

"Scusami, lo sai che non ce l'ho con te, tu sei una grande amica, sono io a non meritare il tuo affetto e la tua pazienza!" fece massaggiandosi le tempie.

Da quando Lidia lavorava a Milano in un grande ristorante, Juliet era diventata molto amica di Samuele, forse anche a causa della perdita di Rachele. Non si poteva di certo dire che lui fosse gentile con lei, ma Juliet lo capiva, lei sapeva bene cosa significasse perdere ogni cosa, non avere più nulla. E ricordava benissimo quanto fosse forte l'amore che lo legava a Rachele. Per questo comprendeva il suo malumore e non se la prendeva se talvolta la trattava in malo modo. Aveva imparato a volergli bene ed era certa che prima o poi, quando finalmente sarebbe guarito, sarebbe tornato ad essere felice.

"Stai tranquillo, non devi scusarti con me, a proposito, Andrea oggi dov'è?".

Samuele alzò un sopracciglio.

"Non ne ho idea, credo sia andato a Firenze con mio padre, stasera invece deve incontrare Celeste".

Il cuore di Juliet martellò. Avvertì un calore prepotente dissiparsi dalle caviglie alle scapole.

"Oh, Celeste, certo certo, è giusto".

Samuele si rese conto che il volto le mutò improvvisamente, le mani cominciarono a muoversi incontrollate.

"È stata lei a cercarlo, vuole soltanto parlargli" asserì per provare a rassicurarla.

Ma Juliet non l'ascoltava.

"Salutami la ragazza, spero tanto che possa trovare la felicità".

"Perché cambi argomento?" domandò serio.

Juliet spostò gli occhi.

"Perché non c'è nulla da dire in proposito, spero che possano tornare insieme se ciò lo rende felice!" sentenziò tutto d'un fiato, mostrando un sorriso tirato.

Samuele annuì, poi, dopo aver preso per mano sua figlia, salutò la sua amica e uscì dal negozio a grandi passi.

Non era di certo un mistero che Juliet fosse innamorata di suo cugino da un'infinità di anni.

Ma non l'aveva mai ammesso, tantomeno compiuto gesti che avrebbero potuto mostrare il suo sentimento e Andrea, dal canto suo, la credeva così tanto vicina al suo cuore come una delle più care amiche, che probabilmente nemmeno gli sfiorava l'idea che potesse essere qualcosa di più.

L'amore non sempre riesce a vedere.

A volte è bendato, altre invece si gira da un'altra parte.

L'amore è cieco, così irrimediabilmente cieco.

"Non hai nessun ricordo del tuo passato?".

Suor Benedetta sedeva di fronte alla sconosciuta che la scrutava con dolcezza.

"No Madre, neanche uno, devo aver perso la memoria a causa dell'incidente che mi ha resa così, sono state delle suore ad accogliermi, ma poi hanno dovuto mandarmi via e allora ho vagato per tante città in cerca di un lavoro, ma nessuno me ne ha mai offerto uno".

"Capisco, sono sicura che Samuele ti saprà aiutare, è un uomo di buon cuore, anche se sembra chiuso in se stesso…".

"Mi ha detto che sua moglie non c'è più… – fece malinconica – Come è successo?".

"Nessuno lo sa… – rispose sospirando – Sono trascorsi tanti anni, ma lui era così innamorato di lei, che non riesce ancora a guarire".

La donna assentì comprensiva.

"E voi invece?".

"Io ho una storia complicata, non vorrei mai annoiarvi…".

"Non mi annoiate, anzi, mi fa piacere parlare un po' con voi".

Suor Benedetta sorrise.

"Vengo da una famiglia di legnaioli, mio padre serviva la famiglia Falesi e aveva una piccola bottega in paese, avevo una sorella, Anna, la madre di Rachele… – un battito fugace del cuore la fece arrestare. Prese un bel respiro e continuò – Poi mi sono innamorata dell'uomo sbagliato e mi sono chiusa in convento perché credevo che la vita non avesse più alcun senso senza di lui…".

"E vi siete pentita?".

Suor Benedetta scosse il capo.

"No, anche se alle volte mi chiedo come sarebbe stata la mia vita se non avessi fatto questa scelta, però non possiamo tornare indietro, giusto cara?".

La donna stava per ribattere, ma la porta della piccola cella si aprì e mostrò due persone.

"Carissimi, venite, fatevi avanti" li incitò lei osservandoli felice.

Samuele e Astrid entrarono titubanti, la bambina si teneva stretta alla mano del suo papà, ma non sembrava spaventata, forse solo intimidita. Salutò con un bacio la sua prozia e poi si avvicinò al letto sul quale giaceva la sconosciuta.

La scrutò attentamente, poi si sedette al suo fianco.

"Io sono Astrid, la figlia di Samuele" sentenziò sorridendole compiaciuta.

La donna sentì l'emozione crescere nel suo cuore, non capiva il perché.

"Ciao piccola, mi fa piacere conoscerti".

Samuele era in piedi dietro di lei con le mani incrociate dietro la schiena. Taceva.

"Posso chiederti una cosa?" domandò incerta.

"Ovviamente".

"Quello che ti è successo al viso poi svanisce se trovi qualcuno che si innamori di te, come nelle fiabe?".

Samuele si precipitò verso la figlia.

"Astrid per l'amor di Dio, non essere impertinente".

La donna lo bloccò.

"No, ha ragione" disse sorridendo.

Poi si rivolse alla bambina.

"Sai piccola, ci sono alcune volte in cui questo avviene per colpa di un incantesimo, altre in cui accade per una fatalità, e allora non serve l'amore, non mi farà tornare come prima" sussurrò teneramente.

Astrid la guardò malinconica.

"Quindi rimarrai sempre così?".

La donna annuì.

"Sei bella lo stesso… – confessò toccandole la punta del naso con l'indice – Molto bella sai?".

La sconosciuta avvertì gli occhi bruciare, ma tirò via le lacrime e la ringraziò sorridendo.

"Vai con zia Benedetta a prendere un tè, io ti raggiungo presto" la invitò suo padre.

La bambina obbedì e dopo averli salutati allegramente, sparì saltellando insieme a suor Benedetta.

"Devi scusarla, lei è come sua madre, ama così tanto le fiabe che crede che ognuno di noi ne sia protagonista" si scusò Samuele, sedendosi al posto occupato fino a poco prima da Astrid.

La donna si asciugò due lacrime che erano calate sulle sue guance.

"Non devi scusarti, è adorabile, sono io ad essere troppo sensibile…".

"Ti ho trovato un impiego, potrai partire domani stesso per Arezzo, c'è una fattoria che appartiene alla sorella di un nostro fattore, cercano una mungitrice e hanno accettato i tuoi servigi".

"Sei stato gentile, grazie. Arezzo è lontana da qui?" domandò incerta.

"Abbastanza" rispose evasivo.

"Quindi non ci rincontreremo?".

Samuele la scrutò in silenzio per alcuni istanti. Non capì il motivo di quella domanda, tantomeno l'intenzione che vi si celasse.

"Sarà difficile... – rispose stringendo le labbra in un'espressione contrita – Ti ho portato degli abiti nuovi, il biglietto per il treno e alcuni contanti per poter vivere nell'attesa di ricevere il tuo primo salario".

"Non so cosa dire" asserì lei sorpresa.

"Non devi dire nulla – sorrise – Spero che potrai trovare finalmente un po' di serenità".

Si alzò e chiuse i bottoni del suo cappotto, infine si allontanò piano dirigendosi verso la porta.

Stava per uscire, ma avvertì una mano fermarsi sulla spalla.

Si voltò incredulo.

La trovò ferma a pochissimi passi da lui.

"Cosa c'è?" chiese quasi sentendo l'urgenza di allontanarsi da lei.

"Volevo dirti che immagino quanto tu abbia amato tua moglie e quanto tu la ami ancora, ma quello che ti farà guarire non sarà provare a dimenticarla, soltanto trovarle il giusto posto nel tuo cuore, solo così potrai vivere".

Il cuore di Samuele prese a battere frettoloso, gli occhi di quella donna lo rapirono.

Avvertiva il suo respiro addosso, quello sguardo quasi lo trafiggeva.

"Grazie per avermelo detto" asserì ansimante.

"Magari, chissà, un giorno ci rincontreremo" sussurrò allontanandosi da lui.

Samuele gli mostrò un sorriso triste.

"Chissà...".

Detto ciò, si voltò e andò via senza guardarsi indietro.

Non riuscì a spiegarsi il motivo per il quale lasciarla gli risultò così difficile.

D'altronde non la conosceva. Non sapeva nulla di lei.

Sospirò laconico massaggiandosi le tempie.

Doveva tornare a casa.

III.

Dopo infinite ore di ininterrotta tempesta, la neve aveva finalmente cessato di cadere.

Dalle tende écru del salone il paesaggio appariva rarefatto dalla luce pallida della luna piena.

"Questo whiskey è fortissimo... – asserì Andrea dopo averne buttato giù un sorso – Dove diamine l'ha trovato lo zio?" chiese quasi a se stesso, mimando una faccia disgustata.

Samuele fece spallucce.

"Non ne ho idea, io lo trovo gradevole" sentenziò appoggiando sul tavolo il bicchiere vuoto.

Andrea strinse le labbra in un'espressione contrita.

Suo cugino negli ultimi anni, dopo la morte di Rachele, aveva cominciato a bere un po' troppo e spesso lo ritrovava addormentato sulla poltrona della sua camera con la bottiglia vuota che giaceva ai suoi piedi. Qualche volta aveva provato a fargli capire che se avesse continuato così avrebbe solo fatto male al suo corpo oltre che alla sua anima, ma lui ogni volta scuoteva la testa e l'ammoniva di lasciarlo in pace. Capitò soltanto una volta che si mostrò favorevole a parlare un po' della tempesta che si agitava nel suo cuore, ma le lacrime parvero quasi soffocargli le parole, tanto era dilagante quella disperazione.

Allora Andrea si era convinto del fatto che forse non avrebbe mai potuto capire il suo stato d'animo, perché lui non aveva mai amato nessuna tanto quanto lui amava la sua Rachele.

E allora come biasimarlo?

Fosse capitato a lui, forse avrebbe reagito anche peggio.

Allora cercava di andargli in aiuto come poteva, nel suo piccolo, continuando a serbare dentro di sé la speranza che un giorno, sarebbe finalmente guarito.

Ma quel giorno, dopo lunghi anni, non era ancora arrivato.

"Tu piuttosto, non dovresti già essere da Celeste?" domandò, osservando il grosso orologio che ticchettava sopra il caminetto acceso.

Andrea annuì.

"Dovrei già essere lì se non ci avessi già parlato nel pomeriggio".

Samuele lo scrutò interrogativo.

"Sono andato da lei e ho ascoltato ciò che voleva dirmi".

"E allora?" lo incalzò Samuele senza capire.

"Mi ha chiesto di ricominciare a rivederci, o meglio ha provato con i fatti a ottenere la risposta alla sua domanda. – continuò, bevendo ancora un sorso dal bicchiere di cristallo – Ma io mi sono tirato indietro".

Samuele sgranò gli occhi dopo essersi versato altro whiskey.

"E come mai, scusa se te lo chiedo...".

Andrea sospirò.

"È difficile da spiegare... – si allentò il nodo della cravatta – Lei mi ha baciato e io non ho sentito nulla".

"Nulla?".

"È come se non riuscissi più a toccarla, come se il mio cuore fosse da un'altra parte, non mi è mai capitato prima d'ora. – terminò massaggiandosi le tempie – Forse sono solo stanco di fare l'amante, vedi Samuele, vorrei che qualcuno mi amasse, ma sinceramente, vorrei che qualcuno mi scegliesse e che fossi la prima scelta, non un ripiego, né un divertimento...".

Samuele annuì comprensivo.

"Non desideri nulla di strano, forse devi solo guardarti intorno".

Andrea rise amaramente.

"Non lo so, forse hai ragione tu, piuttosto sei andato a salutare quella donna?".

"Certo, ci sono stato prima di tornare a casa, anche Astrid è venuta con me".

"Hai fatto un bel gesto per lei...".

"Sì..." rispose abbassando la testa.

Andrea notò che qualcosa lo turbava.

"Cosa c'è, qualcosa non va?".

Samuele lo guardò di sfuggita, poi spostò di nuovo gli occhi.

"È che sembrava dispiaciuta all'idea che non ci rivedremo e, insomma, io capisco che mi sia grata, ma perché essere rammaricata per la lontananza di Arezzo da me?".

"Le hai salvato la vita! – esclamò Andrea su di giri – È ovvio che tenga a te, diamine anche io terrei alla vicinanza della persona che mi ha salvato dalla morte".

"Sì" fece di nuovo, laconico.

"E a te è dispiaciuto lasciarla?".

Samuele guardò d'improvviso il cugino negli occhi con aria spaurita, lo fissò per alcuni secondi, poi chiuse le palpebre.

Mosse leggermente la testa, assentì con un movimento quasi impercettibile.

Andrea si accorse di quanto quell'ammissione costò al suo povero cuore chiuso a chiave, imprigionato nella ferma e imperturbabile convinzione di non saper più provare emozione alcuna.

"Perché non la fai lavorare qui da noi, abbiamo ancora bisogno di qualcuno che sistemi la serra e che dia una mano a Dimitri... – Samuele tacque – Potrebbe trasferirsi qui, stare da noi, in fondo potrebbe anche diventare amica di Juliet, sono certo che la tirerebbe parecchio su di morale" asserì speranzoso in una risposta positiva.

Samuele si sfiorò il mento con le dita tremanti.

"Non so, forse è giusto che vada ad Arezzo, chiuso il discorso" lo liquidò a voce bassa.

"Io invece credo che sia una buona idea, va' da lei, proponiglielo, io ne sarei felice e anche tu...".

Lui lo scrutò a mo' di rimprovero, stava per dissimulare, stava per asserire con fermezza che a lui non importava affatto di quella sconosciuta, ma Andrea lo precedette:

"Anche se mi dirai che non te importa, non ti credo, quindi è meglio che tu vada da lei, prima che arrivi l'ora che prenda le valigie e salga sul treno".

Samuele sospirò. Poi si alzò con fatica tossendo leggermente.

"Sarà il caso che tu vada da Juliet, per una volta ascoltami tu" lo esortò dirigendosi verso la porta.

Andrea si arrestò d'improvviso. Alzò un sopracciglio, poi lo raggiunse.

"Andiamo, ti do un passaggio".

Stringersi nel cappotto non la preservò dal freddo immenso che avvolgeva l'aria in quella tarda sera di metà dicembre.

Era uscita dal convento di nascosto, troppa era la paura di non riuscire nel suo intento, l'indomani, prima di partire per Arezzo.

Aveva chiesto a suor Benedetta dove si trovasse l'abitazione di Samuele e lei gli aveva spiegato, più o meno, come raggiungerla, ma non era sicura di aver capito per bene come fare.

Si promise che, se non l'avesse trovata, avrebbe fatto in modo che il suo regalo venisse trovato da quella bellissima donna che l'aveva soccorsa il pomeriggio precedente.

Ricordava perfettamente il suo sorriso largo e dolce, le labbra colorate di scarlatto, gli occhi profondi, la voce calda e squillante. Non era sicura di ricordare il suo nome e in verità nemmeno se si fosse presentata, ma non aveva dimenticato che lavorava nella libreria di fronte la cattedrale.

Aveva da poco oltrepassato il viale che si affacciava sul panorama della campagna circostante, adesso doveva camminare lungo tutto il paese e uscire dalla porta est.

Camminò per pochi metri, poi in fondo alla lunga via che divideva il paese come un'arteria perfetta, intravide un uomo che camminava a passi lenti.

Per qualche istante ebbe paura.

Era pur sempre una donna sola che camminava a un'ora tarda, erano passate da poco le otto.

Si strinse nella sciarpa coprendo per bene il volto e mantenne gli occhi su un punto fisso davanti a sé per evitare di incontrare lo sguardo dello sconosciuto.

Ma quando gli era arrivata a pochi passi, si accorse che lui si fermò.

Fu solo in quel momento che si rese conto che non fosse affatto uno sconosciuto.

Trasalì, anche se provò a non darlo troppo a vedere.

Lui fu sorpreso tanto quanto lei di trovarla lì.

"Ciao... – mormorò quasi tra sé – Come mai sei qui?".

La donna mosse nervosamente le mani, spostando gli occhi imbarazzata.

"Ecco io stavo venendo da te, mi ha spiegato suor Benedetta come raggiungere casa tua, volevo darti questo" asserì mostrandogli un foglio di carta ripiegato su se stesso.

Samuele l'osservò con cautela, poi glielo sfilò dalle mani, ma non lo aprì.

"Voleva essere un pensiero per ringraziarti, non ho nulla, potevo solo fare questo..." confessò intimidita.

Lui aprì il foglio.

Con una scrittura poco precisa e traballante, aveva riportato una poesia.

"Spero che si legga, purtroppo dopo l'incidente non ho molta sensibilità alle dita e non riesco a scrivere bene" si scusò mostrandogli i polpastrelli.

Samuele scosse la testa rassicurante.

Cominciò a leggere.

Non guardare il volto
fanciulla, guarda il cuore.
Il cuore di un bel giovane è spesso deforme.
Ci sono cuori in cui l'amore non si conserva.
Fanciulla, l'abete non è bello,
non è bello come il pioppo,
ma d'inverno mantiene le foglie.
Ahimè, a che serve dir questo?
Chi non è bello non ha il torto di esistere;
la bellezza ama solo la bellezza.
Aprile volge le spalle a gennaio.
La bellezza è perfetta.
La bellezza può tutto.
La bellezza è la sola cosa che non esiste a metà.
Il corvo vola solo di giorno.
Il gufo vola solo di notte.
Il cigno vola di giorno e di notte.
Grazie per avermi salvato la vita. Non potrò mai dimenticarmi di te.

Samuele percepì le lacrime invadergli gli occhi. Il cuore gli batteva forte, gli rimbombava nelle orecchie. E poi gli occhi di quella donna, così dannatamente sperduti e dolcissimi, lo stavano scrutando in attesa di una risposta.

Lui respirò a pieni polmoni. Pregò che la voce gli uscisse.

"È Victor Hugo?" domandò con la gola in fiamme.

Lei assentì.

"Ho cominciato a leggere questo libro quando ero bloccata a letto, la storia l'ho sentita vicina, perché io mi sentivo come Quasimodo, mi ci sento ancora… – sorrise amaramente – E questa poesia l'ho amata immediatamente e poi conservata nel mio cuore".

"Non andare ad Arezzo, vieni a casa mia, con me…" le parole gli uscirono ritmate, facendo da contrappunto ai battiti profondi del suo cuore.

La donna sgranò gli occhi.

"Non capisco…".

"Io… Vorrei che tu venissi a lavorare a casa mia, come giardiniera, mi dispiacerebbe se te ne andassi".

Quell'ammissione gli costò una fitta allo stomaco.

La donna batté le palpebre più volte, incredula.

"Non so cosa dire, è molto più di quanto avessi mai sperato fino a qualche giorno fa, se vuoi questo, allora verrò…".

Samuele accennò un sorriso.

"Ma non hai paura del mio passato? Mi accoglieresti a casa tua senza remore? A occhi chiusi? Insomma non mi hai mai chiesto nulla riguardo al mio trascorso…".

"Nemmeno tu l'hai fatto, eppure ti fidi di me" sentenziò sicuro.

Lei sorrise teneramente.

Samuele le afferrò la mano per salutarla.

"Domani mattina ti passerò a prendere… – si arrestò – Come dovrei chiamarti?".

La donna fece spallucce.

"Non lo so…".

"Etesia. – sussurrò a fior di labbra – Etesia, ti piace?".

Lei annuì emozionata.

"In greco significa vento".

Sorrise colma di gratitudine trattenendo l'emozione.

"Domani ti passerò a prendere Etesia" esclamò mimando un inchino.

"D'accordo, domani è vicino".

"Sì, a domani".

IV.

"E così, vivi qui?" domandò scendendo dall'auto e guardandosi intorno meravigliata.

Lui le porse la mano per aiutarla.

"Vivo qui...".

Davanti all'entrata c'erano molte persone, tutte in riga, sembravano che la stessero aspettando.

Samuele la invitò con gli occhi a seguirlo.

"Buongiorno signorina, spero possiate trovarvi bene da noi" fu Guglielmo a parlare, seguirono i saluti della contessa Amalia e di Andrea.

Lei mimò dei leggeri inchini, tremava di vergogna per ciò che quelle persone erano costrette a guardare, ma un po' la rassicurava il fatto che metà del suo volto fosse coperto dalla sciarpa.

La servitù diede il benvenuto al nuovo membro della loro piccola famiglia e la donna fu stupita nel notare con quanta gentilezza e cura le si rivolgessero.

"Vi mostro la vostra stanza. – disse Patrizio facendole strada – Come richiesto dal conte, alloggerete nel piano degli ospiti".

Etesia guardò di sottecchi il maggiordomo.

"Io, nelle stanze dei signori? Mio Dio vi prego, non merito questo trattamento".

"Patrizio, permetti che accompagni io la signorina?" disse oltrepassandoli e ponendosi di fronte all'uomo che alzò un sopracciglio. Stava per opporsi, ma si rammentò che non poteva di certo mostrare il suo disappunto a Samuele di fronte a una sconosciuta, chissà cosa avrebbe pensato nel notare la confidenza che c'era tra loro. Così abbassò il capo e sparì dirigendosi verso i piani inferiori.

Samuele iniziò a salire le scale, Etesia lo seguiva in silenzio affondando i piccoli piedi nel tappeto di velluto che ricopriva la scalinata. Provò a non guardarsi troppo intorno per non sembrare sfacciatamente curiosa, ma lo sfarzo di quella villa le incantava gli occhi e la ammaliava come se fosse finita direttamente dentro una fiaba.

"Questa è la tua camera... – disse atonico aprendo una delle prime porte che davano sul corridoio illuminato dai caldi raggi del sole – Per una settimana circa non presterai servizio in giardino, ti riposerai come si conviene e ti ambienterai, poi ti farò dare tutte le istruzioni da Dimitri e inizierai a lavorare, ma non c'è fretta...".

Etesia si guardò intorno e gli parve di sognare. La stanza sui toni del celeste era accogliente e calda, il caminetto scoppiettava di fronte a lei mentre sulla sua sinistra una grossa finestra con un largo terrazzo si affacciava sulla campagna ancora addormentata. Il letto a baldacchino era pieno di cuscini dorati, la piccola scrivania recava dei libri, inchiostro, fogli e penna.

Samuele si diresse al guardaroba che troneggiava in fondo alla stanza.

"Qui ci sono alcuni abiti per te, dovrai arrangiarti per qualche giorno, poi domani verrai con me in paese dal sarto e ti farai confezionare qualcosa di tuo gusto…".

Lei non riusciva a parlare, tanto era colma di gratitudine e riconoscenza verso di lui.

"Va bene, ti ringrazio…" furono le uniche sillabe che riuscì a tirar fuori dalla gola arsa d'emozioni strane a cui non sapeva dare un nome.

"I libri che ho scelto… non so se ti piaceranno, ma abbiamo una biblioteca molto fornita, puoi andarci quando vuoi…".

Etesia gli si fece vicina, non si poteva vedere, ma gli sorrise.

Samuele osservò attentamente la stoffa consunta e lacera che lei si teneva ferma davanti alla bocca e provò una strana sensazione, sembrava tenerezza mista a pietà, in verità non sapeva cosa fosse realmente.

Si sfilò la sciarpa di cachemire che portava attorno al collo e gliela porse.

"Vuoi darmi la tua in cambio?".

Etesia sentì gli occhi inondarsi di calde lacrime, ma trattenne il singhiozzo che le salì alla gola respirando con foga.

Assentì timidamente, chiuse gli occhi e si liberò della sciarpa, gliela diede con le mani che oscillavano dall'alto al basso. Quella volta il suo sorriso sommesso si notò.

Samuele la osservò dolcemente.

"Spero che tu possa essere felice qui…".

Lei strinse le mani nella sua sciarpa, annuì sorridendogli di nuovo.

"Verrai a trovarmi qualche volta?" chiese titubante.

"Spero che potrai avere altri amici, io non sono affatto di compagnia…" rispose torvo.

"Puoi venire anche per stare in silenzio".

Samuele ingoiò un sorriso.

"Riposa ora, io vado…".

Detto ciò sparì chiudendosi la porta dietro di sé.

Etesia si portò la sciarpa al volto e inspirò profondamente.

Sentì il suo odore, un profumo speziato e intenso.

Poi la piegò con cura e la pose sul comodino.

Lì, sola, nessuno avrebbe visto il suo volto deforme.

Poteva finalmente dormire un po'.

"È la prima volta che vieni qui di tua spontanea volontà…" la canzonò bonariamente, bevendo un sorso di caffè.

"Infatti non vengo per te, caro il mio avvocato pieno di sé…" rispose lei fingendo di essere offesa.

"E perché sei qui?".

"Per vedere la ragazza, voglio parlare con lei e fare amicizia... Visto che abita qui dove altro avrei potuto trovarla?".

"Ieri sera perché non mi hai aperto?".

Juliet appoggiò la tazzina di maiolica sul piattino e strabuzzò gli occhi.

"Cosa, cosa, cosa?".

"Ieri sera, miss Juliet Adler, sono venuto a casa tua, volevo stare in tua compagnia ma nessuno mi ha fatto entrare..." affermò cantilenando.

"Ma non eri dalla tua bella marchesa ieri sera?".

"No...".

"Ti ha dato buca e hai pensato di venire da me?".

"Smettila Juliet, ero venuto da te perché ne avevo voglia, sono stato da Celeste nel pomeriggio e non ci rivedremo più!".

Juliet trattenne un sorriso, il cuore prese a battere spedito.

"D'accordo... – rispose evasiva – Probabilmente dormivo, non ero di buon umore ieri sera, così sono andata a letto presto".

"Vuoi venire a teatro con me questo sabato?".

Andrea parlò tutto d'un fiato, quasi come se non avesse il coraggio necessario per parlare con naturalezza.

La porta si aprì di scatto.

"Perdonatemi, questa casa è così grande che mi sono persa...".

"Oh Santo Cielo, vieni tesoro, ero venuta proprio per conoscerti!" Juliet si alzò e, allungando il braccio, incitò Etesia a raggiungerli.

Lei mosse alcuni passi.

"Per conoscermi?" domandò puntando le dita contro di sé.

"Pensate che dopo dieci anni che ci frequentiamo è venuta a casa mia per la prima volta solo per voi..." Andrea parlò sorridendo, sperando di fare bella figura davanti alla ragazza.

"Grazie..." sussurrò ormai vicina al tavolino davanti al quale i due sedevano tranquilli.

"Siediti con noi, gradisci del caffè?".

"Caffè... – ripeté straniata – Sì, volentieri. – affermò sedendosi accanto a loro – Ho interrotto la vostra conversazione?".

"No tesoro, noi parliamo praticamente tutti i giorni, non darti pena, allora dimmi, come ti trovi qui? Samuele ti tratta bene?".

"Certo, è molto gentile con me..." rispose titubante.

"La tua stanza è una di quelle con la vista migliore, spesso quando ero bambino andavo a leggere sulla tua terrazza..." Andrea la guardava ridanciano, le sembrò un uomo davvero gradevole.

"La vista è molto bella, avete ragione, ma ogni angolo di questa casa sembra uscito da una fiaba...".

"Questo è il privilegio dei nobili, tesoro, vedrai casa mia è grande meno di un quinto di questa, ma è molto più bella, domani verrai a vederla!" le disse afferrandole la mano.

Etesia, contrariamente a quanto si aspettava, non si ritrasse.

"Sarò felice di vederla, anche la tua libreria è molto graziosa, quando la sera mi ritiravo dalla piazza, sentivo sempre della musica allegra provenire da lì… E mi rincuorava…".

Andrea guardò Juliet, quella sera, con i capelli sciolti lungo le spalle e le dita con le unghie dipinte di rosso che gesticolavano leggere nell'aria, gli sembrava diversa. Bellissima.

Un battito del suo cuore si perse. Iniziò ad avvertire uno strano calore dissiparsi sulle guance.

Tossì nervosamente, alzandosi d'improvviso.

"Voi non avete caldo? – domandò dirigendosi verso la finestra – Non vi dispiace se apro un po' la finestra, vero?".

Etesia guardò Juliet, lei le lanciò un'occhiata incredula.

"Avvocato ti ha per caso dato di volta il cervello? Tra poco riprenderà a nevicare e tu hai caldo?".

Andrea non rispose, tuffò il viso nell'aria pungente e respirò a pieni polmoni.

Mai, mai da quando aveva conosciuto Juliet gli era accaduta una cosa simile.

Cosa gli stava succedendo?

"Lasciamolo fare tesoro, ha qualche rotella fuori posto… – disse girandosi l'indice all'altezza delle tempie divertita – Vuoi parlarmi un po' di te?".

"Oh vorrei… Ma ho poco da dire, signora…".

"Aspetta aspetta. – tese le mani davanti a lei quasi come un generale – Juliet, tesoro, solo Juliet per l'amor di Dio, già mi sento una vecchia mamma oca, i miei figli sono troppo grandi e io sono una vedova zitella, ti prego non chiamarmi signora!".

Etesia rise. Quella donna era sorprendente.

"Juliet… – si corresse – Ho perso la memoria purtroppo, a causa dell'incidente che mi ha resa così. Ciò che mi ricordo è che mi sono svegliata in un convento più o meno cinque anni fa, una novizia mi ha trovata in un bosco vicino Firenze priva di sensi, con il corpo sfigurato e mi ha portata con sé… – le mani le tremavano – Mi ha curata insieme alle consorelle per molti mesi, poi mi trovarono un impiego a Carrara, andai da quella famiglia ma fui mandata via dopo poco tempo a causa del mio aspetto, la moglie del padrone di casa pensava che fossi figlia del maligno…".

Andrea chiuse la finestra e gettò gli occhi sulla donna, acuendo l'udito.

"Così sono scappata e ho iniziato a dormire per strada, a volte in qualche granaio, nelle stalle, poi vagando sono arrivata qui…".

"E il resto della storia lo sappiamo… – concluse Juliet accarezzandole una spalla – Sono sinceramente felice che ora tu sia qui, possiamo diventare amiche, io sono un po' matta, ma sono sincera".

Andrea rise rumorosamente.

"Si fa propaganda da sola" si era rivolto a Etesia. Lei aveva riso a sua volta.

"Siamo tutti felici che voi siate a casa con noi, signorina Etesia, e vi assicuro che Juliet è un'ottima amica e anche io lo sono!".

"Siete davvero buoni con me, vi ringrazio!".

La porta si aprì di scatto. Di nuovo.

"Samuele, mancavi solo tu, vieni!".

Juliet capì subito che qualcosa nel suo umore non andava. Aveva gli occhi talmente lontani che sembravano aver perso le solite sfumature azzurre per lasciar spazio a un grigio spento e addolorato.

"Non ho voglia di parlare, scusatemi, prendo da bere e vi lascio immediatamente".

Erano le cinque del pomeriggio.

"Stavo chiedendo a Juliet se questo sabato voleva venire a teatro con me, che ne dici se ci andassimo tutti e quattro insieme?".

Samuele versò il whiskey nel bicchiere e si voltò appena, non rispose.

Fu Etesia a parlare.

"Sarebbe bello…".

Samuele quella volta si girò completamente.

Guardò Etesia intensamente.

"Se il fatto che ti abbia accolto in casa mia ti ha indotto a pensare che avrai la mia amicizia, allora mi hai frainteso".

Quelle parole rimbombarono in tutta la stanza. Insieme a tutta la durezza, la freddezza e la crudeltà con le quali furono pronunciate.

Etesia si mortificò.

"Io… Scusate, non…" la voce non riuscì a venire fuori compostamente.

"Samuele non dire cose di cui poi potresti pentirti" Andrea lo aveva raggiunto, sperando con tutto se stesso che si calmasse, Juliet era sconvolta.

"Avrei potuto continuare a vivere per strada… Mi avete accolto per pietà?" Etesia parlava con un filo di voce.

"Cos'altro avrebbe dovuto muovermi?".

I suoi occhi erano imperturbabili.

"Sarebbe stato meglio… – un singhiozzo le rubò le parole – Meglio che fossi andata via, posso reggere l'umiliazione degli sconosciuti che guardano il mio volto, ma non riesco a sostenere la vostra durezza verso di me…".

Detto ciò cominciò a camminare piano, dirigendosi verso l'uscita.

"Se te ne vai non avrai che l'occasione di tornare per la strada…".

"Se restare qui significa non avere la vostra stima allora preferisco tornare a chiedere l'elemosina...".

Continuando a dare le spalle ai presenti, contrariamente a quanto le buone maniere prevedessero, scappò via senza salutare nessuno.

Andrea raggiunse il cugino e, prendendolo per le spalle, lo scosse violentemente contro la parete.

"Cosa diavolo sei diventato?".

Samuele strizzò gli occhi, respirò profondamente, ma non si oppose.

"Dovresti vergognarti per quello che le hai fatto, io non so più chi tu sia...".

"Lasciami in pace...".

"Ti fa sentire meglio ferire gli altri, non è vero?".

Samuele taceva.

"Non te la ridarà indietro, Rachele non tornerà!".

Samuele si sfilò dalla presa del cugino e si ricompose.

"Se devi trattarla così è meglio che tu la mandi via, abbi il coraggio, va' da lei e dille di andarsene, dopo quello che ha passato non merita di essere trattata così da nessuno, figuriamoci dall'uomo che l'ha accolta in casa sua!".

"Va' al diavolo!" tuonò Samuele sbattendo la porta come una furia.

Juliet, che era rimasta in disparte per tutto il tempo, raggiunse Andrea tacitamente.

Gli passò le dita tra i capelli e glieli ricompose. Lui buttò fuori l'aria con foga e attaccò la fronte alla sua.

"Vedrai che le chiederà scusa, lo sai com'è fatto...".

"Io vorrei che tornasse ad essere sereno, almeno un po'...".

Juliet sfiorò il naso con la punta del suo.

"Magari la chiave l'abbiamo trovata" sussurrò sorridendo.

Andrea la strinse in un abbraccio osservandola teneramente.

"Lo sai che sei meravigliosa stasera?".

Juliet diventò rossa come un tizzone.

Andrea rise.

"Smettila, mi fai vergognare...".

"Ci vieni a teatro con me?".

"Ma certo, solo se poi mi porti a ballare...".

"In quel postaccio pieno di fumo dove l'unico drink che esiste è una pinta di birra?".

Juliet annuì divertita.

"D'accordo miss Adler, affare fatto...".

La sala domestici era nel pieno della cena, un vociare confuso e tante risate risuonavano sin dalle scale.

Beatrice si arrestò d'improvviso davanti alla soglia della cucina.

"Signoria, per l'amor di Dio che ci fate qui?".

Lui, visibilmente confuso, si massaggiò le tempie doloranti.

"Etesia è scesa per la cena?".

"No, preferisce non mangiare. – Patrizio oltrepassò Beatrice che, approfittando della sua presenza, si dileguò tra le aiuto cuoco che gridavano cercando la sua attenzione, e raggiunse il conte osservandolo inqueto – Immagino il motivo...".

Samuele ignorò quella provocazione.

"Posso avere un vassoio con qualcosa di dolce?".

"Mi ha chiesto di preparare del pane con la marmellata e del latte caldo per lei proprio vostro cugino, qualche minuto fa...".

"D'accordo, grazie".

Prese il vassoio e salì lentamente le scale, raggiunse i piani alti e quando fu davanti alla porta di Etesia, aprì senza bussare.

La stanza era in penombra, solo il caminetto acceso illuminava una porzione obliqua della parete.

Si guardò intorno, ma non la vide.

Poi gli occhi caddero sul letto e scorsero una sagoma che vi era adagiata di profilo. Si muoveva appena dal basso all'alto. Pensò che stesse dormendo.

Ma d'un tratto udì un respiro incepparsi in un singulto, poi la intravide muovere il braccio.

Appoggiò il vassoio sul comodino e si sedette sul letto accanto a lei.

Lei, che forse si era accorta della sua presenza, non si era mossa minimamente.

"Ti ho portato del pane con la marmellata..." sussurrò tra denti.

"Non ho fame".

La mano piccola e tremolante si fermò sulla guancia e asciugò una lacrima.

Samuele notò che non aveva il volto coperto. Indossava l'abito del pomeriggio ma una manica le era scivolata scoprendole la spalla.

La sua pelle, dal collo alle scapole gli sembrava intatta.

"Ha ripreso a nevicare..." disse sperando che lei si voltasse verso di lui.

"Non voglio parlare, scusami...".

"Posso restare qui in silenzio, se vuoi".

Il cuore di Etesia batté più forte, mentre si era ricordato delle sue stesse parole di quella mattina.

Le lacrime le bagnarono i capelli che le erano scivolati sulle guance.

Samuele con un gesto impercettibile le liberò il viso e le sistemò il ciuffo castano dietro l'orecchio.

Lei, quasi istintivamente, fece lo stesso, ma nel preciso istante in cui le sue dita girarono attorno all'orecchio, quelle gelate di Samuele afferrarono le sue.

Le strinsero così forte che Etesia non ebbe la forza di liberarsene.

"Sono un bastardo... Perdonami" sentenziò con voce roca.

Lei tuffò il viso nel cuscino soffocando i singhiozzi, ma non gli lasciò la mano.

Samuele appoggiò la fronte sulla sua spalla nuda.

"Ti posso giurare che non pensavo ciò che ho detto, sono solo arrabbiato, così tanto che vorrei uccidere chiunque mi passi davanti agli occhi, perdonami ti prego!".

Etesia si mosse lentamente e si tirò su, nascose il viso tra le mani per alcuni istanti, poi provò a respirare e asciugandosi gli occhi li fissò nei suoi.

Samuele le passò un fazzoletto di stoffa ben piegato.

Lei lo accettò.

Non l'aveva mai vista veramente prima di quel momento.

La fronte era libera, insieme agli occhi, poi le guance e gli zigomi erano colmi di segni indelebili, la bocca su di un lato recava una cicatrice profonda che terminava sul mento, il collo era altrettanto segnato, riusciva a intravedere distintamente le clavicole lasciate scoperte dallo scollo dell'abito color lavanda e gli parve che i segni continuassero oltre il limite posto dalla stoffa, intricate come nodose radici.

Non aveva di certo i connotati della donna che era stata, ma a lui, per un misero e effimero istante gli parve così bella in tutto quel dolore che gli era sufficiente guardarla negli occhi per far sparire quei segni come se non fossero mai esistiti. Quegli occhi così sconosciuti e lontani.

Eppure così vicini.

"È raccapricciante, non è così?" domandò lei spezzando il silenzio.

Lui scosse la testa con fermezza.

"Non lo è...".

"Continuano su tutto il corpo, solo la schiena e una gamba sono sane. – sorrideva amaramente – Ti risparmierei lo spettacolo ma ho il viso in fiamme e se dovessi coprirlo potrei anche soffocare...".

"Puoi non tenere il viso coperto quando sei con me" lo disse tenendo la testa bassa.

Lei sorrise scuotendo il capo con amarezza.

"Perché mi hai fatto venire qui?".

Samuele la guardò intensamente.

"Perché mi rivedo in te. – disse tutto d'un fiato, quasi come se si fosse liberato di un demone che gli opprimeva il petto – Vedo in te il mio dolore".

Etesia asciugò un'ennesima lacrima che le precipitò contemporaneamente a quelle parole inattese.

"Cosa ti è successo?".

"Mia moglie è morta, in un incendio...".

Etesia tacque implacabile.

La testa le batté improvvisamente, quasi come se quelle parole non suonassero a vuoto.

Ma quando le parve di essere riuscita ad afferrare un ricordo, si dissolse tutto nel nulla come in un buco nero.

Le capitava spesso, ma non riaffiorava mai immagine alcuna del suo passato.

"E tu dov'eri?".

"Al fronte, sull'altopiano dell'Asiago, ero partito per una spedizione con i miei commilitoni e siamo finiti in un campo nemico, alcuni rimasero feriti e trovammo rifugio, dopo aver vagato per settimane, in un ricovero molto distante da lì, mia moglie era disperata, mi credeva morto...".

Gli occhi erano lucidi e distanti.

"Non sentirti in imbarazzo, se vuoi piangere puoi farlo...".

"Piangere... – Samuele la scrutò con rammarico – Ho versato così poche lacrime da quando mi ha lasciato che stento a credere di essere capace ancora di farlo".

"La amavi molto?".

"Abbiamo lottato così duramente e a lungo per poter stare insieme, avevamo la nostra vita, la nostra famiglia, eravamo scappati da qui, vivevamo nella nostra casetta a Roma, avevamo così poco ma eravamo così felici. – le dita tremolanti sfiorarono la fede che troneggiava sull'anulare del suo dito magro – L'ho amata con tutto ciò che di me avevo, con ogni singola parte di me".

Etesia sorrise.

"Dev'essere magnifico aver amato tanto qualcuno".

"E poi averlo perso" continuò lui amaramente.

"Cambia la sostanza di ciò che hai provato?".

Samuele stava per dirle che sì, cambiava ogni cosa, cambiava tutto perché non era più con lui, perché non poteva più stringerla e averla. Ma in realtà no, non mutava affatto la sostanza di ciò che sentiva nel cuore.

"Puoi continuare ad amarla anche adesso, puoi amarla anche per tutta la vita".

Samuele taceva.

"Anche se non puoi più vederla, sfiorarla, la ami e la amerai, questo non cambierà, mai...".

"Mai?".

Etesia dissentì.

"Potrai vivere solo se smetterai di volerla dimenticare perché ti fa troppo male ricordarti di lei... Basterà che tu le trovi il giusto posto dentro di te".

Un sorriso contorse le labbra serrate di Samuele.

La osservò con cura.

"Tu non hai alcun ricordo, vero?".

"Pochissimi in verità, degli sprazzi, l'ultimo medico che mi visitò mi assicurò che la memoria sarebbe tornata, anche se non subito".

"Hai paura?".

"Ne ho avuta, ora aspetto solo di rammentare chi diamine io sia".

"E cosa è stato a ferirti così?" domandò con cautela indicandosi il volto con il dorso della mano.

"Fuoco, o meglio la maggioranza dei medici scommetterebbe che sia fuoco a occhi chiusi".

Samuele sfiorò una cicatrice che si dissipava sul dorso della sua mano piccola, poi la strinse con dolcezza.

"Mi perdoni per ciò che ti ho detto?".

Lei ricambiò la stretta.

"Ti perdono, certo. – rispose cercando i suoi occhi – Tuo cugino e Juliet sono davvero simpatici, sai?".

Lui rise appena.

"Almeno loro…".

Etesia rise facendogli da contrappunto, scrutò attentamente il volto dell'uomo che le stringeva la mano, al di là del fatto che fosse davvero incantevole, si accorse di quanto fossero profondi i suoi occhi e di quanto si illuminassero grazie a un sorriso.

"Dovresti sorridere più spesso, hai un bel sorriso".

"Grazie per ciò che mi hai detto poco fa, davvero".

Etesia strinse le labbra.

"Ti piace il pane tostato con la marmellata?".

"Sì, ovviamente, mi piace".

V.

La neve continuava a scendere senza sosta dalla sera precedente, Juliet stava servendo alcune clienti piuttosto esigenti e aveva un fortissimo mal di testa. I suoi figli non l'avevano ancora chiamata quella settimana e ciò la rendeva parecchio nervosa, era felice, certo, che si stessero divertendo dai nonni, ma lei si sentiva tremendamente in pensiero ogni qual volta si avventuravano troppo lontani da casa. Ma ormai erano dei giovani ragazzi e lei non poteva più fare nulla per proteggerli, avrebbero dovuto volare per conto loro, senza il suo aiuto. Ciò la spaventava, lei senza aiuto aveva preso uno dei più grandi abbagli della sua vita.

Mentre le due donne erano finalmente arrivate a prendere una decisione e si stavano dirigendo alla cassa, la porta tintinnò annunciando un nuovo visitatore.

"È permesso?".

Juliet teneva il viso chino sul registratore di cassa, ma riconobbe immediatamente la voce.

"La mia cliente preferita, vieni tesoro, finisco con le signore e sono subito da te".

Etesia annuì e si accantonò vicino a uno scaffale che recava dei bellissimi libri per bambini.

Si guardò intorno con vaghezza e dopo pochi minuti vide quella bellissima donna dal sorriso dolcissimo farsi vicina.

"Grazie per essere venuta a trovarmi, credevo che questo tempaccio ti facesse desistere!".

"Assolutamente, sono abituata a molto peggio" la rassicurò scuotendo la testa.

"Giusto, che stupida che sono, perdonami, io parlo senza pensare, prima o poi ti ci abituerai! – sussurrò ridendo di sé ingenuamente – Ora ci facciamo una bella chiacchierata e ti faccio assaggiare la mia tisana all'ibisco, ne porto sempre un po' con me da casa".

Etesia stava per risponderle che accettava con piacere, ma la porta si aprì di nuovo.

Juliet non se ne accorse, così fu la sua ospite a voltarsi per prima.

Vide una donna altera avvolta da un cappotto di pregiata manifattura, i capelli biondo grano raccolti in una pesante acconciatura, gli occhi di ghiaccio, le labbra serrate in una smorfia incolore.

Si fece avanti con solennità.

"Buonasera al mio nuovo cliente!" Juliet pronunciò quella frase mentre si girava, ma quando i suoi occhi inciamparono in lei, il fiato le si bloccò in gola.

"Duchessa… – le parole faticavano a venire fuori – Estasiani" terminò sorridendo.

Lei non rispose, si fece avanti con passo solenne.

Etesia, che dal canto suo era una grande osservatrice, capì dopo una rapida occhiata a entrambe, che la sua amica era rimasta pietrificata e che l'ospite era sul piede di guerra.

"Allora eccola… – sentenziò ritmata, sfilando la mano guantata dal manicotto di pelliccia che teneva fermo sul ventre – la libraia che mi ha spodestata dopo così tanti anni…".

Juliet non parlava.

"Credevo che fossi più bella sai? In realtà sei piuttosto goffa e anche in sovrappeso. – convenne, osservando i fianchi sinuosi della sua interlocutrice – Le guance rosse come quelle di tutti gli anglosassoni, e il viso da ragazzina".

"Uscite dal mio negozio!" tuonò lei, prendendo in mano un tagliacarte e puntandolo con veemenza contro di lei.

La duchessa restò impassibile, un sorriso sardonico si allargò sul suo viso dalle forme perfette.

"Un figlio bastardo poteva innamorarsi solo di una poco di buono che è stata disconosciuta da tutta la famiglia".

Juliet uscì dal bancone. Continuava a tenere il tagliacarte fisso verso di lei.

Etesia la tirò per un braccio.

"Juliet dammi il tagliacarte, non ascoltarla!".

Lei consegnò l'oggetto all'amica senza farsi pregare troppo e arrivata a pochi millimetri di distanza dalla donna la spinse con forza verso la porta.

"Figlio bastardo?" sibilò tra i denti.

"Perché non te l'ha mai detto? O forse non lo sa? Tutto il paese è al corrente che Andrea Falesi non è il figlio di Valerio Falesi e Belisaide Degli Asi...".

"Andate al diavolo, uscite dal mio negozio oppure la ragazza anglosassone vi farà pentire di essere entrata!" affermò continuando a spingerla via.

La duchessa era ormai ferma davanti alla porta, con la schiena contro il vetro.

"Siete una coppia perfetta!".

Juliet aprì la serratura e dopo averle rifilato un calcio la spinse fuori e chiuse la porta a chiave.

Girò il cartoncino per indicare al pubblico che la libreria era chiusa. Poi, appoggiandosi contro la soglia, scivolò verso terra nascondendosi il viso tra le mani.

Etesia la raggiunse velocemente.

"Tra pochi minuti mi passerà, scusami Etesia!" disse con la voce ovattata dalle sue stesse mani.

Lei le accarezzò una spalla senza parlare.

Juliet ricambiò quell'abbraccio con dolcezza.

"È da tanto che un'amica non mi abbracciava così, da quando Rachele non c'è più io non ho più avuto amiche".

"La conoscevi?".

"Siamo cresciute insieme e poi era una delle poche, insieme a Lidia, che non aveva paura del giudizio delle persone, hai sentito tu stessa dalle labbra della duchessa chi io sia, mi ha presentata meglio di quanto io avrei mai potuto fare!" un singhiozzo le salì alle labbra.

"Le persone guardano solo le apparenze, non meravigliarti dei suoi giudizi! – le disse aiutandola ad alzarsi – E poi le hai rifilato un bel calcione!".

Risero entrambe vivacemente.

"Se non mi avessi tolto dalle mani il tagliacarte le avrei sfregiato quel bel visino di porcellana".

"Meglio così, altrimenti ti sarei dovuta venire a trovare in gattabuia!".

Juliet si asciugò le lacrime con la manica del maglione e invitò l'amica nel retrobottega per la tisana.

Preparò le tazze e le riempì fino all'orlo, poi si sedette facendo accomodare Etesia accanto a lei.

"Mi hai detto ieri che sei vedova… Come è accaduto?".

"Non so in realtà se io sia vedova o meno, Damiano risulta disperso, dopo una spedizione lui e un commilitone non hanno fatto rientro alla trincea, fine della storia. Ma dovrei dirti che sono disperata, triste perché desidererei che tornasse, ma vorrei solo avere la certezza che sia davvero morto".

"Non lo amavi?".

Juliet prese coraggio e le raccontò la sua storia. Etesia l'ascoltava con pazienza, profondamente colpita da ciò che udiva.

"Tu vorresti sapere la verità perché vorresti sposarti di nuovo?".

Juliet guardò verso il pavimento e si perse in un sorriso languido.

"Vorrei che qualcuno mi amasse, vorrei che qualcuno per la prima volta mi scegliesse".

Etesia la scrutò comprensiva.

"E la duchessa c'entra qualcosa?".

"Andrea le ha dato il benservito e ovviamente lei pensa che sia per causa mia".

"E non è così?".

Juliet cercò i suoi occhi e, quando li trovò, le parlò senza proferire parola alcuna.

"Vorrei… Ma non ne sono affatto sicura".

"Dovrai parlare con lui per la questione…".

"Sì, assolutamente, stasera stessa".

Etesia bevve un altro sorso della sua tisana e fece per alzarsi.

"È stato bello parlare con te, Juliet".

"Anche per me, perché non ci vediamo anche domani? Vieni dopo cena a casa mia, ti faccio assaggiare la torta di mele, magari dillo anche a quel maleducato del tuo datore di lavoro. – scosse la testa con fare canzonatorio – Anzi, spero che ti abbia chiesto scusa per ciò che ti ha detto".

"Sì, l'ha fatto" rispose tradendosi in una smorfia tenera.

"Guarda che ti ho visto sai? – gridò puntandole la tazza contro – Quegli occhietti non farli davanti a lui, per l'amor di Dio, diamogli del filo da torcere allo zoticone dagli occhi color del mare prima di essere completamente sicuro che sei cotta di lui!".

Etesia scoppiò a ridere.

"Ma sei impazzita? Cotta di lui, io? – chiese, indicando il suo viso – Ma mi hai vista? Hai sentito la mia voce?".

"Tesoro, ascolta la tua Juliet, sei bella, talmente bella che la luce che emani non sarà di certo compromessa da qualche cicatrice!".

Lei scosse la testa provando a minimizzare.

"Sei gentile, ma so che non è la verità, guardami, non è rimasto nulla della persona che ero".

"Se ho ragione, tra qualche tempo verrai da me a raccontarmi che ti ha portato a ballare o che ti ha baciata, giuro che te ne farò pentire! – la canzonò sorridendo, mentre l'avvolgeva in un abbraccio – E poi hai un corpo niente male, bellezza!".

Etesia la strinse forte, rise tra i suoi capelli e si accorse che profumava di rosa canina.

Mai, nessuno mai, l'aveva fatta sentire così.

Con lei sembrava che le cicatrici sparissero, sembrava che fosse una semplice donna che chiacchierava con una sua amica. Con lei quella tragedia assumeva un peso diverso, un colore diverso.

Con lei si era sentita, per la prima volta dopo tanti, troppi anni, semplicemente libera.

Ed era una sensazione meravigliosa.

"Posso?".

Una voce tenue irruppe nella stanza di Samuele facendolo sobbalzare.

Tossì ingoiando il fumo del sigaro che teneva fermo tra le dita.

"Sì" sussurrò sperando che la voce si udisse.

La porta si chiuse dietro la schiena della visitatrice.

"È troppo tardi per parlare un po'?".

Samuele appoggiò il sigaro sull'orlo del posacenere d'argento.

"Vieni…".

Etesia lo raggiunse a piccoli passi, facendosi largo tra il fumo e polvere che invadevano quella stanza.

"Dovresti aprire la finestra, non si respira qui dentro" commentò mettendosi un braccio davanti alla bocca.

Samuele si alzò lentamente e ubbidì. Poi si voltò verso di lei, la testa gli girava come una trottola.

Etesia osservò la scrivania, era piena di libri e cartacce, ma su di un lato troneggiava semivuota una bottiglia di cristallo. Vide il bicchiere vuoto accanto al posacenere.

I suoi occhi erano lontani e spauriti, la testa l'aveva reclinata all'indietro, adagiata sul muro adiacente alla finestra, indossava una maglia bianca con le maniche corte, sopra, le bretelle marroni sembravano troppo larghe, pronte a scivolargli dalle spalle da un momento all'altro.

"Hai paura di me?" domandò lui, continuando a tenere gli occhi chiusi.

"Dovrei?".

"Mia madre dice che sono pericoloso quando bevo troppo e Andrea se sente l'odore dell'alcool scappa a gambe levate, trai tu le tue conclusioni" sentenziò secco, mangiandosi di tanto in tanto qualche sillaba.

Etesia si fece ancora più vicina, attaccandosi quasi al suo corpo.

Lui si accorse di un calore che si propagava a poca distanza da sé, allora aprì gli occhi.

Gli sembrava così piccola quella donna, così indifesa, così fragile che avrebbe voluto stringerla a sé e l'avrebbe fatto, se solo non avesse avuto quel nodo di dolore che gli soffocava il cuore, che gli impediva di dormire, che appesantiva il suo respiro e avvelenava le sue notti senza sogni.

Gli occhi gli caddero nei suoi, grandi e intensi, di un colore che in quel momento non riuscì a decifrare, sembravano color ambra, gli parvero come quelli di sua moglie. Rise di se stesso e delle sue illusioni, ormai era diventato pazzo. Gli faceva troppo male la testa per classificare il vero colore delle sue iridi, ma lì dove la razionalità lo abbandonava, le emozioni prendevano il sopravvento e lo mettevano fuori gioco, lasciandolo precipitare in pensieri senza controllo che spesso, troppo spesso, gli uscivano dalle labbra senza remore.

"Hai uno sguardo strano... – sibilò tra le labbra – Sembra che tu possa leggermi dentro".

"Invece non riesco a vedere nulla di te, sai?" confessò lei restando immobile.

"E cosa vorresti vedere? – aveva di nuovo gli occhi chiusi – Tutto l'orrore che mi dilania lo stomaco, la fame, la desolazione, la sete che mi prosciuga l'anima. – mosse la testa portandola in posizione eretta e la guardò con insistenza – La solitudine che mi sta divorando come una bestia famelica, come le notti gelide in cui ero in trincea e non avevamo cibo, quando il freddo ti trapassava le ossa e sembrava che solo la morte potesse liberarti da quella condanna infernale...".

Etesia aveva il cuore che le batteva furioso contro il petto. Provò una grande pietà per lui, lui che in apparenza aveva tutto, ricchezza, beltà, una famiglia che l'amava, dei ricordi, la possibilità di vivere ancora giorni magnifici. Ma in realtà, non aveva nulla. Proprio come lei.

Erano due anime sperdute, lei senza passato, lui con un passato da dimenticare.

Erano due facce della stessa medaglia, lei con il volto sfigurato, lui col cuore pieno di ferite aperte.

Rivedo in te il mio dolore.

Fu in quel momento che capì cosa intendesse con quelle parole.

Dolore con dolore.

Fame con fame.

Solitudine con solitudine.

Solo loro avrebbero potuto capire l'uno l'abisso dell'altro.

Insieme scendere lì dove fa male, dove c'è sangue, marciume, ferite.

Insieme provare a risalire, per tornare a respirare.

"Anche a me il freddo faceva male, soprattutto quando le stelle brillavano alte nel cielo, e non immagini quante volte i miei sogni si mischiavano alle speranze di veder arrivare qualcuno che mi riconoscesse e mi portasse al sicuro. – mostrò un mezzo sorriso – Ma non veniva mai nessuno... E io non potevo fare altro che nascondermi, pregare Dio che mi facesse morire e maledirlo a ogni sospiro per non avermi ripreso con sé tra le fiamme infernali che mi hanno resa così... La sera in cui mi hai trovata stavo morendo sai? Era simile al momento in cui stai per addormentarti, ma più doloroso, sentivo una forza nera che mi tirava via, che rallentava il mio respiro, che mi cullava verso la fine. Speravo che stessi per liberarmi da tutto il dolore, dalla condanna che mi era spettata senza che potessi avere voce in capitolo".

Lui continuava a guardarla immobile.

"Poi sei arrivato tu... E per qualche istante ti ho odiato, io stavo per liberarmi e tu non me l'hai permesso...".

Un ciuffo di capelli inciampò sulle sopracciglia corrugate di Samuele.

Etesia lo sistemò senza pensarci.

E, senza accorgersene, sfiorò la sua fronte con le dita.

Samuele sentì una scossa propagarsi dal collo, correre lungo la colonna vertebrale e fermarsi nella pancia.

Il respiro gli si divise in due, inceppandosi a metà della gola arsa.

Attaccò la fronte alla sua tenendo le palpebre serrate, poi le aprì.

Etesia si accorse che i suoi occhi blu la stavano osservando intensamente.

"Avresti voluto che non fossi mai comparso lì, vero?".

"All'inizio era così, poi mi sono detta che forse c'era un senso, anche se non riuscivo a vederlo... Un senso al nostro incontro...".

"Un senso...".

"Perché non mi fai una promessa? – propose lei sorridendogli leggera – Tutte le volte in cui avresti voglia di bere, vieni a parlare con me".

Lui rise amaramente.

"Dovrai passare tutte le ore della tua giornata in mia compagnia allora... E non te lo consiglio".

"Tutte le ore della giornata, va bene".

"Non sai a cosa stai andando incontro...".

Etesia rise ancora.

"Potremo fare tante cose insieme, puoi portarmi a fare un giro nei dintorni, possiamo mettere in ordine questa stanza".

Samuele rise appena.

"Io posso insegnarti a ballare...".

"A ballare?".

"È l'unica cosa che credo di saper fare… Anche se non ho mai provato" rispose malinconica.

"Posso insegnarti anche a suonare il pianoforte, così saprai fare anche quello".

Etesia provò immediatamente a dissuaderlo.

"Non ho ricordi, ma so per certo che non sarei per niente brava!".

Samuele rise leggero.

"Ho insegnato a mia moglie che era negata, puoi imparare anche tu!".

Lei si morse il labbro teneramente. Il cuore si strinse. Voleva dirle qualcosa, ma poi si dilatò, quasi con la stessa facilità con cui si era contorto, lasciandola esitante per alcuni istanti.

Samuele si allontanò da lei e, tendendole la mano, la invitò a sedersi accanto a lui sul divano di velluto poco lontano.

"Se vuoi aiutarmi, allora comincia con il passare la notte qui dentro" confessò sorridendo con sincerità.

Etesia rise, mostrando una spontaneità che neanche lei ricordava di possedere.

"Passiamo la notte qui dentro, l'importante è che ti metti una maglia, altrimenti ti ammalerai!".

Samuele rise di nuovo sentendosi stranamente leggero, si voltò e si infilò la maglia che era ferma vicino ai piedi del tavolo.

Appoggiò la testa sullo schienale, dirigendo lo sguardo a lei.

"A cosa stai pensando?".

"A una poesia…".

Si fece leggermente più vicino con la sedia alla sua:

"*Poiché quel che in un luogo cade e l'acqua adorna, sospinto è in altro sito dal flusso di rimando…*" la sua voce era lontana.

"*Poiché nulla è perduto che non si possa ritrovare, cercando…*" terminò lei al suo posto.

Samuele sembrò destarsi d'improvviso, quasi come se fosse stato tirato a riva dopo aver rischiato di affogare.

La scrutò interrogativo e stupito.

"La regina delle fate… Spenser?".

Lui annuì inclinando il capo per vederla meglio.

"Come…".

"Non lo so… Ce n'è un'altra che spesso mi torna in mente, ma non ricordo né l'autore né la raccolta o cose del genere".

"Prova…" rispose lui sorridendo sommesso.

"Fa così. – sussurrò lievemente imbarazzata, mentre le guance si piegarono in due lievi fossette – *Qui, dove il tremito scuote gli ultimi, scarsi capelli grigi, dove il pensare stesso è riempirsi di dolore, e la disperazione regna, dalle ciglia di piombo*" si passò un dito sulle labbra facendo una pausa, Samuele ne approfittò.

"*Dove la bellezza vede spenta la luce dei suoi occhi e l'amore nuovo non riesce a piangerla oltre il domani*" terminò abbassando gli occhi.

"Esatto, finisce proprio così".

"Ode a un usignolo, Keats. – rispose in un soffio – Non sono un cervellone, ho solo una laurea in letteratura inglese" si spiegò torturandosi le mani ferme sopra il grembo.

"Che incanto, complimenti! – commentò lei, entusiasta – Hai studiato in Inghilterra?".

"Sì, non per mia volontà, s'intende".

Etesia lo scrutò in attesa di una spiegazione.

Samuele prese un bel respiro, poi dopo aver lanciato un'occhiata all'orologio, che gli stringeva il polso, parlò sospirando.

"Visto che abbiamo tutta la notte, posso raccontarti come andò…".

"Devo assolutamente parlare con l'avvocato Falesi, è una questione di estrema urgenza!" Juliet agitava le mani davanti al viso contrito di Patrizio che tentava in tutti i modi di bloccarla.

"Vi ho detto che il signor Falesi si è ritirato nelle sue stanze da molto tempo, dorme di certo".

"Non me ne importa niente, che si svegli, devo parlare con lui!" esclamò superandolo e dirigendosi verso la scala che conduceva alla zona notte.

"Signora Cardarelli, vi imploro di ascoltarmi, non insistete!".

Juliet si fermò e lo guardò con fare minaccioso.

"O mi dite qual è la sua stanza o sarò costretta ad aprirle una per uno finché non la troverò e vi giuro che ne sono capace".

"Oh non ne ho alcun dubbio. – brontolò Patrizio tra sé, spazientito – D'accordo è la stanza in fondo al corridoio, quello con le pareti ocra" confessò sfinito.

"Bene" Juliet cominciò a muoversi a passo sostenuto, poi quando finalmente trovò la stanza, entrò senza bussare.

Andrea non mostrò il minimo cenno di stupore, rimase immobile seduto sul letto con una sigaretta accesa tra le labbra, gli occhiali da lettura ben fermi sul naso e un libro tra le mani.

"Pensavo che avresti dovuto insistere di più. – sussurrò tra le labbra, attento a non lasciar cadere la sigaretta, poi aspirò e se la strinse tra le dita – Alla fine l'hai convinto in fretta" terminò sorridendole.

Juliet batté la borsetta sulla consolle.

"Perfido… – grugnì tra i denti – Per quanto tempo ancora avresti continuato a goderti lo spettacolo?".

"Fino a quando il divertimento mi sarebbe bastato… – rispose ridendo – Mi piace tanto quando ti arrabbi!".

Lei gli si avvicinò furiosa tirandogli via il libro dalle mani.

"Aspetta, mi fai perdere il segno, lo sai che odio dover sfogliare le pagine per ritrovare il punto esatto…!".

"Che peccato, mi diverte tanto quando ti contrari!" lo scimmiottò lei mettendosi con le braccia conserte.

Andrea accettò la provocazione, alzò le mani in segno di resa.

"D'accordo, hai vinto… – sussurrò sperando di farla sorridere – Come ci sei arrivata fino a qui con questa neve?".

Juliet si guardò gli stivaletti di cuoio inzuppati.

"Tu che dici?" domandò ancora parecchio infastidita.

"Dev'essere davvero una cosa importante allora, avanti dammi le scarpe e scaldati" propose allungando verso di lei il braccio teso.

Juliet gli mostrò una smorfia indispettita, ma le labbra la tradirono allargandosi in un sorriso, affondò le dita gelate nel suo palmo. Andrea le sfilò il cappotto, poi il cappello, infine si piegò sulle gambe e attese.

Juliet lo scrutò interrogativa.

"Togliamo le scarpe!".

"Faccio da sola!".

"Tu siediti, ci penso io" ordinò senza possibilità di replica.

A Juliet non restò che obbedire. Si accomodò facendo gracchiare il legno della sedia, poi allungo le gambe verso di lui che le sfilò in pochissimo tempo.

I piedi piccoli di Juliet erano coperti da un paio di calzini buffissimi. Erano celesti, con delle piccole stelle gialle ricamate.

Andrea rise tra sé, toccando la stoffa si accorse che erano zuppi quasi quanto le scarpe, così tolse anche quelli.

"Ora alzati" le disse tendendole le mani. Juliet seguì le sue istruzioni senza proferire parola, il tepore che la stava invadendo riuscì a calmarla.

Andrea si sedette al posto occupato da lei fino a poco prima e, con un unico e fluido gesto, la tirò a sé facendola cadere sulle sue gambe.

"Allora, cosa dovevi dirmi?".

Juliet deglutì rumorosamente.

Non era la prima volta in cui le capitava di essere così vicina a lui, ma quella sera, il contatto del corpo contro il suo riusciva a scuoterla fin nel profondo. Il viso era disteso, gli occhi grandi, di quel verde magnifico che Juliet amava tanto, erano stanchi, ma non per questo meno vispi del solito.

Quelle dannate labbra carnose e rosa erano contorte in uno strano ghigno che sembrava un sorriso, ma non seppe ben capire se lo fosse, troppo era l'attrazione che esercitavano su di lei. All'improvviso sentiva caldo.

"Juliet?" la chiamò lui sperando di attirare la sua attenzione.

"Sì… – rispose lei bagnandosi le labbra – Mi dispiace tanto perché so che ti farà male saperlo".

Andrea corrugò la fronte.

"Parla, senza mezzi termini, te ne prego!".

"D'accordo… – si strinse più forte contro di lui – Sai di non essere il figlio dei tuoi genitori?".

Juliet, nel preciso istante in cui terminò di pronunciare l'ultima sillaba, si sentì sprofondare.

Andrea tacque, continuando a guardarla. Ma non parve mostrare emozione alcuna.

"Scusami, scusami lo sapevo che ti avrei addolorato, il fatto è che oggi è venuta quella strega della duchessa e dopo avermi offesa per bene mi ha detto: '*Solo un figlio bastardo poteva innamorarsi di una poco di buono come te*' o cose del genere, non ricordo come mi ha epitaffiata, io le ho chiesto spiegazioni e lei ha detto che lo sa tutto il paese, io dovevo dirtelo amore, dovevo…" Juliet si tappò la bocca sentendosi avvampare come un tizzone.

Si alzò d'improvviso, nascondendo il viso contrito davanti al caminetto.

Andrea si mosse lentamente e la raggiunse.

Si fermò a pochi passi da lei che gli dava la schiena.

"Devo andare adesso" disse quasi a se stessa, piegandosi per riprendere gli stivaletti fermi vicini ai suoi piedi.

Voleva afferrarli, ma Andrea le bloccò il polso.

"Fammi andare via, ti prego Andrea" lo supplicò provando a sfilarsi dalla sua presa, ma non ne aveva le forze.

Lui la forzò, imponendole l'esatto movimento che lei non avrebbe mai voluto compiere.

Voltarsi.

Le alzò il mento con l'indice. Juliet incontrò il suo sguardo.

Credeva di trovarlo turbato, addolorato, adirato.

Invece era dolcissimo, la guardava come se la vedesse per la prima volta.

"Ripeti per favore quello che hai detto…" la frase suonava come un'imposizione senza diritto di replica.

"Ho detto tante cose…".

Lui la canzonò restando in silenzio.

"Andrea, scusami, lo sai che parlo senza pensare".

"È una delle cose che amo di te, lo sai?".

Lei abbassò il capo distratta, poi un battito di cuore più profondo le rubò il fluido divenire del suo respiro, costringendola a scuotere il capo incredula.

"Ami… di me…" ripeteva quasi a se stessa con un fil di voce.

Lui le avvolse i fianchi.

Juliet non si ritrasse.

"Così è venuta Celeste a trovarti?".

Lei assentì senza capire nulla. Era turbata, e molto.

"Cosa ti ha detto?".

"Che… Che… – la sua gola arsa non le permetteva di emettere frasi di senso compiuto – Che sono in sovrappeso, che ho i fianchi larghi e il viso da ragazzina…" confessò respirando a fatica.

"Altro?" domandò, attaccando la fronte alla sua.

"Che saremo stati una bella coppia".

"Su questo sono d'accordo con lei…" rispose acuendo la stretta e respirando forte.

"Ma i tuoi genitori…".

Lui la interruppe teneramente.

"Lo so… Lo so da un paio d'anni, lo sapevo già".

Il cuore di Juliet si riempì di gioia.

"Dio sia lodato, quanto sono felice, grazie a Dio!".

Andrea sorrise.

"Ma ti ringrazio di esserti preoccupata per me, nessuno ha avuto mai tanta cura per i miei sentimenti, nessuno come te Juliet e mi dispiace per non avertelo detto prima".

Juliet avvampò di nuovo.

"Meglio tardi che mai" disse provando a far scendere il bollore che avvertiva all'altezza dello stomaco.

Sperò con ogni fibra del suo cuore che non tornasse su *quella* parola, sperò che se ne fosse dimenticato, sperò che non gli desse importanza.

"Ora che è tutto sistemato torno a casa" si sfilò dall'abbraccio, ma non riuscì a muoversi di un passo, Andrea la teneva contro il suo petto talmente forte che le mancò il respiro.

"Hai dimenticato di dirmi una cosa, miss Adler…".

"No, affatto".

"Amore…" lui la chiamò sfiorandole la guancia con la punta del naso.

Juliet lo guardò.

"Parli con me?".

Andrea rise.

"Parlo con la deliziosa donna con i fianchi più belli dell'universo che stringo tra le mie braccia".

"Allora parli di me..." rispose lei sorridendo.

Lui le afferrò il viso tra le mani e la spinse contro il muro, Juliet respirava a fatica.

"Complicheremo solo il nostro rapporto, ti prego non facciamolo".

Andrea le sfiorò le labbra screpolate dal freddo con il pollice.

"Non immagini da quanto io lo desideri".

Lei si allontanò appena.

"Tesoro mio, – lo chiamò cercando il suo sguardo – non si può imbottigliare il mare, si rischierebbe di perdere tutta la sua bellezza, non cadiamo in questa rete oppure rischieremo di soffocarci dentro".

Andrea nascose una smorfia malinconica con un sorriso appena accennato.

"Tu sei... Sei una parte del mio cuore" confessò, distrutto dalla sensazione che rimase sulla sua pelle quando lei se ne fu allontanata.

"Anche tu... Lo sei sempre stato, ma non posso darti nulla, meriti di meglio di me. – detto ciò si sfilò dalla sua presa che era diventata flebile e delusa – Per quanto io ti desideri, non posso condannarti".

L'ultima parola coincise con la porta che si chiudeva, rimbombando nell'aria come un tonfo sordo.

Andrea sentì gli occhi accaldarsi e per la prima volta nella sua vita percepì un vuoto lancinante trascinarlo verso un precipizio di cui non vedeva la fine.

Averla stretta a sé l'aveva portato a capire.

Per la prima volta gli parve di riuscire a vedere la realtà.

Era capace di dare un nome a quello che lo invadeva senza lasciargli scampo.

Era quello, allora.

L'amore era quello.

E non poteva viverlo.

L'amore era lei.

Eppure, non poteva averla.

VI.

Ormai mancavano due giorni a Natale.

Nell'ampio ingresso di Villa Orchidea, troneggiava imponente un elegante abete addobbato di tutto punto di fiocchi e nastri color oro, intervallati di tanto in tanto da spruzzi di rosso. Ai suoi piedi erano adagiati alcuni pacchi regalo, sui rami invece tre buste da lettera con dei nomi riportati sul dorso della carta.

Etesia l'oltrepassò diretta alla porta della biblioteca.

Bussò.

Contrariamente al batticuore che l'aveva invasa nel momento in cui Patrizio era piombato nella sua stanza annunciandole che il conte la stesse aspettando, non ebbe timore.

La voce ovattata l'invitò a farsi avanti.

Fu invasa da una luce calda, il sole stava iniziando a fare capolino dalle tende beige che pendevano pesanti davanti ai vetri. Chiuse la porta dietro di sé e avanzò sorridendo sommessa.

"Vieni ragazza, accomodati".

Lei obbedì e si sedette di fronte alla scrivania dove il conte Guglielmo sedeva tenendo tra le mani un quotidiano. Lo appoggiò sopra un mucchio di documenti e la scrutò attentamente.

Si osservarono per una manciata di secondi senza parlare, entrambi persi nelle apparenze e nelle fantasticherie che invadono la nostra mente ogni qual volta in cui ci troviamo di fronte qualcuno che conosciamo poco ma che riesce a esercitare su di noi un certo fascino, un desiderio di saperne di più, anche se non abbiamo il coraggio di porre domande.

Lui, nonostante non fosse più giovane, era di bell'aspetto.

Ma un'ombra copriva gli occhi castani rendendoli spenti e distanti.

Sembrava che avesse trascorso la vita ad annaspare, continuamente sospeso tra la paura di cedere e la speranza di tener duro, almeno finché poteva.

Guglielmo si perse a guardare i suoi occhi. Erano l'unica cosa rimasta integra di lei, l'unica parte di quella donna ad essere rimasta invariata, anche dopo la disgrazia che l'aveva colpita così ciecamente.

Cercò notizie di lei nelle iridi profonde, indizi, impressioni, parole.

Qualunque cosa.

Era uno sguardo fiero, il suo, pieno di sofferenza, ma emanava forza, coraggio. Parlava di dolore, ma sembrava ancora capace di amare, sembrava essersi salvato poco prima di precipitare, aver afferrato l'appiglio sufficiente a tirarsi su mentre annaspava in caduta libera nel vuoto.

"Vi trovate bene con noi?".

Etesia annuì senza pensare.

"È molto più di quanto avessi mai potuto desiderare".

Guglielmo sorrise sbilenco.

"Come... – una strana esitazione sembrava renderlo imbarazzato – Come credete che stia mio figlio?".

Lei guardò un punto appena sopra il suo capo, si perse nei pensieri.

"Guarirà. – sussurrò dopo un po' – Credo che sia normale il suo dolore, ne ha passate tante in fondo".

"Ma non potrà mai perdonarmi, vero?".

Etesia lo scrutò interrogativa.

"Per cosa?".

Una risata amara contorse la smorfia pacata del suo viso.

"Non ve l'ha detto?".

Evidentemente no, si disse laconico sentendo la testa cominciare a farsi pesante.

"Quando sua moglie è venuta qui, poco prima di morire, io le ho mentito".

"Mentito?" Etesia non capiva, era piuttosto confusa.

Qualche giorno prima Samuele le aveva raccontato come erano andate le cose, sapeva del ricatto con i marchesi Monteverdi, poi del loro matrimonio e del soggiorno a Roma, della guerra e infine del tragico momento in cui la sua famiglia non aveva avuto più notizia alcuna di lui. Le aveva raccontato che poi Rachele era stata per qualche tempo a Villa Orchidea. Fino a quando un giorno era uscita di lì per non farne ritorno mai più.

"Io avevo ricevuto notizie da un generale, sapevo che Samuele era salvo, ma quando Rachele è venuta qui per chiedermi notizie, io non le ho detto nulla" il cuore di Guglielmo rimbombò nelle orecchie, così forte che ebbe timore che se ne fosse accorta anche la donna.

"Perché?" domandò Etesia intimorita.

"Perché ero arrabbiato, perché quel giorno avevo avuto la conversazione che più avevo temuto nella vita, con la persona che più avevo aspettato".

Lei si morse le labbra addolorata, ma non disse nulla.

"Ed ero così accecato dalla rabbia, dal dolore, dai miei fantasmi che mi stavano dilaniando, che mi sono a malapena accorto di lei e di ciò che le avevo omesso".

"Così lei è uscita di casa ed è…".

"Morta. – terminò lui abbassando gli occhi – Hanno ritrovato il suo corpo in una chiesa nella campagna circostante, era talmente devastato che ci è stato possibile riconoscerla solo dal ciondolo che portava al collo, una rosa dei venti… " quell'ultima parola sembrò riempire tutta la stanza col suo peso.

Etesia respirò profondamente cercando dentro di sé le parole giuste da dire, ma non ne trovò a sufficienza.

"Non è colpa vostra, a volte le cose semplicemente accadono… E noi possiamo farci davvero poco".

"Ma Samuele non è della vostra stessa idea, mi odia e non riuscirà mai a perdonarmi".

La sua sembrava una certezza incrollabile.

"Dategli ancora del tempo e magari provate a dimostrargli che siete pentito".

"E come?".

"Comportatevi come il vostro cuore comanda".

"Non l'ho mai fatto in vita mia, anzi, forse una sola volta e le conseguenze sono state così catastrofiche che devo ancora terminare di scontare la mia pena. – lo sguardo si rabbuiò – Temo che il peggio per me debba ancora arrivare".

"Cosa intendete?" gli chiese piena di dubbi e di incertezze riguardo a quelle frasi sibilline.

"Voi credete che sia meglio dire la verità rischiando di perdere tutto, di far soffrire chi amiamo, oppure tacere?".

"Dire la verità, senza alcun dubbio" rispose sicura, convinta del fatto che quell'uomo nascondesse un invalicabile muro di segreti.

"Se avrete voglia, signorina Etesia, un giorno vi dirò cosa mi affligge e mi ascolterete".

"Volentieri signore, però non siate così affranto, la fine non è già scritta, noi esseri umani siamo particolari. – sentenziò sedendosi meglio sulla poltrona – Cadiamo in basso, soffriamo, odiamo, ma siamo capaci di grandi cose, tra le quali il perdono e la comprensione… Soprattutto quando amiamo qualcuno".

Guglielmo sorrise rassicurato.

"Vi ringrazio".

Forse nessuno mai era riuscito a dargli speranza di fronte ai suoi demoni.

"Vorrei che un mio carissimo amico neurologo vi visitasse, è un luminare nel suo campo, magari potrebbe darvi delle risposte".

"Non vorrei mai incomodarvi, siete stati già fin troppo gentili con me".

"Non è un incomodo, verrà dopo il Natale insieme a sua moglie per farci visita, con l'occasione potreste consultarvi con lui, ne sarei felice!".

Etesia accettò riconoscente, poi uscì dalla biblioteca a piccoli passi, diretta a prendere il cappotto per recarsi in paese. Doveva assolutamente prendere dei regali di Natale per i suoi amici.

La neve aveva smesso di scendere, il cielo plumbeo però non preannunciava certo miglioramenti.

Andrea guidava l'automobile fischiettando.

Al suo fianco Samuele si teneva la testa con la mano, chiudendo gli occhi di tanto in tanto.

"Toc Toc, sei sveglio?".

Samuele grugnì.

"Sì…".

"Quante bottiglie di whiskey ti sei scolato ieri sera?".

"Mezza" rispose svogliato.

"Hai battuto il tuo record, stai andando a ribasso cugino, come mai?".

"Etesia è stata con me – confessò, stropicciandosi le palpebre – tutta la notte, poi mi sono addormentato sulla poltrona e lei mi ha lasciato dormire" terminò sbadigliando.

"Che Dio benedica questa donna allora, piuttosto le hai preso un regalo per Natale?".

Samuele lo scrutò contrariato.

"Non compro regali a una donna dai tempi di Rachele, lo sai...".

"Credo che dopo tutto l'aiuto e l'ascolto che ti offre, tu glielo debba".

"Io non devo niente a nessuno".

"Infatti, hai ragione, dovresti lasciare spazio al desiderio che ti spinge a donarle qualcosa e mettere a tacere tutta questa rabbia, comprale qualcosa, ma non perché glielo devi, solo per onorare i tuoi sentimenti!".

Samuele tacque. Ingoiò a forza le parole acide che avrebbe voluto rivolgergli e guardò fuori dal finestrino.

In realtà Andrea aveva ragione, si stava affezionando a lei, le faceva piacere stare in sua compagnia, sembrava che il tempo assumesse una forma regolare insieme a lei, non correva troppo in fretta, né scorreva lentamente.

"Forse a te devo qualcosa. – sussurrò piano – Le mie scuse per averti mandato al diavolo e per la mia arroganza".

Andrea non rispose, attendendo che lui continuasse.

"In realtà non so come farei se tu non fossi con me, devo le mie scuse anche a Juliet, lei è sempre così gentile con me e io la ricambio solo con i miei modi scortesi".

Il cugino non poté far a meno di sorridere.

Samuele si accorse della smorfia dolceamara che si fece largo sul suo viso.

"Anche se sono uno straccio vecchio, puoi ancora raccontarmi le tue cose, sai?".

Andrea non capì a cosa si stesse riferendo, così lo guardò confuso.

"Ti si sono illuminati gli occhi, avanti, racconta...".

Lui rise con amarezza.

"Ieri sera è stata da me, è venuta a dirmi una cosa importante e... insomma... noi".

Samuele scosse il capo trattenendo il sorriso, si rammentò di quando anche lui si era sentito in quel modo. Erano passati così tanti anni che a stento riuscì a convincersi del fatto che potesse ancora provare dei sentimenti per qualcuno.

"Credo di essere innamorato di lei, lo sono sempre stato" confessò titubante.

"Ce ne hai messo di tempo ad accorgertene!" esclamò, provando a rimanere serio.

"Ma lei non vuole stare con me, per la sua posizione, sai... In verità non so neanche se prova i miei stessi sentimenti..." le sue affermazioni erano cariche di dubbio.

"Vuole solo proteggerti, vuole proteggerti perché ti ama...".

"E come posso fare?" la sua richiesta era disperata.

Samuele sorrise, ponendo attenzione a non farsi vedere. Un tempo suo cugino aveva impiegato anima e corpo per dare a lei e Rachele il lieto fine che meritavano. E anche se lui non era più l'uomo di un tempo, stava provando a ricambiare il favore e presto, prestissimo avrebbe potuto dargli la notizia che avrebbe concesso anche a lui, dopo tanta attesa, la felicità che meritava.

"Aspetta... Vedrai che tutto si sistemerà".

Andrea appoggiò la mano sulla gamba di Samuele, lui gliela strinse forte.

Negli ultimi anni quello era diventato uno dei modi che usavano per riconciliarsi, discutevano spesso e altrettante volte finivano per non parlarsi per giorni, ma il bene che li legava era talmente forte che nessuno dei due si era mai sognato di allontanarsi, semplicemente si comprendevano.

Anche se non erano fratelli, per il loro cuore era come se lo fossero.

"Etesia e Juliet sono diventate amiche, sai?".

"Non avevo dubbi. – rispose Samuele – La tua Juliet è speciale, è capace di far sorridere chiunque si accosti alla sua vita".

Andrea annuì sentendo il cuore battergli forte.

"E tu e lei, siete diventati amici?".

Samuele si voltò a guardare suo cugino che colse il suo sguardo con la coda dell'occhio.

"Credo di sì, lei è molto buona con me" confessò come se si sentisse colpevole di non poter ricambiare la sua bontà.

"E tu con lei?".

"Non so comportarmi diversamente da così".

"Oh, certo che lo sai fare".

"Ti prego, non iniziare...".

"Tu tieni a lei".

Samuele stava per dissentire, ma si accorse solo dopo che non era una domanda.

Tacque.

"Da quando Rachele è scomparsa non hai fatto avvicinare a te nessuno, nessuno così tanto come hai lasciato fare a lei".

Andrea aveva ragione.

Ma Samuele non volle ammetterlo.

"Perciò credo che tu tenga a lei molto e che questo ti spaventi da impazzire, motivo per cui vorresti tenerla lontana e ci provi a farlo trattandola come fai con noi, ma qualcosa, inaspettatamente, ti impedisce di farlo fino in fondo quando ti sta accanto, così ti arrendi".

Non aveva sbagliato neanche una virgola.

Ma Samuele continuò a tacere.

"Quindi, credo che sia meglio che tu le scelga un regalo, almeno ti farai perdonare per tutti i musi lunghi e i tentativi di essere burbero, perché cugino mio, fidati, non ti riesce affatto bene questa parte!".

Samuele sorrise, quella volta non si trattenne.

Andrea fece altrettanto.

"Dove stiamo andando?".

"A Siena c'è un negozio di gioielli d'epoca, è un amico di tuo padre, troveremo qualcosa, ne sono sicuro!".

La tazza fumante di tè era ferma sul tavolino ai piedi del divano.

Il caminetto scoppiettava e le imposte delle finestre emettevano un cigolio sinistro.

Il vento sembrava non volersi placare quella sera.

Un rumore strano la spinse a voltarsi verso la porta.

Sembrò che qualcuno stesse bussando, ma il sibilo impazzito del vento la confondeva.

Scostò la tenda della piccola finestra adiacente alla porta e si accorse che c'era qualcuno.

Non era di certo un'ora consueta per le visite, si disse guardando l'orologio a cucù di fronte a lei che segnava ticchettando le dieci e un quarto.

Sulle prime fu reticente ad aprire, poi però, come al suo solito, furono l'imprudenza e la sconsideratezza a prevalere. Così aprì la porta senza neanche chiedere chi fosse.

Rise allegra, si girò e si diresse alla teiera, prese un'altra tazza e verso del tè.

"A cosa devo l'onore? – domandò continuando a dare le spalle al suo ospite – Mr Heathcliff della Val d'Orcia a casa mia!".

Samuele rise sfilandosi il cappello. L'aveva sempre chiamato così negli ultimi tempi e per quanto potesse sembrare un commento indelicato, visto il personaggio a cui l'accostava, a lui sembrava davvero simpatico e riusciva a farlo ridere.

"Volevo parlare un po' con te e darti questo" sussurrò porgendogli un biglietto.

Juliet lo prese con un movimento fluido della mano passandogli la tazza.

"Mio padre aveva dei problemi con dei fondi di investimento ed è chiuso nel suo studio con Andrea e l'amministratore dalle sei di oggi pomeriggio, voleva venire ma...".

Lei lesse velocemente il contenuto sorridendo timidamente.

La grafia tradiva la velocità con cui erano state scritte le parole:

Vuoi passare il Natale con noi miss Adler?
Ti bacio, tuo A.

"Bene, messaggero della notte, allora come stai?".

Samuele fece spallucce, abbassando gli occhi verso il fumo proveniente dal tè che si arrotolava in mille capriole.

"Volevo chiederti scusa per il mio comportamento dell'ultimo periodo, o meglio degli ultimi anni... Tu sei sempre stata gentile con me, sei simpatica, hai un gran cuore e io non ho saputo far altro che ripagarti con... Beh, lo sai".

Juliet gli prese la mano.

"Tesoro, stai tranquillo, sai che ti voglio bene e che ti capisco, so che non lo fai con cattiveria, ma mi fa piacere che tu sia venuto per parlare un po' con me!".

Lui l'osservò con minuzia. Era evidente che una tristezza soffusa le ingrigisse il sorriso.

"Cosa ti turba?" chiese discreto.

Juliet si morse il labbro.

"Ho paura Samuele, tanta... – prese a intrecciare le dita nella stoffa del maglione con piglio nervoso – Lo sai che la mia posizione è complicata, io non posso legarmi a nessuno, agli occhi del mondo e della legge sono ancora sposata e Dio solo sa quanto vorrei ricevere un giorno quella maledetta notizia. – un sospiro la costrinse a interrompersi – Ho paura Samuele, ho paura perché Andrea merita una storia normale, merita una donna che possa renderlo felice e io potrei portargli solo problemi!".

Gli occhi le si erano riempiti di lacrime.

"Juliet, – lui la chiamò appoggiandole la mano sul braccio – tu lo rendi felice, solo tu".

Lei scosse il capo minimizzando le sue parole.

"Cosa potrei dargli? Una nuova relazione clandestina?".

"Puoi amarlo sinceramente e ti assicuro che nessuno l'ha mai fatto veramente, tantomeno Celeste!".

Lei era inquieta.

"Non puoi saperlo, si ama in tanti modi, Samuele, e lui dovrebbe cominciare a frequentare una donna di buona famiglia, adatta al suo rango, qualcuna che possa accettare un anello di fidanzamento, promettergli le nozze in primavera in uno scenario fantastico e donargli un figlio dopo pochi mesi" le lacrime dilagavano dai suoi occhi innamorati senza sosta.

"Lui ama te e il cuore non ce la fa ad amare chi deve, lui ama e basta!".

Juliet lo scrutò con attenzione. Provò a calmare il suo pianto.

Samuele si rese conto solo dopo aver parlato di aver usato le stesse parole di Rachele.

Era una frase che era solita ripetergli spesso nelle sue lettere, ma il più delle volte la usava come motto o frase d'effetto quando voleva convincere qualcuno riguardo all'impotenza di cui siamo vittima di fronte all'amore.

E forse l'aveva detto anche a Juliet una volta.

"Ti manca molto, non è così?".

Samuele buttò fuori l'aria rumorosamente.

"Ogni secondo della giornata, mi mancherà sempre, anche tra cento anni. – confessò sconfitto – A volte mi capita di sentire la sua voce nelle orecchie, di rivederla nei particolari del volto delle altre persone, sembro un folle!".

"Manca tanto anche a me, il mio piccolo fiore. – sussurrò riprendendo a piangere – Scusa, scusami, dannazione, io ti dovrei consolare invece guarda che combino! – si asciugò le lacrime con la manica della maglia – Ricordo perfettamente l'ultimo Natale che abbiamo trascorso tutti insieme a Roma, l'anno prima della guerra".

"Sì" fece lui tradendo una smorfia amara.

"Sai, lei aveva una sorta di presentimento su di voi, aveva paura che steste per separarvi, da un momento all'altro, e la terrorizzava non sapere quando dovesse avvenire".

Samuele non sembrava affatto sorpreso.

"Io credo che lei avesse una sensibilità diversa dalla nostra, era speciale. – mormorò tirando su il naso – E sono sicura che se potesse parlarti ti direbbe che devi smetterla di essere triste, lei ti vorrebbe felice, ha sempre fatto ogni cosa possibile per renderti sereno, anche se ciò comportava che fosse lei a soffrire... Credi che ora sarebbe diverso?".

Lui scosse il capo con fermezza.

"Io ho paura Juliet".

"Di cosa?".

Lui la scrutò torvo.

"Di perdere tutti coloro che amo".

"Etesia c'entra qualcosa con le tue paure?".

Samuele fece spallucce.

"Non sono sicuro più di niente, sento verso di lei delle strane emozioni, sensazioni che a volte mi turbano, altre mi confondono soltanto".

"Cosa senti?" chiese confusa.

"Mi crederesti se ti dicessi di sentirmi legato a lei? Come se non potessi sottrarmi, come se l'avessi già incontrata" confessò titubante sperando che lei comprendesse.

Juliet lo rassicurò stringendogli la mano.

"Io sono convinta che sia stata una benedizione averla incontrata. Lei tiene molto a te ed è un'anima buona, sono convinta che se tu ti lasciassi andare, troveresti le risposte alle tue domande".

"Potrebbe essere chiunque, con un passato torbido, magari sposata, magari resterà senza memoria per sempre o magari la riacquisterà da un momento all'altro e tornerà alla sua vita".

"Potrebbe anche essere una brava donna, con un passato simile a quello di tutti noi, magari riacquisterà la memoria, certo, ma non per questo non la vedresti più...".

Samuele guardò l'orologio e si accorse che parlavano da tantissimo tempo ormai.

"Sarà meglio che vada ora!".

"Ancora un attimo. – lo bloccò lei tirandolo per il braccio – Hai conosciuto, quante? Due dozzine di donne da quando Rachele è morta, perché non ti è mai importato nulla di loro? Perché non hai mai temuto la loro vicinanza?".

Lui ingoiò il magone che gli opprimeva la gola.

"Hai paura di innamorarti di lei, vero?".

Quella domanda sembrò risuonargli dentro.

Le tempie presero a pulsargli impazzite. Respirò con cautela.

Juliet capì di aver colto nel segno.

"Sai che non rispondo a domande delle quali sai già la risposta! – sentenziò rinfilandosi il cappotto – Grazie della chiacchierata Juliet, ti voglio bene!" le baciò la guancia.

Lei ricambiò il suo gesto.

"Te ne voglio anche io tesoro, buonanotte!".

Lo accompagnò alla porta, ma prima che potesse chiuderla lui la bloccò con la scarpa.

"A proposito, cosa sei venuta a fare ieri sera? Cos'era quella questione urgente? Andrea avrebbe voluto parlarmene ma...".

"Oh nulla, un falso allarme, ne era già a conoscenza, riguardava quella storia dei suoi genitori biologici".

Samuele sbiancò spalancando gli occhi.

"Cosa?".

Juliet si tappò la bocca con la mano.

"Accidenti, io credevo lo sapessi!".

"Spiegati" la intimò impietrito.

"Due anni fa Andrea trovò tra le carte di suo padre un documento che comprovava l'impossibilità per entrambi i suoi genitori di avere dei figli".

"Quindi lui è...".

"Stato adottato, esattamente" terminò lei sperando di non sconvolgerlo più del necessario.

"E perché non me ne ha mai parlato?".

Juliet lo scrutò a mo' di rimprovero.

"Sai che non rispondo a domande delle quali sai già la risposta!" disse mordendosi le labbra e sperando che lui capisse.

Samuele annuì mostrandole un mezzo sorriso, poi, dopo averle augurato la buonanotte si incamminò verso casa con la testa piena di mille domande.

Ma faceva troppo freddo per torturarsi, ci avrebbe pensato al caldo, di lì a poco.

Il vento finalmente si era placato, ma al suo posto una raffica di fulmini e tuoni stava cominciando a infuriare risuonando in tutta la vallata.

Etesia sobbalzò, i vetri della finestra dalla quale stava scrutando l'orizzonte tremarono, insieme al suo cuore.

Non aveva acceso le luci, sapeva che durante i temporali era sconsigliato, così era rimasta al buio con la vestaglia di lana ben stretta addosso a osservare il panorama.

La giornata era arrivata al suo termine piacevolmente, aveva passato il pomeriggio in biblioteca a leggere libri di favole con la piccola Astrid. Era una bambina davvero deliziosa e trovava i suoi occhi così simili a quelli di Samuele da lasciarla ogni volta impressionata. Era curiosa e vivace e guardarla l'emozionava, forse perché sapere che sarebbe vissuta senza la sua mamma gliela faceva vedere con occhi diversi.

Poi aveva cenato con la servitù, scoprendo delle persone davvero fantastiche, tra le tante colei che l'aveva colpita maggiormente fu Beatrice, una signora esile e goffa che preparava delle prelibatezze d'eccezione, la sua aria materna la faceva sentire meno sola, meno sola in quel giorno in cui la solitudine sembrava dilaniarle lo stomaco.

Aveva uno sei suoi soliti, lancinanti, mal di testa, accompagnato da flash poco chiari, immagini confuse e voci ovattate che probabilmente appartenevano al suo passato, anche se lei non era ancora capace di ricordare granché.

Ricordava alcuni eventi della sua infanzia, ma erano talmente comuni a quelli di una qualunque bambina che si erano rivelati pressoché inutili. Nessun particolare degno di nota, nessun nome, nessuna certezza.

Un altro rombo la fece sobbalzare, provocandole un tremore insolito su tutto il corpo.

"Stai bene?".

Si voltò continuando a tremare.

"Ho… Ho…" non riusciva a parlare, la bocca era praticamente asciutta.

"Respira, stai calma" la sua voce era pacata, la raggiunse in pochi passi.

"Sì, scusami, ho paura dei temporali. – riuscì a confessare massaggiandosi le tempie – Stavo andando a dormire".

Samuele la fermò, prendendole la mano.

"Stai piangendo?".
"Fa differenza?" domandò con la voce rotta.
"Cosa ti rende triste?" il suo accento le sembrò dolce, diverso da tutte le altre volte in cui avevano parlato.
"Mi sento sola e ho paura" ammise, pulendosi le guance velocemente.
Lui le prese la mano e la trascinò alla finestra.
"Lo sai che in inverno i tuoni preannunciano neve?" chiese, continuando a stringerle le dita nel palmo della sua mano.
"Non lo sapevo".
"Ti capita spesso di sentirti così?".
"Praticamente ogni volta che respiro".
"Facciamo che mi prometti che ogni volta in cui ti sentirai sola verrai da me?".
Lei rise tra le lacrime, ricordandosi le sue stesse parole di qualche sera prima.
"Stai leggendo il libro che ti ho dato?".
Un altro tuono rimbombò nella valle.
Etesia sobbalzò ancora, ma Samuele le prese anche l'altra mano costringendola a voltarsi verso di lui.
La stanza era avvolta nella penombra, ma lui riusciva a distinguere l'espressione sperduta dei suoi occhi anche senza luce. La percepiva.
"Intendi Puskin?".
Lui annuì.
"Ho iniziato da poco".
"C'è un verso che mi piace molto, dice: *Io pensavo che il cuore avesse dimenticato il facile talento del soffrire e mi dicevo che ciò che è stato non sarà più. Passò l'estasi, passò il dolore, passarono i sogni belli da credere ma ecco ancora mi sorprendono i brividi…*".
"*Della forza scardinante della bellezza*" terminarono all'unisono.
Un lampo illuminò la stanza ed Etesia si accorse che lui stava piangendo.
"Stai piangendo…" confessò titubante.
Lui sfilò una mano dalla sua e si toccò gli occhi incredulo.
Non se ne era neanche accorto.
Rise appena sentendo il petto alleggerirsi.
"Possiamo stare insieme in silenzio, se ti va" propose lei cercando nuovamente la sua mano.
Quando la trovò, la strinse forte senza parlare.
Samuele respirava a fatica, le lacrime calde e leggere gli invadevano gli occhi, poi precipitavano silenti sulla sua pelle liscia, gli solcavano le labbra, il mento, scivolando fino al collo.
Piangevano entrambi.
In silenzio.
Mani nelle mani.

Scambiandosi il dolore, barattando la fragilità con la sincerità di quel momento.

Denudati di fronte alla crudeltà di cui si sentivano vittime, condivisero qualcosa che valeva più di ogni altro contatto o parola.

Erano la stessa persona.

Erano un dolore solo.

"Posso abbracciarti?" la voce di Etesia era un soffio, ma Samuele riuscì a sentirla.

Non le rispose, si mosse di poco e la avvolse tra le sue braccia, affondando le dita tra i suoi capelli.

Lei si aggrappò alle sue spalle.

I loro cuori fremevano.

Cos'era quel piacevole dolore che attanagliava lo stomaco?

Samuele avvertì il corpo di quella donna accoccolarsi sul suo.

Quel contatto, contrariamente alle sue convinzioni, non lo infastidì.

Gli provocò una sensazione torbida all'altezza del petto, una strana attrazione.

Per un solo istante gli tornò alla mente l'esatto momento in cui aveva detto addio a Rachele.

Era un giorno di primavera e lui stava partendo per il fronte.

L'aveva abbracciato forte, stringendogli le braccia attorno alla vita con forza. Affondando la testa nel suo petto, aveva inalato il suo profumo.

Se solo avesse saputo che sarebbe stata l'ultima volta l'avrebbe tenuta più forte, l'avrebbe portata via.

Ricordava esattamente le dita che si muovevano sulla schiena, solcando ogni angolo con una timida reverenza.

Lo stringeva esattamente come stava facendo Etesia.

La nostalgia iniziava a farsi sentire ma, come la risacca, sparì dopo pochi secondi, tornando nel luogo preposto ai ricordi, nel contorno del cuore.

Ogni battito picchiava contro quell'involucro doloroso. Lui ormai ci era abituato.

Etesia mosse le dita dalle scapole, scese appena seguendo la linea della colonna.

Poi si fermò.

Samuele tremò.

"Tu lenisci il mio dolore" ammise con voce roca.

Lei inalò il suo profumo, lo stesso che aveva lasciato sulla sciarpa.

Ma vivo, vicino.

"Anche tu" rispose flebilmente.

Lo strinse più forte.

Lui fece altrettanto.

Poi rimasero in silenzio.
Iniziò a nevicare.

VII.

Era la vigilia di Natale.

Non nevicava più ormai, ma il panorama era dolcemente imbiancato ed emanava un biancore soffuso che riusciva miracolosamente a rendere quel giorno un po' magico.

Beatrice camminava velocemente verso la cucina, tenendo trafelata tra le mani dei canovacci puliti usciti da poco dalla sala lavanderia.

Entrò in sala domestici e prima di oltrepassare le sedie e voltare l'angolo, si accorse che qualcuno era lì.

Si fermò.

"Ragazza, cosa ci fai qui?".

Etesia rivolse gli occhi alla cuoca che la scrutava interrogativa. Di certo non avrebbe dovuto scendere.

"Scusate signora Beatrice, volevo solo prendere un'aspirina per il mal di testa e poi mi sono fermata a leggere qui... – disse provando a discolparsi – C'è un'atmosfera molto accogliente, nella mia stanza invece solo tanto silenzio".

"Resta pure se vuoi, io sono in cucina, i preparativi per la cena di stasera sono tantissimi e io ho delle aiutanti che sanno solo gracchiare".

Etesia rise notando quanto fosse affascinante il sorriso di quella donna.

"Siete molto bella..." confessò sorridendo appena.

Beatrice appoggiò la pila di panni e scostando la sedia di poco, si sedette accanto a lei.

"Dimmi cara, ti trovi bene qui?".

Etesia assentì abbassando lo sguardo.

"Sarei più felice se sapessi chi sono veramente, se avessi la certezza di non essere sola".

"Prima o poi ricorderai, funziona così no? Non rimarrai senza memoria per sempre" esclamò provando a rassicurarla, ma lei non sembrava affatto più tranquilla.

"E se dovessi ricordare qualcosa che non mi piace?" domandò, esitante.

"Tutti noi abbiamo dei ricordi che vorremmo dimenticare, tutti vorremmo essere diversi, essere altre persone, aver fatto altre scelte, evitato dei dolori... – la sua voce soffusa riuscì a calmare appena Etesia che continuò ad ascoltarla con attenzione – Ma non si può... Sono certa che qualunque cosa tu ricorderai saprai accettarla perché fa parte di te, perché sarai tu".

La ragazza le mostrò un sorriso riconoscente.

"Grazie, grazie del vostro conforto. – sussurrò appena, sperando di riuscire a mostrarle quanto quelle parole avessero giovato alla sua anima – Posso farvi una domanda?".

Beatrice si alzò, riaccostò la sedia al tavolo.

"Ovviamente".

"Si può amare qualcuno dopo aver incontrato un grande amore?".

La donna strinse le labbra mestamente, anche se non ne aveva la certezza, temeva di aver capito il motivo della sua domanda, ma non vi fece cenno alcuno.

"Io ho amato tanto mio marito, è stato il mio primo amore, quello che non dimenticherai mai… – la sua voce era malinconica – Ma ho amato anche un altro uomo, tanti anni dopo. Non allo stesso modo, ma l'ho amato".

Etesia attendeva che proseguisse.

"Non amiamo due persone allo stesso modo, mai. Ma non per questo le amiamo di meno. È solo diverso…".

Beatrice le accarezzò piano la guancia piena di cicatrici.

Gli occhi di quella fanciulla erano bellissimi, somigliavano a quelli della sua Rachele.

Quella povera anima le mancava immensamente.

Per un flebile istante si chiese se un miracolo l'avesse fatta sopravvivere e magari in quella tomba giacesse un'altra persona. Infine si diede della stupida, lì dentro c'era la sua Rachele, morta in un giorno d'estate per un crudele scherzo del destino. Sorrise a Etesia con sincero affetto, poi sparì dietro l'angolo diretta in cucina.

Etesia ripensò a quelle parole.

Forse aveva ragione.

Ma in quel momento aveva troppo male alla testa per potervi dedicare l'attenzione che avrebbe voluto.

Prese le scale che l'avrebbero condotta al piano superiore e, appena voltato l'angolo, urtò una persona.

Per poco non cadde rovinosamente a terra.

"Scusami, che sbadato che sono, ho la testa da un'altra parte".

Etesia si ricompose sorridendo.

"State tranquillo, nessun problema".

Andrea si sistemò i capelli arruffati.

"Quando i miei capelli non stanno fermi non è buon segno".

I ciuffi rossicci si arricciavano leggermente sulle punte e nonostante fossero corti, non ne volevano sapere di stare buoni, neanche con la brillantina.

"Qualcosa non va signor Falesi?" domandò lei, preoccupata dal suo umore che solitamente era sempre buono.

Andrea le fece strada.

"Seguitemi, vi offro del caffè".

Etesia non aveva alcuna voglia di parlare, soprattutto per le fitte lancinanti che le mandava la sua testa, ma decise ugualmente di seguirlo, l'ultima cosa che voleva era risultare scortese.

Andrea gli era davvero simpatico.

Aveva sempre l'aria un po' distratta, come se fosse costantemente collegato ad altri mondi, ma allo stesso tempo era un uomo risoluto. Etesia se ne era accorta anche se lo conosceva da poco.

Era di bell'aspetto, ma ciò che lo caratterizzava era la dolcezza. Sembrava ancora un bambino in fondo. Colpa delle lentiggini, forse. O del sorriso caldo e ingenuo. Proprio come quello di un fanciullo.

Chissà cosa amava di lui Juliet.

C'è sempre un particolare che attrae più di altri gli occhi di colui che ama, ed è per colpa di quell'effimero dettaglio che una persona qualunque diventa speciale, che tra milioni di anime comincia a esistere quella singola creatura dalla quale dipende la nostra felicità. Il modo di parlare, o quello di contorcere le labbra, la risata prorompente, il goffo modo di camminare. Sono sempre dettagli che agli occhi del mondo passano inosservati. Ma per qualcuno diventano importanti. Per quel qualcuno diventano l'amore.

Andrea chiuse la porta e la fece accomodare. Le versò il caffè restando in silenzio, poi si sedette dietro la scrivania.

Contrariamente allo studio di Samuele, quello di suo cugino era profumato e in ordine.

Si sentiva un odore fresco, di muschio, le pareti erano decorate con una carta da parati a righe sottili ocra e oro, i mobili di legno scuro brillavano alla luce delle tante lampade che stavano sparse lungo il perimetro della stanza, le librerie quasi tutte colme di tomi di diritto ed economia.

"So che state aiutando molto mio cugino, ve ne sono grato" sussurrò adagiando una zolletta di zucchero nella tazzina.

Etesia bevve un sorso del suo caffè. Era amaro, ma a lei piaceva così. Forse aveva sempre preferito il caffè amaro, non poteva di certo esserne sicura.

"Lo faccio perché mi fa piacere, poi credo che sia un brav'uomo, nonostante cerchi di nasconderlo" sentenziò cercando il suo sguardo.

Andrea rise appena.

"Dovevate vederlo prima della guerra, quant'era luminoso, affascinante, pieno di vita. – gli occhi gli si illuminarono come se stesse osservando qualcosa di meraviglioso – Ora non sembra che il fantasma di quell'uomo, uno scheletro. – terminò rabbuiandosi – Io l'ho sempre considerato il mio modello, sin da ragazzi, nonostante fosse più piccolo di me era ciò che io avrei voluto essere, il mio riferimento, ci confidavamo, ci scambiavamo consigli… Adesso invece a malapena mi rivolge la parola".

Il volto di Andrea era diventato gelido, privo di una qualsivoglia speranza riguardo al futuro, non credeva più al fatto che il loro rapporto sarebbe potuto tornare intenso come un tempo.

"Lui vi ama profondamente, ve lo assicuro, è solo troppo chiuso nel suo dolore" disse sperando che lui le credesse.

"La storia di Rachele non l'ha aiutato, men che meno la trincea" il suo sguardo era sconsolato.

"Voi siete stato in guerra?" domandò Etesia titubando.

"No, essendo avvocato il ministero della guerra ha pensato che sarei stato più utile al consiglio di difesa, sono stato membro della corte marziale".

Etesia sorrise appena.

"E non vi manca ora il vostro lavoro?".

Andrea la scrutò accomodante.

"Sì, da quando mio padre è venuto a mancare avrei dovuto occuparmi dello studio e dei clienti, ma mio zio mi ha nominato amministratore della tenuta e allora ho deciso di accettare per aiutare anche mio cugino".

"Siete un grande uomo, signor Falesi" confessò sincera.

"Spero tanto che anche quando riacquisterete la memoria, tornerete a trovarci, ci stiamo affezionando moltissimo a voi, Juliet non fa altro che parlarmi delle vostre mille qualità…".

Etesia sorrise.

"Juliet è una grande donna" confessò sperando che nella similarità delle parole che rivolse alla sua amica, lui capisse ciò che intendeva.

Andrea, infatti, tacque abbassando lo sguardo.

"Ho capito di amarla troppo tardi…" confessò tra i denti.

"Sembrerei banale se vi dicessi che non è mai troppo tardi?".

Andrea la scrutò attento. Quella risposta era banale, ma non lo infastidì, contrariamente lo calmò.

"Credete che ricambi i miei sentimenti? Io non ne sono così sicuro" era deluso.

"Sì, con tutto il cuore".

Etesia era sicura, talmente tanto che nulla avrebbe potuto smuoverla da quell'affermazione, tanto con veemenza l'aveva sussurrata.

Lui aprì il cassetto della scrivania e tirò fuori una scatola dorata con un fiocco blu sul coperchio. La guardò lievemente prima di porgerla alla donna che gli sedeva di fronte.

"Lei ama ricevere i regali la vigilia di Natale, andreste a consegnarglielo a nome mio?".

Etesia afferrò il regalo.
"Certamente, se vi fa piacere".
"Io dovrò passare la serata e forse la notte con il notaio e mio zio per risolvere una questione piuttosto seria, datele un bacio da parte mia".
"D'accordo, grazie del caffè signor Falesi".
Lui le baciò la mano.
"Andrea, andrà benissimo".
Lei si illuminò sorridendogli con calore.
"Dirò a Saverio di accompagnarti".
Etesia assentì riconoscente abbassando lievemente il capo, poi fece per uscire, ma la voce di Andrea la spinse a voltarsi di nuovo.
"Sono felice che tu sia qui, davvero felice".
Era sincero.
Si sorrisero entrambi.
Poi si separarono così come si erano incontrati.

La cena della vigilia di Natale si era conclusa da un po'.
Era stata una serata divertente, la servitù aveva potuto cenare con molta calma visto che la tradizione della famiglia voleva che per quell'evento la servitù non dovesse servire loro la cena.
Erano soliti arrangiarsi come potevano servendosi a buffet.
Così Etesia si era trovata a passare una cena in piacevole compagnia, era una bellissima famiglia la loro e nonostante lei, le sue brutture e l'oscurità del suo passato, l'avevano fatta sentire una parte di loro.
Avevano anche pensato a farle un regalo, un manuale sul giardinaggio, così avrebbe potuto essere preparata per la mansione che avrebbe dovuto cominciare a svolgere di lì a poco.
Lei aveva regalato loro una torta molto buona che Juliet aveva preparato sotto sua richiesta.
Non aveva denaro per poter andare a fare compere nei negozi, così la sua amica si era offerta di darle una mano.
Salì le scale stancamente.
L'emicrania si era affievolita, ma come al solito non l'aveva del tutto abbandonata.
Il medico, che l'aveva visitata l'ultima volta, le aveva detto che probabilmente avrebbe dovuto conviverci per tutta la vita. Colpa del violento trauma cranico che aveva subito, quello che le aveva tolto i ricordi e il passato, insieme alla speranza di potere avere magari un futuro.
Amnesia retrograda permanente.
Avrebbe potuto trasformarsi in amnesia retrograda temporanea, ma fino

ad allora tutto le faceva credere che sarebbe rimasta permanente. Quindi, durare per sempre.

Tirò fuori dalla tasca dell'abito la chiave della sua stanza.

Aprì la porta facendo fare il solito scatto rumoroso alla serratura.

Accese la luce e per poco non trasalì.

Si portò la mano al petto respirando faticosamente.

"Sei impazzito?" mormorò tra i denti, scrutandolo di sottecchi.

Samuele provò a discolparsi, dirigendosi verso di lei con le mani in posizione di resa.

"Non volevo spaventarti, scusami".

Lei appoggiò le chiavi sul comodino e il libro sul letto.

"Il tuo regalo di Natale?" domandò, indicandolo con il mento.

"Esattamente, sono stati molto gentili".

Samuele aveva le mani nascoste dietro la schiena.

La osservava sornione.

"Evidentemente te lo meriti".

Etesia sorrise, poi si sedette sul letto.

"Come mai sei qui?".

Lui la raggiunse.

"Avevo voglia di bere allora sono venuto qui, almeno non hai alcool e non rischiavo di disattendere la mia promessa" rispose divertito.

Etesia non l'aveva mai visto di quell'umore.

Pensò che fosse un buon segno, anche se gli parve che non fosse unicamente per quello che si stava nascondendo nella sua stanza. Lo percepì dallo sguardo. Sguardo che le sembrava già di saper decifrare con sufficiente facilità.

"Poi sono venuto per darti questo" sussurrò tirando fuori dalla schiena il braccio.

Etesia sentì il petto abbassarsi e sollevarsi con una velocità insolita.

"Buon Natale" terminò porgendole il regalo.

Teneva la mano tesa verso di lei, aveva il fiato corto.

Dio solo seppe quanto gli costò quel gesto. Non perché non coincidesse con la sua volontà, ma perché era difficile dimostrare quello che gli abitava il cuore, alcune volte credeva che non gli sarebbe stato più possibile.

Etesia guardò cosa stringeva tra le mani leggermente ondulanti.

Indubbiamente si trattava di un libro.

Nascose un sorriso serrando le labbra.

Poi allungò la mano e lo avvicinò agli occhi. Quando si rese conto del titolo, il cuore si perse in un divenire talmente frettoloso che ebbe paura di poter smettere di respirare da un momento all'altro.

Non era nulla di importante.

Ma lo era per lei.

Rivide in quel gesto la stessa cura che l'aveva colpita di lui quando non era altro che uno sconosciuto ai suoi occhi.

Era quel fiore che poneva ogni settimana davanti a quella statua ad attrarla.

E tra le mani stringeva il frutto della medesima dedizione.

"Grazie..." fu l'unica parola che riuscì a pronunciare, la sola che fu capace di farsi largo dal cuore alla gola che era ormai stretta in una morsa di emozioni incontrollabili.

Quando sollevò gli occhi dalla copertina del Notre Dame de Paris per portarli nei suoi, lo trovò a scrutarla in attesa.

"Ho pensato che ti facesse piacere averlo..." disse, speranzoso in una sua risposta positiva.

"Sì..." fece mentre si voltò ad aprire il cassetto del suo comodino.

Si sporse di poco e tirò fuori un libro anche lei.

Lo tenne in grembo prima di consegnarglielo.

"Anche io penso che ti faccia piacere avere questo..." sussurrò mostrandogli la copertina.

Samuele aggrottò la fronte, si mise le dita davanti alla bocca.

"Come fai ad averlo?".

Etesia si asciugò gli occhi ormai umidi.

"C'è una cosa che non ti ho detto. – cominciò sperando di non perdere la sua amicizia – Tutti i mercoledì, quando venivi a portare quel fiore davanti alla statua per tua moglie, mi nascondevo per poterti osservare, l'ho fatto dal primo momento in cui sono arrivata in paese".

Samuele tacque sgomento. Sperò che lei continuasse e che si spiegasse.

Ma lei non parlava.

"Perché?" la sua voce era lieve, ma non sembrava adirata, piuttosto impressionata.

"Credo che fosse la tua dedizione, vedere come ti ricordavi di quella persona che avevi perso mi faceva sentire meno sola... Era come se venissi a trovare anche me, è stupido, lo so, ma mi faceva sentire meglio..." Etesia esitava, si rese conto di aver detto troppo, ma la sua condizione, forse, la spingeva a non aver paura di perdere alcunché. Si ha paura di perdere ciò che si possiede. E lei non aveva nulla.

"Volevo sapere cosa fosse quel filo rosso, cosa significasse per te, così sono entrata in libreria e Juliet mi ha dato questo libro, solo che la storia non è conclusa...".

Samuele si spiegò velocemente.

"Sono stato io a strappare il finale, troppi anni fa, ormai... Poi ho diviso la parte e io e Rachele le abbiamo nascoste, la promessa era che le avremmo ritrovate entrambi solo se fossimo stati destinati ad amarci. – confessò perdendosi con gli occhi nell'immagine sbiadita di quei ricordi quasi troppo distanti per poterli anche solo sfiorare – L'ho fatto perché avrei voluto controllare il destino, ero solo un ragazzo e volevo che la vita procedesse secondo i miei piani".

"Credi nel destino?" domandò lei, tremendamente impaurita di aver ormai perso la sua approvazione.

Lui si morse il labbro dubbioso.

"Prima non ci credevo, adesso sì, io e Rachele non eravamo destinati a stare insieme, infatti la vita ci ha separati nonostante tutto, nonostante l'amore".

La porta si aprì bruscamente.

Da essa spuntò fuori una chioma riccia e bionda che saltellava a ritmo di un passo gioioso.

"Etesia, volevo farti gli auguri di buon Natale!" Astrid raggiunse entrambi sedendosi sul letto e lasciandosi rimbalzare sul materasso.

Samuele fece spazio a sua figlia, poi la strinse in un abbraccio.

"Ti ho insegnato che devi bussare prima di entrare nelle stanze delle persone…".

La bambina scrollò le spalle.

"Sì, ma Etesia mi ha detto che posso entrare quando voglio senza annunciarmi" si discolpò, cercando approvazione nello sguardo della ragazza.

"Sì, ha ragione, sono stata io. – confessò lei ridendo – Buon Natale, piccola" terminò cercando la sua manina.

Quando Astrid l'ebbe stretta, il cuore di Etesia singhiozzò.

La mente turbinò. Una fitta leggera, una luce fioca.

Respirò più forte pregando che quel ricordo non sfuggisse.

Ma arrivò il buio. E lei perse tutto. Di nuovo.

Respirò con cautela sperando che nessuno si fosse accorto del suo cambiamento.

Samuele la guardava contrito, ma non chiese nulla.

La piccola puntò un dito contro la pagina strappata del libro che giaceva aperto di fronte a loro.

"Questa è la leggenda tua e della mamma, vero papà?" domandò perspicace.

Samuele sospirò assentendo.

"Ora che sono grande, mi dici perché l'hai strappata? Ti prego!" lo implorò girandosi verso suo padre colma di speranza.

Lui guardò Etesia, poi abbassò immediatamente gli occhi.

I ricordi di quel giorno lo tramortirono.

"Una zingara mi disse che se io e la mamma ci fossimo amati, l'avrei persa…

– si allentò il nodo della cravatta prendendo aria – Così io le chiesi se ci saremo ritrovati e lei mi disse di leggere la fine della leggenda per scoprire la risposta, ma io non volli farlo…”.

Astrid rimase sconvolta. Etesia capì immediatamente il motivo del suo gesto.

“Volevi amarla liberamente senza sapere come sarebbe finita…” tentò, cercando la sua approvazione.

Samuele annuì leggero.

“Se avessi scoperto che non l’avrei mai ritrovata, amarla sarebbe stato un continuo dolore, una continua paura di poterla perdere da un momento all’altro, così ho preferito non sapere”.

“E la tua parte l’hai ritrovata, papà?” domandò la bambina dolcemente.

“Sì, qualche anno fa nella serra. – rise malinconico – Ma senza quella della mamma non posso costruire il finale”.

Etesia sorrise.

“Magari la ritroverai un giorno”.

“Per scoprire una cosa che già so?” domandò quasi a se stesso.

“E se la mamma fosse ancora viva? – domandò Astrid sognante attaccandosi al suo collo – Pensaci papà, sarebbe una fiaba!”.

Samuele la fece scendere e le sistemò i capelli.

“Piccola mia, la mamma riposa nel nostro guardino, per quanto vorrei, non tornerà più. – terminò addolorato – Ora vai in camera, tra poco vengo a darti la buonanotte!”.

La bambina salutò Etesia mandandole un bacio da lontano, poi uscì dalla stanza lentamente.

“Crede ancora che sua madre sia viva, una volta mi ha detto che suo nonno Elia in sogno le ha detto che Rachele non era morta… – confessò accennando un sorriso – Pensa che suo nonno non l’ha mai conosciuto…”.

Etesia non sapeva cosa dire.

“Con il tempo capirà” disse mettendo il grosso libro di leggende orientali vicino alle sue gambe.

Samuele non porse attenzione al volume, piuttosto a lei.

La esaminò minuziosamente, poi le sorrise.

Forse come mai prima di allora.

Il sorriso era stanco, ma presente.

Si avvicinò di poco a lei e inclinò il capo perdendosi a osservarla.

Etesia sentì le guance avvampare.

Abbassò la testa imbarazzata coprendosi il viso con le mani.

L’atmosfera vibrava.

“Perché non vuoi guardarmi?” chiese, tirando via una mano dal viso.

Lei non oppose resistenza.

"Perché tu sei così bello… – confessò tra le labbra con fare disperato – E io sono piena di cicatrici" sibilò respirando forte.

Samuele le sistemò un ciuffo di capelli dietro l'orecchio, poi accidentalmente sfiorò la sua guancia con il dorso della mano.

Lo fece di nuovo.

"Senti qualcosa?" chiese solcando con il dito affusolato una cicatrice che dallo zigomo arrivava fino al mento.

Lei singhiozzò.

"No, ma so che mi stai toccando. – ammise timidamente – Quindi è come se sentissi ogni cosa…".

Gli appoggiò il palmo contro il dorso della mano. La strinse forte.

Lui la lasciò fare.

Gli sorrise tra le lacrime.

"Sono solo la copia sbiadita della donna che ero…" la sua voce era un sibilo addolorato, a malapena si poteva udire distintamente.

"La fierezza con cui porti tutto questo dolore… – mormorò asciugandole una lacrima – ti rende la donna più bella che io abbia mai conosciuto".

Samuele si stupì di averlo detto davvero.

Il respiro si fece affannoso.

Gli occhi di quella donna erano bellissimi, dalla forma perfetta, le iridi marroni screziate d'oro, intense, profonde, così tanto che bastavano loro a suscitargli una strana emozione all'altezza dello stomaco di cui aveva solo una lontanissima memoria.

Etesia si sentì precipitare per colpa di quelle parole così leali.

Voleva dirgli che non era vero, che non doveva compatirla, né mentirle per pietà.

Ma il modo in cui la scrutava le fece credere che le aveva parlato ascoltando la verità che gli aveva sussurrato il cuore.

Così non disse nulla.

L'uomo che sedeva di fronte a lei in una posizione scomposta era quanto di più magnifico potesse concepire o immaginare.

Aveva lo sguardo spento, ma gli occhi così dolci, così teneri.

Azzurri alla sera e celeste brillante al mattino.

Il sorriso mai sfrontato, sempre appena accennato, lieve come il tocco della sua voce.

Intensa, profonda, che a volte si perdeva in tonalità morbide e sinuose.

I capelli erano castani, sfumati qua e là da spruzzi di color grano.

La barba, leggermente scura, gli copriva le guance magre.

La mano gli sfiorò la mascella.

Lui non si ritrasse.

"Che ne diresti di andare ad aiutare tuo padre e tuo cugino? – disse spostando la mano sul bavero della giacca scura – Magari domani ti metti degli abiti chiari e ti radi..." terminò sorridendo sommessamente.

Samuele accolse accomodante le sue parole, comprendendone le dolcissime intenzioni.

Si alzò, dirigendosi a piccoli passi verso la porta.

Etesia lo raggiunse.

"Grazie per essere venuto" sussurrò tenendo gli occhi fissi su di lui.

Samuele la guardò con intensità. Serrò le mascelle.

Fece forza sui flutti di emozione che oscillavano impetuosi, si muovevano dalla pancia alla testa, rendendolo tanto confuso quanto agitato.

"Buon Natale" mormorò tra i denti.

Il cuore gli batteva all'impazzata.

E lui non ne capiva il motivo.

"Buon Natale anche a te".

La mezzanotte era passata da un bel po'.

Andrea si sfilò la cravatta e sbottonò la camicia inamidata.

Prese una sigaretta dalla custodia d'argento.

Osservò ancora una volta l'incisione che spiccava al suo interno: DG. Un giorno avrebbe chiesto a suo zio cosa volesse significare, perché l'avesse regalato proprio a lui, un giorno sì.

Quando ne avrebbe avuto il tempo e la voglia.

Ultimamente pensava solo a Juliet, il pensiero di lei invadeva beffardo e infido ogni momento delle sue giornate oberate di lavoro, lei si insinuava leggera, prendeva corpo e restava lì, ferma, nella parte più viva e pulsante del cuore per non andar via più.

Neanche la notte lo abbandonava, tanto la sognava, la immaginava stretta a sé prima di cadere tra le braccia di un sonno agitato che assumeva le forme del suo viso e il suono della sua voce.

Era bastato un istante per rendere chiaro al suo cuore quanto l'amasse.

Ma Damiano sarebbe potuto tornare da un momento all'altro.

Era di certo morto in guerra, ma nessuno poteva dimostrarlo con certezza. E fino a quel momento, anche se loro avessero deciso di vivere i loro sentimenti, non avrebbero potuto farlo con la serenità necessaria.

Bastava un secondo, e avrebbero potuto perdere tutto.

Oh, se solo l'avesse incontrata prima, prima di lui.

Il tormento lo stava agitando senza tregua.

Sempre se Juliet l'amasse.

In alcuni momenti credeva di possedere il suo cuore, tanto era l'intensa emozione che li rapiva, la complicità che li legava, palpabile anche dall'esterno.

Ma in altri, se si impegnava a osservarla senza coinvolgimenti, il suo poteva tranquillamente essere il comportamento di un'amica.

Solo un'affezionatissima e devota amica.

Accese la sigaretta e aspirò il fumo con avidità.

Prese la lettera che teneva riposta nel libro che li aveva fatti conoscere, *Odi navali* di D'annunzio e la lesse.

Di nuovo.

Ancora e ancora.

16 agosto 1915

Mio adorato Andrea,

è la tua amica Juliet a scriverti.

Lo so che ci sentiamo per telefono, ma le lettere hanno sempre un grande fascino e vi si può scrivere qualunque cosa senza vergognarsene, visto che il destinatario non le leggerà in nostra presenza.

Il paese è tetro, triste, vuoto.

La libreria è desolata, solo le botteghe di generi alimentari e le farmacie vedono i clienti comparire di tanto in tanto.

Ieri, mentre Marta dormiva, Luigi è venuto a farmi una domanda, ha parlato sottovoce, con una tale forza e sicurezza che mi ha stupita.

"Mamma, ha detto facendomi cenno di avvicinarmi a lui, "Te lo chiedo ora così Marta non ascolta la risposta e non si preoccupa, piangevi perché ti manca papà?".

Io gli ho sorriso e visto che sai bene che non amo dire le bugie ai ragazzi, ho detto la verità.

E visto che ti sto scrivendo e non sei qui davanti a me, posso dirla anche a te.

Guardavo la penna che mi hai regalato lo scorso Natale ed ero triste.

Perché mi sono ricordata che nessuno mi ha mai avuta a cuore, insieme alle mie dimenticanze e alle mie stramberie, nessuno quanto te. E non mi manca Damiano, ma tu.

Non piangevo per lui.

Piangevo per te.

Tu, mio coraggioso eroe delle fiabe dagli occhi color salvia, tu con il sorriso così bello e accogliente.

E anche se il nostro rapporto è uno dei più strambi e indefiniti al mondo, mi manchi tanto.

Vorrei che tu fossi qui a sfilarmi la penna che porto tra i capelli e a prendermi in giro come fai sempre. Vorrei vederti preparare il caffè e versarlo puntualmente sui fornelli.

Se tu non amassi Celeste e io non fossi sposata con Damiano, ti direi cose che non posso dirti, se lei fosse lontana dai tuoi pensieri e lui dai miei doveri, non esiterei a fare ciò che non oso.

Ma la realtà è diversa dai sogni.

Tua, sempre e per sempre,
Juliet.

Andrea strinse il foglio contro il cuore.

Guardò il maglione rosso che giaceva sulla consolle insieme alla carta lacera in cui era impacchettato.

Si ricordò di quella volta in cui le aveva detto che avrebbe desiderato che sua madre gli facesse un maglione rosso, ma lei non l'aveva mai accontentato, dicendo che quel colore non si addiceva alla sua posizione.

Il cuore gli sprofondò in un mare di dolore.

Ripose la lettera al suo posto.

Poi cominciò a piangere.

Le mani di Juliet stringevamo forte il ciondolo d'oro, se lo portava alle labbra, sospirando sommessa, mentre il cuscino si era inzuppato di lacrime.

Aveva freddo, così tanto che neanche le numerose coperte che si era messa addosso erano sufficienti a scaldarla.

La piuma era così bella, così ricca di significato.

Si chiese come avesse fatto a trovarla. Una collana con un ciondolo a forma di piuma.

Non c'era alcun biglietto ad accompagnare il dono.

Forse perché Andrea sapeva perfettamente che lei avrebbe capito.

La piuma rossa che spuntava dalla sua stramba acconciatura il primo giorno che si erano incontrati. L'aveva sempre presa in giro per la sua abitudine di tener fermi i capelli con le penne o le matite.

Quel monile era il simbolo del loro legame.

Quanto avrebbe dato, cosa avrebbe dato per poter essere libera di gridargli che l'amava, dal primo momento in cui aveva varcato la soglia della sua libreria.

Quando Damiano era ancora con lei aveva paura di perdere la sua dignità, aveva paura di amare.

Adesso che suo marito non c'era più, aveva paura di perdere la felicità che avrebbe potuto costruirsi, aveva paura di non poter amare.

Amava Andrea disperatamente.

Ma era ancora sposata. E non avrebbe mai voluto condannarlo al destino che in realtà spettava a lei. Soltanto a lei.

Avrebbe potuto fare richiesta di morte presunta solo dopo due anni.

Ma ciò non l'avrebbe resa esente dalla possibilità, per quanto remota, che suo marito riapparisse. Così qualunque legame o matrimonio sugellato nel periodo di morte presunta, sarebbe stato dichiarato nullo al ritorno del probabile defunto.

Incontrarlo era stata la sua prima condanna.

Perderlo, fu la seconda.

Stringeva tra le mani insieme a un fazzoletto, un foglio spiegazzato.

Probabilmente aveva consumato gli occhi e la carta per tutte le volte che l'aveva letta e aveva pianto leggendola.

2 settembre 1915

Dolcissima Juliet,

leggerti dona al mio cuore un inaudito conforto, anche se sei distante.

Qui a Roma la situazione non è dissimile da quella che mi hai descritto tu.

Mi sento solo, ho la compagnia di pochi amici che ho conosciuto al lavoro e la solitudine di sere tutte uguali senza colore alcuno.

Visto che ho davanti solo carta e penna e tu sei lontana, dico la verità anche io, ma solo perché i tuoi occhi vispi non possono vedermi, sia chiaro.

Non lo so che cosa siamo io e te, cosa ci succede quando siamo insieme, cosa saremo. Ma so cosa sei tu per me.

Incantevole Juliet, sei l'amica, la sorella, la madre, l'amante, l'angelo, il fuoco, il buio del mio cuore, la luce, la casa.

Sei tutto.

Ma definirti significherebbe limitarti.

Tu dai gioia, dai speranza, sei capace di amare.

Lenisci i dolori, metti al primo posto un bene più grande di te stessa.

D'accordo, sono al terzo bicchiere di Brandy e ora so che starai ridendo di me. Se ho esagerato perdonami, ma credo che tutto ciò che ti ho scritto sia quanto di più vicino alla verità possa esistere.

È meglio che la smetta ora, altrimenti potrei scriverti che ti amo senza pensarci due volte e poi saresti costretta a baciarmi al nostro prossimo incontro.

Vorrei dirti qualcos'altro, ma non ci riesco.

Farei qualcosa se tu fossi qui con me, lo farei senza esitazione.

Ma tu non ci sei Juliet, non sei qui con me.

Bacio questo foglio perché non posso che fare ciò.

Bacio questo foglio perché le tue labbra sono lontane.

Dio solo sa quanto vorrei che non fosse così.

Tuo,
Andrea.

Il foglio cadde come una foglia secca sul pavimento gelido.

Soffocò il viso nel cuscino, singhiozzando.

Doveva tenerlo lontano. Doveva mentire.

Solo così l'avrebbe preservato da una scelta infelice.

Lei era Juliet Adler, la maledetta, come la epitaffiò sua madre prima di salutarla, quell'ultima tragica volta.

Nessuno sarebbe stato libero di avvicinarsi senza soffrire, senza stringersi e soffocare nella sua medesima morsa.

Doveva restare sola.

Allora come un tempo.

E per sempre.

VIII.

Come ogni anno da un secolo a quella parte, a Villa Orchidea si teneva la serata di beneficienza di Natale.

Tutta la nobiltà della zona era invitata e, insieme a loro, anche la servitù e i popolani.

Si raccoglieva una somma libera in denaro che poi veniva devoluta al convento di Santa Monica, che si occupava degli orfani.

Era una tradizione della famiglia Falesi da generazioni, e Guglielmo teneva molto a quell'evento.

Così veniva aperto il salone delle grandi occasioni, c'era l'orchestra e tantissimo cibo, ovviamente partecipavano anche i bambini dell'orfanotrofio e le suore del convento.

Quell'anno tra il carnet degli invitati spiccava un'ospite in più.

Suor Benedetta era stata traferita nel convento del paese lo scorso aprile. Nessuno sapeva perché, dopo tantissimi anni in cui era rimasta a Firenze, si fosse trasferita lì, in un piccolo paese di provincia. Era badessa, rispettata nel suo ambiente e dalle consorelle e sembrava abilissima con i bambini, ma quel carisma non era tipico dell'ordine cui apparteneva.

Quando varcò la soglia d'entrata, lo fece tenendo per mano uno degli orfani più piccoli, un ometto alto poco meno di un metro che rideva allegro a delle sue battute sussurrate sottovoce.

Fu Samuele ad accogliere la badessa, precipitandosi verso di lei prima che lo facesse qualche altro membro della famiglia, era molto affezionato alla donna, non solo perché era la zia di Rachele, ma anche per il suo carattere e per la comprensione che aveva sempre dimostrato verso la situazione tragica in cui era stato coinvolto.

"Suor Benedetta, sono felice che tu sia qui" le disse accarezzandole la spalla.

Lei lo abbracciò calorosamente.

"Ciao caro, grazie dell'invito. – disse guardandosi intorno spaesata – Le consorelle sono già qui, non è vero?".

"Sono dentro, ti aspettano" fece lui indicandole la strada e precedendola di poco.

La sala era avvolta di luce e sfarzo, era davvero come quelle che si immaginano leggendo i libri di fiabe. Guglielmo aveva ragione.

Lo vide immediatamente, nonostante la folla, nonostante non avesse più la vista di un tempo.

Era bello, bello come sempre. Come allora.

Si fece largo tra le persone dirigendosi verso di lui, doveva salutarlo anche se non voleva. Le regole e la buona educazione glielo imponevano.

Quando gli fu di fronte, le persone che stavano parlando con lui fino a qualche istante prima si allargarono in un semicerchio, facendole spazio.

"Buonasera conte Falesi, grazie per la bella serata che avete organizzato" esclamò provando a calmare il suo cuore.

Guglielmo strinse i pugni dietro la schiena.

Indossava gli abiti religiosi, ma ciò non gli impediva di riconoscere in lei la donna che aveva amato più della sua stessa vita.

L'aveva amata follemente e per lei aveva compiuto l'unico gesto che l'avrebbe condannato per sempre.

Ma quando decise di imboccare quella strada era troppo giovane e ingenuo, era talmente innamorato che non comprese il peso dell'azione che compì.

Presto le carte sarebbero state svelate.

E chissà, forse avrebbe perso tutto.

O forse no.

Ma voleva dare degna conclusione all'amore che un tempo li aveva legati, che ancora li legava.

Malgrado le bugie, la sofferenza, la distanza.

Malgrado tutto.

"È un piacere avervi qui. – le rivolse un sorriso composto – Divertitevi" terminò infine congedandosi.

Lei respirò forte.

Stava per andare dalle sue consorelle, quando la contessa la fermò.

Era sola.

"Diana…" la chiamò per nome.

"Amalia" fece lei da contrappunto.

"Ti trovo in grande forma" disse provando a risultare spontanea. Ma la contessa non accolse il suo complimento.

"Non potrò mai perdonarti per avermi portato via l'uomo che amavo, quindi non pretendere la mia amicizia".

Suor Benedetta si avvicinò a lei indispettita.

"Tu hai avuto tutto, una famiglia, un figlio, un marito, io non ho avuto nulla se non un mare di menzogne. – la voce era un sussurro – Ti prego di lasciarmi in pace".

Detto ciò la oltrepassò, celando la smorfia addolorata con un subitaneo sorriso.

Poi andò dalle sue consorelle con passo sicuro.

Juliet trangugiò il secondo calice di champagne tutto d'un fiato, poi appoggiò il bicchiere vuoto sul vassoio d'argento che le porse uno dei camerieri.

Aveva indossato il suo abito migliore, peccato che il corpetto la stringesse talmente tanto che quasi si sentiva soffocare.

I capelli intrecciati in quella stupida acconciatura stavano iniziando a darle il mal di testa e le scarpe le avevano ferito i piedi infreddoliti.

Avrebbe resistito ancora poco, ne era sicura, avrebbe aspettato di salutare i suoi amici e poi se ne sarebbe tornata a casa, scappando a gambe levate.

Da lontano scorse due figure sorridenti dirigersi verso di lei, impiegò poco a capire di chi si trattasse.

"Che Dio mi fulmini se mento, Lidia sei raggiante!" gridò, correndo incontro all'amica che sembrava colma di gioia nel vederla.

"Juliet, tesoro, quanto sei diventata bella! – disse scrutandola attentamente dalla testa ai piedi – Quanti anni sono passati? Cinque, sei?".

Juliet scrollò le spalle.

"Troppi" rispose abbracciandola forte.

Lidia ricambiò il gesto, buttò gli occhi verso l'entrata e un calore inaudito le invase lo stomaco.

Era ancora stretta nell'abbraccio di Juliet, ma si staccò improvvisamente coprendosi la bocca con la mano.

"Rachele" sussurrò.

Juliet, nonostante la voce di Lidia fosse ovattata, riuscì a udirla.

"Cosa?" domandò voltandosi verso il fulcro della sua attenzione.

Etesia camminava esitante, facendosi largo tra la folla.

"No Lidia, tesoro, lei è Etesia, una donna che Samuele ha accolto dalla strada...".

Lidia guardò l'amica con gli occhi lucidi.

"È Rachele!" sentenziò con una tale sicurezza che Juliet avvertì le membra aggrovigliarsi, ebbe la nausea.

"Rachele è morta Lidia, ti ha dato per caso di volta il cervello?".

Gli occhi neri di Lidia erano una maschera di paura.
"Perché non mi credi?".
Juliet la tirò via.
"Perché nella tomba c'è il suo corpo!".
Lidia portò gli occhi verso quella figura aggraziata che si dirigeva verso di loro. Era sempre più vicina.
"Come fai a non riconoscerla?".
Juliet per un istante, uno soltanto, la guardò diversamente.
Rachele. Non poteva essere lei.
Juliet non poté rispondere perché lei ormai le aveva raggiunte.
"Ciao Juliet, sei bellissima stasera!".
La voce era roca, il viso nascosto dalla veletta rosa cipria. Lidia tremava.
"Anche tu dolcezza, questa è Lidia, una delle mie amiche d'infanzia".
Etesia mimò una riverenza e le rivolse uno dei suoi sorrisi migliori.
"È bello conoscervi, siete la figlia di Beatrice? Lei mi ha parlato molto di voi".
Lidia aveva il respiro troppo affannato per rispondere nell'immediato, così sulle prime annuì soltanto.
"Lavora a Mantova in uno degli hotel più antichi della città, è una cuoca sopraffina!".
Lidia riuscì a prendere fiato.
"Il vostro sorriso è bellissimo signorina!" confessò, come se avesse Rachele davanti agli occhi. Avrebbe potuto dimenticare tutto di lei, ma il modo in cui sorrideva, quello no. Mai.
"Io raggiungo mia madre, torno subito. – sentenziò, presa da una fretta irrefrenabile, poi prese la mano di Juliet e le sussurrò tra i denti – Pensa a quello che ti ho detto".
Juliet non rispose.
"Chi è quella donna?" domandò Etesia con la voce tremante, indicando con il mento un punto poco distante da loro.
Juliet per poco non imprecò.
"Clara Monteverdi" mugugnò quasi tra sé.
"Quella Clara Monteverdi?".
"Sì…".
Era ancora più affascinante di come la ricordasse.
Si muoveva sinuosa, ridendo e sfiorando Samuele come poteva.
Si chiese chi l'avesse invitata. In fondo, dopo il malinteso tra Ugo e Guglielmo, le famiglie non erano rimaste affatto in buoni rapporti. Ma quando vide accanto alla marchesa il barone Bernardeschi, uno dei più importanti esponenti della nobiltà Fiorentina, tutto fu chiaro.

Etesia girò i tacchi e fece per andarsene, ma Juliet la bloccò, tirandola con veemenza verso di lei.

"Tu adesso verrai con me e andremo a salutare Samuele, lascia perdere quella donna priva di spessore, è solo apparenza, fidati di me. – esclamò con tenacia, sperando di convincerla – E poi si è portata dietro la sua nuova e ambita preda" terminò indicando con il mento l'uomo alto dall'andatura dinoccolata che si era appena allontanato da loro per prendere da bere.

Etesia era incerta. Più la guardava, più si sentiva sbiadire.

"A volte è l'apparenza quella che conta" rispose con un fil di voce mentre continuava a tenere gli occhi fissi su quella creatura così bella da sembrare una dea.

Juliet la scosse dalle spalle.

"Samuele non l'ha mai amata, di certo non inizierà adesso".

"Adesso...?".

"Adesso che ci sei tu...".

Etesia la guardò disperata.

"Io?".

La sua domanda era quasi un respiro, tanto si era demoralizzata e spenta di fronte a ciò che quella visione aveva suscitato nel suo animo.

"Non controbattere, ascoltami e fidati di me. Andiamo!" disse tirandola ancora una volta.

Etesia perse l'equilibrio, ma si ricompose immediatamente facendosi forte del braccio dell'amica che quasi la trascinava.

Quando furono a pochissimi passi da loro, Juliet appoggiò il palmo della mano sulla spalla di Samuele, invitandolo a voltarsi.

"Samuele..." lo chiamò con una tale insolenza e confidenza che Etesia avvampò per lei.

Di tutta risposta lui non sembrò affatto stupito, tanto che voltandosi mostrò loro un sorriso caloroso.

"Buonasera... – le salutò facendo spazio alle due donne accanto a lui – Juliet, ricordi la marchesa?" domandò compito.

"Come dimenticare una delle donne più belle della provincia. – esclamò sorridendo, con una chiara aria sarcastica – Vedo che mirate sempre più in alto" terminò gettando lo sguardo al barone che conversava poco distante da loro con alcune signore.

Clara contorse le labbra infastidita, ma mantenne il suo contegno.

"Siamo amici fraterni io e Carlo, da moltissimi anni. – rispose sorridendo forzata – E questa donna chi sarebbe?" chiese rivolgendo a Samuele uno sguardo curioso.

Etesia voleva sprofondare. Iniziò a sentire caldo.

"Una nostra amica, la signorina Etesia".

Clara annuì incerta.

"È lei la mendicante che ti sei portato a casa dalla strada?".

Juliet chiuse gli occhi. Quella volta imprecò sul serio, ma fu attenta a non farsi sentire.

Samuele avvertì una profonda paura aggrapparsi allo stomaco. Non avrebbe mai voluto che Etesia soffrisse, mai e poi mai. Soltanto l'idea che qualcuno potesse procurarle ulteriore dolore riusciva a farlo impazzire.

Stava per risponderle di andarsene immediatamente, ma Etesia, muovendo pochi passi verso la marchesa, lasciò tutti a bocca aperta.

Si alzò lentamente la veletta che le copriva il volto e mimò un inchino.

"Sono io, esattamente, mi immaginavate più mostruosa?".

La sua voce era talmente pacata, che il contenuto delle sue parole perse di valore, tanto sembrava calma di fronte alla sfrontatezza dell'uscita di Clara.

La marchesa indietreggiò di poco, incredula.

"No, certo, mi dispiace di essere stata inopportuna" si scusò, provando a risultare credibile.

"Figuratevi, sono abituata a molto peggio" mimò un sorriso composto.

Clara cercò il suo accompagnatore e si congedò da loro dopo pochi istanti, ancora intimorita dalla sconosciuta che aveva osato rivolgersi a lei con tale sfrontatezza.

Di certo lui l'aveva accolta per pietà, lei ne era più che convinta.

Ne era talmente sicura da arrivare a promettere a se stessa che entro la primavera si sarebbe ripresa Samuele, a ogni costo.

E quella volta, senza giardiniere da quattro soldi tra i piedi, non avrebbe avuto concorrenti, la vittoria sarebbe stata sua. Era una certezza incrollabile.

Samuele iniziò a scusarsi con Etesia.

"Scusami per lei... – mormorò massaggiandosi le tempie – È solo una bella donna dalla testa vuota".

Etesia rise sommessa, provò a sdrammatizzare e a risultare tranquilla, ma dentro di sé quella donna le aveva lasciato una strana inquietudine, era pur sempre bellissima e un tempo aveva avuto spazio nella vita di Samuele. E lei cos'era al suo cospetto?

Il corvo vola solo di giorno. Il gufo vola solo di notte, il cigno vola di giorno e di notte.

Era niente.

"Stai tranquillo, non ti dispiacerà se vado a letto vero?" chiese sperando che lui non indagasse a fondo sulle motivazioni che la spingevano a scappare prima che la festa finisse.

Samuele la guardò preoccupato, senza capire.

"Stai poco bene?".
"Il mio solito mal di testa, scusami, buonanotte".
Detto ciò si allontanò a piccoli passi diretta alla grande porta d'uscita.
Non appena voltò l'angolo, vide la contessa dirigersi verso la scalinata.
Lei iniziò a salire senza farsi sentire, ma dopo pochi passi la donna si voltò e si fermò per aspettarla.
"Anche voi andate a dormire?" le rivolse un'espressione dolce, era stanca.
Etesia annuì.
"Sono di pessimo umore. – confessò quando ormai l'ebbe raggiunta sulla scala – E voi?".
La contessa riprese a salire.
"Anche io".
"Posso aiutarvi in qualche modo?".
"Se potessi cancellare le mie scelte, allora sì, ma visto che nessuno può farlo, credo di dover essere condannata all'infelicità…".
"Cosa vi rende infelice?".
Avevano raggiunto il piano, Amalia sarebbe dovuta andare verso sinistra, lei verso destra.
Ma si fermarono entrambe, desiderose di parlare un po'.
"Quando ero giovane mi sono innamorata di un uomo che non mi voleva. Poi l'hanno costretto a sposarmi per il mio patrimonio, per il mio rango…" gli occhi cristallini della donna si riempirono di lacrime, ma non caddero.
Etesia si accorse di quanto fossero simili a quelli di Samuele.
"Ma lui amava un'altra donna, l'ha sempre amata, per lei ha fatto cose impensabili, sacrifici, ha mantenuto segreti, ha sofferto, per lei ha fatto ogni cosa, farebbe ancora ogni cosa… – aggrottò la fronte sorridendo amara – La ama come il primo giorno, dopo trent'anni, la ama ancora" la voce si ruppe in un singulto.
Ma l'amor proprio non la fece scoppiare in lacrime davanti a Etesia.
"Ma ognuno sceglie le sue gabbie, non è così?" disse quasi a se stessa, raggiungendo la ragazza.
La osservò con minuziosità, non c'era compassione nel suo sguardo.
Solo ammirazione.
"Sei talmente graziosa, così bella… – le sorrise – Immagino quanto lo fossi prima di tutto questo" mormorò sfiorandole la guancia con le dita tremanti.
Etesia socchiuse le palpebre.
"Se solo questo bastasse… – sussurrò respirando forte – Quello che sono adesso, contessa, non basta. Non basterà mai" terminò come se avesse emesso la sua condanna definitiva.
Amalia le strinse una spalla con fare rassicurante.
"Grazie per essere riuscita lì dove noi abbiamo sempre fallito".

Etesia non comprese.
"Tu l'hai salvato. – proferì solenne – E questo basta, per lui è sufficiente...".
Terminata l'ultima sillaba si voltò dirigendosi con passo stanco verso la sua camera.
La sua cameriera personale apparve alle spalle di Etesia. La oltrepassò senza far rumore.
Etesia rimase immobile, ingoiando la paura che quelle parole le avevano suscitato.
Poi cominciò a camminare anche lei verso la sua stanza.

"Non mi sembra possibile che sia accaduto davvero!".
"Neanche a me..." Juliet mise le braccia in posizione conserta e continuò a scrutare incantata la visione che si librava a poca distanza da loro.
Samuele sembrava essere tornato l'uomo di un tempo.
Aveva lasciato nel guardaroba gli abiti scuri, aveva il viso pulito e i capelli riassettati.
Sorrideva compiaciuto intrattenendo i suoi ospiti.
Andrea se ne stava accanto a Juliet, tenendo fermo un calice di champagne mentre sorrideva compiaciuto.
"Cosa gli è successo?".
"Etesia" rispose Andrea senza ombra alcuna di incertezza.
"Credi che si stia innamorando di lei?" Juliet osservò il suo amico con continuo stupore.
"Le ha lasciato toccare il suo dolore. – disse Andrea sospirando sommesso – Non è amore anche quello?".
Juliet sembrò diffidente di fronte alle sue parole, non perché non credesse nel primigenio sentimento che stava nascendo tra i suoi amici, piuttosto lo era riguardo all'amore in generale.
"Si conoscono da poco tempo, forse..." Andrea respirò più forte.
"Come se il tempo, quando si ama, contasse qualcosa".
Quella conversazione stava prendendo una piega insidiosa, Juliet sentì a fior di pelle che sarebbe bastato un niente per finire a parlare di loro e non voleva. Assolutamente.
"Devo raccontarti una cosa" disse tutto d'un fiato.
Andrea le rivolse l'attenzione invitandola a parlare.
Juliet riportò pedissequamente l'accaduto tra Lidia ed Etesia di qualche ora prima.
Inizialmente Andrea rise di cuore, poi però quando notò che Juliet esitava, si domandò se in quell'accaduto ci fosse qualcosa di vero.
"Cosa ti turba?" le chiese preoccupato.

"E se lei avesse saputo guardare? Se lei per un istante fosse stata libera dall'apparenza del mondo che ce la fa credere morta e avesse riconosciuto la realtà?".

"Juliet leggi troppi libri, sai quanto io apprezzi la tua fantasia e la tua creatività, ma nel cimitero di famiglia c'è la sua tomba e lì dentro il suo corpo!".

Lei lo tirò per un braccio.

"E se fosse viva?".

Andrea esitò.

"Tu pensi che Etesia sia Rachele? Diamine credi che suo marito non l'avrebbe riconosciuta?".

"No se la crede morta e non ha fatto altro che struggersi per il dolore di averla persa, crederebbe di essere diventato pazzo, piuttosto che convincersi che sia lei!".

Andrea le accarezzò una guancia.

"Sei stanca, perché non vai a dormire?".

Juliet annuì massaggiandosi le tempie.

"Mi fanno male i piedi e devo assolutamente sciogliermi i capelli, forse hai ragione" gli disse cercando la sua mano per stringerla e poter finalmente andar via.

"Ti accompagno, ti prometto che proverò a far caso a lei e a notare se ci sono dei particolari che mi ricordano Rachele. – fece Andrea accogliendo la sua stretta e trascinandola verso l'uscita – Patrizio, chiedi a Saverio di accompagnare la signorina Adler a casa" domandò educato quando scorse il maggiordomo vicino l'ingresso.

Patrizio annuì e corse a chiamare lo chauffeur.

Andrea uscì fuori tirando Juliet con sé.

Quando oltrepassarono l'uscita, la spinse contro il muro esterno della villa e attaccò il corpo contro il suo.

Poi le prese il viso tra le mani.

"Lo so, lo so che non potremo mai stare insieme, ma se non lo facessi adesso potrei rimpiangerlo per sempre" parlò con una tale passione e con un tale dolore, che lei rimase allibita.

Scosse la testa lasciando scivolare le lacrime sulle sue guance arrossate.

"Non farlo Andrea, ti prego, non lo fare".

La sua voce era implorante, piena di paura, ma bruciava di desiderio.

Andrea le sfiorò il naso con il suo.

"Mi dispiace di non averti incontrata in un'altra vita".

Juliet non fece in tempo neanche a prendere fiato che lui le aveva già invaso le labbra e poi il cuore.

Gemette nella sua bocca calda che la cercava con una tale dolcezza che si poteva avvertire palpabile tutta la tragicità del destino crudele di cui si sentivano vittime.

Andrea le accarezzava il viso, respirava affannosamente, beveva dalla sua bocca così fresca, tremava.

Juliet non ricordava da quanti anni non baciasse più qualcuno.

E forse quello spazio di tempo vuoto la aiutò a comprendere quanto quel bacio fosse perfetto.

Unico.

Si sentiva al suo posto, si sentiva felice.

Gli avvolse le braccia attorno al collo e alzatasi sulle punte dei piedi si staccò dalle sue labbra baciandogli le guance, poi gli zigomi, il mento. Andrea aveva gli occhi chiusi. Il cuore gli rimbombava nelle orecchie.

"Io tengo troppo a te per avere il coraggio di perderti. – ammise baciandogli ancora la bocca – Facciamo finta che tutto ciò tra noi non sia vero, tu meriti di meglio" terminò cercando ossigeno come poteva, tirando via le lacrime, domando i battiti imperiosi del suo cuore.

"Io voglio te Juliet… io…".

Lei gli tappò la bocca con le dita.

"Anche io, ma non possiamo".

Sorrise malinconica.

"Per ora deve essere sufficiente la nostra amicizia, fino a che non avverrà un miracolo dobbiamo accontentarci solo di quella".

Andrea le baciò cautamente un angolo della bocca, Saverio fermò l'automobile davanti a loro.

Juliet si allontanò dal suo corpo, avvertendo un dolore fisico lancinante.

Avrebbe voluto fare tutto, tranne che lasciarlo.

Prima di salutarlo, si girò di nuovo verso di lui.

"Ti odio avvocato Falesi, lo sai?".

Andrea si asciugò una lacrima, finse si sorridere.

"Come mai miss Adler?".

"Perché adesso hai dato una ragione in più al mio cuore per non poterti dimenticare".

Andrea tentò di sorridere di nuovo, ma non vi riuscì.

La guardò addolorato mentre l'auto stava partendo.

Lei appoggiò la mano aperta contro il vetro del finestrino.

Poi sparì, lentamente, ingoiata nel buio della sera.

Andrea tirò un calcio a terra alzando con la scarpa il brecciolino del viale d'ingresso.

"Dannazione" bofonchiò cadendo sulle ginocchia e stringendosi la testa tra le mani.

Non aveva mai sentito tutto quel dolore in un solo momento. Faceva fatica anche a respirare.

"Va tutto bene?".

La voce matura e accogliente che l'aveva chiamato non sembrava familiare all'udito di Andrea.

Drizzò lo sguardo, poi si tirò su d'improvviso provando a ricomporsi.

"Scusatemi, avete assistito a una pessima visione" la voce, per quanto controllata tradì il pianto incipiente che gli premeva la gola.

"Cosa ti turba ragazzo?".

"Ci siamo già incontrati, mi sbaglio?".

Andrea guardava la suora di fronte a lui e un ricordo confuso lo rapì.

Lei annuì, sorridendogli calorosamente.

"Sono suor Benedetta, ci siamo incontrati al funerale di Elia Ravelli".

"Diamine, siete la zia di Rachele, ecco dove vi avevo vista, scusatemi ancora" disse sistemandosi i capelli dietro le orecchie.

"Posso aiutarvi?" domandò con dolcezza, provando a risultare gentile. In realtà voleva davvero aiutarlo, non lo fece solo per cordialità.

"Oh, no, non può aiutarmi nessuno" rispose seccamente.

Suor Benedetta si avvicinò di qualche passo.

"Io non ho la pretesa di conoscervi, né di sapere qualcosa sulla vostra vita, ma se amate qualcuno non abbiate paura. – il tono della sua voce era carezzevole – Quando si è soli è tutto difficile, ma con al nostro fianco la persona amata, siamo capaci di affrontare tutto, il lutto, la povertà, il dolore, le domande senza risposta, il timore di perdere…".

Andrea sentì una corda lontana e sconosciuta del suo cuore vibrare intensamente.

Guardò la donna negli occhi e avvertì il respiro accelerare.

"Il nostro termine ultimo su questa terra è la morte, ma se avremo amato, allora neanche lei potrà vincerà" la mano morbida e delicata della badessa sfiorò la guancia lentigginosa di Andrea.

Lui voleva ritrarsi ma, per uno strano motivo, non lo fece.

Continuò a guardarla senza sapere cosa dire.

"Perciò se amate quella ragazza, non lasciatevi vincere dal timore, abbiate solo cura di non lasciarla sola. Perché sola e spaesata potrebbe fare scelte stupide, potrebbe credere per una vita che non avete avuto sufficiente coraggio per scegliere lei, lei insieme a tutte le sue sfumature. Potrebbe rimpiangere i vostri occhi e la vostra voce fino alla fine dei suoi giorni e voi arrivereste ad essere spento e vuoto come una creatura morente senza di lei…".

Ad Andrea per qualche istante parve che stesse parlando della sua esperienza. Ma quelle parole così calzanti parlarono alle sue paure e alle sue incertezze.

"Grazie, – disse tirando su il naso – grazie davvero" terminò come se si fosse liberato da un peso immenso.

Lei lo osservò ancora. Avrebbe trascorso ore a guardarlo se solo avesse potuto.

Era tutto diverso quella sera.

I suoi occhi non lo guardavano più allo stesso modo di quel pomeriggio di tanti anni prima.

Come avrebbero potuto, d'altronde?

Sorrise mostrandogli un'espressione tenera.

"Avete organizzato una serata magnifica, spero di rivedervi presto Andrea".

Detto ciò lo superò, dirigendosi all'automobile che la stava attendendo.

"Suor Benedetta, aspettate. – gridò lui provando a raggiungerla – Qual è il vostro nome, il vostro vero nome?".

Il cuore della donna perse un battito.

"Mi chiamo Diana".

Guglielmo camminava lungo il corridoio, diretto alla sala da ballo. Sapeva che i domestici dovevano ancora riassettarla, ma li aveva congedati prima, era pur sempre Natale anche per loro. Decise che avrebbero ripreso le mansioni l'indomani.

Sentiva sulla sua pelle il tempo che scorreva e che lo feriva. Come se le lancette di un orologio fossero incarnate da qualche parte e a ogni secondo lasciassero un segno in più.

Doveva assolutamente fare ammenda per i suoi peccati. Dire la verità. Sperare nel perdono. Se non almeno di Dio, in quello dei suoi figli e delle persone che amava.

Ma poi, si disse laconico, forse Dio avrebbe perdonato con più facilità. Lui non aveva il cuore dell'uomo. Dio poteva tutto.

L'uomo, invece, no.

Diana quella sera l'aveva evitato e lui aveva fatto altrettanto. Erano passati talmente tanti anni che non avrebbe mai immaginato che, il solo fatto di saperla nel suo stesso spazio vitale, potesse turbarlo così tanto.

Quell'amore viscerale e unico che lo legava a lei era rimasto invariato. Come se fosse sotto un incantesimo.

Sua madre gli diceva sempre che non tutti siamo capaci di amare più volte.

Alcuni si legano a un amore e rimane quello per tutta la vita. E quella è la loro condanna. Perché non vogliono sostituirlo. Vogliono che rimanga il solo. E così, se hanno la sfortuna di non poterlo avere al proprio fianco, si condannano a vedere il proprio destino come una falsa copia dei loro desideri. E saranno per sempre infelici.

Lui, era una di quelle persone.

Amalia era stata una donna fantastica, l'aveva pure amata un tempo.

Ma Diana faceva sanguinare il suo cuore di amore e di colpa.

Era forse quello che non lo lasciava andare via?

Il dolore che le aveva inflitto, il suo peccato non ancora rimesso.

Il senso di colpa lo aveva condannato per una vita, forse. Non l'amore.

Varcò la soglia della stanza, il suo passo era stanco, sentiva il petto appesantito.

D'improvviso si arrestò.

Il suono melodioso del pianoforte lo tramortì.

Erano, di certo, più di dieci anni che non sentiva suo figlio suonare. Era un ottimo pianista, l'aveva fatto studiare con uno dei migliori maestri della Toscana e il talento che teneva nascosto nel cuore fece da contrappunto alla tecnica.

Suo padre Paolo era un grande pianista, ma lui non aveva mai voluto imparare a suonare. Ancora si chiedeva il perché di quella scelta, forse il motivo stava nel fatto che si fosse sempre sentito votato alla vita di amministratore di tenute, gestore di fondi, uomo d'affari.

La poesia, l'arte, la musica non facevano per lui.

Quello lo colpì in Diana la prima volta che la vide. Il fatto che si fosse persa a guardare un dipinto di un esimio pittore francese che suo padre aveva fatto appendere sul camino del salone. Aveva le mani sporche di legna e di cenere, ma ciò non le impedì di restare incantata davanti a quel capolavoro.

Il quadro era ancora in quella casa, ma non nella stessa stanza.

Quando era diventato il conte Falesi, l'aveva fatto trasferire nel suo studio.

Scosse la testa respirando con foga.

Quella sera era confuso. Aveva troppi ricordi che lo rapivano continuamente.

Se il suo orecchio musicale non l'ingannava, Samuele stava suonando il Benedictus.

Fece attenzione a non farsi sentire, non voleva disturbarlo.

Ma suo figlio era sempre stato un attento osservatore dall'udito sopraffino. Così alzò le mani dalla tastiera e si voltò di poco verso il centro della sala.

"Vieni..." disse tornando a guardare i grossi tasti bianchi e neri sotto di lui.

Guglielmo lo raggiunse a passo spedito. Si fermò appoggiando le mani sul grosso strumento a coda.

"Come mai suonavi quella canzone?".

Lui fece spallucce.

"Mi ricorda la mia infanzia, le lezioni con il professor Gaioli, Andrea che stonava con il violino" rise appena.

Guglielmo annuì divertito.

"Sono felice che tu abbia deciso di tornare a darci una mano" gli disse sincero cercando il suo sguardo.

Samuele teneva ancora gli occhi bassi.

"Lo sono anche io".

"Figliolo, io lo so che sei in collera con me, so che sono stato un pessimo padre, ti ho fatto del male… – si allentò il nodo della cravatta – Ma io non volevo che Rachele morisse".

Samuele finalmente lo guardò negli occhi.

Suo padre non era più l'uomo di un tempo. La sua freddezza era pressoché svanita, l'aria perennemente accigliata e burbera aveva lasciato spazio a una flebile malinconia, a una stanchezza che si impigliava tra le pieghe delle ciglia, che si perdeva splendendo lontana nelle iridi dei suoi occhi invecchiati.

"Lo so papà. – mormorò accennando un sorriso – Le cose a volte accadono".

Il cuore prese a battergli leggermente più in fretta. Erano le parole che gli aveva rivolto Etesia, ormai erano diventate sue.

Guglielmo non poté credere alle sue parole. Lo aveva detto per davvero?

"Pensi ancora a lei con dolore?".

Samuele intrecciò le mani sulle gambe.

"Il mio cuore sarà sempre legato a lei, ma se le rivolgo i pensieri non mi fa più male, piuttosto mi rende felice… – la voce tradì una lieve malinconia – Ci siamo dati tanto e mi basta questo".

"Avrei voluto avere il coraggio di non condannarti a un matrimonio di convenienza, volevo essere diverso da mio padre, ma in definitiva sono stato anche peggiore di lui…" prese il fazzoletto di stoffa dalla tasca e asciugò le tempie, non si sentiva affatto bene, ma forse erano state tutte le emozioni di quel giorno ad averlo reso così dolorosamente affannato.

Samuele si chiuse nelle spalle respirando rumorosamente.

"Un gesto così devi averlo fatto per un grande motivo".

Si riferiva alla lettera, al segreto che aveva voluto preservare al tremendo costo di far sposare a suo figlio una donna che non amava.

Come avrebbe potuto dirgli la verità?

Aveva tanta paura.

"L'ho fatto per preservare una persona che amo dal dolore. – confessò con la voce che esitava a ogni sillaba – Ma ho causato l'effetto domino, in fin dei conti hai sofferto tu, Rachele, e credo che soffrirà in egual modo anche lui".

Samuele si rese conto di quanto quelle ammissioni gli costassero dal modo in cui nervosamente spostava gli occhi da un punto all'altro della stanza.

"Puoi parlarne con me, se ne hai bisogno" quell'ammissione costò anche a lui, ma era stanco di essere in collera con lui e con il mondo intero, perciò era necessario muovere qualche passo per uscire dallo stagno paludoso in cui si era gettato a capofitto senza lasciarsi speranza alcuna di venirne fuori.

Guglielmo sorrise.

"Più presto di quanto credi figliolo, dovrò farlo per forza, meritate di sapere la verità".

Quel verbo usato al plurale allarmò Samuele, ma non volle insistere, era chiaro che suo padre non fosse propriamente in gran forma quella sera.

"Continua a suonare, io vado a riposare" sussurrò alzando due dita della mano a mo' di saluto.

"Papà..." lo chiamò.

Il padre gli rivolse l'attenzione che desiderava.

"Faresti una cosa per Andrea?".

"Ovviamente" la voce era sempre più incrinata.

"Potresti indagare tramite il colonnello Teodori riguardo a Cardarelli?".

Guglielmo sulle prime non capì.

"Potrebbe essere che qualche notizia venga fuori se a informarsi sono le persone giuste".

"E cosa c'entra Andrea?".

Samuele si perse in un'espressione delusa.

"Vorrei che fosse libero di sposare Juliet".

Guglielmo, all'improvviso, ebbe chiara ogni cosa. Sapeva perfettamente quanto Samuele fosse legato ad Andrea, lo colpì profondamente la sua richiesta.

"Si amano?".

Samuele annuì con una tale sicurezza che Guglielmo si convinse immediatamente.

"D'accordo, farò il possibile".

Detto ciò uscì dalla sala trascinandosi come poteva.

Samuele riprese a suonare, ma cambiò canzone.

Era una melodia cui era particolarmente affezionato.

Si intonava nei vespri della vigilia di Natale, la ascoltava sempre quando vi si recava con sua madre da bambino, allora un giorno aveva implorato il maestro di insegnargliela e lui aveva desistito alle sue preghiere.

Era una canzone che raccontava le invocazioni del Popolo d'Israele a Dio affinché lo liberasse.

Lo amava perché era come se rappresentasse il suono delle lacrime che cadono dagli occhi.

Era solenne, ma romantica allo stesso tempo.

La porta cigolò.

Ma la musica, che ormai gli risuonava dentro, non gli permise di fermarsi.

Continuò a suonare, rapito, travolto dalla passione che da sempre lo legava a quel brano.

I passi si facevano sempre più vicini, fino a quando non si fermarono alle sue spalle.

Samuele fermò le dita sulle ultime note della terza strofa.

Sapeva chi fosse anche se non aveva potuto constatarlo con gli occhi.

"Suoni divinamente".

Le parole gli uscirono come incantate.

Lui si spostò di poco facendole spazio sullo sgabello.

Lei si sedette.

"Conosco quella canzone, è come se l'avessi sentita un milione di volte" ammise sospirando.

"La cantano sempre durante la messa, nella notte di Natale".

Etesia sorrise.

Samuele si voltò a guardarla.

Erano talmente vicini che fu costretto a spostare il viso di poco per poterla osservare chiaramente.

Aveva i capelli raccolti in un'acconciatura alta che le lasciava scoperto il collo.

Gli occhi le brillavano, stranamente, di una luce soffusa e nuova.

Etesia non poté far a meno di notare quanto fosse diverso rispetto al giorno precedente.

I capelli erano composti e tirati indietro, lasciavano scoperta la fronte ampia, dando spazio agli occhi limpidi e intensi, di quel colore infuso di azzurro, blu, celeste, il viso dalla pelle liscia, rasato, mostrava le sue labbra sottili ma ben disegnate.

Quando le sorrise, notò quanto fosse splendido.

Indossava una camicia di un bianco accecante, che risaltava il colore lievemente ambrato della sua pelle.

"Cosa c'è?" chiese lui carezzevole.

Lei si accorse che probabilmente lo stava guardando da troppo tempo.

"Nulla" mentì abbassando immediatamente la testa.

Nel farlo, il maglione che copriva la camicia da notte scivolò lentamente fino a scoprirle la spalla, poi il gomito. Ma lei ne arrestò la corsa fermandola con la mano.

Samuele acuì la vista.

Poi mosse le dita verso un punto imprecisato tra la spalla e la clavicola.

La pelle era scavata in una forma lievemente allungata, era una cicatrice diversa dalle altre, non sembrava un'ustione.

"Cos'è?" domandò seguendone i contorni con le dita.

Etesia per poco non si ritrasse.
Non le faceva male la cicatrice.
Era il suo tocco a farlo.
"Una ferita che mi sono procurata durante l'incidente, deve essermi caduto qualcosa addosso, prima o dopo ciò che mi ha provocato il trauma cranico. – rispose tristemente – Ne ho una simile anche sulle scapole" sussurrò sfinandosi la manica della maglia e dandogli appena le spalle per fargliela vedere.
Il cuore di Samuele si illanguidì.
Spostò con un gesto timido la bretella sottile della sua camicia da notte e, poco dopo, vide apparire qualcosa di molto simile alla cicatrice che aveva appena visto.
Samuele sfiorò anche quella. Ma lo fece con maggior cura.
Non stava sentendo i contorni, non la stava esaminando.
La accarezzava.
La mano salì con garbo al collo, fino a quando non seguì una curva e uscì, la strinse per le spalle, facendola accoccolare con la schiena contro il suo petto.
Il respiro di Etesia si increspò, inceppandosi a metà.
Sulle prime rimase rigida.
Poi cedette alla sua presa decisa e si abbandonò al suo abbraccio.
Adagiò la testa nell'incavo del collo, poi avvertì la sua guancia appoggiarsi sui capelli.
Tacquero entrambi.
Rimasero così per molti minuti, lei con gli occhi chiusi, lui stringendola sempre più caldamente.
Se avessero voluto dar seguito alle grida forsennate dei loro cuori, avrebbero parlato, avrebbero agito.
Ma lei era troppo spaventata dai suoi sentimenti, lui dal cambiamento che, inevitabile, gli aveva trasformato il cuore ammalato in qualcosa di nuovo.
Una lacrima cadde sulle mani di Samuele che circondavano il corpo magro di Etesia.
"Mi dispiace di non averti potuto fare alcun dono per Natale" gli disse con tono supplichevole.
"Me l'hai fatto invece. – la sua voce era calda e tradì l'emozione che lo invadeva implacabile – Ti sei presa cura di me".
"Sei tu che me l'hai lasciato fare" lo contraddisse lei continuando a restare ferma nella sua stretta.
"Non dipendeva da me, ma dalla persona che voleva avvicinarsi al mio dolore".
Etesia sorrise sommessa, anche se lui non poteva vederla.
"Quella Clara è davvero bellissima…".

"Lo so, ma non mi interessa" disse lui facendo scivolare le braccia unite sotto i seni, poi con un solo e unico gesto fluido la riportò con il volto diretto al suo. Sperò che capisse quanto poco le importava di Clara. Per lei non c'era posto, allora come un tempo.

Etesia non voleva che lui la guardasse piangere, non quella sera.

Si asciugò gli occhi con il dorso della mano e si rinfilò l'altra manica del maglione ceruleo.

"Quando potrai riavere indietro la tua vita... – sussurrò lui, alzandogli il meno con le dita – Spero che non ti dimenticherai di me" quelle ultime parole vennero fuori dalle sue labbra con una tale fatica che dovette tossire leggermente per schiarire la gola.

Lei inclinò il viso.

"Tu mi hai salvato la vita, mi hai accolto in casa tua, mi hai ridato una dignità, degli amici, mi hai dato il tuo affetto... Ti sarò grata per sempre per tutto ciò".

Samuele le sistemò un ciuffo di capelli che era sfuggito dalla crocchia scomposta in cui aveva intrecciato i suoi capelli scuri, abbassò lo sguardo.

"Non mi riferivo alla gratitudine..." confessò mestamente.

A cosa ti riferivi? Avrebbe voluto chiederglielo, avrebbe voluto sentire dalle sue labbra reticenti quello che avvertiva sulla pelle quando lui la sfiorava. Ma in realtà lei stessa credeva che fosse molto meno che un'illusione, forse solo il frutto del suo cuore fragile e sgangherato che si era legato a una persona che non avrebbe potuto mai amarla.

Osservando nuovamente i suoi occhi, apparve alla sua mente quella solita sensazione.

Succedeva sempre così. Un dolore alla testa, lieve, come un pizzicore violento, il cuore accelerava, qualche immagine confusa si presentava alla sua memoria, poi poco prima che lei potesse vederla, svaniva.

Buttò fuori l'aria con veemenza.

"Se vuoi davvero sapere cosa penso di te, allora dovrei dirti che mi sembra di averti già incontrato prima di quel giorno di settembre in cui ti vidi apparire nella piazza del paese... – asciugò un'ennesima lacrima – E per quanto la mia memoria sia la facoltà su cui faccio meno affidamento di tutte, puoi stare certo che non potrà dimenticarti neanche se lo volesse, perché c'è il cuore di mezzo stavolta e lui ha sempre una memoria, anche quando la mente non funziona più".

Aveva parlato senza pensare.

Le tremavano le mani.

Samuele avvertì un nodo allo stomaco.

Più la guardava, più si sentiva disarmato. Non sapeva chi fosse, quale fosse il suo passato, il suo vero nome.

Non sapeva nulla.
Ma incredibilmente quel nulla era tutto.
Quel nulla gli bastava.
Era lei a bastargli.
"Suoneresti di nuovo quella canzone?" gli domandò speranzosa.
Lui annuì sorridendo con tenerezza, afferrò la sua mano e se l'appoggiò sulla gamba.
Pose le sue sulla tastiera, bastarono pochi istanti.
Poi riprese a suonare.

IX.

Era la candelora.
E tirava vento.
Secondo la tradizione contadina quello non era un buon segno, indicava che l'inverno avrebbe ancora stretto la sua morsa di gelo.
La solita mattinata di lavoro era cominciata a Villa Orchidea e tutto sembrava seguire l'abituale monotono andamento.
Andrea scese velocemente le scale e corse in sala colazioni.
Spalancò la porta e trovò soltanto Samuele intento a spalmare della marmellata sul pane tostato.
"Come mai tanta fretta?" chiese frastornato.
Andrea si sedette accanto a lui prendendo fiato.
"Ho un appuntamento in paese con il notaio, doveva andare lo zio ma il dottor Simoni gli ha imposto assoluto riposo".
"Potevo andare io…".
"E a Siena con Etesia chi sarebbe andato?" domandò, come se la risposta fosse evidente.
Samuele annuì convinto, era chiaro come l'acqua che suo cugino fosse nervoso, lo conosceva fin troppo bene.
"Hai ragione, certo, sei di cattivo umore?".
"Sì…" rispose bevendo un sorso di caffè.
"Potrei sapere il motivo?".
"Mi ha chiamato Celeste ieri, ha detto che vuole parlarmi, pare sia una questione importante".
"E quindi?" Samuele non riusciva a capire dove fosse l'inghippo.
"Sono stanco Samuele, vorrei smetterla di rincorrere la felicità, vorrei non averla mai conosciuta…".
"Di chi parli?".

Andrea, spazientito, tirò il tovagliolo di stoffa sul tavolo.

"Juliet, – gridò – vorrei non averla mai incontrata".

Samuele si alzò confuso.

"Ma cosa è successo?".

Andrea lo imitò.

"La amo… – ammise tra i denti, cominciando ad avvertire le tempie pulsare – E lei invece no…".

Samuele restò di sasso.

"Ieri sera ha confessato di provare per me solo tanto affetto, che gli piaccio, sì ma come amico".

"E tu le credi?" l'espressione di Samuele era sbalordita, forse più per il fatto che Andrea credesse a quella menzogna che per il ridicolo tentativo messo in atto da Juliet.

"Fidati, è stata parecchio convincente, è il mio destino, amare chi vede in me solo un bel corpo e un bel paio d'occhi" disse imperturbabile.

Samuele stava per ribattere per provare a dissuaderlo, ma Andrea era un fiume in piena.

"E io sono talmente tanto folle e stupido che ho accettato di rimanerle amico, pur di non perderla… Che ingenuo, sciocco. – le mani si muovevano nervose dalla testa alle guance – E poi ci si mette anche Celeste… Giuro che vorrei mollare tutto e andarmene, ma ora che lo zio sta male abbiamo delle responsabilità e dobbiamo restare uniti".

Samuele gli strinse una spalla con fare amichevole.

"Hai pensato che abbia detto quelle cose per proteggerti? Insomma, è chiaro al mondo intero che stravede per te".

Andrea si sfilò dalla sua presa.

"Non voglio sentirti, non mi interessano questi discorsi, lei ha detto che non mi ama, me l'ha gridato in faccia. – sentenziò stringendo le mani nei pugni – E io le credo".

"Ma…".

"Basta, aspetterò che lo zio torni in forma, cercherò di raccogliere qualche informazione e andrò a cercare i miei veri genitori, forse tornerò a casa di zia Francesca a Roma, sono stanco di questa vita, sono stanco e stavolta neanche tu potrai farmi cambiare idea".

Detto ciò riprese a camminare con la stessa intensità con cui era entrato nella sala. Batté la porta dietro di sé come una furia, lasciando come scia del suo passo solo un'incredibile eco rumorosa.

La situazione gli stava sfuggendo di mano. Era evidente.

Lui ci era passato con la sua Rachele.

Si rammentò senza sforzo alcuno di quel momento in cui lui stesso aveva provato a respingerla perché credeva che con Matteo sarebbe stata più felice che con lui. Ma Rachele non gli aveva creduto e allora aveva ceduto anche lui.

Ma non era così sicuro che quella volta uno dei due avrebbe desistito. In gioco c'era qualcosa di ben più grande di un matrimonio tra due ceti troppo diversi. In ballo per Juliet c'era la sua dignità e la sua storia di vita difficile influiva fin troppo sul suo giudizio, poi c'erano quelle maledette notizie su Cardarelli che non erano mai arrivate. Forse la sua amica non voleva avvicinarsi tanto alla felicità perché sapeva che avrebbe potuto perderla da un momento all'altro, così come un soffio. Quasi con la stessa facilità con cui l'aveva ottenuta.

Perciò l'aveva respinto.

Ma lo stupì il fatto che suo cugino le avesse creduto.

D'altronde non si era mai sentito veramente amato da nessuna donna.

E forse gli era difficile riconoscere quando qualcuna lo facesse sinceramente.

Non voleva affatto che se ne andasse a Roma e di certo non lo voleva neanche Juliet perché lo amava con tutto il cuore.

Per la prima volta nella sua vita, però, non seppe come fare, non vedeva una soluzione.

Quando uscì dal portone principale, trovò Etesia stretta nel cappotto che lo stava aspettando.

In mano stringeva qualcosa che sulle prime Samuele stentò a riconoscere. Poi, quando lei glielo mostrò presentandoglielo, capì.

"Possiamo portarglielo quando saremo di ritorno" propose con quella sua dolcezza innata.

In mano teneva un giacinto viola.

Era mercoledì.

E da qualche settimana erano soliti andare da Rachele insieme.

Samuele aveva apprezzato molto il suo gesto, non perché gli dimostrava che gli stesse vicino, quello lo sapeva già, ma perché sentiva sulla pelle che aveva cura di lui, lui intero, non di una parte soltanto, di quella che più le piaceva o le conveniva.

Aveva cura di lui per ciò che era stato.

E per ciò che era.

"Certo, ci andremo direttamente più tardi" acconsentì facendola salire sull'automobile.

"Cos'aveva Andrea?" domandò quando ormai erano in viaggio da un po'.

Samuele alzò le spalle e le raccontò brevemente dell'accaduto. Etesia ascoltò con attenzione e, quando il suo interlocutore ebbe terminato di parlare, mimò un sorriso rassicurante.

"Non possiamo fare niente, a volte dobbiamo arrenderci e lasciare che le cose accadano, – mormorò respirando forte – se devono accadere…".

"Non riesco a star fermo con le mani in mano mentre si stanno perdendo. – si oppose lui spazientito – Lui ha sempre fatto di tutto per me e io non sono capace".

"Mi crederesti se ti dicessi che non si perderanno, che avranno il loro lieto fine?" domandò lei colma di una sicurezza che da un lato rassicurò Samuele, ma dall'altro lo inquietò.

"Come fai a saperlo?" la sua voce era piena di un'animosa speranza.

"Certe cose non si sanno, semplicemente si sentono" terminò lei composta.

Lui lasciò che quella certezza fosse l'ultima cosa che risuonasse nell'aria.

Terminarono il viaggio annegando in uno strano silenzio mischiato all'emozione.

Lo studio del Dott. Emiliani era in centro, avevano preso appuntamento con lui durante le festività natalizie quando era passato insieme alla sua famiglia da suo padre per la solita visita annuale.

Era convinto che Etesia avesse buone possibilità di riacquistare la memoria, così le aveva proposto una visita approfondita e aveva promesso di dar loro una degna opportunità per la sua vita futura.

Raggiunsero lo studio in pochi minuti, era situato in un palazzo elegante, furono ricevuti quasi subito.

Samuele voleva restare fuori per discrezione, ma Etesia aveva insistito così tanto perché lui fosse presente che lui alla fine aveva ceduto.

La visita durò una ventina di minuti, poi il dottore, con la sua solita aria colloquiale e gioiosa, aprì una cartellina aranciata e mostrò loro delle fotografie.

Sulle prime nessuno dei due comprese. Poi, osservando meglio, capirono che si trattava di un esempio di una qualche operazione chirurgica.

"Questo è solo uno dei casi di chirurgia ricostruttiva che abbiamo condotto io e il mio collega, abbiamo operato centinaia di reduci di guerra e il loro volto, se non può vantare una perfetta somiglianza con l'originale, ci va molto vicina, non trovate?".

Etesia tacque.

Samuele annuì colmo di stupore.

"E dove si creano questi capolavori della chirurgia estetica?".

"A Milano, c'è una clinica che da qualche anno si occupa di casi come i vostri signorina, ovviamente per quanto riguarda la memoria non posso assicurarvi nulla, ma considerando gli episodi che mi ha raccontato e visto che nelle ultime settimane si stanno intensificando sia di numero che di durata, ha buone probabilità di cominciare a ricordare a breve" la sua voce era ferma, ma faceva sì che ci si fidasse delle sue dichiarazioni senza battere ciglio.

"Devo essere chiaro però, non vi aspettate di ricordare episodi molto vecchi, probabilmente riaffioreranno per primi i ricordi più recenti, se non appena prossimi al trauma, e saranno parziali, poi con il tempo se sarete fortunata le cose miglioreranno".

Etesia annuì di nuovo.

"Veda signorina il trauma cranico che le ha provocato l'amnesia ormai si è riassorbito da tempo, quindi le cause organiche sono sparite del tutto, non ci sono edemi... È tutto nella norma".

Lei non comprese bene il senso di quell'affermazione.

"Quindi cosa intendete?" chiese preoccupata.

"Le cause del persistere del vostro black out sono psicologiche, è come se la vostra mente per elaborare il trauma subìto abbia scelto volontariamente di restare ferma. – incrociò le mani lasciandole cadere sulla scrivania – Basterà avere pazienza e molto presto ricorderete ogni cosa".

Terminò con una tale sicurezza che Etesia, per qualche secondo, si convinse fermamente che dicesse la verità.

"Se volete approfondire la mia proposta sull'operazione invece, il giorno 23 di questo mese il mio collega il Dott. Girolami sarà a Firenze per un convegno e la sera si fermerà a cena dalla mia famiglia, vi farò avere in tal caso delle specifiche per telefono, intanto pensateci".

Detto ciò si alzò e, porgendo la mano a entrambi, li congedò cordialmente.

Samuele sembrava soddisfatto e felice, Etesia invece no.

"Non è una bella notizia?" domandò lui, scendendo lentamente le scale.

"Prima di tutto non saprei come pagare l'operazione, poi quale immagine potrei dare come riferimento? Non so affatto come fossi prima di tutto questo" con le dita si indicò il viso con fare deluso.

"Presto ricorderai qualcosa, allora in base a ciò troveremo la tua famiglia o per lo meno qualche indizio su di essa, stai tranquilla" lui provava a rassicurarla, ma Etesia sentiva un'ombra nera annidata ormai nell'anima.

Quella vuota attesa la stava dilaniando. Era stanca.

Senza neanche accorgersene si ritrovarono in Piazza del Campo.

Lei rimase incantata con gli occhi persi nel Palazzo Comunale. Poi scrutò la Torre.

La mente vorticò, avvertì un piccolo dolore, poi una scossa.

Si presentò un'immagine ai suoi occhi, soffusa, lontana.

Fu un lampo.

Poi svanì.

"Etesia, stai bene? – Samuele cercò il suo sguardo – Ti sei ricordata qualcosa?" era evidentemente preoccupato.

Il vento le scompigliava i capelli, respirò con foga. Provò a rifocalizzare l'attenzione verso quel ricordo, ma sembrava svanita ogni traccia.

Samuele le prese la mano, la strinse nella sua. Voleva provare a tranquillizzarla, era in un evidente stato di paura. Non voleva insistere, se non voleva parlare era giusto lasciarla in pace.

"Vuoi salire?" domandò, indicando con la testa la Torre del Mangia che troneggiava magnificente al centro della piazza a forma di conchiglia.

Lei annuì, non comprese da dove provenisse l'entusiasmo per quel monumento.

Forse dalla sua semplice e inconfutabile bellezza.

Samuele la guidò verso l'entrata tenendole sempre la mano. Non l'aveva mai lasciata.

"Ci sono molte scale, sei pronta?" le domandò prima che cominciassero a salire.

Etesia provò a sorridere.

"Tienimi la mano, d'accordo?" domandò tenera.

Lui avvertì il cuore perdersi, non sapeva come dimostrarle quanto le fosse grato, quanto tenesse a lei, così profondamente e tenacemente. La sentiva legata a sé, come se fosse sempre stata dentro lui, anche prima di conoscerla. Ed era una sensazione nuova oltre che strana.

Rachele aveva sempre avuto un posto speciale nel suo cuore, era stata tutto, la sua luce, radiosa e indimenticabile.

Era ancora indimenticata. Lo sarebbe stata sempre.

E sentiva uno strano legame con quella donna, un legame che somigliava molto, troppo, a ciò che aveva provato verso Rachele.

Era qualcosa che non aveva nome né spiegazione.

Non poteva vedere il suo volto, non sapeva il suo nome. Neanche il suo passato.

Ma la sua essenza, la sua anima era parte di lui.

E non sapeva come fosse possibile.

"Non ti lascerò" promise lui quando sentì le sue dita sottili affondare nel palmo.

La scalinata era di pietra grezza, le mura umide e scrostate, faceva freddo.

Ma Etesia seguiva il suo accompagnatore con cieca obbedienza, non aveva affatto paura.

Non contò le scale, ma Samuele le disse che probabilmente ne erano più di mille.

Ma le promise che alla fine ne sarebbe valsa la pena.

Dopo un po' la sua promessa non fu disattesa.

Samuele le fece largo e lasciò che lei si orientasse, erano sul cielo di Siena.

Tutt'intorno a loro la città sembrava addormentata, le nuvole erano così vicine che lei si convinse che le sarebbe bastato un dito per toccarle.

Era una magia.

Si appoggiò le dita sulle labbra che tremavano di stupore e meraviglia.
Era come se lui avesse realizzato uno dei suoi sogni.
Anche se non sapeva quali fossero stati quelli di prima, sapeva quali erano quelli di adesso.
E uno di essi corrispondeva perfettamente a quel momento.
Perché con lei c'era Samuele.
Negli ultimi tempi il loro rapporto si era intensificato, c'era qualcosa di strano tra loro.
Un'inevitabile appartenenza che non riuscivano a spiegarsi.
Etesia era sicura di amarlo.
Ma non osava muovere neanche un passo.
Non si sentiva degna del suo amore, soprattutto perché lui non l'amava.
Ne era certa, sicura come non mai.
Presto lei avrebbe ricordato qualcosa e avrebbe ritrovato la sua famiglia. Così se ne sarebbe andata e loro due sarebbero rimaste due persone che un tempo si erano conosciute trovando un terreno comune nel loro mutuo dolore.
Nulla di più.
"Ti piace?" Samuele interruppe il vagare torbido dei suoi pensieri raggiungendola e spingendola a osservare al di là di un piccolo parapetto coperto a metà da alcune grate di ferro.
Lei si abbandonò alla sua spinta.
Avvertì le braccia cingerla con un movimento fluido.
"Siena è una delle più belle città del nostro Paese, non trovi?" le domandò quasi nell'orecchio.
"Sì, è davvero magnifica" il suo sguardo era ancora perso nell'orizzonte.
Le sue mani la riportarono immediatamente verso di lui.
Con cautela le tirò su la veletta che le copriva il viso.
Le sorrise.
Etesia non aveva di certo bisogno di conferme per acconsentire al ritmo forsennato del suo cuore, proava dei sentimenti per lui, lo sapeva bene. Sin dai primi giorni della loro conoscenza aveva cominciato ad avvertire una sorta di debolezza al suo cospetto, come se perdesse le forze tanto era impetuosa l'emozione che la sovrastava.
Ma non l'aveva mai tenuta stretta tra le sue braccia in quel modo.
Erano talmente vicini che le punte dei loro nasi si sfiorarono.
Etesia scrutò i suoi occhi incantevoli, le sfumature cineree delle iridi, con quella luce, si erano addensate.
La mano che prima era ferma sulle scapole, scese lentamente fermandosi sul fondo della schiena.
Una leggera spinta fece aderire i loro corpi ancora di più.

Il respiro di Samuele diventò intenso, lei si accorse che gli occhi erano caduti sulle sue labbra.

Le sue labbra spezzate dal fuoco, divorate dal dolore.

Chi avrebbe mai potuto desiderarle?

Chi avrebbe mai potuto volere lei, il suo corpo, solo la carcassa fregiata della donna che era stata.

Nessuno mai.

Tantomeno quella creatura che la stringeva con ardore. Che la stringeva come se fosse preziosa.

Come se l'amasse.

A Samuele fu sufficiente un minuto per capire quello che stava accadendo.

Ed ebbe paura.

Aveva tra le braccia un fiore, magnifico. Un piccolo fiore dai petali stropicciati.

Ma era così incantevole quel fiore.

E lui avvertì palpabile la voglia che lo attanagliava, i flussi di sentimenti dimenticati da troppo tempo.

La paura non si affievolì.

Crebbe.

Serrò le mascelle e la allontanò con delicatezza.

Etesia si ricompose provando a far finta che quel momento così intenso non fosse mai esistito.

Guardando l'orologio, Samuele la incitò a fare ritorno verso l'automobile.

Lei acconsentì, a metà tra l'imbarazzo e la tristezza.

Scesero con maggiore lentezza, restando in silenzio.

Samuele le appoggiò una mano sulla spalla.

"Va tutto bene?".

Etesia annuì, aveva gli occhi spauriti.

"Voglio solo andare a casa".

X.

La porta della libreria di Juliet si aprì facendo risuonare nell'aria la campanella.

Andrea varcò la soglia con il suo consueto passo, ma contrariamente al solito, non le sorrise.

Non la salutò neanche.

Il cuore di Juliet prese a martellare.

Per il senso di colpa e per l'amore.

"Ciao tesoro" tentò, sperando che fosse tutto apposto.

Lui raggiunse il bancone e vi appoggiò il biglietto per il teatro che avevano comprato insieme qualche settimana prima.

"Scusami, ma non ho voglia di venire" sentenziò seccamente, porgendoglielo.

Poi, voltandosi, prese ad allontanarsi.

Juliet uscì dal bancone e lo tirò per il braccio.

"Cosa succede, va tutto bene?".

Lui la scrutò freddamente.

"Per una volta, una sola da quando ci conosciamo, posso non aver voglia di parlarti, posso essere deciso a non stare in tua compagnia?".

Gli occhi di Juliet si colmarono di lacrime, ma le tenne ferme.

Gli lasciò la mano.

"Scusami, – mormorò con le labbra tremanti – regalerò i biglietti a Maria, magari vorrà andarci con suo marito".

Andrea la guardò attentamente. Era limpido che stesse per piangere.

Anche lui avrebbe voluto farlo. Ma era troppo arrabbiato.

"Ora tornerai a casa?" domandò lei, provando a calmare gli animi.

"Sono stato da Celeste, ora vado a risolvere una questione importante invece" fu consapevole che quell'ammissione l'avrebbe ferita, lo disse volontariamente.

Juliet sentì lo stomaco precipitare in una fitta, ingoiò l'aria provando a restare calma.

"Siete tornati insieme?".

Lui chinò il capo osservandosi le dita delle mani.

"Mi ha detto che chiederà il divorzio, – le spiegò, fingendo indifferenza – se io vorrò stare con lei, stavolta seriamente".

Juliet contorse le labbra. Era abituata alla sofferenza, alle privazioni, alla solitudine, anche all'indifferenza.

Ma ciò che le provocò quella affermazione, sovrastava qualunque esperienza avesse già vissuto.

"Il tuo sogno si potrebbe avverare, finalmente. – proferì spostando gli occhi lucidi dai suoi – Auguri a entrambi".

Detto ciò si voltò e sparì nel retrobottega.

Andrea si passò una mano tra i capelli e uscì.

Ma, quando ebbe quasi oltrepassato la piazza, udì la sua voce che lo chiamava ancora.

Si fermò, senza voltarsi.

Juliet lo raggiunse.

"Anche se tra noi le cose non vanno bene, è giusto che continuiamo a pensare a Rachele, ti prego di indagare, tu per conto tuo e io per conto mio, teniamoci aggiornati".

Andrea annuì vagamente, poi riprese a camminare come se nessuno l'avesse mai fermato.

L'aria fredda lo risvegliò, calmando lievemente i flutti impetuosi delle emozioni che lo stavano quasi facendo impazzire.

Riportò i pensieri all'incontro con Celeste, avvenuto poco meno di un'ora prima.

Lei era stata convincente, aveva provato ad ammaliarlo e a persuaderlo come sempre, contando di far leva sulla debolezza sempiterna che giocava in suo favore da quando si conoscevano.

Ma Andrea non era più il ragazzo innamorato e ingenuo di un tempo.

Oramai quelle carezze non l'accendevano più, neanche i suoi baci avrebbero potuto.

Non bastava più.

Aveva capito che la sua proposta era un gioco.

Un gioco di possesso, la duchessa Estasiani non avrebbe mai lasciato suo marito, l'aveva provocato per poterlo riavere, perché non era affatto abituata ad essere spodestata da altre donne, tantomeno da quelle che lei reputava nettamente inferiori a lei per fascino e beltà.

E quella volta, lui le aveva fatto capire che il suo sporco tranello non l'avrebbe tratto in inganno.

Era stanco di lei, stanco di essere bersaglio di tutto tranne che dei veri sentimenti.

Voleva solo andare via. E provare a dimenticare tutto.

Provare a dimenticare lei.

Lei, quella donna che aveva appena lasciato in quel negozio in procinto di cedere alla disperazione.

Quella donna che aveva invaso ogni parte, ogni angolo, ogni centimetro.

Il cancello del convento si aprì cigolando.

Una suora piuttosto in là con gli anni gli fece strada, dopo un po' lo condusse lungo un corridoio in penombra, infine gli indicò una porta.

Andrea bussò, poi entrò.

Suor Benedetta non era stupita di vederlo.

"Avvocato Falesi, benvenuto, come posso aiutarvi?" domandò, cercando di rimanere calma.

Andrea si sedette su una delle sedie poste di fronte alla scrivania.

"Vorrei il vostro aiuto riguardo a qualcosa di importante" sentenziò sfilandosi il cappello e la sciarpa.

La badessa annuì.

"Scusatemi se non vi ho chiamata prima, ma mio zio è costretto a letto e io e mio cugino ci siamo ritrovati oberati di impegni".

Lei chiuse il grosso volume che stava consultando prima del suo arrivo e, sfilandosi gli occhiali da lettura, lo osservò confusamente.

"Vostro zio sta poco bene?".

Andrea assentì con amara rassegnazione.

"I suoi problemi di cuore sono peggiorati ultimamente, il dottore crede che non si riprenderà" terminò senza lasciar trapelare emozione alcuna dal tono della voce.

Lei avvertì un fremito addolorarle l'addome. Respirò forte faticando a restare calma.

Andrea si accorse immediatamente che qualcosa non andava.

"Tutto bene?" chiese sporgendosi verso di lei con discrezione.

Lei respirò ancora, ancora e ancora.

"Scusatemi, io non ne ero a conoscenza" proferì con la lingua impastata.

"E ciò vi turba?" la sua domanda era tagliente.

"Visto che non sono riuscita a nasconderlo… – sussurrò asciugandosi una lacrima furtiva con le dita ossute – Sì, io e Guglielmo siamo legati" quelle parole stupirono sia lei, che le aveva pronunciate senza pensare, che lui che non avrebbe mai immaginato una confessione del genere.

"Legati?" domandò sempre più confuso e straniato.

Gli occhi di suor Benedetta continuavano a riempirsi di lacrime.

"Ci siamo amati, moltissimo, eravamo due ragazzi".

Andrea si massaggiò le tempie, tacque sconvolto.

"Mio padre era un fedele servitore del vecchio conte Falesi, vostro zio e mia sorella erano amici, così un giorno ci siamo conosciuti e da quel momento non siamo più riusciti a stare l'uno senza l'altra".

Lui la stava ascoltando attentamente. Tacendo, l'invitava a proseguire.

Lei non sapeva perché gli stesse raccontando quella storia, forse perché era convinta che prima o poi avrebbe saputo da altre labbra la verità o parte di essa. E allora voleva partecipare. Voleva dirgli la sua versione prima che fosse troppo tardi.

"Ma sapete bene che la figlia di un falegname non avrebbe mai potuto sposare un erede, un erede promesso in sposa ad Amalia Borromeo" gli occhi le si impigliarono in un'immagine della contessa della sua gioventù, era di certo molto più bella di quanto lo fosse lei.

"Anche io ero promessa in sposa a un fittavolo di buona famiglia, ma rimasi incinta di Guglielmo. Mio figlio nacque morto… – a quelle parole un singhiozzo le mozzò il respiro, un dolore vicino, una menzogna insopportabile – Il mio promesso sposo non volle più saperne di me e neanche Guglielmo, così mi chiusi in convento" terminò pulendosi le guance con entrambi i palmi delle mani evidentemente persi in un tremore pieno di commozione.

Andrea era sbalordito, suo zio nascondeva molti più segreti di quanto desse a vedere. E per qualche secondo gli si palesò chiaro il motivo della cruda battaglia che aveva portato avanti contro il matrimonio di Samuele e Rachele.

Padre e figlio legati dalla stessa storia. Entrambi innamorati di una donna che non potevano avere.

Ma Samuele l'aveva di gran lunga superato.

Perché alla fine aveva sposato la donna che amava.

Suo zio l'aveva abbandonata, invece, a un crudele destino.

"Tenete ancora a lui, nonostante tutto?" chiese, come se fosse evidente che avrebbe dovuto invece odiarlo.

Lei annuì con una tale luce negli occhi che Andrea non riuscì a comprendere.

"Non sempre le cose sono come appaiono… – sussurrò guardandolo dolcemente – Le apparenze ci traggono in inganno, come anche le nostre incrollabili certezze".

Andrea si sentì colpito da quelle parole. Ma volle ignorarle.

"Mi dispiace per la sofferenza che vi ha causato. – le disse sinceramente – Potete venire a trovarlo, se vi fa piacere".

Lei lo ringraziò.

"Ma ditemi, eravate qui per un altro motivo".

"Sì, – fece lui appoggiando le mani sulla scrivania – voi gestite un orfanotrofio, avete accesso a molte informazioni…".

La badessa assentì, anche se non comprese subito cosa intendesse Andrea.

"Io sono nato il 21 febbraio del 1886, i miei genitori adottivi si chiamavano Belisaide Degli Asi e Valerio Falesi".

Lei avvertì uno strano calore.

"Potete scoprire se qualcuno ha affidato un neonato a questo orfanotrofio o in qualcuno di quelli che conoscete, vorrei scoprire l'identità dei miei veri genitori".

Suor Benedetta sistemò i capelli sotto la cuffia, provando a prendere tempo.

"Spesso i neonati vengono lasciati nelle ruote, davanti alle chiese, o addirittura abbandonati per strada, la vostra potrebbe essere una ricerca vana" si spiegò con professionalità.

"Voglio che facciate qualche ricerca, come base prendete la mia data di nascita, vi servirà per incrociare le informazioni, so che è difficile, ma vi sarei immensamente grato se provaste almeno" la sua voce era supplichevole.

Lei annuì.

"Se doveste trovare ciò che cercate, cosa fareste dopo?".

"Andrei da loro, oppure se non dovessi ricevere notizie me ne andrò, per sempre" la frase non lasciò diritto di replica, infine si alzò e arrotolò la sciarpa attorno al cappotto di cachemire.

"Posso darvi un consiglio? – chiese lei alzandosi a sua volta – Non abbandonate le persone che amate, nulla potrà ridarvele indietro e un giorno potrebbe essere troppo tardi per rimediare".

Andrea guardò la donna.

Si stupì di notare tante lentiggini sul suo viso.

Gli occhi verdi erano colmi di tenerezza.

"Grazie del vostro consiglio, aspetto notizie".

Passarono pochi secondi, poi sparì.

Il freddo era sempre più pungente. Camminando, confuso nei pensieri, si accorse di essere vicino a casa di Juliet.

Il vicolo era silenzioso. Dalla finestra accanto alla sua porta proveniva una luce calda.

Quando a separarlo da essa erano rimasti solo pochi passi si fermò.

Solitamente Juliet non chiudeva le tende prima di essere andata a dormire. Diceva che le piaceva molto vedere le luci delle finestre di Andreina, la sua dirimpettaia. La facevano sentire meno sola.

Se ne stava seduta su un cantuccio del divano.

Con un libro stretto in una mano e un fazzoletto nell'altra.

I capelli sciolti lungo le spalle nude.

All'interno del libro c'era una delle poche fotografie che aveva di loro due insieme.

L'avevano scattata l'estate precedente, in una di quelle giornate afose annegate di sole.

Lui aveva i capelli arruffati che cadevano pieni sulla fronte, gli occhi allegri, il naso e la bocca storti in un'espressione buffa. La pellicola color seppia non nascondeva la carnagione appena ambrata dal sole estivo.

Accanto a lui Juliet aveva una mano davanti alla bocca, gli occhi vispi, i capelli abboccolati erano tutti tirati da un lato scompigliati dalla mano giocosa di Andrea ferma sulla testa.

Sembravano così uniti e intimi che in quel momento nulla avrebbe potuto convincerla che si sarebbero potuti separare.

Invece erano meno di due conoscenti ormai.

Baciò le dita della mano e le fermò sull'immagine del viso di Andrea, sicura che per lui avrebbe potuto sopportare qualunque pena o dolore, per lui soltanto.

Andrea era fermo a un passo dalla finestra.

Avrebbe potuto vedere tutto.

La prova che Juliet l'amasse disperatamente.

Avrebbe potuto farlo se la tenda fosse stata aperta, come da abitudine.

Ma le tende quella sera erano chiuse.

Così Andrea non poté vederla.

E andò via con l'andatura traballante di chi è troppo stanco per poter resistere ancora.

Clara era ferma a pochi passi da Samuele. In mano stringeva un bicchiere di Rum, Samuele invece non aveva toccato un goccio di alcool. Ormai aveva perso l'abitudine da un po'.

Era bellissima quella sera, avvolta in un abito color rubino, con i capelli infuocati raccolti in una composta acconciatura, le labbra avvolte in un velluto rosso di voluttà. Beveva il suo drink con lentezza, scrutando l'uomo che le stava di fronte ipnotizzata.

Stando al suo parere, Samuele aveva perso molto del fascino che emanava quando si erano conosciuti.

Era dimagrito molto, le guance scavate lasciavano intravedere le mascelle sporgenti, il sorriso era più moderato, gli occhi più stanchi. Le serate mondane ormai erano un lontano ricordo per lui e anche gli abiti pregiati. Sembrava un'altra persona. Ma ciò non faceva troppo la differenza per lei.

Non aveva potuto averlo un tempo, ora avrebbe rimediato.

Si vedevano da un mese circa con una serrata frequenza.

Anche se la sua compagnia ormai la annoiava parecchio, voleva riaverlo.

E frequentarlo era l'unico modo che aveva per poterglisi riavvicinare.

Appoggiò il bicchiere sulla consolle, poi fermò la mano sul bavero della giacca, fino a quando non la fece salire alle guance.

Samuele avvertì una scossa, si ritrasse d'impulso.

Ma lei non voleva desistere. Approfittò di quella sua mossa per affondare la bocca nella sua.

Profumava di ambra, incenso.

Le sue labbra erano morbide e lo baciavano con avidità, insieme alle mani che si erano insinuate sotto la giacca, sfiorandogli sfrontate le spalle larghe.

Samuele attese che il suo cuore parlasse.

Ricambiò il suo bacio.

Passarono i secondi.

Uno.

Due.

Tre.

Quattro.

Cinque.

La allontanò da sé con estrema facilità sfilandosi definitivamente dal suo abbraccio.

Il suo cuore era rimasto immobile.

Muto come quel bacio che si scambiarono tanti anni prima.

"Clara, vai a casa per favore" comandò pulendosi le labbra dai residui del suo sapore.

Lei trasalì.

"Cosa significa?" la sua voce era metallica.

"Che dobbiamo smetterla di vederci" terminò lui dandole le spalle.

"Perché? Diamine sono dieci anni che ti corro dietro, pensi che mi siano mancate le possibilità di avere altri uomini, anche più interessanti e ricchi di te?".

Samuele tornò a guardarla.

"No, infatti mi chiedo perché tu sia qui, visto che è chiaro a entrambi che non provi nulla per me".

"Io voglio te, – gridò – solo te".

Lui si passò una mano tra i capelli, spazientito.

"Credevo che sarebbe potuta andar bene, d'accordo? Ci ho sperato, ma non è così. – disse dirigendosi verso la porta per invitarla a uscire – Io non posso, Clara".

Lei lo guardò ferita.

"Ami un'altra, vero?".

Il silenzio greve fu l'unica risposta che ricevette.

Quando nella mente si palesarono alcune immagini, Clara sembrò impazzire.

"Quella… – tremava – Ami quella donna, quella…".

Samuele la intimò di tacere, ma lei non gli diede ascolto.

"Quel mostro, quella sconosciuta…".

"Vedi… – sussurrò aprendo la porta – Non potrò mai amarti e il motivo l'hai appena annunciato tu dalle tue labbra…".

Clara lo scrutò sdegnata.

"Come puoi amare qualcuno ridotto così, ti prego dimmelo, dammi una spiegazione" la sua voce sembrava implorante di un valido motivo da dare al suo cuore ferito, ma Samuele capì senza alcuna esitazione che lo stava semplicemente provocando.

"Mia moglie diceva sempre una cosa, – cominciò solenne, mostrandole un sorriso sincero – il cuore non ce la fa ad amare chi deve, lui ama e basta".

Le parole gli uscirono ritmate dall'emozione, ma ciò non impedì al profondo valore che vi si celava di fare il proprio dovere.

Clara abbassò lo sguardo.

"Tu non mi vuoi dare una possibilità, non hai mai voluto, ma io ti amo".

Samuele la scrutò amaramente.

"Tu ti sei innamorata dei fori, non delle mie radici, così, arrivate le gelate, non hai saputo più cosa fare…".

Clara sulle prime non capì, poi inclinò il capo guardandolo come se cercasse compassione.

Samuele però non rispose al suo sguardo. Si voltò dandole le spalle.

Poi lasciò che Patrizio l'accompagnasse verso l'uscita e senza degnarlo né di un saluto, né di una parola, lasciò Villa Orchidea.

Samuele congedò il suo valletto, quella sera voleva stare per conto suo.

Salì le scale che portavano alle stanze con aria stanca.

Suo padre dormiva da un po'. Era passato a salutarlo ma non aveva molta voglia di parlare, così l'aveva lasciato alle cure dell'infermiera che avevano assunto da qualche settimana.

Stava per andare verso la sua camera, la sua volontà gli comandò di prendere il primo corridoio a destra. Ma le gambe lo condussero da un'altra parte. Un'altra rampa, poi la prima porta a sinistra.

Era consapevole che non fosse un orario consueto per una visita, soprattutto perché quella mattina, dopo il discorso con il dottore e i flash che aveva avuto, Etesia gli era sembrata molto stanca. Dormiva certamente.

Ma se quella lieve sicurezza avrebbe dovuto farlo desistere, contrariamente intensificò la sua decisione.

Voleva vederla senza essere visto.

Desiderava che lei dormisse.

Aprì la porta facendo attenzione a non fare rumore.

La chiuse dietro le spalle cautamente.

Si guardò intorno, lanciando ampie occhiate alla stanza.

Il caminetto era quasi spento, segno che non era stato rinvigorito nelle ultime ore. Le luci erano spente, solo la piccola lampada che troneggiava sul comodino accanto al lato del letto che solitamente occupava Etesia era accesa.

Si fece più vicino.

Lei era addormentata, accoccolata su un fianco, con una mano sotto la testa a farle da cuscino e l'altra ferma sulla coperta sopra un libro aperto.

A Samuele bastò un'occhiata per vederne la copertina.

Glie lo sfilò lentamente. Dormiva profondamente, il respiro era ritmato e pesante.

Si sedette accanto a lei, molleggiando sul materasso soffice. Le pagine sembravano consumate, alcune righe erano segnate da leggere linee di grafite.

Lanciò un'occhiata al suo viso, poi lesse le frasi sottolineate senza esitazione.

Per qualche istante, rimasero tutti e due immobili, considerando in silenzio, lui tanta grazia, lei tanta bruttezza.

Ma sul corpo disgraziato di Quasimodo appariva diffusa tanta tristezza e tanta dolcezza ch'ella cominciò ad assuefarvisi.

Samuele iniziò ad avvertire una nodosa commozione farsi largo nella pancia.

Non mi è mai pesata la mia bruttezza come adesso, quando mi paragono a voi, ho pietà di me stesso, povero mostro disgraziato. Dite, vi faccio l'effetto di una bestiaccia? E voi, voi siete un raggio di sole, una goccia di rugiada, un canto d'uccello! Io invece sono qualcosa di spaventoso, né uomo né animale, un non so che di più duro, di più calpestato sotto i piedi, di più informe di un ciottolo!

Guardò la donna che dormiva immersa in quella languida serenità. Quanto era bella, così tanto che non osava sfiorarla. Il suo volto, disteso nel riposo, brillava di una luce nuova. Lei era meravigliosa, ma non lo sapeva.

Non devo restare troppo a lungo. Patisco troppo quando mi guardate: solo per pietà non distogliete gli occhi.

Chiuse il libro e lo ripose sul comodino.

Le sfiorò una nodosa cicatrice che le solcava la guancia.

Sorrise tra sé, incantato.

Il suo cuore batteva di nuovo, era ancora vivo.

Il corpo che fino a qualche secondo prima giaceva sereno si mosse leggermente.

Le palpebre si incresparono, poi si aprirono.

Lei non si spaventò, anzi gli mostrò un'espressione rassicurata, come se fosse felice di vederlo lì, accanto a lei nel cuore della notte.

"Ciao" gli sussurrò con la voce impastata dal sonno.

Lui la accarezzò di nuovo.

"Non volevo svegliarti. – si scusò tenendo il tono di voce basso – Ti senti meglio?".

Lei fece segno di sì con la testa.

"Non dirmi che avevi voglia di whiskey" lo canzonò mostrandogli un sorriso intorpidito.

Samuele le sfiorò lo zigomo.

"No, – rispose tenue – avevo voglia di vederti" ammise sospirando. Lo fece con una tale semplicità che Etesia si meravigliò.

"Piove?" domandò avvertendo un familiare rumore simile al ticchettio di un orologio che si infrangeva sui vetri.

Samuele assentì.

"Ti lascio dormire" le propose timidamente, deciso a lasciarla riposare, ma lei gli afferrò la mano che la stava accarezzando e la strinse nella sua.

"Resta ancora…" il tono della voce era implorante.

Il buio non rendeva chiare le espressioni dei loro volti, ma Samuele riuscì ad accorgersi che lei gli stava sorridendo.

"No. – fece lui accarezzandole delicatamente un angolo della fronte – Devi riposare, e anche io".

Si sporse verso di lei fermando le labbra sulla guancia, esercitò una pressione leggera, ma non per questo meno intensa.

Etesia gli sfiorò la nuca trattenendo il suo bacio sulla pelle ancora per un po'.

Samuele spostò la bocca di poco, si fermò in un angolo prima di cadere nelle sue labbra.

Respirò con foga, poi prese un po' della forza che ancora lo abitava e si allontanò, tornando seduto.

"Dormi bene" sussurrò quando ormai era già in piedi.

Etesia si sfiorò la guancia con le dita che esitavano per lo stupore.

Cosa stava mai succedendo?

Perché quella sensazione sulla pelle le sembrava così familiare?

XI.

Era una mattina tiepida, stranamente tiepida per essere febbraio inoltrato.

Il sole splendeva irradiando i suoi raggi sulla campagna addormentata.

In quel periodo non erano molti i lavori da fare nei campi, ma Matteo stava supervisionando le potature degli ulivi. Per quanto invadenti e pesanti, erano necessarie per far crescere sane le piante e avere un raccolto più rigoglioso negli anni a venire.

In quel preciso istante, un ricordo si impossessò della sua mente. Lo rapì, spingendolo a fermare gli occhi in un punto lontano delle colline.

Lui era fermo sotto i ciliegi.

Era estate.

Si era sfilato la maglietta per poter asciugare il sudore dal viso, il caldo infernale di quei giorni toglieva il fiato persino ai contadini, abituati a qualunque temperatura o fatica, così si era rifugiato per qualche minuto all'ombra.

"Matteo".

Quella voce così vicina alle sue spalle lo tramortì.

Quando tuffò gli occhi nella sua direzione sorrise scomposto.

Rachele era ferma di fronte a lui e teneva tra le mani una piccola creatura tutta riccioli, dal sorriso disarmante.

Sulle prime rimase impacciato come un bambino, intimidito dalla sua presenza. Erano passati tanti anni ma Rachele aveva su di lui ancora uno strano effetto.

La salutò dolcemente e conobbe la sua piccola, Astrid. Gli confidò che aveva scelto quel nome perché le stelle sono costanti, come l'amore.

Lui non si era sorpreso affatto nel sentirla parlare così, sapeva bene che ogni scelta che compiva aveva delle motivazioni profonde, non faceva nulla a caso.

Era dimagrita e i suoi soliti capelli rossi erano legati compostamente sulla nuca, composti come il suo dolore.

"Volevo vederti, volevo vedere qualcuno della mia famiglia ma non è rimasto nessuno…".

"Così sei qui" terminò lui al suo posto.

Lei annuì mestamente.

Dopo la loro separazione erano rimasti amici, molto amici. C'era un legame tra loro, speciale.

Matteo non l'amava più, provava per lei qualcosa di più potente dell'amore, non voleva più averla per sé, non la odiava per aver scelto qualcun altro al suo posto, voleva solo proteggerla, voleva che fosse felice, sempre.

Non era come una sorella, né come un'amica o come una donna che desiderasse.

Era qualcosa di più e quello, si disse sicuro, non sarebbe mai cambiato.

"Cosa ti preoccupa?" le domandò con discrezione, usando una tale cura che lei si commosse.

Non gli rispose immediatamente, tuffò solo il viso nell'incavo del suo collo e strinse un braccio attorno ad esso continuando a tenere la mano stretta in quella di sua figlia che li guardava ignara, sorridendo.

"A volte penso a come sarebbero le nostre vite se ci fossimo sposati, sai?" parlava tra le lacrime, soffocando i singhiozzi nelle sue spalle nude.

Ricordava ancora con troppa perfezione la sensazione che lasciò quell'abbraccio alla sua pelle. Non sapeva ancora che quello sarebbe stato l'ultimo momento in cui i suoi occhi avrebbero potuto guardarla. Fu una delle ultime persone che visitò prima di andare in quella maledetta chiesa e morire.

"Ora io sarei felice perché tu saresti qui con me, non in una trincea, o disperso chissà dove, o morto magari".

Matteo la strinse più forte.

"Mi chiedo soltanto perché Dio me l'ha fatto incontrare se poi me lo farà perdere? Se me lo fa perdere ogni volta?".

Lui non sapeva cosa rispondere, le baciò i capelli, poi la guardò spingendola a mostrargli il viso.

I suoi occhi erano sperduti e innamorati, proprio come quel giorno in cui gli confessò che sarebbe partita per l'ennesima volta.

"Ti ricordi quando mi dicesti che ti sembrava crudele potare le piante?".

Lei assentì.

"Perdere qualcosa può aprire a una nuova vita, nulla accade senza un motivo Rachele, qualunque cosa succeda, troverai una spiegazione, anche dopo tanto tempo…".

"Chiedo scusa per l'intrusione, non volevo".

Una voce lo svegliò da quei ricordi, davanti agli occhi aveva Etesia che gli sorrideva tenendo per mano Astrid.

"Non fanno male alle piante, vero?" domandò la piccola avvicinandosi ai due uomini che lavoravano su di un'alta scala.

Matteo dissentì sicuro.

"No assolutamente".

Astrid si mise composta a scrutare il lavoro, era una bambina curiosa e guardava tutto ciò che di nuovo le capitava con interesse e stupore.

Etesia mise le braccia conserte e osservò l'uomo che le stava di fronte.

Era ancora giovane, ma il lavoro e il sole avevano invecchiato la sua pelle facendolo apparire più grande di quanto lo fosse in realtà.

Gli occhi grandi e seri velavano una dolcezza naturale seppur ben nascosta. Era un uomo molto affascinante. Lo aveva visto poche volte da quando era arrivata a Villa Orchidea, era schivo, secondo quanto credeva Beatrice, e viveva in una cascina poco distante da lì, ragion per cui non condivideva con la servitù i pasti.

Matteo guardò la ragazza con reverenza, quello che l'aveva colpito di lei era il sorriso rassicurante. L'aveva notato sin da subito, anche se aveva passato in sua compagnia poco più di qualche minuto di tanto in tanto.

C'era qualcosa in lei che destava al suo cuore uno strano languore.

Quasi un turbamento. Ma non era mai riuscito a capire cosa fosse o se fosse solo frutto di qualche sua suggestione.

Non era di certo il suo aspetto a svegliare quelle sensazioni aggrovigliate, la reputava molto graziosa per la fierezza con cui portava le sue cicatrici, per i suoi modi garbati.

"È una giornata molto bella, non trovate?".

La voce della donna era roca, ma tradiva delle sonorità tenere, probabilmente appartenenti al timbro che aveva un tempo, prima dell'incidente.

"Molto, in effetti" Matteo la continuava a studiare minuziosamente.

"Mi sembra molto crudele questo lavoro!" sentenziò sorridendo mentre indicava con la mano i lavoranti.

Matteo deglutì rumorosamente.

"Beh, può smembrarlo, ma è necessario per la pianta".

Lei lo guardò attentamente, la solita sensazione si presentò alla mente, una scossa, quella volta più intensa, qualche immagine, poi il buio.

"Forse perdere qualcosa può aprire a una nuova vita, non credete?".

Matteo annuì. Il cuore prese a battergli all'impazzata.

Etesia andò via poco dopo tenendo Astrid per mano.

Lui le guardò allontanarsi piano nella campagna illuminata.

Non era possibile.

Poteva essere?

Solo porsi quella domanda lo spaventava a morte.

Poteva essere…
Lei?

"Se non la smetti, giuro che ti do uno schiaffone, non ho mai alzato un solo dito su di te ma oggi te lo meriti!".

Beatrice era paonazza e stringeva in un pugno lo strofinaccio a righe come impazzita.

Lidia la scosse dalle spalle.

"Mamma ti prego, devi ascoltarmi, è lei, come fate a non rendervene conto?".

Patrizio era seduto vicino a loro con il volto colmo di preoccupazione, sembrava seriamente attento, quasi stesse tenendo in considerazione quell'ipotesi e ciò intimorì Beatrice ancora di più.

Guardò il maggiordomo con aria ferita.

"Come potete credere anche voi a questa storia? Io ho visto la bara con la mia Rachele dentro, lì c'era il suo corpo carbonizzato, cosa credete che sia accaduto, uno scambio di persona?".

Patrizio abbassò lo sguardo, colpevole.

Forse stava esagerando anche lui.

O forse era solo la mancanza che sentiva verso di lei a fargli credere che fosse accaduto un miracolo, uno di quelli di cui si legge nei romanzi.

Quei romanzi che Rachele amava tanto. Una volta gli chiese se credeva che ci sarebbe stato anche per lei, un giorno, un lieto fine. Lui aveva annuito rassicurandola, ma dopo aver saputo che se n'era andata si rese conto di averle mentito. E si sentì morire dentro. Lentamente.

"Il suo corpo è stato riconosciuto solo dalla collana, se l'avesse data a qualcun altro? Se l'avesse persa o gliela avessero rubata?" Lidia continuava a sperare che qualcuno le credesse.

"Non dire sciocchezze, ora vai a prendere il coniglio nella ghiacciaia e taci, non profanare la memoria della nostra Rachele!".

Lidia voltò le spalle affranta.

Stava per uscire dalla sala domestici, ma una presenza arrestò il suo passo.

Poi le parole di Matteo arrestarono anche i pensieri di Beatrice e Patrizio.

"Lidia ha ragione, devo dirvi una cosa".

"Me lo offriresti un po' del tuo tempo, cugino?".

Andrea fece irruzione nello studio di Samuele con aria allegra.

Samuele lo scrutò sorridendo appena.

"Certo, siediti" gli disse facendogli segno di raggiungerlo.

"Non vai da Juliet?".

Andrea dissentì.

"La aiuterà Vincenzo con gli scatoloni, io non voglio vederla!".

"Pensi di voler continuare a lungo con questa storia?" gli chiese evidentemente irritato.

Andrea scostò gli occhi evasivo.

"Non sono venuto qui per parlare dei miei problemi!".

"Invece ne hai. – lo contraddisse guardandolo intensamente – Cosa voleva Celeste?".

"Dirmi che chiederà il divorzio, se io vorrò stare con lei".

Samuele sgranò gli occhi.

"Spero che tu non le abbia creduto, è tutto possesso, sta giocando!".

Andrea lo osservò come se stesse dicendo ovvietà.

"Non sono del tutto stupido, ho rifiutato categoricamente, lei se l'è presa e mi ha tirato un pungo. – confessò mostrandogli un piccolo livido fermo nell'angolo dell'occhio sinistro – Ma non sono qui per questo, dobbiamo parlare!".

Samuele annuì distratto spostando dei fogli.

"Sei tu che devi dirmi qualcosa, non è così? – domandò mentre gli sfilava una cartellina dalle mani per ricevere la sua attenzione – Avanti, parla!".

Samuele sbuffò e portò gli occhi su di lui.

"Che cosa vuoi sapere?".

"Ad esempio perché la sera della festa ti sei intrattenuto con Clara e hai lasciato che Etesia andasse via. – asserì gesticolando con fare melodrammatico – O perché ieri sera sei andato a teatro con lei!".

Samuele sospirò tra sé scuotendo la testa.

"Etesia quella sera è andata via per portare Astrid a letto e Clara era una semplice invitata, la sua famiglia ha sempre partecipato alla festa. – si discolpò spazientito – E ieri sera l'ho semplicemente accompagnata, aveva due biglietti e la sua matrigna era indisposta, mi sembrava un gesto cortese".

"Un gesto cortese" ripeté Andrea guardandolo di sottecchi.

"Andrea non tormentarmi" fece lui irritato.

"Sei tu che tormenti te stesso, stai facendo un casino!".

Samuele tacque, colpevole.

"Tu stai prendendo la via più facile, lei è bella, ricca e ha un debito con te, sai gestirla a occhi chiusi".

"Ti prego…".

"Fammi finire. – fece Andrea allungando la mano verso di lui – Non la ami e non l'amerai mai, ma non devi investire un bel niente in un'eventuale relazione, potresti anche tenere il cuore chiuso a chiave per tutta la vita e lei non se ne accorgerebbe, soprattutto tu potresti restare nel tuo dolore…".

"Smettila. – gridò estenuato – Clara è una mia amica, tutto qui!".

"Credi che non sappia che sei innamorato di Etesia? – quelle parole rimbombarono nella stanza e forse anche nel cuore di Samuele che perse inaspettatamente un battito – Vedo come la guardi, vedo come è stata capace di cambiarti, di entrare dentro di te…”.

“Io ho amato solo Rachele nella mia vita…”.

“Sai anche tu che stai mentendo” inveì Andrea sporgendosi verso di lui.

“Il passato mi tormenta, sto diventando pazzo, lo capisci? – le tempie gli pulsavano furiose – Vedo mia moglie negli occhi di Etesia, mi sembra di udire la sua voce nella sua, se chiudo gli occhi e la stringo a me è come se ci fosse lei… – si passò le dita tra i capelli biondi – Se solo non sapessi che in quella tomba è rinchiusa mia moglie, crederei che Etesia sia…” la voce gli si incrinò.

Andrea sentì nelle orecchie il discorso della sera di Natale che aveva affrontato con Juliet.

Non potevano essere tutte coincidenze.

“Io sono condannato ad amarla per l’eternità, mi tormenta nei sogni, nei ricordi…”.

Andrea non sapeva cosa dire.

“Sai cosa mi è successo ieri sera? – lo guardò con un sorriso talmente amaro che suo cugino si commosse – Dopo aver riaccompagnato Clara a casa sono tornato e volevo passare da Astrid, ma poco prima di raggiungere la porta ho sentito la voce di Rachele che cantava una ninna nanna, quella canzone strampalata che era solita intonare quando la teneva in grembo… Te la ricordi?”.

Andrea annuì, laconico. Durante il periodo della loro permanenza a Roma, lui era stato loro ospite varie volte, soprattutto durante la guerra. Mentre Samuele era al fronte, Andrea era impiegato al Ministero della Guerra e si occupava di Rachele e di Astrid. La ninna nanna che lei cantava alla sua bambina era una vecchia canzone bretone che aveva imparato quando era a Moncontour.

“Era lei, era la sua voce… Sono incapace di lasciarla andare e sto sperando con ogni fibra del mio cuore che Etesia vada via perché mi ricorda ogni giorno quanto io sia ancora pazzamente innamorato di lei…”.

Andrea tacque ancora.

Poteva essere capace solamente lui. Suo marito.

Solo lui avrebbe potuto riconoscerla.

E se Lidia avesse avuto ragione?

“Scendi in cucina, Astrid voleva vederti” sentenziò Samuele provando a ricomposi, deciso a cambiare discorso.

Andrea annuì e salutò suo cugino.

Durante il tragitto aveva il cuore pesante.

Stava iniziando a dubitare anche lui.

Tentennò parecchio, forse avrebbe dovuto parlare con lei, tentare di capire se qualcosa di quelle congetture sarebbe potuto coincidere con la realtà.

Ma doveva essere cauto.
Astrid lo raggiunse correndo non appena lo vide voltare l'angolo.
"Zio Andrea, devo dirti un segreto!".
"Dimmi fiorellino, ti ascolto" rispose lui prendendole la mano.
"Stanotte è venuta la mamma, sai? – sussurrò sottovoce sorridendo – Mi ha cantato la ninna nanna".
Il cuore di Andrea precipitò.
"Davvero tesoro, era la mamma?".
"Sì, ha cantato la canzone della buonanotte, quella di sempre".
Andrea era sgomento e atterrito.
"Lo sai che la mamma ti protegge sempre e ti è sempre accanto dal cielo".
"Lo so zio ma non dirlo a papà, sennò diventa triste e poi non può innamorarsi della signorina Etesia".
Un sorriso scaldò il cuore di Andrea.
"Ti piace molto, non è così?".
La bambina annuì.
"Come anche zia Juliet, perché non la sposi? Così anche papà sposerà Etesia e sarete felici!".
Lui le baciò la fronte.
"Non tutti i desideri si possono avverare tesoro…".
"Ma qualcuno sì" ribatté lei facendo brillare i suoi occhi celesti.
Andrea sorrise.
"Lo zio va al lavoro adesso, tu vai dal nonno che ti aspetta come ogni martedì".
La bambina annuì e sparì saltellando allegra.
Andrea iniziò a sudare.
Una strana fitta si propagò allo stomaco.
Cosa stava succedendo?

Beatrice si coprì meglio le spalle con lo scialle. Si era alzato uno strano vento, anche se era parecchio caldo per il periodo dell'anno in cui si trovavano.
Tolse via dalla lapide le foglie secche e qualche petalo giallo.
Sorrise tra sé.
Il viso di Elia era bellissimo, avevano scelto una foto risalente alla sua gioventù e Beatrice lo ricordava perfettamente, un uomo grande e grosso, piuttosto sgraziato ma dal sorriso più tenero che fosse mai esistito.
Era un uomo speciale e le mancava immensamente.
Accanto a lei Lidia pose una rosa gialla, simbolo dell'amicizia come le aveva sempre insegnato lei, sulla lapide di Rachele.
La foto che avevano scelto era quella del giorno del suo matrimonio.

Una fitta di malinconia rubò i pensieri di Lidia.

Si erano sposati nel mese di febbraio, qualche settimana dopo la morte di Elia.

Rachele era talmente bella.

Non era difficile rivederla, vicina, come se fosse a un soffio di distanza da lei.

I capelli sciolti tenuti fermi da una coroncina di fiori, l'abito bianco e una mantellina di lana d'angora fatta a mano proprio da lei per l'occasione.

Patrizio l'aveva accompagnata all'altare, commosso. E il suo futuro marito l'aspettava guardandola con un tale amore che lei pregò Dio che le facesse incontrare, un giorno, qualcuno che l'avrebbe potuta amare così.

Il destino era stato crudele con loro.

Erano così legati che nessuno avrebbe mai potuto o voluto credere che si sarebbero persi un giorno.

Forse si stava illudendo riguardo a Etesia. Il dolore le aveva teso una trappola.

Ma gli avvenimenti degli ultimi giorni protendevano per farle credere esattamente il contrario.

La verità era che non voleva soffrire ancora.

Stare a Mantova per tanti anni l'aveva preservata dal dolore. Ma tornare a Villa Orchidea, vedere tutti i luoghi in cui erano cresciute insieme l'aveva catapultata come per magia in un mare di ricordi che l'avevano solo resa triste e malinconica.

Non c'erano fiori sulla sua lapide. Samuele non vi si recava mai.

Tutti erano convinti che avesse fatto erigere quel memoriale in piazza senza alcuna data di morte solo perché non voleva rassegnarsi all'idea che fosse davvero andata via.

Recarsi al cimitero era un po' come ammettere la sua disfatta.

Per quello non c'era mai andato.

Sperava, o forse voleva, che fosse ancora viva.

Beatrice guardò sua figlia e le prese la mano.

Presero a pregare come erano solite fare.

"Mettimi come sigillo, come sigillo sul tuo cuore... – mormorarono all'unisono – Perché forte come la morte è l'amore, tenace come il regno dei morti è la passione: le sue vampe sono vampe di fuoco, una fiamma divina. Le grandi acque non possono spegnere l'amore né i fiumi travolgerlo. Se uno desse tutte le ricchezze della sua casa in cambio dell'amore, non ne avrebbe che disprezzo. – le loro mani si strinsero più forte – Ovunque essi siano, proteggili e custodisci le loro anime, Amen".

Beatrice sospirò rumorosamente e Lidia gettò lo sguardo alla foto di Rachele.

Se solo fossi viva, amica mia, quanta gioia porteresti, quale miracolo.

"Scusatemi, non volevo disturbarvi".

Una voce alle loro spalle le interruppe.

Si voltarono all'unisono. Lidia sorrise, Beatrice mosse qualche passo indietro.

"Nessun disturbo, vieni pure".

"Volevo passeggiare un po' e visitare il cimitero, fare una preghiera per Rachele, anche se non la conoscevo la sento molto vicina" ammise incrociando le braccia dietro la schiena.

Lidia le mostrò la lapide, tacendo.

Beatrice rimase in disparte a osservarla. Da quando Lidia e Matteo avevano iniziato a credere che quella donna fosse Rachele, lei non era stata più capace di guardarla allo stesso modo. E la sua presenza la inquietava.

Etesia guardò la foto della ragazza. Era la prima volta che la vedeva.

Una scossa le trafisse la testa.

Respirò forte pregando che passasse in fretta.

"Tutto bene?" domandò Lidia scorgendo il suo viso contrito.

"Certo, ho l'emicrania, purtroppo mi tormenta da sempre. – si giustificò sorridendo lieve – Lui è suo padre?" domandò indicando la lapide poco lontana.

Stavolta fu Beatrice a rispondere:

"Sì, Elia, un uomo dal cuore grande, un padre esemplare".

Etesia l'ascoltava attentamente mentre scrutava il volto dell'uomo.

La testa continuava a farle male.

Si chinò per leggere la scritta che troneggiava in basso: *L'amore tutto spera e sopporta.*

"Tutto copre e perdona" terminò lei incredula mettendosi la mano tremolante sulle labbra.

Beatrice lanciò un'occhiata a sua figlia.

Lidia prese ad agitarsi.

"Conoscete l'inno di San Paolo?".

Etesia si alzò tentennante, guardò la ragazza confusamente. I suoi occhi neri e grandi aspettavano che rispondesse.

"L'inno di San Paolo, – ripeté straniata – io sì, lo conosco" terminò massaggiandosi le tempie doloranti.

L'amore va al di là della ricchezza e della povertà, l'amore tutto comprende, tutto perdona.

La mente si colmò di quelle parole sconosciute.

Etesia guardò di nuovo il viso dell'uomo, lo fece a lungo, batte le palpebre, una, due, tre volte.

Poi li tenne chiusi. Focalizzò il viso che aleggiava nella sua mente, aprì gli occhi.

Furtiva, fu un lampo.

L'immagine era la stessa.

Il viso di quell'uomo era nella sua mente. Non era sconosciuto.

Tremò, cercò di nuovo quell'immagine, voleva riafferrarla, ma non vi riuscì.
Durò pochi secondi, poi più nulla, era già sparita.
"Io devo andare, scusatemi" disse voltandosi velocemente e dirigendosi verso Villa Orchidea.
Beatrice guardò Lidia.
Tacquero entrambe per alcuni secondi.
"Mamma..." Lidia esitava.
"Sì, – l'accordò lei – sì figlia mia...".

Etesia camminava mesta lungo il corridoio.
Aveva appena messo a dormire la piccola Astrid. Ormai era diventata un'abitudine, la bambina voleva le sue storie e solamente lei a rimboccarle le coperte. Lei l'accontentava volentieri ma aveva paura, ogni giorno di più.
Perché presto, forse, avrebbe ricordato la sua identità e sicuramente avrebbe dovuto lasciarla.
Lasciare anche Samuele.
Era confusa e di pessimo umore. Negli ultimi giorni non riusciva a capire cosa le stesse succedendo, ma di sicuro non si sentiva affatto bene.
Aveva mal di testa quotidianamente, le scosse si propagavano più violente del solito.
Non aveva appetito e spesso aveva la nausea.
Respirò forte oltrepassando il pianerottolo delle stanze della famiglia.
Udì in lontananza una musica leggera.
Le sembrava un valzer, ma non ne era sicura.
Si arrestò. Scosse il capo: *Sali in camera, su, da brava*, si ripeteva laconica.
Ma i piedi presero a seguire la melodia.
Proveniva dalla sua camera.
Forse sarebbe potuta passare e restare per qualche minuto, il tempo di augurargli la buonanotte.
Mentre cercava delle giustificazioni plausibili era già ferma davanti alla porta.
Bussò.
Dopo qualche secondo la porta si aprì e comparve il viso di Samuele.
Sulle prime restò di sasso. Poi sorrise facendola accomodare.
"Ho sentito la musica, volevo solo augurarti la buonanotte" disse provando a discolparsi.
Lui la scrutava attentamente.
"Puoi passare ogni volta che vuoi" sussurrò sfilandosi gli occhiali e appoggiandoli sul libro aperto appoggiato sul comodino.
"Cosa leggevi?" domandò lieve.
"Walt Whitman".

Etesia annuì sorridendo. Ora che poteva udire la musica da vicino non aveva più dubbi, era un valzer.

"Ti piace Chopin?".

Samuele l'osservò colpito.

"Conosci la musica allora... – rispose divertito – Sì, è uno dei miei valzer preferiti, dopo il valzer dei fiori" rispose guardando il grammofono poco distante da loro.

Ingoiò i ricordi massaggiandosi le tempie.

Il valzer dei fiori.

Sorrise amaramente osservandola.

Era talmente luminosa e bella che anche solo l'idea di provare qualcosa per lei lo atterriva.

Tanto quanto lo tramortiva il pensiero che le ricordasse sua moglie. Tanto, forse troppo.

"Ti lascio in pace. – fece voltandogli le spalle – Buonanotte".

Samuele raggiunse la porta e bloccò la maniglia prima che lei la girasse.

"Resta" sussurrò tenue.

Lei si voltò e si ritrovò praticamente tra le sue braccia.

Voleva indietreggiare ma non c'era lo spazio sufficiente per poterlo fare senza sbattere contro il muro.

"Visto che mi hai detto di saper ballare, – fece lui mettendogli il braccio attorno alla schiena – vuoi provare?".

Etesia gli afferrò la mano e mise l'altra sulla sua spalla.

"Non sono poi così sicura di essere capace" ammise ridendo.

Samuele iniziò a muoversi e lei si lasciò guidare.

"Allora mi hai mentito" la punzecchiò, nascondendo un sorriso.

Lei provò a stare al suo passo ma dopo pochi istanti gli pestò un piede.

"Scusami, sono un disastro" confessò, mentre perdeva l'equilibrio.

Samuele la riacciuffò per miracolo e lei si ritrovò abbracciata al suo corpo.

I loro visi erano vicinissimi.

Quegli occhi color caramello lo scrutavano atterriti e dolcissimi.

Erano i suoi occhi, erano gli occhi di Rachele.

Era pazzo, d'accordo.

Non gli importava, ma quegli occhi erano suoi.

"Qualcosa non va?" domandò lei in un fil di voce.

Samuele scosse la testa e le intrecciò le dita tra i capelli.

Il valzer continuava a suonare.

Loro erano praticamente abbracciati.

Etesia lo guardò attentamente.

Se tardi a trovarmi, insisti. Se non ci sono in nessun posto, cerca in un altro, perché io sono seduto da qualche parte, ad aspettare te... e se non mi trovi più, in fondo ai tuoi occhi, allora vuol dire che sono dentro di te.

Samuele tremò. Lei se ne accorse.

"È Walt Whitman, mi sbaglio?" gli chiese, acuendo la stretta.

"Non sbagli" la voce di Samuele era ridotta a un filo.

Il cuore di Etesia era frettoloso come un orologio impazzito.

"Il tuo cuore batte forte" sentenziò lui.

Etesia avvertì una scossa violenta propagarsi nella sua testa.

Non pensò, agì.

Le sue labbra incontrarono quelle di Samuele nel tempo di un respiro.

Quel contatto tramortì la sua anima.

Non erano sensazioni spiegabili.

Avvertì solo un calore strano invaderle il corpo.

Poi si sentì al sicuro, come tra le braccia di una persona che conosceva da sempre.

Ansimò. Cosa stava facendo?

Un mostro come lei aveva baciato quella creatura magnifica?

Si allontanò d'improvviso.

"Scusa, perdonami, non avrei dovuto" disse frettolosa scostandosi da lui.

"No, no ti prego" Samuele la bloccò stringendola dalla schiena. Tuffò le narici nei suoi capelli profumati, lo stomaco era in subbuglio.

L'invitò a voltarsi verso di lui.

"Fallo di nuovo! – la incitò alzandole il mento con l'indice della mano – Fallo di nuovo..." terminò dolcemente socchiudendo gli occhi in attesa di lei, delle sue labbra, del suo profumo.

Etesia si mosse piano, poi lo baciò.

Samuele ricambiò il suo gesto.

Si perse in lei, nel suo sapore, nelle sue labbra.

Era passato così tanto tempo dall'ultima volta in cui aveva baciato una donna.

Così tanto dall'ultima volta che aveva baciato con amore.

Lei gemette tra le sue labbra, salì sulle punte dei piedi per stringerlo meglio.

Samuele la tirò su, la accostò a sé con passione.

Le loro labbra intrecciate, strette, si cercavano come se non potessero far a meno di quel contatto, si trovarono come se non avessero fatto altro nella loro vita.

Erano talmente esperti l'uno dell'altra che non sembrò affatto la prima volta.

A nessuno dei due.

Etesia si scostò dalle sue labbra di poco, baciò la sua guancia, poi la punta del naso.

Samuele la mise giù.

Lei aveva gli occhi chiusi e le gote, piene di cicatrici, arrossate dall'imbarazzo.

Le sue labbra, quelle labbra.

"Devo andare adesso" sussurrò dirigendosi verso la porta, mentre continuava a tenere gli occhi bassi.

Samuele le aprì la porta, poi prima che potesse scomparire le afferrò il viso tra le mani e la baciò di nuovo.

Respirò tra le sue labbra, mentre le accarezzava il volto con le dita affusolate.

Etesia sarebbe rimasta volentieri, anche tutta la notte, ma si sentiva troppo emozionata.

Aveva troppa paura.

Sorrise e si allontanò, guardandolo con dolcezza.

"Buonanotte" sussurrò, alzando la mano a mo' di saluto.

Samuele la guardò ancora una volta, poi sparì.

Etesia camminava veloce tenendosi le dita tremolanti e gelide sulle labbra.

Stava per entrare in camera sua, finalmente, ma una mano la bloccò.

Si voltò ansante.

Andrea la guardava straniato.

"Scusami, volevo solo chiederti se hai trovato la sciarpa di Astrid" mentì, gesticolando frettoloso.

Etesia annuì.

"Sì, l'abbiamo ritrovata in cucina" rispose, sperando che la conversazione si concludesse in fretta.

"Stai poco bene?" domandò contrito, notando l'aria inquieta della donna.

"Ho l'emicrania e stanotte non ho chiuso occhio".

"Come mai?" Andrea aveva il cuore in gola.

"Astrid ha avuto un incubo allora mi è venuta a chiamare, le ho letto decine di fiabe ma non riusciva a riprendere sonno. – mormorò, girando la maniglia della porta – Poi alla fine le ho cantato una ninna nanna e si è addormentata".

Andrea sorrise.

Lo stomaco lanciò una fitta.

"Buonanotte Andrea!" lo salutò, scomparendo dietro la porta.

Andrea si infilò le dita tra i capelli arruffati.

Rise incredulo, sentendo gli occhi inumidirsi.

Allora poteva essere vero.

Poteva essere…

Lei…?

XII.

Etesia camminava a passi svelti verso lo studio di Andrea sperando che fosse già in piedi. Entrò senza bussare.

Lo trovò in evidente procinto di uscire.

"Qualcosa non va?" domandò lui, provando ad essere gentile.

Lei esitò muovendo le mani nervosamente.

"No, cioè, sì, credo che dovresti leggere questa" gli disse porgendogli una lettera.

Andrea la prese e si accorse che era stata già aperta e sul dorso portava il nome di Samuele. La guardò interrogativo.

"L'ho trovata in un libro, so che non sono affari miei, ma il contenuto è molto importante per te" terminò, incrociando le braccia dietro la schiena.

Andrea se la mise nella tasca interna della giacca, si sforzò di sorriderle.

"Grazie del pensiero, la leggerò appena avrò un po' di tempo, ora devo andare…" disse, dirigendosi verso la porta.

Ma non fece in tempo a varcare la soglia che Patrizio lo bloccò.

"Signor Falesi ha chiamato la signorina Adler, mi ha chiesto di riferirvi che ha urgente bisogno di vedervi" comunicò con la sua solita aria solenne.

Etesia rimase immobile.

Andrea si fece largo, oltrepassando la figura imponente del maggiordomo.

"Non ho tempo".

"Sapendo che avreste potuto rispondere in questo modo, mi ha detto di riferire che si tratta della lettera posseduta dal notaio Tassinari".

Andrea si arrestò. Straniato, guardò Patrizio.

"Vado subito. – dichiarò con evidente aria preoccupata – Potete chiedere a Saverio di accompagnarmi?".

Il maggiordomo assentì e corse a chiamare lo chauffeur, ma prima che Andrea uscisse dal portone principale, Patrizio lo chiamò nuovamente.

"Signor Falesi, è arrivata questa per Rachele, so che avrei dovuta darla a vostro cugino ma non mi sembrava il caso. Sarà meglio che la leggiate voi al suo posto, sarà di certo da parte di qualcuno che non è al corrente dei fatti".

Andrea assentì e afferrò la lettera, voleva leggerla, ma se la infilò nella tasca della giacca insieme a quella che gli aveva consegnato Etesia qualche minuto prima. Le avrebbe lette quanto prima.

Saverio parcheggio davanti all'entrata.

Dieci minuti dopo Andrea piombò nella libreria di Juliet.

Lei non c'era.

"Juliet" la chiamò con la voce esitante.

Udì dei lenti rumori di passi, poi la vide comparire.

L'immagine che gli rimandò il suo sguardo lo addolorò.

Non era la solita Juliet. Era vestita di scuro, i capelli li portava legati con un ordinario fiocco blu, lo scialle di lana le copriva il corpo, gli occhi erano arrossati e il volto emaciato.

Andrea si domandò cosa le fosse accaduto. Nonostante avesse imposto a se stesso di non cedere mai più a lei, non poté far a meno di provare una pena infinitamente pesante da sopportare.

"Che ti è successo?" le chiese facendosi più vicino.

Lei parlò con un fil di voce.

"È vero che vuoi andartene?".

Andrea annuì.

"Chi te l'ha detto?".

"Ha importanza?".

Aveva gli occhi pieni di lacrime ma sembrava che si trattenesse dal versarle per orgoglio.

"Samuele sta meglio, presto mio zio ci lascerà e lui prenderà il controllo dei fondi, della gestione di tutto, io non ho nessuna ragione per rimanere".

"Ce l'hai" lo contraddisse lei, mostrandogli un foglio spiegazzato.

"Cosa vuoi dire?" Andrea guardò le parole ivi impresse e sulle prime non capì.

"Quando Tassinari mi diede la lettera che poi consegnammo a Samuele, mi feci lasciare anche una copia, perché so perfettamente che le persone come loro non lasciano nulla al caso… – respirò profondamente, cercando la forza necessaria per proseguire – E mentre stavo sistemando alcune cartacce, stamattina è venuta fuori la copia di quella lettera, non l'avrei letta se avessi saputo di cosa si trattasse…".

Andrea continuava a scrutare le parole scritte sulla carta, leggeva qualche frase a caso, ma il quadro gli appariva sempre più confuso.

"Io non capisco…".

Juliet respirò profondamente, di nuovo, poi prese coraggio e parlò:

"Una ragione per restare ce l'hai… – confessò, scrutandolo con dolcezza – So chi sono i tuoi genitori".

Guglielmo sentiva il petto pesante, respirava a fatica. Non gli serviva essere completamente lucido per capire che fosse a pochi passi dalla morte.

Forse se la meritava. Era la sua giusta punizione.

Adesso che le cose stavano iniziando a sistemarsi, la vita stava scadendo.

Deferentibus non relaxat temporis

Ricordava perfettamente l'incisione che suo padre aveva scelto di lasciare sul pianoforte.

Tanto vera quanto spaventosa.
Il tempo non perdona.
Lui non lo sa fare.
Quando Diana aveva visto quella frase, aveva chiesto con curiosità cosa volesse significare. Quando lo scoprì si oppose, affermando convinta che se il tempo non avesse potuto, di certo l'amore lo avrebbe fatto.
"L'amore sa perdonare. – gli aveva sussurrato con una luce fiera negli occhi – Perdona sempre".
Era arrivato il momento di fare ammenda. Doveva cominciare da qualche parte.
Chiese alla sua infermiera di riferire al maggiordomo che aveva bisogno di suo figlio e della giovane sconosciuta che ormai era parte della famiglia. Sapeva che era parte anche del cuore di suo figlio. E voleva anche lei al suo capezzale.
La porta della stanza si aprì.
Le tende écru erano tirate, la luce grigia del cielo non aiutava affatto a rendere l'atmosfera luminosa.
Samuele entrò per primo. Etesia gli stava appena dietro.
I loro volti erano entrambi preoccupati anche se in modo diverso.
"Papà, cosa c'è?" domandò lui, sedendosi accanto a lui.
Etesia rimase in piedi dietro di lui, era imbarazzata, ma ciò non le impedì di rendersi utile, se Guglielmo l'aveva fatta chiamare c'era di certo una ragione.
Guglielmo si tirò su, asciugò una goccia di sudore che gli aveva rigato le tempie con le mani pallide.
"È il momento... – sentenziò schiarendosi la voce – Devo confessarvi la verità".
Samuele gli afferrò la mano colmo di afflizione.
"Devi riposare, avrai tempo per raccontarci tutto quando ti sarai rimesso".
"No, ora ascoltatemi" esclamò, facendo segno anche alla donna di farsi più vicina.
Etesia ubbidì, prese la sedia che era ferma poco distante dal letto a baldacchino e si sedette, rimanendo sul bordo.
Lanciò un'occhiata a Samuele che la raccolse immediatamente. Convennero senza dirselo sulla gravità di ciò che di certo stavano per udire.
"Quando ero giovane mi sono innamorato di una donna, molto prima di tua madre, molto prima che i doveri cui il nostro rango ci obbliga fossero invalidanti per me... – i suoi respiri erano un rantolo soffocato – Questa donna era la sorella di Anna, la madre di tua moglie".
Samuele sgranò gli occhi.
"Suor Benedetta...".
Il padre annuì.

"Ma io dovevo sposare tua madre e anche se avessi voluto non avrei mai e poi mai sposarla, anche se la amavo, anche se lei aspettava un bambino" tossì rumorosamente.

Etesia gli porse un bicchiere d'acqua aiutandolo a bere. Lui sembrò riprendersi, respirò prendendo aria con la bocca e ricominciò a parlare.

"All'epoca anche lei era promessa in sposa a un altro, era un ricco fittavolo, avrebbe dovuto risollevare la situazione economica della famiglia che in quel periodo era sull'orlo della fame" una lunga pausa spezzò il discorso.

Samuele era impaziente di capire. Etesia aveva la mente che gli vorticava veloce, stava capendo, forse prima del tempo, dove quel discorso sarebbe andato a finire.

Guglielmo riprese.

"Lei voleva che io la sposassi, ma io non lo feci. Così decisi che avrei pagato il signor Ravelli, ristabilendo le sue finanze così che lei avrebbe potuto crescere il bambino a casa sua, con la sua famiglia. Ma suo padre non volle prendersi l'onere di accollarsi una figlia che nessuno avrebbe voluto mai sposare con un figlio illegittimo, l'avrebbe ripudiata".

Gli occhi erano pieni di pentimento, le labbra esitavano.

"Così feci un patto con lui e con Michele, il suo promesso sposo, le avremmo mentito alla nascita del bambino, dicendole che era nato morto, e suo padre si sarebbe ripreso la sua secondogenita, magari anche Michele avrebbe potuto rivedere la sua intenzione si prenderla in moglie...".

Samuele inorridì.

"Voi avete fatto credere a Diana di aver dato alla luce un figlio morto?".

Etesia si avvicinò a Samuele e, scrutandolo, lo invitò a mantenere la calma.

Guglielmo assentì.

"Se non l'avessi fatto sarebbe caduta in disgrazia, magari l'avrebbero lasciata in mezzo a una strada a chiedere l'elemosina, sarebbe potuta morire di freddo, di malattia, insieme a nostro figlio. – il cuore sembrò alleggerirsi piano piano, come se il velo nero che lo soffocava si stesse dissolvendo – Così quel giorno le mentimmo, e lei per la disperazione si chiuse in convento, odiandomi con tutta se stessa per non aver avuto il coraggio di sposarla".

Etesia osò parlare con il cuore alla gola.

"Se gli avete mentito vuol dire che quel bambino non è morto..." sembrava una domanda ma in realtà non lo era.

L'uomo, diventando sempre più pallido scosse la testa.

Chi è? Samuele avrebbe voluto gridare, avere una risposta, ma rispettava troppo suo padre, nonostante tutto.

Lo commosse profondamente tutto quel dolore, quella costernazione che dilaniava i suoi occhi stanchi.

"Quando Rachele venne nel mio studio, la mattina che non fece più ritorno, Diana era appena andata via…".

I ricordi di quell'assolata giornata di luglio lo rapirono, beffardi.

"Dimmi che non è vero, dimmi che sto sbagliando, che sono una folle!" Diana era disperata, era uscita dal convento con i vestiti da laica, era la stessa ragazza che aveva amato trent'anni prima, solo ancora più bella.

Guglielmo voleva mentire, inventare altre scuse deprecabili, ma non aveva più le forze.

"Io volevo salvarti, volevo darti una vita dignitosa, ti volevo proteggere".

"Tu hai rovinato la mia vita! Io sono stata chiusa in convento per metà della mia miserabile vita convinta di aver perso l'unico frutto lodevole del nostro amore maledetto! – le lacrime le impedivano persino di parlare – Tu non mi hai lasciato scelta, hai deciso per tutti e due!".

Lui l'afferrò dai polsi.

"Io ti amavo con tutto il cuore, l'ho fatto per te!".

Lei lo iniziò a riempire di schiaffi, disperata.

"Tu mi dovevi la verità, solo la verità".

Guglielmo si lasciò picchiare, lei dopo qualche secondo si allontanò distrutta.

"Quando l'ho incontrato, quando ho visto i suoi occhi, mi sono sentita morire dentro, mi sono detta 'Stai tranquilla Diana, lui non avrebbe mai potuto farti una cosa del genere…' E invece l'hai fatta!".

"Diana, ascoltami, posso rimediare, possiamo dirgli la verità, la colpa non è tua".

Lei si asciugò una lacrima e lo scrutò con disprezzo.

"Le bugie costruiscono un castello inespugnabile attorno a chi le subisce, ci hai reso prigionieri delle tue menzogne".

"Io volevo solo preservare nostro figlio, gli ho dato tutto il meglio, l'ho amato…" Guglielmo provò a convincerla, la supplicava.

"Avevi ragione tu, il tempo non perdona, quel tempo che hai sottratto a tutti noi con le tue bugie, non perdonerà nessuno di noi".

"Tu… – le gridò tra i denti stringendola a sé – Mi dicesti che l'amore invece avrebbe potuto farlo".

Diana l'osservò, era così vicino che riusciva a sentire il suo profumo, vecchio e nuovo allo stesso tempo.

"Io ti amavo… se me l'avessi detto all'ora ti avrei potuto perdonare… Ma adesso non ti amo più".

Samuele si morse le labbra.

"Quando è entrata nel tuo studio Diana era appena andata via" la voce tremava di rammarico.

Guglielmo annuì, chiudendo appena gli occhi.

"Tu e lei avete subito i danni dei miei errori due volte, la lettera che aveva Monteverdi avrebbe smascherato i miei giochi e avrebbe fatto soffrire tuo fratello…".

Etesia prese la mano di Samuele, lui la strinse immediatamente come se fosse l'ancora a cui aggrapparsi per evitare di precipitare nel mare di rabbia che ribolliva in lui come un veleno.

"Cosa ne è stato di quel bambino, papà?" provò a parlare con calma.

"Non ho avuto il coraggio di chiuderlo in orfanotrofio, volevo vederlo crescere, volevo prendermi cura di lui…".

Il cuore di Etesia prese a martellare, quello di Samuele si perse, annegando nella verità che gli si era appena palesata davanti agli occhi.

La porta si era spalancata facendo un tale rumore che i vetri delle finestre tremarono, emettendo un sordo rimbombo.

"Dimmi che non è la verità" la sua voce era un fremito di rabbia mista a una commuovente disperazione.

Juliet rimase ferma sull'uscio, costernata e confusa.

Andrea avanzò verso il capezzale di Guglielmo, con la lettera stretta nel pugno della sua mano, gli occhi erano un mare di dolore.

Guglielmo sentì il cuore perdere un battito, non riusciva a respirare.

"Sono tuo figlio?" la domanda fece da contrappunto al singulto che si trasformò in pianto.

Samuele osservò entrambi senza riuscire a parlare.

Etesia continuava a stringergli la mano.

Le dita si fecero largo nelle sue, poi si intrecciarono.

Guglielmo prese fiato.

"Sì, io e Diana siamo i tuoi genitori".

Amalia era seduta accanto alla finestra, con lo sguardo rivolto al di là dei vetri.

Quella rivelazione era arrivata in un momento strano. Aveva perso di rilevanza, visto che Guglielmo stava per morire.

Era stata affievolita, alleggerita del peso che portava con sé.

Andrea camminava furioso nella stanza senza ascoltare nessuno, Samuele aveva provato a calmarlo, ma invano. Sembrava impazzito.

Guglielmo aveva perso i sensi, cadendo in un sonno torbido.

"Lei lo sapeva, loro lo sapevano Samuele, mi hanno ingannato per tutti questi anni" gli disse, digrignando i denti per il furore.

"Stai calmo, tua madre non lo sapeva, ne erano al corrente solo lui e mia madre, oltre che zia Belisaide e zio Valerio ovviamente. – Samuele lo strinse per le spalle – Devi ragionare, devi prendere fiato e calmarti".

"Poi tutto questo teatro è ricaduto anche su di te, sei stato tu il prezzo delle sue bugie, ti stava facendo sposare quella vipera…".

"Tu non devi pensare a me, devi soltanto calmarti!".

Amalia si voltò verso la porta.

Aveva mandato a chiamare Diana.
Le sorrise amara, scuotendo il capo delusa.
Lei era corsa lì senza neanche badare a indossare l'abito religioso.
Rimase immobile a pochi passi dall'entrata.
Guardò Andrea e, dalle pieghe sconvolte del suo viso, capì che sapeva la verità.
Non seppe se avrebbe resistito a tutto quel dolore.
Si precipitò verso quel giovane uomo che non aveva spostato neanche per un istante lo sguardo da lei.
Aveva paura.
Paura che la respingesse.
"Io ti ho creduto morto per quasi trent'anni" fu l'unica frase che volle dirgli, l'unica scusa plausibile.
Andrea ingoiò il pianto.
"Adesso sono troppo arrabbiato, ma non ce l'ho con te…".
Diana annuì.
"Ti chiedo di perdonarmi, se puoi" lo stava implorando.
Ma Andrea si spostò dal raggio della sua attenzione dirigendosi verso il capezzale di quello che ormai doveva chiamare padre.
Si sedette affondando la testa nelle mani, puntò i gomiti sulle gambe con veemenza. Voleva sentire dolore, ancora dolore.
Diana lo raggiunse, appoggiando le mani allo schienale della sedia.
Guglielmo aprì gli occhi.
Samuele si avvicinò a sua madre, volevano lasciare loro un po' di intimità.
Diana si precipitò sul letto, avvolse l'uomo in un abbraccio pieno di dolcezza, lo baciò dalla fronte, alle guance, alle labbra.
Lui era troppo debole per rispondere a quei gesti, ma sentì gli occhi commuoversi implacabili.
Andrea li guardò e si domandò come lei potesse ancora amarlo, dopo tutto ciò che le aveva fatto.
Guglielmo allungò la mano verso di lui. Andrea esitò.
Poi la afferrò.
"So di essere stato un uomo terribile. – mormorò tra le labbra – Ma sappi che sei il frutto di un amore grande, grandissimo" terminò guardando Diana che ormai aveva gli occhi gonfi per il pianto che non la abbandonava da ore.
Diana gli accarezzò il viso.
"Mi dispiace di averti detto che non ti amavo più, io ti amerò per sempre e per questo posso perdonarti…".
Guglielmo parlò flebile sulla falsa riga delle sue dichiarazioni.
"L'amore sa perdonare".

"Sì…" assentì lei lasciandosi cadere tra le sue braccia. Per quanto deboli, non gli impedirono di stringerla a sé.

Andrea li guardava commosso e amareggiato.

Erano il palesarsi di un amore che lui stesso non credeva possibile.

Era quello allora uno dei tanti tasselli dell'amore?

Coprire la debolezza degli errori con la tenacia del cuore.

Andrea appoggiò la testa sulla mano, chiuse gli occhi sfinito.

L'infermiera entrò, facendo strada al dottor Simoni.

Lui invitò tutti i presenti a uscire.

Nessuno si oppose.

Ma Guglielmo chiese il permesso al dottore di poter avere un secondo in solitudine con Andrea.

Lui acconsentì, ma sarebbe dovuto essere un secondo soltanto.

Il suo cuore aveva bisogno di riposo.

Andrea tornò al suo capezzale.

Guglielmo indicò il libro che stava sul suo comodino.

"Se non puoi perdonarmi per ciò che ti ho fatto, spero almeno che prima di morire potrò essere l'artefice della tua felicità" disse con fatica.

"Cosa stai dicendo?".

"Prendi il foglio che ho lasciato lì dentro" ordinò gemendo dal dolore.

Andrea eseguì la sua volontà.

Aprì il foglio piegato in due parti e lesse il contenuto velocemente.

Lo scrutò confuso, sorrideva, piangeva, non era in sé.

Sorrise flebile a quell'uomo fermo a pochi passi dalla morte. Non ebbe la forza di urlargli contro tutto il dolore che sentiva.

"Se tu me l'avessi detto prima, avremmo avuto più tempo" lo rimproverò, prendendogli le mani gelide tra le sue.

Guglielmo fece spallucce socchiudendo appena gli occhi.

"Hai tua madre adesso… E tuo fratello. – terminò serrando le labbra – Hai del tempo con loro, tra noi invece è andata così".

Andrea baciò il dorso della sua mano senza trattenere le lacrime.

"Grazie per questo" gli disse teneramente stringendo il foglio tra le mani.

Suo padre accarezzò i suoi capelli.

"Vai da lei adesso, non perdere altro tempo, ma prima fai venire qui tuo fratello".

Andrea annuì allontanandosi.

"Torno tra un'oretta. – disse a Samuele – Lui vuole vederti!" Samuele annuì e lo fece andar via tranquillamente.

Quando Patrizio gli comunicò che la signorina Adler era andata a casa, lui prese la sua automobile diretto in paese.

Forse guidò a velocità troppo sostenuta, ma era una questione importante, troppo. E mai come quel giorno sentiva il tempo essergli nemico.

Camminò a grandi passi, gli occhi continuavano a lacrimargli, non si accorgeva affatto che stesse piangendo.

Fece per prendere il suo fazzoletto nella tasca interna della giacca, ma la mano si scontrò con un foglio di carta.

Quando l'ebbe tra le mani si ricordò dell'incontro della mattina stessa con Etesia.

Non era pronto per altre rivelazioni quel giorno, era sconvolto.

Ma di certo c'era una ragione importante dietro la richiesta della sua amica. Non era mai stata una donna irriguardosa, se si era spinta così oltre, era per un motivo lodevole.

Così, si nascose dietro una delle colonne che circondava la piazza principale e sfilò la lettera dalla busta aperta maldestramente, rise appena riconoscendo in quel taglio scomposto il solito modo che aveva suo cugino di usare il tagliacarte.

Suo cugino.

O forse avrebbe dovuto dire suo fratello.

Si massaggiò le tempie sfinito, prese ossigeno e si fece coraggio.

Cominciò a leggere.

2 giugno 1915

Caro Samuele,

so che avremmo dovuto affrontare questo discorso di persona. Ma poi la guerra ti ha chiamato, ti ha portato via da me e Rachele, sei andato via come il mio Andrea.

So che mi avevi fatto quella domanda a bruciapelo e io non ti ho saputo rispondere. Ora invece posso farlo.

Perciò timida e per nulla puntuale, ecco la risposta.

Sai bene quanto sia stato difficile per me accettare la solitudine, essere sposata con un uomo che non mi amava, restare isolata per anni, aspettando il momento propizio per riavere ciò che mi spettava.

Ho fatto fatica ad abituarmi a tutto ciò e ora, come potrei lasciare che un uomo stravolga la mia vita, il mio equilibrio?

Quando ho incontrato Andrea per la prima volta, ho sentito un forte calore solleticarmi il cuore, poi invadermi senza chiedermi il permesso. L'ho desiderato, ho sognato il suo viso, il suo sorriso, ho sognato lui nelle notti in cui il mio letto freddo mi faceva sentire in prigione, le sue mani su di me, le sue labbra sulla mia pelle, il suo respiro incresparsi col mio. Quanto sono sconvenienti le mie rivelazioni? Molto. Ma io non sono una nobildonna e ora che c'è la guerra alcune cose non hanno più lo stesso valore, l'etichetta, le buone maniere, i doveri. La guerra ci rende tutti uguali.

Come pure il dolore.

Quando sono insieme a lui il mio cuore non fa altro che sussultare, mi sento al sicuro, mi diverto, mi rende felice anche solo con uno sguardo.

Ma tengo troppo a me stessa e alla mia dignità per cedere all'illusione di un amore non corrisposto, quando sarebbe solo una bugia. Lui ama Celeste e sarà sempre così. Se solo lei muovesse un passo verso di lui, farebbero scintille insieme. E poi, ho lottato così duramente per riacquistare la credibilità, il mio buon nome. Potrei perdere tutto di nuovo per aver ceduto ai sussulti del mio cuore?

Quel pazzo cuore sgangherato che mi ritrovo che non sa ragionare, che sbaglia puntualmente valutazione e direzione. Ero una poco di buono sette anni fa, potrei esserlo ancora adesso agli occhi degli altri.

Pensa se mi facessi un amante, cosa ne sarebbe dei miei sacrifici, dei miei figli, di tutto ciò che ho riavuto dopo tanta sofferenza?

Come potrei condannare nuovamente Andrea a un sentimento clandestino, a una felicità a breve termine?

Mi fa strano anche solo l'idea che lui provi qualcosa per me.

Chi potrebbe mai amare Juliet Adler, la ragazza disconosciuta dalla sua famiglia, la donnaccia, la maledetta, per usare un termine infelice di mia madre.

Per quanto io mi sforzi di cancellare quell'immagine, mi sento ancora quella ragazza. Ed è la paura che mi spinge a credere che nessuno potrà mai amarmi. Quanto dolore nascondo dietro il mio sorriso ipocrita?

Perciò sì, sono innamorata di Andrea, ma non glielo dirò mai. E negherò fino ad avere fiato se ciò servisse a salvarlo dal mio destino infelice, da quella sorte che spetta solo ed esclusivamente a me.

Mi basterà allora averlo come amico per essere felice.

D'altronde, mi sono sempre bastati i sogni, solo quelli, per essere felice.

Sta' attento,
Juliet.

Andrea cominciò a battere dei pugni insistenti contro la porta di Juliet.

Lei aprì dopo qualche secondo, con il viso contrito.

"I ragazzi dormono, cosa ti salta in mente?".

Lui la oltrepassò e lanciò in aria la sciarpa, poi il cappotto.

La prese per un braccio conducendola nella sua camera. Poi chiuse la porta dietro di sé facendo scattare la serratura. Juliet lo spinse contro il muro furiosa.

"Cosa diamine stai facendo?".

Andrea batté un foglio sulla scrivania.

"Tuo marito è deceduto il 4 novembre 1917, fucilato per codardia. – sentenziò sfilandole lo scialle di lana – E io sono stanco di sentire le tue bugie" quelle parole coincisero con l'esatto momento in cui prendendole il viso tra le mani, la baciò appassionato.

Juliet non sapeva cosa fare. Le batteva forte la testa.

Andrea le sfilò le bretelle della camicia da notte, scoprendole il petto.

Lei gemette.

Gli tolse la giacca, poi prese a sbottonargli piano la camicia.

Respirò tra i suoi capelli, affondò il viso sul suo collo.

Lui prese tutto di lei.

Lei gli diede tutta se stessa.

"Adesso non sei più Juliet Adler. – gli sussurrò in un orecchio mentre stringeva il suo corpo morbido contro il suo – Sei la mia donna, la donna della mia vita, e io ti amo, e questo non cambierà mai".

Lei annuì cedendo alle sue carezze.

Erano due.

Poi divennero uno soltanto.

La notte era scesa placida sulla campagna gelata dall'inverno.

Era una di quelle notti stellate, con il cielo limpido, la luna quasi piena adagiata sulle colline.

Etesia stringeva le braccia attorno al suo corpo, stava tentando di placare la sua solitudine, il vuoto che l'accompagnava da quel maledetto giorno in cui si era svegliata rendendosi conto di aver perso tutto.

Se chiudeva gli occhi, riusciva ad avvertire sulla pelle un ricordo.

Non aveva volto, né tempo o spazio.

Ma era il primo vero ricordo che le si era palesato.

Qualcuno la stringeva a sé, le baciava le spalle nude, qualcuno l'aveva amata.

Ma non sapeva chi fosse stato.

Forse era sposata, magari fidanzata.

Quanto avrebbe dato per riavere indietro se stessa, la sua identità, il bagaglio del suo passato, voleva riaverlo per essere certa che quello che adesso chiamava presente sarebbe potuto conservarsi anche nel suo futuro.

Negli ultimi giorni la terrorizzava l'idea che un giorno sarebbe stata costretta ad abbandonare Samuele per tornare da qualcun altro. Qualcuno che anche se era stato legato a lei in passato, avrebbe preteso il suo ritorno. Avrebbe voluto riavere lei al posto che le spettava.

Si era persino ritrovata a pregare che non riavesse la memoria indietro. Forse il dottore aveva ragione, era lei a non voler ricordare, magari quell'incidente era arrivato a creare una frattura in una vita infelice, aveva deviato il corso all'inarrestabile realizzarsi di un destino che lei stava combattendo.

Una sensazione torbida, molto profonda, le faceva credere che fosse la verità.

Da cosa era scappata? Da chi era andata via? Da cosa l'aveva liberata il fuoco assassino di quella mattina d'estate?

Rise amaramente.

Liberata.

Era un'illusione, era solo caduta in un'ennesima gabbia.

Innamorata di un uomo che non avrebbe mai potuto provare per lei qualcosa che esulasse dalla pietà.

La porta cigolò. Lei si voltò spaventata.

Vide Samuele avanzare verso di lei, aveva in dosso una maglia bianca con le maniche corte e i pantaloni di seta blu del suo pigiama.

Stava di certo andando a dormire.

Tornò a guardare al di là dei vetri, nascondendosi le labbra con le dita della mano che tremavano un po'.

Lui si fermò appena dietro di lei. Avvertì il suo respiro solleticarle le spalle.

"Sei pensierosa?" domandò sottovoce.

Lei scrollò le spalle.

"Lo sono sempre…" rispose tenue.

Le si accostò con reverenza, ponendosi nella sua medesima posizione.

"E a cosa stavi pensando?" chiese, tuffando gli occhi nel panorama ingoiato dal buio.

Lei rise, venne fuori una risata scomposta, qualcosa che sembrava più simile a un ghigno disperato.

"Presto saprò chi sono, presto le persone potranno chiamarmi col mio vero nome, presto dovrò dire addio a tutto questo… – la sua voce era una cantilena addolorata – Ma tu sei sconvolto, è stata una giornata molto difficile, vai a riposare".

"Non ho molta voglia di dormire. – sentenziò stropicciandosi gli occhi. Era stanco, ma voleva stare insieme a lei – C'è qualcos'altro che ti addolora, non è così?".

Il tono era sicuro, non lasciava spazio a menzogne.

Aveva senso mentire? Confessargli ogni cosa non avrebbe potuto portare a conseguenze gravi, nel migliore dei casi l'avrebbe consolata, nel peggiore la sua pietà si sarebbe solo acuita.

"Amo un uomo che non potrà mai ricambiarmi. – il cuore le risuonò nelle orecchie – Perché sono un mostro e lui è così bello, così… Diverso da me" la voce le venne fuori strozzata, ma non per questo tradì il suo contenuto.

Samuele sentì nella pancia un nodo aggrovigliarsi. Non poteva credere che glielo avesse detto, era stupito e confuso, le mani presero a formicolargli.

Etesia lasciò che una risata amara si impossessasse delle sue labbra.

"Se la memoria tornasse, potrei riavere tutto, ma sarei condannata a perdere molto di più… – non voleva piangere, era stanca di farlo, ma ultimamente non le riusciva affatto trattenersi – Preferirei continuare a vivere in questo vuoto piuttosto che perderlo… La verità è che mi sento sfortunata, perché avrei voluto conoscerlo prima di tutto questo per avere una possibilità, una soltanto" terminò, lasciando che le lacrime solcassero il suo viso segnato.

Samuele strinse i pugni, prese aria e si fece coraggio.

"Ti amo anche io" le parole gli morirono sulle labbra.

Volarono via.

I suoi sentimenti lo tradirono.

Il suo cuore si dischiuse, sentì un calore pungente dissiparsi dal petto alle braccia.

Respirava.

Finalmente poteva respirare.

Avvertì le labbra bagnate, le dita ne cercarono la provenienza, si fermarono sulle ciglia.

Etesia si era voltata a guardarlo. Il suo sguardo era una maschera di paura.

Anche Samuele si voltò a guardarla.

Le sorrise.

Si avvicinò e la tirò a sé, averla tra le sue braccia fu talmente facile che dovette far forza per non farsela scivolare di dosso.

Lei continuava a guardarlo straniata, come se fosse preda di un inganno o di un'amara illusione.

"Ma come puoi? – gli domandò tremante – Non sai neanche chi sono".

"Stringimi, te ne prego. – la implorò lui attaccando la fronte alla sua – Qualunque sia il tuo nome, la tua età, la tua storia… Chiunque tu sia" proferì invadendo ogni angolo del suo corpo con le mani.

Etesia chiuse gli occhi.

"Provi davvero qualcosa per me?" la sua domanda era carica di speranza, di una dolcissima incredulità.

Lui non rispose, appoggiò le labbra sulle sue palpebre chiuse, poi scese sugli zigomi, sulle guance, infine agli angoli della bocca.

I loro respiri erano talmente uniti, i loro cuori così palpitanti e vicini, che caddero l'uno tra le labbra dell'altro senza neanche accorgersene.

Samuele bevve dalle sue labbra come un uomo prossimo a morire di sete, cercava ogni angolo di lei, respirava la sua pelle, ogni centimetro attorno alle sue labbra era trattenuto dal suo bacio.

"Ti amo con tutto ciò che resta di me" le confessò ansimante, staccandosi di poco dal suo viso.

Lei annuì, commossa, intrecciò le mani tra i suoi capelli morbidi.

"Non avrei mai creduto possibile che... – la gola cercava invano di trattenere la commozione – Che tu mi desiderassi".

Samuele le sfilò il maglione, poi le sciolse i capelli. La scrutò con meraviglia, sistemandole i riccioli ramati dietro la schiena per lasciarle scoperte le spalle.

La guardava con desiderio.

I polpastrelli camminarono lenti fino a sfilarle le maniche della camicia da notte, lei era talmente magra che il tessuto cadde ai suoi piedi lasciandola nuda.

Come se avesse seguito il movimento contrario allo sbocciare di un fiore, si chiuse attaccandosi al suo corpo. Si voleva coprire.

Lo abbracciò forte, affondando la testa nell'incavo delle sue spalle, Samuele con la sua statura la sovrastava.

"Non sottopormi a una tale vergogna" gli domandò implorante, restando ferma nella sua stretta.

Lui prese ad accarezzarle la schiena nuda, le imprimeva le dita sulla pelle con una tale passione che un calore nuovo invase il ventre di lei facendola tremare.

"Toglimi i vestiti" le sussurrò in un orecchio respirando a fatica.

Lei, senza guardarlo, infilò la mano sotto la sua maglia, tremava. Non trovava senso o ragione a quello che stava accadendo, non sapeva dove prendere il coraggio di amarlo come avrebbe voluto.

Samuele assecondò i suoi movimenti, lei tirò su il tessuto, sfilò le maniche, poi lasciando passare la testa nel collo della maglia, la tolse.

La sua bellezza la incantava.

Fu sufficiente un istante, poi si ritrovarono l'uno contro l'altra, pelle contro pelle.

A quel contatto rabbrividirono entrambi.

Etesia lo baciò, sentì le sue labbra schiudersi al suo contatto, avvertì il corpo dell'uomo meraviglioso che stringeva a sé fremere alle sue carezze, respirare a fatica nelle sue labbra.

Con un movimento sicuro, la tirò su, spingendola a incrociare le gambe attorno alla sua vita.

Caddero sul materasso, lui si sfilò i vestiti restanti.

Etesia si coprì come poteva con le braccia, chiuse gli occhi appoggiando un lato del viso sulla coperta morbida.

Samuele la guardò.

Il suo corpo era martoriato.

Solo alcune parti erano come un tempo.

Era minuta, i fianchi lievemente tondeggianti, le gambe sottili, i seni piccoli e rotondi.

Le si accostò con devozione, il cuore gli martellava nel petto, non ricordava quanto tempo era passato dall'ultima volta che aveva sentito emozioni simili. O se ne avesse mai sentite di simili.

Prese a baciarle le gambe, mentre le labbra la lambivano, le mani nel medesimo istante la carezzavano.

Toccò il suo ventre, poi liberò il petto dalla stretta delle sue braccia timide e si fermò estasiato a guardarla.

Con la lingua sfiorò le cicatrici, mentre con le labbra ne incorniciava il bacio.

Non risparmiò neanche un angolo del suo corpo da quell'amore, Etesia sentì via via scomparire quei segni.

Non aveva ricordi, ma il suo cuore sì.

Nessun altro l'aveva mai amata così. Nessuno mai.

Il cuore parve scoppiarle nel petto, fermò le sue carezze cercando il suo viso, lo attaccò al suo e per la prima volta lo guardò intensamente, avrebbe voluto dirgli tante cose, troppe, ma non riusciva a emettere suono alcuno, traboccava d'amore, non riusciva a respirare.

Si osservarono a lungo, tacendo.

Poi Etesia si dischiuse lasciando spazio al desiderio che le bruciava nel cuore.

Un dolore profondo, simile a un taglio si impossessò della parte più profonda del suo ventre.

Ingoiando uno spasmo oppose resistenza al suo corpo che involontariamente voleva allontanarsi dalla fonte di quella sofferenza, con la mano fece pressione sulla schiena di Samuele.

Quando quell'incontro avvenne, qualcosa mutò.

Per entrambi.

Si persero in un movimento di risacca, sospirando e tremando.

Samuele le accarezzava il viso, baciava ogni angolo di lei.

Etesia era talmente stretta al suo corpo da riuscire ad avvertire il confine del suo scomparire lentamente.

Era un incontro diverso da tutti quelli già sperimentati.

Si appartenevano.

Sentirono sotto la pelle la certezza di aver trovato la pace, erano pensieri mischiati a sentimenti, brividi senza nome, consapevolezze spuntate dal nulla, ma così tenaci da lasciar credere a entrambi che avessero percorso la vita intera a cercarsi senza essere mai riusciti a trovarsi.

Morirono l'uno tra le labbra dell'altra, quasi nello stesso momento.

Si ritrovarono ingabbiati in un tremore incredulo, si esaminarono con incanto.

"Tu travalichi persino il tempo. – gli disse intrecciando le gambe alle sue – È come se fossi stato sempre dentro di me. – continuò avvertendo le sue mani assecondare il movimento del suo ventre – È come se..." lui interruppe le sue parole baciandola in un sospiro.

"È come se non avessi fatto altro che aspettarti…" terminò per lei.

Etesia annuì, con una disperazione piena d'amore.

Cosa li legava?

Quale gancio li aveva mai potuti stringere così saldamente?

Il sole fece capolino all'orizzonte, solo qualche ora più tardi. Samuele strinse a sé il corpo della donna meravigliosa che dormiva accanto a lui, rannicchiata su di un fianco. Le avvolse un braccio attorno alla vita e si accorse che era sveglia. Accolse la sua stretta e si portò il braccio attorno alle spalle, forzando il movimento e appoggiandosi la mano di lui sul viso in una carezza.

Samuele la lasciò fare ma le membra gli tremarono, una sensazione di freddo lo irrigidì.

Respirò forte, con cautela. Voleva evitare che lei si accorgesse di qualcosa.

Il cuore precipitò, greve, in un tonfo sordo e lontano.

Era forse diventato pazzo? Per davvero.

Confortato dal fatto che nessuno mai avrebbe potuto leggere i suoi pensieri, con la fantasia diede forma all'impossibile.

Diede un viso diverso a quella donna.

Ogni movimento, ogni sospiro, ogni increspatura della sua pelle. Tutto del modo in cui si amarono assunse un significato diverso.

Un senso diverso.

Non occorse che una manciata di secondi.

Ricordava perfettamente tutte le volte in cui aveva fatto l'amore con sua moglie. Il modo solo suo di respirargli tra le labbra, le carezze che gli lasciava imprimendo i polpastrelli lungo la colonna vertebrale, quello in cui inarcava il bacino quando lo desiderava, infine quello in cui si accarezzava il viso con le mani di lui mentre le cingeva la schiena col suo petto.

Sulle prime rise di se stesso. Pensare a sua moglie mentre stringeva a sé un'altra donna.

Ma quella non era una donna qualunque, non era possibile.

Perché lui era riuscito a sentire la sua voce soffusa, soave mentre erano una cosa soltanto. Ed era riuscito ad avvertirne il tono dolce, nonostante la sua voce non fosse più la stessa.

Sulle prime non ci aveva fatto caso, ma in quel momento gli sembrava tutto diverso.

Le mani gli tremavano e dal collo si propagò beffardo un brivido, scendendo caldo lungo la schiena, fino a quando non deviò, fermandosi doloroso nello stomaco.

La fece voltare e si appoggiò sul gomito per poterla vedere meglio, aveva paura, ma una forza a sé estranea lo spinse ad avere coraggio.

Lei lo scrutava assonnata, le palpebre semichiuse, un mezzo sorriso.
Samuele le sorrise intimorito.
Vide l'interno del suo polso destro.
Rabbrividì, mentre le parole confuse che suo padre gli aveva pronunciato qualche ora prima divennero dolorosamente chiare.
Fin troppo chiare.
La cicatrice, – gli aveva sussurrato rantolando – *guarda la sua cicatrice.*
Ma lui non aveva capito e se n'era andato tranquillizzandolo mentre aveva dato la colpa ai farmaci che stava assumendo. Era convinto che stesse sparlando.
Ma in quel momento tutto sembrò essere il contrario di tutto.
Non gli bastò che qualche secondo per riafferrare il ricordo di quella sera, lei che si era ferita il polso alla serra, suo padre che l'aveva avvertito del fatto, lui che le aveva medicato l'interno del polso.
Un forte capogiro lo spinse a respirare rumorosamente.
La cicatrice brillava, era netta, diversa rispetto agli altri segni che le rigavano il corpo.
Poteva essere vero?
O si stava solo illudendo?
"Cosa c'è?" domandò lei rintanandosi sotto le coperte.
"Sei bellissima" mormorò.
Etesia coprì il viso nel cuscino.
"Sei un gran bugiardo conte Falesi".
Samuele nascose un singulto.
Il cuore precipitò.
Conte Falesi.
Solo lei lo chiamava così, in quel modo.
Ogni volta che le faceva un complimento o diceva cose stupide, o se la prendeva in giro.
Solo Rachele.
Non sapeva cosa fare, chiunque l'avrebbe preso per folle.
Forse lo era davvero.
Spesso ci si illude perché non si può e non si vuole dimenticare.
Ma a lui si stava solo illudendo?

XIII.

Juliet toccò con cautela il bordo strappato della pagina.
Andrea le stava di fronte, con i gomiti appoggiati sulla scrivania e le mani unite sotto il mento.

"Ti ricordi quando hai dovuto dirgli che Rachele era morta?".

Andrea assentì, era pensieroso.

Quel giorno era stato uno dei più dolorosi della sua vita, dopo quello della morte di Guglielmo.

Oramai era trascorsa una settimana e Andrea aveva preso quella perdita con molto dolore, era rammaricato, adirato, ma niente e nessuno avrebbe potuto ridargli indietro il tempo perso.

"È stato da quel momento che mi ha dato questo libro" continuò, toccando il titolo *Il filo rosso del destino*.

"Gli ricordava troppo lei, il fato malevolo che li aveva separati...".

Andrea annuì nuovamente. Il dolore di suo fratello quel giorno era stato incontenibile.

Era tornato dal fronte, cercava sua moglie, sua figlia. E lui aveva dovuto confessare la verità.

La sera stessa prese quel libro tra gli scaffali di Rachele e lo lanciò nel fuoco. Andrea l'aveva salvato per miracolo. Samuele urlava, era un uomo a pezzi. Quel dolore si attaccò anche al suo cuore, gli faceva talmente male che anche ricordarlo riusciva a farlo tremare ancora.

"Ora con quale coraggio gli dirò che credo che sua moglie sia viva?".

Juliet lo accarezzò.

"Glielo diremo insieme".

"E se ci sbagliassimo?" la voce di Andrea era un sibilo impaurito, cercò nella tasca della giacca il suo fazzoletto.

Era agitato e le tempie avevano preso a sudargli.

Inaspettatamente, nella fodera della giacca trovò una busta da lettera.

La prese scrutandola.

Fu un lampo, si ricordò di Patrizio, di quel giorno in cui gli aveva consegnato la lettera.

Ma quel giorno la sua vita cambiò improvvisa e se ne dimenticò completamente.

Juliet si avvicinò curiosa.

"Perché porta il nome di Rachele?".

Andrea fece spallucce, poi afferrò il tagliacarte e aprì la busta.

Juliet si chinò per leggere con lui.

Cara Rachele,

non so se ti ricordi di me, io ero solo una ragazzina e tu una bellissima donna, persa nel suo dolore ma ugualmente luminosa.

Quando io e mamma ti incontrammo in quella chiesa, quella mattina d'estate di tanti anni fa, capimmo immediatamente che eri un'anima buona.

Anche se nessuno avrebbe mai potuto darci i soldi necessari per sopravvivere, pagare i nostri debiti e tornare a vivere dignitosamente, tu ci hai donato tutto quello che avevi.

Ricordo ancora le tue parole: "È poco, ma è tutto quello che possiedo".

Mamma non voleva il tuo ciondolo, gli avevi confessato che era il regalo di tuo marito, quello che ti aveva donato prima di andare in guerra. Ma tu hai insistito così tanto, eri convinta che ci avrebbe fatte sopravvivere per un po'.

Spero che tu conserverai ancora il ciondolo che mia madre ti donò in cambio.

Era solo un sole di legno legato a un laccetto di cuoio, ma per lei aveva valore, tanto.

Come per me.

Papà era solito chiamarla sole, per via del suo sorriso e della sua allegria.

Spero che quel giorno tu sia uscita poco dopo di me dalla chiesa, spero che tu ti sia affrettata a tornare dalla tua bambina come avevi detto. Perché sai che lì dentro mamma ci è morta, vero che lo sai?

Non abbiamo mai ritrovato il suo corpo.

Ma spero che almeno tu ti sia riuscita a salvare dalle fiamme.

Se vorrai venire a trovarmi ti lascio il mio indirizzo. E se nel corso degli anni tu non abiti più all'indirizzo a cui ho spedito questa lettera, spero che in un modo o nell'altro tu possa riceverla lo stesso.

Ti abbraccio e ti ringrazio per aver fatto del tuo meglio,
Romana Di Giovanni.

Andrea guardò Juliet.

Lei aveva gli occhi sbarrati.

"Dobbiamo andare da Samuele!".

Samuele era seduto nella sala domestici. Attorno a lui, Patrizio, Beatrice, Lidia e Matteo lo scrutavano costernati e imbarazzati.

Avevano deciso di parlare con il conte anche se avevano una paura folle di essere caduti in errore.

Tanto è l'amore, tanto è il rischio di lasciarsi abbagliare.

Amare è sperare.

Sperare a volte ci rende più forti, altre soltanto ciechi.

Samuele sembrava incuriosito, ma allo stesso tempo quella strana circostanza destò in lui un sospetto insolito, misto a una strana ansia che vagava nella sua mente da un po' di tempo ormai.

Inaspettatamente fu Matteo a rompere il silenzio.

"Signoria lo so che sono l'ultimo qui dentro cui spetterebbe parlare, ma non lo farei se non fossi quasi del tutto certo di un fatto. – le mani si muovevano nervose, intrecciandosi scomposte – Io… Cioè noi tutti" deglutì rumorosamente, poi il cuore gli mozzò il respiro.

Dire una cosa la rende vera. E difficilmente si può tornare indietro.

"Noi, Signoria… – Beatrice prese la parola – Crediamo che Etesia sia…".

Samuele impallidì.

Dei rumori provenienti dalla porta secondaria irruppero nell'atmosfera.

Samuele si voltò.

Juliet correva.

Dietro di lei Andrea.

"Rachele… – gridò con il fiato corto – Rachele è viva!".

L'acqua era fredda, ma nonostante ciò non riuscì a spegnere il calore che si dissipava in tutto il corpo, Juliet continuava a tossire, non riusciva a berla.

Andrea le faceva aria con una rivista e Samuele le teneva la mano.

Tutti i presenti, indistintamente, si erano domandati perché Samuele, che avrebbe dovuto essere seduto ansimante al posto di Juliet, se ne stesse tranquillo come se nulla fosse accaduto.

Beatrice e Lidia si tenevano la mano colme di commozione.

Dopo qualche minuto Juliet riuscì a bere un sorso d'acqua e a calmarsi.

Deglutì rumorosamente, appoggiando il bicchiere sul bordo del tavolo, poco prima che cadesse rovinosamente a terra.

"Come diavolo fai ad essere così tranquillo?" domandò a Samuele con aria sconvolta.

Lui fece spallucce.

"Avevo capito che era lei… – confessò in un fil di voce – L'ho capito quando… Insomma" mostrò un sorriso commosso.

Juliet lo abbracciò rassicurandolo.

"Ma certo, tu l'ami, come potevi non capire, tu, solo tu avresti potuto riconoscerla. – disse riprendendo a singhiozzare – Voi siete legati, coì tanto che l'hai ritrovata e lei ti ha salvato e vi siete innamorati nuovamente".

Samuele l'abbracciò forte, sentendo le lacrime premere sulle palpebre.

"È un miracolo, un miracolo che solo l'amore può compiere, non è vero tesoro?" domandò, cercando gli occhi di Andrea.

Lui si asciugò una lacrima velocemente e annuì, incapace di parlare. Le labbra gli tremavano.

"Noi le abbiamo lasciato una scatola, questa mattina… – ammise Patrizio facendo leva sullo sguardo rassicurante di Matteo che l'invitò a proseguire – Dentro ci abbiamo messo le cose più importanti, speravamo che potesse ricordare".

Samuele abbassò il capo riconoscente.

"Dov'è adesso?" domandò con gli occhi arrossati.

Patrizio fece spallucce, Matteo abbassò gli occhi.

Beatrice e Lidia convennero parlando quasi all'unisono.
"In camera".
Andrea però, le contraddisse.
"In giardino... – disse con la voce strozzata – Lei sarà sicuramente in giardino".
Samuele gli strinse le spalle colmo di gratitudine.
Quel momento fu particolare.
Per loro, per ciò che li legava, per ciò che avevano scoperto.
Per la vita che avevano condiviso, per il dolore e l'amore.
Un amore che solo l'essere fratelli poteva spiegare.
Anche Andrea lo strinse per le spalle.
"Forse se portassimo Astrid..." tentò Juliet colma di impazienza.
Ma Andrea guardò la sua fidanzata dissentendo.
"No, tocca a lui. – mormorò sorridendo – Deve essere lui ad andare da lei" terminò cercando l'assenso di Samuele.
Si abbracciarono forte.
"Va da lei fratello".

XIII.

Faceva freddo.
Ma non le importava.
Le faceva male la testa.
Ma non le importava neanche quello.
Teneva le gambe incrociate, l'erba le solleticava le gambe che uscivano dalla gonna nera.
La scatola giaceva in equilibrio precario sulle ginocchia.
Guardava e riguardava quegli oggetti da ore ma non riusciva a capire cosa fossero, perché avessero voluto darli proprio a lei. Non capiva, ma non si sentiva affatto bene.
Le scosse continuavano a darle il tormento, non la lasciavano in pace neanche per un istante. Stava iniziando a tremare, per la paura, per il dolore, per la gabbia in cui era stata imprigionata senza avere colpa.
Appoggiò la vecchia scatola di legno accanto a sé, poi vi ripose tutto.
Un pacchetto di lettere destinate alla moglie di Samuele, legate da un nastro che un tempo era stato certamente blu e che ora non si avvicinava che a un celeste sbiadito, una foto di Samuele e sua moglie, un vecchio libro di Romeo e Giulietta in lingua originale, infine la foto di un uomo e di una donna che si tenevano abbracciati. Sul dorso c'era scritto: *Anna ed Elia, estate 1891*.

Mise il coperchio e respirò con foga. Il cuore non ne voleva sapere di calmarsi.

Se in quel momento avesse potuto scegliere e tornare indietro nel tempo a quel tragico giorno di tanti anni prima, avrebbe scelto di morire.

Morire e basta.

Un rumore di passi tra l'erba la destò dal suo vagare, si voltò.

Samuele camminava lentamente verso di lei.

Poi si sedette al suo fianco mestamente, senza parlare.

Lei l'osservò, stranamente rapita dalla sua presenza, dai suoi occhi gonfi, sembrava che avesse pianto da poco, ma il suo viso non era addolorato, anzi, sembrava inspiegabilmente sereno.

Samuele voleva provare a tener su un certo contegno, ma non seppe in quel momento se ne sarebbe stato capace.

Vide attorno al suo collo un nastro sottile color cuoio che continuava al di là dello scollo dell'abito, nascondendo il ciondolo nell'incavo dei seni. Avrebbe potuto prenderlo e vedere.

Avere la prova tangibile che tutte quelle congetture fossero reali.

Poteva avere la prova che quella donna fosse davvero sua moglie.

Che avesse davanti agli occhi proprio lei.

Rachele.

Ma non gli serviva un ciondolo per esserne sicuro.

Lo era già.

Avrebbe solo voluto stringerla e baciarla fino a non aver più fiato, dirle tutta la verità senza giri di parole, ma meritava che qualcuno credesse nelle sue capacità. Meritava un tentativo.

Forse poteva aiutarla a ricordare.

Lei lo scrutava in attesa. Sembrava immersa nel panico.

"Sei confusa?" le domandò, lasciandosi sfuggire una voce alquanto tramortita.

Gli occhi caddero sulla scatola, poi su di lui.

"Io... – esitava – Mi sento poco bene, mi fa male la testa e..." le mani si massaggiavano le tempie, speranzose di poter dare sollievo a quegli spilli dolorosi che la tormentavano senza sosta.

Samuele le prese le mani e l'invitò a spostarsi, facendola mettere di fronte a lui.

"Ti fidi di me?" chiese ansante.

Lei annuì senza pensarci, gli sorrise speranzosa, non capiva, ma qualcosa la spingeva ad ascoltare, a non andarsene.

Prese a giocherellare con le sue dita.

Samuele la scrutò, taceva, ma un'emozione dilagante lo invase.

Quel modo di giocare con le sue dita.
Lo faceva sempre quando era nervosa.
Rise, sentendo gli occhi riscaldarsi.
"Vedi... – cominciò prendendo fiato – Tanti anni fa, proprio qui dove sei tu ora, c'era una bambina molto bella. – ammise mentre sentiva il pianto premere incipiente – Una sera d'autunno, mentre nella sala da ballo si svolgeva una festa sfarzosa e scintillante, un ragazzino alto e sgraziato la invitò a ballare, ma non potendo entrare nel palazzo, lo fecero qui" una lacrima scivolò furtiva, lui però non l'asciugò.
"La bambina possedeva un solo abito, ma lo indossava con una tale fierezza che sembrava uscito da una fiaba, così il bambino decise di insegnarle a ballare il valzer" le lasciò una mano e prese qualcosa dalla tasca della sua giacca. Osservò l'oggetto per qualche istante, poi lo porse a lei.
Non se n'era accorta ma piangeva da tempo.
Era un monile intarsiato d'oro e gemme preziose, rotondo.
Sembrava un carillon.
Samuele toccò la rotellina sottile e caricò l'ingranaggio.
Lo scrigno si aprì.
Fu come l'inizio di un incantesimo.
Una musica prese a librarsi nell'aria, una musica familiare.
Le due figure abbracciate al centro della piccola pedana di velluto presero a volteggiare.
Lei sentì il cuore aprirsi nel petto, un calore tenace e presente, mai provato prima di allora, mondò ogni centimetro del suo corpo.
L'abito rosso della donna girava, girava.
Le note di un valzer troppo conosciuto per le corde del suo cuore suonavano soavi.
"Quella sera lei espresse un desiderio, voleva ballare con lui il valzer dei fiori, con un abito rosso da favola, insieme a tutte le loro famiglie".
Lei lo scrutò emozionata.
Quegli occhi trafissero il suo cuore.
"Io ti dissi che i desideri non dovevi esprimerli ad alta voce, ma tu eri convinta del fatto che non fosse vero, perché solo così le stelle ti avrebbero potuto ascoltare e magari. – tentennò osservandola con un tale amore che quasi non riusciva a respirare – E magari ascoltare".
Davanti agli occhi, improvvisi e leggeri come nuvole di magia, le apparvero immagini sottoforma di veri e consistenti ricordi, ricordi che finalmente riuscì ad afferrare qualche istante prima che scomparissero nel buio.
Erano così veri da riuscire a sentire che ogni ferita si colmava di pace e identità.

“Eri una pessima ballerina, sai? E mi pestavi sempre i piedi, però poi mi chiedevi scusa con quegli occhi così dolci… – Samuele piangeva – Con questi occhi” si corresse con la voce persa nei singhiozzi.

Lei si mosse di poco, avvicinandosi a lui, gli sfiorò la guancia con le mani che tremavano come foglie.

Il valzer dei fiori continuava a suonare e la coppia a danzare.

Rivide qualcosa.

Dei ricordi.

Sentì sulla pelle quelle stesse emozioni.

Rivide il ballo in onore della contessa e Samuele che le insegnava a ballare mentre lei gli pestava impunemente i piedi.

Le loro ore trascorse a leggere libri strampalati, quelle perse a sentire la mancanza l’uno dell’altra.

“E io ti perdonavo tutto, sai?”.

Ricordò il calore delle sue labbra, le loro lettere, la sensazione di averlo dentro di sé.

Abbassò gli occhi.

Samuele ebbe paura, paura di aver fallito.

“Ti ricordi qualcosa, Rachele?”.

Quel nome dischiuse un mondo dentro di lei.

Alzò nuovamente lo sguardo.

Dissentì asciugandosi le lacrime.

La musica cessò.

Samuele chiuse il carillon addolorato.

Lei alzò il suo viso con l’indice della mano.

“Non mi ricordo nulla, – ammise singhiozzando – ma mi ricordo di te. – terminò tirando su il naso – Vale lo stesso?”.

Samuele corrucciò la fronte, poi la scrutò incredulo.

“Davvero? – domandò quasi a se stesso – Davvero ti ricordi di me?”.

Lei annuì.

Le sue braccia la travolsero.

Le labbra trovarono le sue senza esitazione.

Si baciarono pieni di dolore, di commozione, di attesa.

Rachele attaccò le gambe attorno alla sua vita stringendolo forte.

Samuele intrecciava le labbra alle sue, affamato mentre le lacrime solleticavano le loro guance attaccate.

Nessuno dei due sapeva se fosse stato possibile morire d’amore, di felicità, ma in quel momento lo credettero possibile.

Si tenevano stretti così forte che quasi avvertivano dolore.

"Come hai fatto a riconoscermi?" gli chiese restandogli abbracciata, mentre si scostò dalle sue labbra il poco necessario a riprendere aria.

Lui le liberò la fronte dai riccioli ribelli, la guardò commosso e innamorato.

"Perché solo tu mi baci così… Solo tu sei capace di guardarmi come stai facendo ora, come hai fatto quel giorno in cui mi portasti il giacinto viola, come hai fatto la sera che ti ho trovata per strada morente".

Rachele gli baciò gli zigomi, il collo, il mento, poi le labbra, non aveva più vergogna del suo aspetto, ora si riconosceva, sapeva chi era tramite i suoi occhi.

Occhi che l'avevano riconosciuta.

Nonostante non avesse più nulla dell'aspetto di un tempo.

Occhi che l'avevano trovata.

Cuore che l'aveva amata, di nuovo.

"Puoi amarmi ancora?" gli domandò restandogli vicina.

Lui mosse il capo dissentendo.

"Io ti amo e ti amerei a qualunque costo, chiunque tu sia, qualunque sia il tuo aspetto, ti amerei comunque, anche se non volessi o non potessi più farlo…".

"Ma com'è possibile, tutto questo…?" chiese mentre le lacrime scendevano implacabili.

"Il tempo non perdona. – rispose baciandole le palpebre – L'amore invece, sì…".

XIV.

Era il solstizio d'estate.

Ed era una serata splendida, dal cielo limpido, con le stelle brillanti e la luna che accecava la vallata appena imbrunita.

"Allora, sei pronta?".

La contessa Amalia entrò titubante nella camera di Rachele.

"Sì" sussurrò guardandosi un'altra volta davanti allo specchio.

"Sei bellissima" confessò, mettendole una mano sulla spalla.

Lei si esaminò.

Le cicatrici non erano scomparse del tutto, ma gli interventi erano quasi terminati.

Il suo viso era molto più riconoscibile.

Sorrise timidamente alla sua immagine. Si riconosceva, finalmente.

La contessa le porse una scatola di velluto rossa.

"Per te".

Rachele la scrutò emozionata e la aprì.

Era una collana magnifica.

Un collier d'oro con mille roselline scarlatte tutt'intorno.

"È un gioiello di famiglia" le disse mentre l'aiutava a indossarlo.

Rachele non sapeva cosa dire.

"Grazie Amalia, grazie davvero".

La donna la guardò nuovamente, poi, dopo averle stretto la mano, si congedò silenziosa.

Rachele respirò forte.

Baciò la foto di suo padre ferma sulla toletta.

Ma nel farlo l'astuccio nel quale era contenuto il regalo della contessa cadde.

Nel raccoglierlo Rachele si accorse che aveva un doppio fondo.

Si era aperto accidentalmente.

Sperò che non si fosse rotto, lo ricompose, ma si accorse che era venuto fuori un foglietto tutto spiegazzato.

Lo aprì con cautela.

Bastò leggere poche righe per capire.

Rise rumorosamente alzandosi.

Il cuore vibrò.

Ripose il frammento dove l'aveva trovato e, prendendo coraggio, si diresse fuori dalla stanza.

Respirava affannosamente.

Non credeva che quel momento sarebbe mai arrivato.

Se qualcuno glielo avesse detto, quando era solo una bambina e correva lungo le scale e i corridoi di Villa Orchidea, probabilmente l'avrebbe scambiato per un folle.

Ma era accaduto.

Stava accadendo.

Le porte della sala da ballo erano spalancate.

Dall'interno proveniva una luce intensa e accogliente, insieme a un vociare confuso.

Riempì il torace, poi buttò fuori l'aria.

Il rumore dei tacchi delle sue scarpe riecheggiò nell'aria.

Quando comparve sull'uscio le voci divennero via via meno concitate, fino a quando si spensero del tutto lasciando spazio a un silenzio assordante, carico di emozione e attesa.

La folla si allargò, lasciando un semicerchio vuoto.

Gli occhi di Rachele si imbatterono per primi in Juliet e Andrea, stretti mano nella mano, belli e luminosi.

Le sorrisero entrambi.

Juliet le fece l'occhiolino, mimando con le labbra un apprezzamento sfrontato.

Andrea la scrutava commosso.

Beatrice stringeva il fazzoletto di stoffa attorno alle dita, portandoselo agli occhi un milione di volte, accanto a lei Patrizio rideva allegramente provando a consolarla.

Lidia e Matteo erano poco distanti da loro.

Lei teneva il braccio stretto attorno al suo, lui le era più vicino di quanto l'amicizia avrebbe consentito.

Le labbra di Rachele tremarono.

Spostò lo sguardo di qualche grado e il suo cuore prese a palpitare languidamente.

Astrid le corse incontro, lei si inginocchiò e mentre si era persa a scrutarla con meraviglia, le accarezzò uno zigomo dolcemente.

"Mamma somigli proprio a una principessa, lo sai?".

Lei rise trattenendo le lacrime.

"Non piangere però, altrimenti il trucco non regge!" l'ammonì abbracciandola caldamente.

Rachele la strinse a sé.

"Hai ragione amore mio".

Amalia prese sua nipote per mano e la condusse con sé.

Rachele si alzò.

E gli occhi arrivarono a lui.

Provò a sorridere ma le labbra tremavano.

Stretto in un abito elegante blu intenso, i capelli ben sistemati, le braccia dietro la schiena.

Si mordeva le labbra per evitare di piangere.

Rachele si avvicinò a lui.

L'abito rosso che le aveva fatto confezionare dall'affezionato sarto Vallesi le cadeva a pennello.

Era ampio, ma non troppo, la gonna ricadeva morbida da un merletto dorato stretto sotto il seno.

I capelli ramati erano appena raccolti dietro la nuca.

Il suo sguardo era talmente felice che a Samuele mancò il respiro.

"Vuoi ballare con me?" domandò, porgendole la mano.

Lei sorrise e mimò un inchino.

"Non credo di essere capace di farlo".

"Ti insegno io" promise lui stringendola a sé.

I musicisti iniziarono a suonare.

I loro cuori presero a sussultare.

Iniziarono a muovere alcuni passi titubanti.

Poi il valzer dei fiori prese consistenza e come per magia loro iniziarono a danzare con una tale armonia da lasciare increduli persino loro stessi.

La pista si riempì di coppie che li seguivano formando tante piccole giravolte attorno a loro.

Rachele guardava gli occhi grandi di suo marito.

"Credo che la notte in cui Romeo e Giulietta si incontrarono, dovesse essere molto simile a questa" gli sussurrò piano con gli occhi fissi nei suoi.

Lui la guardò appena e sorrise tra sé.

"Forse suonavano questo valzer, e il vento soffiava leggero muovendo le balze del vestito d'oro di Giulietta mentre Romeo l'invitava a danzare".

Rachele attaccò la fronte alla sua. Le note continuavano a suonare intense e cariche di incanto.

Mentre tutti gli altri attorno a loro continuavano a ballare, loro si fermarono.

Samuele la strinse a sé respirando con foga.

"Ce ne abbiamo messo di tempo eh, conte Falesi" sussurrò lei, tenendo le palpebre chiuse.

Samuele la baciò.

Lo fece con un tale amore che a lei mancò il respiro.

"La vita fa dei giri immensi a volte, lo sai vero?".

Rachele rise appena.

Lui le fece eco baciandola ancora.

Poi la sollevò in aria.

La fece girare.

La musica correva, le luci volteggiavano.

Lei quasi volava.

Si poteva morire di felicità?

In quel momento, entrambi capirono che sì.

Una volta nella vita può accadere.

Morire, di felicità.

Epilogo

"Leggila di nuovo zia ti prego!".

"Silvia, sei testarda come tua madre, d'accordo, te la leggo, ma per questa settimana è l'ultima d'accordo?".

Rachele si sedette accanto a loro ridendo insieme ad Astrid, Samuele prese in braccio suo nipote e si accostò al camino.

Davide era ancora troppo piccolo per le fiabe, ma ascoltava sempre volentieri la voce della sua mamma.

Qualunque cosa dicesse.

La bambina annuì sedendosi in grembo alla sua adorata zia.

"Ti ascolto" le disse sorridendo.

Juliet le baciò i capelli e cominciò a leggere.

"Ehi ma ti dimentichi sempre gli occhiali" l'ammonì Andrea sistemandoglieli sul naso spazientito.

"Come farei senza di te?" lo scimmiottò lei mandandogli un bacio con le labbra strette.

"Zia Juliet avanti con questa fiaba!" Rachele accanto a lei rideva prendendola in giro.

"Sei sempre la solita perditempo!" l'appoggiò Samuele cullando il piccolo.

Juliet fece la linguaccia a entrambi.

Poi prese il libro e sistemò la pagina incollata per evitare che venisse via.

"Comincia così: *Il filo rosso del destino*".

Durante la Dinastia Tang c'era un tale di nome Wei i cui genitori morirono quand'era ancora molto giovane. Una volta diventato grande desiderava ardentemente sposarsi e avere una famiglia, ma purtroppo, per quanto la cercasse, non riusciva a trovare una moglie.

Mentre era in viaggio, giunse un giorno in una città di nome Song, dove trovò alloggio in una locanda.

Lì incontrò uno sconosciuto al quale, chiacchierando, espose le proprie difficoltà.

L'altro gli disse che la figlia del governatore della città sarebbe stata un buon partito per lui, e si offerse di parlare con il padre della ragazza. Dopodiché i due decisero di rincontrarsi il mattino dopo di buon'ora davanti al tempio vicino alla locanda.

In preda all'ansia, Wei giunse al tempio prima dell'alba, quando la luna era ancora alta in cielo.

Sui gradini del tempio, appoggiato con la schiena a un sacco, sedeva un vecchio, intento a leggere un libro alla luce della luna.

Avvicinandosi e data un'occhiata alle pagine da sopra la spalla del vecchio, Wei si accorse di non poterne leggere neppure una parola.

Allora, incuriosito, gli chiese:

"Signore, che libro è quello che stai guardando? Fin da bambino ho studiato parecchie lingue e conosco molte scritture, ma mai in vita mia ho visto un libro simile".

Il vecchio rispose sorridendo:

"È un libro proveniente dall'aldilà".

"Ma se tu vieni da un altro mondo, che ci fai qua?" chiese Wei.

Prima di rispondere il vecchio si guardò attorno, quindi disse:

"Ti sei levato molto presto. Di solito non c'è in giro nessuno, tranne quelli come me. Noi dell'Aldilà, incaricati di occuparci delle faccende umane, dobbiamo andare qua e là tra gli uomini, e spesso lo facciamo nella luce crepuscolare dell'alba".

"E di che ti occupi?".

"Dei matrimoni" replicò l'altro.

Allora Wei gli aprì il suo cuore:

"Sono solo al mondo fino dall'infanzia, e da molto tempo avrei voluto sposarmi e avere una famiglia. Per dieci anni ho cercato invano una sposa. Adesso spero di sposare la fanciulla del maresciallo. Dimmi, si realizzerà la mia speranza?".

Il vecchio guardò il libro e rispose:

"No. Non è la persona a te destinata. In questo momento quella che sarà tua moglie ha solo tre anni, e la sposerai quando ne avrà diciassette".

Deluso dall'idea di dover aspettare tanto, Wei notò il sacco cui il vecchio si appoggiava e gli chiese cosa contenesse.

"Filo rosso per legare i piedi di mariti e mogli. Non lo si può vedere, ma una volta che sono legati non li si può più separare. Sono già legati quando nascono, e non conta la distanza che li separa, né l'accordo delle famiglie, né la posizione sociale: prima o poi si uniranno come marito e moglie. Impossibile tagliare il filo. Sicché, visto che sei già legato alla tua futura moglie, non c'è niente da fare" rispose il vecchio.

E alla nuova domanda di Wei il vecchio replicò che la futura sposa non viveva lontana da lì, e che era la figlia della vecchia Chen, che aveva un banco sul mercato.

"Posso vederla?".

"Se davvero lo desideri, te la mostrerò, ma ricordati che il tuo futuro non cambierà".

Ormai l'alba era spuntata e, visto che l'uomo che attendeva non si vedeva, Wei tutto eccitato seguì il vecchio al mercato.

Dietro la bancarella di frutta e verdura stava una povera vecchia cieca da un occhio, con una bambinetta al collo di circa tre anni, tutte e due vestivano di stracci.

"Ecco tua moglie" fece il vecchio indicando la piccina.

E Wei replicò in preda alla delusione:

"E se io la uccidessi?".

"È destinata a portare ricchezze, onori e rispetto alla tua famiglia. Qualsiasi cosa tu faccia, non puoi cambiare il destino" e così dicendo il vecchio scomparve.

Profondamente deluso e incollerito con il messaggero dell'oltretomba, Wei lasciò il mercato con intenzioni omicide. Trovato un coltello e resolo affilato come un rasoio, lo diede al suo servo dicendogli:

"Hai sempre eseguito i miei ordini. Adesso va' a uccidere quella bambina, e io ti compenserò con cento pezzi di rame".

Il giorno dopo il servo, nascosto il coltello nella manica, andò al mercato e, celato tra la folla, si fece strada fino alla vecchia e alla bambina. Di colpo cavò il coltello, colpì la piccola, si voltò e scappò via, confondendosi con la folla strillante in preda al panico.

"Ci sei riuscito?" gli chiese Wei quando il servo si presentò.

"Ho cercato di colpirla al cuore, ma invece l'ho colpita tra gli occhi".

Il ragazzo ricevette il compenso pattuito e Wei, sollevato all'idea di essere libero di sposare chi volesse, continuò la sua solita vita, e col tempo si scordò dell'intera faccenda.

Tuttavia i suoi tentativi di trovare moglie furono vani, e così trascorsero quattordici anni. A quell'epoca lavorava in una località chiamata Shiangzhou, e le cose gli andavano molto bene, tanto che il suo superiore, il governatore locale, gli offrì in moglie la propria figlia. Così finalmente Wei ebbe una moglie bella e di ottima nascita, una diciassettenne che amava moltissimo.

Non appena la vide Wei notò che la ragazza portava sulla fronte una pezzuola che non si toglieva mai, neppure per lavarsi e dormire. Non le chiede nulla, ma la cosa non cessava di incuriosirlo. Poi, parecchi anni dopo, si ricordò all'improvviso del servo e della bambina al mercato, e decise di chiedere alla moglie la ragione della pezzuola.

Piangendo lei gli rispose:

"Non sono la figlia del governatore di Shiangzhou, bensì sua nipote. Un tempo mio padre era il governatore di una città di nome Song, e là morì. Ero ancora piccola quando morirono anche mia madre e mio fratello. Allora la mia governante, la signora Chen, ebbe pietà di me e mi prese con sé. Avevo tre anni quando mi portò con sé al mercato, dove un pazzo mi accoltellò. La cicatrice non è scomparsa, e per questo la copro con una pezzuola. Circa sette o otto anni fa, mio zio ritornò dal Sud e mi prese con sé, per poi maritarmi come se fossi stata sua figlia".

"La signora Chen era per caso cieca da un occhio?" chiese Wei.

E la moglie stupita:

"Sì, ma come lo sai?".

"Sono stato io a cercare di ucciderti. – spiegò Wei profondamente commosso – Com'è strano il destino!".

Dopodiché raccontò l'intera storia alla moglie, e adesso che entrambi sapevano tutta la verità, si amarono più di prima.

Più tardi nacque loro un figlio che divenne un alto funzionario, e godettero di una vecchiaia felice e onorata.

Citazioni letterarie
(in ordine di lettura)

Vero amore, Thomas Moore, p. 158

Inno alla Carità, S. Paolo, p. 167

Notre-Dame de Paris, V. Hugo, p. 268

La regina delle fate, E. Spenser, p. 286

Ode a un usignolo, J. Keats, p. 287

Frammenti, A.S. Puskin, pp. 302-303

Notre-Dame de Paris, V. Hugo, p. 324

Notre-Dame de Paris, V. Hugo, pp. 352-353

Cantico dei Cantici, pp. 361-362

Foglie d'Erba, W. Whitman, p. 356

Ringraziamenti

Alla fine di una storia non è mai facile dire grazie, soprattutto quando questa ha occupato quasi dieci anni della tua vita. Questo è il primo romanzo "completo" che ho scritto e perciò, occuperà sempre un posto speciale nel mio cuore.

Smettere di inseguire questo sogno è stata la tentazione più grande, ma alla fine ha prevalso la voglia di far leggere la mia storia ad altri cuori, perciò grazie alla mia altalenante ma costante perseveranza.

Ciò non sarebbe stato possibile senza la Casa Editrice Algra e al suo staff, al quale va la mia riconoscenza più sentita. Grazie per avermi seguita e aver creduto in me e in questa storia.

A mio marito, per occupare quello spazio dove le parole decadono, sei l'unico compagno che il mio cuore potrà mai avere.

Alle piccole anime che hanno scelto me come tramite per giungere al mondo, che il viaggio vi sia lieto e colmo di meraviglie.

A mia madre, prima lettrice e critica attenta delle mie storie, grazie per non esserti mai stancata di leggere dei voli pindarici della mia immaginazione, ma soprattutto grazie per tutti i sacrifici che hai fatto per me.

A mio papà per avermi insegnato a ridere e avermi trasmesso l'amore per il cinema e la musica, senza di te la mia vita sarebbe stata molto più grigia.

A zia Chiara, per essere stata stella fissa e complice, grazie per avermi cresciuta con amore.

A mio nonno Guido e a nonna Ida, ovunque siano, unici compagni di sogni d'infanzia, grazie a voi ho imparato a non dire mai "è ridicolo". Con voi tutto era incantato, anche più che nelle fiabe, vi amerò per sempre.

Ai miei gatti, Zorba, Titina e Milù. Amore è l'unica parola che può dire, lontanamente, ciò che siete per me.

Alla mia amica Laura Messina, per aver letto la mia storia, per la nostra amicizia vicina e lontana, grazie per tutto ciò che condividiamo e la tua vicinanza, per avermi dimostrato che "amiche" lo si è anche in modi inconsueti, come è successo per noi.

A Michela, splendida e talentuosa professionista, oltre che amica. Grazie per aver reso in immagini ciò che la mia mente ha sempre e solo sognato, la copertina di questo romanzo è un incanto solo grazie a te.

A Lisa, perché sei tu e basta, semplicemente la mia amica del cuore da sempre, grazie per essere rimasta, sempre.

Ai migliori amici che abbia mai avuto, i libri e ai miei librai di fiducia della Mondadori di "Città delle Stelle", in special modo a Jessica, grazie di tutto, con voi e da voi, mi sento sempre a casa.

Grazie alle blogger, Bookstagrammer e lettrici che hanno deciso di leggere il mio romanzo conoscendone solo piccoli indizi. La vostra fiducia e il vostro entusiasmo sono stati la realizzazione di un grande traguardo per me.

A Victor Hugo, Hermann Hesse, John Keats e a mille altri scrittori che hanno dato ossigeno alla mia vita.

A *Downton Abbey*, che ha ispirato molto di questo romanzo.

Alla città di Pienza che ha rubato il mio cuore e a tutta la Val d'Orcia, che sono divenute sfondo e anima di questo romanzo.

Chiunque si diverta a scrivere come me, sa perfettamente che i nostri personaggi, solitamente, hanno volti e anima di passanti, conoscenti, attori. Così per me, grazie a Dan Stevens, Valentina Bellè, Eddie Redmayne e Lily James, che oltre ad essere alcuni tra i miei attori preferiti, hanno prestato inconsapevolmente il volto rispettivamente ai personaggi di Samuele, Rachele, Andrea e Juliet.

Infine, ma non per importanza, grazie a chiunque abbia speso ore della sua vita in compagnia di questa storia, spero vi sia piaciuta e vi abbia regalato ciò che i libri, solo loro, possono. Vita oltre la vita.

Indice